인생은 고달파

1

生死疲勞
by Mo Yan
Copyright ⓒ 2006, Mo Yan

인생은 고달파

모옌 장편소설

이욱연 옮김

1

창비

차례

2권 차례

제4부 개의 정신

서문뇨(西門鬧) 서문촌의 지주. 총살당해 죽었다가 나귀 소 돼지 개 원숭
이로 윤회한 뒤 마지막에 사람으로 환생하여 2001년 1월 1일 대두 남
천세로 태어난다. 소설의 서술자 중 하나이다.

백씨(白氏) 서문뇨의 본부인.

영춘(迎春) 서문뇨의 둘째부인. 중화인민공화국 성립 후 남검에게 개가
한다.

오추향(吳秋香) 서문뇨의 셋째부인. 중화인민공화국 성립 후 황동에게
개가한다.

남검(藍臉) 서문뇨 집안의 머슴이었으나 중화인민공화국 성립 후에도 집
단농장에 참여하지 않은 중국 유일의 개인농.

서문금룡(西門金龍) 서문뇨와 영춘의 아들. 해방 후 양아버지 남검의 성을
따라 남금룡으로 바꾼다. 문화대혁명 기간 중 서문촌 생산대대 혁명
위원회 주임을 맡았고, 그후 양돈장 소장, 공산주의청년단 서기, 개혁
개방 후에는 서문촌 중공당지부 서기와 리조트 개발구 회장을 지낸다.

서문보봉(西門寶鳳) 서문뇨와 영춘의 딸. 서문촌에서 '맨발의 의사'로 활
동하고, 마량재와 결혼했다가 그가 죽은 뒤 상천홍과 동거한다.

남해방(藍解放)　남검과 영춘의 아들로 서문금룡, 서문보봉의 씨다른 동생. 고밀현 공급판매사 주임을 거쳐 부현장을 맡는다. 대두 남천세와 함께 소설의 서술자 중 하나이다.

황동(黃瞳)　서문촌 민병대장과 생산대대장.

황호조(黃互助)　황동과 오추향의 딸. 서문금룡과 결혼했다가 그가 죽은 뒤 남해방과 동거한다.

황합작(黃合作)　황동과 오추향의 딸. 남해방의 처.

방호(方虎)　한국전쟁에 참전한 '지원군 영웅'으로, 제5면화가공공장 공장장 겸 중공당 위원회 서기.

왕낙운(王樂雲)　방호의 처.

방항미(方抗美)　방호와 왕낙운의 딸. 고밀현 중공당위원회 서기. 상천홍과 결혼하지만 서문금룡과 연인 사이를 유지한다.

방춘묘(方春苗)　방호와 왕낙운의 딸. 남해방과 사랑에 빠져 같이 도망하고, 나중에 정식으로 결혼한다.

상천홍(常天紅)　산동성 예술학원 성악과를 졸업하고 서문촌에 와서 사업을 한다. 문화대혁명 기간 중 현 혁명위원회 부주임을 맡고, 후에 산동지방 전통극단 부단장을 맡는다.

마량재(馬良才)　서문촌 소학교 교사였고 교장이 된다.

남개방(藍開放)　남해방과 황합작의 아들. 역전 파출소에서 일한다.

방봉황(龐鳳凰)　방항미와 상천홍의 딸. 진짜 아버지는 서문금룡이다.

서문환(西門歡)　서문금룡과 황호조의 양자.

마개혁(馬改革)　마량재와 서문보봉의 아들.

홍태악(洪泰岳)　서문촌 촌장, 합작사 사장, 당지부 서기.

진광제(陳光第)　구장을 맡았고, 현장으로 승진한 남검의 친구.

제 1 부

나귀의 고초

제**1**장

염라대왕전에서 극형을 당하며 억울함을 호소하고
속아넘어가서 하얀 발굽의 나귀로 환생하다

내 이야기는 1950년 1월 1일부터 시작한다. 그전 두 해
동안 명부(冥府)에서 나는 인간세상에서는 차마 상상할 수
없는 극형을 당했다. 심문을 받을 때마다 나는 고래고래 소
리를 지르며 억울함을 호소했다. 내 구슬프고 처량한 소리
가 염라대왕전 구석구석까지 퍼져나가 굽이굽이 메아리쳤
다. 극형을 당하면서도 나는 결코 잘못을 인정하지 않아서
독종이라는 소리를 들었다. 여러 저승사자들이 은연중에 내
게 감복하고, 염라대왕이 이제 나를 몹시 지겨워한다는 것
을 알았다. 그들은 나더러 죄를 인정하라고, 내가 졌다는 것
을 인정하라고 다그치면서 지옥에서 가장 악독한 형벌을 가
했다. 나를 펄펄 끓는 기름솥에 집어던져 이리 뒤집고 저리

뒤집고 닭 튀기듯이 한 시간을 튀겨냈으니, 그 극심한 고통을 어찌 말로 다 할 것인가. 그런 뒤 저승사자들은 나를 포크로 찍어서 높이 쳐들고는 한걸음 한걸음 염라대왕전으로 가는 계단을 올라갔다. 양쪽으로 늘어선 저승사자들이 입을 오므리고 휘파람소리를 내는데, 영락없이 흡혈박쥐가 무리지어 우는 소리더라. 내 몸에서 기름방울이 계단으로 주룩주룩 떨어지고 누런 연기가 풀풀 피어올랐다. 저승사자들이 나를 염라대왕전 앞 파란 돌에 조심조심 내려놓더니 무릎을 꿇고 염라대왕에게 고했다.

"대왕마마, 다 튀겼사옵니다."

바삭바삭하게 튀겨졌다는 것을 나도 알았다. 슬쩍 건드리기만 해도 산산이 부서져버릴 것이다. 까마득하게 높은 대전에서, 까마득하게 높은 대전의 휘황한 촛불 사이로 염라대왕이 비웃으며 묻는 소리가 들렸다.

"서문뇨(西門鬧, 시먼나오), 네놈이 그래도 버틸 셈이냐?"

솔직히 말해, 그 순간 나는 분명 흔들렸다. 기름에 바삭바삭 튀겨질 때 몸에서 근육이 타닥타닥 터지는 소리가 났다. 인내가 이제 한계에 달했다는 것도 알았다. 여기서 굴복하지 않으면 저 탐관오리 무리들이 어떤 극형으로 나를 괴롭힐지 모를 일이었다. 하지만 내가 여기서 저들에게 굴복하면 지금까지 당한 고통은 다 물거품이 되어버리지 않는가? 나는 몸부림을 치고 발악을 하면서 고개를 쳐들었다. 금세 목이 날아갈 것만 같았다. 촛불 사이로 염라대왕과 그 곁에서 있는 심판관들이 보였다. 얼굴에 번드르르한 웃음을 띠고 있었다. 갑자기 속에서 화가 치밀었다. 앞으로 튀어나가면서 생각했다. 저들의 맷돌에 가루가 되더라도, 저들의 무쇠절구에 짓이겨져 장조림이 되더라도 반드시 한마디해야 한다고.

"억울하옵니다!"

나는 비린내나는 기름방울을 뱉어내며 소리쳤다. 억울하옵니다! 이몸 서문뇨는 살아생전 삼십년 동안 노동을 즐기고 알뜰하게 가정을 꾸려왔고, 다리를 놓고 길을 고치고 선행을 베풀면서 착하게 살았습니다. 고밀 동북향(高密東北鄕)의 사당마다 제가 낸 돈으로 신상(神像)을 세웠습니다. 고밀 동북향의 가난한 사람들 중에 제가 나누어준 양식을 받아보지 않은 사람이 없습니다. 제 집 곳간에 쌓인 양식 한톨 한톨에는 저의 땀이 묻어 있고, 제 집 돈궤짝에 쌓인 동전 하나하나에는 저의 피가 묻어 있습니다. 저는 노동으로 돈을 벌고 지혜로 집안을 일으켰습니다. 장담하건대, 저는 평생 마음에 꺼릴 만한 짓을 해본 적이 없습니다. 한데—나는 날카롭게 소리를 질렀다—어찌 저처럼 선량한 사람, 정직한 사람, 착하기 그지없는 사람이 그들에게 꽁꽁 묶여서 다리 어귀로 떠밀려가 총살을 당했단 말입니까! ……저들은 반바가지나 되는 화약을 채우고 쇠로 만든 완두콩 총알을 반그릇이나 넣은 엽총으로 겨우 한자도 떨어지지 않은 곳에서 저를 쏘았습니다. 빵 하는 굉음으로 제 머리통 절반이 날아가고 피

범벅이 되었습니다. 다리 위는 물론이고 다리 아래에 있는 동과(冬瓜, 과일—옮긴이) 같은 자갈까지 피투성이가 되었지요. ……저는 도저히 인정 못합니다. 억울하옵니다. 제발 저를 다시 보내주십시오. 가서 그자들에게 물어보게 해주십시오. 제가 대관절 무슨 죄를 저질렀는지 말입니다.

속사포처럼 말을 쏟아내면서 쳐다보니 염라대왕의 번지르르한 얼굴이 계속 일그러지고 있었다. 염라대왕 옆에 서 있는 심판관들은 눈길을 이리저리 피하며 나하고 눈을 맞추려 하지 않았다. 내가 보기에는 그들도 내가 억울하다는 것을 분명히 알고 있었다. 처음부터 억울하다는 것을 알면서도 내가 모르는 어떤 이유 때문에 짐짓 벙어리인 척, 귀머거리인 척하는 것이다. 나는 계속 소리쳤다. 같은 말들이 반복되고 한바퀴를 돌았다. 염라대왕 곁에 선 심판관들이 저들끼리 몇마디 이야기를 주고받더니 경당목(驚堂木, 옛날 법정 관리들이 심문할 때 두드리던 장방형의 나무토막—옮긴이)을 두드리며 말했다.

"좋다, 서문뇨, 너의 억울함을 알겠다. 세상에서 죽어 마땅한 허다한 인간들은 죽지 않고, 살아 마땅한 허다한 인간들만 죽는다. 하지만 그것은 이 염라전도 어찌할 수 없는 현실이니라. 이제 이 염라전이 특별히 은혜를 베푸나니, 너를 풀어주어 환생토록 하노라."

갑작스런 축복이 맷돌처럼 강림하여 내 몸을 가루로 만드는 것 같았다. 염라대왕이 명령이 적힌 붉은 삼각형 나무

팻말을 던지면서 귀찮다는 투로 말했다.

"우두(牛頭)야, 마면(馬面)아, 저놈을 세상으로 돌려보내라!"

염라대왕이 옷소매를 털고 일어나 나가자, 심판관들이 뒤따랐다. 촛불이 그들의 너른 옷소매 바람에 흔들렸다. 온통 검은 옷을 입고 불그스름한 귤색 허리띠를 한 저승사자 둘이 양쪽에서 내 앞으로 다가왔다. 하나는 염라대왕의 명이 적힌 나뭇조각을 집어 허리띠에 꽂았고, 다른 하나는 내 팔을 잡고 끌어내려 했다. 팔이 부서지는 소리가 들렸다. 늑골이 부러지는 듯했다. 나는 찢어지게 비명을 질렀다. 명령이 적힌 팻말을 집어든 저승사자가 내 팔을 잡고 있는 저승사자를 툭 치면서 말했다. 노련한 고참이 멋모르는 신참을 나무라는 듯한 말투였다.

"이런 멍청이! 네놈 머리는 어디 두고 다니는 거야? 눈은 매가 파먹었냐? 네 눈에는 이 녀석 몸이 천진(天津, 톈진) 위(衛) 18번가의 대마화(大麻花) 꽈배기처럼 바삭바삭해진 게 보이지 않아?"

꾸중을 들은 젊은 저승사자가 눈이 하얗게 변하더니 어쩔 줄을 몰라했다. 그러자 명령이 적힌 팻말을 든 저승사자가 말했다.

"뭘 그렇게 멍청하게 있어? 냉큼 가서 당나귀 피를 가져오지 않고."

그 저승사자가 머리를 쳤다. 문득 큰 깨달음을 얻었다는 표정이었다. 그는 몸을 돌려 대청으로 내려가더니 바로 핏자국으로 얼룩진 나무통을 하나 들고 왔다. 무척 무거워 보였다. 저승사자가 몸이 휜 채 휘청거리는 것이 금방이라도 넘어져 쏟을 것 같았다.

몹시 무거운지, 통을 내 옆에 내려놓는데 내 몸까지 흔들렸다. 더운 비린내가 훅 끼쳤다. 후끈한 피비린내가 나는 것으로 보아 아직 나귀 체온이 남아 있는 듯싶었다. 죽은 나귀 한마리가 섬광처럼 머리를 스치고 지나갔다. 나무팻말을 든 저승사자가 통 안에서 돼지 갈기로 엮은 솔에 끈적끈적한 암홍색 피를 적시더니 내 머리를 빗겨주었다. 나도 모르게 비명을 질렀다. 아프기도 하고 마비되는 것도 같고 수없이 많은 바늘에 콕콕 찔리는 것 같은 이상한 느낌도 들었다. 살갗에서 투둑투둑 소리가 나고, 바짝 마른 살갗이 피로 적셔지는 느낌이었다. 오랫동안 가물던 땅에 단비가 내리는 것 같았다. 그때 나는 한없이 심란하고 만감이 교차했다. 그 저승사자는 손이 재고 몸놀림이 빠른 칠장이처럼 내게 솔질을 해대면서 나귀의 피를 온몸에 발랐다. 마지막으로 그는 나무통을 들고서 남은 피를 머리 위에 부었다. 몸에서 생명이 다시 일어나고 부풀어오르는 것이 느껴졌다. 힘과 용기가 몸에 돌아오는 것이 느껴졌다. 그들의 부축 없이도 혼자 일어섰다.

두 저승사자의 이름이 우두와 마면이라고 했지만 우리가 흔히 저승세계를 그린 그림에서 본 것처럼 몸은 사람이고 머리만 소나 말인 사람들이 아니었다. 신체구조가 사람하고 똑같았다. 다른 것이라고는 그들의 피부가 신기한 용액에 물든 것처럼 푸른빛을 내며 번쩍번쩍한다는 것이었다. 나는 인간세상에서 그토록 고귀한 푸른색, 그런 빛깔을 한 천, 그런 색깔의 나뭇잎을 본 적이 많지 않다. 하지만 그런 빛깔의 꽃은 분명히 있다. 고밀 동북향의 늪지에 피는 작은 꽃들이 그렇다. 그 꽃은 오전에 피었다가 오후가 되면 시들어버린다.

호리호리한 두 푸른 저승사자의 부축을 받으며 나는 영원히 끝이 보이지 않을 듯한 어두운 동굴을 통과했다. 동굴 양쪽으로는 열 길 남짓한 곳마다 산호처럼 기괴한 모양의 등잔이 매달려 있고 등잔에는 접시 모양의 콩기름 잔대가 걸려 있었다. 짙어졌다 옅어졌다 하는 콩기름 향기 때문에 나의 머리도 맑아졌다가 가물가물해지곤 했다. 동굴에 수많은 거대한 박쥐들이 붙어 있는 것이 등잔불 아래 보였다. 박쥐의 반짝이는 눈동자가 깊은 어둠속에서 빛났다. 비린내나는 똥덩어리가 머리에 떨어지기도 했다.

마침내 동굴을 빠져나와 어느 정자에 올라섰다. 머리가 하얗게 센 노파가 나이에 어울리지 않게 가늘고 하얀 손으로 더러운 가마솥에서 거무튀튀한 나무주걱으로 악취를 풍기는 까만 국물을 휘젓더니 빨간 대접에 따랐다. 저승사자들이 그 대접을 내게 건넸다. 호감이라곤 찾아볼 수 없는 미소를 띠며 내게 말했다.

18

“마셔라, 이 탕을 마시면 너는 모든 고통과 번뇌, 원한을 잊을 것이다.”

나는 손을 저어 그릇을 엎어버리면서 저승사자들에게 말했다.

“아니요, 난 모든 고통과 번뇌, 원한을 마음에 단단히 새길 것이오. 그러지 않으면 다시 세상에 돌아간다고 해도 아무런 의미가 없소.”

나는 당당하게 정자를 내려왔다. 목판을 댄 정자의 계단이 발밑에서 삐걱거렸다. 저승사자들이 내 이름을 부르며 정자를 뛰어내려왔다.

얼마 있지 않아 우리는 고밀 동북향 땅을 걷고 있었다. 이곳 산 하나, 강 하나, 풀포기 하나, 나무 하나까지 나는 훤히 꿰고 있다. 그런데 땅에 박혀 있는 흰 나무말뚝은 도무지 낯설었다. 나무말뚝에 먹으로 이름이 쓰여 있는데 내가 아는 이름도 있고 모르는 이름도 있었다. 우리집 그 비옥한 땅에도 말뚝이 여럿 박혀 있었다. 나중에야 알았지만, 내가 명부에서 억울함을 호소하고 있을 때 세상에서는 토지개혁이 일어났다. 대지주의 토지를 모조리 땅 없는 빈농들에게 나눈 것이었고 내 땅도 당연히 예외가 아니었다. 토지균분은 역대 왕조에서도 그 선례가 있었다. 하지만 토지를 균분하는데 굳이 나를 총살할 일은 무엇인가!

저승사자들은 내가 도망이라도 칠까봐 양쪽에서 나를 꼭 붙잡았다. 얼음 같은 손으로, 아니 발톱으로 내 팔을 꼭 잡고 있었다. 태양은 찬란하고, 공기는 맑고, 새들은 하늘에서 노래하고, 토끼는 땅에서 뛰어놀고, 도랑과 하천의 응달에 쌓인 눈이 눈부신 빛을 발하고 있었다. 나는 두 저승사자의 푸른 얼굴을 보면서 문득 그들이 분장한 경극 여배우 같다고 생각했다. 하지만 인간세상의 물감으로는 그들의 고귀하고 순수한 푸른빛 얼굴을 결코 그려낼 수 없을 것이다.

우리는 하천길을 따라서 여남은 개 마을을 지났다. 길에서 많은 사람들이 어깨를 부딪치고 지나갔다. 내가 이웃동네 친구 몇몇과 마주쳤지만 내가 아는 체를 할라치면 저승사자들이 즉시 그리고 정확하게 나의 목을 틀어쥐며 찍소리도 내지 못하게 했다. 나는 강하게 불만을 터뜨렸다. 발로그자들 다리를 걷어찼지만 그들은 아무 반응이 없었다. 다리에 신경이 없는 것 같았다. 이번에는 머리로 그자들 얼굴을 들이받았는데 얼굴이 고무 같았다. 그들은 사람들이 사라지고 나서야 내 목을 틀어쥔 손을 풀었다. 한번은 고무바퀴를 단 마차가 먼지를 내며 쏜살같이 지나갔는데, 말에서 나는 땀냄새가 무척 코에 익었다. 털이 다 빠진 하얀 양피 옷을 걸친 마문투(馬文鬪, 마원떠우)가 채찍을 들고 수레 끝채에 앉아 있었다. 장죽과 담배쌈지를 한데 묶어 목 뒤편 옷깃에 비스듬히 꽂고 있었다. 담배쌈지가 술집에 내걸린 간판처럼 흔들거렸다. 수레는 우리집 수레이고 말도 우리집 말인데 말을 모는 사람은 우리집 머슴이 아니었다. 뛰쳐나가 어찌된 영문인지 묻고 싶었지만 저승사자들이 넝쿨처럼 나를 친

친 감고 있어서 벗어날 수가 없었다. 마차를 몰던 마문투가
필시 내 모습을 보았을 테고, 발버둥치면서 지르는 소리를
들었을 테고, 내 몸에서 나는 인간세계에서는 좀처럼 맡을
수 없는 이 괴이한 냄새를 맡았을 터였다. 하지만 그는 마차
를 몰고 휭하니 내 앞을 달려가버렸다. 난리라도 피하듯이
말이다. 그뒤에 우리는 긴 목발춤을 추는 일행을 만났다. 현
장법사가 불경을 가지러 서역에 가는 대목을 공연하고 있었
다. 손오공과 저팔계 역을 하고 있는 이는 한동네 사는 아는
사람이었다. 현수막과 그들의 대화를 듣고서야 나는 그날이
1950년 1월 1일이라는 것을 알았다.

우리 동네 어귀에 있는 작은 돌다리에 도착하자 초조하
고 불안했다. 잠시 후 내 눈에 다리 밑에 내 피로 범벅이 되
어 색깔이 변한 자갈들이 들어왔다. 천조각 몇개와 더러운
머리칼이 들러붙어 피비린내를 풍기고 있었다. 무너진 교각
에는 들개 세 마리가 모여 있었다. 두 마리는 누워 있고, 한
마리는 서 있었다. 두 마리는 검은 개이고 한 마리는 노란 개
였다. 털은 반지르르 윤이 나고 혀는 선홍빛이며 이빨은 새
하얗고 눈은 반짝반짝 기운이 돌았다.

막언(莫言, 모옌)이 그의 소설 「담낭기(膽囊記)」에서 이 조
그만 돌다리에 대해 쓰면서 죽은 사람 고기를 먹고 미쳐버
린 개 이야기를 했다. 효성이 지극한 아들 이야기도 있었는
데, 막 총살당한 사람 몸에서 담낭을 꺼내 집에 가져가 모친
의 눈을 고친 이야기였다. 웅담으로 병을 고친 일은 많아도

사람 담낭으로 병을 고쳤다는 이야기는 들어보지 못했는데, 모두 그 녀석이 겁도 없이 멋대로 꾸며낸 이야기였다. 그가 소설에서 묘사한 그런 일들은 거의 다 헛소리이니 모쪼록 진짜라고 절대 믿지 마시라.

돌다리에서 우리집으로 가는데 당시 내가 총살당하던 장면이 떠올랐다. 나는 가는 새끼줄에 양 어깨를 묶인 채 목에는 칼을 쓰고 있었다. 때는 섣달 스물사흘로, 설날이 이레밖에 남지 않았다. 삭풍이 불고 붉은 구름이 가득했다. 쌀알 같은 싸라기눈이 한알 한알 내 목에 떨어졌다. 내 처 백(白, 빠이)씨는 나한테서 얼마 떨어지지 않은 곳에서 통곡을 했다. 하지만 둘째마누라 영춘(迎春, 타이잉춘)과 셋째마누라 추향(秋香, 타이츄샹)의 소리는 들리지 않았다. 둘째마누라 영춘은 해산이 임박해서 나를 송별하러 오지 않았다고 해도 봐줄 수 있다. 하지만 셋째마누라 추향은 임신한 것도 아니고 나이도 젊은데 나를 송별하러 오지 않아 실망했다. 나는 다리에 멈춰선 뒤 고개를 돌려 불과 몇발짝밖에 떨어져 있지 않은 민병대장 황동(黃瞳, 황퉁)과 십여명의 민병들을 보면서 말했다. 나리들, 우리는 같은 마을에 사는 사람들로서 과거에도 원수진 일이 없고 근래에도 무슨 원한진 것이 없소. 형씨들, 내 자네들에게 잘못이 있으면 말을 하면 되지, 이럴 것까지 없잖나? 황동이 나를 슬쩍 노려보더니 바로 눈을 피했다. 그의 황금빛 눈동자가 얼마나 빛나던지 두 개의 샛별 같았다. 황동아 황동아, 네놈 아비 어미가 '瞳'자로 이름을 지어준 것이 어찌 이리 딱 들어맞느냐! 황동이 말했다. 입닥쳐. 이건 정책이야. 나는 계속 변명을 했다. 나리들, 죽더라도 내가 대관절 무슨 조치를 위반했는지는 알고 죽어야 할 것 아니오. 황동이 말했다. 염라대왕한테 가서 물어보면 알 거 아냐. 그러더니 그가 갑자기 엽총을 들었다. 총구가 내 이마에서 반자도 떨어지지 않았다. 그런 뒤 내 머리가 날아간 것을 느꼈고, 이어서 불빛이 보이고, 마치 멀리서 전해오는 듯한 폭발음이 들렸고 공기에서 화약냄새가 맡아졌다.

우리집 대문은 슬쩍 걸쳐만 놓아 문틈으로 마당에 사람들 왔다갔다하는 것이 보였다. 그 여자들이 내가 돌아오리라는 것을 알고 있단 말인가? 나는 저승사자들에게 말했다.

"형씨들, 여기까지 고생 많았소."

두 저승사자가 파란 얼굴에 교활한 웃음을 지었다. 그 웃음의 의미를 미처 생각하기도 전에 그들은 내 팔을 붙잡고 앞으로 쑥 밀어넣었다. 눈앞이 흐릿한 것이 물에 빠진 듯싶었는데 귓가에 갑자기 누군가 기뻐서 외치는 소리가 들렸다.

"나왔어!"

나는 눈을 떴다. 온몸에 끈적이는 것이 묻은 채 어미나귀의 엉덩이 뒤에 누워 있었다. 맙소사! 서당에서 글을 깨우치고 문장을 터득한 당당한 선비인 이 서문뇨가 하얀 네 발굽과 뽀얀 입을 한 새끼당나귀가 될 줄이야!

 제 **2** 장

서문뇨는 선행으로 남검을 살려내고
백영춘은 다정하게 나귀를 보살피다

　어미나귀 뒤에서 얼굴 가득 기쁜 표정을 짓고 있는 사내
는 우리집 머슴 남검(藍臉, 란렌)이었다. 내 기억에는 마르고
비실비실한 청년이었는데 내가 죽은 지 불과 이년 만에 떡
벌어진 장정이 되어 있었다.

　원래 그는 눈 내린 관우 사당에서 내가 주워온 아이였다.
그때 그 아이는 몸에 누더기 마대자루에 덮인 채 맨발에다
몸은 돌처럼 굳었고 얼굴은 온통 시퍼렇고 머리는 헝클어져
있었다. 아버지가 막 돌아가시고 어머니는 아직 살아 있을
때였다. 내가 아버지에게서 재물상자의 열쇠를 건네받고 얼
마 되지 않을 때였다. 재물상자에는 우리 집안 80무(畝, 1무
는 6.67아르)의 땅문서와 우리집의 모든 금은붙이와 장신구

들이 들어 있었다. 막 스물넷이 되던 무렵이었고, 백마(白馬, 빠이마) 진(鎭)에서 제일가는 부자인 백연원(白連元, 빠이롄위안) 집안의 둘째딸을 아내로 맞았다. 그 집 둘째딸은 아명이 행아(杏兒, 싱얼)였는데, 어른이 된 뒤 다른 이름을 짓지 않아 우리집에 시집온 뒤로 서문백씨가 되었다. 백씨는 대갓집 딸이어서 글을 알고 세상이치를 알았고 몸은 연약하지만 두 젖봉오리가 배처럼 솟아 있고 하체도 균형이 잡혀서 밤일도 잘해 나를 흡족하게 했다. 그저 옥의 티라면 시집온 뒤 그때까지 후사가 없다는 것이었다.

그때 나는 자신만만한 청년이었다. 해마다 풍년이었고 소작인들이 내는 소작료도 넘쳐나서 창고가 미어질 지경이었다. 가축들도 잘되어서 기르던 흑색 암말이 쌍둥이 망아지를 낳았다. 기적이었다. 전설에는 있어도 현실에서는 드문 일이었다. 쌍둥이 망아지를 구경하려고 마을 사람들이 줄을 서고, 축하인사가 꼬리에 꼬리를 물었다. 우리집에서는 재스민 차와 비싼 담배로 사람들을 대접했다. 동네 조무래기인 황동이 담배 한갑을 훔치다가 걸려 귀를 붙잡힌 채 내게 끌려왔다. 이 꼬마녀석은 머리도 얼굴도 누렇게 떠 있었고, 누런 눈동자만 동글동글 굴리는 것이 뱃속에 흑심이 가득해 보였다. 나는 풀어주라고 하고는 차 한봉지를 주면서 아버지한테 갖다드리라고 했다. 그의 아버지 황천발(黃天發, 황톈파)은 사람됨이 미덥고 허튼 법이 없는 사람으로 두부 만드는 재주가 비범했다. 우리집 소작인으로 하천 옆 옥답 5무를 부치고 있었는데, 그런 사람에게서 어쩌다가 그런 호로자식이 나왔는지 모를 일이었다. 나중에 황천발이 두부를 두 바구니나 들고 와서는, 미안하다는 말도 두 바구니나 했다. 내가 아내에게 새해 신발이나 삼아 신으라고 견직 두 자를 내주라고 했다. 그랬는데, 이놈 황동아, 네 아비와 나 사이의 묵은 정을 생각하면 어찌 네놈이 내게 총질을 할 수 있단 말이냐. 네놈도 다른 사람의 명령을 받은 줄은 나도 안다. 하나 그래도 그렇지 가슴이라도 쏘았다면 시체나마 온전히 건지는 것을, 이 배은망덕한 잡놈아!

나 서문뇨는 정정당당하고 도량이 넓어 사람들에게 존경을 받은 몸이다. 가업을 물려받을 때, 시절이 난세이던 까닭에 유격대와 대결하고 족제비들을 물리쳐야 했지만 몇년 사이에 가업을 크게 늘려, 옥답이 100무나 늘어나고 집안 축생이 네 필에서 여덟 필로 늘었고, 고무바퀴를 단 커다란 마차를 새로 장만했으며, 머슴이 둘에서 넷으로 늘었고 계집종이 하나에서 둘로 늘었고 부엌일을 하는 어멈도 따로 둘을 두었다. 이러던 차에 관우 사당 앞에 버려져 겨우 한줌 숨만 남은 채 꽁꽁 얼어 있던 남검을 주워온 것이다. 그날 나는 일찍 일어나 개똥을 춥던 참이었다. 믿지 않을지 모르지만 고밀 동북향의 제일가는 부자였지만 몸에 밴 노동하는 습관을 그대로 지니고 있었다. 3월에는 쟁기질을 하고 4월에는 씨를 뿌리고 5월에는 보리타작을 하고 6월에는 호박을 심고 7월에는 콩밭을 매고 8월에는 참새를 쫓고 9월에는 추수를 하고 10월에는 땅을 갈아엎고 동지섣달에도 뜨신 구들장을 마다하고 동이 트자마자 소쿠리를 들고 나가 개똥을 주웠다. 아직 깜깜할 때 내가 너무 일찍 일어나는 바람에 돌덩이를 개똥으로 잘못 집어온다고 놀리는 동네 사람도 있지만, 다 헛소리였다. 내 코는 비상해서 아무리 멀리 떨어진 곳에서도 개똥냄새를 맡을 수 있었다. 개똥에 아무런 감정이 없는 자는 좋은 지주가 아니다.

그날 큰 눈이 내려서 집도, 나무도, 길도 눈에 뒤덮였다. 흰색 천지였다. 개들도 숨어버려서 주울 개똥이 있을 리 없었다. 그래도 나는 눈길에 집을 나섰다. 공기는 맑고 차가웠고 여리게 불던 바람이 점차 힘을 얻으며 동이 터오면서 더없이 신비롭고 기이한 일들이 벌어지는데 일찍 일어나지 않겠는가? 큰길부터 고샅까지 훑은 뒤 토담에 올라서 주위를 둘러보니 하얀 동쪽 하늘이 붉어지더니 아침노을이 불처럼 타올랐다. 붉은 태양이 떠오르고 눈이 붉은빛을 드넓은 세상에 반사하는데 영락없이 전설 속의 유리세계였다. 나는 관우 사당 앞에서 그 녀석을 발견했다. 눈에 절반은 덮여 있었다. 벌써 죽었겠거니 하고 관이나 하나 사서 들개들 밥 신세나 면하도록 묻어줄 요량이었다. 연전에도 벌거벗은 사내 하나가 토지신 사당에서 얼어죽은 적이 있었다. 온몸이 벌건데 그 사내의 물건만은 총처럼 꼿꼿하게 서 있어서 사람들이 다들 키득거렸다. 그 일을 두고 괴상한 막언이란 친구가 '사람은 죽어도 그의 자지는 죽지 않는다'란 제목으로 소설을 썼다. 몸은 죽어도 자지는 죽지 않았던 그 객사한 사람을 내가 돈을 내서 마을 서쪽 공동묘지에 묻어주었다. 이런 선행의 영향은 커서 공적비를 세우는 것보다 더했다. 나는 똥 소쿠리를 놓고서 그 아이를 흔들어도 보고 가슴도 만져보았다. 아직 뜨거운 기운이 남아 있었다. 아직 죽지 않은 것을 알고서는 솜옷을 벗어 감쌌다. 큰길을 따라 태양을 받으며 그 꽁꽁 언 아이를 받쳐들고 집으로 왔다. 이미 여명이 세상에 가득하고 큰길가에 사람들이 문을 열고 나와 눈을 쓸고 있어서 동네 사람들 여러 명이, 이 서문뇨의 선행을 보았다. 이것만 보더라도 네놈들은 나를 총살하지 말았어야 한다! 이것만 보더라도, 염라대왕이시여, 당신은 나를 당나귀로 환생시키지 말았어야 하옵니다! 한사람의 목숨을 구하면 칠층탑을 세우는 것보다 낫다고 하거늘, 나 이 서문뇨가 분명히 목숨을 구했지 않습니까? 이 서문뇨가 어찌 목숨을 하나만 구했겠습니까? 큰 흉년이 든 그해 봄에는 헐값에 수수 스무 석(石)을 내놓았고 모든 소작인들의 세를 면해주어 사람 목숨을 얼마나 구했는지 모릅니다. 그런데 어쩌다 내가 이런 처참한 지경에 처했는지, 하늘이여, 땅이여, 사람이여, 신이시여, 이러고도 공정하다고 할 수 있습니까? 양심이 있습니까? 나는 절대 인정 못합니다. 나는 이유를 모르겠습니다!

나는 그 아이를 안고 집에 와서 머슴들 방의 뜨끈한 구들에 뉘었다. 불을 때 따뜻하게 해주려 했지만 인생경험이 많은 나이든 머슴 장(張, 쟝)씨가 말했다. 주인님, 불을 때서는 안됩니다. 꽁꽁 언 배추와 무는 천천히 해동을 시켜야지 불가에 두었다가는 바로 썩어 흐물흐물해집니다. 장씨 말에 일리가 있었다. 그 아이를 구들에서 천천히 몸을 데우게 하고는 젓가락으로 이를 벌리고서 꿀에 생강 달인 물을 떠넣었다. 생강 달인 물이 들어가자 쿡, 쿡 기침을 했다. 이 녀석을 내가 살린 것이다. 머슴 장씨가 머리 깎는 칼로 이가 구들구들한 헝클어진 머리를 밀어주었다. 몸을 씻기고 깨끗한 옷을 갈아입혀 어머니에게 데리고 갔다. 녀석이 귀엽게도 땅에 무릎을 꿇더니 할머니!라고 불러 어머니를 기쁘게 했고, '나무아미타불'을 외우더니 자기는 어느 절의 동자승이라고 했다. 나이를 물어도 모르고 고향을 물어도 기억이 나지 않는다고 했다. 가족이 또 누가 있느냐고 물어도 장난감 북을 흔들듯이 고개를 저었다. 그렇게 그 아이를 거두어 양아들로 삼은 셈이었다. 이 아이는 원숭이처럼 대나무를 탈 줄도 알았고, 나를 보고는 양아버지라 부르고 백씨를 보고는 양어머니라 불렀다. 하지만 양아들이건 아니건 중요한 것은 내 일손을 덜어주어야 한다는 것이었다. 주인인 나도 일을 하지 않는가. 노동하지 않는 자는 먹지도 말라는 말은 훗날에 생겼지만, 그런 뜻은 옛날부터 있었다. 이 아이는 성도 없고 이름도 없고, 왼쪽 얼굴에 손바닥만한 파란 점이 있어서 내가 그냥 남검(파란 얼굴)이라고 부르자고 하여 성이 남이고 이름이 검이 되었다. 그런데 이 녀석이 양아버지를 따라 성을 서문이라 하고 이름을 남검이라 하고 싶어했다.
내가 그건 안되는 일이라고 했다. 서문이라는 성은 마음대
로 붙일 수 있는 게 아니니 일을 열심히하고 이십년 뒤에 보
자고 했다. 그 아이는 우선 머슴을 따라 잡일을 했다. 말을
방목하고, 나귀를 방목하고 — 염라대왕이시여, 당신은 무슨
억하심정에 저를 나귀로 변하게 하셨나이까 — 나중에는 차
차 힘든 일도 했다. 몸이 허약하다고 우습게 볼 일이 아니었
다. 허약하기는 해도 손발이 재고 눈썰미도 있고 요령있게
힘을 쓸 줄 알아서 약한 체력을 넉넉히 보충했다. 그의 떡 벌
어진 어깨에 굵고 실한 팔뚝을 보니, 그는 이제 하늘과 땅을
떠받칠 만한 장부가 되어 있었다.

"하하, 낳았다고!" 그가 소리치면서 몸을 굽혀 그 큰 두
손으로 나를 일으켜세웠다. 나는 더없이 부끄럽고 화가 나
소리를 지르려고 애썼다.

"난 나귀가 아니야! 사람이라고! 난 서문뇨야!"

하지만 그 파란 얼굴의 저승사자들이 아직도 내 목을 누
르고 있는지, 죽을힘을 다 써봐도 소리가 질러지지 않았다.
절망스럽고, 두렵고, 화가 났다. 입에서 하얀 물을 뱉어냈고
눈에서는 끈적끈적한 눈물이 났다. 그의 손이 미끄러워서
나는 끈적끈적한 양수와 해파리 같은 태반이 있는 바닥에
쓰러졌다.

"어서 수건 가져와!" 남검이 소리쳤고 배가 커다랗게 나
온 여인이 방에서 나왔다. 나는 그 순간 나비 점이 있는 그녀

를 보았다. 다소 부은 듯한 얼굴, 슬픈 듯한 두 눈, 아아……
아아…… 그녀는 이 서문뇨의 여자였다. 내 둘째마누라 영
춘이었다. 원래는 첫부인 백씨가 시집오면서 데려온 계집이
었다. 성도 몰라서 주인을 따라 그냥 백씨라 했다. 중화민국
35년(1946년) 봄에 그녀를 내 방에 들였다. 이 계집은 눈이 크
고 코가 오뚝하고 이마가 넓고 입이 길고 턱이 네모진 것이
완전 복받을 상이었다. 게다가 젖꼭지가 꼿꼿한 유방에 널
찍한 골반은 척 보기에 아이를 쏙쏙 뽑아낼 몸이었다. 내 아
내는 오래도록 아이를 낳지 못해 내심 수치스러워했고, 그
래서 영춘을 내 이불 속으로 밀어넣은 것이다. 아내는 평소
에 쉽고 평범하면서도 마음에 깊은 울림을 주는 말을 잘했
다. 그녀가 말했다. 여보, 그녀를 거두세요. 좋은 물은 남의
밭에 흘려보내지 않는 법입니다.

과연 밭이 좋았다. 그녀와 합방한 바로 그날, 아이가 들어
섰고 게다가 쌍둥이였다. 이듬해 이른봄에 그녀는 내게 아
들, 딸 쌍둥이를 낳아주었는데, 남자아이는 이름이 서문금
룡(西門金龍, 시먼진룽)이고, 여자아이는 이름이 서문보봉(西
門寶鳳, 시먼빠오펑)이었다. 아이를 받은 산파가 말하기를 이
렇게 아이를 잘 낳는 여자는 아직껏 본 적이 없다고 했다. 골
반이 넓은데다 산도도 탄력이 넘쳐서 마대자루에서 수박 꺼
내듯이 통통한 두 아이를 가볍게 쏙쏙 낳은 것이다. 여자라
면 누구나 초산 때 하늘이 무너질 듯 숨넘어가는 비명을 지
르게 마련인데 나의 영춘은 출산할 때 산방에서 아무런 소

리도 나지 않았다. 산파가 말하길, 애를 낳을 때 영춘의 얼굴에는 시종 신비스러운 미소가 걸려 있었고 재미있는 놀이라도 하는 것 같아서, 이 여자가 요괴라도 낳는가 싶어 되레 산파가 긴장했다는 것이다.

금룡과 보봉이 태어난 것은 서문가의 일대 경사여서, 큰머슴 장씨와 작은머슴 남검을 시켜 열 개가 한묶음인 폭죽 팔백개를 사오게 하여 혹시 아이와 산모를 놀라게 할까봐 동네 남쪽 담장에 꽂고 터뜨리게 했다. 펑펑 폭죽 터지는 소리가 간간이 들려오자 나는 미칠 듯이 기뻤다. 나라는 사람에게 한가지 괴팍한 취미가 있었으니, 좋은 일이 생기면 손이 근질근질해져서 일을 고되게 하지 않으면 근질거리는 것이 멈추질 않았다. 폭죽 터지는 소리를 들으며 나는 옷소매를 걷어붙이고 마구간으로 가서 겨울 동안 쌓인 수십수레나 되는 똥을 걸어냈다. 마을에서 귀신을 손으로 주무른다는 허풍 센 풍수쟁이 영감 마지백(馬智伯, 마즈빠이)이 마구간으로 달려와서는 조심스럽게 말했다. 문시(門市)―문시는 내 자(字)였다―문시동생, 집안에 산모가 있을 때는 담을 쌓고 땅을 파지 않는 법이고, 더더욱 똥을 걸어내거나 우물을 파지 않는 법일세. 태세신(太歲神)을 건드리면 아이들에게 좋지 않은 법이야.

마지백 말에 나는 움찔했지만 시위를 떠난 화살을 되돌릴 수는 없었다. 무슨 일이든 시작을 했으면 끝장을 봐야 하고 중간에 포기란 있을 수 없고, 구멍을 절반만 파고 다시 메울 수는 없는 일이었다. 내가 말했다. 옛말에 있지요. 사람 인생에 십년은 꼭 운이 따를 때가 있으니 이때는 귀신도 감히 해코지를 못한다고요. 나 서문뇨는 마음이 바르니 사악한 기운이 두렵지 않고, 행실이 단정하니 귀신도 무섭지 않아요. 설사 태세신이라고 한들 어찌 두렵겠습니까. 그런데 마지백의 말이 들어맞았는지, 내가 마구간 똥더미를 긁어내는데 조롱박 모양의 이상한 물건이 나왔다. 흐물흐물한 것이 언 고기 같고, 투명한 듯하면서도 탁하고, 약한 것 같으면서 부드럽고 질겼다. 나는 그것을 마구간 밖으로 퍼내 살폈다. 이것이 전설에 나오는 태세신이란 말인가. 그런데 마지백의 얼굴이 하얗게 질리고 하얀 수염이 덜덜덜 떨리며 두 손을 가슴에 모으더니 연방 괴상한 물건에 대고 읍(揖)을 했다. 읍을 하면서 뒷걸음질치다가 담장 밑에 이르자 몸을 돌려 냅다 도망쳤다. 내가 비웃으며 말했다. 태세신이라는 게 이 모양이면 무서워할 필요도 없겠구먼. 태세신이라 태세신, 내가 세 번 너를 부를 때까지 사라지지 않으면 그땐 나도 사정 봐주지 않을 것이니 원망 마라. 태세신, 태세신, 태세신! 나는 눈을 감고 세 번 소리쳐 불렀다. 눈을 떴다. 그 괴상한 물건은 여전히 그대로였다. 마구간 밖에 쭈뼛거리면서 말똥하고 같이 있는 것이 벌써 죽은 듯했다. 나는 삽으로 단번에 반토막을 내버렸다. 그 물건의 속을 보니 풀 같기도 하고 언 것 같기도 한 물질이었고, 복숭아나무 생채기에서 흘러나오는 수액 같았다. 그것을 긁어모아 마구간 밖으로 힘껏 던져 말똥, 나귀똥하고 섞었다. 부디 이 물건에 신비한 힘이 있어서 7월에 상아 같은 방망이만한 옥수수가 열리게 하고 8월에 개꼬리 같은 벼이삭이 달리게 해달라고 빌었다.

막언녀석이 그의 소설 「태세신」에서 이렇게 썼다.

투명하고 주둥이가 넓은 병에다 물을 쏟아버리고 거기에 홍차와 붉은 설탕을 넣어 따뜻한 부뚜막 뒤쪽에 열흘 가량 놓아두자 병에 조롱박 모양의 이상한 물체가 생겨났다. 동네 사람들이 그 이야기를 듣고는 다들 보러 왔다. 마지백의 아들 마총명이 긴장하여 말했다. "큰일났어요. 태세신이에요. 그때 지주 서문뇨가 파서 나온 태세신도 이런 모양이었어요." 나는 현대 청년으로 과학을 믿지 귀신을 믿지 않는다. 나는 마총명을 쫓아보내고 병 속의 것을 따라냈다. 칼로 자른 뒤 조각을 내 솥에 넣어 볶으니 이상한 향기가 나 입맛을 당겼다. 입에 넣으니 고기를 조려서 만든 젤리 같기도 한 것이 맛이 그만이었고, 영양도 좋았다. ……태세신을 먹은 뒤 내 몸은 삼 개월 만에 10센티미터가 자랐다.

이 인간, 정말 가관이다.

폭죽소리로 서문뇨의 씨가 부실해 애를 낳지 못한다는 소문을 몰아내버렸고 다들 아흐레 뒤에 열릴 축하잔치에 내게 가져다줄 선물을 준비했다. 하지만 오래된 소문이 사라지자 새로운 소문이 일어났다. 서문뇨가 태세신을 으깨버렸다는 소문이 하룻밤 사이에 고밀 동북향 열여덟 개 마을에 죄다 퍼진데다 여기에 기름 치고 초까지 쳐서 그 태세신이 일곱 개의 구멍이 뚫린 신령스럽고 커다란 고기 달걀이었는데 마구간 밖에서 데굴데굴 구르다가 내 삽에 절단난 뒤 하얀 빛줄기와 함께 하늘로 사라졌다는 것이다. 태세신을 건드렸으니 백일 안에 필시 피를 보는 화를 입게 될 것이라고도 했다. 큰 나무에 바람 잘 날 없고 재물이 많으면 시기를 받게 마련이라고, 다들 이 서문뇨가 잘되지 않기를 바란다고 여겼다. 내심 불안했지만 용기를 잃지 않고 마음을 가다듬었다. 하늘이 나를 벌한다면 어찌 금룡과 보봉을 보내주셨겠는가.

영춘은 나를 보자 얼굴에 희색이 가득했다. 그녀가 힘들게 허리를 숙이자, 순간 그녀의 뱃속에 들어 있는 아이가 보였다. 사내아이였다. 왼뺨에 파란 점이 있었다. 물어볼 필요도 없이 남검의 씨였다. 견딜 수 없는 치욕이었다. 가슴에서 독사의 혀처럼 분노의 불길이 타올랐다. 죽일 것이다, 욕을 퍼부을 것이다, 저 남검을 갈아서 떡을 만들 것이다. 남검, 이 배은망덕한 짐승놈아. 양심이라곤 털끝만치도 없는 천하의 개자식! 입만 열면 나를 양아버지라고 부르고 나중에는 아예 아버지라고 하더니, 그래 내가 네 아비이면 영춘은 네놈의 작은어머니인데 네놈이 작은어머니를 마누라로 삼아 네놈 씨를 품게 하다니. 너같이 패륜을 저지른 놈은 벼락을 맞을 것이고, 지옥에 가면 껍질이 벗긴 채 풀밭을 구를 것이고 육도윤회(六道輪回)에서 축생도(畜生道)에 떨어질 것이다! 그런데 하늘의 도가 무너지고 지옥의 법도가 사라져도 유분수지, 네가 아니라 어찌 평생 나쁜 일 해본 적 없는 이 서문뇨가 축생도에 떨어졌단 말인가. 그리고 너 영춘, 이 천한 계집 같으니라고! 예전에 내 품에 안겨서는 그리도 달콤한 말을 속삭이지 않았더냐? 산과 바다를 두고 그렇게 숱하게 맹세하지 않았더냐? 그런데 내 시체가 식기도 전에 머슴놈하고 자다니. 너같이 음탕한 계집이 어떻게 세상에 얼굴을 들고 다닌단 말이냐. 당장 죽어 마땅한 계집 같으니라고. 내가 하얀 비단을 내려주었지만, 쳇, 너에게 그런 비단은 과분하다. 그저 돼지 묶는 끈을 가지고 쥐똥에 박쥐 오줌이 묻은 대들보에 목을 매야 옳다. 비상을 한대접 마시고 자결해야 옳다. 마을 밖에 들개들이 빠져죽은 우물에 빠져죽는 게 옳다. 현세에서 너는 화냥년이 타는 목마를 타고 동네방네 끌려다녀야 한다. 죽은 뒤에는 음탕한 계집들을 징벌하는 독사 방에 처넣어 물려죽게 해야 한다. 그런 뒤 축생도에 빠뜨려 윤회시켜 만세가 지나도 벗어나지 못하게 해야 한다. 아아, 아아 — 하지만 축생도에 떨어진 것은 오히려 성인군자인 나 서문뇨이고, 어째서 내 둘째마누라가 아니란 말인가.

그녀가 아주 힘들게 내 곁에 앉더니 양의 배에 난 털로 만든 파란 수건으로 내 몸의 점액을 세심하게 닦았다. 마른수건으로 내 축축한 살갗을 닦아주자 아주 편안했다. 손놀림이 자기가 낳은 아이를 닦아주듯이 부드러웠다. 예쁜 망아지야, 귀여운 것, 너 정말 예쁘구나. 눈 큰 것 좀 봐, 어쩜 저렇게 파랗담. 저 작은 귀에 보송보송한 털 좀 봐. 이렇게 말하면서 자기가 말하는 신체부위를 수건으로 닦아주었다. 그녀는 아직도 착한 마음씨를 가지고 있었고, 진정에서 우러나오는 사랑이 느껴졌다. 나는 감동했다. 마음속 사악하고 독한 불기운이 점점 잦아들고, 사람이던 때의 기억이 아득히 흐릿하게 떠올랐다. 내 몸이 말랐다. 이제 떨리지 않았다. 뼈가 튼튼해졌고 다리에 힘이 생겼다. 한줄기 힘, 한줄기 바람이 내게 힘을 내라고 재촉했다. 아아, 하지만 나는 나귀의 새끼인 것을! 그녀가 수건으로 내 성기를 닦았다. 부끄러웠다. 예전에는 그녀와 사랑 놀이를 했는데 한순간에 이렇게 변하다니. 나는 누구의 아이인가? 어미나귀의 새끼다. 옆에 서서 전신을 덜덜 떨고 있는 어미나귀가 보였다. 나의 어미가? 한마리 어미나귀? 분노와 초조가 나를 재촉했고, 나는 일어섰다. 네 다리로 버티며 일어섰다. 다리 짧은 걸상 같았다.

“일어섰어! 일어섰어!” 남검이 손뼉을 치고 흥분하면서 말했다. 그가 손을 내밀어 쪼그리고 앉은 영춘을 일으켜세웠다. 눈에 따스한 정이 넘쳐났다. 영춘에게 퍽이나 정을 느끼는 눈치였다. 갑자기 예전 일이 떠올랐다. 누군가 내게 암시를 준 적이 있다. 젊은 머슴이 내실에 멋대로 드나들지 못하게 하라는 것이다. 둘이 진즉부터 수상한 짓거리를 했을 지도 모를 일이다.

　나는 1월 1일 오전의 햇볕을 받으며 넘어지지 않으려고 연방 발을 고쳐 디뎠다. 나귀로서 첫걸음을 떼면서 낯설고, 고난과 치욕이 가득한 여정을 시작한 것이다. 다시 한걸음을 뗐다. 몸이 흔들리고 살가죽이 탱탱하게 당겨졌다. 아주 큰 태양과 아주 파란 하늘이 보이고, 아주 하얀 기러기가 하늘을 나는 게 보였다. 남검이 영춘을 부축하고 방으로 들어갔다. 남자아이와 여자아이가 눈에 들어왔다. 새 솜옷을 입고 호랑이머리가 새겨진 신발을 신고 토끼가죽 모자를 쓰고 대문을 들어서고 있었다. 다리가 짧아 문턱을 넘느라 애를 썼다. 둘 다 서너살밖에 되어 보이지 않았다. 남검을 아빠라고 부르고 영춘을 엄마라고 불렀다. 아아, 아아— 저 아이들은 원래 내 아들과 딸이었다. 남자아이는 서문금룡이고 여자아이는 서문보봉이다. 내 아이들아, 너희가 얼마나 보고 싶었는가! 아빠는 너희가 용과 봉황이 되어 이 가문을 빛내주길 바랐는데, 너희는 이제 남의 아들 딸이 되고, 너희 아빠는 나귀가 되었구나. 비통하고 서글프고 머리가 어지럽고 사지가 떨려 바닥에 쓰러졌다. 나는 나귀를 하지 않을 것이다. 내게 사람의 몸을 돌려주어라. 원래의 나 서문뇨가 되어 저들을 끝장내리라. 내가 바닥에 쓰러지는 것과 동시에 나를 낳은 어미나귀도 갑자기 바닥에 픽 쓰러졌다. 오래된 흙담이 무너지듯이.

나를 낳은 어미나귀는 죽었다. 사지가 나무토막처럼 굳었지만 눈을 부릅뜨고 있었다. 죽어서도 눈을 감지 못하는 것을 보니 억울한 게 많은가 보다. 나는 그의 죽음이 조금도 슬프지 않았다. 내가 그의 몸을 빌려서 태어난 것은 죄다 염라대왕의 간계(奸計) 때문이다. 아니면 우연히 그렇게 되었을 뿐이다. 나는 그의 젖 한방울 먹지 않았다. 두 다리 사이의 부어오른 젖을 보자 속이 뒤집혔다. 나는 수수죽과 쌀죽을 먹으며 자랐다. 쌀죽은 영춘이 손수 만들어주었다. 그녀는 나를 키워주는 은혜를 베풀었다. 그녀는 나무숟가락으로 내게 죽을 먹여주었는데, 내가 어엿한 어른나귀로 자랐을 때 나는 그 나무숟가락을 조각조각 씹어 먹어버렸다. 나에게 죽을 먹일 때 나는 그녀의 팽창한 젖가슴을 보았다. 그 유방은 천한 남씨의 젖으로 차 있다. 나는 그녀 젖의 맛을 알고 있다. 나는 그녀의 젖을 맛본 적이 있다. 그녀의 젖은 맛도 좋고, 양도 많아서 두 아이가 빨아도 남을 정도였다. 어떤 여자의 젖에는 독이 있어 아이를 죽이기도 하는데 말이다. 그녀가 내게 죽을 먹이면서 말했다. 불쌍한 것, 태어나자마자 어미가 죽어버리다니. 이 말을 하면서 눈물이 그렁그렁했고 나는 그녀가 진정으로 나를 아낀다는 것을 알 수 있었다. 그녀의 아이들, 금룡과 보봉이 궁금하다는 듯이 물었다. 엄마, 이 새끼나귀 엄마는 왜 죽었어요? 그녀가 말하더라. 명이 다해서 염라대왕한테 불려갔단다. 아이들이 말하더라. 엄마, 엄마는 절대 염라대왕한테 불려가면 안돼. 엄마가 불려가면 나도 저 새끼나귀처럼 엄마가 없게 되고, 해방(解放, 제팡)이도 엄마가 없게 되잖아. 그녀가 말하더라. 엄마는 영원히 같이 있을 거야. 염라대왕이 우리집에 빚진 게 있어서 감히 못 오거든.

방에서 남해방 울음소리가 들려왔다.

남해방이 누군지 알아? 나중에 나를 이어 이 이야기를 이끌어갈 사람, 나이는 어리지만 보는 눈이 노련하고 몸은 삼척(尺)이 못 되어도 말은 천상유수인 대두 남천세(藍千歲, 란첸쑤이)가 나에게 갑자기 물었다.

나도 잘 안다. 내가 바로 남해방이다. 남검이 내 아버지이고, 영춘이 내 어머니이다. 그렇다면 너는 전에 우리집 나귀였는가?

맞다, 나는 너희 집 나귀였다. 나는 1950년 1월 1일 오전에 태어났고, 너 남해방은 1950년 1월 1일 저녁에 태어났다. 우리 둘은 새로운 시대의 산물이다.

제3장

홍태악은 고집쟁이 집주인에게 화를 내며 혼내고
서문나귀는 나무껍데기를 갉아먹다가 사고를 치다

나귀 노릇을 하기 싫었지만 그렇다고 나귀의 몸에서 벗어날 수도 없었다. 서문뇨의 억울한 영혼이 들끓는 용암처럼 나귀의 몸 안에서 질주하고 있었다. 나귀의 습성과 기호도 억제할 수 없이 무럭무럭 자라났다. 나는 나귀와 인간 사이에서 흔들렸다. 나귀의 의식과 인간의 기억이 한데 섞여 있었고, 그 둘 사이에 균열을 내고 싶은 마음이 수시로 들었지만 그럴 때마다 결국에는 둘이 더 잘 결합하는 것으로 끝나곤 했다. 인간의 기억 때문에 괴롭다가도 나귀의 생활 때문에 즐거웠다. 히힝 ― 히힝 ― 남검의 아들, 남해방, 너는 내 마음을 알겠지? 내가 말하려는 것은 이렇다. 예컨대 내가 너의 아버지 남검과 너의 어머니 영춘이 구들에서 운우지정을 나눌 때, 옛날 내 머슴과 내 둘째마누라가 뒤엉켜 있는 것을 볼 때, 나 서문뇨는 괴로워서 머리로 마구간 문을 들이받고, 여물이 담긴 소쿠리를 물어뜯곤 했다. 하지만 갓 볶은 검은콩을 넣고 베어온 풀로 쑨 여물이 입에 들어가 나도 모르게 씹고 삼키고 또 씹고 삼키다 보면 그만 나귀만 느끼는 즐거움에 빠지곤 했다.

눈깜짝할 시간이 흐른 것 같은데 나는 어른나귀의 절반쯤 자라서 서문저택의 너른 마당을 마음대로 뛰어다니던 세월을 끝내야 했다. 내 머리에 굴레가 씌워지고 구유에 묶이게 되었다. 이럴 즈음, 진즉 성을 남씨로 바꾼 금룡과 보봉도 키가 두 치는 더 자랐고 나와 같은해 같은달 같은날에 태어난 남해방 너도 걸음걸이를 배웠다. 너는 새끼오리처럼 마당을 쏘다니면서 놀았다. 그런데 집 안 동쪽 행랑채에 살고 있던 또 한 가구가 폭풍우가 휘몰아치던 그 시절에 딸 쌍둥이를 낳았다. 쌍둥이를 거듭 생산할 정도로 서문뇨 집안의 땅기운이 아직 쇠하지 않았음을 보여주는 증거였다. 이 두 여자아이 중 큰애는 호조(互助, 허쥬), 작은애는 합작(合作, 허줘)이었다(호조와 합작은 인민공화국 수립 이후 토지를 집단소유로 개혁하고 인민공사라는 집단농장을 건설할 때 유행하던 정치용어다―옮긴이). 그 아이들은 성이 황이었다. 황동의 종자인 것이다. 황동과 나의 옛날 셋째마누라인 추향이 낳은 딸들이었다. 지금 나의 주인이고 남해방 네 아비인 남검은 토지개혁 때 옛날 내 둘째마누라 영춘이 살던 서쪽 행랑채를 분배받았다. 그리고 황동은 원래 셋째마누라 추향이 살던 동쪽 행랑채를 분배받았는데, 방에 딸린 사람처럼 그녀도 황동 차지가 되었다. 서문가문의 빛나던 다섯 칸 대궐집은 이제 마을회관이 되었고 날마다 사람들이 몰려와 회의를 하고 공무를 처리했다.

그날 나는 마당에서 살구나무를 씹고 있었다. 나무의 까칠한 껍데기에 내 부드러운 입술을 문지르자 불에 타는 것 같았다. 하지만 포기하지 않았다. 나무 껍데기를 벗기면 무엇이 나오는지 알고 싶었다. 촌장 겸 마을 당지부 서기인 홍태악(洪泰岳, 홍타이위에)이 소리를 지르더니 날카로운 돌조각을 내게 던졌다. 돌조각이 다리에 명중했고 나는 비명을 질렀다. 자극이 극심했다. 이것이 고통이라는 것인가? 얼얼한 느낌이 들고 피가 솟구쳤다. 아아 — 아아 — 아파 죽을 것 같았다. 나는 불쌍한 고아 나귀이다. 다리에 흘러내리는 피를 보자 나도 모르게 몸을 떨었다. 다리를 절룩거리면서 마당 동쪽 살구나무 쪽으로 피했다가 다시 마당 서쪽으로 도망쳤다. 우리집 문앞에는 남쪽 담을 등진 남향의 나무와 갈대로 엮은 마구간이 있었다. 내 보금자리이자 비바람을 막아주고 내가 놀랄 때면 뛰어가 숨는 곳이었다. 하지만 그때 나는 마구간으로 들어갈 수 없었다. 우리 주인이 마침 안에서 내가 어제저녁에 싼 똥오줌을 치우고 있었다. 그는 다리를 절룩거리고 피를 흘리면서 뛰어오는 나를 보았다. 홍태악이 돌로 내 다리를 명중시키던 것도 보았을 듯싶다. 돌조각이 허공을 가르며 날아갈 때, 날카로운 가장자리가 투명한 공기를 가르며 마치 고급비단을 가르는 듯한 소리가 나면서 나의 마음을 오싹하게 했다. 마구간 앞에 서 있는 주인의 건장한 체구는 철탑 같았다. 햇살이 폭포처럼 몸에서 흐르고, 코를 경계로 한쪽 얼굴은 파랗고 한쪽 얼굴은 붉게 확연히 나뉜 것이 적 점령지역과 인민해방군 점령지역 같았다. 오늘날에는 이런 비유가 낡은 것이지만 그 당시에는 아주 신선했다. 우리 주인이 고통스럽게 외쳤다. "나귀야—" 우리 주인이 화가 나 소리쳤다. "홍형, 당신 왜 우리 나귀를 때리는 거요?!" 우리 주인은 나를 지나서 표범처럼 빠른 몸놀림으로 홍태악을 막아섰다.

홍태악은 서문촌의 최고지도자다. 그가 예전에 세운 빛나는 업적 덕분에 다른 일반 간부들은 다들 무기를 반납했지만 그는 여전히 마우저 권총(독일산 권총—옮긴이)을 차고 있었다. 홍갈색 소가죽 총집을 차고 있는데 소가죽이 그의 엉덩이에 걸린 채 햇빛을 반사하면서 혁명의 분위기를 물씬 풍기고 있었다. 모든 반동들에게 이렇게 경고하고 있는 듯했다. 경거망동하지 마라, 사악한 생각을 마라, 반항하지 마라! 그는 차양이 큰 잿빛 군모를 쓰고 있었다. 위에는 흰색 중국식 적삼을 입었고, 허리에는 손가락 네 개 넓이의 소가죽 요대를 차고, 회색 겹저고리를 걸치고 있었다. 아래는 통이 넓은 회색 바지를 입고 여러 겹을 댄 파란색 개버딘 헝겊 신을 신었는데 각반은 차지 않았다. 차림이 전시의 무장특

공대원 같았다. 전쟁때 나는 나귀가 아니라 서문뇨로 살았다. 서문촌에서 제일가는 부자로, 개명한 선비 서문뇨로 살던 시절이었다. 마누라 하나에 첩이 둘이고 옥답이 200무에 나귀와 말이 헤아릴 수 없던 그 시절, 홍태악 너 같은 놈은 아무것도 아니었다. 그 당시 너는 전형적인 건달이었고 사회의 쓰레기였고 소뼈로 만든 악기를 두드리며 밥을 빌어먹는 거지였다. 네놈이 밥을 빌어먹던 그 도구는 수소 엉덩이뼈로 만든 것으로 연노란색이었는데 반짝반짝 빛이 나도록 갈아서 가장자리에 구리 고리를 아홉 개 매달아 가볍게 흔들 때마다 쨍그렁쨍그렁 소리가 났다. 너는 그 소 엉덩이뼈를 들고서 5일, 10일마다 열리는 장날이면 얼굴을 까맣게 칠하고 등을 다 드러내놓고 목에는 면 포대를 건 채 둥그스름한 배를 내밀며 맨발, 대머리에 거무스름한 빛나는 큰 눈으로 영빈로 식당 앞 석회석이 깔린 빈터에서 노래를 부르고 현란한 재주를 부렸다. 소 엉덩이뼈를 들고서 그렇게 여러 가지 재주를 부릴 수 있는 사람은 세상에 너 말고 없을 것이다. 화랄라, 화랄라, 화화랄라, 화라, 화라, 화화, 라라, 화라 화라화화라…… 소뼈가 네 손에서 춤을 추고 하얗게 번쩍이면서 온 장터의 관심이 너에게 쏠렸다. 사람들이 관심을 보이고 구경꾼들이 둘러앉으면 어느새 판이 벌어지면서 소뼈를 손에 든 거지 홍태악이 창을 했다. 오리 목소리이긴 했지만 당겼다가 풀고, 풀었다 당기고 하면서 가락이 제대로 들어맞았다.

태양이 서쪽 담을 비추니 동쪽 담 서쪽에 그늘이 진다

부뚜막에 불 지펴 구들이 뜨끈하니 머리 뉘어 잠자다
등짝이 다 탈라

뜨거운 죽에 입이 불탈라 불어 불어 먹어라, 적선이 그
래도 악행보다 나은 법

믿기지 않느냐, 내 말이, 집에 가 네 어미에게 물어보
아라

그는 이렇게 웃기는 물건이었다. 그런데 신분이 공개되
고 보니까 고밀 동북향에서 지위가 가장 높은 비밀 지하당
원이었다. 팔로군(중국 공산당의 군대—옮긴이) 정보를 몰래
빼내던 쇠말뚝 같던 친일파 오삼계(吳三桂, 우싼꾸이)도 그의
손에 죽었다. 그런 그가 내가 자진하여 재산을 내놓자마자
안면을 싹 바꾸고는 가시 같은 눈초리에 강철 같은 낯빛을
하고 엄숙히 선포했다. "서문뇨, 일차 토지개혁 때는 네가
베푼 쥐꼬리만한 은혜를 가지고서 대중을 기만하여 그럭저
럭 고비를 넘길 수 있었다만 이번에는 네 그 갈지자 게걸음
도 끝이다. 넌 이제 꼼짝없이 독 안에 든 자라 신세다. 너는
재산을 약탈하고 착취를 자행하고 남녀를 강탈하고 마을을
유린하고 그 죄가 극악무도하여 너를 죽이지 않으면 백성들
의 분을 달랠 수 없고, 길을 가로막고 있는 너라는 검은 돌덩
이를 치우지 않고서는, 너라는 이 나무를 베지 않고서는 고

밀 동북향의 토지개혁을 지속할 수 없고, 서문촌의 남녀노소가 근본적으로 해방될 수 없다. 이제 구정부의 비준과 현정부가 허가를 받아 악덕지주 서문뇨를 두고 동구밖 돌다리에서 법을 집행한다!" 탕 하는 소리가 나고 불빛이 번뜩하더니 서문뇨의 뇌가 흘러나와 다리 밑에 널린 동과처럼 생긴 자갈에 쏟아졌다. 비린내가 진동하고 공기가 더러워졌다. 생각이 여기에 미치자 마음이 괴로웠다. 나는 입이 백개라도 열 수가 없었다. 그들이 시비를 따지지 못하게 했을뿐더러 지주를 타도하고 개머리를 깨부수고 독초를 베어내고 잡털을 뽑아내려고 작정한 이상, 무슨 죄를 덮어씌우지 못할 것인가. 홍태악은 내게 할말을 다 하고 기꺼이 죽게 해주겠다고 했지만 끝내 시비를 따질 기회를 주지 않았다. 홍태악이놈, 입만 열면 거짓말이고, 식언으로 배를 채우는 놈!

그가 손을 허리에 괴고 대문 안쪽에 서서 남검을 노려보는데 온몸에 위엄이 넘쳤다. 그가 옛날에 소뼈를 두드리면서 내게 머리를 조아리고 허리를 굽히던 일이 생각났지만 자고로 사람은 시운이 따라야 일이 풀리고 말은 살이 붙어야 빨리 달릴 수 있는 법, 토끼가 매를 만난 셈이니 다친 나귀 신세인 나로서는 이 사람이 속으로 두렵고 무서웠다. 우리 주인이 홍태악을 쏘아보는데, 둘 사이의 거리가 여덟 자 정도였다. 우리 주인은 원래 가난하게 태어나서 출신성분이 좋지만 나와 양아들 양아버지 사이가 된 뒤로 성분이 애매해져버렸다. 후에 그가 계급적으로 각성하여 나를 처단하는 과정에서 앞장서면서 가난한 출신의 명예를 회복하고 집과 토지와 마누라까지 분배받았지만 서문집안과의 특별한 관계 때문에 늘 권력자들의 의심을 받았다.

두 사내가 한참 노려보며 대치하더니 먼저 우리 주인이 입을 열었다.

“당신 무슨 자격으로 남의 나귀를 다치게 한 거요?”

“다시 한번 저놈이 나무껍데기를 씹으면 총살을 시켜버릴 거야!”

홍태악이 엉덩이에 찬 소가죽 총집을 탁탁 치면서 못을 박듯이 말했다.

“그저 짐승인데, 그렇게 독하게 할 필요가 뭐 있소!”

“보아하니 네놈은 배은망덕한데다 해방이 되니 자기 근본을 잊어먹은 짐승만도 못한 놈이구나!”

홍태악이 남검을 노려보면서 말했다.

“무슨 그런 망발이 있소?”

“남검 잘 들어, 내 말 한마디도 빼놓지 말고 새겨들으라고.” 홍태악이 앞으로 한발짝 다가서더니 총을 겨누듯이 손가락을 펴서 우리 주인 가슴을 겨누면서 말했다. “토지개혁에 승리하고 나서 내가 자네한테 말했지. 영춘이하고 결혼하지 말라고. 영춘이 가난한 밑바닥 출신에다 서문뇨에게 핍박을 당했고, 물론 과부 개가는 인민정부가 적극 권장하는 좋은 일이었지만, 적빈계급인 너로서는 마을 서쪽의 소(蘇, 쑤) 과부 같은 여자를 얻어야 했다. 그 여자는 방 한칸 땅

한뼘 없는데다 남편이 병으로 죽은 뒤 구걸하면서 사는 처지로, 아무리 그 여자 얼굴이 얽었다고 해도 그녀는 무산계급으로 우리 편 사람이어서, 그녀라면 자네가 지조를 지키며 혁명의 길을 끝까지 가게 해줄 것인데도 자네는 내 권고를 듣지 않고 기어이 영춘이와 결혼했지. 자유결혼정책 때문에 차마 정부의 명령을 위반할 수 없어서 그냥 내버려두었지. 그런데 짐작대로 겨우 삼년 만에 자네의 혁명의지는 완전히 사라져버렸고, 이기적이고 낙후된데다가 재산을 모아 집안을 일으켜세울 생각만, 옛날 네 주인이던 서문뇨처럼 타락하며 살 생각만 하고 있으니, 자네는 질적으로 완전히 타락한 전형으로, 각오를 새롭게 하지 않으면 조만간 인민의 적이 될 것이야!"

우리 주인은 멍하니 홍태악을 바라보며 한동안 죽은 듯이 꼼짝 않고 서 있었다. 그러다가 숨이 돌아왔는지 힘없이 물었다.

"홍형, 소 과부가 그렇게 좋으면 자네가 그 여자하고 결혼하지그래?"

참으로 무력해 보이는 이 말에 홍태악이 혀가 굳어져 한동안 대꾸를 못하고 낭패스러워했다. 그러다 겨우 할말을 찾아냈는데, 원래 화제에서 빗나갔지만 격식있고 지엄한 말이었다.

"까불지 말게, 남검. 나는 당을 대표하여, 정부를 대표하여, 서문촌 가난한 형제들을 대표하여 자네에게 마지막 기회를 주어 한번 용서해주겠네. 자네가 낭떠러지 앞에서 정신을 차리고 이제 그만 헤매고 제자리를 찾아 우리 진영으로 돌아오길 바라네. 우리는 자네의 허약함을 너그럽게 용서할 것이고 자네가 기꺼이 서문뇨의 노예가 되었던 불명예스러운 역사를 용서할 것이며 자네가 영춘과 결혼했다고 해서 머슴 출신이라는 자네의 계급성분이 바뀌지 않을 것이네. 머슴, 자네는 그 금빛찬란한 이름을 녹슬게 하지 말게, 더럽히지 말게. 내가 자네한테 정식으로 선언하겠네. 즉각 합작사에 입사하도록 하게. 자네 그 망할놈의 나귀를 끌고서, 토지개혁 때 분배해준 일륜(一輪) 수레를 밀고서, 자네에게 나눠준 씨뿌리는 수레를 갖고서, 삽과 곡괭이, 쇠스랑을 들고서, 네 마누라와 아이를 데리고 지주의 두 자식인 서문금룡과 서문보봉도 당연히 데리고서 입사하게. 개인농을 그만두고 혼자 독립하여 농사짓는 것을 당장 그만두게. 이런 말이 있지 않은가. '게가 강을 건널 때는 물살을 따라야 하고' '시대의 요구를 아는 자가 영웅이라고,' 고집 그만 피우고, 길을 막는 돌이 되지 말고 고집불통 짓 그만두게. 자네보다 훨씬 훌륭한 사람들도 다들 우리에게 머리를 숙이고 정리되었네. 이 홍태악은 고양이 한마리가 바짓가랑이에 들어와 자는 것은 용서할 수 있지만 내 눈앞에서 개인농사를 짓는 것만은 절대 두고 볼 수 없네! 내 말, 알아들었나?"

홍태악은 원래 목청이 좋다. 소뼈를 두드리며 고약을 팔 때 단련된 것이다. 이렇게 좋은 목청과 좋은 언변을 지니고

서 관리가 되지 못하면 이상한 일이다. 나는 한동안 넋을 놓고 그의 말을 들었다. 남검을 혼내면서 위에서 짓누르는 듯한 그의 태도를 보고 있자니 남검보다 키가 머리 절반만큼 작은 그가 오히려 더 커 보였다. 그가 서문금룡과 서문보봉을 거론하자 내 마음은 한없이 불안했다. 나귀 몸에 숨어 있는 서문뇨로서 불안하게 요통치는 이 세상에 두 혈육을 남겨놓은 것이 계속 마음에 걸리고 그 둘의 운명이 걱정되었다. 남검이 아이들에게 우산이 되어줄 수도 있지만 되레 아이들에게 고통을 가져다주는 재앙이 될 수도 있었다. 이때 내 안주인 영춘이 — 나는 그녀와 내가 한침대에서 한베개를 베고 같이 아이를 낳아 키우던 때를 잊으려고 애썼다 — 서쪽 행랑채에서 나왔다. 밖으로 나오기 전에 이 여자는 분명 벽에 걸린 상감문양이 새겨진 깨진 거울에 자신을 한번 비춰보았을 것이다. 위에는 파란 탄트렌 천으로 된 한쪽으로 여미는 저고리를 입고, 아래는 발을 덮는 까만 바지를 입고, 허리에는 파란 꽃무늬 앞치마를 두르고, 머리에는 파란 천에 하얀 꽃무늬가 박힌 수건을 둘렀는데, 앞치마와 같은 천이어서 소탈하면서도 잘 어울려 보였다. 햇빛이 초췌한 얼굴을 비추었다. 그 이마가, 그 눈이, 그 입술이, 그 코가 지난날의 기억을 줄줄이 불러일으켰다. 참으로 좋은 여자였다. 입에 다정한 기운을 한껏 품고 있는 참으로 보배 같은 여자였다. 남검 이 자식이 보는 눈 하나는 정말 좋다. 네가 마을 서쪽에 사는 그 곰보 과수댁을 얻었던들 옥황상제 노릇을 해도 무슨 의미가 있을 것이냐? 그녀가 다가오더니 홍태악에게 깊숙이 허리를 굽혀 인사했다. 그리고 말했다.

"홍오라버니, 큰일하시는 분이 하찮은 사람과 어찌 다투십니까? 우리 같은 천한 것들은 신경쓰지 마십시오."

잔뜩 굳어 있던 홍태악의 얼굴이 서서히 풀어지는 게 보였다. 말을 타고 있는 발이 언덕에 닿은 김에 말에서 내린다더니, 그가 말했다.

"영춘, 당신네 집안 내력에 대해서는 당신도 다 생각이 있겠지. 자네들 둘이야 까짓것 쪽박이 깨져도 그만이지만, 저 아이들은 아직 앞길이 창창하지 않은가. 아이들 생각을 해야 하네. 팔년, 십년이 흐른 뒤에 다시 생각해보면 남검, 그때는 알게 될 거네. 내가 오늘 말한 것이 다 자네 좋으라고, 자네 부인과 아이들 좋으라고 한 소리이고, 내 말이 다 금과옥조였다는 것을 알게 될 걸세."

"홍오라버니, 제가 어찌 그 뜻을 모르겠어요?" 그녀가 남검의 팔을 당기며 꼬집으면서 말했다. "어서 홍오라버니에게 잘못했다고 하세요. 합작사에 입사하는 것은 우리가 집에 돌아가서 의논할게요."

"의논은 무슨 놈의 의논?" 남검이 말했다. "친형제도 분가를 하는 마당에 별의별 집안 사람들이 죄다 뒤섞여서 한 솥에 숟가락을 담그는 것이 뭐가 좋아?"

"너 이런 개새끼!" 홍태악이 머리끝까지 화가 나서 말했다. "그래, 너 남검 그래 어디 한번 해보자, 너 혼자 버텨보란 말이다. 누가 이기나 보자고. 우리 단체의 힘이 센지 네 놈 남검 개인의 힘이 센지 두고 보자고. 내가 지금 노파심에 합작사에 들어오라고 너에게 거듭 충고를 한다만, 언젠가 네놈 남검이 내게 애걸할 날이 올 것이다. 그날이 멀지 않았 어!"

"난 절대 합작사에 들어가지 않아! 그리고 당신한테 무릎 꿇고 애걸할 일도 결코 없을 것이고." 남검이 눈을 부릅뜨면 서 말했다. "정부 규정에 '합작사 입사는 자유고, 퇴사도 자 유이다'고 했는데, 당신이 뭣 때문에 강요하는 거야!"

"너 이 개똥 같은 놈!" 홍태악이 분노에 차서 소리쳤다.

"홍오라버니, 제발……"

"그놈의 오라버니 소리 좀 그만해." 홍태악이 경멸하듯 이, 혐오스럽다는 듯이 영춘에게 말했다. "나는 서기이고, 촌장이야. 마을 공안원도 겸하고 있다고!"

"서기님, 촌장님, 공안원님." 영춘이 겁먹은 목소리로 말 했다. "우리가 집에 들어가자마자 의논할게요……" 그런 뒤 남검을 밀치고 울음을 터뜨리며 말했다. "아이고, 이 쇠고 집, 아이고, 이런 꽉 막힌 양반아, 제발 그만 집으로 들어갑 시다……"

"못 들어가, 아직 이야기 끝나지 않았어." 남검이 집요하 게 말했다. "촌장, 당신이 우리 나귀를 다치게 했으니 약값 물어내시오."

"오냐, 그래 총알로 물어주마!" 홍태악이 총집을 치면서 큰 소리로 웃었다. "남검, 너 참 잘났다, 응?" 그러더니 갑자기 목소리를 높였다. "이 살구나무는 누구에게 분배해준 것이오?"

"저한테 준 것이지요." 동쪽 행랑채 앞에 서서 싸움판을 쭉 지켜보던 민병대장 황동이었다. 그가 홍태악 앞으로 달려나오며 말했다. "지부 서기님, 촌장님, 공안원님, 토지개혁 때 저 나무는 제게 분배해준 것입니다. 그런데 제가 분배받고부터 살구가 하나도 열리지 않아 잘라버리려던 참입니다. 이 살구나무는 서문뇨와 마찬가지로 우리 빈농들의 적입니다."

"멍청한 놈!" 홍태악이 차갑게 말했다. "터진 입이라고 멋대로 지껄이기는. 아부도 실사구시해서 해야지, 살구가 열리지 않는 건 네가 관리를 잘 안해서 그런 거지 서문뇨는 왜 갖다붙여. 이 나무를 너에게 분배해주긴 했어도 조만간 집단재산이 될 것이야. 집단화의 길을 가는 것이, 사유제를 소멸시키고 착취를 근절하는 것이 천하의 대세야. 그런즉 너는 이 나무를 잘 관리해야만 한다. 다시 한번 나귀가 껍데기를 물어뜯게 놔두면 내가 너의 가죽을 벗겨버릴 것이다."

황동이 홍태악 면전에서 연방 고개를 주억거렸다. 가식적인 웃음이 얼굴에 가득하고 찢어진 실눈의 눈동자에서 황금빛이 나고, 벌어진 입과 삐져나온 누런 이빨 사이로 붉은 잇몸이 드러났다. 그때 전에 서문뇨의 셋째마누라이던 그의 아내 추향이 양쪽에 광주리 두 개를 단 멜대를 어깨에 걸치고 들어섰다. 광주리에는 두 아이, 황호조와 황합작이 들어 있었다. 추향은 머리를 비행기 앞머리처럼 빗어올리고는 숨이 막힐 것 같은 물푸레나무기름을 바르고, 얼굴에는 분을 칠하고, 알록달록 꽃무늬 옷에 붉은 꽃을 수놓은 녹색 공단 신발을 신고 있었다. 얼굴에 철판을 깐 계집 같으니라고. 어떻게 내 마누라였던 시절에 입던 옷을 이렇게 떡하니 입고서 기름을 바르고 분칠을 하고 눈웃음치며 알랑거리고, 추파를 던지면서 나다닐 수 있단 말인가? 이게 어디 노동하는 여자의 차림인가? 내 이 계집을 진즉 알아봤다. 천성이 원래 좋지 않은데다 입이 방정맞고 마음씀씀이가 고약하니 그저 잠자리 노리갯감으로나 족할까 마음을 내주어서는 안되는 여자였다. 이 계집이 대가 세다는 것을 진즉 알아보고 사전에 다잡아놓았기에 망정이지 그러지 않았으면 백씨도 영춘도 이 여자 손에 죽었을 것이다. 내 머리가 총에 맞아 박살나기 전에 이 계집은 미리 상황을 훤히 꿰뚫고는 나를 배반하고 나한테 일격을 날렸다. 내가 자기를 강간하여 억지로 차지했고, 날마다 백씨에게 학대를 당했다고 나발을 불었고, 심지어 남자들이 다들 모여 있는 비판대회에서 앞가슴을 풀어헤치고는 자기 가슴에 난 상처 자국을 내보이기까지 했다. 이건 지주 마누라 백씨가 담뱃대로 지져서 이렇게 된 것이고, 이건 서문뇨 이 악질토호가 송곳으로 쑤셔서 이렇게 된 것이고. 이 여자가 설움이 북받치는지 울면서 소리쳤다. 역시 왕년에 극단에서 극을 배운 여자답게 어떻게 해야 사람 마음을 사로잡는지 알고 있었다. 내가 이 여자를 거둔 것은 나 서문뇨의 호의 때문이었다. 그때 그녀는 댕기머리를 뒤로 땋아내린 열살 남짓한 소녀였다. 소경 아비를 따라 길에서 노래를 불렀는데 안타깝게도 아비가 길에서 죽자 몸을 팔아 아비 장례를 치르고 우리집 하녀로 들어왔다. 이 배은망덕한 계집은 그때 서문뇨가 구해주지 않았으면 길에서 얼어죽거나 술집에서 몸이나 파는 신세가 되었을 것이다. 이 창녀가 울면서 하소연을 하자 거짓말인데도 참말보다 더 진짜 같았고 흙으로 만든 단상 아래 앉은 여인네들이 너나없이 눈물을 지으며 소맷자락으로 눈물을 훔쳐 옷섶이 반짝거렸다. 구호를 외치고 분노가 불길처럼 일어나면서 바야흐로 내가 죽을 시간이 다가오고 있었다. 이 창녀 손에 죽는구나! 그녀는 울부짖다가 이따금 그 찢어진 두 눈으로 나를 훔쳐보기도 했다. 민병대 두 장정이 내 팔을 뒤로 묶지 않았다면 나는 앞뒤 잴 것 없이 바로 쫓아가서 귀싸대기 세 대는 갈겼을 것이다. 사실 예전에 이 여자가 집에서 분란을 일으켰을 때 뺨을 세 대 갈겼더니 무릎을 꿇고 내 다리를 부여잡고는 눈물이 그렁그렁해져 나를 쳐다보는 것이었다. 그 눈길이 어찌나 아름다우면서도 불쌍하고 한편으로는 다정하던지, 마음이 다 녹아내리고 물건이 갑자기 빳빳하게 당겨왔다. 이런 여자가 입이 좀 방정맞아 사고를 치고 게으른들 그게 무슨 대수란 말인가? 뺨 세 대를 갈기고 나서 나는 술에 취한 듯이, 넋이 나간 듯이 완전히 홀려버렸다. 이 여우 같은 계집아, 넌 나를 정화해주던 신비한 약이었다! 나리, 나리, 오빠, 저를 때려주세요, 저를 죽여주세요, 저를 갈기갈기 찢어주세요. 그래도 내 넋은 당신을 붙어다닐 거예요. ……그녀가 갑자기 품에서 칼을 꺼내더니 내 머리를 찌르려 했다. 민병들이 그녀를 막아 비판대회 단상 아래로 끌고 갔다. 그때까지도 나는 그녀가 살아남기 위해 연극을 하고 있다고 생각했다. 나와 엉겨붙어 밤을 지낸 여자가 정말로 나에게 사무친 원한이 있으리라고는 생각하지 않았다.

그녀가 호조와 합작을 바구니에 담아 어깨에 짊어지는 것을 보니 장에 갈 모양이었다. 그녀가 홍태악에게 아양을 떨었다. 까무잡잡하니 작은 얼굴이 검은 모란 같았다. 홍태악이 말했다.

"황동, 자네 저 여자 간수 좀 잘하라고. 개조를 시켜. 지주 첩 노릇 하던 시절 습관 좀 버리게 말이야. 들일을 시키라고, 장터나 쏘다니게 하지 말고."

"들었어?!" 황동이 추향을 막아서며 말했다. "서기께서 네 말 하시잖아."

"내 말? 내가 어쨌게요? 장에도 못 가게 할 거면 장은 뭣하러 열어요. 차라리 없애버리지. 마누라가 꼬리치고 다닐까 겁나면 초산이라도 뿌려서 마누라 얼굴을 곰보로 만들어버릴 일이지, 나 참." 추향이 그 작은 입으로 조잘조잘 계속 말을 쏟아내면서 홍태악을 난감하게 만들었다.

"이런 망할놈의 여편네, 몸이 근질근질한가 보지, 매타작이라도 해주랴?" 황동이 열을 내며 말했다.

"때리려면 때려보시지? 어디 손만 대봐라, 확 물어뜯어버 릴 테니까."

황동이 전광석화처럼 추향의 귀싸대기를 올려붙였다. 한 순간 주위 사람들이 나무 닭처럼 얼어붙었다. 나는 그녀가 울며불며 바닥을 데굴데굴 구르면서 죽네사네 하기를 기다 렸다. 그것이 그녀의 전매특허였다. 그런데 예상이 빗나갔 다. 추향은 반격을 하지 않았다. 그저 멜대를 던져버리고는 얼굴을 감싼 채 울음을 터뜨렸다. 호조와 합작이 놀라 바구 니 속에서 울었다. 멀리서 보니 조그만 머리가 반짝거리면 서 머리털이 보송보송한 것이 꼭 두 마리 원숭이 같았다.

전쟁에 불을 붙였던 홍태악이 얼굴을 싹 바꾸어 중재자 로 나섰다. 황동 부부에게 그만하라고 하더니 눈길 한번 주 지 않고서 원래 서문가의 집 안채였던 방으로 들어갔다. 문 옆 벽돌담에 팻말이 걸렸는데 '서문촌 위원회'라고 조잡한 글씨로 쓰여 있었다.

우리 주인이 내 머리를 안고서 거칠고 큰 손으로 귀를 쓰 다듬었다. 주인댁 영춘은 소금물로 내 다리 상처를 씻기고 는 흰 천으로 감싸주었다. 이렇게 슬프기도 하고 가슴 따뜻 하기도 한 순간에 나는 서문뇨가 아니라 한마리 나귀, 어서 커서 주인과 동고동락하고 싶은 한마리 나귀였다. 막언은 새로 발표한 희곡 「혹려기(黑驢記)」에서 이렇게 노래했다.

몸은 검은 나귀이나 혼은 사람이어라

지난 일 뜬구름처럼 아득하고

육도윤회에서 축생윤회 끝없는 고통이어라

욕심에 눈이 멀어, 어리석음 끊지 못하여 이리 된 것을

어찌 전생의 일을 잊지 못하는가

기꺼이 나귀 되어 어디 한번 살아보세.

풍악소리 요란한 가운데 사람들은 인민공사에 들어가고
눈밭을 걷는 듯 하얀 새끼나귀는 네 발에 징을 박았네

1954년 10월 1일, 건국기념일이자 고밀 동북향에서 처음으로 농업합작사가 창립한 날이다. 이날은 막언이라는 녀석이 태어난 날이기도 하다.

이른 아침에 막언의 아비가 다급하게 우리집으로 뛰어왔다. 우리집 주인을 보더니 말없이 그저 옷소매로 눈물을 훔쳤다. 우리집 안주인과 바깥주인은 밥을 먹던 참이었는데, 그 모습을 보고는 서둘러 밥그릇을 내려놓으며 물었다. 아저씨, 왜 그러세요? 막언아비가 흐흐흑 울면서 말했다. 낳았어요, 낳아, 아들을 낳았어요. 아주머니가 애를 낳았다고요? 우리 안주인이 물었다. 그렇습니다. 막언아비가 말했다. 아니, 그런데 왜 울어요? 바깥주인이 물었다. 기뻐해야지요?

막언아비가 눈을 똥그랗게 뜨더니 말했다. 당연히 기쁘지요. 기쁘지 않으면 왜 울겠어요? 바깥주인이 웃으면서 말했다. 맞아요, 그래, 그래, 기쁘니까 울지, 기쁘지 않으면 왜 울겠어! 술 가져와. 바깥주인이 안주인에게 말했다. 잔 두 개 가져오라고. 축하하게 말이야. 오늘은 마시지 않으렵니다. 막언아비가 말했다. 먼저 기쁜 소식을 알려드리려고 온 겁니다. 다음에 마시지요. 영춘아주머니! 막언아비가 안주인에게 깊이 허리를 굽혀 절하고는 말했다. 제가 아들을 갖게 된 건, 다 사슴 태반 달인 것을 내주신 덕분입니다. 애어멈이 조리가 끝나면 애를 데리고 인사 오겠답니다. 애어멈이 그랬습니다. 허락해주시지 않으면 무릎을 꿇고 청하라 했습니다. 안주인이 웃으며 말했다. 부부가 참 재미있구먼요. 알겠어요, 그러지요. 무릎은 꿇지 않아도 돼요. 그렇게 막언은 너의 친구이자 의형제가 되었다.

　네 의형제인 막언의 아비가 막 가고 나자 서문저택 마당 —지금은 마을 공회장이라고 해야겠지만— 이 부산해졌다. 홍태악과 황동이 대문에 대련(對聯)을 써붙이고 이어 농악대가 와서 마당에 쪼그리고 앉아 기다리고 있었다. 농악대 사람들 얼굴을 보니 거의 다 내가 아는 이들이었다. 서문뇨의 기억이 살아나기 시작했다. 다행히 그때 주인이 풀을 들고 오는 바람에 내 기억이 멈추었다. 나는 풀을 씹으면서 마구간을 가리고 있는 거적 틈으로 마당을 볼 수 있었다. 반나절쯤 지나 크지도 작지도 않은 아이 하나가 붉은 종이로 만든 깃발을 들고 달려들어오면서 소리쳤다.

"와요, 와, 촌장님 연주를 시작하세요!"

농악대가 서둘러 판을 벌이자 덩더쿵 덩덩 북이 울리고 귀한 손님을 환영하는 음악이 삐리리 삐리 울렸다. 황동이 옆걸음으로 뛰어가면서 연방 고개를 돌리며 소리쳤다.

"비켜, 저리 비키라고, 구장(區長)님 오셔."

합작사 사장 홍태악의 안내를 받으며 진(陳)구장과 총을 든 경호원들이 대문으로 들어섰다. 구장은 눈이 움푹하고, 몸이 호리호리하여 낡은 군복이 헐렁했다. 구장이 문으로 들어서자 합작사에 입사한 농민들이 붉은 천을 두른 가축을 끌고 농기구를 메고서 마당으로 쏟아져들어왔다. 단숨에 우리 마당이 갖가지 가축들로 가득 차고 몰려든 사람들로 북적대기 시작했다. 구장이 살구나무 아래 놓인 네모난 걸상에 올라섰다. 군중들을 향해 연방 손을 흔들었고 그때마다 환호성이 일었다. 가축들도 감염되었는지 말이 울고 소가 울어서 그야말로 금상첨화요, 불에 기름을 붓는 꼴이었다. 이런 성대한 순간에, 구장이 아직 입도 열지 않았는데 우리 주인은 나를 끌고, 아니 남검이 그의 나귀를 끌고 가축들과 사람들 속에서 빠져나와 무수한 눈길을 받으며 대문을 나섰다.

우리는 대문을 나와 곧장 남쪽으로 갔다. 연꽃이 핀 웅덩이 옆 소학교 운동장을 지날 때 동네 온갖 반동분자들이 다 보였다. 총을 든 민병 둘이 감시하는 가운데 돌을 옮기고 흙을 나르고 있었다. 운동장 북쪽 편에는 흙으로 쌓은 넓고 높은 단상도 보였다. 큰 연극공연을 하거나 대회를 여는 곳이자 내가 처형당한 곳이었다. 서문뇨의 기억을 떠올리기만 하면 금방 알 수 있는 사람들이었다. 보라, 저 큰 돌을 보듬은 오다리의 마른 노인은 석 달 동안 보장(保長)을 사칭하던 여오복(余五福, 위우푸)이다. 저쪽에 황토 두 바구니를 들고 있는 차축 같은 사내는 땅을 빼앗긴 지주들이 역공을 할 때 총을 들고 그들 편에 섰던 장대장(張大壯, 쟝타이좡)으로 내 집에서 오년간 마부를 했고 그의 며느리 백소소(白素素, 빠이쑤쑤)는 원래 내 아내 백씨의 조카로 아내가 중매를 섰다. 내가 비판을 받을 때 백소소가 나하고 첫날밤을 보낸 뒤 장대장네 집안으로 시집갔다고 우겼던 자들이다. 완전히 날조였지만, 백소소에게 증언하라고 하자 그저 옷깃으로 얼굴을 가리고 울기만 할 뿐 한마디도 하지 않아서, 결국 그 울음이 거짓을 진실로 만들어버리고 서문뇨를 황천길로 보내버렸다. 생 홰나무를 멘 비쩍 마르고 얼굴이 호박씨같이 생긴 청년은 마을의 부농 오원(伍元, 우위안)으로 내 친한 친구이다. 경호(京胡)를 잘 타고 피리도 잘 불어 농한기에는 놀이패들을 따라 이 동네 저 동네 떠돌아다녔다. 돈을 벌려는 것이 아니라 그저 좋아서였다. 손잡이 없는 삽을 들고서 단상에 앉아 얼쩡얼쩡 게으름을 피우며 빠져나갈 구멍만 생각하고 있는 턱에 쥐새끼처럼 수염이 난 물건은 흥성(興盛) 주조장의 주인 전귀(田貴, 톈꾸이)이다. 집 안에 곡식을 열 섬이나 쌓아

두고서도 마누라와 아이들에게 술지게미를 먹인 노랑이다. 어라, 져, 저기 보이는 조그만 두 발로, 광주리는 절반밖에 채우지 못한 채, 몸은 굽어지고, 세 걸음 떼고 한번 쉬고, 다섯 걸음 가다 한번 멈추는 저 여인은 이 서문뇨의 정부인이던 백씨였다. 마을 치안보위 주임인 양칠(楊七, 양치)이 입에는 담배를 물고 손에는 등나무줄기를 든 채 백씨 앞에 버티고 서서 엄하게 말하고 있었다. 서문백씨, 당신 이걸 일이라고 하는 거요? 내 처 백씨가 놀라 쓰러질 뻔했고 무거운 흙을 담은 소쿠리가 떨어져 그 작은 발을 찍었다. 날카로운 비명소리가 나고 백씨가 소리를 죽이며 들썩들썩 우는 모양이 소녀 같았다. 양칠이 등나무줄기를 들더니 갑자기 그것을 휘두르는데 —나는 그때 남검 손에 들린 고삐를 채서 풀어버리고는 양칠을 향해 달려갔다 —등나무줄기가 백씨 코끝 한치 앞을 비키면서 휘익 하는 소리가 났다. 백씨는 조금도 다치지 않았는데, 양칠의 솜씨가 제법이었다. 계집질과 도박으로 날을 새우고 남의 닭이나 개를 훔치면서 온갖 나쁜 짓은 다 하던 놈, 자기 아비가 일으킨 가업을 몽땅 말아먹어 어미가 대들보에 목을 매게 한 놈이, 빈농이라면서 혁명의 선봉이 되어 있었다. 양칠한테 주먹을 한대 날리고 싶었지만 내게는 주먹이 없었다. 그저 걸어차거나 물어뜯거나 할 수 있을 뿐이었다. 나귀의 큰 입과 큰 이빨로 이 작자를, 윗입술에 수염을 늘어뜨리고 입에는 담배를 물고 손에는 등나무줄기를 들고 있는 이 잡종을 이 서문뇨가 기어이 꽉 물어뜯고 말 것이다.

주인이 내가 뿌리친 고삐를 얼른 잡아채서 망정이지, 그러지 않았으면 양칠녀석 대갈통은 진즉 박살났을 것이다. 나는 본능적으로 엉덩이를 치켜들고 두 뒷다리를 쳐들었다. 두 발굽에 부드러운 무엇이 차이는 게 느껴졌다. 양칠의 복부였다. 나귀가 되고서 내 시야는 서문뇨였을 때보다 훨씬 넓어졌다. 엉덩이 뒤쪽까지 볼 수 있었다. 이 양칠 잡종녀석이 바닥에 고꾸라진 게 보였다. 얼굴이 노래지더니 한참 동안 정신이 돌아오지 않았다. 정신을 차리자 어머니를 찾았다. 이런 잡종 같으니라고, 네 어미는 너 때문에 화병이 나서 목을 맸는데, 그런 주제에 네 어미를 불러?

우리 주인이 고삐를 내던지고 황급히 양칠을 부축해 일으켰다. 양칠이 등나무줄기를 집어들고 허리를 굽히더니 채찍을 휘둘러 내 머리를 갈겼다. 주인이 그의 팔을 붙잡고서 등나무줄기를 막았다. 나귀를 때리더라도 주인이 누군지 보고 해야지, 알겠냐? 양칠 이놈아. 너 남검, 서문뇨의 양아들 자식아, 계급의 대오를 어지럽힌 이 나쁜 놈아, 어디 같이 한번 맞아봐라! 양칠이 소리를 지르자 우리 주인이 그의 손목을 놓지 않은 채 슬쩍 힘을 더하자, 밤마다 절구방아를 찧느라 기운이 다 빠진 양칠이 계속 아야야 — 소리를 지르면서 들고 있던 등나무 채찍을 땅에 떨어뜨렸다. 주인이 양칠을 뒤로 밀어내며 말했다. 너 오늘 운좋은 줄 알아라. 내 나귀가 아직 징을 박지 않아서 다행인 줄 알라고.

주인은 나를 끌고 남문을 나섰다. 성곽을 둘러친 담장에서 노랗게 마른 강아지풀들이 미풍에 흔들렸다. 오늘은 합작사 창립일이자 이 서문나귀가 성년식을 치르는 날이었다. 주인이 내게 말했다. 나귀야, 오늘 징을 채워주마. 징을 달면 신발을 신은 것처럼 돌을 밟아도 발이 아프지 않고 날카로운 것에 찔려도 괜찮단다. 징을 박으면 이제 넌 어른이 되는 거다. 그러니 이제 나를 도와 일을 해야 한다. 주인을 위해 일을 하는 것, 이것은 모든 나귀의 운명일 것이다. 나는 고개를 들고, 히힝— 히힝— 소리를 질렀다. 내가 수나귀가 된 뒤 처음으로 지르는 소리였다. 내 목소리는 굵고도 우렁차서 주인 얼굴에 기쁜 표정이 가득했다.

징을 박는 사람은 대장간을 같이하는 대장장이였다. 얼굴은 주근깨투성이이고 코는 빨갛고 눈썹은 벗어져 번들번들한데다 눈썹 뼈대가 각지고 속눈썹이 없는데다 눈꺼풀은 벌겋게 부풀어오르고 이마에는 세 줄기 주름이 깊게 패고, 주름에는 탄가루가 쌓여 있었다. 그가 데리고 있는 아이는 얼굴에 흐른 땀자국을 봐서 피부가 원래 하얗다는 것을 알 수 있었다. 아이는 셔츠가 온통 땀에 절어 있었는데 저러다 그의 몸에 있는 수분이 다 빠져나오지 싶었다. 늙은 대장장이는 비쩍 마른 몸이었다. 화덕의 뜨거운 불기운을 너무 오래 쐬다 보니 몸에 있는 수분이 모두 증발해버린 모양이었다. 소년은 왼손으로 풍구질을 하면서 오른손으로는 불에 들어 있는 쇠들을 계속 뒤집었다. 쇠가 퍼렇게 달구어져 투

명해지면 화덕에서 꺼내 스승과 제자가 힘을 합쳐 큰 망치
로는 사정없이 쾅쾅 두드리고, 작은 망치로는 조곤조곤 타
당타당 두드리니 불꽃이 사방으로 튀고 소리가 퍼져나가 이
서문뇨의 정신이 한없이 아득해졌다.

무대에 올라 소녀들과 감미로운 사랑을 나누면서 꿈같은
나날을 보내는 역할이나 맡았으면 딱 어울릴 성싶게 하얗고
잘생긴 얼굴을 한 아이가 쇠를 두드리는 것이 퍽 어울리지
않아 보였다. 저렇게 곱상하게 생긴 아이한테서 어떻게 저
런 엄청난 힘이 나오는지 모를 일이었다. 18파운드짜리 큰
망치는 소의 힘을 지닌 대장장이가 아니고서는 다룰 수 없
다. 그런데 소년의 손으로 다루는 것이 여반장이고 자기 몸
다루듯 했다. 이렇게 두드려대니 쇠들이 진흙처럼 흐물흐물
해지면서 스승과 제자 둘이 원하는 대로 모양이 나왔다. 두
사람이 베개 크기만한 강철을 두드려서 작두를 만들어내니
이 인근에서 가장 큰 것이었다. 우리 주인은 대장장이 스승
과 제자가 잠시 쉬는 틈을 타 다가가 말을 넣었다. 김씨, 수
고스럽겠지만 우리 나귀에게 징을 좀 박아주었으면 해서요.
늙은 대장장이가 담배를 피웠다. 연기가 그의 콧구멍에서도
나오고 귀에서도 나왔다. 어린 대장장이가 큰 대접을 들고
오더니 꿀럭꿀럭 물을 마셨다. 방금 내려간 물이 어느새 땀
으로 변했는지 이상한 향기가 맡아졌다. 마음이 순결하고
노동을 열렬히 사랑하는 미소년에게서 나는 체취였다. 명필
일세. 늙은 대장장이가 나를 한번 훑어보더니 감탄하며 말

했다. 나는 대장간 밖 성안으로 난 큰길에 서 있었다. 나는 고개를 돌려 처음으로 내 하얀 발굽 네 개를 보았다. 서문뇨 시절의 기억이 되살아났다. 네 개의 발굽이 눈을 밟은 것과도 같으니 천리마가 아닌가. 그런데 나이든 대장장이의 말이 내게 찬물을 끼얹어버렸다. 말이 아니라 나귀인 게 아쉽구면. —이제는 말도 소용없어요. 소년이 실한 팔을 내려놓으면서 말했다. 국영농장에 '동방홍'(東方紅, 동방홍은 원래 유명한 모택동 찬양가 이름이다—옮긴이)이란 트랙터 두 대를 새로 들여왔는데요, 백마력이나 된대요. 말 백 마리에 맞먹는다는 거죠. 두 사람이 안아도 될까 말까 한 거목에 쇠줄을 묶어가지고 동방홍에 걸고서 한번 당기자 그 큰 나무가 뿌리째 완전히 뽑혀버렸대요. 뿌리 뽑힌 구덩이가 신작로 절반 너비나 됐대요. —네가 뭘 안다고 그래! 나이든 대장장이가 한소리 하면서 남검의 얼굴을 살폈다. 남형, 나귀도 이렇게 생긴 것은 귀한 법이오. 혹시 알아, 높으신 분이 명마를 타다 질려서 이 나귀를 타고 싶어할지. 그때 이 나귀를 넘겨주면 자네 운이 트일 것이네. 소년 대장장이가 비웃으며 큰 소리로 웃더니 갑자기 웃음을 멈추었다. 번개처럼 웃음이 번쩍하고는 금방 다시 사라져버린 자신의 표정이 무슨 의미인지 아는 사람은 자신뿐이고 다른 사람은 모른다는 것 같았다. 나이든 대장장이가 제자의 이상한 웃음에 움찔했다. 멍한 눈길로 제자를 보고 있었다. 눈에는 초점이 없었다. 그러더니 말했다. 김변(金邊, 진뻬)아, 쇠징이 남아 있느냐? 김변이 그럴 줄 알았다는 듯이 대답했다. 많이 있기는 한데, 다 말굽 징이에요. 화로에 녹인 뒤 두드려서 나귀 것으로 만들어라. 둘이서 담배 한대 피울 동안에 말굽 징을 나귀굽 징으로 바꾸어놓았다. 나이든 대장장이가 무거운 의자를 내 뒷발 쪽에 놓더니 다리를 들어올려서 예리한 대패로 굽을 깎아냈다. 네 발의 굽을 다 깎은 뒤 나이든 대장장이가 몇걸음 물러나 나를 쓱 보며, 뿌듯해하며 말했다. 참으로 좋은 나귀야. 내 평생 이렇게 잘빠진 녀석은 처음이라고! 하지만 아무리 잘빠졌어도 국영농장의 강배인(康拜因, 캉빠이인) 트랙터에는 턱도 없어요. 국영농장에 소련제 강배인 트랙터를 들여왔는데, 한번에 논두렁 열 고랑의 곡식을 벤다니까요. 앞으로 이삭을 먹고 뒤로 낟알을 촬촬촬 쏟아내는데, 오분에 한포대씩 떨어져요. 소년 김변이 트랙터에 완전히 넋을 빼앗긴 모양이었다. 나이든 대장장이가 길게 한숨을 쉬며 말했다. 김변아, 보아하니 너 여기에 오래 있을 것 같지 않다. 하지만 내일 그만두더라도 오늘 저 나귀에 징은 박아야 한다. 김변이 내 곁으로 다가왔다. 왼쪽 어깨로 내 발을 고정하고 오른손에 망치를 들고 입에는 못 다섯 개를 물고, 왼손은 내 굽에 징 박을 자리를 잡았다. 딱 두 번 망치질을 했는데 정확히 징이 박혔다. 징 네 개를 박는 데 십여분밖에 걸리지 않았다. 그런 뒤 손에 든 연장들을 던져버리고는 대장간으로 들어갔다. 나이든 대장장이가 우리 주인에게 말했다. 남검, 그놈을 끌고 두어 바퀴 돌아보게. 걸리는지 보게. 주인이 나를 끌고 거리를 한바퀴 돌았다. 합작사 물품공급소에서 도살장까지 갔다. 도살 담당자들이 검은 돼지를 잡고 있었다. 들어갈 때는 희던 칼이 나올 때는 붉어지는 것이 무척 자극적이었다. 돼지 잡는 사람이 파란 저고리를 입고 있어서 피의 붉은색과 파란색이 선명한 대비를 이루었다. 도살장에서 다시 구정부 쪽으로 가는데 앞에서 진구장과 경호원들이 걸어오고 있었다. 서문촌의 생산합작사 설립 경축대회가 끝난 것이었다. 구장의 자전거가 고장나서 경호원이 어깨에 짊어지고 있었다. 진구장이 나를 보더니 오랫동안 눈길을 거두지 않았다. 필시 내 잘빠지고 당당한 외모에 눈을 빼앗겼다는 것을 직감했다. 내가 나귀 가운데 가장 멋지다는 것을 나도 알고 있었다. 염라대왕이 미안해서 나귀 중에서 가장 좋은 다리와 가장 좋은 머리를 준 것이리라. 좋은 나귀구먼! 발굽이 눈을 밟는 것 같구먼. 구장이 하는 말이 내 귀에 들렸다. 양축사업소에 데려다가 종마로 쓰면 좋겠어요. 자전거를 메고가는 경호원이 하는 말이 들렸다. 자네가 서문촌의 남검인가? 진구장이 우리 주인에게 물었다. 그렇습니다. 주인이 대답했다. 우리 주인이 내 엉덩이를 툭 쳤다. 얼른 피하려는 것이었다. 진구장이 막아서며 내 등을 쓸었다. 나는 바로 발을 차며 뛰어올랐다. 주인이 말했다. 이놈이 성질이 사나워서요. ―성질 사나운 것이야 천천히 길들이면 되지, 서둘지 말라고, 서둘렀다간 길을 들이지 못해. 구장이 전문가처럼 주인에게 말했다. 혁명에 가담하기 전에 내가 나귀 장사를 했소. 나귀를 하도 많이 접해봐서 나귀 성깔은 내 손바닥처럼 훤하지. 구장이 하하 크게 웃었고 우리 주인도 따라서 어색하게 웃었다. 구장이 말했다. 남검, 당신 상황에 대해서는 홍태악에게 들었소. 내가 그 사람을 비판했소. 내가 그랬지, 남검은 고집센 나귀다, 결을 따라서 해야지 조급하게 대해서는 안된다, 조급하게 굴면 뒷발질을 하고 물 것이다. 남검 당분간 합작사에 들어오지 않아도 좋소. 어디 한번 합작사하고 시합해봅시다. 8무 땅을 분배받은 것으로 알고 있소. 명년 가을에 1무당 얼마나 소출을 내는지 봅시다. 그런 뒤 합작사의 소출과 비교해봐서 우리 합작사가 소출이 많으면 그때 우리 다시 이야기합시다. ―구장님, 분명 구장님이 직접 하신 말씀입니다! 우리 주인은 흥분했다. 분명히 내가 직접 말한 것이지. 이들이 모두 증인일세. 구장이 경호원들과 주위 사람들을 가리켰다. 우리 주인은 나를 끌고 대장간으로 돌아와 나이든 대장장이에게 말했다. 걸리지 않아요. 걸음걸이마다 착실하게 척 달라붙어 힘이 좋아요. 나이 어린 사람이 이렇게 일을 야무지게 할지 몰랐어요. 나이든 대장장이가 쓴웃음을 지으며 고개를 저었다. 마음이 복잡한 듯했다. 이때 어린 대장장이 김변이 속에는 개가죽을 대고 밖은 회색 천으로 된 보퉁이를 하나 메고서 대장간을 나서며 말했다. 사부님, 저 갑니다. 나이든 대장장이가 슬프게 말했다. 가거라, 너의 비단길 앞날을 향해 가거라!

제5장

숨겨놓은 재산을 찾아내 백씨는 심문을 받고
공회당 마당을 뒤집어놓은 나귀는 담을 넘다

나는 쇠징을 달고 그런 칭찬까지 들어서 기분이 좋았다. 주인도 구장의 말을 듣고 좋아했다. 주인과 나귀, 남검과 나는 황금빛 가을들판을 기쁘게 달렸다. 나귀가 되고서 가장 행복한 날이었다. 맞다, 인간으로 희망없이 사는 것보다 차라리 사람들의 총애를 받는 나귀가 되는 것이 낫지 않을까? 너의 의형제인 막언의 극본 「흑려기」에 이렇게 적혀 있듯이 말이다.

네 발에 새 징을 달고 바람처럼 길을 질주했다. 답답하던 전생의 삶을 모두 잊고서 서문나귀는 기뻐서 날아갈 것 같았다. 고개를 쳐들고 하늘을 향해 소리쳤다. 히힝 — 히힝 —

　마을 어귀에 이르렀을 때 남검이 길가에서 부드러우면서
도 질긴 풀과 노란 들국화를 따 둥근 화환을 만들어 내 두 귀
뒤쪽에 걸어주었다. 우리는 길에서 마을 서쪽에 사는 석수
장이 한산(韓山, 한샨) 집의 암나귀와 그 집 딸 한화화(韓花花,
한화화)를 만났다. 암나귀는 등에 양쪽으로 광주리를 달았는
데, 한쪽에는 토끼털 모자를 쓴 아기가 들어 있고 다른 쪽에
는 하얀 새끼돼지가 들어 있었다. 남검이 화화와 이야기를
나누는 사이 나는 암나귀와 눈을 맞추었다. 사람에게 사람
의 언어가 있듯이 우리 나귀에게도 나름의 소통방법이 있
다. 우리의 소통방법은 체취와 자태, 그리고 원시적인 직감
이다. 몇마디 이야기를 나누어보더니 우리 주인은 타관으로
시집간 화화가 어머니 회갑을 지내려고 친정에 왔다가 돌아
가는 길이라는 것을 알았다. 광주리의 아이는 화화의 아들
이고, 광주리의 돼지는 친정에서 보내는 이바지였다. 당시
에는 흔히 살아 있는 것을 선물로 보냈다. 새끼돼지라든가,
새끼양, 병아리 같은 것들을 주로 보냈다. 정부에서 상을 내
릴 때도 말이나 나귀, 소, 토끼 같은 것을 주었다. 나는 주인
과 화화의 관계가 보통이 아님을 눈치챘다. 내가 서문뇨였
을 때 일이 생각났다. 남검이 소에게 풀을 뜯기러 가면 화화
가 양에게 풀을 뜯기러 나와 풀밭에서 같이 놀았다. 사실, 나
는 그 둘의 시시껄렁한 일에는 별로 관심이 없었다. 한마리

건장한 수나귀로서 내가 가장 관심이 간 것은 아이와 새끼 돼지를 메고 있는 암나귀였다. 나보다 나이가 많아 다섯살에서 일곱살쯤으로 보였다. 눈 위쪽에 움푹 팬 곳을 보면 대략 나이를 짐작할 수 있다. 당연히 저쪽도 내 나이를, 어쩌면 나보다 더 쉽게 알아차렸을 것이다. 내가 서문뇨에서 환생했다고 해서 세상에서 가장 영리한 나귀라고 생각하지 마라—한때 나는 이런 착각을 한 적이 있다—저이도 아마 과거에 한인물 하던 사람이 나귀로 환생한 것이리라. 나는 막 태어났을 때는 털이 회색이었는데 크면서 까매졌다. 까맣지만 않았어도 내 네 발굽이 이렇게 멋지지는 않았을 것이다. 저이는 회색이었다. 몸은 늘씬하고 눈매는 서늘하고 이빨은 가지런했다. 저이가 입을 부딪치며 내게 다가왔을 때 저이의 입술과 입 사이에서 콩떡과 밀기울의 향기가 끼쳐왔다. 저이의 암내가 코에 들어왔다. 저이의 마음이 속에서 타오르고 내가 타고 올라주기를 고대한다는 것도 느낄 수 있었다. 그러자 나도 저이를 올라타고 싶은 욕망이 강하게 꿈틀거렸다. 주인이 물었다.

"사는 곳도 합작사를 한다고 난리인가?"

"같은 현장이 하는 일인데, 하지 않을 리가 있어요?" 화화가 유유히 대답했다.

나는 암나귀 뒤로 돌아갔다. 저이도 알아서 내게 맞춰준 것인지도 모른다. 암내가 더욱 짙어져서 그 냄새를 맡자 독한 술이 목구멍을 타고 내려가는 것 같았다. 나도 모르게 고개와 얼굴을 돌리고 이를 드러내고 콧구멍을 닫았다. 노린 내가 새어나가지 않게 하려는 것이다. 이런 모습이 아름다웠는지 암컷의 넋을 잃게 만들었다. 이와 동시에 내 그 까만 몽둥이가 용감하게 뻗쳐나와 빳빳해지더니 뱃가죽을 두드리기 시작했다. 천재일우의 기회였다. 머뭇거리다가는 그냥 놓치고 만다. 내가 앞발을 쳐들고 저이를 타오르려는 찰나, 광주리에 담긴 채 달게 잠을 자고 있는 아기가 눈에 들어왔다. 꿀꿀대는 새끼돼지도 있었다. 내가 그대로 올라탔던들, 방금 단 내 쇠발굽에 양쪽 광주리에 있는 두 생명은 그대로 끝장났을 것이다. 그랬다면 나 서문나귀는 영원히 지옥에 떨어져 축생조차 힘들었을 것이다. 바로 그 순간에 주인이 고삐를 당겼고 내 앞발이 암나귀의 뒤쪽에 떨어졌다. 화화가 놀라 소리를 질렀고, 얼른 암나귀를 앞으로 당겨 떨어뜨려놓았다.

"아버지가 특별히 내주면서 이 녀석이 요즘 마구간을 자주 넘는다고 조심하라고 했는데, 깜빡했네요." 화화가 말했다. "아버지가 서문뇨 집안 나귀를 조심하라더니…… 서문뇨가 죽은 지 벌써 몇년이 지났는데도 아버지는 여전히 당신을 그 집 머슴 취급하고 당신 나귀도 그 집 나귀라고 한다니까요."

"이 나귀보고 서문뇨가 환생한 것이라고만 하지 않으면 되지 뭐." 우리 주인이 웃으며 말했다.

주인 말에 나는 깜짝 놀랐다. 그가 진즉 내 비밀을 훤히 알고 있단 말인가? 이 나귀가 옛날 자기 주인이 환생한 것이라는 걸 알고 있다면 나귀에게 이것은 행운인가? 불행인가? 붉은 해가 서쪽으로 기울어가고 화화와 우리 주인도 작별을 했다. 그녀가 말했다.

"남오빠, 다음에 다시 봐요. 저 그만 가야 해요. 십오리 길이거든요."

"나귀는 오늘밤 돌아오지 못하겠네?" 우리 주인이 친절하게 물었다.

화화가 살포시 웃더니 낮은 목소리로 신비스럽게 말했다.

"우리집 이 녀석이 아주 영리해요. 풀을 배불리 먹이고 물을 충분히 먹인 뒤 고삐를 빼버리면 저 혼자 돌아가요. 매번 그래요."

"고삐는 왜 빼버리는데?" 주인이 물었다.

"나쁜 사람에게 끌려갈까봐서요. 고삐가 있으면 끌려서 빨리 달리지 못하잖아요." 화화가 말했다. "이리를 만나더라도 끈이 있으면 불편하거든요." "아아." 주인이 턱을 만지며 말했다. "내가 바래다줄까?" "괜찮아요." 화화가 말했다. "오늘저녁에 마을에서 연극공연이 있다는데, 어서 가서 보셔야죠." 화화가 나귀를 몰고 먼저 길을 나섰다. 몇발짝 가더니 뒤돌아 말했다. "남오빠, 아버지가 그러는데, 너무 고집피우지 말래요. 어쨌거나 남들 하는 대로 따라하는 것이 좋다고요."

주인이 고개를 흔들었다. 아무 말도 하지 않았다. 나를 한번 보더니 말했다.

"가자, 친구야, 이 녀석 그런 생각을 하다니, 하마터면 이 놈아 큰일낼 뻔했다. 수의사더러 불알을 까버리라고 하는 게 좋겠느냐, 까지 않는 게 좋겠느냐?"

이 말을 듣자 나는 무서워 벌벌 떨고 불알이 쪼그라들고 거대한 공포가 엄습해왔다. 주인님, 제발 불알을 까지는 말아주세요. 이렇게 소리치고 싶었다. 그러나 목구멍에서 나온 말은 이히힝, 이히힝 하는 긴 울음이었다.

마을에 들어와 큰길을 가자 내 발굽과 노면의 돌이 부딪치면서 박자를 타고 맑은 소리가 울렸다. 정신이 딴데 팔려서 머리에는 온통 아까 그 암나귀의 수려한 용모와 부드러운 입술, 코에 가득한 그 향긋한 오줌냄새로 나를 미치게 했지만, 그래도 전생에 사람이던 나는 다른 나귀와 달랐다. 세상일에 관심이 무척 많았다. 많은 사람들이 바삐 어디로 뛰어가는 것이 보였다. 달려가면서 하는 말을 듣자니, 지금 서문저택의 마당, 지금은 마을공회소이자 합작사 사무실이 있는 마당, 우리 주인 남검과 황동의 마당이기도 한 그곳에 항아리가 놓여 있는데, 그 안에 금은보화가 가득하다는 것이었다. 오후에 연극무대를 만들려고 땅을 파다가 발견했다는 것이다. 사람들은 지금쯤 금은보화가 넘쳐나는 그 항아리를 보면서 복잡하고 종잡을 수 없는 눈길들을 건네고 있을 것이었다. 서문뇨의 기억이 밀물처럼 밀려들면서 그 암나귀에 대한 미련을 밀어냈다. 나는 그곳에 왜 금은보화가 묻혀 있었는지 모른다. 우리집은 마구간 바닥에다 은화 일천원(元, 위안)을 묻었고, 담벼락에는 집안 대대로 내려오는 가보를 숨겼는데 토지개혁 때 재검사를 하다가 빈농단에게 들켜버렸다. 이 때문에 내 처 백씨가 갖은 고생을 다 하고 있는 것이다.

처음에는 황동과 양칠 그자들이 백씨와 영춘, 추향을 한 방에 가두어놓고 심문했다. 홍태악이 자리를 지키며 지휘했다. 나는 다른 방에 갇혀 있어서 그 모습을 볼 수는 없어도 소리는 들었다. 말해! 서문뇨가 금붙이를 어디다 숨겼어? 어서 말해! 등나무줄기와 몽둥이로 탁자를 내려치는 소리가 들렸다. 추향이 질질 짜면서 소리쳤다. 촌장님, 대장님, 아저씨, 오라버니, 나는 가난뱅이 출신입니다. 서문집안에서 술지게미만 먹었어요. 날 사람 취급 안했어요. 서문뇨에게 강간을 당했어요. 그자가 나를 강간할 때 백씨가 내 다리를 누르고, 영춘이 내 어깨를 눌러서 서문뇨가 나를 겁탈하게 한 거라고요. ─웃기고 있네! 영춘의 목소리였다. 싸우는 소리가 났고 붙들려서 떨어지는 소리가 났다. ─저 사람 말은 다 거짓이에요! 백씨가 말했다. ─난 이 집에서 개돼지만도 못했어요. 아저씨, 오라버니, 형제들, 나는 죽어라 당한 사람이에요, 당신들 계급과 같다고요. 나는 당신들 계급의 자매이니 나를 이 고통에서 제발 좀 구해주시구려. 내 그 은혜 잊지 않으리다. 내 서문뇨의 뇌를 파서 당신들에게 먹이리다, 서문뇨의 간을 파서 술을 올리리다. 생각 좀 해보세요. 저들이 금은보화 묻은 곳을 나한테 알려주겠어요? 계급 상으로 친척이신 여러분, 이런 사정 좀 알아주세요. 추향이 울며 소리쳤다. 영춘은 울지도, 소란을 피우지도 않았다. 그저 이런 말만 되풀이했다. 나는 그저 일만 하고 아이나 키웠지, 다른 일은 아무것도 몰라요. 그렇다. 그들 둘은 금은보화를 어디다 숨겼는지 모른다. 나와 백씨만 안다. 첩은 어디까지나 첩이어서 믿지를 않아요. 본처나 믿지요. 내 처였던 백씨는 한 마디도 하지 않다가 추궁을 받고 나서야 입을 열었다. 우리 집에 큰 궤짝이 있었는데 금붙이를 담은 상자 같았어요. 하지만 진즉부터 들어오는 돈보다 나가는 돈이 많았어요. 수입이 있어도 그 양반은 나한테 주지 않았어요. 나는 그녀가 이 말을 할 때 그녀의 퀭한 큰 눈이 분명 영춘과 추향을 원망하고 있으리라고 짐작했다. 그녀가 추향을 미워한다는 것은 나도 알았다. 영춘이야 어쨌거나 친정에서 데려온 자기 몸종이고, 가문의 핏줄을 이으려고 다리를 분지르다시피 해서 내 방에 밀어넣은 것도 본래 자기 생각이었다. 영춘도 결기가 있어서 바로 이듬해에 용하고 봉을 낳은 것이다. 하지만 추향을 들인 것은 경솔했다. 집안일이 술술 잘 풀려나가자 으쓱해진 나머지 사고를 친 것이다. 잘나가는 수캐는 꼬리를 쳐들고 잘나가는 사내는 자지를 쳐드는 법이다. 물론 그 여우 탓도 크다. 날마다 나를 눈으로 꼬드기고 가슴으로 슬쩍 문지르니 이 서문뇨가 성인이 아닌 이상 어떻게 그 유혹에 넘어가지 않을 것인가. 그 때문에 백씨도 나한테 욕을 했다. 주인양반, 당신 결국 저 여우 손에 신세 망칠 날이 올 겁니다. 그래서인지, 추향은 백씨가 자기 다리를 잡고 내가 강간을 하게 했다고 지어냈다. 백씨가 그녀를 때렸다는 것은 사실이었다. 하지만 백씨는 영춘도 때렸다. 후에 영춘과 추향은 풀려났고 나는 서쪽 행랑채에 갇혀 있었는데 창틈으로 두 여자가 안채에서 나가는 것을 지켜보았다. 추향은 머리가 풀어지고 얼굴은 엉망이어도 눈가에 기쁜 기색이 역력했고 이리저리 눈을 돌렸다. 영춘은 곧장 서둘러 동쪽 행랑채로 달려갔다. 거기서 금룡과 보봉의 울음소리가 나서였다. 내 아들, 내 딸, 나는 마음이 아팠다. 도대체 어디서부터 잘못되었는지 알 수가 없었다. 천리(天理)를 어겨서 나뿐 아니라 내 처와 자식들까지 이 고초를 겪는 것일까. 이런 생각도 들었다. 비판을 당하고 청산을 당하고 재산을 빼앗긴 채 내쫓기고 머리가 깨진 지주들이 마을마다 있고 동네마다 있고 그런 사람이 이 세상천지에 수천명 수만명이니 설마 이 많은 사람들이 다들 나쁜 짓을 해서 이런 보복을 당한다는 말인가? 이것은 겁운(劫運)이다. 천지가 돌고 일월이 운행하는 한 이 겁운을 피할 수 없던 시절에 이 서문뇨의 머리가 목에 붙어 있었던 것은 다 조상님의 음덕을 입어서였고 세상이 이러한 때 그래도 목숨이나마 보존할 수 있으면 다행이지, 무엇을 더 바랄 것인가. 하지만 백씨가 걱정이었다. 만일 심문을 견뎌내지 못하고 금붙이 숨겨둔 곳을 발설하는 날이면 내 죄가 덜어지기는커녕 저승행을 재촉하는 길이다. 백씨,

나의 본처여, 당신은 생각이 깊고 나름대로 생각하는 바가
있는 사람이니 부디 이 고비에 딴생각을 않길 바라오. 밖에
서 보초를 서는 사람은 남검이었다. 그가 창문을 등에 지고
서 내 시선을 가려버렸다. 그저 들을 수만 있었다. 방에서는
다시 심문이 시작되었다. 이번에는 정식으로 격식을 차렸
다. 고함소리에 귀가 멍멍할 정도였고 등나무줄기와 곤장,
채찍으로 탁자를 내려치는 소리가 들렸고, 내 아내 백씨를
때리는 소리가 났다. 백씨가 날카로운 비명을 질렀고 내 가
슴은 칼로 도려내는 듯하고 겁이 나서 벌벌 떨렸다. 말해! 금
붙이를 어디다 숨겼느냐고? ─금붙이 같은 건 없다니까요.
─백씨, 당신 참 고집불통이군. 안되겠어, 이렇게 해서는
입을 열지 않겠어. 홍태악의 소리 같으면서도 꼭 그런 것 같
지도 않았다. 그러고는 한동안 아무 소리도 없더니 백씨가
비명을 질렀다. 이번 비명은 내 모골을 송연하게 만들었다.
여인이 이렇게 자지러지게 비명을 지르도록 만드는 극형이
대체 무엇일지 감이 잡히지 않았다. 말 안할 거야? 그럼 다
시 하지. 말할게요. 말할게요. 내 마음에 돌덩이가 떨어져내
렸다. 좋아, 어디 말해봐. 어디다 숨겼어? 마을 동쪽 토지신
사당에 숨기고 마을 북쪽 관우 사당에 숨기고 연꽃 방죽에
숨기고 어미소의 뱃속에 숨기고…… 전 정말 몰라요. 진짜
로 금붙이가 없다고요. 일차 토지개혁 때 죄다 내놨잖아요.
어이구, 제법이시네요, 백씨, 감히 우리를 놀려요? 저 좀 풀
어주세요. 전 정말 아무것도 모른다고요. ……저 여자를 끌

고 가! 방에서 하달되는 위엄있는 명령이 들렸다. 명령을 내린 사람은 아마도 내가 예전에 앉던 마호가니 의자에 앉아 있을 것이다. 의자 옆에는 팔선(八仙) 탁자가 있을 것이고, 탁자에는 문방사보가 놓여 있고, 탁자 뒤 벽에는 오자축수도(五子祝壽圖)가 걸려 있을 것이다. 그림 뒤쪽에 이중벽이 있는데 여기에 오십냥짜리 은괴 마흔 개하고 한 냥짜리 금괴 스무 개, 그리고 백씨의 폐물들이 숨겨져 있었다. 민병 둘이 백씨를 끌고 나오는 것이 보였다. 머리는 풀려 헝클어지고 옷은 찢겨 누더기가 되고 온몸이 젖어 물이 뚝뚝 떨어지는데, 피인지 땀인지 분간이 되지 않았다. 아내가 이 모양이 된 것을 보고 나 서문뇨는 모든 기대가 물거품이 되었다. 백씨, 백씨, 그대가 입을 꼭 다문 것으로 나를 향한 충성스런 마음을 족히 알았소. 당신 같은 아내를 만난 것만으로도 이 서문뇨가 세상을 헛살지는 않았소. 총을 든 민병 둘이 따라나오자 저들이 백씨를 총살할 것이라는 생각이 들었다. 나는 두 손을 뒤로 묶인 상태여서 머리로 창살을 받을 수밖에 없었다. 그러면서 소리쳤다. "총을 거두시오!"

내가 홍태악에게 말했다. 이 소뼈다귀나 두드리던 잡놈, 이런 건달새끼, 내 좆털만도 못한 놈아. 내가 시운을 잘못 타서 니들 건달들 손에 잡혔다. 하늘의 뜻은 거스를 수 없으니 내 인정하마, 내 이제 너희 손자새끼다.

홍태악이 웃으며 말했다. 그걸 알았으면 됐다. 나 홍태악은 분명 건달이다. 공산당이 아니었더라면 나는 소뼈다귀나 두드리다 죽었을 것이다. 하지만 이제 넌 운이 다했고 우리 가난한 형제들에게 운이 돌아와 우리 시대가 되었다. 우리가 너희를 청산하는 것은 기실 우리 자신들의 재산을 되찾는 길이다. 그 이치는 우리가 벌써 수천번도 넘게 너에게 말했다. 너 서문뇨가 머슴과 소작인 들을 먹여살린 것이 아니라 머슴과 소작인 들이 너와 너희 집안을 먹여살린 것이다. 재산을 은닉한 죄는 절대 용서할 수 없다. 다만 자진하여 내놓는다면 우리가 너그럽게 처리할 것이다.

내가 말했다. 재산은 나 혼자 숨겼다. 여자들은 일절 모르는 일이다. 여자들이란 책상을 한번 내려치고 눈 한번 부라리면 다 불어버리는 사람들이어서 신용할 수 없다는 것을 알고 있었다. 내 전재산과 금붙이를 내놓으면 그 숫자에 놀랄 것이다. 너희가 큰 대포 하나는 족히 살 것이다. 하지만 반드시 보장을 해주어야겠다. 백씨를 풀어주고, 영춘과 추향을 괴롭히지 마라. 그 여자들은 아무것도 모른다.

홍이 말했다. 그건 안심해라. 우리는 정책에 따라 일을 처리한다.

그럼 좋다. 내 손을 풀어라.

몇몇 민병이 의심스러운 눈으로 나를 보더니 다시 홍태악을 바라보았다.

홍이 웃으며 말했다. 저 사람들은 네가 이판사판으로 덤벼들까 우려하는 것이다.

내가 웃었다. 홍태악이 직접 밧줄을 풀어주고 담배 한대

를 주었다. 나는 감각이 없는 손으로 담배를 받았다. 내 마
호가니 의자에 앉았다. 끝없는 슬픔이 일었다. 나는 손을 뻗
어 오자축수도를 떼냈다. 민병들에게 말했다. 개머리판으로
벽을 부숴보게.

이중벽에 숨겨둔 재산이 나왔다. 자리에 있던 사람들이
얼어붙었다. 그들의 눈길에서 그들의 속마음을 읽었다. 이
큰 재산을 꿀꺽 삼키고 싶지 않은 이가 하나도 없었고, 그보
다 더한 꿈도 꾸고 있었다. 이 집이 내게 분배되고 그런 뒤
나중에 우연히 숨겨진 재산을 발견한다면……

저들이 재산에 눈이 팔려 있을 때, 나는 의자 밑에서 권총
한자루를 집어 푸른 벽돌이 깔린 바닥에 한방 쏘았다. 총알
이 튀어 벽에 박혔다. 민병들이 흩어지며 땅에 엎드렸다. 홍
태악만 그대로 서 있었다. 말종놈에게도 기개는 있었다. 내
가 말했다. 홍태악 잘 들어라. 내가 방금 이 총알을 네 머리
에 날렸으면 지금 너는 개처럼 죽어서 땅에 너부러졌을 것
이다. 하지만 난 너를 쏘지 않았다. 너희 누구도 쏘지 않았
다. 나는 너희 누구한테도 아무런 원한이 없다. 너희가 와
서 나를 비판하지 않았으면 다른 사람이 와서 했을 것이다.
이 시대는 돈 있는 사람이 어쩔 수 없이 액운을 입어야 하는
시대이다. 그러니 난 너희를 털끝 하나 상하게 하지 않을 것
이다.

말 한번 잘했다. 홍이 말했다. 당신은 큰 흐름을 알고, 대
국(大局)을 아는 사람이오. 난 당신을 개인적으로는 인정하

고, 같이 술이라도 한잔 하면서 형제를 맺고 싶은 마음이오. 하지만 혁명계급의 일원으로서 난 당신과 한 하늘 아래서 살 수가 없소. 당신을 반드시 처결해야 하오. 이건 개인적인 원한이 아니요, 계급의 원한이오. 당신은 지금 장차 철저히 사라질 계급의 대표이니, 당신이 나를 총살하면 나를 혁명 계급의 열사로 만들어주는 것이고, 나아가 우리 정부가 당신을 총살하면 당신을 반혁명 지주계급의 열사로 만들어주는 것이오.

나는 웃었다. 집이 울리도록 웃었다. 하하, 웃었다. 웃다가 눈물이 났다. 그런 뒤 내가 말했다. 홍태악, 우리 어머니가 부처님을 믿으셨다. 내가 평생 살생을 안한 것은 어머니에게 효도를 하기 위해서였다. 어머님이 그러셨다. 당신이 죽은 뒤에 내가 살생을 하면 저승에서 당신이 고초를 겪을 것이라고. 그러니 네가 열사가 되고 싶거든 다른 사람을 찾아보아라. 난 살 만큼 살았다. 죽고 싶다. 하지만 내가 죽는 것하고 네가 말한 계급 같은 것하고는 아무런 관계가 없다. 난 그저 내 머리가 잘 돌아가서, 열심히 일해서, 운이 좋아서 만금 재산을 모았을 뿐이다. 무슨 계급에 들고 싶은 생각은 전혀 없었다. 난 죽어도 무슨 열사는 아니다. 내가 이렇게 살아남는다고 해도 분통이 터져 숨이 막히고 도무지 이해가 되지 않는 일이 너무 많아 마음이 편치 않을 것이다. 그러니 차라리 죽는 편이 낫겠다. 나는 총구를 내 머리에 대고 말했다. 마구간에 항아리가 하나 더 묻혀 있다. 은화 일천원이

들어 있다. 그런데 그걸 꺼내려면 미안하지만 먼저 똥을 퍼 내야 할 것이다. 온몸에 똥을 묻혀야 은화를 찾아낼 것이다.

상관없다. 홍이 말했다. 은화 일천원을 얻는데 그까짓 똥이 대수냐. 똥통에 들어가 몇바퀴 굴러도 좋다. 그런데 내 충고하니, 죽지 마라. 우리가 너에게 살 길을 남겨주마. 우리 가난뱅이들이 완전히 신세가 바뀌는 것을, 우리가 떳떳이 기를 펴고 사는 것을, 우리가 너희 집 주인이 되는 것을, 공평한 세상을 만드는 것을 너에게 보여주마.

미안하다. 내가 말했다. 나는 살기 싫다. 이 서문뇨는 남이 내게 고개 숙이는 것에는 익숙해도 내가 남에게 고개 숙이고 싶지는 않다. 인연이 되면 다음 생에 다시 만나자, 친구들아! 나는 방아쇠를 당겼다. 그런데 총소리가 울리지 않았다. 불발이었다. 내가 총구를 이마에서 내려 무엇이 문제인지 확인하려고 할 때 호랑이가 먹이를 낚아채듯이 홍태악이 달려들어 총을 채갔다. 이어서 민병들도 달려와 다시 밧줄로 나를 옭아맸다.

친구, 자네 지식이 부족하군. 홍태악이 권총을 들고 말했다. 총구를 내릴 필요가 있나? 이 권총의 최대 장점이 불발이어도 상관없다는 걸세. 방아쇠를 다시 당겼으면 다음 총알이 나갔을 것이네. 그 총알이 불발되지 않았다면 자네는 바닥에 개처럼 너부러졌을 것이네. 그가 기가 살아 크게 웃으면서 민병들에게 어서 마구간 밑을 파라고 명령했다. 그러고는 다시 말했다. 서문뇨, 자네가 우리를 속이지 않았으리라 믿네. 총으로 자살까지 하려고 한 사람이 거짓말할 필요가 없겠지……

주인이 애써 나를 끌고서 겨우 대문으로 들어섰다. 마침 민병대가 마을 간부의 명령에 따라 마당에 모여 있는 사람들을 밖으로 내쫓던 참이었다. 겁이 많은 사람은 엉덩이에 개머리판이 닿자마자 죽어라 마당에서 도망나왔고, 겁이 없는 사람은 기어이 밀고 들어가 구경하려고 했다. 이런 순간에 주인이 나를 끌고서, 거대한 나귀를 끌고서 문을 들어서는 것이 얼마나 어려운 일인지는 짐작하고도 남는다. 처음에는 남가네와 황가네를 집에서 내보내고 서문저택의 너른 마당을 전부 마을공회소로 쓰려고 했다. 그런데 첫째는 마을에 빈집이 없었고, 둘째는 우리 주인과 황동네 둘다 고집불통이어서 이들을 이사보내기가 하늘로 올려보내기보다 어려웠다. 그래서 이 서문나귀가 매일 마을 간부들, 나아가 시찰나온 구와 현의 간부들과 함께 이 문을 드나들게 된 것이다.

한참 소동이 일고서 마당은 몰려든 사람들로 북적였다. 민병대도 지쳤는지 이제는 뒤로 나앉아서 담배를 피웠다. 마구간에서 커다란 살구나무가지 사이로 노을이 황금빛으로 물드는 것이 보였다. 나무 아래서 민병 둘이 총을 들고 지키고 있었다. 민병들 발끝은 사람들에게 가려서 보이지 않았다. 하지만 나는 알았다. 거기에는 필시 금은보화가 가득든 항아리가 있을 것이다. 사람들이 떼를 지어 안으로 몰려

온 것은 그 항아리에 든 보물 때문이었다. 하늘에 맹세하건
대 이 서문뇨는 그 보물과 관계가 없다. 그런데 그때 서문뇨
의 본부인이었던 백씨가 총을 든 민병과 치안주임의 압송을
받으며 대문을 들어서는 것이 보였고, 그 순간 나는 오금이
저려왔다.

내 처 백씨는 머리가 실타래처럼 엉키고 온몸이 황토투
성이로 방금 무덤에서 파낸 것 같았다. 백씨의 팔이 떨리고
있었는데 걸음을 뗄 때마다 세 번은 흔들렸다. 그래야 겨우
몸의 균형을 잡고 걸음을 뗄 수 있어 보였다. 그녀를 보자 마
당에서 떠들던 사람들이 한순간 쥐죽은 듯 조용해졌다. 다
들 자기 몸을 단속하여 안채로 통하는 길을 내주었다. 우리
집 마당 입구에는 금색으로 커다랗게 ‘복(福)’ 자가 쓰인 가
림벽〔影壁〕이 서 있었다. 그런데 토지개혁 때 재조사를 하면
서 재물에 눈먼 민병 몇이 밤새워 그것을 깼다. 그 안에 금괴
라도 숨겨져 있으리라 생각한 탓이다. 하지만 그 속에서 나
온 것은 녹슨 가위뿐이었다.

내 처 백씨가 통로에 튀어나와 있던 돌부리에 걸려 넘어
졌다. 몸이 앞쪽으로 쏠리면서 땅에 거꾸러졌다. 양칠이 이
기회를 놓치지 않고 그녀를 발로 걷어찼다. 그러면서 욕을
퍼부었다.

“냉큼 일어나! 죽은 척하기는.”

시퍼런 불길이 내 머리에서 활활 타오르는 것이 느껴졌
다. 초조와 분노 때문에 나는 계속 발길질을 해댔다. 마당에

있는 사람들의 낯빛이 어두워지고 분위기도 침통해졌다. 서문뇨의 처가 흑흑 울면서 엉덩이를 치켜들고 두 손으로 땅을 짚으며 일어서려고 했다. 그 자세가 다친 개구리 같았다.

양칠이 다시 발을 들어 걷어차려고 할 때, 계단 위에 서 있던 홍태악이 소리치며 막았다.

"양칠, 너 지금 뭐 하는 거냐? 해방이 된 지가 벌써 언제인데, 아직도 입만 열면 욕이고 손만 들면 사람을 때리는 거냐? 공산당 얼굴에 먹칠을 하는 녀석!"

난처한 표정의 양칠이 두 손을 비비며 얼버무렸다.

"촌장님, 용서하세요. 전 그저 아무것도 모릅니다, 촌장님. 은혜를 베풀어 천한 이놈 목숨만 살려주십시오……"

"서문백씨, 그러지 마세요." 홍태악이 힘으로 그녀를 안아일으키며 무릎을 펴도록 했다. 부드러운 표정을 하고 있던 그가 한순간에 엄하게 변했다. 마당에 있는 구경꾼들을 매섭게 쏘아보더니 말했다. "다들 가시오. 여기 모여서 뭐 하는 겁니까? 뭐 볼 게 있다고? 어서들 가시오!"

사람들이 다들 고개를 숙이고 조용히 흩어졌다.

홍태악이 머리를 땋아내린 뚱뚱한 여자에게 손짓했다.

"양귀향(楊桂香, 양꾸이샹), 이리 와서 이 여자 좀 부축해."

양귀향은 여성구국회 회장을 했고 지금은 여성주임이었다. 양칠의 사촌누이이다. 그녀가 기쁜 마음으로 다가와서는 백씨를 부축해 안채로 들어갔다.

"백씨, 잘 생각해보세요. 이 항아리는 서문뇨가 묻은 것이 맞지요? 잘 생각해보세요. 또 어디에 보물을 묻었어요? 겁내지 말고, 말하세요. 당신 죄가 아니라 다 서문뇨가 저지른 죄입니다."

엄하게 심문하는 소리가 안채에서 흘러나와 나귀의 깡총한 귓속으로 파고들었다. 이 순간 서문뇨와 나귀는 한몸이었다. 내가 서문뇨이고 서문뇨가 나귀, 이 서문나귀였다.

"촌장님, 전 정말 모릅니다. 거기는 우리집 땅이 아닙니다. 하물며 주인양반이 금붙이를 거기다 묻었겠습니까?"

"팍!" 손바닥으로 탁자를 내려치는 소리였다.

"말을 하지 않으면 목을 매달아버려!"

"손가락에 깍지를 끼워!"

내 처가 통곡을 했다. 연방 용서를 빌었다.

"백씨, 잘 생각해보세요. 서문뇨는 진즉 죽었어요. 금은보화가 땅에 묻혀 있어도 소용없다고요. 캐내면 우리 합작사에 힘을 보탤 수 있는 것 아니겠소. 걱정 마요. 지금은 해방이 되었고 정책에 따라 처리하니까요. 당신을 때리지도 않을 것이고 형을 가하지도 않을 겁니다. 털어놓기만 하면 그 공을 반드시 챙겨준다고 내가 보장하리다." 홍태악의 목소리였다.

나는 서글펐다. 속이 타들어갔다. 인두로 내 엉덩이를 지지는 듯했고 칼로 살을 긋는 듯했다. 태양은 벌써 기울고 달이 어느새 올라왔다. 잿빛 차가운 달빛이 땅에 뿌려지고, 나무에 뿌려지고, 민병의 총에 뿌려지고, 그 반짝이는 항아리에 뿌려졌다. 저것은 우리 서문집안의 항아리가 아니었다. 서문집안의 보물을 그곳에 묻을 리가 없었다. 그곳은 전에 사람이 죽은 곳이고 폭탄이 떨어졌던 곳이고 연꽃 호수라는 곳으로 원귀들이 득실득실한 곳인데 내가 어찌 거기에 보물을 묻겠는가? 마을에 부자가 어디 우리 한집뿐인가. 왜 우리 집만 가지고 그러는가.

나는 더이상 보고만 있을 수 없었다. 백씨의 울음소리를 들을 수가 없었다. 그녀의 울음소리가 나를 고통스럽게 속으로 앓게 하였다. 나는 전생에 그녀에게 잘하지 못한 것을 후회했다. 영춘과 추향을 들인 뒤로 나는 그녀와 한번도 잔 적이 없다. 서른살 여인을 밤이면 밤마다 독수공방하게 한 것이다. 그녀는 날마다 불경을 외우면서 우리 어머니가 두드리던 목어를 두드렸다. 타, 타, 타…… 나는 세차게 고개를 흔들었다. 고삐가 기둥에 묶여 있었다. 나는 뒷발질로 헌 광주리를 날렸다. 몸을 뒤틀고, 흔들었다. 목으로 뜨거운 울음을 울었다. 고삐가 헐렁해지는 것이 느껴졌다. 나는 자유가 되었다. 그저 시늉으로 닫혀 있는 마구간 문을 열어젖히고 마당으로 치고 나갔다. 그때 마침 담장 앞에 서서 오줌을 싸던 금룡이 소리를 질렀다.

"아버지, 어머니, 우리 나귀가 도망가요."

나는 마당을 내 멋대로 돌았다. 발굽을 슬쩍 놀렸더니 따각따각 소리가 나고 불꽃이 튀었다. 내 둥근 엉덩이에 달빛이 비치고 있었다. 남검이 뛰어나오고 민병 몇사람이 안채에서 뛰어나오고 있었다. 방문이 열려 밝은 촛불이 마당 한편을 비추었다. 나는 곧장 살구나무 쪽으로 뛰어가서 그 항아리를 두 발로 차버렸다. 쨍그랑 소리가 나고 항아리가 박살났다. 조각 몇개가 나뭇가지보다 더 높이 날아가 지붕 기왓장에 떨어지면서 맑은 소리를 냈다. 황동이 안채에서 뛰어나왔다. 추향이 동쪽 행랑채에서 뛰어나왔다. 민병들이 총 노리쇠를 당겼다. 나는 겁나지 않았다. 저들이 총으로 사람을 죽일 수는 있어도 축생을 죽일 수는 없다는 것을 나는 알았다. 나귀는 축생이다. 사람들의 이치를 모른다. 그런 나귀를 죽이면 총을 쏜 자가 축생이 된다. 황동이 발로 내 고삐를 밟았다. 내가 목을 치켜올리자 그가 나자빠졌다. 고삐가 흩뿌려졌다. 채찍처럼. 추향이 얼굴을 맞았다. 그녀가 울자 나는 기뻤다. 이 음흉한 갈보 같으니라고. 내 너를 뛰어넘을 것이다. 나는 그녀의 머리를 뛰어넘었다. 사람들이 에워쌌다. 나는 마음을 다잡고 안채로 치고 들어갔다. 나 서문뇨가 돌아왔다! 내 마호가니 의자에 앉을 것이다. 내 물담뱃대를 물 것이다. 내 술병을 들어 됫병 이과두주를 마실 것이다. 통닭을 뜯을 것이다. 그런데 문득 안채가 몹시 답답하게 변했다고 느껴졌다. 발을 놀리자 쨍그랑 소리가 났다. 방에 있던 단지와 항아리 들이 모두 박살났고 책상과 의자가 뒤집어지거나 쓰러졌다. 내게 쫓겨서 담장 밑으로 간 양귀향의 펑퍼짐한 황금빛 얼굴이 보였다. 그녀의 날카로운 비명소리가 내 눈을 찔렀다. 푸른 벽돌 바닥에 얼어붙어 있는 내 어진 아내 백씨가 보였다. 마음이 어수선하여 내가 이미 나귀의 입과 몸을 가졌다는 것을 잊었다. 그녀를 안아주고 싶었다. 그런데 문득 그녀의 이마에서 나는 피가 보였다. 사람과 나귀는 사랑할 수 없다. 어진 아내여, 안녕이다! 내가 당당히 안채를 나서려고 할 때 검은 그림자 하나가 문 뒤에서 뛰쳐나오더니 내 목을 움켜잡았다. 굳센 손톱이 내 귀와 목덜미를 움켜쥐었다. 귀뿌리가 찢어지듯이 아파서 나도 모르게 고개를 숙였다. 하지만 나는 바로 알아챘다. 박쥐처럼 내 목에 달라붙은 것은 촌장 홍태악, 나의 원수였다. 서문뇨가 인간이었을 때 너와 싸워 이긴 적은 없지만 내가 나귀가 된 이상, 너에게 질 수는 없는 노릇이다. 이런 생각이 들자 분노가 치밀었고 아픔을 참으려고 머리를 치켜들고 나갔다. 나는 내 몸에 붙은 기생충을 털어내듯이 문틀로 홍태악을 떨어냈다.

나는 길게 울음을 토하며 마당으로 치고 나갔다. 몇사람이 그제야 굼뜨게 대문을 닫아걸었다. 내 마음은 이제 더없이 넓어져서 이 좁은 마당에 갇혀 있을 수 없게 되었다. 나는 마당을 뛰었다. 사람들이 몸을 피했다. 양귀향이 지르는 소리가 들렸다.

"백씨 머리가 나귀에 물려 깨졌어요. 촌장님은 팔이 부러졌고요."

"총을 쏴, 저놈을 죽여!" 누군가 소리치는 게 들렸다. 민병이 총을 장전하는 소리가 들렸다. 내 쪽으로 달려오는 남검과 영춘이 보였다. 나는 뛰었다. 달릴 수 있는 가장 빠른 속도로 달렸다. 온힘을 모아서 여름폭우에 담장이 내려앉은 곳으로 몸을 날렸다. 네 발이 날고 몸이 쭉 펴져 담장을 날아서 넘었다.

'남검 집 나귀가 날았다'는 전설이 그때부터 서문촌 노인들 입에서 흘러나오기 시작한 것이다. 당연히 막언도 그의 소설에서 한층 실감나게 묘사했다.

94

제6장

따뜻한 정과 깊은 사랑으로 아름다운 인연을 맺고
지혜와 용기를 두루 갖추어 악한 이리를 제압하다

나는 남쪽을 향해 뛰었다. 가볍고 아름다운 모습으로 허물어진 담장을 훌쩍 뛰어넘었다. 그런데 앞발이 도랑 갯벌에 빠져버렸다. 다리가 절단난 것 같았다. 나는 두려웠다. 몸부림을 칠수록 더 깊이 빠졌다. 나는 냉정을 되찾고서 뒷발로 단단한 곳을 디디고 몸을 뉘었다. 몸을 옆으로 뉘어 한 바퀴 구르자 앞발이 빠졌고, 도랑둑에 올라섰다. 막언이 말했듯이 산양은 나무를 잘 타고, 나귀는 산을 잘 탄다.

나는 흙길을 따라 서남쪽으로 달렸다.

내가 앞에서 이야기한 것을 기억하는가. 석수장이 한씨네 암나귀 이야기 말이다. 화화의 아들과 돼지를 태우고 한화화를 시댁으로 바래다주던 그 나귀 말이다. 지금쯤 고삐를 풀어버리고 돌아오는 길일 것이다. 헤어질 때 이미 약속을 했다. 오늘밤이 바로 우리가 가약을 맺는 날이다. 사람이 한번 뱉은 말은 네 필 말로도 따라잡기 어려운 법이고, 나귀의 약속은 중천금이어서 만날 때까지 기다린다.

나는 그녀가 공기 속에 남긴 사랑의 정보를 따라 해질 무렵에 그녀가 갔던 길을 따라 달렸다. 타닥타닥 발굽소리가 아득히 날아갔다. 내가 내 발굽소리를 따라 뛰는 것 같기도 하고 발굽소리가 나를 따라 뛰는 것 같기도 했다. 깊은 가을이었다. 갈대는 누렇게 변하고 이슬은 서리가 되었다. 마른 풀에서는 반딧불이 날고 시퍼런 도깨비불이 땅에 톡톡 튀었다. 간혹 썩은 냄새가 바람에 실려왔다. 묵은 시체 때문이었다. 살은 진즉 다 썩어 없어졌지만 뼈에서 아직도 악취가 나고 있었다. 한화화의 시댁은 정공(鄭公)촌이었다. 그 마을에서 제일가는 갑부인 정충량(鄭忠良, 정쭝량)은 서문뇨와 망년지교(忘年之交) 사이였다. 한창 잘나가던 때, 술이 거나하게 취하면 정충량이 서문뇨의 어깨를 두드리며 말했다. 서문형, 재산이 쌓이면 원한이 쌓이고 재산을 풀면 복이 쌓이는 법이야. 시절 좋을 때 좀 즐기고 꽃과 술에 취해보라고. 재산이 없어지면 복도 끝장나는데 뭘 그리 집착해? ―서문뇨, 이 빌어먹을 서문뇨야, 한창 신명이 난 내 일에 초치지 마라. 나는 지금 욕망에 불타는 수나귀이다. 서문뇨만 떠오르면 그의 기억 속으로 빠져들어 혈연관계도 흐려지고 썩은 냄새가 진동하는 옛일까지 생각나게 된다. 서문촌에서 정공촌으로 가는 넓은 들판에 큰 강이 가로질러 흐르고, 강 양쪽으로 열 개가 넘는 모래언덕이 용처럼 줄지어 늘어서 있고, 거기에는 붉은 버들이 끝이 보이지 않을 정도로 가득했다. 전에 여기서 대규모 전투가 벌어졌다. 비행기, 탱크가 다 출동했고 모래언덕에 시체가 즐비했다. 정공촌 거리마다 들것과 부상병의 신음소리가 까마귀 울음소리와 뒤섞여 사람들은 소름이 돋을 지경이었다. 그래, 전쟁 이야기는 그만하자. 전쟁이 터지면 나귀는 운송수단이 된다. 나귀는 기관총과 탄약을 싣고 총탄을 무릅쓰고 전진한다. 전시에는 나처럼 잘 빠진 나귀라도 군수용 나귀로 징발되는 운명을 피할 수 없다.

평화 만세! 시절이 평화로워야 수나귀가 사랑하는 암나귀와 그윽한 만남도 가질 수 있다. 장소는 시냇가로 했다. 깊지 않게 흐르는 물에 별빛과 달빛이 반사되어 은빛 뱀이 구불구불 지나가는 듯했다. 가을벌레들은 낮게 울고 저녁바람은 청량했다. 나는 흙길에서 내려와 모래톱을 지나 강물 속에 섰다. 강물에 네 발이 잠겼다. 물냄새가 코를 자극하여 갈증이 일었다. 다디단 물을 조금 마셨다. 계속 더 달려야 해서 많이 마시지 못했다. 물을 많이 마시면 위에서 출렁거리는 소리가 난다. 나는 강 건너편에 다다랐다. 구불구불한 작은 길을 따라 붉은 버들 속으로 들어갔다 나왔다 하면서 모래언덕을 지났다. 높은 언덕에 이르렀을 때 갑자기 그녀의 냄새가 훅 끼쳐오는데, 더없이 진하고 강렬했다. 심장이 미친 듯이 쿵쾅거리고 근육이 씰룩거리고 뜨거운 피가 끓고 흥분이 극에 달한 나머지 긴 울음도 나오지 않아서 그저 짧게 울었을 뿐이다. 내 사랑 나귀여, 나의 보배, 내 가장 소중하고 가장 친한 나의 신부 나귀여! 내 너를 안고 네 다리로 너를 꼭 조인 뒤 너의 귀에 입맞추고 너의 눈가에 입맞추고 너의 눈썹에 입맞추고 너의 붉은 콧등과 꽃잎 같은 입술에 입맞추리라. 내 최고의 신부, 최고의 보배인 그대, 기침하면 날아갈까 뛰면 부서질까 나의 귀염둥이 나귀여, 그대가 지금 지척에 있구나. 내 귀염둥이 나귀여, 내가 얼마나 그대를 사랑하는지 아는가.

나는 곧장 체취가 나는 곳으로 달려갔다. 모래언덕 중간쯤에 도착했을 때, 두려운 광경에 맞닥뜨렸다. 내 나귀가 붉은 버들 속에서 나왔다 들어갔다 하면서 빙빙 돌고 계속 뒷발질을 하며 히이잉 위협하는 소리를 내고 있었다. 일분도 쉬지 않았다. 그녀의 앞뒤 혹은 좌우로 두 마리 하얀 이리가 있었다. 그놈들은 전혀 당황하지 않고 빠르지도 느리지도 않게 전후로 혹은 좌우로 서로 호흡을 맞추면서 호시탐탐, 반은 진짜로 반은 거짓으로 차근차근 공격을 가하고 있었다. 저놈들은 지독히 음흉하다. 나의 신부가 체력과 정신력이 떨어지기를 참을성있게 기다리는 것이다. 그러다가 이때다 싶으면 한걸음에 달려들어 목줄을 물어서 끊고는 먼저 피를 마신 뒤 가슴을 파헤쳐서 심장과 간을 꺼내 먹을 것이다. 모래언덕에서 나귀가 홀로 호흡이 척척 맞는 이리 두 마리를 만났으니 죽음은 정해진 일이었다. 나의 신부여, 그대가 나를 만나지 않았으면 오늘밤 그대로 황천행이었다. 사랑이 그대의 목숨을 구했다. 이 세상에 한마리 수나귀로서 죽음을 무릅쓰고 뛰어들 만한 것이 사랑 말고 다른 무엇이 있을까? 없다. 있을 리가 없다. 나 서문나귀는 소리를 지르면서 비스듬히 치고 들어가 내 사랑 나귀의 뒤쪽에 있는 이리를 겨냥했다. 내 발굽에 파인 모래가 연기처럼 뿌옇게 피어오르면서 압도하는 기세가 족히 이리들을 단념시킬 만했고, 호랑이라도 도망갈 정도였다. 그 늙은 이리놈이 허둥대다가 내 발에 한방 차여 두 바퀴를 구른 뒤 한쪽으로 나가떨어졌다. 나는 몸을 돌려 나의 나귀에게 말했다. 나의 신부여, 걱정 마오, 내가 왔소! 나의 나귀가 나에게 바짝 붙었다. 그녀의 심장이 쿵쾅거리는 것이 느껴졌다. 그녀의 숨소리가 들렸다. 그녀는 온통 땀에 젖어 있었다. 나는 그녀의 목을 핥았다. 그녀를 위로하고 그녀를 격려했다. 무서워할 것 없어. 괜찮아. 내가 왔잖아. 이리라도 겁날 것 없어. 내 이 쇠발굽으로 이리 대가리를 박살내줄 거야.

이리 두 마리가 시퍼런 눈으로 어깨를 나란히한 채 우리와 대치했다. 하늘에서 내려온 것처럼 내가 나타나는 바람에 저놈들은 이제 아주 귀찮아졌다. 나만 아니었어도 지금쯤 벌써 나귀고기로 포식하고 있었을 것이다. 이놈들이 쉽게 포기하지 않으리라는 것을 나도 알았다. 모래언덕 근처를 떠돌아다니는 이 두 놈이 이런 기회를 포기할 리가 없었다. 이놈들은 나의 나귀를 모래언덕과 붉은 버들 속으로 몰아넣어 발이 모래에 빠지는 틈을 이용하려 했던 것이다. 이 두 놈에게 이기려면 어서 이 모래언덕에서 벗어나야 했다. 내 여인을 앞서게 하고 내가 뒤에 섰다. 한걸음 한걸음 모래언덕에서 걸어내려갔다. 이리 둘도 어쩔 수 없이 우리를 따라 움직이더니, 둘이 나뉘어 하나는 우리 앞으로 가서 기습할 채비를 했다. 내가 내 여인에게 말했다. 당신, 보이는가? 모래언덕 밑에 작은 시냇물이 있고 물가에 자갈이 널려 있지 않은가. 바닥이 딱딱하고 물이 맑고, 우리 발굽까지밖에 잠기지 않는다. 우리 힘을 내서 시냇물 있는 데까지만 가자고. 그러면 저 두 놈이 더이상 날뛰지 못할 것이고, 우리가 분명히 이겨. 그대여, 용기를 내, 어서 이 모래언덕을 내려가자고. 우리는 몸집이 크니 관성도 커서 뒷발로 모래를 흩뿌려 저놈들 시야를 가리고 뛰어가면 절대 안전해. 나의 나귀는 내 말을 따랐고 나와 함께 뛰어내려갔다. 관성을 빌려 우리는 한무더기 붉은 버들을 뛰어넘었다. 부드러운 버들줄기가 우리의 뱃가죽에 미끄러졌다. 우리는 물을 따라 흘렀다. 우리는 거대한 두 물보라처럼 뛰어내려갔다. 우리 뒤에서 구르고 기어오르면서 쫓아오는 이리 두 마리가 보였다. 우리가 시냇물에 우뚝 서서 숨을 돌리자 이리들이 몸에 온통 모래를 뒤집어쓴 채 강가로 왔다. 나는 내 여인에게 물을 마시게 했다. 당신, 목 좀 축여, 천천히 마셔. 서둘지 말고. 많이 마시지는 말고. 감기 들지 않게. 내 여인이 내 엉덩이를 핥았다. 눈에 눈물이 그렁그렁했다. 그녀가 말했다. 동생,

당신을 사랑해요. 당신 아니었으면 난 벌써 이리들 뱃속에서 장사를 지냈을 거야. 누님, 사랑하는 누님, 내가 당신을 구했고, 나도 구했소. 내가 나귀로 환생한 뒤 늘 마음이 울적했는데 당신을 만나고서야 알았소, 나귀처럼 비천한 몸이어도 사랑만 있으면 삶이 행복할 수 있다는 것을. 내가 전생에 사람이었을 때 처 하나에 첩이 둘이었지만 쎅스만 있었지 사랑은 없었소. 난 그때 그것을 행복이라고 여겼는데, 그것은 착각이었소. 내가 그때 얼마나 불쌍했는지 이제야 알았소. 사랑에 불타는 나귀는 사람보다도 훨씬 행복하오. 사랑하는 이를 구한 수나귀가 사랑하는 상대 앞에서 자기의 용기와 지혜를 보여주고 수컷의 허영심을 만족시켰다. 누이여, 그대는 나를 영광스러운 나귀로 만들었고 지구상에서 가장 행복한 동물로 만들었소. 우리는 서로 간지럽게 핥아주고, 살갗을 비볐다. 애틋하고 달콤한 말들이 꼬리에 꼬리를 물면서 정이 새록새록 깊어갔다. 강가에 이리들이 웅크리고 있다는 것을 잊을 정도였다.

저들은 굶주린 이리였다. 우리 몸의 먹음직스러운 근육이 그들의 식욕을 자극했다. 저들은 절대 포기하지 않을 것이다. 나는 당장 내 짝과 쎅스를 하고 싶었지만 그러면 스스로 무덤을 파는 일이라는 것을 알았다. 저놈들도 그 기회를 노리고 있었다. 저들은 강가 자갈밭에 서서 혀로 물을 핥아먹었다. 그런 뒤 개처럼 쪼그리고 앉아서 고개를 들고 차갑고 처량한 달을 보며 날카로운 울음을 울었다.

나는 여러 차례 그만 이성을 잃고 앞발을 들어 내 나귀를 올라타려고 했다. 하지만 앞발이 땅에서 들리기도 전에 이리들이 달려들었다. 내가 얼른 멈추자 이리들이 바로 물가로 물러났다. 엄청난 인내심을 가진 놈들이었다. 나는 우리가 먼저 공격해야 한다고 생각하고는 내 나귀와 호흡을 맞추기로 했다. 우리 둘이 공격하자 놈들이 흩어져 천천히 모래언덕 쪽으로 물러났다. 우리는 저놈들 작전에 말려들지 않았다. 물을 건너 서문촌 방향으로 뛰기 시작했다. 이리들이 물을 건너려 했지만 물이 저들의 배에까지 차서 건너는 동작이 굼떴다. 내가 내 여인에게 말했다. 지금이야. 우리가 저 두 놈 목숨줄을 끊어버리자고. 우리는 미리 약속한 대로 재빠르게 물속으로 들어가 발굽으로 이리의 몸을 짓밟았다. 일부러 물보라를 일으켜 그들의 눈을 가렸다. 이리들이 물속에서 몸부림을 쳤다. 물 때문에 그들의 몸이 무거워졌다. 나는 재빨리 앞발을 들어 한마리를 짓이기려 했는데 그놈이 얼른 피해버렸다. 나는 몸을 돌려 두 앞발을 들고서 다른 놈의 허리를 짓밟았다. 그놈 허리가 그 자리에서 절단났고 나는 그놈을 물에 처넣어 질식시켰다. 물방울이 뽀글뽀글 올라왔다. 다른 한마리가 몸을 일으켜 곧장 내 여인의 목으로 달려들었다. 위험했다. 나는 발로 밟고 있던 이리를 풀어주고는 뒷발로 그놈의 머리를 차버렸다. 내 발에 그놈 두개골이 으깨지는 것이 느껴졌다. 놈은 단번에 물에 처박혔고 쭉 뻗어버렸다. 꼬리가 팔딱거리는 걸 보니 아직 죽지는 않았다. 물을 먹고 반쯤 죽은 이리가 모래가 있는 곳으로 올라가려고 발버둥쳤다. 긴 털이 가죽에 달라붙어 삐쩍 마른 몸이 그대로 드러났다. 몰골이 추악했다. 나의 사랑하는 나귀가 달려가서 그놈 앞을 가로막고는 계속 발길질을 했다. 그놈이 모래에서 몇바퀴를 구르더니 다시 아까 있던 강물로 떨어졌다. 내가 앞발로 그놈에게 일격을 가했다. 이리의 두 눈이 파랗게 번쩍하더니 천천히 꺼졌다. 혹여 놈들이 죽지 않았을까봐 우리는 교대로 그놈들을 밟았다. 그놈들이 자갈 틈에 파묻힐 때까지 밟았다. 이리들의 피와 모래로 강물이 대부분 탁해졌다.

우리는 나란히 냇물 상류 쪽으로 걸어갔다. 물이 맑은 곳까지, 피냄새가 나지 않는 곳까지 갔다. 그리고 멈춰섰다. 그녀가 나를 바라보았다. 나를 핥았다. 소리는 은밀하고 건네오는 정은 깊었다. 몸을 돌려서 나에게 가장 적당한 자리를 내주었다. 그대여, 그대를 원하니 어서 올라타세요. 나, 순진하고 순한 한마리 수나귀, 몸 좋고 유전자 우수하고 필시 좋은 후손을 볼 것이 틀림없는 나의 이 훌륭한 점들을 나의 동정과 함께 그대에게 주리다. 내 사랑하는 이여! 나는 산처럼 우뚝 섰다. 두 앞발로 그의 허리를 끌어안고, 그런 다음 몸을 앞으로 솟구치자 거대한 기쁨이 용솟음쳐 내 온몸을 휘감고, 그녀의 온몸을 휘감았다. 오, 하늘이시여!

뒷감당하기 어려운 화화는 약속을 어기고
위세를 과시하려는 뇨뇨는 사냥꾼을 물다

우리는 그날 저녁에 여섯 번 교배를 했다. 나귀 생리로 보면 거의 불가능한 일이다. 하지만 거짓말이 아니다. 옥황상제에게 맹세하고, 그날 밤 물에 비치던 달빛에게 맹세하건대 사실이다. 나도 보통 수나귀가 아니고 한가네 나귀도 보통 암나귀가 아니었다. 그녀는 전생에 사랑 때문에 죽은 여인이었다. 수십년 동안 쌓인 욕정이 일단 물꼬가 터지자 멈출 줄을 몰랐다. 동이 틀 때가 되어서야 우리는 지쳐떨어졌다. 텅 빈 맑은 피로가 밀려왔다. 가슴을 뒤흔들고 혼을 사로잡은 사랑으로 우리의 영혼은 한결 승화되었고 더없이 아름다워졌다. 우리는 서로의 입으로 헝클어진 털과 흙묻은 꼬리를 쓸어주었다. 그녀의 눈에 한없이 따스한 사랑의 정이 배어 있었다. 사람들은 오만해서 자기들이 가장 선정적이라 생각하지만 실은 암나귀야말로 가장 선정적인 동물이다. 내가 말하는 암나귀는 당연히 나의 여인, 한씨 나귀, 한화화의 나귀다. 우리는 물속에 서서 맑은 물을 마셨다. 그뒤 냇가로 나와 시들기는 했어도 물이 조금 남아 있는 갈대와 붉은 물이 든 산딸기를 따먹었다. 작은 새들이 우리 때문에 놀랐다. 살이 오른 뱀이 풀 위를 지나갔다. 겨울 잠자리를 찾을 때여서 우리에게 신경쓰지 않았다. 우리는 서로에 관한 모든 정보를 주고받은 뒤 각자를 부르는 호칭을 만들었다. 그녀는 나를 뇨뇨라 부르고, 나는 그녀를 화화라 부르기로 했다.

뇨뇨, 히이잉, 화화 히이잉, 우리 영원히 같이하자고. 하늘도 땅도 우리를 갈라놓을 생각을 단념하시라. 그렇지? 맞아. 우리 집없는 떠돌이 나귀가 되자고. 이 끝없는 모래언덕에서, 울창한 모래버들 속에서, 시름이 가시게 하는 맑은 물가에서 배고프면 풀을 뜯고 목마르면 강물을 마시고 서로 안고 잠들고 마음 내킬 때마다 교배하고 서로 아껴주고 서로 사랑하고, 맹세하건대 결코 다른 암컷에게 한눈팔지 않을 것이니, 그대도 나에게 다른 수컷이 그대를 올라타게 하지 않겠다고 맹세하라. 히이잉, 사랑하는 당신, 맹세할게요. 히이잉, 사랑하는 화화, 나도 맹세할게. 암나귀만이 아니라 암말도 거들떠보면 안돼요, 뇨뇨. 화화가 내게 말했다. 낯짝두꺼운 인간들이 수나귀와 암말을 교배시켜 괴이한 동물을 나게 했으니 그것이 버새야. 걱정 말라고 화화, 그들이 내 눈을 가린다고 해도 절대로 암말을 타는 일은 없을 거야. 당신도 맹세해요. 수말하고 짝을 짓지 않겠다고 말이야. 수말하고 암나귀가 짝을 지어서 난 것이 버새거든. 걱정 마오. 뇨뇨동생, 그들이 나를 나무에 묶더라도 난 꼬리를 두 다리 사이에 꼭 끼울 테니까. 난 오직 당신 거예요.

정이 깊어가고, 백조 두 마리가 물장난을 하듯이 우리 둘은 서로 목을 포갰다. 참으로 말로 다 할 수 없는 인연이자 정이었다. 우리는 어깨를 나란히하고 강가의 고인 물에 비친 모습을 바라보았다. 우리 눈에서 나오는 빛과 부은 입술, 그리고 사랑이 우리를 더욱 아름답게 했다. 우리는 하늘이 내린 한쌍이었다.

우리가 감정에 사로잡혀 넋을 잃고 있을 때, 갑자기 뒤에서 시끄러운 소리가 났다. 서둘러 고개를 돌리자 얼추 스무 명쯤 되는 사람들이 부챗살 모양으로 우리를 포위하며 다가오고 있었다.

히힝, 화화, 빨리 뛰어요! 히힝, 뇨뇨, 걱정 마요. 잘 봐요, 다 아는 사람들이에요.

화화의 태도가 내 마음을 절반쯤 가라앉혀주었다. 내가 왜 다가오는 자들이 다들 아는 사람들이라는 것을 몰라보겠는가. 나도 눈이 예리하다. 나는 진즉 사람들 속에 우리 주인 남검도 있고 안주인 영춘과 남검의 동네 친구인 방천보(方天保, 팡톈빠오)와 방천우(方天佑, 팡톈여우) 형제도 있는 것을 보았다. 방씨 형제는 막언의 소설 「방천화극(方天畫戟)」에 등장하는 주요인물이다. 이 소설에서 그들은 무림의 고수이다. 남검은 내가 벗어던진 고삐를 허리에 차고, 손에는 장대를 들고 있었고, 장대 끝에는 줄이 매여 있었다. 영춘은 호롱불을 들고 있었는데 호롱을 싼 붉은 종이가 불에 타버려 까만 쇠틀만 남아 있었다. 방씨 형제는 한손에는 긴 줄을 들고 한손에는 몽둥이를 들고 있었다. 그밖에 곱사인 석수장이 한씨와 그의 이복동생인 한군, 그리고 낯은 익지만 당장 이름이 떠오르지 않는 사람 몇이 있었다. 다들 지친 기색이었고 먼지를 온통 뒤집어쓰고 있었다. 밤새 뛰어다닌 것이 분명했다.

화화, 어서 뛰어! 뇨뇨, 난 뛸 수가 없어요. 당신이 내 꼬리를 물고 끌고 가세요. 뇨뇨, 우리가 어디로 뛰어간다는 거예요? 결국 저 사람들에게 붙잡힐 거예요. 화화가 고개를 숙이며 눈을 내리고 말했다. 잡히면 총을 쏠 거예요. 우리가 제아무리 빨리 달려도 총알을 이길 수는 없어요. 히힝, 히힝, 히힝. 나는 실망스럽다는 소리를 냈다. 화화, 우리가 방금 한 맹세를 잊었어요? 우리 영원히 함께 있자고 했잖아요. 들판을 떠도는 나귀가 되어 자유롭게 아무것에도 구속되지 말고 살자고 했잖아요. 화화가 고개를 숙였다. 커다란 눈에서 눈물이 흘렀다. 그녀가 말했다. 히힝, 뇨뇨 당신은 수나귀예요. 당신은 자지를 내 몸에서 뽑고 나서 온몸이 날아갈 것 같고 걱정근심이 사라졌겠지요. 하지만 난 당신의 아이를 가졌어요. 당신네 서문집안 물건은 사람이건 나귀건 한번 쏘면 둘이니, 내 뱃속에도 십중팔구 쌍둥이가 들어섰을 거예요. 내 배는 이제 곧 불러올 거예요. 난 영양이 필요하고, 잘 익힌 검은콩과 방금 도정한 밀기울과 수숫가루를 먹고 싶어요. 작두로 잘게 썬 뒤 다시 체로 내려서 돌이나 닭털 같은 잡것들이 하나도 없는 풀도 먹고 싶고요. 지금이 벌써 10월인데 날은 점점 추워지고 하늘은 차가워지고 땅은 얼고 눈이 펄펄 날리고 냇물은 얼고 마른풀들도 눈에 덮이면 나는 임신한 몸을 이끌고 무엇을 먹지요. 히힝, 무엇을 마시지요? 히힝, 새끼를 낳으면 어디다 재우지요? 히힝, 나야 마음 한번 모질게 먹고 당신을 따라 모래밭을 떠돌아다녀도 되지만, 우리 새끼들이 어떻게 그 눈보라와 추위를 견디겠어요? 히힝, 우리 새끼들이 눈에 얼어죽어 몸이 돌이나 나무처럼 굳으면 아이들 아버지로서 가슴아프지 않겠어요? 히힝, 아비나귀는 무정하게 새끼들을 버린다고 해도 뇨뇨, 어미인 나는 못해요. 다른 어미나귀들은 할 수 있다고 해도 이 화화는 못해요. 사람인 여자는 자기가 믿는 것을 위해 자기 자식들을 버릴 수 있어도 어미나귀는 못해요. 히힝, 뇨뇨, 새끼를 가진 어미나귀의 심정을 이해할 수 있겠어요?

화화가 따발총처럼 쏟아내는 말에 수나귀인 나는 더이상 반박할 여지가 없었다. 나는 힘없이 물었다. 히힝, 히힝, 화화, 아이가 들어섰다고 장담할 수 있어?

쓸데없는 소리. 화화가 나를 흘겨보며 화가 나서 말했다.

뇨뇨, 하룻밤에 여섯 번을 했어요. 그때마다 콸콸 쏟아부었는데 마침 발정기인 나귀가 아니라 나무로 만든 나귀나 돌로 만든 나귀, 아니 고목이었어도 당신 새끼를 가졌을 거예요.

히힝, 히힝. 나는 고개를 숙이고 낮게 울면서 화화가 고분고분 그녀의 주인에게 걸어가는 것을 바라보았다.

내 눈에 뜨거운 눈물이 고였다. 하지만 눈물은 알 수 없는 분노의 불길에 금방 말라버렸다. 나는 도망쳐야 한다. 이 포위를 뚫어야 한다. 나는 이렇게 이치가 똑똑 맞아떨어지는 배반을 견딜 수가 없다. 나는 울분을 삼키면서 계속 서문집 안에서 나귀로 한평생을 보낼 수 없다. 히힝, 히힝. 나는 반짝이는 강물 속으로 들어갔다. 내 목표는 높은 모래언덕이었다. 모래언덕에서는 연무처럼 무성한 모래버들의 붉은 가지가 더없이 나긋나긋하고도 질겼다. 그 안에는 붉은 털 여우와 꽃 같은 얼굴의 오소리와 털이 은은한 메추라기가 잠들어 있다. 안녕, 화화, 부디 부귀영화를 누리오. 나는 따뜻한 마구간에 미련이 없소. 나는 야성의 자유를 원하오. 내가 미처 맞은편 강가 모래밭까지 뛰지 못했는데 모래버들 더미에 매복해 있는 몇사람이 눈에 들어왔다. 머리에는 버들가지로 엮은 위장용 모자를 쓰고, 몸에는 마른풀과 같은 색의 옷을 걸치고 있었다. 손에는 서문뇨의 머리를 날렸던 엽총이 들려 있었다. 거대한 공포가 내 발길을 돌리게 했다. 냇가 동쪽을 따라 뛰었다. 태양이 떠오르고 있었다. 내 온몸의 털이 붉은 화염에 휩싸인 듯했다. 나는 달리는 불이었고 사방에 찬란한 빛을 뿌리는 나귀였다. 죽음이 두렵지 않았다. 저 흉악한 이리들 앞에서도 전혀 두렵지 않았다. 하지만 저 엽총의 까만 구멍은 정말 무서웠다. 내가 무서워하는 것은 엽총이 아니라 이런 엽총으로 인해 머릿골이 터지는 참상이었다. 우리 주인은 내가 어디로 뛰려는지 미리 짐작한 모양이었다. 그가 비스듬히 냇물을 건넜다. 신발이 벗어지는 것도 아랑곳하지 않았다. 그의 육중한 다리가 냇물을 휘저어 물방울이 튀었다. 주인이 앞에서 다가왔다. 나는 몸을 틀었다. 그 순간 주인 손에 있던 장대가 날아왔다. 장대에 달린 고삐가 내 목에 걸렸다. 나는 지기 싫었다. 이렇게 그에게 제압당하고 싶지 않았다. 온힘을 다해 앞으로 달렸다. 고개를 쳐들고 몸을 세웠다. 고삐가 내 목을 당겨 숨이 막혔다. 주인이 두 손으로 장대를 쥐고서 뒤로 나자빠지자 지면과의 각도가 더 작아졌다. 그는 발뒤꿈치로 땅을 버티면서 내 목에 건 줄에 끌려가고 있었다. 발뒤꿈치가 쟁기가 되어 강가 모래밭에 두 줄기 깊은 골을 냈다.

마침내 근육도 지치고 힘이 다했다. 무엇보다 목에 걸린 고삐가 숨막혔다. 더이상 달릴 수가 없었다. 사람들이 하나같이 달려와 에워쌌지만 다들 내게 거리를 두면서 선뜻 앞으로 나서지 못한 채 폼만 잡았다. 벌써 사람을 잘 무는 나귀라고 악명이 퍼진 모양이었다. 큰일이 별로 없는 조용한 마을에서 나귀가 사람을 물었다는 것은 큰 뉴스거리였고 순식간에 마을에 퍼진 것이다. 하지만 그들이 어찌 자초지종을 알 것인가? 백씨 머리에 구멍을 낸 것은 나귀로 환생한 옛날 그녀의 남편으로, 잠시 넋이 나가 나귀라는 신분을 망각하고 사람처럼 입맞춤하려다 상처를 입혔다는 것을 저들이 어찌 알까?

담이 큰 영춘이 생풀을 들고서 천천히 다가왔다. 솜털처럼 부드럽고 따뜻하게 말했다.

"검둥아, 겁낼 것 없다. 겁내지 마. 널 때리지 않을 것이다. 나랑 같이 집에 가자."

그녀가 바짝 다가왔다. 왼손으로 내 목덜미를 잡아당기면서 오른손으로 생풀을 입에 밀어넣어주었다. 그녀가 나를 어루만졌다. 그녀의 가슴이 내 눈을 가렸다. 그녀의 부드럽고 따뜻한 가슴이 느껴졌다. 서문뇨의 기억이 살아나서 내 눈에서 뜨거운 눈물이 솟구쳤다. 그녀가 내 귓가에 대고 천천히 말했다. 뜨거운 기운, 뜨거운 여인의 향기에 눈이 흐려지고 머리가 어지럽고 다리가 후들거려 나는 모래밭에 꿇어앉았다.

"검둥아, 너도 이제 컸으니 여자 생각 나는 게 당연하다. 남자가 크면 장가를 가고, 여자가 크면 시집을 가는 게 당연하지. 너도 아빠가 되겠구나. 누가 너한테 뭐라고 하겠느냐. 잘했다. 혼인도 치렀고 씨도 뿌렸으니 이제 집으로 가자꾸나……"

사람들이 서둘러 재갈을 고쳤다. 고삐를 채우고 재갈을 물리는데, 설상가상으로 얼음처럼 찬 쇠재갈이었다. 그들은 쇠재갈을 내 입에 밀어넣으려고 힘으로 아래턱을 벌렸다. 참을 수 없을 정도로 아팠다. 나는 콧구멍을 크게 벌리고 거칠게 숨을 쉬었다. 영춘이 쇠재갈을 물리던 손을 밀어내며 말했다.

"풀어요. 저렇게 다친 게 안 보여요?"

사람들이 나를 일으켜세우려고 했다. 나도 일어나고 싶었다. 소나 양이나 돼지, 개는 누울 줄 알아도 나귀는 죽어서야 눕는다. 나는 일어서려고 몸부림쳤지만 몸이 무거워 일어설 수가 없었다. 이제 겨우 세살을 갓 지난 나귀가 이렇게 죽는단 말인가? 나귀로 사는 게 좋은 일은 아니지만 그렇다고 이렇게 죽어가는 것도 참으로 억울한 일이다. 내 앞에는 넓은 길이 있다. 물론 좁은 길도 많다. 하지만 그 길은 죄다 경치가 좋은 곳으로 통한다. 나는 호기심이 일었고 마음이 이끌렸다. 죽을 수 없다. 일어나야 한다. 남검의 지휘 아래 방씨 형제가 몽둥이를 내 배에 걸쳤다. 남검이 뒤로 와서 내 꼬리를 들었고 영춘은 내 목을 안았다. 방씨 형제가 몽둥이를 치켜들며 일제히 소리를 질렀다. "일어나라!" 그 소리의 힘을 빌려 나는 일어섰다. 사지가 떨리고 머리가 무거웠다. 하지만 온힘으로 버텼다. 결단코 다시 쓰러질 수 없었다. 나는 우뚝 섰다.

그들이 나를 둘러싸고 돌면서 살펴보았다. 내 뒷발과 앞가슴에 피가 엉겨붙은 상처를 보고는 놀랍고도 난감한 표정을 지었다. 암나귀와 교배를 했다고 어떻게 상처가 이리 심하단 말인가? 그때 한가네 쪽에서도 암나귀에 난 상처를 두고서 이러쿵저러쿵 저마다 의견을 내놓는 것이 들렸다.

두 나귀가 밤새 교배를 한 거야 아니면 밤새껏 서로 물어뜯은 거야? 방씨 형제 가운데 큰형이 동생에게 물었다. 동생이 고개를 저으며 모르겠다고 했다.

그때, 한가네 나귀를 찾아주러 같이 나섰던 사람 하나가 냇가 아래쪽 멀지 않은 곳에서 손으로 물을 가리키며 소리쳤다.

"이리 와보라고, 저게 뭐지?"

이리 시체였다. 한마리는 물살에 느리게 흔들리고 있었고, 다른 한마리는 큰 자갈에 박혀 있었다.

사람들이 달려갔다. 그들은 물에 떠 있는 이리 털과 자갈에 묻은 핏자국을 보았고, 아직도 채 가시지 않은 이리 피와 나귀 피의 비린내를 맡았을 것이고, 간밤의 전투가 얼마나 치열했는지 능히 짐작했을 것이다. 냇가에 어지럽게 널린 이리 발자국과 나귀 발굽 자국이 그 증거였고 나와 화화 몸의 곳곳에 난 혈흔과 심한 상처가 그 증거였다.

두 사람이 양말과 신발을 벗고 바지를 걷어올리고는 물속으로 들어가 흠뻑 젖은 두 마리 이리의 꼬리를 잡고서 물 밖으로 끌어냈다. 나는 그 순간 사람들이 다들 나에게 존경을 표하는 것을 느낄 수 있었다. 나는 화화도 이런 영광을 즐기고 있다는 것을 알았다. 영춘이 내 머리를 안고, 내 얼굴을 쓰다듬었다. 눈물이 내 귓바퀴에 떨어졌다.

남검이 뿌듯한 얼굴로 사람들에게 말했다. "제기랄, 앞으로 누구든 내 나귀한테 뭐라고 나쁜 말만 해보라고. 내가 가만두지 않을 테니까. 나귀는 원래 겁이 많아서 이리만 보면 기겁을 한다지만, 내 나귀 좀 보라고. 이리를 두 마리나 밟아 죽였잖아."

"자네 집 나귀 혼자서 그런 게 아니네." 석수장이 한씨가 불만스럽다는 듯이 말했다. "우리집 나귀도 한몫했다고."

남검이 웃으며 말했다. "암, 그럼, 그럼. 자네 집 나귀도 한몫했지. 자네 집 나귀가 우리집 며느리 나귀 아닌가."

"이렇게 상처가 큰 것으로 봐서는 아마도 혼인이 성사되지 않았을 것 같은데?" 곁에 있는 사람 하나가 농담을 했다.

방천보가 허리를 굽혀 내 생식기를 내려다보고는, 다시 한가네 암나귀의 뒤쪽으로 달려가 꼬리를 들고서 들여다보더니 말했다.

"됐구먼, 한형네 새끼나귀 얻게 생겼어. 내 장담하지."

"한형, 자네 우리집에 검정콩 두 되 보내야겠네. 우리집 나귀 몸보신하게 말이야." 남검이 짐짓 정색하며 말했다.

"예끼 이런, 꿈깨시게!" 한씨가 말했다.

붉은 버들더미 속에서 총을 들고 숨어 있던 몇사람이 달려왔다. 발이 재고 동작이 은밀한 것이 한눈에 보아도 이곳에서 농사짓는 사람들이 아니었다. 앞에 선 사람은 오척 단신에 눈이 날카로웠다. 이리 앞으로 가다가 서더니 허리를 숙이고 총구로 이리 머리를 눌러보고 다른 놈은 배를 눌러보았다. 그러더니 내심 놀라면서도 아무렇지 않다는 듯이 말했다.

"이 두 놈이 우릴 얼마나 애를 먹였는지 원."

총을 든 다른 사내가 사람들을 보며 큰 소리를 질렀다.

"이제 됐어, 우리 이제 교대하러 가자고."

"당신들은 아마 이 두 들짐승을 보지 못했을걸? 이건 들개가 아니라 회색 이리라고. 평지에서는 잘 보이지 않고, 내몽고초원에서 건너왔지. 계속 말썽을 피우던 놈들이야. 머리가 잘 도는데다 교활하고 속임수에 능하고 악독해서 한달 넘게 이 동네를 쓸고 다니면서 가축을 작살냈지. 말에, 소에, 낙타까지 그랬다니까. 다음 차례는 사람이었을 거야. 사람들이 다들 겁을 먹자 현에서도 이 일을 알고 이리수색대를 꾸려서 여섯 개조로 나누어 밤마다 순찰을 돌고 매복을 했는데, 이제야 잡았네 그래." 총을 든 다른 사내가 우쭐거리며 남검이랑 사람들에게 말했다. 그가 죽은 이리를 발로 차면서 욕을 퍼부었다. "이 새끼들, 이런 날이 올 줄 몰랐을 것이다."

이리사냥꾼 대장이 이리 머리를 조준하여 한방을 쏘았다. 한줄기 불이 이리를 집어삼켰다. 불빛이 지나가고 흰 연기가 총구에서 피어올랐다. 이리의 머리가 가루가 되고, 옛날 서문뇨의 머리가 그랬듯이 희고 붉은 것들이 쏟아져나와 자갈을 물들였다.

다른 이리사냥꾼이 뭔가 속셈이 있는 듯 입가에 웃음을

흘리며 총을 들고서 다른 이리의 복부에 한방을 날렸다. 이리 배에 주먹만한 구멍이 나고 온갖 지저분한 것들이 쏟아져나왔다.

남검과 마을 사람들은 저들이 하는 양을 그저 멀거니 선 채 보면서 서로 얼굴만 바라보았다. 한참이 지나서야 화약 연기가 사라지고 맑은 물소리가 귀를 즐겁게 했다. 족히 삼백 마리는 되어 보이는 참새떼가 멀리서 날아와 하늘을 오르내리는데 갈색 구름 같았다. 그러더니 쏴아 하며 붉은 버들에 내려앉자 버들가지가 활처럼 휘어져 열매가 열린 것 같았다. 참새들이 일제히 짹짹거렸다. 참새들이 울어대자 모래언덕에 활기가 생겼다. 가느다란 소리가 영춘의 입에서 흘러나왔다.

"당신들 뭐 하는 겁니까? 왜 죽은 이리를 쏘는 거요?"

"이런 빌어먹을, 지금 남의 공을 가로채려는 거야?" 남검이 소리를 질렀다. "이리는 우리집 나귀가 밟아서 죽인 거라고. 당신들이 쏴서 죽인 게 아니라."

대장 되는 자가 호주머니에서 빳빳한 지폐 두 장을 꺼냈다. 한 장은 내 고삐에 끼우고 옆으로 몇걸음 걸어가 다른 한 장을 화화의 고삐에 끼웠다.

"지금 돈으로 우리 입막음하려는 거야?" 남검이 씩씩거리며 말했다. "그건 안되지."

"썩 돈 가져가라고." 석수장이 한씨가 단호하게 말했다. "이리는 우리 나귀가 발로 차서 죽인 것이니까, 우리가 끌고 갈 거야."

이리사냥꾼이 비웃으면서 말했다.

"어이, 형씨들, 눈 한번만 딱 감으면 누이 좋고 매부 좋은 거 아니오. 형씨들이 입을 놀려봤자 나귀가 발길질로 이리를 잡았다고 믿을 사람 하나도 없다고. 더구나 여기 증거도 떡하니 있잖아. 한마리는 총에 두개골이 박살났고, 한마리는 총에 배때기가 뻥 뚫렸잖아."

"이리에게 물려 우리 나귀 몸에 상처가 나고 핏자국도 있잖아."

"암, 당신네 나귀한테 이리에 물린 자국도 있고 핏자국도 있는 거야 다들 믿겠지. 그런데 말이야." 우두머리가 비웃으면서 말했다. "그게 다 이런 증거인 것이지. 두 마리 나귀가 이리 두 마리에게 물려서 피를 철철 흘리는 위험한 순간에 이리사냥대 제6조 사냥꾼 세 사람이 마침 나타난 거지. 이들은 위험을 무릅쓰고 달려들어 이리와 생사를 건 박투를 벌였고 조장 교비봉이 수놈 이리에게 달려가 머리에 한방을 날렸지. 총을 맞은 이리는 머리 절반이 날아갔지. 유용이란 대원이 다른 이리에게 총을 쏘았는데, 아뿔싸, 불발이었어. 우리가 저녁내 덤불에 매복해 있느라 화약이 습기에 젖어 있었던 거야. 그 사나운 이리가 귀에 닿을 정도로 입을 쩍 벌리고 허연 이빨을 드러낸 채 오싹하게 만드는 기분나쁜 웃음을 웃고서 유용을 향해 달려들었지. 유용이 바닥으로 몸을 날리며 첫 공격을 피했지. 그런데 그만 그의 다리가 돌부리에 걸려서 바닥에 벌렁 드러누워버린 거야. 사나운 그 이리놈이 몸을 솟구치고 노란 꼬리를 내려뜨린 채 노란 연기처럼 유용을 향해 달려들었지. 분초를 다투는 이 급박한 순간에 이리사냥대에서 나이가 가장 어린 여소파가 이리 배에 총알을 박았어. 이리가 움직이고 있어서 배에 맞은 거지. 총을 맞은 이리가 땅바닥으로 떨어져 나뒹굴고 창자가 길게 흘러나오면서 처참했지. 흉악한 짐승이었지만 차마 못 보겠더군. 그때 다시 화약을 장전한 유용이 너부러진 이리에게 한방을 더 날렸지. 거리가 좀 멀어서 탄알이 빗자루처럼 퍼지면서 이리가 여러 곳을 맞자 그대로 쭉 뻗어 죽어버렸지.”

조장 교비봉이 하는 이야기를 듣던 대원 유용이 서너 발짝 뒤로 물러서 엽총을 들고는 복부에 구멍이 난 이리에게 한방을 날렸다. 수십개의 쇠구슬 탄알들이 이리의 몸에 흩어지면서 털이 불에 그슬려 구멍이 났다.

“어떤가?” 교비봉이 거만하게 웃으면서 물었다. “생각해보라고. 사람들이 내 말을 믿지 자네 말을 믿겠어.” 교비봉이 총에 화약을 채우며 말했다. “당신들 사람수가 많다고 이리를 가져갈 생각일랑 하지 말라고. 사냥하는 사람들에게는 불문율이 있어. 같은 사냥감에 동시에 총을 쏘아서 시비가 생길 경우 사냥감에 누구 총알이 더 많이 박혀 있는지를 가지고 누구 것인지 정하거든. 그리고 이런 규칙도 있지. 자기가 사냥한 것을 채가는 자가 있으면 그자에게 총을 쏴 자존심을 지키는 것 말이야.”

"빌어먹을, 이거 완전히 강도 아니야?" 남검이 말했다. "너 밤에 꿈자리 편치 못할 것이다. 남의 것을 생짜로 채가다니, 필시 천벌을 받을 것이다."

조장 교비봉이 웃으며 말했다. "죽어 천벌을 받는다는 건 다 늙은이들 귀신 씻나락 까먹는 소리지, 난 그런 것 믿지 않아. 그런데 어쨌거나 우리가 이렇게 인연을 맺었으니 당신들이 나귀로 현읍내까지 이리를 실어다주면 현장이 당신들한테도 후하게 사례를 할걸. 나도 자네들에게 전부 술 한병씩 살 것이고."

나는 그가 더이상 지껄이는 것을 두고 볼 수 없었다. 입을 쩍 벌리고 이빨을 드러낸 채 그놈의 넓적한 대가리를 찍어내렸다. 그자가 얼른 몸을 피했다. 반응이 굉장히 빨랐다. 머리는 비켰지만 어깨는 아직 내 입 아래 있었다. 이 강도 같은 놈, 나귀가 얼마나 무서운지 보여주마. 발톱하고 이가 날카로운 고양이과나 개과 동물만 육식을 하지 우리 같은 나귀는 그저 풀이나 지게미만 먹는 줄 알 것이다. 하지만 그것은 그야말로 네놈들의 형식주의요, 교조주의요, 교과서주의요, 경험주의다. 내 오늘 네놈에게 진리를 깨닫게 해주마. 나귀도 다급하면 사람을 물 수 있다는 것을!

나는 대장 사냥꾼의 어깨를 물고는 고개를 쳐들어 좌우로 흔들었다. 시큼하고 비린 것이 입에서 느껴졌다. 잔머리나 굴리고 혀가 용수철 같던 그놈이 어깨가 깨지고 피를 흘리면서 땅에 푹 떨어져 정신을 잃었다.

그는 당연히 현장에게 꾸며서 말할 것이다. 이리와 혈투를 벌이다 물린 것이라고 말이다. 아마 이 작자 마음대로, 이리가 그의 어깨를 물 때 그도 이리의 머리통을 물었다고 할 것이고 이리 몸에 어떻게 발자국을 냈는지도 꾸며낼 것이다. 이리 몸에 뭔 짓을 했는지에 대해서는 그들 맘대로 지껄이라지.

보아하니 사정이 이상하게 돌아가자 주인이 나를 몰고 총총히 자리를 떴다. 이리와 사냥꾼 들을 모래밭에 남겨둔 채로.

서문나귀는 애통하게도 불알을 하나 잃고
방영웅께서 영광스럽게도 마을에 납시다

1955년 1월 24일, 음력 정월 초하루였다. 훗날 막언 그자가 자기 생일로 삼은 날이다. 80년대 이후 많은 관리들이 관직을 더 오랫동안 해먹거나 더 높은 직책에 오르려고 호적을 고쳐서 나이는 줄이고 학력은 부풀렸다. 그런데 아무 관직도 맡지 않은 막언까지 이런 유행에 동참한 것이다. 이날은 날씨가 좋았다. 이른 아침부터 비둘기떼가 공중을 에돌고 긴 울음소리가 멀어졌다 가까워지곤 했다. 우리 주인이 손을 멈추고 기러기떼를 바라보았다. 절반만 파란 남검의 얼굴이 보기 좋았다.

작년 한해 동안 남검네 8무 땅에서 이천팔백근의 곡식을 수확했다. 1무당 평균 삼백오십근이었다. 게다가 도랑둑 자

투리땅에서 커다란 호박 스물여덟 개와 마 이십근을 거두었
다. 합작사에서 1무에 사백근을 수확했다고 선전했지만 남
검은 전혀 믿지 않았다. 나는 그가 영춘에게 여러 번 말하는
것을 들었다. "그런 논에서 사백근을 수확했다고? 차라리
귀신을 속이지." 안주인이 웃었다. 하지만 웃는 얼굴에 근심
이 서려 있었다. 그녀가 은근히 달래듯이 말했다. "여보, 그
사람들과 시비하지 마세요. 그쪽은 단체고 우리는 혼자예
요. 맹호도 무리를 진 이리는 당하기 힘든 법입니다." "뭐가
무섭다고?"

주인이 털모자에 세 겹으로 된 새 털옷을 입고 허리에는
파란 띠를 매고서 나무빗을 들고 내 털을 빗겨주었다. 주인
의 빗질이 내 몸을 편하게 해주고, 주인의 칭찬이 내 마음을
편하게 해주었다. 주인이 말했다. "이놈 나귀야, 작년에는
네가 큰 힘을 써주어서 이렇게 곡식을 많이 거둘 수 있었다.
절반은 네 공이다. 우리, 올해는 더 힘을 내서 합작사를 깨끗
이 이겨버리자."

햇빛이 더욱 찬란하게 빛나고 내 몸은 더욱 후끈해졌다.
하늘에는 기러기떼가 여전히 맴돌고 땅에는 붉은색, 흰색
종이가 덮였다. 폭죽을 터뜨린 것이다. 지난밤, 동네에 번개
가 일고 천둥이 쳤다. 파박파박 폭죽 터지는 소리가 꼬리를
물고 화약연기가 가득했다. 전쟁이 터진 것 같았다. 만두 찌
는 냄새가 마당에 가득하고 설떡과 사탕 냄새도 섞여 있었
다. 안주인이 만두 한그릇을 들고 와 찬물에 한번 담근 뒤 여

물통에 쏟고는 풀하고 섞어 으깨었다. 내 머리를 쓰다듬으며 말했다.

"나귀야, 설날이란다, 만두 먹으렴."

나는 인정한다. 나귀 주제에 설을 지내며 주인집 만두를 먹을 수 있다는 것은 분명히 엄청난 대우였다. 주인은 나를 사람처럼 대접하고 가족으로 생각하는 것이다. 내가 이리 두 마리와 싸운 뒤로 주인은 나를 깍듯하게 아껴주었고, 고밀 동북향 인근 백리에 있는 열여덟 개 마을에서 최고의 칭찬을 들었다. 그 죽일놈의 사냥꾼들이 이리 두 마리를 빼앗아가버렸지만 사람들은 자초지종을 다 알고 있었다. 한가네 나귀도 그 전투에 끼었다는 것을 다들 부인하지는 않았지만, 그래도 이리와 싸운 주인공은 나이고 한가네 나귀는 조연이며, 내가 그이의 생명을 구했다는 것을 다 알았다. 나는 벌써 거세할 나이가 되었고 주인도 나를 한번 겁주기는 했지만 그 두 이리와 싸워 이긴 뒤로는 더이상 그 일을 꺼내지 않았다. 작년가을 내가 주인을 따라 들에 나갈 때, 전대를 두른 채 손에 종을 들고 다니면서 소나 말 거세로 먹고사는 허보란 자가 내 뒤를 졸졸 따라오면서 두 눈으로 내 뒷다리 사이를 살금살금 훔쳐보았다. 나는 그자한테서 일찍이 잔인한 비린내를 맡고는 심보가 좋지 않다는 것을 간파했다. 불알로 술안주를 하는 이 말종은 분명히 좋게 죽지 못할 것이다. 나는 한편으로 경계를 하면서 준비했다. 이 작자가 적당한 거리까지 다가오기만 하면 바짓가랑이 사이를 향해 뒷발을 날려버릴 참이었다. 나는 이 죄 많은 나쁜 놈이 모든 것을 다 잃기를 바랐다. 혹시나 내 앞쪽으로 다가오면 대가리를 물어버릴 참이었다. 사람 물기는 내 장기이다. 그런데 이자가 교활해서 슬슬 몸을 빼며 시종 안전거리를 유지해 기회를 주지 않았다. 길에 있던 구경꾼들은 건강한 남검이 명성이 자자한 나귀를 끌고 가는데, 그 뒤로 나귀 불알을 까먹고 사는 자가 따라가는 것을 보면서 재미있는 굿판이 벌어지길 기대했다. 사람들이 한마디씩 했다.

"남검, 불알을 까버리려는 거야?"

"허보, 자네 또 술안줏감에 눈독들이고 있구먼."

"남검, 불알 까지 말라고. 이 녀석이 이리를 잡은 게 다 저 불알 때문이라고. 불알이 감자만한 것 좀 보라니까."

학교에 가던 초등학생들이 총총거리며 따라오는 허보를 보고는 쾌판(快板, 콰이빤, 나무쪽과 대쪽으로 된 판을 손으로 치며 부르는 노래—옮긴이)을 불렀다.

허보, 허보, 불알만 보면 먹어버리지
불알을 못 먹으면 머리에 땀이 주르륵
허보, 허보, 나귀 불알이구나
건들건들 걸어가네, 제대로 길을 못 가네.

허보가 우뚝 서더니 그 꼬마들을 노려보면서 전대에서 시퍼렇게 날이 선 작은 칼을 꺼내들고는 사납게 말했다.

"이 망할놈들, 입닥치지 못해! 날 놀리는 놈들은 불알을 까버릴 테다."

꼬마들이 한데 모이면서 허보에게 실실 웃음을 날렸다. 허보가 앞으로 몇발 다가가면 아이들은 뒤로 몇발 물러났다. 허보가 달려가면 아이들은 바로 흩어져 도망갔다. 허보가 다시 나를 쫓아와 불알을 탐내고 아이들은 다시 모여서 노래를 부르며 뒤따라왔다.

"허보, 허보, 불알만 보면……"

허보가 짓궂은 아이들을 본체만체하고 멀리 돌아 남검 앞쪽으로 가서는 뒷걸음으로 걸으면서 말을 걸었다.

"남검형, 이 나귀가 사람을 마구 물었다면서요. 사람을 물면 약값 물어주어야 하고 사과도 해야잖아요. 차라리 까버립시다. 단칼에 금방 끝나고 사흘이면 회복해요. 그러고 나면 틀림없이 고분고분해진다니까요."

남검은 허보를 본체만체했지만 나는 속에서 욱하고 열이 일었다. 남검도 내 성질을 알기에 고삐를 꼭 붙들고는 앞으로 튀어나가지 못하게 하고 있었다.

허보의 걸음 때문에 먼지가 일었다. 이런 잡종놈, 빨리도 걷네. 늘 이렇게 걷나 보지. 그는 마른 얼굴에 째진 두 눈에 눈두덩이 내려오고 앞니는 틈이 벌어져 말할 때마다 침이 튀었다.

"남검." 그가 말했다. "까버립시다. 까버리는 게 좋다니깐. 그래요, 까버리면 걱정할 게 없다고. 다른 사람한테는 내가 오원 받는데, 형씨한테는 돈 안 받으리다.”

남검이 걸음을 멈추고 쌀쌀하게 말했다. “허보, 집에 가서 네 아버지 불알이나 까라고.”

“뭐야, 무슨 말을 그렇게 해?” 허보가 목청을 높였다.

“어째, 듣기 싫어? 그럼 내 나귀가 뭐라고 하는지 한번 들어봐.” 남검이 웃으면서 말했다. 그가 고삐를 늦추어주면서 내게 말했다. “검둥아, 올라라!”

나는 분노의 소리를 지르면서 화화를 타고 올랐듯이 앞발을 들고 치솟으며 허보의 대가리를 박살내려고 했다. 길가에서 구경하던 사람들이 비명을 지르고 개구쟁이 아이들도 단번에 입을 다물었다. 나는 내 발굽으로 허보의 대가리를 때리는 느낌과 그 소리를 기대했는데, 헛수고였다. 놀라서 일그러진 작은 얼굴이 눈에 들어와야 할 터인데 그런 얼굴은 보이지 않고, 개가 관절 뒤틀리면서 지르는 것 같은 비명소리가 귀에 들려야 할 터인데 그런 소리가 들리지 않았다. 순식간에 교활한 그림자가 내 뱃가죽으로 파고드는가 싶더니 뭔가 차갑고 불길한 느낌이 머리에 스쳤다. 피하려고 했지만 이미 늦어버렸다. 사타구니에 차가운 느낌이 퍼뜩 스치고 그 순간 예리한 통증이 일었다. 뭔가 잘못됐다는 것을 느끼면서 술수에 걸려들었다는 것을 깨닫고는 얼른 몸을 돌렸다. 하지만 뒷다리 안쪽에서 피가 흘렀고 길가에서 허보가 손에 피가 흐르는 회백색 불알을 들고 만면에 웃음을 띠고 있었다. 사람들에게 자랑을 하고 있었고 사람들이 대단하다고 한마디씩 하는 소리가 들렸다.

"허보 이 잡종새끼, 우리 나귀를 망쳐놓다니……" 우리 주인이 화가 나서 소리를 지르며 나를 버려둔 채 허보와 한바탕하려고 했다. 하지만 허보가 불알을 전대에 얼른 넣고는 손에 번득이는 칼을 들어 보였다. 우리 주인이 멈칫했다.

"남검, 날 원망하지 말라고." 허보가 손으로 구경꾼들을 가리키며 말했다. "다들 똑똑히 봤지, 너희 꼬마들도 봤지. 자네 나귀가 먼저 나를 공격하려고 해서 내가 정당방위를 한 것이라고. 내가 날쌔지 않았으면 내 머리는 진즉 저 나귀 발에 쪽박처럼 깨졌을 거라고. 남검, 내 탓 하지 말라고."

"하지만 네놈이 내 나귀를……"

"내가 자네 나귀를 망치려고 했으면 내 진즉 그랬지. 하지만 내 이웃끼리 정이 있고 해서 봐준 거라고." 허보가 말했다. "솔직히 말해서 자네 나귀는 불알을 셋 가지고 있는데 내가 하나만 깐 거라고. 그놈 야성 기질이 좀 죽겠지만 그래도 여전히 혈기왕성한 수나귀라고. 제기랄, 나한테 감사를 해야 맞지, 원."

남검이 몸을 숙여 내 다리 사이를 들여다보더니 허보의 말이 맞다는 것을 확인했다. 마음이 한결 누그러졌다. 하지만 감사할 마음은 전혀 없었다. 어쨌든 이 귀신같은 작자가 한마디 상의도 없이 번갯불에 콩볶듯이 불알 하나를 까버린 것이었다.

"허보, 헛소리 그만 지껄이고." 남검이 말했다. "내 나귀에 무슨 일 생기면 그땐 끝장날 줄 알아."

"자네가 여물에 비상을 섞어 먹이지 않는 한 저놈은 백살까지 살 거야. 내 장담하지. 오늘은 일 시키지 말고, 집에 데리고 가서 좋은 것이나 먹이고 소금물을 주게. 이틀이면 상처가 아물 걸세."

속은 여전히 부글부글 끓었지만 남검은 허보가 말한 대로 나를 끌고 집으로 발길을 돌렸다. 통증이 조금 누그러들기는 했어도 여전히 아팠다. 나는 원한에 찬 눈길로 장차 내 불알을 먹을 그 잡종놈을 노려보았다. 속으로 어떻게 복수할지를 생각하고 있었지만 사실 솔직히 말해 그렇게 전광석화처럼 해치워버리는 저 인간에 대해서, 다리는 짧은데다가 외모는 보잘것없는 저 인간에 대해서 존경심마저 일었다. 세상에 이런 괴물이 있다니, 불알 까는 것으로 먹고사는데다가 그 재주가 귀신같아서, 시작은 매섭고 손놀림은 정확하고 동작은 빠른 것이 직접 보지 않은 사람은 믿지 못할 지경이었다. 히힝— 히힝— 내 불알이여. 오늘저녁이면 저놈 술안주가 되어 뱃속으로 들어갈 것이고, 내일은 똥통에 들어갈 것이다. 아이고, 내 불알아, 불알!

그들에게서 몇십걸음쯤 멀어졌을 때, 허보가 뒤에서 소리쳤다.

"남검, 방금 그런 것을 무슨 전법이라고 하는지 알아?"

"네 아비 좆이다, 허보!" 남검이 고개를 돌려 욕했다.

사람들이 다들 웃음을 터뜨렸다. 웃음소리 속에서 허보

가 우쭐대는 목소리가 들려왔다.

"잘 들어, 남검, 그리고 저 나귀놈도. 그런 걸 '잎에 숨어서 복숭아 따먹기 전법'이라고 하는 거야."

"허보, 허보, 잎에 숨어서 복숭아를 따먹고, 남검, 남검, 웃음거리가 되었네." 입심 좋은 재간둥이 아이들이 어느새 노래로 만들어 마당에 들어설 때까지 우리 뒤에 대고 불렀다.

마당에 사람들이 많아졌다. 동쪽 사랑채와 서쪽 사랑채에 사는 다섯 아이들이 산뜻한 옷과 모자를 입고 쓰고 마당에 모여 뛰어놀고 있었다. 남금룡과 남보봉은 학교갈 나이가 지났지만 학교에 다니지 않았다. 금룡은 표정이 어둡고 걱정이 많아 보였고, 보봉은 천진난만하고 미인이 될 싹이 보였다. 두 아이는 이 서문뇨가 뿌린 씨앗이지만 이 서문나귀와는 직접적인 관련이 없었다. 서문나귀와 직접적인 관련이 있는 아이들은 한화화 나귀가 낳은 두 마리 나귀새끼였다. 하지만 안타깝게도 둘은 여섯 달도 안되어 엄마를 따라 죽어버렸다. 화화의 죽음은 이 서문뇨를 한없이 슬프게 했다. 화화는 독이 든 풀을 먹고 죽었다. 두 새끼나귀, 내 자식들은 독이 든 화화의 젖을 먹고 죽었다. 나귀가 쌍둥이를 낳은 것은 온동네 경사였지만 세 마리 나귀가 한꺼번에 죽자 다들 마음아파했다. 석수장이 한씨는 눈물범벅이 되었지만 누군가는 분명 뒤에서 웃었을 것이다. 풀에 독을 친 자 말이다. 이 일은 마을을 온통 들쑤셔놓았다. 이런 일을 처리해본 경험이 있는 경찰인 유장발(柳長發, 리우창파)이 사건을 해결하려고 일부러 왔다. 이 사람은 좀 아둔해서 그저 마을 사람들을 공회당에 모아놓고는 유성기에서 나는 듯한 목소리로 심문을 하니 될 턱이 없었다. 후에 막언은 「흑려기」에서 한 가네 나귀의 여물에 독을 친 죄명을 황동에게 씌웠다. 그가 소설에서 이렇게저렇게 치밀하게 얼개를 짰지만 소설가의 말이니 결코 믿을 바는 못된다.

이야기를 계속하자. 이 서문나귀와 같은해 같은달 같은날에 태어난 남해방, 바로 네 이야기 말이다. 물론 너라고 그냥 말하면 되겠지만 편의를 위해서 나는 그냥 그라고 하련다. 그는 다섯살이 넘었는데 나이가 들자 얼굴에 난 점이 갈수록 파래졌다. 그 아이는 외모는 못생겼어도 성격은 확 트여 활달하고 활동적이어서 손발을 가만두지 않았다. 특히 입을 한시도 가만두지 않았다. 아비가 다른 형제인 남금룡과 같은 옷을 입었는데 키가 금룡보다 작아서 옷이 큰 바람에 바지는 말아올리고 소매는 걷어서 영 폼이 나지 않았다. 하지만 나는 심성 착한 이 아이를 사람들이 다 좋아하지는 않는다는 것을 잘 알고 있었다. 이 아이가 말이 많은데다 얼굴에 점까지 있어서 그렇다고 짐작했다.

남해방 이야기를 했으니 이제는 황가네 두 보물 이야기를 하자. 바로 황호조와 황합작이다. 이 두 여자아이는 똑같은 솜저고리에 똑같은 나비매듭, 똑같은 하얀 피부와 똑같이 예쁜 가는 눈을 하고 있었다. 황가네와 남가네는 친하다면 친하고 멀다면 먼 애매한 관계였다. 어른들은 같이 있을 때면 항상 어색해했다. 영춘과 추향은 둘다 예전에 서문뇨와 살았던 사람들로 피차 원수인 동시에 자매와 마찬가지인 사이이기도 했다. 이제는 각자 다른 사람과 결혼했지만 귀신이 조화를 부린 것처럼 옛날 자기들이 살던 집에서 살고 있었다. 물론 주인이 바뀌고 시대가 바뀌었지만 말이다. 어른들의 복잡한 관계에 비하면 아이들의 관계는 간단했다. 남금룡은 성격이 밝지 않아서 다가가기가 힘들었지만 남해방과 황가네 두 딸은 친하게 잘 지냈다. 두 여자아이는 오빠 오빠 하면서 해방을 따랐다. 식탐 많은 남해방도 자기가 먹고 있던 사탕 두 알을 남겨서 여자아이들에게 주었다.

"엄마, 잉 ─ 해방이 사탕을 호조와 합작이에게 줘버렸어." 남보봉이 예쁘게 어머니에게 가더니 말했다.

"원래 해방이 몫이었잖니. 그애가 주고 싶은 사람한테 준 것을 뭐라고 하겠니." 영춘이 딸의 머리를 다독이며 어쩔 수 없다는 듯이 말했다.

이 아이들의 이야기는 아직 시작할 때가 아니다. 이 아이들 사이에서 벌어지는 한판 극은 십년 뒤에 최고조에 다다를 것이다. 지금은 이 아이들이 주인공을 맡을 때가 아니다.

여기서 중요한 인물이 한사람 등장한다. 성이 방(龐, 팡)이고 이름이 호(虎, 후)로 얼굴이 검붉고 눈이 빛났다. 머리에는 면으로 된 군모를 쓰고 누비 솜옷을 입고 가슴에는 훈장 둘을 달고 호주머니에는 만년필을 꽂고 팔에는 번쩍번쩍한 손목시계를 차고 있었다. 목발을 짚고 있었는데 오른발은 정상이었지만 왼발은 무릎 밑이 없었다. 노란 바짓가랑이가 다리가 없는 곳에서 질끈 동여매져 있었다. 하나뿐인 발이지만 완전히 새것인 가죽구두를 신고 있었다. 그가 대문을 들어서자 아이들이나 나 같은 나귀는 물론이고 사람들이 다들 존경을 표하기라도 하듯이 엄숙해졌다. 그도 그럴 것이, 그 시대에 이런 모습을 한 사람은 한국전쟁에서 돌아온 인민지원군 영웅뿐이었다.

영웅이 남검에게 다가왔다. 목발이 바닥에 깔린 돌에 부딪히며 톡톡 소리를 냈다. 무겁게 땅을 내리찍는 것이 걸음을 뗄 때마다 뿌리를 박기라도 하는 듯싶었고 그럴 때마다 다른쪽 다리의 바지는 앞뒤로 흔들렸다. 그가 주인 앞에 서더니 물었다.

"내 짐작이 맞는다면, 자네가 남검이지."

남검의 얼굴 근육이 영웅의 물음에 대답이라도 하듯이 씰룩거렸다.

"지원군 아저씨, 안녕하세요. 지원군 아저씨 만세!" 입을 가만두지 못하는 남해방이 앞으로 달려오더니 존경에 겨운 듯이 말했다. "분명 영웅이시지요. 큰공도 세우셨고요. 그런데 우리 아버지는 왜 찾으세요? 우리 아버지는 말을 잘 안하시니까 말씀하실 것이 있으면 저한테 하세요. 제가 울아버지 대변인이거든요."

"해방아, 가만있지 못하니." 남검이 말했다. "어른들이 말씀하시는데, 어린애가 끼어드는 거 아니야."

"괜찮소." 영웅이 너그럽게 웃으며 말했다. "네가 남검 아들이구나. 이름이 해방이냐?"

"점도 칠 줄 아세요?" 해방이 놀라며 물었다.

"점은 치지 못하지만 관상은 볼 줄 안다." 영웅답지 않게 부드럽게 말하는가 싶더니 바로 본래의 근엄한 표정을 다시 지으며 겨드랑이에 목발을 끼우고는 한손을 남검에게 내밀면서 말했다. "친구, 인사나 하세. 나는 방호요. 구(區)에 새로 온 공급판매합작사 주임이오. 생산자재부에서 농기구를 파는 왕낙운(王樂雲, 왕러윈)이 내 처요."

남검이 잠시 멍하더니 손을 내밀어 영웅과 악수했다. 당황해하는 그의 표정에서 영웅은 이 사람이 아직도 감을 잡지 못하고 있다고 생각하고는 바깥을 향해 소리쳤다.

"어이, 다들 들어오라고."

동글하고 키가 작달막한 여자가 잘생긴 여자아이를 안고서 대문으로 들어섰다. 여인은 파란색 제복을 입고 코에는 흰테 안경을 걸친 것이, 한눈에 보아도 농사짓는 사람이 아니었다. 아이는 눈이 상당히 컸고 볼이 빨간 것이 늦가을 사과 같았다. 얼굴 가득 웃음기를 머금고 있는데 행복한 얼굴의 전형이었다.

"아이고, 난 또 누구라고!" 남검이 기뻐 소리쳤다. 그러면서 서쪽 행랑채에 대고 소리를 질렀다. "애엄마, 얼른 나와봐요. 귀한 손님이 오셨어."

나도 당연히 그녀를 알았다. 작년 초겨울 일을 뚜렷하게 기억하고 있다. 그날 남검은 나를 끌고서 읍내에 소금을 실으러 갔다가 돌아오는 길이었는데, 이 왕낙운을 만난 것이다. 그녀는 무거운 배를 안고 길가에 쪼그려앉아 신음하고 있었다. 파란 제복을 입었는데 배가 너무 나와서 제복 아래쪽 단추 세 개가 풀려 있었다. 흰테 안경을 쓰고 얼굴이 몹시 하얀 것으로 보아, 한눈에도 나랏밥을 먹는 사람이었다. 우리를 보자 구세주라도 만난 듯한 얼굴로 힘들게 말했다. "아저씨, 저 좀 살려주세요…… 어디 사세요? 어떻게 된 건지 모르겠어요. 전 왕낙운이라고 합니다. 구 공급판매합작사에 있어요. 회의하러 가는 참인데, 아직 출산일도 되지 않았는데, 그런데…… 이렇게……" 길가 마른풀 속에 넘어져 있는 자전거를 보고서 사태를 직감했다. 남검은 얼른 말머리를 돌려 손을 비비면서 말했다. 뭘 도와드릴까요? 어떻게 해야 하지요? 절 병원까지 태워다주세요. 어서요. 주인이 내 등에 실은 소금 두 포대를 내리고는 솜옷을 벗어 끈으로 내 배에 묶었다. 그런 뒤 여자를 옮겨 내 등에 태웠다. 동지, 꼭 앉으세요. 여자가 내 갈기를 꼭 붙잡은 채 낮은 신음소리를 냈다. 주인이 한손은 고삐를 잡고 한손은 여자를 안고서 내게 말했다. "나귀야, 어서 가자." 나는 힘껏 달렸다. 더없이 흥분되었다. 여태껏 소금, 솜, 곡식, 베 등 숱한 물건들을 실어보았지만 여자를 태우기는 처음이었다. 기뻤다. 여자의 몸이 흔들리며 주인 어깨로 기울었다. 조심조심 가거라, 검둥

아. 주인이 명령했다. 나도 안다. 이 검둥이 나귀도 안다. 나는 걸음을 재촉하여 빨리 걸으면서도 몸의 균형을 잡으려고 애썼다. 구름 가듯이, 물 흐르듯이 갈 수 있는 것, 이것이 나귀의 장기이다. 말이라면 날듯이 달려야만 등의 균형을 잡을 수 있다. 하지만 나귀는 그렇게 질주하면 도리어 요동을 치게 된다. 내겐 이 일이 더없이 신성하고 장엄하게 여겨졌다. 물론 쩌릿하기도 했다. 그때 나의 의식은 인간과 나귀 사이에 놓여 있었다. 뜨끈한 액체가 솜옷을 적시고 내 등으로 스며드는 것이 느껴졌다. 여자의 머리에서 떨어지는 땀이 내 목덜미에 떨어지는 것도 느껴졌나. 읍내까지 십여리밖에 안되었고 우리는 지름길을 택했다. 길가의 무성한 잡초들이 무릎을 덮었고 놀란 산토끼 한마리가 내 발에 차였다. 그렇게 우리는 읍내에 도착하여 인민병원으로 갔다. 그 시절, 간호사와 의사 들은 써비스 태도가 참 좋았다. 주인이 병원 정문에서 소리쳤다. 여기 좀 나와보세요, 사람 살려요! 나도 때맞추어 울음을 울었다. 하얀 가운을 걸친 남녀가 바로 안에서 뛰어나와 여자를 들것에 실어서 들어갔다. 여자가 내게서 내릴 때 그녀의 바지 안 뱃속에서 아이 우는 소리가 들렸다. 돌아오는 길에 주인은 기분이 푹 가라앉아 있었다. 더러워진 솜옷을 보면서 뭐라고 중얼거렸다. 주인이 미신을 잘 믿는다는 것을 나도 알고 있었다. 산모의 것은 더럽다고 여기는 거였다. 여자를 만났던 곳에 이르자 주인이 잔뜩 찌푸린 얼굴로 말했다. 검둥아, 이게 뭐냐? 새 솜옷을 이

렇게 버렸으니 말이다. 집에 가서 마누라에게 어떻게 건네
주지? 히힝 — 나는 주인이 마음상해하는 것이 한편으로 고
소한 생각이 들어 소리를 질렀다. 주인이 낭패스러워하는
것이 나를 즐겁게 했다. 이놈의 망아지가, 웃어! 주인이 고삐
를 풀더니 오른손 손가락 셋으로 내 등에 있는 솜옷을 집어
내렸다. 옷에…… 에잇, 그만두자. 주인은 고개를 돌리고 숨
을 멈춘 채 썩은 개가죽처럼 젖어서 무거워진 솜옷을 힘껏
휙 던졌다. 솜옷이 괴이한 새 모양으로 날아가더니 길가 잡
초 속에 떨어졌다. 옷을 묶었던 끈에도 피가 묻어 있었다.
하지만 소금포대를 묶어야 해서 버릴 수가 없었다. 하는 수
없이 끈을 길바닥에 놓고서 발로 흙에다 문질렀다. 황토 때
문에 끈 색깔이 변했다. 주인은 단추도 제대로 달리지 않은
속저고리만 입어서 가슴팍이 퍼렇게 얼었고 얼굴에 파란 점
까지 있어서 그 모습이 영락없이 염라대왕 궁의 심판관 같
았다. 주인이 길에서 흙을 몇줌 주워 내 등에 뿌리더니 다시
마른풀로 닦았다. 검둥아, 우리 적선한 셈 치자, 응? 히힝, 히
힝. 내가 주인에게 대답했다. 주인이 소금포대를 내 등에 묶
고는 길가의 자전거를 보며 말했다. 검둥아, 이 자전거는 우
리가 가져야겠지. 솜옷을 버리고 애도 쓴 대가로 말이야. 하
지만 이 재물을 탐내면 우리가 쌓은 공덕이 다 없어져버린
다. 그렇지? 히힝, 히힝. 그래 우리 기왕 좋은 일 했으니 끝까
지 해보자. 자전거를 가져다주자. 주인은 자전거를 끌고 나
를 몰면서 — 사실 나를 몰 필요는 없었지만 — 읍내로 돌아

가 병원 정문에 도착했다. 주인이 크게 소리를 질렀다. 어이, 애 낳는 여자분 들려요? 당신 자전거 문앞에 세워놨어요. 히힝, 히힝. 안에서 몇사람이 달려나왔다. 자, 이제 얼른 가자, 검둥아. 주인이 채찍으로 내 궁둥이를 때리며 말했다. 달려라, 검둥아.

영춘이 밀가루를 손에 묻힌 채 밖으로 나왔다. 눈에서 빛이 났다. 왕낙운 품에 있는 예쁜 여자아이를 보더니 손을 내밀며 중얼거렸다.

"아이고 예뻐라…… 통통한 게 귀엽기도 하네요."

왕낙운이 아기를 그녀 손에 건넸다. 그녀가 건네받아 품에 앉으면서 고개를 숙였다. 그 아이 얼굴에 입을 맞추고 냄새를 맡으면서 말했다.

"이 냄새 좀 봐. 어휴, 향기나는 것 좀 봐."

그녀가 살갑게 대하는 게 낯선지, 아이가 울음을 터뜨렸다. 남검이 나무라며 말했다.

"어서 아이를 동지에게 주라고. 생긴 게 이리 같으니 아이가 저렇게 놀라서 울지."

"아니에요, 괜찮아요." 왕낙운이 아기를 돌려받아 토닥이며 달랬다. 울음소리가 잦아지더니 그쳤다.

영춘이 손에 묻은 밀가루를 털면서 미안해하며 말했다.

"미안합니다. 이런 꼴을 해가지고, 아이 옷에 다 묻었네요."

"우리도 농사꾼 출신이오." 방호가 말했다. "괜찮습니다. 오늘은 특별히 감사를 드리려고 온 겁니다. 형씨가 도와 주지 않았으면 어떻게 됐을지 모릅니다.”

“날 병원에 보내준 것은 그만두고라도 두 번이나 걸음을 돌려 자전거까지 가져다주었어요.” 낙운이 감격한 목소리로 말했다. “의사하고 간호사들이 다 그러더군요. 눈을 씻고 찾 아도 남검아저씨같이 좋은 분을 찾지 못할 거라고요.”

“다 나귀가 좋아서 그렇지요. 그놈이 빨리 걷는데다가 흔 들리지 않게 걷거든요.” 남검이 쑥스럽게 말했다.

“맞아요. 나귀도 참 그만이더구먼.” 방호가 웃으며 말했 다. “형씨네 나귀가 그 유명한 나귀 아니요. 참 좋은 나귀 요.”

히힝 — 히힝 —

“헛, 저놈이 사람 말을 알아듣나 보네.” 왕낙운이 말했다.

“남검형, 내가 돈 되는 것을 선물하면 형씨를 무시하는 것 같고, 우리 사이의 우정을 깨는 것 같아서.” 방호가 호주 머니에서 라이터를 꺼내 타닥 불을 붙이면서 말했다. “이거 미국놈들한테서 노획한 거요. 기념으로 주리다.” 그러고는 다시 주머니를 더듬더니 노랗게 빛나는 구리 방울종을 꺼내 며 말했다. “이건 다른 사람에게 특별히 부탁해서 중고시장 에서 사온 것이오. 나귀에게 주려고.”

영웅 방호가 내게 다가와 그 종을 목에 달아주었다. 그러 고는 내 머리를 토닥이면서 말했다.

“너도 영웅이니, 일등 훈장을 수여한다.”

나는 머리를 흔들었고, 감동하여 크게 울음소리를 냈다. 히힝— 히힝— 구리종이 맑은 소리를 냈다.

왕낙운이 사탕 한봉지를 꺼내 남가네 아이들에게 나누어 주었다. 황가네 호조와 합작도 받았다. "학교에 다니니?" 방호가 금룡에게 물었다. 해방이 재빨리 대답을 가로채 말했다. "안 다녀요." "학교에 가야지, 꼭 학교에 가야 한다. 새로운 사회, 새로운 국가를 위해서 어린 사람들이 붉은 계승자가 되려면 배우지 않으면 안된다." "우리집은 합작사에 들어가지 않았어요. 개인농이에요. 아버지가 학교 가지 말라고 했어요." "뭐라고? 아직 개인농이라고? 아니 자네같이 깨인 사람이 아직도 개인농이란 말이야? 이게 참말이야 거짓말이야? 남형, 정말이야?"

"정말입니다." 우렁찬 목소리가 대문 쪽에서 났다. 홍태악이었다. 촌장이자 당지부 서기 겸 합작사 사장이었다. 여전한 옷차림이었다. 단지 전보다 말라서 한결 다부져 보였다. 가냘픈 몸으로 뚜벅뚜벅 걸어오더니 영웅 방호에게 손을 내밀며 말했다. "방주임, 왕동지, 새해 복 많이 받으십시오."

"새해 복 많이 받으세요. 새해 복 많이 받으세요." 사람들이 다들 마당으로 몰려들어오면서 새해 축하인사를 건네며 더이상 그 이야기는 꺼내지 않았다. 새로운 단어들이 쏟아져나오는 것이, 과연 시대가 변했음이 실감났다.

"방주임님, 우리가 모인 것은 상급 합작사 문제를 논의하기 위해서입니다. 인근 몇개 부락의 초급 합작사를 합병하여 큰 합작사로 만들려고 합니다. 영웅이시니, 우리에게 한 말씀해주시지요." 홍태악이 말했다.

"전 준비를 못했는데요." 방호가 말했다. "남동지에게 감사드리려고 온 겁니다. 우리집 두 목숨을 구해주었거든요."

"준비 안하셨어도 괜찮습니다. 그냥 한말씀해주시지요. 그저 겪으신 영웅적인 일을 저희에게 말씀해주시면 대환영입니다." 홍태악이 먼저 박수를 치며 박수를 유도했다.

"좋습니다. 그냥 편하게 말씀드리지요." 방호가 사람들이 모여 있는 살구나무 아래로 가자 누군가 의자를 뒤쪽에 대주었는데 앉지 않고 그냥 서서 목청을 높였다. "서문촌 동지 여러분, 설 잘 보내셨습니까? 금년 설도 좋아졌지만 내년 설은 더 좋아질 겁니다. 공산당과 모택동(毛澤東, 마오쩌뚱) 동지의 영도 아래 해방된 농민들이 합작사의 길을 가고 있기 때문입니다. 이 길은 찬란하게 빛나는 대로이고, 갈수록 드넓어지는 길입니다."

"하지만 어떤 자는 아직도 기어이 개인농의 길을 가겠다고 고집을 부리고 우리 합작사와 경쟁하다가 졌으면서도 인정하지 않고 있습니다." 홍태악이 영웅 방호의 말을 자르고 끼어들면서 말했다. "남검, 바로 자네 말이야."

사람들 눈이 모두 우리집에 쏠렸다. 주인은 고개를 숙이고 영웅이 준 라이터를 만지작거리고 있었다. 타닥, 타닥, 타닥. 그럴 때마다 불꽃이 일었다. 안주인이 안절부절못하면서 그를 밀쳤다. 그가 눈을 크게 뜨고 말했다. "어서 안 들어가!"

"남검은 각성한 동지입니다." 방호가 소리높여 말했다. "나귀를 데리고 이리떼하고도 용감하게 싸웠고 저의 아내를 구하기도 했습니다. 지금 합작사에 들지 않는 것은 일시적으로 생각이 미치지 못해서이니 억지로 강요하지 마십시오. 나는 남검동지가 분명 합작사에 입사하여 우리와 같이 빛나는 대로를 갈 것이라 믿어 의심치 않습니다."

"남검, 이번에 세우는 상급 합작사에 들지 않으면 내가 당신 앞에서 무릎을 꿇겠네!" 홍태악이 말했다.

우리 주인이 내 고삐를 풀더니 나를 몰고 대문을 나섰다. 영웅이 준 방울종이 내 목에서 딸랑거렸다.

"남검, 들어올 거야 말 거야?" 홍태악이 소리쳤다.

주인이 대문 밖에서 걸음을 멈추고는 고개를 돌려 마당 쪽에 대고 쩡쩡 울리게 말했다.

"당신이 내 앞에 무릎을 꿇어도 안 들어가!"

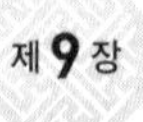

제9장

서문나귀는 꿈속에서 백씨를 만나고
민병들은 명에 따라 남검을 체포하다

친구야, 이제 1958년 이야기를 하려고 한다. 막언녀석이 자기 소설에서 여러 번 1958년 이야기를 했지만 다 헛소리 이고 믿을 게 못된다. 내가 말하는 것은 다 내가 직접 겪은 것이고 사료로서 가치가 있는 것들이다. 당시, 서문저택 마 당에는 너까지 합해 아이들이 다섯 명 있었는데 다들 고밀 동북향에 있던 공산주의 소학교 이학년이었다. 당시에 온 국민이 나서서 철을 제련하고 도처에 용광로가 널려 있던 이야기는, 나는 하지 않겠다. 재미가 없어서다. 단체식당에 서 한솥밥을 먹고 현(縣) 사람들이 모두 동원되었던 것도 너 희가 다 겪은 일이어서 내가 새삼스럽게 떠들지 않겠다. 구 (區)와 향(鄕), 촌(村)을 없애고 인민공사 대대(大隊)로 바꾸어

하룻밤 사이에 온 현이 인민공사가 된 것도 너희가 다 아는 일이어서 내가 말해봐야 재미없을 것이다. 나귀로서, 개인 농을 하는 집에서 키우던 나귀로서 내가 1958년이라는 특별한 해에 겪은 기이한 일을 말하고 싶다. 너도 아마 듣고 싶을 것이다. 가급적 정치 이야기는 하지 않겠지만 정치 이야기가 끼어들더라도 양해해주기 바란다.

그때는 5월 어느날 밤이었다. 달빛은 교교하고 들에서 불어오는 포근한 바람에 향긋한 향이 실려왔다. 잘 익은 보리 냄새, 물가의 갈대냄새, 모래밭의 붉은 버들냄새, 그리고 잘려나간 나무에서 나는 냄새…… 이런 냄새들이 나를 즐겁게 했다. 하지만 이런 냄새들이 고집불통인 개인농 집안에서 내가 뛰쳐나가도록 하기에는 역부족이었다. 솔직히 말해서 나를 꼬드긴 것은, 내가 앞뒤 재지 않고 고삐를 물어 끊고서 도망치도록 한 것은 암나귀에서 나는 냄새였다. 그것은 건장한 성년 수나귀로서는 지극히 정상적인 생리적 반응이었다. 나는 거리낄 것이 전혀 없었다. 허보가 내 불알을 하나 까버린 뒤로 나는 그 방면의 능력을 잃어버렸다고 생각했다. 사타구니에 불알 두 개가 남아 있었지만 아무 쓸모가 없었다. 그런데 그날 밤, 나는 그동안 잠들었던 상태에서 깨어났고 흥분되고 부풀어오르면서 배 아래쪽 몽둥이가 쇠말뚝처럼 단단해졌다. 점점 발기가 되었다. 세상에서 일어나고 있는 시끌벅적한 일들은 내 관심을 끌지 못했다. 내 머리에는 그저 암나귀의 모습뿐이었다. 균형 잡힌 몸매에 사지가 쭉 빠지고 눈이 맑으며 털에 윤기가 자르르한 암나귀 말이다. 나는 그녀와 만나야 했다. 교배를 해야 했다. 그것이 가장 중요했다. 나머지는 다 개뼈다귀였다.

서문 집 마당에 대문이 없어진 지 벌써 오래였다. 철제련 공장으로 보내져 땔감이 되었다고 했다. 그래서 고삐를 물어 끊자 나는 자유였다. 사실, 몇년 전에도 담을 뛰어넘은 적이 있어서 문이 잠겼다고 해도 날아서 넘어가면 그만이었다.

나는 큰길에서 나를 흥분시키는 그 냄새를 향해 미친 듯이 뛰었다. 거리가 한창 부산했지만 나는 돌아볼 겨를이 없었다. 정치와 관련된 것들이었다. 나는 마을을 벗어나 국영농장 쪽으로 달렸다. 불빛이 훨훨 피어오르고 하늘 한쪽이 벌겋게 달아올라 있었다. 고밀 동북향에서 가장 큰 흙 용광로가 있었다. 뒤에 알려진 바지만 진짜 철을 만들어낸 곳은 이곳 용광로뿐이었다. 그도 그럴 것이 이 국영농장에는 인재들이 가득했는데, 노동개조를 하고 있는 사람들 중에 해외에서 유학하고 귀국한 철강 엔지니어들이 몇명 있었기 때문이다.

철강 엔지니어들이 용광로 옆에 서서 임시로 차출되어 제련을 하고 있는 농민들을 엄숙하게 지휘하고 있었다. 이 글거리는 불빛이 그들의 뺨을 붉게 물들였다. 흙으로 만든 십여기의 용광로가 운량강(運糧江)을 따라 일자로 늘어서 있었다. 수로 서쪽은 서문촌 땅이고, 수로 동쪽은 국영농장 땅이었다. 고밀 동북향의 두 물줄기가 모두 이 수로에서 합쳐

144

드니 세 물줄기의 교차점이어서 여기에 큰 못이 있었고 갈 대밭과 모래언덕과 몇십리나 되는 붉은 버들숲이 있었다. 마을 사람들은 원래 국영농장 사람들과 잘 오가지 않았지만 그 당시는 온 천하를 하나로 병합하던 시절이자 대규모로 병력을 편성하여 작전을 하던 시절이었다. 길가는 소달구지 나 마차, 인력거 할 것 없이 죄다 철광석이라는 갈색 돌덩이 가 실려 있었고, 나귀에 버새에 실린 것도 죄다 철광석이라 는 갈색 돌덩이였고, 영감, 할멈, 아이 들이 짊어진 것도 죄 다 철광석이라는 갈색 돌덩이였다. 수레가 물을 이루고 말 이 용을 이루고 사람들이 개미떼가 되어 길을 가득 메운 채 국영농장 용광로로 모여들었다. 훗날 사람들은 제련운동에 서 제련한 것은 고작 쓰레기뿐이었다고 말하지만, 그건 틀 린 말이다. 총명한 고밀현의 지도자는 그 우파 엔지니어들 을 십분 활용하여 진짜 철을 제련해냈다. 집단화라는 거대 한 물결에 휩쓸린 인민공사 사람들이 잠시 개인농을 하는 남검을 잊었고 그 덕에 법 밖에서 몇달 동안 편안하게 지낼 수 있었다. 합작사는 손이 달려 미처 수확하지 못한 곡식이 들판에서 썩어갈 때 그는 여유있게 우리집 8무 땅의 양식을 전부 거두었고, 주인 없는 황무지에서 농한기에 갈대 돗자 리를 짜서 돈을 벌 셈으로 수천근의 갈대를 수확했다. 그들 이 개인농을 잊고 있었으니 개인농네 나귀를 잊은 것은 당 연했다. 그래서 뼈만 남은 낙타도 광석을 나르는 데 차출하 면서도 나 같은 건장한 수나귀는 유유히 낭만적인 사랑이나 좇을 수 있었던 것이다.

나는 달렸다. 많은 사람들과 가축들을 지나쳤다. 그중에는 수십필의 나귀도 있었다. 하지만 냄새를 뿜어대며 나를 부르는 암나귀는 종적이 보이지 않았고 그렇게 집중적이고 강렬하던 냄새가 갈수록 약해져서 끊어졌다 이어졌다 했다. 목표에서 점점 멀어지는 것 같았다. 나는 코도 믿지만 내 느낌을 더 믿는 편인데 반대로 달렸을 리가 없다. 내가 좇아가고 있는 암나귀는 분명 돌덩이를 져 나르거나 수레를 끄는 나귀 가운데 하나일 것이다. 서릿발 같은 조직과 강철 같은 명령 속에 사는 이 시대에 나처럼 놀고먹는 나귀가 또 있을 리 없었다. 인민공사가 설립되기 전에 홍태악이 거의 포효하듯이 우리 주인에게 말했다. 빌어먹을 남검, 네가 고밀현에서 유일한 개인농이다. 너는 반동의 전형이다. 지금은 바빠서 그렇다만 한가해지기만 하면 내가 어떻게 네놈을 손보는지 두고 보아라. 우리 주인은 죽은 돼지가 어디 뜨거운 물을 겁내랴 하는 태도로 심드렁하게 말했다. 내 기다리고 있으리다.

나는 십여년 전에 비행기 폭격으로 끊어졌다가 최근에 막 복구한 운량강대교를 지나 제련중인 작열하는 불화로를 끼고 한바퀴 돌았지만 암나귀가 보이지 않았다. 술에 취한 것처럼 피곤에 절어 제련하고 있던 사람들이 내가 나타나자 흥분하기 시작했다. 그들은 손에 긴 갈고리와 쇠가래를 들고서 나를 잡으려고 했다. 하지만 어림없는 일이었다. 그들이 얼쩡거렸지만 아무리 용을 써도 내 속도를 따라잡을 수 없었고, 따라온다고 해도 나를 잡을 힘이 없었다. 소리를 꽥 꽥 질렀지만 완전히 허장성세였다. 내 털은 불빛 때문에 더 위엄있어 보였고, 까만 비단처럼 빛났다. 이들의 눈에, 이들이 평생 기억에서 나처럼 당당한 나귀를 다시는 보지 못할 것이라고 확신한다. 히힝— 나는 나를 포위하고 있는 사람들을 뚫고 나가려 했다. 사람들이 이리저리 흩어지고 땅에 넘어지는 자도 있고, 가래를 내던지고 꽁무니를 빼는 자도 있었다. 살려고 허둥지둥 도망치는 패잔병 같았다. 버드나무로 만든 안전모를 쓴 사람이 대담하게도 쇠갈고리를 가지고 내 엉덩이를 찔렀다. 히힝— 히힝— 이런 개자식, 달궈진 쇠갈고리가 닿자마자 살 타는 냄새가 났다. 그 자식이 내게 지울 수 없는 낙인을 남긴 것이다. 나는 몇차례 뒷발질을 하다가 불길을 뚫고 어둠속으로 들어갔다. 진흙구덩이를 밟고 갈대숲으로 들어갔다.

신선한 갈대와 맑은 물냄새에 내 마음은 차츰 진정되었다. 엉덩이의 통증은 좀 나아지기는 했어도 여전히 몹시 아팠다. 이리에 물려 다쳤을 때보다 더 아팠다. 나는 부드러운 진흙을 밟고 강가로 가서 물을 몇모금 마셨다. 물에서 개구리 오줌 지린내가 났다. 물에 덩어리 같은 것도 들어 있었는데 마시고 나서야 그것이 올챙이라는 것을 알았다. 매스꺼웠지만 어쩔 수 없었다. 그런데 올챙이에게 진통효과라도 있는지 약을 먹은 것 같았다. 정신이 없을 때는 어쩔 줄 몰랐지만 한숨 돌리고 나자 다시 그 냄새가 바람에 붉은 실 날리 듯이 다시 나타났다. 나는 그 냄새가 사라질까봐 조마조마 했다. 나는 냄새를 따라가며 이 냄새가 암나귀에게 데려다 줄 것이라고 믿었다. 철을 제련하는 용광로의 불빛이 멀어 지고 달빛이 밝아졌다. 물속에 가득한 개구리들이 울어댔 다. 간혹 환호성이 들려왔고 징소리, 북소리가 멀리서 들렸 다. 그것이 다 열광한 사람들이 거짓 승리에 도취되어 히스 테리 부리는 것임을, 나는 알았다.

그렇게 나는 향기의 붉은 실을 따라 한참을 걸었다. 뜨거 운 불길이 하늘로 치솟던 국영농장의 용광로가 뒤로 아득히 멀어졌다. 조용하고 황량한 마을을 지나 밭 사이로 난 좁은 길로 접어들었다. 왼쪽은 보리밭이고, 오른쪽은 백양나무숲 이었다. 벌써 익은 보리가 차가운 달빛 아래서 마른숨을 뿜 어내고 있었다. 간혹 조그만 들짐승들이 보리밭을 뛰어다니 는 바람에 보릿대가 쓰러지거나 보리알이 떨어지면서 바스 락 소리가 났다. 백양나무잎이 달빛을 받아 은화처럼 빛났 다. 사실 나는 아름다운 달빛 풍경을 감상할 마음이 아니었 다. 그저 지나가는 김에 너에게 이야기나 해줄 뿐이다. 그런 데 갑자기……

그 선정적인 냄새가 술처럼, 꿀처럼, 솥에서 갓 쪄낸 밀기 울처럼 진하게 끼쳐왔다. 상상 속의 붉은 실이 붉고 굵은 동 아줄로 바뀐 것이다. 나는 어둠속을 달려 갖은 고생을 한 끝 에 내 사랑을 찾았다. 수박줄기를 따라가서 결국 수박을 찾

148

은 것처럼. 나는 황급히 앞으로 달려가다가 곧바로 살금살금 조심스러운 걸음으로 다가갔다. 작은 길 한가운데에 달빛을 받고서 흰옷을 입은 여자가 웅크리고 앉아 있었고, 나귀의 흔적은 어디에도 없었다. 하지만 암나귀의 농밀한 향기가 분명했다. 음모나 함정이 도사리고 있는 것일까? 여자도 수나귀를 미치게 만드는 향을 낼 수 있는 것일까? 나는 궁금증에 사로잡힌 채 여인의 앞쪽으로 천천히 다가갔다. 점점 그녀와 가까워질수록 서문뇨와 관련된 기억이 빠르게 되살아났다. 처음에는 불꽃이더니 이내 큰 불길이 되어 나귀의 의식은 가뭇해지고 사람의 느낌과 감정이 압도하기 시작했다. 얼굴을 보지는 않았지만 나는 진즉 그녀가 누구인지 알았다. 몸에서 살구씨 향기가 나는 여인은 서문백씨 말고는 없다. 나의 아내여, 이 불행한 여인이여!

그녀가 왜 불행한가? 내 여자 셋 가운데 이 여자의 운명이 가장 비참해서다. 영춘과 추향은 해방된 빈농에게 시집가서 자신의 출신성분을 고쳤는데 그녀만 지주로 몰려서 서문집안의 조상 무덤을 지키는 초막에 살며 여자의 몸으로 차마 감당할 수 없는 노동개조를 당하고 있었다. 그 초막은 흙담에 풀로 지붕을 이고, 낮고 좁은데다가 오랫동안 수리를 하지 않아서 비바람이 그대로 들이쳤다. 언제 무너질지 모르고 무너졌다 하면 그 집이 그대로 그녀의 무덤이 될 판이었다. 악질분자로 몰린 이들도 인민공사에 모두 들어가 한쪽 귀퉁이에서 빈농들의 통제를 받으며 노동개조를 받았

다. 원래 지금쯤 그녀는 악질분자들과 같이 광석을 나르는
사람들 틈에 있거나 광석을 깨는 작업장에서 양칠 같은 이
들의 감독을 받으면서 머리는 헝클어지고 얼굴은 때에 절고
옷은 누더기인 귀신 꼴을 하고 있어야 했다. 그런데 어쩐 일
로 그녀가 지금 그림처럼 아름다운 곳에 흰옷을 입고서 향
기를 뿜으며 저렇게 앉아 있단 말인가?

　"주인양반, 당신이 온 줄 알아요. 올 거라고 알고 있었어
요. 몇년 동안 갖은 고초를 겪고 숱한 배반과 낯부끄러운 짓
들을 보면서 내가 얼마나 마음이 곧은지, 당신이 다 보셨다
는 것을 알아요." 혼자 중얼거리는 것도 같고 나에게 간절하
게 하소연하는 것도 같았다. 소리가 구성지고도 처량했다.
"주인양반, 당신이 나귀로 변한 것도 진즉부터 알고 있어요.
나귀여도 당신은 내 주인이고, 내 버팀목이에요. 주인양반,
당신이 나귀가 되고 나니까 우리가 서로 마음이 통한다고
느껴지더군요. 당신이 태어난 그해 청명절에 우리가 만난
것 기억하세요? 나물을 캐러 나온 영춘을 따라서 당신이 내
가 사는 초막으로 왔을 때 보았지요. 나는 그때 마침 사람들
눈을 피해 시어머니 무덤과 당신 무덤에 새 흙을 입히는 참
이었는데 당신이 곧장 내게 달려오더니 작은 입으로 내 옷
자락을 물었지요. 내가 고개를 돌려 당신을 보았지요. 귀여
운 꼬마나귀를 말입니다. 당신의 코를 쓰다듬고 당신의 귀
를 어루만지자 당신이 혀를 내밀어 내 손을 핥았지요. 그때
갑자기 내 마음이 뭉클하기도 하고 아리기도 하고 슬프기도

하고 후끈거리기도 하면서 눈물이 났어요. 나는 흐릿한 눈
으로 당신의 초롱초롱한 눈에 거꾸로 비친 나를 보았지요.
그때 당신 눈에서 낯익은 표정을 보았어요. 주인양반, 당신
이 억울하게 죽었다는 것을 잘 알아요. 내가 새 흙을 당신 무
덤에 뿌렸어요. 그러고는 당신 무덤에 엎드려 황토에 얼굴
을 댄 채 소리죽여 울었지요. 그때 당신이 작은 발굽으로 내
엉덩이를 가볍게 두드렸지요. 돌아보니 그 표정이 눈에서
보이더군요. 주인양반, 당신이 나귀로 환생했다는 것을 난
믿어요. 우리 주인양반, 사랑하는 당신, 당신을 나귀로 만들
다니 염라대왕님도 참으로 공평치 않네요. 하지만 이런 생
각도 들었어요. 이것이 다 당신의 선택이다, 내가 마음에 걸
려서 나하고 지내려고 기꺼이 나귀가 된 거라고요. 염라대
왕이 당신을 고관이자 귀한 사람 집에 보냈지만 당신이 마
다하고 나를 위해 기꺼이 나귀가 되었으니, 사랑하는 당신!
……나는 슬픔을 억제하지 못하고 통곡이 터져나왔어요. 그
때 멀리서 군대 나팔소리가 들려왔어요. 영춘이 내 뒤에서
소리를 죽이며 말했어요. 그만 울어요. 사람들 와요. 영춘은
그래도 양심이 남아 있어요. 얼른 바구니를 들고서 나물로
지전(紙錢)을 덮어 숨기더군요. 몰래 당신에게 지전을 태워
주려고 했다는 것을 알고 있었지요. 내가 겨우 울음을 그치
자 당신은 영춘을 따라 황급히 흑송(黑松)숲으로 몸을 숨겼
어요. 당신은 세 걸음 떼다 뒤돌아보고 다섯 걸음 떼다 머뭇
거리곤 하더군요. 주인양반, 난 당신의 깊은 마음을 알아요.

행렬이 다가왔고 북소리가 쿵쾅쿵쾅 울리고 깃발은 피같이 붉고 화환은 눈처럼 하얗더군요. 소학교 학생들이 그들이 기리는 열사를 위해 성묘온 것이었어요. 가랑비가 추적추적 뿌리고 제비가 낮게 날았지요. 열사의 무덤가에 핀 복숭아 꽃은 저녁노을 같고 노랫소리는 파도 같았어요. 주인양반, 당신 무덤 앞에서, 당신의 아내는 소리내 울 수가 없었어요. 당신, 그날 밤 당신이 마을공회소에서 한바탕 일을 벌이며 나를 물었지요. 사람들은 다들 당신이 발광하여 날뛴다고 했지만 난 당신이 내 억울한 것을 달래주려고 그런다는 것을 알고 있었어요. 우리집 금붙이를 다 파낸 마당에 연못에 무슨 금붙이가 있겠어요. 주인양반, 당신이 나를 물었을 때, 난 당신이 보내는 입맞춤이라고 생각했어요. 너무 세기는 했어도 그래야 내 가슴에 깊이 새겨질 수 있겠지요. 당신의 입맞춤이 고마웠어요. 당신 입맞춤이 나를 구했어요. 내 머리에서 피가 나자 그 사람들은 이러다가 사람 목숨 잃을까봐 나를 집으로 돌려보내더군요. 내 집, 당신 무덤 앞에 있는 무너져가는 이 집 말이에요. 나는 흙을 간 눅눅한 바닥에 누워 얼른 죽기를 바랐어요. 죽어서 나도 나귀가 되어 당신과 나귀 부부가 되려고요."

　행아, 백행아, 나의 아내, 나의 사랑…… 나는 소리를 질렀다. 하지만 말이 입밖으로 나오지 않고, 나귀의 울음만 나왔다. 나귀의 목구멍이 사람소리를 내지 못하게 했다. 나귀의 몸이 원망스러웠다. 나는 몸부림을 쳤다. 사람의 소리로 당신과 대화하려 했지만, 기를 쓰며 내 깊은 정이 담긴 말을 하려고 했지만, 결국 나오는 소리는 히힝 — 히힝 — 뿐이었다. 하는 수 없이 나는 당신에게 입을 맞추고 발굽으로 어루만지고 내 눈물을 당신 얼굴에 떨어뜨렸다. 나귀의 눈물방울은 둥글둥글 커서 커다란 빗방울 같다. 나는 그 눈물로 당신의 얼굴을 씻겨주었다. 당신은 길바닥에 누워서 나를 올려다보았다. 당신 눈에는 눈물이 그렁그렁하고 입으로는 계속 중얼거렸다. 주인양반, 주인양반…… 내가 이빨로 당신의 흰옷을 찢고 입술로 당신을 핥는데 그 순간 신혼때가 생각났다. 백행아, 당신은 수줍어하면서 숨을 가쁘게 내쉬었지. 과연 대갓집에서 제대로 교육받은 귀한 딸이었지. 연꽃을 수놓을 줄 알고 시를 읊을 줄 알고……

사람들이 소리를 지르며 서문네 마당으로 들어서는 바람에 나는 꿈에서 깨버렸다. 내 경사스러운 일을 망쳐버렸고 내 첫날밤의 꿈을 깨뜨려버렸고, 반인 반나귀 상태이던 나를 철두철미한 나귀로 돌려놓았다. 그들은 눈을 부릅뜨고 사나운 기세로 서쪽 행랑채로 쳐들어가더니 남검을 끌고 나와 목에 종이로 만든 조그만 백기(白旗)를 꽂았다. 주인이 저항을 했지만 그들은 힘 하나 들이지 않고 간단히 그를 제압해버렸다. 주인이 뭐라고 계속 떠들자 그들이 말했다. 우리는 상부의 명을 받고 왔소. 상부에서 그랬소. 기어이 개인농을 고집한다면 내버려둘 수밖에 없지만 강철을 제련하고 수리시설을 건설하는 것은 국가의 대사여서 모든 국민들이 의

무적으로 참여해야 한다고 말이오. 댐을 만들 때는 미처 생각지 못했지만 이번에는 빠져나가기 힘들 것이오. 두 사람이 남검을 밖으로 끌고 가고 한 사람이 나를 마구간에서 끌어냈다. 손놀림이 능란한 것이 평소에 가축을 부리는 사람 같았다. 그는 내 목에 바짝 붙어서 오른손으로는 내 입의 재갈을 단단히 움켜쥐었다. 내가 조금이라도 버틸 기미가 보이면 바로 손에 힘을 주었고 재갈이 입을 파고들어 숨쉬기가 힘들고 몹시 아팠다.

안주인이 행랑채에서 뛰어나와서는 나를 빼앗으려고 하면서 말했다.

"내 남자를 데려가 일을 시켜도 좋고 내가 광석을 깨고 강철을 제련해도 좋지만 이 나귀는 끌고 가지 못해요."

그자들이 험악해져 더이상 못 봐주겠다는 듯이 말했다.

"여성동지, 지금 날 뭘로 보는 거요? 족제비가 나귀를 채가는 것으로 보이오? 우린 인민공사의 기간민병이오. 상부의 지시에 따라, 정책에 따라 집행하는 사람들이오. 당신네 나귀는 잠시 징발하는 것이고, 다 쓴 뒤에는 돌려줄 거요."

"차라리 날 끌고 가시오." 영춘이 말했다.

"미안하지만 상부에서 그런 지시가 없어서 우리 맘대로 결정할 수 없소."

남검이 몸부림치며 두 사람 손에서 풀려나면서 말했다.

"이럴 필요 없소. 댐을 만들고 강철을 제련하는 것은 나라의 일이니 나도 응당 갈 것이오. 억울한 생각은 전혀 없

소. 손이 모자라면 당연히 보태리다. 하지만 한가지 청이 있
소. 내 나귀와 같이 일하게 해주시오.”

“그건 우리한테 말해보았자 소용없소. 할말 있거든 우리
상부에 가서 하시오.”

아까 나를 끌어내던 사람이 무척 조심조심 경계하면서
나를 끌었고, 탈영병이라도 압송하듯이 두 사람은 남겸을
옆에서 꼭 끼고 갔다. 마을을 벗어나 옛날 구청, 지금의 인민
공사가 있는 곳을 지나고, 코끝이 빨간 대장장이와 그의 도
제가 내게 징을 박아준 곳을 지났다. 우리가 서문집안 세장
묘(世葬墓, 여러 대의 묘들이 한데 자리하고 있는 묘역—옮긴이)를
지날 때였다. 선생 몇명이 인솔하는 중학생 한무리가 무덤
을 파헤치고 있었고, 흰옷을 걸친 한 여인이 무덤을 지키는
초막에서 나와 그들에게로 달려갔다. 그녀가 한 학생의 몸
에 올라가 목을 짓누르는 듯했다. 그런데 곧바로 벽돌 하나
가 그녀의 머리를 내려쳤다. 그녀의 하얀 얼굴이 석회를 바
른 것처럼 변하고 날카로운 비명소리가 하늘을 찔렀다. 나
는 충격을 받았다. 쇳물보다도 뜨거운 불길이 가슴속에서 일
었다. 사람의 소리가 내 목에서 나오는 것이 내 귀에 들렸다.

“멈춰라. 나는 서문뇨다. 우리 조상 무덤을 파헤치지 마
라. 내 처를 때리지 마라!”

나는 앞발을 쳐들고 입술이 찢어지는 고통을 참으면서
나를 끌고 가는 사람을 길가 도랑에 처넣어버렸다. 나귀로
서야 눈앞에서 벌어지는 일을 모른 체할 수 있다. 하지만 사

람으로서 내 조상님의 무덤이 파헤쳐지고 내 처가 맞는 것
은 결코 두고 볼 수 없다. 나는 사람들에게 달려들어 키큰 선
생의 머리를 물어버렸고 무덤을 파헤치던 학생을 앞발로 차
버렸다. 학생들이 사방으로 도망가고 선생들은 땅바닥에 몸
을 사렸다. 바닥에 넘어져 있는 서문백씨가 눈에 들어오고
뻥 뚫린 무덤이 보였다. 나는 몸을 돌려 어둑한 소나무숲으
로 뛰어갔다.

총애를 받아서 영광스럽게 현장을 태우고
뜻하지 않은 사고를 당해 앞발을 잘리다

고밀 동북향의 들판을 이틀 동안 미친 듯이 싸돌아다녔
더니 가슴속 분노의 불길이 점차 잦아들었다. 배가 고파서
들풀과 나무껍데기를 먹지 않을 수 없었다. 이런 거친 음식
을 먹으면서 들짐승으로 산다는 것이 얼마나 힘든 일인지
절절히 깨달았다. 향긋한 여물 생각은 점점 나를 한마리 평
범한 나귀로 되돌려놓았다. 마을 쪽 인기척이 나는 곳으로
발길을 돌렸다.

점심나절이었다. 도가관장(陶家官庄)촌 입구를 지나는데
커다란 은행나무 밑에 마차 한대가 쉬고 있었다. 콩을 섞은
여물의 잘 익은 향기가 끼쳐왔다. 마차를 끄는 노새 두 마리
가 삼각대에 걸쳐놓은 여물통 앞에서 달게 먹고 있었다.

나는 말도 아니고 나귀도 아닌 잡종 노새를 지독히 무시해왔고, 녀석들을 죄다 물어죽이고 싶었다. 하지만 지금 나는 녀석들과 싸울 생각이 전혀 일지 않았고 제대로 된 여물을 몇입 얻어먹고 미친 듯이 뛰어다니느라 소진한 체력을 보충하고 싶은 마음뿐이었다.

나는 목에 달린 방울이 소리나지 않게 살금살금 다가갔다. 절름발이 영웅이 내 목에 걸어준 구리방울은 나를 더 폼나게 해주었지만 귀찮기도 했다. 쏜살같이 달릴 때면 쨍그렁쨍그렁 울리면서 나는 영락없는 영웅 나귀였다. 하지만 그 소리 때문에 멀리서도 사람들의 추격을 따돌릴 수가 없었다.

그 구리방울이 결국 소리를 냈다. 나보다 건장해 보이는 검은 노새 두 마리가 사납게 고개를 쳐들었다. 벌써 내 생각을 간파한 눈치였다. 녀석들이 앞발을 들고 콧바람을 푸르르 내뿜으며 나를 위협했다. 자기 땅에 침입하지 말라는 경고였다. 하지만 맛있는 음식이 눈앞에 있는데 어찌 쉽게 그만둘 것인가. 나는 형세를 살폈다. 늙은 노새는 수레 채에 매여 있어서 나를 공격할 수가 없었다. 젊은 노새도 몸에 긴 굴레를 두르고 있어서 제대로 공격할 수 없었다. 녀석들 입만 피하면 여물을 가로챌 수 있을 듯싶었다.

노새들이 날뛰며 울었다. 나를 위협하는 것이다. 이 잡종들아, 그리 날뛰지 마라. 먹을 게 있으면 같이 먹어야지 혼자 먹어서는 안되는 법이니라. 지금이 공산주의 시대 아니냐.

내 것이 네 것이고 네 것이 내 것이고, 어디 내 것 네 것이 따로 있더냐. 나는 기회를 엿본 뒤 여물통으로 달려들어 크게 한입 넣었다. 녀석들이 나를 물었다. 재갈소리가 딸그락거렸다. 이런 잡종들, 무는 것이라면 내가 네놈들보다 전문이다. 나는 여물을 한입 삼키고는 입을 쩍 벌려 수레 채에 묶여 있는 노새의 귀를 물어버렸다. 순식간에 귀 한쪽이 떨어져 나갔다. 그런 다음 굴레를 차고 있는 젊은 잡종놈의 목을 물었다. 그놈 털이 내 입에 가득 묻었다. 일시에 난장판이 벌어졌다. 나는 여물통을 물고서 뒤로 재빨리 몇걸음 물러났다. 굴레를 찬 노새가 달려왔다. 나는 엉덩이를 들고서 그 녀석에게 두 발을 날렸다. 한 발은 헛방이었고 한 발은 녀석의 코에 명중했다. 그것이 아픈 머리를 땅에 문지르다가 눈을 감고서 빙빙 돌자 말채가 완전히 엉겨서 다리가 말렸다. 나는 그 틈에 얼른 여물을 먹었다. 하지만 호시절은 너무 짧았다. 허리에 전대를 두르고 손에는 기다란 채찍을 든 마부가 마을 어귀 마당에서 달려오면서 고래고래 소리를 질렀다. 나는 서둘러 여물을 입에 넣었다. 그가 채찍을 휘두르며 쫓아왔다. 뱀 같은 채찍이 부딪치며 팍팍 소리를 냈다. 체격이 건장하고 팔자걸음을 걷는 것이, 척 보기에도 고수임이 틀림없었다. 채찍을 다루는 솜씨가 여간이 아니었다. 나는 몽둥이는 무섭지 않다. 몽둥이로 나를 때리려 해서는 고생 좀 해야 한다. 하지만 채찍은 아니었다. 끝없이 모양이 변하는 통에 피하기가 쉽지 않았다. 더구나 채찍의 고수는 아무리 사나운 말이라도 한번에 거꾸러뜨릴 수 있다. 내가 직접 눈으로 본 일이어서 겁이 덜컥 났다. 불행히도, 채찍이 날아오고 있었다. 도망쳐야 했다. 위험지대에서 도망치면서도 내 눈은 여물통에 있었다. 마부가 쫓아왔고, 나는 도망쳤다. 더이상 쫓아오지 않자 멈추어섰다. 눈은 그래도 여물통에 가 있었다. 마부가 노새들이 다친 것을 보고는 욕을 해댔다.

마부가 총만 있었으면 한방에 날려버렸을 것이라고 말했다. 그 말에 나는 기뻤다. 히힝 ― 히힝 ― 총이 없으니 이제 채찍만 없으면 바로 달려들어 당신 머리를 물어버리겠다는 뜻이었다. 그도 나의 뜻을 알았고 내가 사람들을 물어서 다치게 한 사나운 나귀라는 것도 알았다. 그는 한사코 손에 든 채찍을 내려놓으려 하지 않았고 내게 더이상 가까이 다가오지도 않았다. 사방을 두리번거리며 도와줄 사람을 찾았다. 내가 무서우면서도 나를 잡으려 한다는 것을 알았다.

멀리서 사람들이 포위하며 다가왔다. 며칠 전 나를 잡아가려던 민병들이라는 것을 냄새로 알아차렸다. 절반밖에 배를 채우지 못했지만 좋은 풀이어서 한입을 먹어도 열 입을 먹은 듯이 기운이 나고 투지가 살아났다. 저들의 포위에 내가 잡힐 리 없다. 저 두 발 달린 멍청이들에게는 절대로 잡히지 않는다.

그때 먼 신작로에서 네모난 초록 괴물이 흔들흔들거리면서 매우 빠른 속도로 달려오는데, 엉덩이에 누런 먼지가 따라왔다. 지금은 나도 그것이 소련제 지프라는 것을 안다. 어

디 소련제 지프뿐인가. 아우디니 폭스바겐이니 토요따니 전
부 다 알고 있고, 미국 우주선이니 러시아 항공모함도 알지
만, 그때 나는 나귀, 1958년 당시의 나귀였다. 고무바퀴 넷을
달고 있는 그 괴물은 달리는 속도가 평평한 길에서는 나보
다 빨랐지만 험한 길에서는 적수가 되지 못했다. 막언이 진
즉 말했다. 산양은 나무를 잘 타고, 나귀는 산을 잘 탄다고.

이야기의 편의를 위해 그때 내가 소련제 지프를 알았다
고 치자. 나는 무서웠다. 호기심도 일었다. 이렇게 어물어물
하는 사이 나를 잡으려는 민병들이 부채꼴 모양으로 포위해
들어왔고 정면에서 오던 소련제 지프차는 내 앞쪽 길을 막
았다. 수십 미터 떨어진 곳에서 지프가 시동을 끄더니 세 명
이 차례로 차에서 내렸다. 대장은 나도 잘 아는 사람이었다.
그때 그는 구장이었고 지금은 현장이다. 몇년 동안 보지 못
했는데 외모에 큰 변화는 없었다. 걸치고 있는 것조차도 몇
년 전에 입었던 그 옷 같았다.

나는 진현장에게 악감정이 없었다. 그가 나를 치켜세워
준 것이 내 마음을 따뜻하게 해주었다. 나귀 장사를 한 경력
때문에 한결 친근하게 느껴졌다. 그래도 나귀에게 정감을
가지고 있는 현장이니 그를 믿었다. 그가 오기를 기다렸다.

현장이 주위 사람들에게 손짓을 하면서 다가가지 말고
서라고 했다. 내 뒤쪽에서 나를 잡거나 죽여서 공을 세우려
고 안달하는 민병들에게도 동작을 멈추라고 했다. 현장 혼
자서 한손을 위로 든 채 입으로는 부드럽고 감미로운 휘파

람을 불면서 내게로 천천히 걸어왔다. 35미터 떨어진 곳까지 다가왔다. 그의 손에 들린 노랗게 익힌 콩깻묵이 보였고, 그 향기가 코를 찔렀다. 그가 귀에 익은 노래를 불러주자 내 마음이 슬퍼지기 시작했다. 긴장한 마음이 누그러지고 팽팽하던 근육도 풀어졌다. 그에게서 위안받고 싶은 마음이 일었다. 마침내 그가 곁으로 다가왔고, 오른손으로 내 목을 안고 왼손으로는 그 콩깻묵을 입에 밀어넣어주었다. 그러고는 왼손으로 내 콧등을 쓰다듬으면서 중얼거렸다.

"나귀야, 천하에 둘도 없는 나귀야, 너는 참으로 좋은 나귀다. 나귀를 쥐뿔도 모르는 녀석들이 함부로 다루었구나. 이제 됐다. 나랑 가자. 내가 너를 잘 길들여주마. 가장 뛰어나고, 순하면서도 용감하고 사람들의 사랑을 받는 나귀로 말이다."

현장은 민병들을 물러나게 하고 소련제 지프도 현성으로 돌려보냈다. 그러고는 안장도 없이 내 등에 올라탔다. 올라타는 동작이 매우 능숙했고 앉은 곳도 내가 무게를 가장 잘 감당할 수 있는 곳이었다. 과연 명기수였고 나귀를 아는 사람이었다. 그가 내 목을 토닥이며 말했다.

"녀석, 가자!"

이때부터 나는 진현장의 애마가 되었다. 몸은 말랐어도 기력이 넘치는 이 공산당원을 태우고 고밀현의 넓디넓은 대지를 질주했다. 그전에 내 활동범위는 고밀 동북향을 벗어난 적이 없었지만 현장을 따른 뒤로 내 발길은 북쪽으로는 발해 해변까지, 남쪽으로는 오련산(五蓮山) 철광산까지, 서쪽으로는 굽이굽이 흐르는 모저강(母猪江)까지, 동쪽으로는 황해의 짠 기운이 나는 홍석탄(紅石灘)까지 닿았다.

그때가 내 나귀 인생에서 가장 날리던 때였다. 그때 나는 서문뇨를 잊었고 서문뇨와 관련된 인간세상의 일도 잊고 나와 깊은 정을 나눈 남검도 잊었다. 훗날 생각해보니 그때 내가 그렇게 우쭐했던 것은 아마도 내 잠재의식 속에 관리를 우러러보는 기질이 있어서인 모양이었다. 나귀가 되었어도 관리를 우러러본 것이다. 진나리는 현에서 제일가는 수장이었지만 내게는 더없이 잘해주어서 잊을 수 없을 정도였다. 직접 여물을 만들어주고 손수 털을 빗겨주고 목에 고삐를 채워주고 고삐에 화려한 꽃을 꽂아주었다. 구리방울에는 붉은 비단실로 짠 술을 달아주었다.

현장이 나를 타고 마을에 시찰을 나가면 가는 곳마다 사람들이 내게 최고의 예우를 해주었다. 가장 좋은 여물을 가져다 먹이고 깨끗한 샘물을 마시게 하고 뼈로 만든 솔로 털을 손질해주었고, 가늘고 하얀 모래가 깔린 바닥에서 뒹굴고 놀게 해주었다. 사람들은 현장의 나귀를 잘 보살피면 그가 기뻐할 것이라고 생각했다. 내 엉덩이를 치는 것은 현장의 엉덩이를 닦아주는 것이었다. 현장은 좋은 사람이었다. 그가 차를 버리고 나귀를 타는 것은 첫째 기름을 절약하기 위해서이고, 둘째 채석장에 자주 시찰을 나가는데 나귀를 타지 않으면 걸어서 갈 수밖에 없어서였다. 물론 가장 근본적인 이유는 현장이 오랫동안 나귀 장사를 해서 나귀에 깊은 정을 가지고 있기 때문이라는 것을 나는 잘 알았다. 예쁜 여자를 보면 눈이 뒤집히는 사람이 있듯이 현장은 예쁜 나귀를 보면 손을 가만두지 못했다. 나같이 네 발굽이 하얗고 머리도 인간에 비해 손색이 없는 나귀가 현장의 호감을 산 것은 당연했다.

현장의 애마가 된 뒤 재갈은 거의 그 의미를 잃었다. 사람을 여럿 물어 다치게 하여 악명이 높던 나귀가 현장에게 단기간 조련을 받고는 말 잘 듣고 총명한 나귀로 변신했으니 기적이었다. 범(範)씨 성의 현장비서란 자가 현장이 나를 타고 철광산을 순시하는 사진을 찍고 짧은 글을 써서 성(省)에서 나오는 신문에 보냈는데, 눈에 가장 잘 띄는 곳에 대문짝만하게 실린 적도 있었다.

내가 현장을 태우고 다닐 때 남검과 한번 마주친 적이 있었다. 좁은 산길에서였다. 남검은 어깨에 철광석이 든 광주리 둘을 앞뒤로 메고서 산을 내려오고 있었다. 현장은 나를 타고 산밑에서 올라가는 중이었다. 남검이 나를 보자 광주리를 맨 막대를 떨어뜨렸다. 광주리에서 광석들이 쏟아져 산아래로 굴러갔다. 현장이 화를 내며 나무랐다.

"지금 뭐 하는 거야? 광석은 보물이야. 하나도 잃어버려서는 안돼. 어서 가서 집어와."

현장의 그 소리가 남검의 귀에 들어오지 않으리라는 것을 나는 알았다. 그의 두 눈에 빛이 나더니 곧장 내게 달려와 목을 끌어안고 소리를 질렀다.

"아이고, 검둥아, 검둥아, 마침내 널 찾았구나……"

그제야 현장도 남검을 알아보았고, 내가 옛주인을 만났다는 것을 알았다. 그는 우리 뒤에서 비실비실하는 말을 타고 겨우겨우 올라오고 있는 범비서를 돌아보며 이 문제를 해결하라는 시늉을 했다. 범비서가 알아차리고는 말에서 내려 남검을 한쪽으로 끌고 가서 말했다.

"지금 뭐 하는 수작이야? 이건 현장 나귀라고."

"이건 내 나귀요. 내 검둥이요. 나자마자 어미를 잃어 내 아내가 쌀죽을 끓여 키운 놈요. 우리집 한식구란 말요." 남검이 말했다.

비서가 말했다. "그래 자네 집 나귀였다고 하세. 하지만 현장이 살려주지 않았으면 벌써 이놈은 민병들에게 잡혀 고기가 되었다고. 그리고 지금 이놈이 얼마나 중요한 일을 맡고 있는 줄 알아. 현장님이 타고 마을을 순시하신다고. 현장님이 나라를 생각하시느라 지프를 타지 않고 이놈을 타고 다녀. 이놈이 없으면 안된다고. 자네 나귀가 이렇게 중요한 일을 하고 있으니 자네도 응당 기뻐해야 하는 것 아니야?"

"난 그런 것 모르오." 남검이 집요하게 말했다. "난 그저 이놈이 내 나귀란 것만 알 뿐이니, 이놈을 끌고 가겠소."

"남검, 어이 친구." 현장이 말했다. "지금은 비상 시기일세. 이놈은 산길도 평지처럼 달려서 내게 큰 도움이 되고 있네. 자네 나귀는 우리가 잠시 징발한 것으로 하세. 철강제련이 한고비를 넘으면 내 필히 돌려줌세. 징발한 것에 대해서는 나라에서 분명 참작하여 자네에게 보상을 해줄 걸세."

남검이 그래도 뭐라고 하는데 인민공사 간부 하나가 와서는 그를 한쪽으로 끌고 가 험한 얼굴과 말투로 으름장을 놓았다.

"이런 빌어먹을 새끼를 봤나, 개새끼를 가마 태워주었더니 높이 들지 않는다고 성낸다더니 영락없이 그 꼴이네. 현장님이 너희 나귀를 타시면 대대손손 네 집의 영광이지, 뭔 말이 그렇게 많아."

현장이 공사 간부의 거친 행동을 제지하면서 말했다.

"남검, 이렇게 하세. 자네 참 개성있구먼. 내 자네한테 감탄했네. 하지만 안타깝기도 하네. 이 현의 현장으로서 나는 자네가 하루빨리 나귀를 끌고 인민공사에 입사해 역사의 흐름에 맞서지 않기를 바라네."

인민공사 간부가 남검을 길가로 밀쳐냈다. 현장을 위해서였지만 실은 나를 위해 길을 내준 것이었다. 나는 나를 바라보는 남검의 눈길을 보았다. 속에서 자괴감이 일었다. 이렇게 하는 것이 주인을 배반하고 출세하는 길 아닌가라는 생각이 들었다. 현장이 내 심사를 짐작했는지 손바닥으로 내 머리를 두드리고 위로하면서 말했다.

"천하제일의 나귀야, 어서 가자. 날 태우는 것이 남검을 따르는 것보다 큰 공헌을 하는 것이다. 남검도 조만간 인민공사에 입사할 것이다. 인민공사에 들면 너도 집단의 공동

재산이 되니, 현장이 일하느라 인민공사의 나귀를 타는 것
이 어찌 떳떳한 일이 아니겠느냐?”

　기쁨이 다하면 슬픔이 일고, 사물이 극에 이르면 다시 돌
아간다고 했다. 주인을 만난 지 닷새가 지난 밤, 내가 현장을
태우고 와우산(臥牛山) 채석장에서 내려올 때였다. 산토끼
한마리가 갑자기 나타나 내 앞을 가로질러가는 바람에 나는
깜짝 놀라 그만 오른쪽 앞발이 돌틈에 빠져버렸다. 내가 옆
으로 기울자 현장이 바닥에 머리를 박았다. 현장의 머리가
길가 돌모서리에 부딪혀 피가 줄줄 흐르고 현장은 정신을
잃었다. 비서가 사람을 불러 현장을 메고 산을 내려갔다. 농
민 몇명이 나를 빼내려 했지만 발이 돌틈에 깊이 박혀 나올
가망이 없었다. 사람들이 나를 밀고 당겼다. 그때 내 귀에
쩌그락 하는 소리가 돌틈에서 들렸고 극심한 통증에 그만
정신을 잃었다. 내가 깨어났을 때 오른발 정강이뼈가 여전
히 돌틈에 남아 있었고 잘려나간 다리에서 피가 숫구쳐 길
바닥을 흥건히 적시고 있었다. 슬펐다. 나도 알았다. 이제
나는 나귀로서 아무 쓸모가 없다는 것을. 현장도 더이상 나
를 원하지 않을뿐더러 우리 주인도 노동력을 완전히 상실한
나를 키워줄 리가 없다. 나는 이제 도살장에 끌려가 칼이나
기다리는 신세가 될 것이다. 저들은 칼로 내 목을 따서 피를
다 뺀 뒤에 가죽을 벗기고 고기를 조각조각 잘라 맛있는 음
식을 만들어 뱃속에 집어넣을 것이다. 저들에게 죽음을 당
하느니 차라리 자진하는 것이 낫다. 나는 길 옆 비탈진 언덕

을 보았다. 산아래 안개 낀 마을이 보였다. 히힝 울음소리를 내며 나는 힘껏 아래쪽으로 굴렀다. 그때 남검이 울면서 나를 붙잡았다.

주인이 산아래에서 달려왔다. 온몸이 땀범벅이었다. 무릎에서 피가 나고 있었다. 길에서 넘어진 것이다. 내 참혹한 모습을 보더니 큰 소리로 통곡했다.

"내 나귀야, 내 검둥아……"

주인이 내 목을 안고, 도우러 온 농민 몇사람이 내 꼬리를 잡고 뒷다리도 들고서야 나는 겨우 일어섰다. 하지만 잘려 나간 발을 땅에 딛자 참기 어려운 고통이 밀려들었다. 땀이 계곡물처럼 몸에서 흘러내렸다. 나는 낡은 흙담 무너지듯이 땅바닥에 다시 쓰러졌다.

한 농민이 안타깝다는 듯이 이야기했다.

"끝났어, 이제 가망없다고. 그래도 걱정 말게. 나귀가 실해서 도살장에 팔면 큰돈을 받을 수 있을 거야."

"이런 개새끼!" 남검이 화가 머리끝까지 치밀어 그 농민에게 욕을 퍼부었다. "네 아비 다리가 부러져도 도살장에 갖다 팔겠어?"

주위 사람들이 한순간 멍해졌다. 그 농민이 화를 내며 말했다.

"이 씹새끼, 뭐가 어쩌고 어째? 이 나귀가 네놈 아비라도 되느냐?"

그 농민이 팔을 걷어붙이고 남검과 한판 할 태세이다가

옆사람들이 말리자 그만두면서 말했다.

"에잇, 관두자, 관둬. 너 같은 미친놈하고 싸워서 뭐 하겠냐. 현에서 유일하게 개인농을 하는 놈, 현장에 관리들까지 내놓은 놈 아니냐."

사람들이 가고 나와 주인만 남았다. 이지러진 조각달이 산등성이 하늘에 걸려 있었다. 이런 풍경이 더욱 슬프게 했다. 주인은 현장을 욕하고 그 농민들에게 욕을 퍼부었다. 그러고는 저고리를 벗어 천조각을 찢어서 내 다친 발을 싸맸다. 히힝— 히힝— 아이고 나 죽네…… 주인이 내 머리를 안고 구슬 같은 눈물을 내 귓가에 줄줄 떨어뜨렸다. "검둥아, 검둥아…… 내 그러지 않더냐. 좋아할 것 하나 없다고. 관리들 말을 어떻게 믿을 수 있단 말이냐. 사고가 나니까 저자들은 나리만 구하고 너는 여기다 팽개쳐버리지 않느냐. 석수장이를 보내 돌틈을 깨면 네 발도 구할 수 있는데 말이다……" 주인이 여기까지 이야기하다가 퍼뜩 무슨 생각이라도 난 듯 내 머리를 놓더니, 그 돌이 있는 곳으로 가서 돌틈에 손을 집어넣어 내 굽을 빼내려고 했다. 우리 주인이 울면서 욕하면서 끙끙 애쓰더니 결국 내 발굽을 집어냈다. 내 발굽을 들고 주인이 대성통곡을 했다. 산길을 다니느라 발굽이 닳아서 번쩍번쩍한 것을 보니 나도 눈물이 났다.

주인이 내게 힘을 주고 붙잡아주어서 나는 몸을 일으켰다. 천으로 두껍게 감싼 덕분에 부러진 다리도 그런대로 디딜 수 있었다. 하지만 유감스럽게도 몸이 균형을 잡지 못했다. 걸음이 재서 나는 듯이 달리던 서문나귀는 이제 더이상 없었다. 한발짝 뗄 때마다 한쪽으로 기우는 절름발이 나귀만 있었다. 산아래로 굴러 이 비참한 목숨을 끝내버리자는 생각이 몇번이나 일어났지만 주인의 사랑이 나를 말렸다.

와우산 채석장에서 고밀 동북향의 서문촌까지는 백이십리 길이었다. 내 다리가 괜찮다면 한걸음이면 족하다. 하지만 발을 하나 잃고 보니 걸음 떼기가 힘들고 길에 온통 핏자국이고 슬픈 울음소리가 그치지 않았다. 내 피부는 통증으로 미풍에도 수면에 이는 작은 파문처럼 떨렸다.

고밀 동북향 땅에 들어섰을 때 내 부러진 발에서 악취가 나기 시작했다. 파리떼가 득실득실 나를 따라와 귀가 따가울 정도로 윙윙거렸다. 주인이 나뭇가지를 꺾어서 파리를 쫓아냈다. 내 꼬리는 힘없이 축 늘어졌고 설사를 해서 내 몸 뒤쪽은 말할 수 없이 더러웠다. 주인이 몰려든 파리에 나뭇가지를 휘두르면 열 마리는 잡혔지만 그것도 한순간뿐, 금방 더 많은 파리가 몰려들었다. 주인이 바지마저 벗어서 찢었다. 내 다리를 싸매기 위해서였다. 그는 부끄러운 곳만 겨우 가린 속옷 차림이었고, 발에는 밑이 두꺼운데다 그 밑에 또 두꺼운 가죽을 덧댄 무거운 신발을 신고 있어서 꼴이 말이 아니었다. 우스꽝스러웠다.

우리는 길에서 바람과 이슬을 맞으며 노숙했다. 나는 마른풀을 먹고 주인은 길가 고구마밭에서 썩은 고구마로 허기진 배를 채웠다. 우리는 큰길을 마다하고 작은 길로 갔다.

사람들이 보이면 숨었다. 전장에서 도망친 부상병 같았다. 그날 황보(黃甫)촌을 지날 때 마을 공동식당에서 사람들이 막 밥을 먹던 참이었다. 달콤한 향기가 끼쳐왔다. 주인 뱃속에서 꼬르륵 소리가 났다. 주인이 나를 보며 눈물을 흘렸다. 그는 더러운 팔로 눈물을 닦았다. 눈가가 온통 빨갰다. 주인이 갑자기 소리를 질렀다.

"빌어먹을, 검둥아, 우리가 뭐가 무섭냐? 우리가 왜 숨어? 우리가 무슨 남부끄러운 일을 했다고 말이야? 우리는 떳떳하고 겁날 게 없다. 너는 공무를 하다 부상을 입었으니 공적인 치료를 받아야 하고 내가 너를 돌보는 것은 공적인 일을 하는 것이다. 가자, 우리 마을로 들어가자!"

주인이 나를 끌고, 파리 군단을 이끌고 막 밥을 먹고 있는 공동식당으로 들어섰다. 노천식당이었고 양고기만두가 식사였다. 한판 한판 양고기만두가 주방에서 나와 탁자에 놓이자마자 순식간에 깨끗이 사라졌다. 나무막대기로 만두를 찍어서 고개를 돌리고 먹기도 하고 손에다 들고 돌아서서 후후 소리를 내면서 먹기도 했다.

우리가 끼어들자 사람들 시선이 집중되었다. 우리는 너무도 낭패스러웠고, 너무도 추했고, 너무도 더러웠다. 몸에서 악취가 진동하는데다 굶주리고 피곤에 지친 우리 몰골에 사람들이 놀랐고 개중에는 구역질을 했다. 우리가 그들의 입맛을 상하게 한 것이다. 주인이 나뭇가지로 내 몸을 툭툭 때리자 놀란 파리들이 춤을 추며 흩어져 모락모락 김이 솟아오르는 만두에도 앉고 공동식당의 취사도구에도 앉았다.
사람들이 역겹다는 듯이 허걱 소리를 냈다.

하얀 작업복을 입은, 식당관리인인 듯한 나이들고 뚱뚱한
여자가 달려왔다. 몇발짝 밖에서 코를 움켜쥐고는 웅얼거리
며 말했다.

"지금 뭐 하는 거야? 얼른 꺼져, 꺼지라고!"

누군가 우리 주인을 알아보고 멀리서 소리쳤다.

"서문촌의 남검 같은데? 맞아, 그 사람이야. 그런데 어쩌
다 저 꼴이 됐지……"

주인이 그쪽으로 눈길을 돌렸다. 아무 소리도 하지 않고
나를 끌고서 마당 가운데로 갔다. 사람들이 다들 피했다.

"그 사람 고밀현에서 유일한 개인농이야. 소문이 자자하
지." 그 사람이 계속 소리쳤다. "저 사람 나귀가 참으로 명필
이야. 날기도 하고 이리 두 마리를 물어죽이고 열 명이 넘는
사람을 작살냈다고. 그런데 어쩌다 다리가 저렇게 됐남?"

뚱보 아주머니가 쫓아오면서 소리쳤다.

"얼른 못 나가요. 우린 개인농한테는 밥 안 줘."

주인이 걸음을 멈추었다. 슬프고도 격한 목소리로 소리
를 질렀다.

"빌어먹을 암퇘지 같으니라고. 그래, 난 개인농요. 굶어
죽더라도 당신 밥은 안 먹을 거요. 하지만 이 나귀는 현장이
타는 나귀요. 현장을 태우고 하산하다 돌틈에 다리가 부러
졌으니 공무로 그런 것이오. 공무로 다쳤으니 접대할 의무

가 있지 않소."

우리 주인이 그렇게 격한 말로 남을 욕하기는 처음이었다. 그의 얼굴이 온통 새파래지고 말라서 뼈가 드러난 몸이 마치 털이 다 빠진 수탉 같았다. 온몸에서 악취를 풍기며 앞으로 다가갔다. 그 뚱보 아주머니가 뒷걸음질을 치며 얼굴을 가리더니 울음을 터뜨리며 도망갔다.

낡은 제복을 입고 가르마를 탄 간부인 성싶은 이가 이를 쑤시며 걸어왔다. 나와 우리 주인을 위아래로 훑어본 뒤 말했다.

"요구사항이 뭐요?"

"내 나귀를 먹여주시오. 뜨거운 물을 한솥 끓여 나귀도 씻겨주시오. 그리고 의사를 불러 나귀 상처를 봉합해주시오."

간부가 집단식당 주방에 대고 소리쳤다. 십여명이 불려 나왔다. 간부가 말했다.

"이 사람 요구대로 얼른 가서 준비해."

그들이 뜨거운 물로 나를 씻겨주었다. 의사를 불러 술로 상처를 소독한 뒤 약을 바르고 두꺼운 붕대로 감아주었다. 보리와 개자리풀을 가져다주었다.

내가 사료를 먹는 동안 그들은 아직 뜨거운 기운이 남아 있는 만두를 가져와 우리 주인 앞에 놓았다. 취사원 같은 사람이 소리죽여 말했다.

"형씨, 이것 드시오. 고집부리지 말고. 우선 이것이나 먹

고 보구려. 뒷일 생각하지 말고. 보아하니 저 나귀 며칠 고
생 안할 것 같소. 일찍 가면 그만큼 고생 덜 하는 거지 뭐. 아
니, 정말 안 먹을 거요?”
　주인은 몸을 구부리고 깨진 벽돌을 쌓아놓은 곳에 쭈그
려앉았다. 허허로운 눈으로 땅을 딛고 있는 내 다친 발을 보
고 있었다. 취사원 말을 듣지 못한 것 같았다. 주인 배에서
꼬르륵 소리가 나는 것이 들렸다. 희고 통통한 만두가 그를
몹시 유혹하고 있다는 것을 나는 알았다. 그의 검고 더러운
손이 몇번이나 만두로 가려는 것이 내 눈에 들어왔다. 하지
만 결국 그는 유혹을 이겨냈다.

제11장

영웅이 나를 도와 의족을 만들어주고
주린 백성이 나귀를 죽여 나누어먹다

내 다친 발에 딱지가 앉았지만 목숨은 탈이 없었다. 하지만 노동력을 잃어 쓸모없는 나귀가 되어버렸다. 그동안 인민공사 도살담당팀에서 몇번 사람이 왔다. 돈 주고 나를 사서 내 고기로 간부들의 생활을 개선하겠다고 했지만, 우리 주인에게 욕만 듣고 쫓겨났다.

막언이 「흑려기」에서 이렇게 썼다.

여주인 영춘이 어디선지 헌 가죽신을 주워왔다. 집에서 깨끗이 씻고 신발 안쪽에 솜을 넣고 신 옆에 끈을 대서 나귀의 다친 발에 묶어주자 그의 몸이 그런대로 균형을 잡을 수 있게 되었다. 그래서 1959년 봄날 마을길에 기이

한 풍경이 연출됐다. 개인농 남검이 웃통을 벗고서 온통 사나운 표정을 지은 채 똥이 가득한 나무바퀴 수레를 밀고 갔다. 나무바퀴 수레를 끌고 가는 나귀는 헌 가죽신을 신었는데 고개를 툭 숙이고 발을 절었다. 나무바퀴 수레가 천천히 앞으로 나아가자 수레축에서 삐걱대는 소리가 났다. 남검은 허리를 굽히고 온힘을 다해 수레를 앞으로 밀었고 병신이 된 나귀도 비장한 노력을 하며 주인의 힘을 덜어주려고 했다. 사람들은 처음에 이 기괴한 짝을 힐끔거리면서 다들 입을 가리고 웃었지만, 차츰 웃음을 거두었다. 처음에는 초등학생들이 수레를 따라오면서 구경하고 어떤 개구쟁이 아이들은 병신이 된 나귀에게 돌을 던지기도 했지만, 그런 짓을 하면 어른들이 심하게 꾸짖었다.

봄날의 땅은 잘 발효된 밀가루 같았다. 수레바퀴가 빠지자 내 발도 흙속에 빠져버렸다. 우리는 똥통을 밭 가운데까지 옮겨야 했다. 힘을 내자! 주인이 힘을 덜 쓰게 하려고 나는 있는 힘을 다 냈다. 하지만 열 걸음이나 겨우 떼었을까 안 주인이 발에 씌워준 가죽신이 흙에 빠져버렸다. 부러진 다리가 각목처럼 흙 속에 꽂혀버렸다. 통증이 견딜 수 없었고 땀이 비오듯 했다. 힘든 것이 아니라 아팠다. 히힝— 히힝— 날 죽여주오, 주인이여, 나는 이제 쓸모가 없어요. 내 눈에 주인의 파란 반쪽 얼굴과 튀어나온 눈이 들어왔다. 주인이 베푼 은혜와 정을 위해서라도, 저 비웃음을 물리치기 위해서라도, 저 잡종들에게 본때를 보여주기 위해서라도 기는 한이 있더라도 기어이 주인이 수레를 밭 한가운데까지 끌고 가도록 해야 했다. 나는 균형을 잃고 앞으로 거꾸러졌다. 무릎이 땅에 닿았다. 아아, 무릎을 땅에 대니 잘린 발을 딛는 것보다 편하고 더 힘이 났다. 차라리 무릎을 꿇고 끌자. 나는 무릎을 꿇고 가장 빠른 동작으로 최대한 힘을 내서 전진했다. 굴레가 내 목구멍을 압박해 숨쉬기가 힘들었다. 이런 노동의 자세가 아주 볼썽사납고 우스꽝스럽다는 것은 나도 잘 안다. 하지만 웃으려면 웃어라. 이렇게 해서라도 나는 주인이 원하는 곳으로 수레를 끌고 가야 한다. 그것이 승리이고, 그것이 영광이다.

수레에 실은 똥을 밭 한가운데에 쏟아붓고 나자 주인이 다가와 내 머리를 안았다. 나는 주인의 쉰 목소리를 들었다. 소리가 말이 되지 않았다.

"검둥아, 넌 정말 명필이다……"

주인이 담뱃대를 꺼내 담배를 채워넣고 불을 붙였다. 자기가 한입 빨고는 담뱃대를 내 입에 물려주었다.

"한모금 해라, 검둥아, 한모금 하면 힘든 게 풀릴 거다." 주인이 말했다.

나는 주인을 여러 해 동안 따라다녀 담배에 인이 박혔다. 내가 담배를 쿨럭쿨럭 마시자 두 줄기 진한 연기가 콧구멍에서 뿜어져나왔다.

그해 겨울 주인은 물품공급사의 주임인 방호가 다리에 달고 있는 의족에서 영감을 받아 나에게 의족을 달아주기로 작정했다. 수년간의 우정을 빌려 주인과 안주인은 방호의 처인 왕낙운을 찾아가 심경을 설명하고는 왕낙운의 도움을 받아 주인과 함께 방호의 의족을 샅샅이 연구했다. 방호의 의족은 혁명가 장애인들에게 전문적으로 의족을 만들어주는 상해의 한 공장에서 맞춘 것이었다. 나는 나귀여서 그런 대접을 받을 수 없었다. 그 공장에서 나귀를 위해 의족을 만들어준다고 해도 우리 주인은 그런 비싼 돈을 감당할 수가 없었다. 그래서 주인과 안주인은 직접 내 의족을 만들기로 했다. 두 사람은 꼬박 석 달 동안 만들다 실패하면 다시 만들고 하기를 거듭한 끝에 마침내 겉보기에 그럴듯한 가짜 발굽을 만들어 내 잘린 발에 채웠다.

그들이 나를 끌고 마당을 몇바퀴 돌았다. 헌 구두를 신었을 때보다 느낌이 훨씬 좋았다. 걸음걸이는 딱딱했지만 절뚝거리는 정도는 훨씬 덜했다. 주인이 나를 끌고 거리에 나가 당당하게, 자신만만하게 걸었다. 시위를 하는 듯했다. 나도 최대한 잘 걸어서 우리 주인의 체면을 세워주려고 했다. 마을 아이들이 내 뒤를 따르며 난리였다. 길가에 나온 사람들이 쳐다보는 게 눈에 들어오고, 하는 이야기가 귀에 들어왔다. 사람들이 우리 주인에게 감탄하고 있었다. 얼굴이 누렇게 뜨고 여윈 홍태악이 맞은편에서 걸어왔다. 홍태악이 비웃으며 말했다.

"남검, 자네 지금 인민공사에 대고 시위하는 건가?"

"어찌 감히 그러겠어요." 우리 주인이 말했다. "나와 인민공사는 아무 상관 없소."

"하지만 지금 자네는 인민공사의 길을 걷고 있지 않나." 홍태악이 손가락으로 땅을 가리키고 손가락을 들어 하늘을 가리키며 차갑게 말했다. "자네, 인민공사의 공기를 마시고 인민공사의 햇볕을 쬐고 말이야."

"인민공사가 있기 전부터 이 길은 있었소. 인민공사가 있기 전에도 공기는 있었고 햇볕도 있었소." 우리 주인이 말했다. "이런 것들은 하늘이 모든 사람에게, 모든 동물에게 준 것이니 당신네 인민공사가 독점할 권리가 없소." 우리 주인이 심호흡을 하면서 발로 땅을 밟고 고개들어 태양을 쬐며 말했다. "공기도 좋고 볕도 좋구나. 정말 좋아!" 그가 내 어깨를 토닥이며 말했다. "검둥아, 숨을 크게 들이쉬어라. 힘차게 땅을 밟아라. 볕을 맘껏 쬐어라."

"남검, 맘껏 주둥이를 놀리게, 언젠가 무릎꿇고 빌 때가 있을 것이야." 홍태악이 말했다.

"홍형, 재주있으면 어디 한번 길을 일으켜세워보든지 태양을 가려보든지 내 콧구멍을 막아보시구려." 우리 주인이 말했다.

"어디 두고 보자고." 홍태악이 화가 나서 말했다.

나는 새 발굽을 신고서 주인을 위해 앞으로 몇년은 더 힘쓰고 싶었지만 이어진 심한 흉년 때문에 사람들이 다들 험악한 야수로 변했다. 나무껍데기와 풀뿌리마저 다 먹고는 먹을 것이 떨어지자 굶주린 이리처럼 서문뇨의 마당으로 쳐들어왔다. 주인은 처음에는 몽둥이를 들고 나를 지켰지만 사람들의 시퍼런 눈에 담이 약해졌다. 결국 주인은 몽둥이를 내려놓고 도망쳤다. 이 굶주린 사람들을 보자 나는 온몸이 떨렸다. 이제 내 목숨이 다했구나. 나귀의 일생이 마침표를 찍는다는 것을 알았다. 십년 동안 나귀로 산 일생이 눈에 어른거렸다. 나는 눈을 감았다. 사람들이 마당에서 떠드는 소리가 들렸다.

"가져가자, 가져가, 개인농의 양식을 가져가자. 죽여라, 죽여, 개인농의 절름발이 나귀를 죽여라!"

안주인과 아이들의 통곡소리가 들렸다. 배를 곯은 사람들이 약탈해가면서 다투는 소리가 들렸다. 나는 머리 한가운데에 일격을 당하고 영혼이 빠져나가는 것이 느껴졌다. 허공에서 사람들이 도끼로 자르고 칼로 썰며 나귀의 사체를 무수히 많은 조각으로 쪼개는 것을 보았다.

제2부

쇠고집

제12장

대두에게 윤회의 일을 털어놓고
서문소 남검의 집으로 들어가다

"내 짐작이 맞다면." 내가 대두 남천세의 거칠고 사람을
압도하는 눈길을 똑바로 보면서 한번 떠보듯이 말했다. "너
는 나귀였다가 굶주린 사람들에게 몽둥이로 머리를 얻어맞
고 거꾸러져 죽었지. 몸은 굶주린 사람들이 조각조각 찢어
서 먹었고. 내가 이 두 눈으로 다 보았어. 내 생각에 네 원혼
이 쉽게 떠나지를 못하는 것 같더군. 서문뇨 집 위에 한참을
머물다가 명부로 가더라고. 거기서 몇차례 곡절을 겪더니
다시 환생했겠지. 이번에는 소로 말이야."

"짐작대로야." 그가 다소 괴로운 투로 말했다. "내가 너
한테 나귀로 산 이야기를 했으니 뒷일의 절반은 이야기한
셈이야. 내가 소로 산 몇해 동안 너와 한몸이다 싶게 지냈으

니 나한테 일어난 일은 너도 훤히 알 거고, 그러니 내가 길게 말할 필요가 있겠어?"

나는 나이로 보나 몸으로 보나 어울리지 않게 큰 그의 머리를 보고, 청산유수로 말이 이어지는 그의 큰 입을 보고, 은연중에 그의 얼굴에서 드러나는 갖가지 동물 표정을 보았다. 나귀의 호탕함과 방탕함, 소의 우직함과 고집, 돼지의 탐욕과 난폭함, 개의 충성과 아첨, 원숭이의 기민함과 장난기 등이 두루 담긴 표정이었다. 이런 것들이 서로 어우러져 짓는 서글픈 표정을 보고 있자니 그가 소였을 때의 기억이 밀려들었다. 해변에 파도가 밀려들듯이, 불에 불나방이 달려들듯이, 자석에 쇳조각이 이끌리듯이, 코에 향기가 빨려들듯이, 화선지에 먹물이 번지듯이, 천하제일의 미녀에 대한 생각이 끊임없이 나를 맴돌며 끌어당기듯이 그때의 기억이 밀려들었다. 끊어버릴 수 없는 기억이다. 영원히 끊어버릴 수 없는……

아버지가 나를 데리고 소를 사러 장에 갔다. 1964년 10월 1일이었다. 하늘은 맑고 볕은 따뜻하고 새들은 하늘에서 울고 메뚜기들은 길가에서 여린 배를 딱딱한 길에 대고서 산란을 했다. 나는 길을 가면서 메뚜기를 잡아 풀로 엮었다. 집에 가서 볶아먹을 참이었다.

장은 몹시 북적거렸다. 한창 어렵던 시절이 지난 것이다. 가을인데다 풍년이어서 사람들 얼굴에 웃음이 절로 났다. 아버지는 내 손을 끌고서 바로 가축시장으로 갔다. 아버지는 남검이고 나는 꼬마 남검이다. 우리 부자를 보면 사람들이 다들 감탄한다. 아비와 아들이 얼굴에 표식을 했네. 다른 사람들이 못 알아볼까봐 그랬나.

가축시장에는 노새도 있고 말도 있고 나귀도 있었다. 그런데 나귀는 딱 두 마리뿐이었다. 하나는 털이 잿빛인 암나귀였다. 귀는 축 처지고 머리는 푹 늘어뜨린 채 눈에는 황달기가 있고 눈가에는 누런 눈곱이 낀 것이 굳이 입을 벌려 이빨을 보지 않아도 늙은 말이었다. 다른 나귀는 검정 수나귀였다. 거세를 했고 몸집이 컸다. 노새 같기도 한데 재수없게도 하얀 면상이었다. 하얀 면상의 나귀는 새끼를 보지 못하는 법이다. 경극무대의 간신처럼 음흉하고 악독한 놈을 누가 가져갈 것인가. 도살장에나 보내면 제격이었다. '하늘에서는 용고기가 제일이고 땅에서는 나귀고기가 제일이다'라고 하지 않는가. 인민공사 간부들은 나귀고기를 무척 밝혔다. 새로 온 서기가 특히 그랬다. 진현장의 비서이던 자로 성은 범(範, 판)이고 이름은 동(銅, 퉁), 별명은 밥통(중국어 이름의 발음이 밥통의 발음과 같다—옮긴이)이었는데, 기절할 만큼 양식을 많이 축냈다.

진현장은 나귀에 정이 많았는데 범서기는 나귀고기에 정이 많았다. 늙고 한심하게 생긴 나귀들을 보자 아버지는 표정이 굳어지고 눈물이 맺혔다. 나는 안다. 아버지는 또 그 검정 나귀가 생각난 것이다. 신문에도 나고 세상 어떤 나귀도 못할 위대한 일을 해냈던 나귀가 생각난 것이다. 아버지만 그런 게 아니라 나도 그랬다. 소학교를 다니던 몇해 동안 그 나귀는 우리 남씨 집안 세 아이에게 더할 수 없는 자랑거리였다. 우리만이 아니라 황호조와 황합작 쌍둥이 자매들도 그 덕을 보았다. 아버지와 황동, 어머니와 추향 사이에는 찬바람이 쌩쌩 불었고 별반 아는 체도 하지 않았지만 나는 황가네 자매들이 특별히 친하게 느껴졌고, 솔직히 말해 두 여자애가 아비가 다른 누나인 남보봉보다도 친하게 느껴졌다.

나귀를 파는 사람들이 아버지를 알아보는 눈치였다. 둘 다 아버지를 향해 고개를 끄덕였다. 얼굴에 의미심장한 미소가 걸려 있었다. 피하는 것 같았지만 어쩌면 이것은 하늘의 뜻인지도 모르겠다. 아버지는 나를 끌고 나귀 장터를 지나 우시장으로 갔다. 우리가 나귀를 살 수는 없었다. 어떤 나귀도 눈에 들어오지 않았다. 전에 우리집에 있던 나귀에 필적할 만한 나귀는 이 세상에 없었다.

나귀 장터는 썰렁했지만 우시장은 흥청거렸다. 크고작은 온갖 소들이 다 있었다. 어쩌면 이렇게 소가 많단 말인가? 나는 삼년 동안 기근이 들면서 소라고 생긴 것은 죄다 잡아먹은 줄 알았다. 그런데 눈깜짝할 사이에 이렇게 소가 많아지다니, 땅에서 갑자기 솟아나기라도 했단 말인가. 남부 산동(山東)지방 소도 있었고 섬서(陝西)지방 소도 있고, 몽골 소, 서부 하남(河南)지방 소도, 잡종도 있었다. 우시장에 들어선 뒤 한눈팔 틈도 없이 곧장 우리에 갇힌 지 얼마 되지 않은 송아지에게 달려갔다. 한살쯤 되는 송아지였는데 털 빛깔은 밤 같고 피부는 비단 같고 눈은 반짝거렸다. 총기가 있고 장난스러워 보였다. 발굽이 실한 것이 잘 달리고 힘도 좋아 보였다. 아직 어리지만 몸은 벌써 다 큰 소의 틀이 잡혀 있어서, 검은 수염이 돋기 시작하는 소년 같았다. 어미소는 몸이 튼튼하게 쭉 뻗었고 꼬리는 땅까지 늘어지고 두 뿔이 얼굴을 덮고 있는 몽골산 암소였다. 이런 소는 보폭이 크고 성질이 급하고 추위를 잘 타지 않는데다 아무렇게나 놓아먹일 수 있었다. 야외 생존능력이 강한데다 쟁기를 차고 땅을 갈 수도 있고 수레를 끌 수도 있었다. 소 주인은 얼굴이 누렇게 뜬 중년사내였다. 입술이 얇아서 이가 가려지지 않았고 단추가 하나 떨어져나간 검은 제복 주머니에 만년필이 꽂혀 있는 것으로 보아 인민공사 생산대에서 회계나 자재관리를 맡고 있는 모양이었다. 소 주인 뒤에 잔뜩 헝클어진 머리를 한 남자아이가 흘겨보고 서 있었다. 내 또래인데, 꼴을 보니 나처럼 학교를 그만둔 것 같았다. 우리는 서로 훑어보며 비슷한 느낌을 주고받았다.

"소 사려고?" 남자아이가 나서서 아는 체를 하면서 비밀스럽게 내게 말했다. "이 송아지는 잡종이야. 아비는 스위스 소고 어미는 몽골 소야. 농장에서 교배를 시켰어. 인공수정 말이야. 스위스 소는 무게가 800킬로그램이야. 작은 산만하지. 살 거면 이 송아지를 사. 저 어미소는 절대 사지 말고."

"이 녀석, 입닥치지 못해!" 얼굴이 누렇게 뜬 사내가 남자아이를 나무랐다. "한번만 더 뻥긋하면 입을 꿰매버릴 거야."

남자아이가 혀를 날름거리고는 웃음을 흘리면서 사내 뒤로 숨었다. 그런 뒤 몰래 어미소의 굽은 꼬리를 가리키며 내게 조심하라고 당부했다.

아버지가 허리를 굽히면서 송아지에게 손을 내밀었다. 번듯하게 차려입은 신사가 무도장의 휘황찬란한 조명 아래서 보석으로 치장한 여인에게 춤을 청하는 자세 같았다. 그 뒤로 오랫동안 외국영화에서 그런 장면을 볼 때면 나는 그때 아버지가 소에게 손을 내밀던 모습이 떠오르곤 했다. 아버지 눈이 밝게 빛났다. 아버지 눈에서 나는 광채가 나를 감동시켰다. 산전수전 다 겪으며 고생하다가 우연히 친척을 만난 사람의 눈에서나 나올 법한 광채였다. 그런데 신기하게도 그 송아지가 꼬리를 흔들며 아버지 앞으로 오더니 엷은 파란색 혀를 내밀어 아버지가 내민 손을 자꾸 핥는 것이었다. 아버지가 송아지 목을 어루만지면서 말했다.

"이 송아지를 사겠소."

"사려면 두 마리를 같이 사야 합니다. 모자를 생이별시킬 수 없어요." 소 파는 남자가 아예 흥정할 여지가 없다는 듯이 단호하게 말했다.

"가진 게 백원뿐이어서 저 송아지만 사겠소." 아버지가 저고리 깊숙이 넣어둔 돈을 꺼내 소 파는 사내에게 보이면서 더이상 여지가 없다는 투로 말했다.

"오백원이오. 두 마리 같이 가져가시오." 소 파는 사내가 말했다. "난 두 번 말하지 않소. 살 거면 사고 말 거면 비켜주시오. 내 장사 방해 말고."

"난 백원뿐이오." 아버지도 지지 않았다. 돈을 사내 발밑에 놓으며 말했다. "난 이 송아지만 살 거요."

"돈 가져가란 말이오." 소 파는 사내가 버럭 소리질렀다.

그때 아버지는 송아지 앞에 쪼그리고 앉아 있었다. 감상적인 격정에 사로잡힌 표정으로 송아지를 어루만지고 있었다. 주인의 말이 하나도 귀에 들어오지 않았다.

"큰아버지, 그냥 파시죠……" 남자아이가 말했다.

"헛소리하고 있어!" 소 파는 사내가 어미소의 고삐를 남자아이에 넘겨주며 말했다. "끌고 가!" 그런 뒤 송아지 쪽으로 오더니 허리를 굽혀 아버지를 밀어내고 송아지를 어미 쪽으로 몰면서 말했다. "나 원 참, 이런 사람은 또 보다 보다 처음이네. 완전히 날강도 아냐?"

아버지가 엉덩이를 땅바닥에 대고 주저앉았다. 완전히 넋나간 눈으로 뭔가에 홀린 듯이 말했다.

"어쨌든 난 저 송아지를 가져야겠소."

지금은 그때 아버지가 왜 그리 그 송아지에 집착했는지 알지만 당시에는 서문뇨가 나귀를 거쳐 송아지로 환생했다는 사실을 전혀 몰랐다. 그저 아버지가 고집을 피우면서 개인농을 하느라 스트레스에 시달려 정신이 약간 이상해진 줄로만 알았다. 지금 생각해보면 그때 아버지와 소 사이에는 영적인 교감이 있었던 것이다.

어쨌든 결국, 우리는 그 송아지를 샀다. 운명이 우리도 모르게 정해놓은 일이었고 저승에서부터 벌써 계획된 일이었다. 아버지가 소 파는 사내와 씨름하고 있을 때 서문촌 생산대대 공산당지부 서기인 홍태악이 대대장 황동 일행을 거느리고 장에 나타났다. 그들은 어미소에 눈독을 들였다. 물론 송아지도 찍었다. 홍태악이 노련하게 어미소의 입을 열어보더니 말했다.

"이빨이 완전히 맛이 갔어. 도살장에나 가야겠어."

소 파는 사내가 입을 씰룩거리며 말했다. "형씨, 내 소를 사지 않아도 좋지만, 말을 함부로 하면 안되지. 이런 이빨을 보고 맛이 갔다니? 우리 생산대대에 급전이 필요해서 그러지, 안 그러면 아무리 사정해도 안 팔아. 데려가면 씨를 받아 내년 봄이면 송아지를 볼 수 있다고."

홍태악이 겉옷 솜 안에 끼우고 있던 손가락을 펴 보이면서 장터에서 쓰는 방식으로 소 파는 사내와 흥정을 했다. 하지만 그 사내가 손을 저으면서 말했다.

"필요없소. 이 소하고 송아지를 같이 판단 말이오. 알겠소? 두 마리에 오백원이고 일전만 빠져도 사절이오."

아버지가 송아지 목을 안고서 화를 내며 말했다.

"이 송아지는 내가 가져갈 거요. 여기 있소, 백원."

"남검." 홍태악이 비웃으며 불렀다. "자네 이럴 필요가 있나? 가서 처자식 데리고 인민공사에 입사하면 되잖아. 자네가 소를 좋아하면 소 키우는 일을 맡겨줄 수도 있고." 홍태악이 대대장 황동에게 눈짓을 하며 말했다. "안 그래? 황동."

"남형, 자네 쇠고집이야 우리가 다 아네. 우리가 자네한
테 졌으니까 그만 입사하게. 처자식을 봐서도 그렇고 우리
서문촌 인민공사 대대의 명예를 위해서도 그렇고." 황동이
말했다. "인민공사 회의 때마다 사람들이 묻는단 말일세. 자
네 마을 개인농은 아직도 그러고 있느냐고 말이야."

아버지는 듣는 시늉도 하지 않았다. 굶주린 인민공사 사
람들이 우리집 나귀를 잡아먹고 우리집 식량을 모조리 털어
간 악독한 짓이야 너그럽게 이해해준다고 쳐도 아버지 가슴
에 남긴 상처는 영원히 치유할 수 없었다. 아버지는 여러 번
말했다. 아버지와 그 나귀는 여느 주인과 가축 관계가 아니
라 서로 형제처럼 마음이 통하는 사이였다고. 아버지는 그
나귀가 옛 주인 서문뇨가 환생한 것이라는 사실을 몰랐지만
그 나귀와 자기 사이의 인연은 충분히 느꼈던 것이다. 홍태
악 일행이 내뱉은 말은 벌써 골백번도 더 들어서 아버지는
이제 대꾸할 마음도 없었다. 소머리만 안은 채 말했다.

"이 송아지는 내가 가져갈 거요."

"당신이 바로 그 개인농이오?" 소 파는 사내가 놀란 듯이
물었다. "형씨, 정말 대단하구먼." 그가 아버지와 내 얼굴을
훑어보더니 이제야 알았다는 듯이 말했다. "남검, 과연 남검
이야. 좋소, 백원이오. 이 송아지는 당신 거요!" 소 파는 사
내가 땅에서 돈을 주워들어 세고는 품에 넣으면서 홍태악에
게 말했다. "당신들이 저 사람과 같은 동네 사람이니, 내 저
남검 형씨를 봐서 잘해드리리다. 이 암소 삼백팔십원에 가

져가시오. 이십원 깎아주는 것이니, 가져가시오."

아버지는 허리에서 고삐를 풀어 송아지 목에 맸다. 홍태악 일행도 몽골 소에 새로 고삐를 매고 헌 고삐를 주인에게 돌려주었다. 가축을 팔 때 고삐는 주지 않는다. 법도가 그랬다. 홍태악이 아버지에게 물었다.

"남검, 우리랑 같이 가세. 자네 그 송아지가 어미 보고 싶을 것 아닌가? 가지 않겠다고 버틸 거네."

아버지는 고개를 저으며 송아지를 끌고 갔다. 송아지가 고분고분 아버지를 따라나섰다. 어미소가 슬피 울고 송아지도 뒤를 돌아보며 몇번 울었지만 가지 않으려고 버티지는 않았다. 당시 나는 이 송아지가 제법 커서 어미한테 덜 기대는 것이라고 생각했다. 하지만 지금 생각해보면 너 서문소는 전에 나귀였고, 사람이었을 때부터 우리 아버지와 인연이 있었으니 한눈에 마음이 기울고, 한눈에 아는 사람을 만난 것 같고, 한눈에 떨어질 줄 모르는 사이가 된 것이다.

내가 아버지를 쫓아가려는데 소 파는 사내의 남자아이가 달려오더니 소곤거렸다.

"그 암소 있잖아. 더위먹은 자라야."

더위먹은 자라란 여름에 일을 시키면 바로 입에 거품을 물고 천식이 그치지 않는 소를 말했다. 나도 그때는 더위먹은 자라란 말이 무슨 뜻인지 몰랐지만 그 아이가 워낙 진지하게 말해서 좋은 소가 아니라는 정도는 눈치챘다. 그때 그 아이가 왜 그 이야기를 내게 해주었는지, 그 아이를 아는 것 같은 느낌이 왜 들었는지 지금도 모르겠다.

집에 돌아오는 길에 아버지는 줄곧 말이 없었다. 몇번 말을 붙여보려고 했지만 무엇인가 알 수 없는 신비스러운 생각에 푹 빠진 표정을 보고는 그런 마음이 싹 가셔버렸다. 어쨌거나 아버지는 그 소를 샀고 나도 그 소가 좋았다. 기쁜 일이었다. 아버지도 기뻤고, 나도 기뻤다.

마을에 거의 다 와서 아버지가 걸음을 멈추었다. 잎담배에 불을 붙이고는 한모금 빨면서 소를 한번 훑어보더니 갑자기 웃음을 터뜨렸다.

아버지가 웃는 일은 극히 드물었다. 이렇게 큰 소리로 웃는 것은 더 그랬다. 혹시 귀신에라도 홀렸을까봐 긴장이 되었다. 내가 물었다.

"아버지, 왜 웃으세요?"

"해방아." 아버지가 나는 보지도 않고 소만 보며 말했다. "너 저놈 눈을 봐라. 누구 닮았냐?"

나는 깜짝 놀랐다. 아버지 정신에 정말 문제가 생겼다고 생각했다. 하지만 나는 그래도 아버지 말대로 송아지 눈동자를 들여다보았다. 두 눈이 물처럼 맑았다. 검고도 푸르고 푸르고도 검었다. 까만 동공에 내가 거꾸로 비쳤다. 송아지도 나를 보고 있는 것 같았다. 되새김질을 하느라 엷은 파란색 볼이 빠르지도 느리지도 않게 움직이고 있었다. 쥐가 목에 넘어가듯이 간혹 되새김질하는 풀덩어리가 목구멍을 따라 배로 들어갔고, 다시 새 풀덩어리가 올라와 되새김질을 했다.

"아버지, 무슨 말이세요?" 내가 궁금해하며 물었다.

"봐도 모르겠느냐?" 아버지가 말했다. "저 눈 말이다. 전에 우리 나귀 눈하고 똑같잖아."

아버지 말을 듣고 보니 그 검정 나귀의 모습이 떠올랐다. 기름이 자르르 흐르던 나귀 모습이 어렴풋이 생각났다. 늘 열려 있는 큰 입과 하얀 이빨, 그리고 목을 빼고 길게 울던 모습만 떠오를 뿐, 눈이 어땠는지는 아무래도 기억나지 않았다.

아버지는 내게 여러 번은 아니지만 몇차례 윤회에 관한 이야기를 했다. 어떤 사람이 꿈을 꾸었지. 그런데 꿈에 죽은 아버지가 나타나 그 사람에게 말하더란다. 아들아, 내가 소로 환생하여 내일 태어날 것이다. 이튿날, 그 집 암소가 진짜로 송아지를 낳았단다. 그 사람은 송아지를 아주 각별하게 돌보았고 줄곧 '아버지'라고 부르면서 코도 뚫지 않고 굴레도 씌우지 않고 들일을 할 때마다 말했지. 아버지, 가시지요? 그러면 소는 그 사람을 따라 일했지. 일하다 힘들면 그 사람이 말했어. 아버님, 쉬었다 하지요! 그러면 소가 쉬었지. 아버지는 여기까지 이야기하다 멈추었다. 내가 계속 이야기해달라고 재촉하면서 물었다. 그래서 어떻게 되었어요? 아버지는 잠시 망설이더니 말했다. 아이들에게 말하기에는 적절치 않다만 그냥 말해주마. 그 소가 용두질 ─ 한참이 지나서야 나는 소위 '용두질'이 자위행위라는 것을 알았다 ─

을 치다가 주인여자 눈에 띈 거야. 그 여자가 말했지. 아버
님, 어찌 그런 짓을 하세요? 부끄럽지 않으세요! 그래서 그
소는 머리를 담벼락에 찧어 자진했단다. 헛! 아버지가 길게
탄식했다.

제13장

입사하려는 사람들이 문에 넘쳐나고
귀인의 도움을 받아 개인농을 하다

"천세야, 차마 너더러 나를 할아버지라고 부르게 하지는
못하겠다." 나는 겁먹은 채 그의 어깨를 토닥이며 말했다.
"내가 지금 쉰이 넘은 늙은 나이이고 너는 다섯살밖에 되지
않은 어린아이지만 사십년 전, 그러니까 1965년 그 어지럽
던 시절 봄에 나와 너는 열다섯살 소년과 송아지 사이였다."
천세가 정중하게 고개를 끄덕이며 말했다. "지난 일들이 다
눈에 선합니다." 나는 그의 눈에서 송아지의 장난기와 천진
스러움, 길들지 않은 사나운 표정을 보았다.

너도 잊지 않았을 것이다. 그해 봄에 우리집은 몹시 압박
을 당하고 있었다. 마지막 남은 개인농을 소멸시키는 것이
우리 서문촌 대대, 즉 우리 은하(銀河)인민공사의 주요 사업

이었다. 홍태악은 모순대(毛順大, 마오슌따) 아저씨와 곡수원
(曲水源, 취슈이위안) 아저씨, 진보정(秦步庭, 친뿌팅) 넷째할아
버지 같은 신망있는 어르신을 동원하고, 양귀향 고모와 셋
째숙모 소이만(素二嫚, 쑤얼만), 형수 상소화(常素花, 챵쑤화),
숙모 오추향 같은 말 잘하는 여자들을 동원하는가 하면, 막
언, 이금주(李金柱, 리진쥬), 주순와(朱順娃, 쥬슌와) 같은 잔머
리 잘 굴리고 말 잘하는 학생들도 동원했다. 방금 꼽은 열 명
은 내가 기억하는 사람들일 뿐 이밖에도 수없이 많다. 그들
이 패거리를 지어 우리집에 몰려왔는데, 딸 중매를 서러 온
사람들 같고, 아들 대신 청혼하러 온 사람 같기도 하고, 학문
을 팔러 오거나 입심을 뽐내려고 온 사람들 같기도 했다. 남
자들은 우리 아버지를 에워싸고, 여자들은 우리 어머니를
에워쌌으며, 학생들은 우리 형과 누이를 잡으러 쫓아다녔고
나도 봐주지 않았다. 남자들 담배연기 때문에 우리집 벽지
가 누렇게 다 떠버렸고, 여자들 엉덩이 때문에 우리집 구들
장이 다 닳아버렸으며, 학생들 때문에 우리 옷이 다 찢어져
버렸다. 인민공사에 입사해, 제발 입사하라고. 각성 좀 하라
고. 어리석게 굴지 말라고. 자네를 위해서가 아니라 아이들
을 봐서 말이야. 그즈음 소가 보고 들은 것이라고는 죄다 인
민공사 입사와 관련된 것들뿐이었다. 우리 아버지가 외양간
에서 똥을 치울 때도 그 노인네들은 충성스러운 노병들처럼
외양간 문에 기대서서 말했다.

“남검조카, 입사하게. 자네가 입사하지 않으면 사람도 즐

겁지 않고, 소한테도 그렇지.”

　―내가 뭐가 즐겁지 않다는 거지? 나는 즐거운데 말이야. 내가 서문뇨이고, 서문나귀이자, 총살당한 지주이고 고기가 갈기갈기 찢겼던 나귀인데 어찌 그 원수놈들과 어울릴 수 있겠는가? 내가 자네 아버지에게 그렇게 마음을 의지했던 것은 자네 아버지를 따라 개인농을 할 수 있다는 것을 알았기 때문이야.

　여자들은 책상다리를 하고 우리 구들에 죽치고 앉아 있었다. 멀리서 찾아온 후안무치한 친척들 같았다. 입에 거품을 물고 노점상 녹음기처럼 짜증나도록 몇번이고 되풀이해 말했다. 나는 화가 나서 소리를 질렀다.

　“왕가슴 양아줌마, 궁둥이 소아줌마, 우리집에서 얼른 나가세요. 귀찮아죽겠어요!”

　하지만 여자들은 화도 내지 않은 채 히죽거리며 말했다.

　“입사하겠다고만 하면 우리야 당장 가지. 못하겠다면 우리 궁둥이를 이 집 구들에 박아서 우리 몸에서 싹이 나고 잎이 나고 꽃이 피고 열매를 맺고 거목이 되어서 이 집 천장을 지탱하는 거지 뭐.”

　여자들 중에서 오추향이 가장 질색이었다. 우리 어머니와 같이 한남자를 모신 적이 있다는 특별한 관계 때문에 그런지는 몰라도 어머니를 함부로 대했다.

　“영춘, 자네는 나하고 달라. 나는 서문뇨에게 강간당한 계집이지만 자네는 총애를 받던 작은마님이라고. 아이도 둘이나 낳았고. 지주 처분을 받지 않고 노동개조만 받게 해준 것도 정말 운이 좋은 거라고. 이게 다 자네가 그간 내게 잘해 준 걸 봐서 내가 황동에게 청을 넣어 그렇게 된 거라고. 재가 뜨거운지 불이 뜨거운지 자네 똑똑히 알아야 할 거야!"

막언을 대장으로 한 아이들 무리는 재미삼아 시작했지만 힘이 넘치다 보니 마을의 지지를 받게 되었고 더구나 학교 까지 격려를 해주자 한바탕 재미있게 판을 벌일 기회를 잡은 셈이었다. 아이들은 술에 취해 날뛰는 원숭이처럼 흥분해 있었다. 나무에 올라가기도 하고 담장에도 올라가 양철 나팔통을 든 채 우리집을 반동들 아지트로 여기고 일제히 공격을 퍼부었다.

개인농은 외나무다리, 걸을 때마다 흔들흔들, 흔들리다 다리 아래로 풍덩
인민공사는 하늘길, 사회주의는 황금다리, 가난의 씨 뽑고 부자 싹 심네
남검, 늙은 고집불통, 개인농 막다른 길을 가네. 늙은 쥐 한마리의 똥이 식초 항아리를 망치네
금룡, 보봉, 남해방 가슴에 손을 얹고 생각해봐. 고집불통 아버지를 따라가네
낙후된 보수에게는 진보가 없다네.

이런 노래는 죄다 막언녀석이 지어낸 것들이었다. 어려

서부터 이런 데 재주가 비상했다. 나는 무척 화가 났고 막언 녀석이 미웠다. 우리 어머니의 양아들이고 우리와 의형제인 녀석이 이럴 수 있는가! 해마다 설 전날 저녁이면 우리 어머니가 나더러 이 녀석 먹게 만두를 가져다주라 시켰는데, 네 까짓 게 무슨 양아들이고, 의형제야, 쳇! 혈육간의 정이라곤 털끝만치도 없는 놈, 나도 이제 너하고 끝장이다. 나는 담장 모퉁이에 숨어서 새총을 꺼냈다. 나뭇가지에 앉아서 양철 나팔통을 들고 우리집에 대고 소리를 지르고 있는 막언녀석 의 번들거리는 대갈통을 실눈으로 겨누어 한발을 날렸다. 막언이 비명을 지르며 나무 아래로 떨어졌다. 하지만 담배 한대 피울 짬도 지나지 않아서 이 녀석이 이마에 피를 흘리 며 다시 나무로 기어올라가 우리집에 대고 소리를 질렀다.

남해방, 꼬맹이 고집불통, 제 아비 따라 잘못된 길 가네
간이 부어서 나를 때리네, 네놈 경찰서에 집어넣을 거
라네

나는 새총을 들고 그 녀석 머리를 조준했다. 그가 나팔통 을 내던지고 나무 밑으로 쪼르르 내려가버렸다.

금룡과 보봉이 더이상 버티지 못하겠는지 아버지와 상의 를 했다.

"아버지, 우리 그냥 입사하지요." 금룡형이 말했다. "학 교에서도 우리를 사람 취급 안해요."

"우리가 가면 뒤에서 사람들이 손가락질하면서 말해요. 저것들 개인농 집 자식이라고요." 보봉누나가 말했다.

금룡이 말을 받았다. "아버지, 생산대 사람들 보면 다같 이 일하면서 하하하 웃기도 하고 시끌벅적 다들 즐거워하는 데 아버지하고 어머니만 똑 떨어져서 수백근 양식이 더 많 아봤자 그게 무슨 재미예요. 못살려면 다같이 못살고 잘살 려면 다같이 잘살아야지요."

아버지는 말이 없었다. 한번도 아버지의 뜻을 거슬러본 적 없는 어머니가 이번에는 과감하게 나서며 말했다.

"애들아버지, 아들 말이 맞아요. 우리도 입사하십시다."

아버지가 담배를 한대 피우더니 고개를 들고 말했다. "저 사람들이 이렇게 나를 다그치지만 않았으면 나도 진즉 들어 갔어. 그런데 저 사람들이 이런 식으로 쥐몰이하듯 구석으 로 몰고 있잖아. 쳇, 내가 어디 들어가나보라고." 아버지가 금룡과 보봉을 보더니 말했다. "너희 둘은 곧 중학교 졸업이 다. 너희를 계속 학교에 보내서 고등학교도 가고 대학도 가 고 유학도 보내야겠지만, 내가 그럴 형편이 못된다. 모아둔 재산도 몇해 전에 저들한테 다 빼앗겼다. 내가 너희를 건사 할 형편이 된다고 해도 저들은 너희가 계속 공부하게 받아 주지 않을 것이다. 내가 꼭 개인농이어서만은 아니다. 내 말 뜻을 알겠느냐?"

금룡형이 고개를 끄덕였고, 씩씩하게 말했다.

"아버지, 우리가 지줏집 도련님 노릇이나 아씨 노릇을 해본 적이 없을뿐더러 서문뇨가 깨끗한 사람인지 더러운 사람인지도 모르지만, 그래도 우리는 그 사람 씨이고 우리 몸에 그의 피가 흐르고, 그 사람이 마귀처럼 우리에게 달라붙어 있습니다. 우리는 모택동 시대의 청년입니다. 출신은 선택할 수 없어도 가야 할 길은 선택할 수 있습니다. 우리는 아버지의 개인농 길을 따르고 싶지 않습니다. 우리는 입사하렵니다. 아버지 어머니가 하지 않으시면, 저와 보봉은 같이 들어갈 겁니다.”

“아버지, 십칠년 동안 길러주신 은혜, 감사합니다.” 보봉이 아버지에게 허리를 굽히고는 말했다. “저의 불효를 용서하십시오. 그런 부모를 둔 우리가 진보를 향한 길마저 가지 않는다면 평생 빛을 볼 수 없을 것입니다.”

“그래, 네 말이 맞다.” 아버지가 말했다. “곰곰 생각해보니 너희에게 나를 따라 어두운 길을 가자고 할 수는 없는 노릇이다. 너희는.” 아버지가 우리를 가리키며 말했다. “너희는 다 입사하고 나 혼자 개인농을 할 것이다. 끝까지 개인농을 하기로 맹세했으니 그만둘 수가 없다.”

“애들아버지.” 어머니가 눈물을 머금고 말했다. “들어가려면 집 식구들이 다같이 들어가야지요. 당신 혼자 들어가지 않으면 이게 무슨 꼴이에요?”

“내가 말했잖소. 나를 입사시키려면 모택동이 직접 명령을 내려야 한다고. 모택동이 명령한 것이, ‘자원입사, 자유퇴사’였는데 저들이 무슨 근거로 날 몰아세운단 말이오. 저들이 모택동보다 더 높다는 거요? 나는 그런 태도가 마음에 들지 않아. 저들이 모택동 말대로 하는지 안하는지 내가 행동으로 시험해볼 거요."

"아버지." 금룡형이 비웃는 듯한 투로 말했다. "아버지, 말끝마다 모택동, 모택동 하시면 안되지요. 모택동이라는 이름은 우리 같은 사람들이 함부로 부를 수 있는 이름이 아니거든요. 모주석이라고 불러야지요."

"그래, 네 말이 맞다." 아버지가 말했다. "모주석이라고 해야지, 암. 내가 비록 개인농을 하는 몸이어도 어디까지나 모주석의 백성이다. 내 땅과 내 집도 다 모주석이 영도하는 공산당이 분배해준 것이다. 그저께 홍태악이 사람을 시켜 전하더라. 그래도 입사하지 않으면 강제조치를 취하겠다고 말이다. 말을 물가에까지 끌고 갈 수는 있어도 억지로 물을 먹일 수는 없는 법이다. 난 높은 곳에 진정(陳情)을 할 것이다. 현에도 가고 성에도 가고 북경에도 갈 것이다." 아버지가 어머니에게 부탁하듯이 말했다. "내가 떠난 뒤 당신이 아이들을 데리고 입사하구려. 우리 땅이 8무이니 다섯 식구 한 사람당 1무 6푼이야. 6무 4푼을 가져가고 나머지는 내 몫으로 두라고. 토지개혁 때 분배받은 씨뿌리는 쟁기도 가지고 가구려. 하지만 저 송아지는 남겨두고. 이 세 칸 집은 나눌 방법이 없고, 아이들도 다 커서 이 작은 집으로는 좁으니 입사하면 생산대대에 택지를 신청해서 새집을 지을 수 있을 거요. 집을 지으면 이사가면 되고, 난 여기서 죽을 것이오.

집이 있는 한 떠나지 않을 것이고, 집이 없어져도 폐허에 움집을 짓고서라도 떠나지 않을 거요.”

“아버지, 그럴 필요가 뭐 있어요?” 금룡형이 말했다. “아버지 혼자 세상에 맞서본들 자기 꼴만 우습게 되지 않겠어요? 전 아직 어리지만, 아버지, 계급투쟁이 곧 일어날 것 같은 느낌이 들어요. 그렇게 되면 우리처럼 출신도 성분도 좋지 않은 사람들은 세상 흐름을 타더라도 피하기 어려울 터인데 반대로 간다는 것은 달걀로 바위치기예요.”

“그래서 내가 너희를 입사시키는 것이다. 나는 빈농이다. 내가 뭐가 무섭냐? 벌써 마흔이다. 평생 별볼일없이 살았는데 개인농이 날 인물로 만들어주는구나. 하하하.” 아버지는 웃었다. 눈물이 파란 얼굴에 흘러내렸다. “애어멈.” 아버지가 말했다. “양식이나 챙겨주구려. 진정하러 갈 거요.”

어머니가 울며 말했다. “애들아버지, 이렇게 오랫동안 같이 살았는데 어떻게 당신을 떠나겠어요. 아이들만 입사시키고 난 당신과 함께 개인농을 할게요.”

아버지가 말했다. “안돼요. 당신은 출신이 좋지 않아서 들어가야 보호를 받을 수 있소. 나랑 같이 있으면 그들에게 당신을 잘라낼 명분을 주는 것이고 그렇게 되면 나도 힘들어져요.”

“아버지.” 내가 큰 소리로 외쳤다. “제가 아버지랑 같이 있을게요.”

“헛소리!” 아버지가 말했다. “어린 녀석이, 뭘 안다고!”

“나도 알아요. 나도 다 알아요. 홍태악도 싫고 황동 같은 사람도 미워요. 오추향은 특히 질색이고요. 그 여자가 도대체 뭐라고 개눈깔을 하고서 떽떽거리기는. 닭똥구멍 같은 게, 자기가 무슨 자격으로 우리집에 와서 진보파인 것처럼 행세하느냔 말이에요.” 어머니가 내게 눈을 흘겼다. “어린 게 함부로 말하면 못써.” 내가 계속 말했다. “내가 아버지랑 있을게요. 아버지가 똥을 낼 때 내가 소로 수레도 끌고요. 우리집 수레가 소리가 커서 와르륵와르륵하면 얼마나 듣기 좋은데요. 우리가 독립해서 하면, 개인영웅주의가 되는 셈이네요. 아버지, 전 아버지를 존경해요. 전 아버지랑 있을게요. 학교도 그만두지요 뭐. 전 천생 공부할 재목이 못돼요. 책만 펴면 졸리거든요. 아버지, 아버지는 반쪽 파란 얼굴이고, 나는 그런 파란 얼굴의 반쪽인데 두 파란 얼굴이 어떻게 떨어질 수 있겠어요? 우리 파란 얼굴이 조롱을 당하지만 마음대로 비웃으라고 하세요. 웃다 죽게요. 두 파란 얼굴이 개인농을 하는 것은 현을 통틀어 우리뿐일 것이고 성 전체에서도 그럴 거예요. 와우 멋져라! 아버지 꼭 절 받아줘야 해요.”

아버지가 받아주었다. 나는 원래 아버지하고 같이 진정하러 가려고 했지만 아버지가 남아서 송아지를 돌보라고 했다. 어머니가 담장을 파고 보석 몇가지를 꺼내 아버지에게 주었다. 그렇게 심하게 했는데도 토지개혁이 철저하지 못했는지 어머니는 그래도 재산을 숨겨놓고 있었다. 아버지는 보석을 팔아 노자를 마련하여 먼저 현읍내로 가서 우리집 검정 나귀를 망쳐놓았던 진현장을 찾아 개인농을 할 권리를 요구했다. 진현장이 한참 동안 설득해도 아버지는 듣지 않았고 서로 이치를 따졌다. 현장이 말했다. 정책만 보면 개인농도 할 수 있다. 하지만 난 자네가 개인농을 하지 않기를 바라네. 아버지가 말했다. 현장, 그 나귀를 봐서라도 내게 부적을 하나 주란 말이오. 남검이 개인농을 할 권리가 있다고 말 좀 해주시오. 내가 그 부적을 담장에다 척 붙여놓으면 아무도 날 감히 건들지 못할 것이오. 핫, 그 나귀, 정말 명필이었는데. 현장이 안타깝다는 듯이 말했다. 난 그 나귀로 자네에게 빚진 게 있지, 남검. 하지만 그런 부적 같은 것은 내가 떼줄 수 없네. 대신 자네 상황을 소개하는 편지를 써줄 테니 가지고 중국공산당 성(省)위원회 농촌공작부에 가보게. 아버지는 현장의 편지를 들고 성위원회 농촌공작부로 갔다. 부장이 아버지를 접대했다. 부장도 아버지더러 입사하라고 권했다. 아버지가 말했다. 난 안 들어갑니다. 개인농을 할 권리를 요구합니다. 언제든 모주석이 개인농을 불허한다고 명을 내리기만 하면 그 즉시 나도 입사할 겁니다. 하지만 모주석이 명령을 내리기 전에는 절대 들어가지 않습니다. 농촌공작부장이 아버지의 집요함에 마음이 흔들렸다. 현장이 써준 편지에 허가의 말 몇줄을 썼다. 전체 농민들이 인민공사에 입사하여 집단화의 길을 가는 것이 우리의 희망이지만 개별농민이 결단코 입사를 거부하는 것도 정당한 권리에 속하는바, 하부조직에서는 강제명령으로, 더욱이 불법적으로 이 사람의 입사를 강요해서는 안됨.

이 편지는 그야말로 성스러운 교지였다. 아버지는 이것을 유리액자에 담아 벽에 걸었다. 성에서 돌아온 뒤 아버지는 마음이 아주 편했다. 어머니는 금룡과 보봉을 데리고 입사하고 집단토지에 포위당해 있던 8무의 토지는 이제 3무 2푼만 남아서 바닷가 제방처럼 가늘고 길게 뻗어 있었다. 독립성을 높이려고 아버지는 세 칸짜리 집에 흙으로 벽을 쳐서 나눈 뒤 문을 따로 냈다. 부엌하고 구들을 새로 놓았고 나는 아버지하고 같이 살았다. 그 방 하나하고 남쪽 담장 끝에 있는 외양간이 우리 두 파란 얼굴의 소유였다. 우리가 가진 것은 3무 2푼의 땅과 송아지 한마리, 나무바퀴 수레, 그리고 쟁기와 호미 한 자루, 삽 한 자루, 낫 두 자루, 곡괭이 한 자루, 발이 둘 달린 쇠스랑, 그리고 밥솥 하나와 밥그릇 네 개, 접시 둘, 요강 하나, 칼 하나, 뒤집개 하나, 석유등 하나, 그리고 부싯돌 하나였다.

여러 가지가 부족했지만 우리는 차츰 구색을 갖출 것이다. 아버지가 내 머리를 쓰다듬으며 말했다.

"아들아, 넌 왜 나하고 같이 개인농을 하려고 하느냐?"

나는 조금도 망설이지 않고 대답했다. "재미있잖아요!"

서문소는 화가 나서 오추향을 들이받다
홍태악은 기뻐하면서 남금룡을 칭찬하다

1965년 4월부터 5월까지 아버지는 성에 진정을 하러 갔다. 금룡과 보봉은 어머니를 따라 인민공사에 들어갔다. 입사하던 날, 서문저택 마당에서 장중한 의식이 거행되었다. 홍태악이 안채 계단에 서서 일장연설을 했다. 어머니와 금룡, 보봉은 종이로 만든 붉은 꽃을 가슴에 달았고 우리집에도 온통 붉은 천이 둘러졌다. 금룡형이 감개무량하여 연설했는데, 사회주의의 길을 단호히 가겠다는 결심을 피력했다. 형은 평소에 좀처럼 말이 없는 사람이었는데, 그렇게 딱떨어지는 연설을 할 줄은 전혀 몰랐다. 그런 형에게 반감이 심해졌다. 나는 외양간에 숨어서 그들이 강제로 끌고 갈까봐 네 목을 꼭 붙잡고 있었다. 아버지가 진정을 하러 떠나기 전에 내게 신신당부했다. 아들아, 우리 소 잘 봐야 한다. 소만 있으면 걱정없다. 소만 있으면 우린 끝까지 개인농으로 버틸 수 있어. 나는 아버지에게 걱정 말라고 다짐을 했다. 내가 아버지에게 다짐한 것을 너도 들었는데, 기억나지? 내가 말했다. 아버지 얼른 다녀오세요. 제가 있는 한 소는 걱정 말고요. 아버지가 이제 갓 나온 뿔을 어루만지며 말했다. 소야, 저 녀석 말 잘 들어라. 보리를 수확하려면 아직도 한달 반이나 남았는데 건초는 떨어져가니 잡초밭에서 풀을 뜯어 먹게 할 것이다. 보리가 익고 싱싱한 풀이 자라면 그때는 걱정없다. 붉은 꽃을 가슴에 단 어머니는 눈에 눈물이 맺히고 자꾸 외양간 쪽을 바라보았다. 어머니도 내심 이 길을 가고 싶어하지 않았다. 하지만 기어이 가야 할 길이었다. 금룡형은 열일곱살밖에 되지 않았지만 뜻이 크고 말에 무게가 있는 것이 어머니도 함부로 못할 정도였다. 나는 아버지에 대한 어머니의 정이 서문뇨를 향한 정보다 깊지 않다고 느꼈다. 어머니는 마지못해 아버지와 합한 것이다. 나에 대한 정도 금룡이나 보봉보다 못했다. 두 남자의 씨가 달랐다. 하지만 나는 결국 그녀의 아들이니 걱정하지 않으려 해도 그럴 수 없었다. 막언이 초등학생 패거리를 이끌고 외양간에 와서 구호를 외쳤다.

늙은 고집쟁이, 새끼 고집쟁이, 개인농이 되었네
메뚜기 같은 소를 끌고, 나무바퀴 수레를 밀고

결국 입사해야 할 거다, 빨리 들어가는 게 나을 거다.

상황이 이렇게 되고 보니 나는 약간 겁이 나기도 했지만 그보다는 더없이 흥분되었다. 눈앞에서 벌어지는 일들이 한바탕 연극 같았고, 나는 악역의 조연인 셈이었다. 악역이었지만 착한 역을 맡은 그들보다 중요했다. 나는 반드시 무대에 올라야 한다고 생각했다. 아버지의 개성을 위해서, 아버지의 자존심을 위해서, 나의 용기를 위해서, 우리 소의 자존심을 위해서, 나는 기어이 무대에 올라야 했다. 무수한 눈길을 받으며 나는 너를 끌고 외양간을 나섰다. 나는 네가 뒷걸음질칠 줄 알았는데, 아니었다. 조금도 두려움이 없었다. 가느다란 고삐가 목에 그냥 시늉삼아 걸려 있을 뿐이어서 몸을 조금만 움직여도 풀렸고 네가 가지 않으려고 하면 나도 어쩔 수가 없었다. 그런데 너는 순종적으로, 더군다나 즐겁게 내 뒤를 따라 마당에 등장했다. 우리는 사람들의 시선을 사로잡았다. 나는 일부러 고개를 쳐들고 가슴을 쩍 폈다. 대장부처럼 보이려는 뜻이었다. 나는 내 모습을 보지 못했지만 사람들 웃음소리를 듣고는 삐에로처럼 아주 우습다는 것을 짐작했다. 너는 분위기에 어울리지 않게 즐거워하면서 한번 울음을 울었다. 소리가 솜처럼 부드러운 것이 너는 아직 미성년의 소였다. 그런 뒤 너는 안채 입구 쪽에 있던 마을 지도자들에게 곧장 달려들었다.

거기에 누가 있었던가? 홍태악이 있었고, 황동이 있었고,

양칠도 있었다. 그리고 황동의 마누라 오추향도 있었다. 양귀향을 밀어내고 진즉부터 부녀회 주임을 맡고 있었다. 나는 고삐를 잡고서 네가 그쪽으로 가지 못하게 하려고 애썼다. 그저 너를 끌고 나와 사람들에게 개인농의 송아지가 얼마나 출중하고 잘생겼는지, 얼마 안 있으면 이 소가 서문촌에서 제일가는 소가 될 거라는 것을 보여주려 했을 뿐이었다. 그런데 네가 갑자기 힘을 썼다. 네가 있는 힘을 30퍼센트밖에 내지 않았는데도 나는 재주넘는 원숭이처럼 튀어올라 끌려갔고, 네가 있는 힘을 50퍼센트밖에 내지 않았는데도 고삐가 끊어져버렸다. 나는 끊어진 고삐를 손에 들고서 네가 동네 우두머리들에게 돌진하는 모습을 눈을 뻔히 뜬채 바라보았다. 나는 네가 홍태악이나 황동을 들이받으러 가는 줄 알았다. 곧장 오추향에게 돌진해갈 줄은 몰랐다. 당시에는 네가 왜 오추향을 들이받으려고 했는지 이해하지 못했는데 이제는 알았다. 자줏빛 저고리에 진청색 바지를 입고 머리에는 기름을 발라 번들번들했으며, 그 번들번들한 머리에 나비 모양의 핀을 꽂고 있었는데 무척 쎅시했다. 갑작스러운 소동에 다들 어안이 벙벙해졌고 정신을 차렸을 때는 네가 벌써 머리로 추향을 들이받아 바닥에 누인 뒤였다. 너는 그녀를 쓰러뜨린 뒤에도 멈추지 않고 계속 들이받았다. 그녀가 울부짖으며 땅바닥을 구르고 기어서 도망가려 해도 도망가지 못한 채 오리처럼 굼뜨고 말만한 엉덩이로 뒤뚱거리자 이번에는 네가 그녀의 허리를 들이받았고, 그러자 개구리 울음소리를 내며 그녀의 몸이 앞으로 기우뚱하더니 황동 쪽으로 거꾸러졌다. 황동이 몸을 돌려 줄행랑을 치자 네가 쫓아갔다. 금룡이 잽싸게 달려와서는 다리를 벌리고 훌쩍 뛰어올라 네 등에 탔다. 그의 다리가 생각보다 길었다. 네 목을 끌어안고 몸을 네 등에 꼭 붙인 모습이 영락없는 흑표범이었다. 너는 발길질을 하고 날뛰고 머리를 흔들고 목을 뒤틀었지만 그를 떨쳐내지 못했다. 네가 마구 휘젓고 뛰어다니자 사람들이 뒤엉켜 비명을 질렀다. 그는 손으로 네 귀를 잡아당기고 네 콧구멍을 후벼파면서 너를 제압하려 했다. 나머지 사람들이 벌떼처럼 몰려들어 너를 땅에 주저앉히려고 이렇게 해라 저렇게 해라 소란스럽게 소리를 질렀다.

"코뚜레를 끼워. 얼른 불알을 까버려."

나는 끊어진 고삐를 그들에게 휘두르며 큰 소리로 욕했다.

"우리 소 풀어줘요. 이런 날강도들, 우리 소 놔주라고요."

금룡형—쳇, 제깟 게 무슨 놈의 형이야—은 아직도 너를 타고 있었다. 얼굴이 창백해졌고 두 눈이 굳은 채 손가락은 네 콧구멍을 후벼파고 있었다. 나는 고삐를 그의 등에 휘두르며 욕을 퍼부었다.

"너 이 배신자, 얼른 손 떼, 손을 떼라고."

보봉누나가 나를 말리며 금룡을 때리지 못하게 했다. 얼굴이 온통 빨개져서 울고 있었지만 이러지도 저러지도 못하는 애매한 입장이었다. 어머니는 나무처럼 선 채 입을 덜덜 떨면서 소리쳤다.

"애들아…… 다들 그만해라. 이게 무슨 짓이냐……"

홍태악이 소리를 질렀다.

"어서 줄을 찾아와!"

황동의 큰딸 호조가 얼른 집으로 들어가 마로 짠 줄을 가져와서 소 쪽으로 던지고는 얼른 몸을 돌려 피했다. 동생인 합작은 은행나무 아래 쭈그리고 앉아 추향의 가슴을 문지르면서 훌쩍거리며 말했다.

"엄마, 괜찮지……"

홍태악이 직접 나서서 송아지의 두 앞다리를 열 번 넘게 꽁꽁 묶고는 금룡의 팔을 부축해 소 등에서 내려주었다. 형은 엉거주춤한 채 서서 사시나무처럼 떨었고 얼굴은 노래지고 두 손은 완전히 굳어 있었다. 사람들이 재빨리 비키자 나와 송아지만 남았다. 나의 소여, 내 용감한 개인농 소여, 우리 개인농 집안을 배반한 무리에게 죽음을 당하는구나! 나는 우리 소의 엉덩이를 두드리며 소를 위해 장송곡을 불렀다. 서문금룡이 우리 소를 죽였다. 이제 너하고는 같은 하늘에 살 수 없다! 내가 고래고래 소리를 질렀다. 나는 털끝만큼의 거리낌도 없이 '남금룡'을 '서문금룡'이라고 바꿔 불렀다. 아주 악독한 수법이었다. 첫째는 나 남해방과 그 사이에 선을 긋는 것이었고 둘째는 사람들에게 그의 출신성분을 잊지 말라고, 그에게는 지주의 씨앗이자 악독한 지주였던 서문뇨의 피가 흐르고 있고, 그는 당신들과 원수지간이라는 사실을 일깨워주는 것이다.

　서문금룡의 얼굴이 백지장이 되고 머리를 몽둥이로 한대 얻어맞은 듯 휘청거렸다. 그와 동시에 빳빳하게 누워 있던 송아지가 갑자기 사납게 몸부림을 쳤다. 나는 그때 네가 서문뇨가 환생한 몸이라는 것을 몰랐고, 영춘, 추향, 금룡, 보봉 같은 사람들에 대한 너의 감정이 얼마나 복잡한지는 더더욱 몰랐다. 어떻게 그렇게 뒤엉킬 수가 있는가! 금룡이 너를 때린 것은 아들이 아비를 때린 셈 아닌가? 내가 금룡에게 욕을 한 것은 네 아들에게 욕을 한 셈 아닌가? 그러니 너의 마음이 얼마나 복잡할 것인가? 복잡하고 또 복잡하다. 마음이 실타래처럼 엉켜서 복잡하고 아프기까지 하니 그 심정은 오직 너만이 말할 수 있을 것이다.

　—나도 모르겠어.

　네가 기어서 일어섰다. 머리가 어지럽고 다리는 약간 굳은 듯 보였다. 너는 그래도 행패를 부리려고 했지만 앞발이 묶여 있어서 비틀비틀 넘어질 뻔하다가 마침내 똑바로 섰다. 충혈된 네 두 눈으로 보아 속에서 분노의 불길이 타오르고 있고, 숨이 가쁜 것으로 보아 울분을 삭이지 못하고 있었다. 살짝 파란빛이 도는 네 콧구멍에서 검붉은 피가 흘렀고 귀에서도 붉은 피가 흘렀다. 너의 귀에 난 상처는 금룡이 물어뜯어서일 것이다. 내가 경황이 없어서 떨어져나간 부분을 찾지 못했는데 금룡이 삼켜버렸을 것이다. 주나라 문왕이 강압에 못이겨 자기 친아들의 살을 먹었다가 그 살덩어리를 토해냈더니 토끼로 변해 달려가더라는 이야기가 있다. 금룡이 너의 귓바퀴를 삼킨 것은 자기 아버지 살을 먹은 것이나 마찬가지다. 그런데 끝까지 토해내지 않아 똥이 되어 나올 것이 분명한데, 그렇게 나와서 대체 무엇으로 변할까?

너는 마당에 서 있었다. 정확히 말해 우리 둘은 마당 한가운데 서 있었는데 승자인지 패자인지 몰라서, 우리가 치욕을 당하고 있는지 영광을 누리고 있는지 가늠이 되지 않았다. 홍태악이 금룡의 어깨를 두드리며 말했다.

"잘했다, 녀석. 입사 첫날부터 큰공을 세웠다. 기지도 있고 용감하고, 위험에 몸도 사리지 않고, 우리 인민공사는 바로 너 같은 젊은 피가 필요하다!"

금룡의 작은 얼굴이 발갛게 달아올랐다. 홍태악의 칭찬에 흥분한 것이었다. 어머니가 곁으로 가서 그의 팔을 만져주고 어깨를 쓸어주었다. 얼굴에 그에게 쏟는 관심이 역력했다. 하지만 금룡은 그런 정을 물리치고 어머니를 피해 홍태악 쪽으로 갔다.

나는 네 코의 피를 닦아주면서 사람들에게 욕을 퍼부었다.

"이런 날강도들아, 우리 소 물어내!"

홍태악이 엄숙하게 말했다. "해방, 네 아버지가 없으니 너에게 말해야겠다. 너희 집 소가 오추향을 들이받아 다치게 했으니 치료비를 물어야 한다. 그리고 네 아버지가 돌아오거든 바로 말해라. 소 코를 뚫으라고. 한번만 더 우리 인민공사 사람들을 들이받았다가는 그 자리에서 죽여버릴 것이다."

내가 말했다. "당신이 지금 날 겁주는 거요? 나는 밥을 먹고 컸지 겁을 먹고 크지 않았소. 나라에 정책이 있다는 것을 내가 모를 줄 압니까? 소는 중요한 가축이자 생산수단이오. 소를 죽이는 것은 법을 어기는 것이오. 당신들한테는 소를 죽일 권리가 없소."

"해방!" 어머니가 나를 호되게 꾸짖었다. "어린녀석이, 어떻게 감히 어른한테 그런 말을 해?"

"하하하, 허허." 홍태악이 크게 웃더니 사람들에게 말했다. "다들 들어보시오. 저 녀석 말버릇이 얼마나 대단한지 말이오. 저 녀석은 소가 생산수단이라는 것까지 알고 있소. 내 너한테 일러줄 게 있다. 인민공사의 소는 생산수단이지만 개인농의 소는 반동 생산수단이다. 좋다. 인민공사의 소라면 사람을 들이받아도 우리가 함부로 죽일 수 없다. 하지만 개인농의 소가 사람을 받으면 내가 그 자리에서 사형에 처할 것이다!"

홍태악이 단호한 태도를 보였다. 손에 보이지 않는 칼이라도 들고 있어 단칼에 우리 소를 발라낼 것 같았다. 어쨌거나 나는 아직 어린 몸인데다 아버지도 없어서 간이 졸아들고 입이 얼어붙고 기세가 꺾였다. 눈앞에 끔찍한 광경이 벌어졌다―홍태악이 시퍼런 칼을 들고 우리 소의 목을 베어버렸다. 그런데 머리를 잘린 소에서 다시 머리가 나오고 잘리면 다시 머리가 나오는 것이었다. 홍태악이 칼을 버리고 도망쳤다―나는 웃음이 터져나와 하하 웃었다.

"저 녀석 미쳤나봐." 사람들이 소곤거리면서 분위기에 어울리지 않게 터진 내 웃음을 두고 이러쿵저러쿵 말들을 했다.

"저 자식, 그 아비에 그 자식이라니까." 황동이 대책없다는 듯이 말하는 게 들렸고, 숨이 돌아온 오추향이 황동을 욕하는 소리가 들렸다.

"당신이 무슨 염치로 그 더러운 입을 열어! 이런 자라대가리, 겁쟁이 같으니라고. 소가 나를 들이받는 것을 보고도 구하지 않고 도리어 나를 밀어넣어. 금룡이가 아니었으면 오늘 저 소뿔에 꼼짝없이 죽었다고……"

사람들 눈길이 우리 형 얼굴로 쏠렸다. 쳇, 저 인간이 무슨 형이야! 하지만 어쨌든 그와 나는 한어머니 소생이고 형제의 관계는 그리 쉽게 끊을 수 없다. 사람들이 다들 형을 쳐다보았지만 오추향의 눈길이 유별났다. 오추향의 큰딸 황호조의 눈길에는 정이 서려 있었다. 지금 생각해보면 그때 형의 몸에는 벌써 서문뇨의 모습이 나오고 있었고, 추향은 그를 보면서 자신의 첫번째 남자를 떠올렸던 것이다. 강간을 당하고 죽어라 고생을 시켜서 원한에 이가 갈린다고 했지만 사실은 그게 아니었다. 서문뇨 같은 남자는 여자를 굴복시키는 마력을 지닌 사람이었다. 추향의 마음에 그녀의 두번째 남자인 황동은 그저 누런 개똥일 뿐이라는 것을, 그때 나는 알았다. 황호조가 정이 담긴 눈길을 보낸 것은 형에 대한 애정이 싹트고 있다는 표시였다.

보시오, 남천세—당신을 그냥 남천세라고 부르는 것이 쉽지 않소—신이 당신 자지 하나로 이 조그만 세상을 얼마나 복잡하게 들쑤셔놓았는지 말이오!

제15장

강가에서 소에게 풀을 뜯기다가 형제가 싸우다
끊기 어려운 질긴 인연 때문에 힘들어하다

지난번 그 나귀가 마을 공회당에서 사고를 쳐서 마을 사람들의 관심을 끌었듯이 스위스 소와 몽골 소를 교배한 잡종인 너는 어머니와 금룡, 보봉의 인민공사 입사식에서 사고를 치는 바람에 유명해졌다. 너와 함께 유명해진 사람이 있었으니, 나의 배다른 형인 서문금룡이었다. 사람들은 그가 너를 제압하면서 보여준 영웅적인 재주와 두려움을 모르고 위기에 맞서는 사나이의 모습을 눈으로 직접 본 것이다. 훗날 나와 부부가 된 황합작이 그러더라. 자기 언니 호조는 그가 소 등에 올라타던 그 순간 그에게 반해버렸다고.

아버지가 성에 진정하러 가서 아직 돌아오지 않았는데 사료로 먹일 풀이 동나버렸다. 아버지가 당부한 대로 나는 날마다 너를 운량강 둑으로 끌고 가서 놓아먹였다. 네가 나 귀였을 때 거기서 논 적이 있어서 그곳 지형이 낯설지 않았 다. 그해 봄은 더디게 왔다. 이미 4월이었지만 강에는 아직 도 얼음이 완전히 녹지 않았고 강가에는 마른풀들이 바람에 떨고 기러기들이 쉬어갔다. 살찐 토끼들이 실수로 털빛이 찬란한 여우 눈에 띄어 여우가 갈대숲에서 번개처럼 튀어나 왔다.

우리집처럼 인민공사 생산대대도 풀이 동난 바람에 집단 사육하는 스물네 마리 소와, 네 마리 나귀, 그리고 두 마리 말도 들에서 방목했다. 두 사람이 방목을 했는데, 사육사 호 빈(胡賓, 후삔)과 서문금룡이었다. 그때 내 배다른 누이인 서 문보봉은 현 위생국 조산사 양성소에서 산파기술을 배우고 있었다. 장차 동네서 제일가는 조산사가 될 것이다. 형과 누 이는 입사하자마자 신임을 얻었다. 보봉이 조산사 교육을 받으러 간 것이야 그렇다 쳐도 금룡이 고작 소에게 풀이나 뜯기는 것을 가지고 무슨 신임 운운하느냐고 할지 모르지 만, 금룡은 소에게 풀 뜯기는 것 말고도 인민공사 대원들의 작업을 기록하는 일도 맡았다. 매일 저녁 생산대대의 기록 실 등잔 아래서 한자도 허튼 바 없이 모든 사원들이 낮에 한 작업에 관한 사항을 장부에 적었으니 신임을 받지 않겠는 가? 형과 누이가 신임을 얻자 어머니는 희색이 만면했다. 하 지만 내가 소나 몰고 나가는 것을 보고는 길게 한숨을 내쉬 었다. 나도 어쨌거나 그녀가 낳은 자식이었다.

그래, 이제 쓸데없는 이야기 그만하고, 호빈 이야기나 하자. 호빈은 머리가 주먹만하고 타지 말투를 쓰면서 말할 때마다 과장되게 말꼬리를 올렸다. 원래는 인민공사 우체국 국장이었는데 현역군인의 약혼녀와 정을 통하다가 강제노동 처분을 받았고, 석방이 되자 서문촌에 들어와 살았다. 그의 처 백련(白蓮, 빠이롄)은 전화국에서 동네에 설치한 전화 교환대의 교환원이었다. 백련은 둥글고 큰 얼굴에 입술이 붉고 이는 하얗고 목소리는 낭랑했는데 인민공사 간부들하고 친했다. 그녀 집 창문 앞에 나무전봇대가 서 있고 거기에 열여덟 가닥 전선이 연결되어 있었는데 그들은 그 창문을 통해 그녀의 집으로 들어갔다. 화장대 따위에 전선이 연결되어 있었다. 내가 학교에 다닐 때 교실에서도 그녀가 소리를 늘어뜨리며 노래부르듯이 외치는 소리가 들렸다. 여보세요, 어디 연결해드릴까요? 정공촌이요? 기다리세요. 정공촌 나왔어요. 우리 같은 심심한 아이들이 그녀 집 종이 바른 창 앞에 줄창 앉아서 찢어진 창호지 틈으로 그녀가 헤드폰을 쓴 채 한손으로는 아이를 안아 젖을 먹이고 다른 손으로는 탄력좋은 잭을 들고서 기계에 꽂았다가 뺐다가 하는 것을 멀리서 바라보곤 했다. 그 모습이 신비스럽고도 신기했다. 우리는 거의 날마다 보러 갔고 보고 또 보아도 질리지가 않았다. 마을 간부들이 우리를 쫓아내도 다시 몰려가곤 했다. 우리는 거기서 백련이 일하는 것만 본 것이 아니다. 우리는 아이들이 쉽게 볼 수 없는 광경도 목격했다. 우리는 인민공사의 간부가 백련과 함께 시시덕거리면서 손을 놀리고 다리를 놀리는 것도 보았다. 그런가 하면 백련이 쏘프라노 같은 목소리로 호빈에게 화내며 욕하는 것도 보았다. 우리는 백련이 낳은 아이들이 왜 하나같이 다 다르게 생겼는지 그 연유도 알았다. 나중에는 백련이 창문에 유리를 끼워넣고 안에 커튼까지 달아버려서 더이상 볼 수가 없었고, 하는 수 없이 밖에서 소리만 들었다. 그 사람들은 창문 밖에 전선을 묻어 창에 전기가 통하게 하는 바람에 막언녀석이 전기에 감전되어 죽네사네 소리를 지르며 바지에 오줌을 쌌고, 내가 손으로 그를 잡아당기려다가 나까지 감전되어 엉겨붙고 말았다. 나도 죽네사네 소리를 질렀지만 오줌을 싸지는 않았다. 그 고생을 한 뒤 나는 다시는 엿들으러 가지 않았다.

호빈은 귀마개 달린 털모자에 광부들 안경을 쓰고 안에는 낡아빠진 유니폼을 입고 겉에는 번지르르한 군용외투를 걸치고 있었는데, 외투 주머니에는 회중시계와 전화번호부가 들어 있었다. 그더러 소에게 풀이나 뜯기라고 하니 그로서는 자존심 상하는 일이 아닐 수 없었다. 그러게 누가 부실한 자지를 차고 있으라고 했는가. 그는 우리 형더러 흩어진 소들을 한데 모으라고 시키고는 볕이 드는 강둑에 앉아 전화번호부를 뒤적이며 장단을 맞추어 읽고 또 읽었다. 그렇게 반복해서 읽는데 눈에서 눈물이 흘러내리더니 급기야 엉엉 소리내어 울었고 끝내 대성통곡을 했다.

"원통해서 못살겠어, 원통해서. 채 삼분도 지나지 않아서 앞길이 막혀버리다니 말이야."

인민공사 대대의 소들은 고삐를 다 풀어놓아서 강가에 흩어져 있었다. 하나같이 등뼈가 칼처럼 보일 정도로 마르고 털도 윤기를 잃었지만 그래도 풀어놓고 자유를 주자 눈빛이 초롱초롱한 것이 기쁜 모양이었다. 그 소들하고 네가 한데 섞일까봐 나는 고삐를 놓지 않고 붙잡고 있었다. 너를 마른 물풀 쪽으로 끌고 가 영양좋고 맛좋은 풀들을 먹이고 싶었지만 네가 고집을 부리며 먹지 않았다. 그러고는 나를 끌고 강가로 달려갔다. 거기에는 작년에 피었던 갈대가 우거져 있었다. 끝에 희뿌연 잎이 달려 있는데 예리한 칼처럼 날카로웠다. 대대의 소들이 그 사이를 헤집고 다녔다. 당시 내 힘이 너보다 약한 것은 말할 필요도 없다. 내가 줄을 잡고 있어도 네 맘대로 가는 것을 막을 수 없었다. 너는 네가 가고 싶은 데로 나를 끌고 다녔다. 너는 벌써 제법 다 큰 소 모양새였다. 머리에는 파란 뿔이 죽순처럼 돋아나 옥처럼 반짝였다. 이제 어린아이 같은 순박함뿐 아니라 약삭빠르고 의뭉스러운 빛도 네 눈에 들어 있었다. 나는 갈대밭까지 끌려갔고, 대대의 소와 점점 가까워졌다. 갈대들이 흔들렸다. 대대의 소들은 갈대 끝에 달린 마른 잎들을 뜯고 있었다. 머리를 쳐들고 씹는 소리가 차칵차칵 쇳조각을 씹는 것 같았다. 이건 소가 먹이를 먹는 법이 아니라 기린이 먹이를 먹는 식이었다. 꼬리가 굽은 몽골 암소가 보였다. 너의 어미였다. 둘의 눈이 마주치자 어미소가 울음소리를 냈다. 너는 아무런 반응 없이 그저 그를 쳐다보기만 했다. 낯설어하는 것도 같고 경계하는 것 같기도 했다. 형이 손에 든 가죽채찍으로 타박타박 갈대들을 후려쳤다. 속에 쌓인 시름을 털어내려는 듯했다. 그가 입사한 뒤 한번도 둘이서 말해본 적이 없었다. 물론 내가 나서서 말을 걸 수도 없었고 형이 먼저 말을 걸어왔더라도 내가 상대하지 않았을 것이다. 그의 가슴에서 만년필이 햇빛을 받아 반짝이는 것을 보자 속에서 형언할 수 없는 묘한 감정이 일었다. 개인농을 하겠다고 아버지를 따라나선 것이 심사숙고한 결정은 아니었다. 일시적인 충동의 성격이 다분했다. 연극에서 배우 한명이 부족하자 연기를 해보고 싶은 마음이 나를 부추긴 것이나 진배없었다. 하지만 연기에는 무대도 필요하지만 관객도 필요하다. 그런데 지금은 무대도 관객도 없다. 나는 외로웠다. 슬쩍 그를 보았지만 그는 내게 눈길도 주지 않은 채 채찍을 휘둘렀고 채찍을 맞은 갈대들이 소리를 내며 쓰러졌다. 채찍이 아니라 군도(軍刀)를 들고 있는 것 같았다. 강물이 녹기 시작했다. 얼음 위로 콸콸 파란 물이 올라와 햇빛에 반사되어 눈을 찔렀다. 강 맞은편은 국영농장 거주지였다. 무리지어 선 붉은 기와 양옥 들이 흙담에 초가지붕인 동네 농가들과 선명하게 대조를 이루면서 힘차게 잘나가고 있는 이 나라의 기운을 유감없이 보여주었다. 이따금 귀를 먹먹하게 하는 소리가 들려왔다. 머잖아 봄농사가 시작될 터여서 그곳 농장의 농기계들을 점검하는 소리였다. 철강제련운동 때 만든 흙 용광로가 주인 없는 무덤처럼 폐허가 된 것도 보였다. 그가 갈대 때리기를 멈추더니 몸을 꼿꼿하게 세우고는 차갑게 말했다.

"너 나쁜 사람 따라서 나쁜 짓 하지 마라!"

"너 출세했다고 폼잡지 마라!" 이에는 이로 맞서며 내가 말했다.

"오늘부터 날마다 한번씩 너를 팰 거다. 네가 소를 끌고 입사할 때까지 그럴 거다."

그가 계속 등을 돌린 채 말했다.

"날 팬다고?" 나보다 훨씬 큰 체구를 보고는 속으로 겁을 먹으면서 말했다. "한번 쳐봐, 때려보라고. 쳇, 날 치기만 해보라고, 뼈도 못 추리게 만들어버릴 테니까."

그가 돌아서 나를 똑바로 보더니 웃음을 지으며 말했다.

"그래, 어떻게 나를 뼈도 못 추리게 하는지 한번 좀 보자."

그가 채찍자루로 능숙하게 내 털모자를 벗겨서 조심스럽게 마른 쑥에 내려놓으며 말했다.

"엄마가 화내실 테니까 모자를 더럽히면 안되지."

그러고는 채찍자루로 내 머리를 쳤다.

머리를 맞았지만, 좀 아플 뿐 그리 심하지는 않았다. 학교 다닐 때 나는 자주 머리를 문틀에 찧기도 하고 친구들이 던지는 벽돌조각에 맞기도 했는데 채찍으로 맞은 것보다 그때가 훨씬 더 아팠다. 하지만 그때는 아프기는 해도 지금처럼 화나지는 않았다. 머릿속에서 계속 윙윙거리면서 강 동쪽에서 나는 트랙터 소리와 뒤엉켰고 눈에서는 별이 반짝거렸다. 여러 가지를 생각할 계제가 아니었다. 나는 소 고삐를 내던지고 그에게 달려들었다. 그가 가볍게 슬쩍 피하면서 내 엉덩이를 한대 찼다. 나는 비틀거리면서 갈대밭에 처박혔다. 갈대뿌리에 걸쳐 있던 뱀껍질〔蛇皮〕이 내 입에 들어갈 뻔했다. 뱀껍질은 뱀허물〔蛇蛻〕이라고도 하는데 약효가 있다. 언젠가 서문금룡이 다리에 찻잔만한 종기가 나서 아파 죽는다고 난리가 났는데 어머니가 비방을 구해왔다. 뱀허물에 달걀을 볶아먹는 것이었다. 어머니가 나더러 갈대밭에 가서 뱀허물을 찾아오라고 시켰는데 나는 찾지 못했다. 돌아가서 그리 말했다. 어머니가 나를 혼내도 소용없었다. 아버지가 나를 데리고 찾아나섰다. 우리는 깊숙한 갈대밭에서 족히 2미터는 되는 뱀허물을 찾았다. 허물이 꽤나 싱싱했다. 이제 막 허물을 벗은 큰 뱀이 얼마 떨어지지 않은 곳에서 까맣고 긴 혀를 날름거리고 있었다. 어머니가 그 허물에 달걀 일곱 개를 볶았다. 한접시 가득했는데 황금색에 향기가 코를 찔렀고, 군침이 돌았다. 억지로 참으면서 보지 않으려 했지만 눈은 어느새 그곳에 가 있었다. 그때 형은 어려도 얼마나 자상했던가. 형이 말했다. 동생아, 이리 와, 같이 먹자. 내가 말했다. 아냐, 안 먹을래. 형 병 고치려고 한 거잖아. 안 먹을래. 형의 눈에서 눈물이 주룩주룩 그릇에 떨어지는 것이 보였다. ……그런데 지금 이렇게 나를 때리다니…… 나는 입술에 그 뱀허물을 물고서 '난 무서운 독사다'라고 생각하고는 그에게 덤벼들었다.

이번에는 나를 피하지 못했다. 나는 그의 허리를 붙잡고 머리로는 턱을 들이받으며 쓰러뜨리려고 했다. 그런데 그가 영리하게도 내 두 발 사이에 한쪽 다리를 넣고 두 손은 내 어깨를 꼭 움켜쥐고 다른 한발로 깡충깡충 뛰면서 도무지 넘어지지를 않았다. 그때 나도 모르게 너를 보았더니 스위스 소와 몽골 소를 교배한 잡종인 너는 한편에 조용히 서 있는데 그 눈길이 한없이 슬프고 망연해 보이더라. 그때 나는 너에게 무척 불만이었다. 나는 너의 귀를 물어뜯고 네 코를 짓이겨놓은 나쁜 놈하고 싸우고 있는데 네가 도와주지 않으니 말이다. 네가 등을 슬쩍 받아버리기만 해도 그를 쓰러뜨릴 수 있었다. 네가 조금만 힘을 쓰면 그를 공중에 날린 뒤 땅에 처박아버릴 수 있고, 그런 뒤에 내가 올라타고 짓눌러버리면 이기는 것이었다. 하지만 너는 꼼짝을 안했다. 그때 네가 왜 그렇게 꼼짝을 안했는지 이제는 안다. 그가 네 친아들이고, 나도 네 친한 친구이고, 내가 털도 빗겨주고 날파리도 쫓아주고 너를 위해 눈물도 흘려주면서 너한테 몹시 잘해주었으니 네가 이러지도 저러지도 못하고 선택하기가 어려웠을 것이다. 내 생각에 너는 둘이 그만 싸우고 떨어져서 악수를 나누며 화해하기를 가장 바랐을 것이다. 옛날처럼 형제로서 말이다. 그의 발이 갈대에 걸려 여러 번 넘어질 뻔하다가도 다시 균형을 잡았다. 나는 힘이 달리고 숨이 소처럼 가빠지고 가슴이 막혔다. 그런데 갑자기 두 귀가 몹시 아파왔다.

그가 어깨를 잡고 있던 손으로 내 두 귀를 움켜쥔 것이다. 그때 호빈의 내시 같은 목소리가 들렸다.

"잘한다, 잘해, 쳐! 때려! 때려!"

그뒤 호빈이 박수치는 소리가 들렸다. 나는 아픔에 시달리면서도 호빈 때문에 정신집중이 되지 않았다. 물론 네가 도와주지 않아서 실망이기도 했다. 그가 한쪽 발로 내 왼쪽 발을 걸어서 땅바닥에 엉덩방아를 찧게 만들고는 바로 몸으로 나를 짓눌렀다. 무릎으로 배를 짓누르는데 오줌을 지릴 정도로 아팠다. 두 손으로 내 귀를 움켜쥐고는 머리를 땅바닥에 단단히 짓눌렀다. 파란 하늘과 하얀 구름, 눈을 찌르는 태양이 눈에 들어왔고, 서문금룡의 각지고 마른 얼굴과 얇고 야무진 입술, 거뭇하게 난 수염, 우뚝 솟은 코, 으스스한 빛이 번쩍이는 두 눈도 보였다. 이 인간은 분명 순종 황인종이 아닐 것이다. 저 소처럼 혼혈 혈통일 것이다. 나는 한번도 본 적 없지만 사람들이 전설처럼 이야기하는 서문뇨의 모습을 그의 얼굴에서 짐작할 수 있었다. 욕을 퍼붓고 싶었지만 귀를 붙잡혀 볼이 당겨지는 바람에 입을 열 수가 없었다. 내 입에서 나오는 소리를 나도 알아들을 수 없을 지경이었다. 그가 내 머리를 쥐어잡고서 땅바닥에 다시 짓누르면서 또박또박 말했다.

"너 입사할 거야, 안할 거야?"

"안해…… 절대 안해……" 침이 같이 튀었다.

"오늘부터 내가 날마다 너를 한번씩 팰 거다. 네가 입사할 때까지. 게다가 갈수록 더 심하게 팰 거다."

"집에 가서 어머니한테 말해버릴 거야."

"어머니가 널 패라고 한 거야."

"입사한다고 해도, 아버지가 돌아오시고 나서 해야 해."
내가 한발 물러서며 말했다.

"안돼, 아버지가 돌아오시기 전에 해야 해. 너는 물론이
고 저 소도 끌고 말이야."

"우리 아버지가 너한테 얼마나 잘해주었는데, 이렇게 은
혜를 저버리다니!"

"너하고 소를 인민공사로 데려가는 것이 은혜에 보답하
는 길이야."

나와 서문금룡이 말싸움을 하고 있을 때, 호빈이 우리 주
위를 뱅뱅 돌았다. 그는 몹시 흥분해 있었다. 귀와 볼을 문
지르고 손을 비비고 손뼉을 치면서 입으로는 뭐라고 계속
중얼거렸다. 머리에 녹색 모자를 걸친 이 인간은 마음씨가
고약한데다 자기가 대단한 사람이라고 여겨서 다른 사람들
에게 늘 원한을 갖고 있었는데, 그러면서도 감히 대들지는
못했다. 우리 형제가 싸우자 고소해하면서 남의 불행과 고
통으로 자기 마음속 고통을 치유하고 있는 것이다. 그런데
그때 네가 떨쳐일어났다.

스위스 소와 몽골 소를 교배한 후손인 네가 고개를 낮추
고 호빈의 엉덩이를 한번 들이받자 몸이 왜소한 호빈이 헌
솜옷처럼 하늘에 붕 떠 2미터가량 높이에서 땅과 평행하게

날더니 지구의 인력(引力) 때문에 갈대밭에 기우뚱하게 떨어
졌다. 갈대밭에 떨어지면서 참담하게 비명을 지르는데, 그
소리가 몽골 소 꼬리처럼 길고도 휘었다. 호빈이 기어 일어
나면서 갈대숲에 이리저리 부딪혔다. 갈대가 흔들리면서 사
르륵 소리가 났다. 그때 우리 소가 다시 달려들었고 호빈이
다시 하늘을 날았다.

　서문금룡이 손을 풀고 훌쩍 뛰더니 채찍을 들고서 우리
소를 후려쳤다. 내가 일어나 뒤에서 그의 허리를 붙잡고는
다리를 걸어서 땅에 거꾸러뜨렸다. 우리 소 때리지 마! 양심
을 개한테 줘버린 배신자 같으니라고! 식구도 모르고, 은혜
를 원수로 갚는 새끼지주! 새끼지주가 내 엉덩이를 걷어차
고 나를 밀치고 일어나더니 나한테 채찍을 한방 날리고는
호빈을 구하러 갔다. 호빈이 기다가 구르다가 하면서 갈대
숲에서 빠져나왔다. 입에서 계속 괴상한 소리를 지르는데,
절름발이 개처럼 몰골이 처참하기도 하고 우습기도 했다.
못된 인간들은 결국 죗값을 치르고 정의가 실현되게 마련이
다. 다 좋았는데 딱 한가지가 유감이었다. 네가 먼저 서문금
룡에게 벌을 가하고 그다음에 호빈을 혼내길 바랐다. 아무
리 잔인한 호랑이도 자기 자식은 먹지 않는 법이라더니, 그
마음을 지금은 이해하겠다. 네 아들 서문금룡이 손에 가죽
채찍을 들고 쫓아갔다. 호빈이 가장 앞장서 달렸는데, 달린
다고 할 수도 없었다. 그의 빛나는 역사를 상징하던 낡은 군
복 단추가 떨어져서 옷이 펄럭이는 것이 죽은 새의 찢어진

날개 같았다. 모자도 떨어져서 소 발에 밟혀 흙에 파묻혔다. 사람 살려! 사람 살려! 사실, 그는 이런 소리를 전혀 지르지 못했지만, 그가 악쓰는 소리에 이렇게 살려달라는 뜻이 들어 있다는 것을 나는 알았다. 우리 소, 용감하고 사람과 교감할 줄 아는 우리 소가 뒤에서 계속 사납게 쫓아갔다. 고개를 숙인 채 쫓아가는 소의 두 눈에서 붉은빛이 나와 사방으로 퍼지는데 그 빛을 따라 역사의 시간이 내 눈앞에 펼쳐졌다. 소발굽에 하얀 알칼리 흙이 총알 파편처럼 갈대에도 튀고 나하고 서문금룡의 몸에도 튀고, 멀리는 강물에까지 튀면서 얼어 있다가 녹아 흐르는 물에 떨어져 첨벙 소리를 냈다. 갑자기 맑은 강물냄새가 훅 끼쳐왔고 빠르게 녹고 있는 얼음냄새도 나고 얼었던 흙이 녹으면서 흙냄새도 나고, 따끈한 소오줌에서 지린내도 풍겼다. 어미소의 오줌에서는 발정냄새도 났다. 봄은 이렇게 오고 있었다. 만물이 소생하고, 교배의 계절이 바야흐로 시작되었다. 오랫동안 겨울잠을 자던 뱀과 개구리와 두꺼비, 그리고 수많은 벌레 들도 잠에서 깨어나고, 갖가지 들풀과 야채 들도 놀라 깨어나고 아지랑이도 하늘로 피어오르고 있었다. 봄이 온 것이다. 이렇게 소가 호빈을 쫓고, 서문금룡이 소를 쫓고, 내가 서문금룡을 쫓으며, 우리는 1965년의 봄을 맞고 있었다.

호빈은 개가 똥을 낚아채는 동작으로 땅바닥에 꽂혔다. 소가 그 큰 머리로 계속 그를 들이받는데, 대장장이가 철물을 두드리는 모습이었다. 소가 한번 들이받으면 호빈은 자지러져라 비명을 지르다가 점점 소리가 잦아들었다. 그의 몸이 갈수록 납작해지고 길어지고 넓어져서 땅바닥에 퍼질러진 소똥 꼴이었다. 서문금룡은 계속 쫓아가면서 채찍을 휘둘러 너의 엉덩이를 때렸다. 타닥 채찍 맞는 소리가 날 때마다 핏자국이 생겼다. 그래도 너는 뒤도 돌아보지 않고 대들지도 않았다. 나는 그때, 네가 고개를 돌려 단번에 서문금룡을 공중에 띄웠다가 강물 한가운데로 처박아서, 얇은 얼음을 깨고 얼음 밑으로 가라앉아 반은 물을 먹어 죽고 반은 얼어 죽어서, 반에 반을 더하면 완전히 죽은 것이니 그렇게 완전히 죽기를 바라기도 했지만, 역시 그를 죽이지 않는 것이 최선이었다. 그가 죽으면 어머니가 괴로워할 것이기 때문이다. 어머니 마음에서 그가 차지하는 자리는 나보다 훨씬 컸다. 나는 갈대를 꺾어 그가 네 엉덩이에 채찍질할 때 그의 목을 때렸다. 그가 나한테 몇대 얻어맞더니 고개를 돌려 채찍을 휘둘렀다. 아이쿠, 어머니, 채찍이 얼마나 매섭던지 내 헌 솜옷이 찢겨나갔다. 채찍 끝이 내 볼을 스치자 바로 핏자국이 났다. 그때 네가 몸을 돌렸다.

나는 네가 그에게 한방 날려주기를 고대했다. 하지만 너는 그러지 않았다. 그도 잔뜩 긴장하여 연방 뒷걸음질을 쳤다. 너는 고개를 숙이고 한번 울음을 울었다. 그 눈빛이 그렇게 처연할 수 없었다. 너의 그 울음은 사실 아비가 자식을 부르는 것이었다. 하지만 아들은 당연히 알아듣지 못했다. 네가 한걸음 한걸음 앞으로 다가간 것은 아들을 어루만지고 싶어서였지만 아들은 알지 못했다. 아들은 네가 자기를 공격하려는 것으로 알고 채찍을 뽑아 너를 때렸다. 채찍은 매섭고도 정확했고, 채찍 끝이 너의 눈을 때렸다. 네가 앞발을 땅에 꿇고 엎드리는데, 눈에서 눈물이 주렁주렁 떨어졌다. 나는 놀라서 소리를 질렀다.

“서문금룡, 이 도적놈아, 우리 소를 장님을 만들 셈이냐.”

그가 네 머리에 다시 채찍을 날렸다. 이번에는 훨씬 세서 네 볼의 살갗이 터져 피가 줄줄 흘렀다. 소야. 내가 달려가 너의 머리를 감싸안았다. 내 눈물이 갓 돋아난 너의 새 뿔에 떨어졌다. 내 작은 몸으로라도 너를 보호할 것이다. 서문금룡, 어디 때려봐라. 내 솜옷이 찢겨 걸레가 되도록 때려보아라. 내 살이 흙처럼 주위 풀에 튀도록 때려보아라. 하지만 내 소는 절대 안된다. 네 머리가 내 품에서 떠는 게 느껴졌다. 나는 흙을 한움큼 집어 네 상처를 문지르고, 내 솜옷에서 솜을 꺼내 네 눈물을 닦아주었다. 네 눈이 멀까 걱정이었다. 하지만 속담에 ‘다리를 맞았다고 절름발이 되는 개 없고, 눈을 찔렸다고 장님 되는 소 없다’더니 네 눈은 멀쩡했다.

그뒤 한달 동안 우리는 계속 비슷한 순서를 반복했다. 서문금룡은 나더러 아버지가 없는 틈에 소를 데리고 입사하라고 하고, 거절하면 나를 팼다. 그가 나를 패면 내 소가 호빈을 들이받았고, 그러면 호빈이 다급하게 형 뒤에 숨었다. 형과 소가 대치하면서 서로 버티다가 몇분이 지나면 다들 한걸음 물러나 아무 일도 없은 듯이 되었다. 처음에는 죽기살기로 했지만 나중에는 놀이가 되었다. 한가지 그나마 내 기를 살려준 것은 호빈이 내 소를 호랑이처럼 무서워하여 그 조잘대던 입으로 더이상 헛소리를 지껄이지 않게 되었다는 것이다. 내 소는 그가 뭐라고 웅얼거린다 싶으면 그냥 고개를 숙이고 눈이 뻘게져서 발길질을 하며 쫓아갔다. 호빈은 겁을 집어먹고 그저 형 뒤에 숨는 게 고작이었다. 씨가 다른 형인 서문금룡은 더이상 내 소를 때리지 않았다. 그도 뭔가 느낀 것일까? 두 사람이 어쨌든 친부자지간이니 뭔가 통하는 게 있었을까? 그는 나를 때릴 때도 점잖게 때렸다. 그날 싸운 뒤로 내가 허리에 칼을 차고 다니고 머리에는 철모를 썼기 때문이다. 그 두 보물은 철제련운동 때 폐철더미에서 훔친 것인데, 여태껏 외양간에 감춰두고 있다가 이제 쓸모가 생긴 것이다.

제16장

묘령의 여자 마음은 봄날 향기처럼 피어오르고
서문소는 쟁기질을 하면서 위풍을 드러내다

서문소야, 1966년 봄밭갈이할 때가 바야흐로 우리의 행복한 시절이었다. 그즈음, 아버지가 성에서 돌아오면서 받아온 '부적'이 힘을 발휘했다. 너는 벌써 다 큰 소가 되어 우리집 작은 외양간이 몸에 맞지 않았다. 그때 인민공사 생산대대 수소들은 어린것들까지 죄다 불알을 까버렸다. 하지만 다들 아버지더러 소가 고분고분해지도록 코를 뚫으라고 해도 아버지는 듣는 시늉도 하지 않았다. 나도 아버지의 결정에 찬성이었다. 우리 관계는 진즉에 농부와 가축의 관계를 넘어섰다고 굳게 믿었다. 우리는 마음이 통하는 친구이자 손을 맞잡고 마음과 몸을 합쳐 개인농을 견지하여 집단화에 대항하는 전우였다.

　나와 아버지가 일구는 3무 2푼의 땅은 인민공사 땅에 포위되어 있었다. 가까이 운량강이 있어서 토질이 농사에 딱 좋았다. 토층이 두껍고 토질이 비옥해서 경작하기에 안성맞춤이었다. 아버지가 말했다. 이렇게 3무 2푼의 땅과 이렇게 건장한 소, 그리고 우리 부자가 있으니 배 두드리고 먹는 것은 걱정없다. 아버지는 성 소재지에서 돌아온 뒤로 불면증이 생겼다. 내가 한참 잠을 자다 깨어보면 아버지는 그때까지도 구들에 앉아 벽에 등을 기댄 채 풀풀 담배를 피우고 있었다. 짙은 담배연기 때문에 속이 매스꺼웠다. 내가 물었다.

　“아버지, 왜 아직까지 안 주무세요?”

　“이제 자야지.” 아버지가 말했다. “어서 자라. 난 소 풀 좀 주어야겠다.”

　나는 오줌을 누려고 일어났다. 너도 내가 이불에 오줌 싸는 병이 있음을 알 것이다. 네가 나귀이고 소였을 때, 마당에다 내가 오줌 싼 이불을 말리던 모습을 너도 보았을 것이다. 우리 어머니가 이불을 말릴 때면 오추향이 자기 딸들을 소리쳐 불렀다. 호조야, 합작아, 얼른 나와봐라, 서쪽 행랑채 해방이가 또 이불에 세계지도를 그렸단다. 그러면 두 황가네 계집애들이 달려와서는 나무막대로 이불의 오줌 자국을 가리켰다. 여기가 아시아, 여기가 아프리카, 여기는 라틴아메리카, 여기가 대서양이고 여기는 인도양…… 말할 수 없는 치욕감에 땅이라도 파고들어가 영원히 나오고 싶지 않았고, 이불을 불살라버리고 싶었다. 홍태악이 이 모습을 본다면 내게 이렇게 말할 것이다. 해방나리, 이 이불을 머리에 뒤집어쓰고 적들의 포대에 뛰어들면 총알도 뚫지 못하고 폭탄이 터져도 파편이 피해가겠네. 예전의 치욕을 다시 꺼내서 무엇 하랴. 그나마 다행은 아버지를 따라 개인농을 한 뒤로 이불에 실례하는 병이 절로 나았다는 것이다. 내가 개인농을 고집하면서 집단화에 반대하는 중요한 이유 가운데 하나이기도 했다. 달빛이 물처럼 흘러 조그만 우리집을 은빛으로 비추었다. 부뚜막에서 밥풀을 주워먹으며 웅크리고 있는 쥐도 은빛이었다. 옆방에서 어머니의 한숨소리가 들려왔다. 어머니도 늘 잠을 이루지 못했다. 내가 맘이 놓이지 않는 것이고 아버지가 나를 데리고 어서 입사하여 온 집안식구가 화목하게 살기를 손꼽아 고대하고 있었다. 하지만 아버지 같은 쇠고집이 어머니 말을 들을 것인가? 이렇게 좋은 달빛에 잠이 달아나버렸다. 나는 어둠속에서 외양간에 있는 소를 보고 싶었다. 밤새 잠을 자지 않는 것일까 아니면 사람처럼 잘까? 누워서 잘까, 아니면 서서 잘까? 눈을 뜨고 잘까, 눈을 감고 잘까? 나는 저고리를 걸치고 살짝 마당으로 빠져나갔다. 맨발이어서 땅이 차가웠지만 춥지는 않았다. 마당에는 달빛이 더 짙었고 살구나무에서는 은빛이 더욱 빛나고 땅에는 나무 그림자가 짙게 드리워져 있었다. 아버지가 소쿠리에 풀을 담는 것이 보였다. 몸의 윤곽이 낮보다 훨씬 커 보였다. 한줄기 달빛이 소쿠리와 소쿠리를 든 아버지의 큰손을 비추었다. 사악 하는 소리가 들렸다. 소쿠리가 공중에 매달려 흔들리는 듯했고 아버지의 두 손이 소쿠리의 부속품 같았다. 소쿠리의 풀이 여물통에 쏟아지자마자 소가 혀로 풀을 말아 씹는 소리가 들렸다. 검둥아, 검둥아, 내일부터 쟁기질을 한단다. 잘 먹어라. 잘 먹어야 힘을 쓰지. 내일 우리 멋지게 해보자꾸나. 세상 흐름을 좇아가는 사람들에게 보여주게 말이다. 남검은 세상에서 가장 잘난 농민이고 남검네 소도 세상에서 가장 좋은 소라는 걸 보여주자꾸나. 소가 큰 머리를 한번 흔들었다. 아버지 말에 대답하는 것 같았다. 아버지가 다시 말했다. 저 사람들이 너한테 코뚜레를 채우라고 한다만 썩을놈들, 내 소는 내 아들과 같은데, 마음도 통하고 내가 너하고 이렇게 잘 지내는데 말이다. 너를 소라고 생각하는 게 아니라 사람으로 생각하는데, 아니 사람에게 코를 뚫는 놈도 있단 말이냐? 네 불알도 까버리라고 한다만 진짜로 썩을놈들이다. 내가 그자들에게 그랬다. 집에 가서 네 아들놈 불알이나 까버리라고 말이다. 검둥아, 내가 말 잘했지? 네가 오기 전에 난 나귀를 키웠다. 천하제일의 명필이었지. 잘생기고 마음도 통하고 성질이 사나웠지. 철강제련운동 때 그 녀석을 다치게만 하지 않았어도 지금까지 살아 있을 텐데 말이다. 하지만 그 나귀녀석이 떠나지 않았으면 네가 오지 못했겠지. 나는 장에서 너를 보고 한눈에 찍었다. 검둥아, 난 네가 그 나귀가 환생한 것 같다는 생각이 자주 든단다. 우리 둘 정말 인연이 깊지?

어두운 그림자 속에 있어서 아버지 얼굴이 잘 보이지 않았다. 여물통을 잡고 있는 큰 두 손만 보였다. 푸른 보석처럼 빛나는 소의 두 눈만 보였다. 막 우리집에 왔을 때 밤색이던 소는 털색이 점점 깊어져서 지금은 검은색에 가까웠다. 그래서 아버지는 소를 검둥이라고 불렀다. 내가 재채기를 하자 아버지가 놀라서 황급히 뛰어나왔다. 외양간에 든 도둑이 튀어나오는 것 같았다.

“너구나, 아들, 왜 여기 서 있어? 얼른 방에 들어가 자라!”

“아버지는 왜 안 자요?”

아버지가 고개들어 하늘의 별을 보며 말했다.

“알았다, 나도 자마.”

내가 비몽사몽일 때 아버지가 다시 조심조심 일어나는 것이 느껴졌다. 호기심에 아버지가 방을 나가자 나도 일어났다. 마당에 나서자 달빛이 아까보다 더 밝았다. 비단 같은 물체가 공중을 나는 것 같았다. 하얗고 매끄러우면서도 차가운 그것을 한뼘 한뼘 뜯어서 몸에 걸쳐도 될 것 같았고 한줌 한줌 뭉쳐서 입에 넣어도 될 듯싶었다. 나는 외양간을 보았다. 외양간이 크고 넓게 변해 있었고 한점 어둠도 없고 바닥에는 소똥 하나 없이 만두처럼 하얗게 보였다. 그런데 아버지와 소는 외양간에 없었다. 놀랍고도 이상했다. 분명히 아버지를 따라나왔고 외양간에 들어가는 것을 똑똑히 보았는데 어떻게 눈깜짝할 사이에 사라질 수 있단 말인가. 아버지만이 아니라 소도 보이지 않았다. 둘이 달빛으로 변했단 말인가? 대문이 빠끔히 열린 것을 보고서야 답답하던 속이 트였다. 아버지와 소가 나간 것이다. 그런데 밤에 왜 나간 것일까?

거리는 조용했다. 나무와 담장, 흙 모든 것이 은빛이었다. 담에 검은색으로 크게 써붙인 표어조차 하얗게 반짝이고 있었다. 당내(堂內) 자본주의분자들을 색출하자! '4청(四淸)'운동(노동점수 계산을 투명하게 하고, 창고관리를 투명하게 하는 등, 1963년부터 농촌간부들의 공공재산 유용과 부패를 청산하기 위해 전개한 반부패, 반관료 운동 —옮긴이)을 관철하자! 서문금룡이 쓴 표어들이었다. 그는 확실히 천재였다. 저렇게 큰 글자를 써본 적이 없지만 먹물이 가득 든 통을 들고서 먹물을 가득 찍은 마실로 만든 붓을 쥐고서 직접 벽에다 썼다. 글자가 옹골차고 가로세로로 반듯한데다 획에 힘이 넘치고 새끼를 밴 어미양처럼 글자가 커서 사람들의 찬탄을 자아냈다. 형은 마을에서 가장 문화적 수준이 높고 귀한 대접을 받는 청년이 되어 있었고 4청공작대의 대학생들조차 그의 능력을 인정하여 친구로 사귀었다. 형은 진즉 공산주의청년단에 입사했고 이번에 공산당 입당신청서까지 냈다고 했는데, 이렇게 적극적으로 나서는 것은 모두 당에 잘 보여 입당의 꿈을 이루기 위해서였다. 4청공작대 대원 가운데 끼가 넘치는 상천홍(常天紅, 챵톈훙)이란 대원이 있었다. 성에 있는 예술학교 성악과 학생인데 그가 형에게 서양의 벨칸토 창법을 가르쳤다. 그해 겨울, 이 두 청년은 허구한 날 나귀울음보다 더 길게 소리를 빼며 혁명가요를 불렀고, 인민공사 사원대회가 열릴 때마다 고정 레퍼토리가 되었다. 그 상천홍이란 청년은 자주 우리집 마당에 나타났다. 곱슬머리에 얼굴이 작고 하얀 데다 눈은 크고 반짝거리며 입은 크고 수염이 파랗게 돋았고, 목젖이 툭 튀어나오고 체구가 커서 동네 청년들하고는 완전히 딴판이었다. 질투를 느낀 몇몇 녀석들이 '큰 나귀'라고 별명을 지어 부르는 것을 들었다. 우리 형이 그에게 노래를 배우면서 형도 '작은 나귀'라는 별명을 얻었다. 이 두 당나귀가 의기투합하여 친형제처럼 한통속으로 신나게 지냈다.

마을에 4청운동이 일어나면서 모든 간부들이 죄다 한번씩 곤욕을 치렀다. 민병대장 겸 대대장인 황동은 공금을 유용하여 정직을 당했고 마을지부 서기 홍태악은 동네 종묘장에서 인민공사 대대에서 키우던 흑염소를 삶아먹었다가 정직을 당했다. 하지만 이들의 직책은 곧바로 회복되었다. 다만 대대 물자공급 관리가 생산대의 말사료를 훔쳤다가 자리에서 정말로 쫓겨났다. 운동은 한바탕 연극이었다. 운동에는 시끌벅적한 구경거리가 들어 있었다. 운동은 북 치고 장구 치고 떠드는 것이었다. 오색깃발이 날리고 담장은 표어로 가득하고 인민공사 사원들은 낮에는 일하고 밤에는 대회를 열었다. 꼬마 개인농인 나도 당연히 시끌벅적한 구경거리를 좋아했다. 그때는 정말 입사하고 싶었다. 입사해서 그 두 당나귀와 장단을 맞추어 세상을 헤집고 다니고 싶었다. 그 두 당나귀의 무척이나 교양있어 보이는 행동이 소녀들의 눈길을 사로잡았고 사랑이 서서히 싹텄다. 내 씨다른 누이

서문보봉이 상천홍에게 푹 빠지고 황호조와 황합작 쌍둥이
자매가 동시에 우리 형을 두고 사랑에 빠지는 것을 나는 그
저 썰렁한 눈길로 쳐다만 보고 있었다. 나를 사랑하는 사람
은 없었다. 그녀들은 내가 아직 물정모르는 어린애라고 생
각하는 모양이었다. 하지만 그녀들이 어찌 알았으랴. 내 사
랑이 벌써 무르익었다는 것을! 나는 황동의 큰딸 황호조를
남몰래 사랑하고 있었다.

그래, 다시 본론으로 돌아가자. 내가 거리로 나간 데까지
이야기했다. 그런데 아버지와 소의 흔적이 보이지 않았다.
달나라로 날아갔단 말인가? 아버지가 소 등에 타고 소의 네
다리는 구름을 밟고 꼬리는 거대한 노처럼 흔들리면서 하늘
로 올라가는 것을 본 듯했다. 이것이 환상이라는 것을 나도
알았다. 아버지가 소를 타고 달에 가면서 나를 버리고 갈 리
가 없다. 나는 반드시 땅에서 둘을 찾아내야 한다. 나는 그
자리에 서서 정신을 집중했다. 콧구멍을 크게 열고 냄새를
맡았다. 과연 냄새가 코로 들어왔다. 둘은 멀리 가지 않았
다. 동남쪽의 허물어진 담장 근처에 있었다. 원래는 죽은 아
이를 묻는 웅덩이였다. 마을 사람들이 아이가 죽으면 가져
다버리는 곳인데 나중에 흙을 높이 쌓아올려 인민공사 생산
대대의 탈곡장으로 쓰고 있었다. 탈곡장은 평평했고 주위에
는 사람 키 절반쯤 되는 흙담이 있었다. 담장 주변에는 탈곡
을 하는 홀태와 굴레가 여러 대 놓여 있었고 꼬마들이 무리
지어 몰려다니며 난장을 치고 있었다. 다들 엉덩이를 드러

낸 채 배만 가리는 배두렁이를 차고 있었다. 죽은 아이들의 정령(精靈)이었다. 아이들은 매달 보름달이 뜰 무렵이면 이 렇게 나와서 놀았다. 정말 귀여웠다. 꼬마 정령들은 홀태에 서 굴레로 뛰어내렸다가 다시 굴레에서 홀태로 뛰었다. 대 장은 위로 치솟은 댕기머리를 한 사내아이였는데 반짝거리 는 쇠호루라기를 입에 물고 박자에 맞춰 불었고, 그러면 아 이들이 그 소리에 맞추어 뛰는데 더없이 일사불란한 것이 참으로 장관이었다. 그들 틈에 끼고 싶은 마음이 간절하여 넋놓고 보았다. 홀태와 굴레에서 다 놀았는지 이번에는 담 장으로 올라가 줄지어 나란히 앉았다. 조그만 다리를 늘어 뜨리고 발뒤꿈치로 흙담을 두드리며 노래를 불렀다.

어른 남검, 꼬마 남검, 남검 좋아, 안 좋아? —좋지!
남검 좋아, 남검 좋아, 남검네 식량이 남아도니 그를 따라 개인농이나 할까? —좋지!

꼬마들 노랫소리가 나를 정말 감동시켰다. 나는 주머니 에서 볶은 검정콩 한줌을 꺼내 아이들에게 나누어주었다. 그들이 조막손을 내밀었다. 손에 여린 솜털이 돋아 있었다. 나는 조막손마다 검정콩 다섯 알씩 놓아주었다. 다들 똘망 똘망한 눈과 하얀 이를 가진 잘생긴 아이들이었다. 그리하 여 콩을 씹는 소리가 울리고 달빛 속에 볶은 콩냄새가 가득 찼다. 아버지와 소가 탈곡장에서 조련을 하고 있었다. 다시

242

담장 주위로 셀 수 없을 정도로 많은 아이들이 다가왔다. 나는 주머니를 눌러보며 콩을 더 달라고 하면 어떡하지, 걱정하고 있었다. 아버지는 몸에 꼭 끼는 옷을 입고 양 어깨에는 연잎 같은 녹색 보자기를 두르고 머리에는 양철나팔 같은 모자를 쓰고 있었는데, 오른뺨에 바른 붉은 유채기름이 왼뺨에 난 파란 점과 어울려 눈부시게 빛났다. 아버지가 탈곡장 한가운데서 뭐라고 큰 소리를 지르는데 알아들을 수가 없었다. 큰 소리로 주문을 외우는 것 같았는데 둘러친 담장에 올라앉은 붉은 꼬마들은 알아듣는지 손뼉을 치고 발로 벽을 두드리며 날카로운 휘파람을 불었다. 어떤 꼬마들은 주머니에서 작은 나팔을 꺼내 삐리삐리 불었고 어떤 꼬마들은 담장 밖에서 소고를 들고 와서는 다리 사이에 끼고 둥둥 두드렸다. 그와 동시에 우리집 소가 두 뿔에 붉은 비단을 매고 머리에는 붉은 비단으로 만든 커다란 꽃을 꽂고서 신랑이라도 되는 양 희희낙락하며 탈곡장 가장자리를 따라 뛰었다. 온몸이 번쩍번쩍 빛나고 두 눈이 수정 같고 네 발이 등잔대 같았고, 우아하면서도 매끄럽게 뛰었다. 그가 뛰면서 다가오면 담장에 앉은 붉은 꼬마들이 미친 듯이 북을 두드리며 소리를 질렀다. 그렇게 한바퀴 한바퀴 돌기를 거듭하자 환호성이 파도처럼 물결쳤다. 대략 열몇바퀴를 돌았을 것이다. 소가 한가운데로 입장하며 아버지와 만났다. 아버지가 주머니에서 콩깻묵을 꺼내 입에 넣어주었다. 상이었다. 그 뒤 아버지는 소 이마를 쓰다듬고 엉덩이를 두드리며 말했

다. 기적을 보여드리겠습니다. 그러고는 서양가곡을 부를
줄 아는 그 '큰 나귀'보다 더 높고 트인 목소리로 소리쳤다.

"기적을 보여드리겠습니다."

대두 남천세가 믿지 못하겠다는 눈초리로 나를 쳐다보았
다. 그가 내 이야기를 믿지 않는 것을 나도 안다. 여러 해가
지난 일이어서 너도 잊었을 것이다. 아마 당시 내가 본 것은
허황한 꿈같은 경지였을 것이다. 하지만 꿈이라고 해도 너
와 관련있는 일이고, 네가 없었으면 그런 꿈도 꾸지 않았을
것이다.

우리 아버지가 크게 소리치면서 채찍을 뽑아 달빛이 흐
르는 땅에 내려쳤다. 유리를 때린 듯이 맑은 소리가 났다.
그러자 소가 갑자기 앞발을 들고 몸 전체를 세우고는 두 뒷
다리로 지탱했다. 이렇게 올라타는 동작은 어려운 게 아니
었다. 수소들이 암소를 올라탈 때면 다 이렇게 한다. 하지만
앞발과 몸을 허공에 두고 두 뒷다리로 거대한 몸을 지탱하
고서 한걸음 한걸음 걷는 것은 어려운 일이다. 소의 걸음걸
이가 볼품없기는 해도 보는 이들의 넋을 빼앗기에는 충분했
다. 이렇게 큰 몸집을 가진 소가 직립보행을 하고, 그것도 서
너 걸음도 아니고, 열 걸음도 아니고, 탈곡장을 한바퀴 돌 수
있다는 것은 상상도 해보지 못한 일이었다. 꼬리는 땅에 끌
리고 두 앞다리는 앞가슴에 모았는데, 흡사 다 자라지 않은
팔 같았다. 배가 완전히 드러나서 두 뒷다리 사이에서 모과
처럼 생긴 불알이 흔들렸다. 소가 꼿꼿이 서서 걷는 이유가

244

이 물건을 보여주기 위해서인 듯했다. 담장에 앉아서 떠들던 붉은 꼬마들도 입을 다문 채, 나팔 부는 것도 잊고 북을 치는 것도 잊고 입을 벌린 채 넋나간 표정이었다. 소가 한바퀴를 다 돌고서 몸을 내려놓으며 네 발이 땅에 닿자 그제야 꼬마들은 정신이 돌아와 환호성과 박수소리, 북소리, 나팔소리, 휘파람소리가 뒤엉켰다.

다음 연기는 더욱 신기했다. 소가 넓은 머리를 숙여 땅에 대고서 힘을 쓰며 뒷다리를 드는 것이었다. 사람이 물구나무서는 것과 흡사했는데 사람보다 난이도가 몇배는 더했다. 소의 무게가 팔백근은 족히 되는데 목의 힘만으로 온몸을 지탱하는 것은 거의 불가능한 일이었다. 하지만 우리집 소는 그 고난도의 동작을 해냈다―다시 그 모과 두 개 같은 불알을 묘사하는 것을 용서하시라―그 물건들은 뱃가죽에 딱 붙어 고립무원의 지경으로 보였다.

다음날 오전 너는 첫 노동, 즉 밭갈이에 나섰다. 우리는 나무쟁기를 썼고, 보습이 거울처럼 반짝거렸다. 안휘(安徽, 안후이)성 주물공장에서 만든 것이다. 생산대대는 나무쟁기를 쓰지 않은 지 오래였고 풍년표 쇠쟁기를 사용했다. 우리는 전통을 지켜나갔고 코를 찌르는 기름냄새가 진동하는 공업제품은 쓰지 않았다. 아버지가 개인농을 하는 이상 나라의 물건들과는 거리를 두어야 한다고 말했다. 풍년표 쟁기는 국영공장의 제품이어서 쓰지 않았다. 우리는 손으로 짠 옷을 입고 우리가 만든 공구를 쓰고 콩기름 등잔을 쓰고 부싯돌로 불을 붙였다. 그날 생산대대는 소가 끄는 쟁기 아홉 개로 땅을 갈았다. 우리와 시합을 하려는 듯싶었다. 강 동쪽에서는 국영농장 트랙터도 동원되어 땅을 갈았다. 동방홍표 트랙터 두 대가 온몸에 붉은 페인트칠을 하고 있어서 멀리서 보면 붉은 마귀 같았다. 그 기계들은 파란 연기를 내뿜고 귀따가운 굉음을 냈다. 생산대대의 축력쟁기 아홉 대는 한 쟁기당 소 두 마리가 기러기 무리처럼 늘어섰다. 쟁기를 모는 사람은 경험 많은 노련한 마부였는데 다들 심각한 표정을 짓고 있는 것이 쟁기질하러 온 게 아니라 장엄한 의식에 참가하러 온 듯했다.

홍태악이 새 제복을 빼입고 밭머리에 나왔다. 그도 이제 늙어서 머리가 세고 턱 근육도 축 늘어지고 양쪽 입가도 처져 있었다. 우리 형 금룡이 왼손에는 종이파일을 들고 오른손에는 만년필을 들고 그의 뒤에 서 있는 모습이 영락없이 기자 같았다. 나는 그가 적을 게 뭐가 있을까 싶었다. 홍태악이 하는 말을 죄다 적기라도 한단 말인가? 홍태악은 그저 조그만 시골마을의 당지부 서기에 불과하고, 혁명에 참여한 경력이 좀 있다고 해도 그 시절 농촌의 기층간부라면 다들 그러했기에 뭐 그리 폼잡을 일도 못되었다. 더구나 이 인간은 흑염소를 잡아먹고 4청운동 때 낙마하기도 했으니, 혁명 의식이 그다지 철저하지도 않았다.

아버지는 서둘지도 않고 그렇다고 지나치게 여유를 부리지도 않으면서 척척 나무쟁기를 조정하고는 소에 채운 멍에

를 점검했다. 나는 할일이 없었다. 나는 구경거리를 찾아왔
는데, 머리에는 어제저녁 아버지와 소가 탈곡장에서 한 신
기한 연기가 뱅뱅 돌고 있었다. 우람한 소의 몸을 보니 어젯
밤 연기가 얼마나 어려운 것이었는지 더욱 절감되었다. 나
는 그 일을 아버지에게 묻지 않았다. 나는 그것이 꿈이 아니
라 정말로 일어난 일이기를 간절히 바랐다.

홍태악이 허리에 손을 끼우고 일장훈화를 했다. 금문도
(金門島)와 마조도(馬祖島) 전투에서 시작하여 한국전쟁까지
늘어놓는가 하면, 토지개혁에서 계급투쟁까지 거론한 뒤 봄
농사는 제국주의와 자본주의, 그리고 자본주의 개인농과 벌
이는 일대 전투라고 말했다. 그는 소뼈다귀를 두드리던 시
절에 연마한 장기를 유감없이 발휘했다. 연설에 말도 안되
는 틀린 내용이 수두룩했지만 목소리가 큰데다 말이 청산유
수여서 쟁기를 끄는 농민들의 마음을 다잡아 나무로 만든
닭처럼 얼어붙게 만들었다. 소조차 나무 소처럼 얼어붙었
다. 나는 우리 소의 어미인 그 몽골 소를 보았다. 유장하고
굵은 꼬리가 그 소의 특징이었다. 눈길이 계속 우리 쪽을 보
는 것 같았다. 자기 아들을 보는 것이다. 하아, 그 이야기를
하자니 너 때문에 내 얼굴이 붉어진다. 작년 봄, 강가에서 방
목할 때 나와 금룡이 싸울 때 말이다. 네가 몽골 소의 등에
올라탔다. 그것은 난륜이었다. 대역무도한 짓이었다. 소로
서야 당연히 문제될 게 없다. 하지만 너는 보통 소가 아니라
전생에 사람이었다. 물론 아마도 그 몽골 소가 전생에 너의

연인이었을 것이다. 하지만 어쨌거나 그 소가 너를 낳았다. 이 생사윤회의 심오한 비밀을, 나는 생각하면 할수록 모르겠다.

"너 그 일을, 제발 좀 잊어줘!" 대두가 괴로워하며 말했다.

그래, 잊겠다. 내 형 금룡이 한쪽 무릎을 땅에 대고, 다른 쪽 구부린 무릎에 서류철을 올린 채 붓을 놀리는 모습을 떠올렸다. 이어 홍태악의 명령이 떨어졌다. 쟁기질 시작! 쟁기를 잡은 사원들이 어깨에 걸치고 있던 긴 채찍을 휘두르며 이랴, 이랴— 소리쳤다. 유장하면서도 소가 능히 알아들을 수 있는 명령이었다. 생산대대의 쇠쟁기가 땅을 파면서 앞으로 나아가자 흙이 파도처럼 쟁기보습에 뒤집히며 일어났다. 나는 다급해서 소리를 낮추어 아버지에게 말했다. 아버지, 우리도 쟁기질해야지요. 아버지가 슬며시 웃더니 소에게 말했다.

"검둥아, 이제 우리도 가자!"

아버지는 채찍이 없었다. 그저 조용히 한마디했는데, 우리 소가 쏜살같이 앞으로 튕겨나갔다. 쟁기보습이 땅에 부딪혀 생기는 마찰이 소를 끌어당겼다. 아버지가 말했다.

"힘을 빼라, 서둘 것 없다."

우리 소는 성질이 급했다. 성큼성큼 걸음을 떼며 온몸의 근육이 다 힘을 쓰고 있었다. 나무쟁기가 덜덜거리면서 지나자 커다란 흙덩어리가 파헤쳐지고 갈린 쪽 흙이 반짝거리면서 한쪽으로 밀려나갔다. 아버지가 수시로 쟁기 손잡이를

흔들어 마찰을 줄여주었다. 아버지는 머슴 출신이어서 기술
이 좋았다. 신기한 것은 우리집 소였다. 처음 일을 하는 것
인데도 동작이 다소 어색하고 호흡조절이 매끄럽지 못하긴
해도 똑바로 걸어가는 것이 아버지가 이래라저래라 시킬 필
요가 전혀 없었다. 우리집은 소 하나가 쟁기 하나를 끄는데,
생산대대는 소 두 마리가 쟁기 하나를 끌었다. 하지만 우리
쟁기가 생산대대에서 가장 일 잘하는 쟁기를 진즉 이겨버렸
다. 자랑스러워서 흥분을 감출 수가 없어 나는 쟁기 앞쪽으
로 뒤쪽으로 뛰어다녔다. 황홀했다. 우리집 소하고 쟁기는
바람을 가득 안은 배였고 뒤집히는 흙은 파도였다. 생산대
대의 쟁기질하는 사람들이 다들 우리 쪽을 보고 있었다. 홍
태악과 형이 곧장 우리에게 걸어왔다. 한쪽에 서서 못마땅
하다는 눈초리로 우리를 꼬나보고 있었다. 우리 쟁기가 밭
끝까지 갔다가 방향을 돌려 돌아오자 홍태악이 앞에 서서
소리를 질렀다.

"남검, 정지!"

우리집 소가 성큼성큼 걸어나갔다. 눈에서 불이 이글거
렸다. 홍태악이 놀라 밭두렁으로 피했다. 그도 우리집 소의
성질을 알고 있었다. 하는 수 없이 쟁기를 따라가며 우리 아
버지에게 말했다.

"남검, 경고하는데 자네 밭머리와 가장자리를 갈면서 인
민공사 땅을 밟지 말라고."

아버지가 비굴하지도 거만하지도 않게 말했다.

“당신네 소가 내 땅을 밟지 않는 한 내 소가 당신네 땅을
밟을 리는 없을 거요.”

나는 홍태악이 일부러 우리를 못살게 구는 것임을 알았
다. 우리 3무 2푼짜리 땅은 생산대대 토지 한가운데 박힌 쐐
기였다. 우리 땅은 길이가 100미터에 넓이는 고작 21미터였
다. 밭머리와 가장자리를 쟁기질할 때나 소를 돌릴 때 인민
공사 땅을 밟지 않을 수 없었다. 하지만 인민공사도 마찬가
지였다. 가장자리를 쟁기질할 때는 도리없이 우리 땅을 밟
아야 했다. 그래서 아버지는 조금도 겁나지 않았다. 그런데
홍태악이 말했다.

“우리가 쟁기질을 않고 땅을 버려두는 한이 있어도 자네
3무 2푼짜리 땅은 밟지 않을 거야.”

생산대대는 땅이 넓어서 홍태악이 이렇게 큰소리를 칠
수 있었다. 하지만 우리는 사정이 달랐다. 이 손바닥만한 땅
밖에 없으니 포기할 수 없는 노릇이었다. 아버지가 다 생각
이 있다는 듯이 말했다.

“내 땅은 1푼 1리(厘)도 포기하지 않을 것이고, 그렇다고
공사 땅에 우리 소가 발자국 하나 남기는 일도 없을 것이
오.”

“좋아, 한입으로 두말하기 없네.” 홍태악이 말했다.

“두말하면 잔소리지요.” 아버지가 말했다.

“금룡, 네가 따라가다 저 소가 공사 땅을 밟기만 하면—” 홍
태악이 말했다. “남검, 자네 소가 공사 땅을 밟으면 어떻게

할 건가?"

"우리 소의 다리를 잘라버리지요!" 아버지가 단호하게 말했다.

아버지 말에 나는 깜짝 놀랐다. 우리집 땅과 공사 땅이 뚜렷하게 나뉜 것도 아니고 그저 50미터마다 말뚝이 하나 박혀 있을 뿐이었다. 사람도 똑바로 걸어가기가 힘든데 소가 끄는 쟁기는 말할 것도 없었다.

아버지는 밭 가운데서부터 쟁기질하는 방식을 택했다. 잠시나마 공사 땅을 밟을 가능성은 없었다. 홍태악이 형에게 말했다.

"금룡, 너 먼저 마을에 가서 칠판에 대자보 쓰는 일부터 해라. 오후에 다시 와서 감시하자."

우리가 집에 와 점심을 먹을 때, 서문저택 마당 담벼락에 걸린 칠판에 사람들이 몰려들었다. 칠판은 넓이가 2미터에 길이가 3미터였는데, 동네 여론을 모으는 장이었다. 형은 재주가 넘쳐서 몇시간 만에 칠판을 주옥같이 물들여놓았다. 그는 붉은색, 노란색, 녹색 세 가지 분필로 트랙터에 해바라기와 녹색식물을 그렸고, 쟁기질하며 환하게 웃는 공사 사원과 역시 환하게 웃고 있는 공사 소를 그렸다. 칠판 오른쪽 귀퉁이에는 파란색과 흰색 분필로 비쩍 마른 소와 비쩍 마른 어른과 아이를 그려놓았다. 우리 아버지와 소, 그리고 나를 그린 것이었다. 가운데 쓴 글의 제목은 '사람도 소도 기쁨에 넘쳐 봄농사를 시작하다'였다. 제목 서체는 주위를 장식

한 네모반듯한 송체(宋體)였고, 내용은 해서체였다. 문장 끝
에는, 인민공사와 국영농장의 열기가 하늘을 찌르고 기상이
충천하는 봄농사 풍경과 선명하게 대조된 것은 우리 마을
고집불통 개인농인 남검 일가로, 그들은 소 한마리가 나무
쟁기를 끄는데 소는 고개를 늘어뜨리고 사람은 기가 죽었으
니, 혈혈단신 외롭게 사람은 털 뽑힌 수탉 꼴, 소는 초상집
개 꼴이 되어 처량하게 지금 막다른 길을 가고 있다고 적혀
있었다.

내가 말했다. "아버지, 형이 우리를 어떻게 만들었는지
좀 보세요."

아버지가 쟁기를 멘 채 소를 끌었다. 얼굴에 얼음처럼 맑
고 서늘한 미소를 짓고 있었다.

"내버려둬라." 아버지가 말했다. "그 녀석, 정말 머리가
잘 돌고 손재주도 좋네. 뭐든 척척 그리네."

사람들 눈이 우리에게 쏠렸다. 다들 의미있는 웃음을 짓
고 있었다. 사실이 웅변을 이기는 법이다. 우리 소가 산처럼
웅장하고 우리의 파란 얼굴이 빛나고 우리 마음이 즐겁고,
일은 술술 풀려가고, 기가 살아 있지 않은가.

금룡이 멀리 서서 자신의 걸작과 그 걸작을 구경하는 사
람들을 쳐다보고 있었다. 황가네 호조가 문틀에 기댄 채 땋
은 머리를 입에 물고서 아득히 금룡을 바라보고 있었다. 푹
빠져서 넋을 잃은 눈길로 보아 사랑이 이미 심각한 수준이
라는 걸 알 수 있었다. 내 배다른 누이인 보봉은 붉은 십자가

그려진 가죽가방을 메고 큰길 서쪽에서 걸어오고 있었다. 새로운 조산술을 배운데다 주사를 놓고 약을 처방하는 기술까지 배워서 동네 전문위생원이 되었다. 황가네 합작이 큰길 동쪽에서 비틀비틀 자전거를 타고 오고 있었다. 배운 지 얼마 되지 않았는지, 조정을 잘 못했고 담장에 기대선 금룡을 보고는 소리를 질렀다. "안돼, 안돼." 자전거바퀴가 그대로 금룡을 들이받았다. 금룡의 다리 한쪽이 바퀴에 끼었고 엉겁결에 손으로 자전거 핸들을 붙잡았다. 황합작이 그의 품에 엎드린 꼴이었다.

이 모습을 본 황호조가 고개를 돌려버렸고 긴 댕기머리가 휙 날렸다. 얼굴이 붉어진 채 엉덩이를 씰룩거리며 집으로 뛰어갔다. 나는 마음이 아렸다. 황호조가 안쓰러웠고 황합작은 미웠다. 황합작은 사내들처럼 가르마 탄 머리를 했다. 인민공사 중학생들로부터 유행하기 시작한 머리 모양이었다. 그렇게 머리를 깎아준 사람은 마량재(馬良才, 마량차이)란 학교선생이었다. 탁구를 잘 치고 하모니카를 잘 불었으며 하도 빨아서 희게 바랜 파란 제복을 입고, 머리칼은 굵고 눈은 검은데 얼굴에는 여드름이 나고 몸에서는 항상 맑은 비누향기가 났다. 그는 우리 누나 보봉을 점찍어두고 있었다. 자주 공기총을 들고서 우리 동네에 참새를 잡으러 왔는데, 쏘았다 하면 새가 땅에 떨어졌다. 우리 마을 참새들은 그의 그림자만 보아도 죽어라고 날아가버렸다. 대대의 위생실은 원래 서문뇨의 집 안채 동쪽 방 한칸을 차지하고 있었다.

그러니 이 비누냄새 풀풀 날리는 녀석이 대대 위생실에 나타나면 우리집 사람들 눈에 꼭 띄게 마련이었고, 우리집 사람들은 어찌 피하더라도 황가네 사람들 눈은 피할 도리가 없었다. 이 녀석이 우리 누나에게 수작을 걸었다. 누나는 눈살을 찌푸리며 싫은 것을 참아가며 심드렁하게 대꾸했다. 나는 우리 누나가 '큰 나귀'를 좋아하고 있다는 것을 알았다. 하지만 '큰 나귀'는 4청공작대를 따라 철수하여, 숲으로 들어간 족제비처럼 흔적도 없이 사라져버렸다. 우리 어머니도 일이 진즉에 글렀다는 것을 알고는 한숨을 쉬다가 누나에게 심각하게 한마디했다.

"보봉아, 네 마음은 어미도 잘 안다. 하지만 그게 될 법이나 하냐? 그 사람은 도시사람이고 대학생이다. 재주도 있고 인물도 번듯하고, 앞길도 훤한 사람이다. 그런 사람이 뭣 때문에 너를 눈에 두겠느냐? 어미 말 듣고 이제 마음을 정리해라. 너무 높은 곳 욕심내지 마라. 마선생도 공립학교 선생이니 나랏밥 먹는 사람인데다 인물도 그만하면 제법이고, 글공부도 한데다 악기도 잘 다루지, 노래도 잘하지, 게다가 총도 잘 쏘지, 내 보기에는 인근에서 그만한 사람 없다. 그 사람도 너에게 맘이 있는 모양인데 망설일 게 뭐가 있어? 얼른 받아들여라. 황가네 딸들도 눈초리가 심상치 않은 거 너도 봤잖아. 맛좋은 고기가 입가에 있어도 자기가 먹지 않으면 남이 채가는 법이다……"

정으로 보나 이치로 보나 맞는 말이었다. 나도 마량재와 누나가 썩 어울린다고 생각했다. ‘큰 나귀’처럼 가곡은 부를 줄 모르지만 하모니카를 기가 막히게 불었고, 총 한자루로 동네 새들이 그의 그림자만 보고도 도망가게 만드는 재주는 ‘큰 나귀’한테는 없었다. 하지만 우리 배다른 누나도 고집이 보통이 아니었다. 분명 친아버지 성격을 닮아서일 것이다. 어머니가 아무리 이야기를 해도 대답은 언제나 딱 한마디였다.

“엄마, 결혼은 내가 결정해.”

오후에 우리는 다시 쟁기질을 하러 갔다. 금룡도 삽을 어깨에 걸치고서 우리를 바짝 따라왔다. 삽의 날이 어찌나 예리한지 번쩍번쩍 빛나는 것이 그걸로 소 다리를 내리찍으면 단번에 잘려나갈 것 같았다. 혈육도 몰라보는 이런 짓에 극도로 반발심이 들어 나는 계속 말로 그를 건드렸다. 홍태악의 주구(走狗)라고도 하고 배은망덕한 짐승이라고도 했다. 그는 계속 못 들은 척했고 내가 길을 막아서자 그제야 더이상 참지 못하겠다는 듯이 삽으로 흙을 파서 내 앞에 뿌렸다. 나도 흙을 집어 뿌리려고 했지만 그때마다 아버지가 야단치며 못하게 했다. 아버지는 머리 뒤에도 눈이 있는지 내 일거수일투족을 꿰고 있었다. 내가 흙을 집으려고 할 때마다 아버지가 소리를 질렀다.

“해방, 너 지금 뭐 해!”

“저 짐승을 혼내주려고요!” 내가 씩씩거리며 말했다.

아버지가 나를 혼냈다. “입닥치지 못해. 안 그러면 네놈 엉덩이를 짓뭉개놓을 거다. 그애는 네 형이다. 공무를 수행하는 중이니 네가 방해해서는 안돼.”

생산대대의 가축은 쟁기질을 두 바퀴 하고는 숨을 할딱거렸다. 특히 그 몽골 소가 가장 심했다. 멀리서 들어도 성도착증에 걸린 암탉이 우는 법을 배우는 듯한 소리가 났다. 나는 몇년 전 소를 팔던 그 소년이 내게 살짝 귀띔하던 말이 생각났다. 저 몽골 소가 ‘더위먹은 자라’여서 힘든 일을 못하고 여름에는 전혀 일을 못한다고 했는데 이제야 나는 그의 말이 틀림없음을 알았다. 몽골 소는 숨만 헐떡인 게 아니라 입에 거품까지 물어 사람을 놀라게 했다. 나중에는 머리를 땅에 처박고 쓰러졌는데 눈이 하얗게 돌아가 죽은 것만 같았다. 생산대대의 소들이 모두 일을 멈추고 쟁기질하던 사람들이 다들 달려와 저마다 한마디씩 했다. ‘더위먹은 자라’란 말이 한 농부 입에서 나왔고 누군가 얼른 수의사를 부르라고 하자 다른 사람이 코웃음을 치며 이런 소는 수의사를 불러도 별수없다고 했다.

아버지가 밭머리를 간 뒤 소를 멈추고는 형에게 말했다.

“금룡, 날 따라다닐 필요 없다. 집단농장 땅에 한발도 들여놓지 않을 거라고 하지 않았느냐. 따라다니며 고생할 필요 없다.”

금룡은 콧방귀를 뀌면서 아버지 말은 들은 시늉도 하지 않았다. 아버지가 다시 말했다.

“우리 소가 집단농장 땅을 밟지 못하면, 마찬가지 이치로

집단농장의 소나 사람도 우리집 땅을 밟지 않아야 한다. 그
런데 너는 계속 우리집 땅을 밟았고, 지금도 우리집 땅에 서
있다."

금룡이 움찔하더니 놀란 캥거루처럼 훌쩍 뛰어 우리 땅
에서 벗어나 강둑으로 이어지는 길로 올라갔다.

내가 사납게 소리를 질렀다. "네 두 발목을 잘라버릴 거
야."

금룡의 얼굴이 빨개진 채 잠시 말문이 막혔다.

아버지가 말했다. "금룡, 우리 부자 사이에 이번 한번 서
로 그냥 넘어가주는 것이 어떻겠느냐? 네가 진보의 길을 가
는 것을 내가 막지 않으마. 막지 않을뿐더러 적극 지지한다.
네 친아버지는 지주였지만 그 사람은 내 은인이다. 그에게
비판투쟁을 벌이기도 했지만 그것은 시절이 어쩔 수 없어서
사람들에게 보이려고 그런 것이다. 네 아버지에 대한 내 마
음은 가슴깊이 묻어두고 있다. 난 너를 줄곧 친아들로 대해
왔다. 네가 네 길을 가는 것을 난 막지 않을 것이다. 다만 나
는 그저 네가 마음을 모질게 쓰지 말고 따뜻하게 쓰길 바랄
뿐이다."

"난 분명 당신의 땅을 밟았소." 금룡이 차갑게 말했다.
"내 다리를 잘라도 좋소!" 그가 삽을 앞으로 던졌고 삽이 우
리 둘 사이에 꽂혔다. 그러고는 말했다. "당신들이 자르지
않으면 그건 당신들 문제요. 하지만 당신들 소가, 그리고 당
신들이 집단농장 땅을 밟으면 알고 그랬든 모르고 그랬든

나는 결단코 사정을 봐주지 않을 것이오.”

나는 그 얼굴, 그리고 푸른 불길이 뿜어져나오는 두 눈을 보면서 등골이 오싹해지고 소름이 돋았다. 내 씨다른 형은 분명 비범한 인물이었다. 나는 그가 한다면 하는 사람이라는 것을 알았다. 우리 발이, 발굽이 경계를 넘기만 하면 인정사정없이 잘라버릴 것이다. 이런 성격의 소유자는 지금 같은 평화로운 시절에는 아깝게도 쓸모가 없지만, 몇십년만 일찍 태어났던들 어느 부대에 들어가도 영웅이 되었을 것이고, 토비(土匪)가 되었다면 분명 살인대왕이 되었을 것이다. 하지만 지금은 평화로운 시절이고 그의 잔인함과 과단성, 추호의 사사로움도 없는 쇠 같은 마음은 그리 쓸모가 많지 않았다.

아버지도 놀란 것 같았다. 그를 한번 보더니 얼른 눈길을 돌렸다. 땅에 꽂힌 삽을 보면서 아버지가 말했다.

“금룡, 내가 한 말, 다 쓸데없는 말이니 마음에 두지 마라. 네가 안심하게, 그리고 내 가슴에 있는 패기를 위해서 먼저 가장자리부터 쟁기질하마. 잘 봐라. 기왕 잘릴 거라면 일찍 자르게 해주마. 괜히 시간낭비하지 않게 말이다.”

아버지가 소에게 다가가 귀를 만지고 목을 두드리며 낮은 목소리로 말했다.

“소야, 소……야, 에이, 그만두자. 너 저 돌을 잘 봐야 한다. 똑바로 가야지. 반걸음도 흐트러져서는 안된다!”

아버지가 쟁기를 조정하고는 경계를 조준하고 가볍게 소

리를 지르자 소가 앞으로 걸어갔다. 형은 삽을 들고 두 눈을 부릅뜬 채 소의 네 발을 노려보고 있었다. 소는 다가올 위험을 모르는지 속도를 늦추지 않았다. 몸을 쭉 편 채, 물그릇을 올려놓아도 될 정도로 등은 안정을 유지하고 있었다. 아버지는 쟁기를 잡고서 쟁기가 땅을 파헤쳐 뒤집혀 올라오는 고랑을 밟으며 반듯하게 걸어갔다. 이 일은 전적으로 소에 달려 있었다. 두 눈이 양쪽에 달려 있는 소가 어떻게 방향을 똑바로 잡을지, 나는 알 수가 없었다. 그저 쟁기질로 흙이 뒤집혀 솟아올라 고랑을 이루면서 우리 땅과 집단농장 땅이 선명하게 나뉘고, 그 중간에 서 있는 경계석만 눈에 들어왔다. 쟁기가 경계석에 다가갔을 때 소가 속도를 늦추더니 아버지에게 보습을 들 기회를 주었다. 소의 발은 우리집 땅의 끝자락을 밟고 있었고 한바퀴를 갈아도 경계를 넘지 않아서 금룡이 손쓸 기회를 주지 않았다. 아버지가 긴 한숨을 쉬며 금룡에게 말했다.

"이제 안심하고 돌아갈 수 있겠느냐?"

금룡이 갔다. 가기 전에 아쉬운 눈으로 소의 멀쩡한 네 다리를 바라보았다. 나는 그가 다리를 자를 기회를 얻지 못해 무척 안타까워한다는 것을 알았다. 그의 어깨에 멘 그 날카로운 삽에서 반짝이던 은빛을 내 평생 잊을 수가 없다.

제17장

기러기는 떨어지고 사람은 죽고 소는 미치다
미친 소리와 망언이 모여 한편 문장이 되다

그뒤에 일어난 일들은 내가 계속 이야기할까 아니면 네가 할래? 나는 대두 남천세에게 의견을 물었다. 그는 실눈을 뜨고 있었다. 나를 보는 것 같지만 그의 마음이 실은 내 얼굴에 있지 않다는 것을 알았다. 그가 내 담뱃갑에서 담배 한개비를 꺼내 냄새를 맡아본 뒤 입에 물었다. 아무 말이 없었다. 뭔가 중대한 문제를 생각하는 듯 보였다. 내가 말했다. 나이도 어린데 이런 나쁜 습관에 물들면 안되지. 다섯살 때부터 담배를 배우면 쉰살이 되면 화약을 피워야겠네. 그는 내 말을 들은 체 만 체했고 고개를 갸웃하며 귓바퀴가 가늘게 떨렸다. 뭔가를 들으려는 눈치였다. 내가 말했다. 난 이제 그만 이야기하련다. 죄다 우리가 직접 겪은 이야기들인데 무슨 재미가 있겠어. 그가 말했다. 아니, 당신이 시작했으니 끝까지 그냥 해. 나는 어디서부터 다시 이야기를 해야 할지 몰랐다. 그가 흰 눈동자를 멀뚱멀뚱 굴리더니 이야기했다.

"장터는 어땠어? 구경거리를 하나 골라 이야기해봐."

나는 장터에서 사람들을 길거리에 끌고 다니면서 조리돌림시키는 것을 여러 번 보았다. 볼 때마다 흥미진진하고 즐거웠다.

장터에서 나는 우리 아버지와 교분을 나누었던 진현장이 길거리를 끌려다니면서 비판당하는 모습을 보았다. 머리를 박박 밀었는데, 나중에 그는 회고록에서 머리를 완전히 밀어버린 이유는 홍위병들이 머리 잡아당기는 것을 피하기 위해서였다고 했다. 허리에는 종이로 만든 나귀를 차고 징소리 북소리가 울리면 그는 리듬을 타고 달리며 춤을 추었다. 얼굴에 백치 같은 미소를 지었다. 그렇게 차린 모습이 영락없이 정월이면 굿판을 벌이는 놀이패였다. 옛날 철강제련운동 때 우리 검둥이 나귀를 타고 곳곳을 시찰할 때 사람들이 그에게 '나귀 현장'이라는 별명을 붙였다. 문화대혁명이 일어나고 홍위병들이 주자파(走資派, 자본주의 노선을 가는 반동들이라고 문혁 때 비판당한 일파—옮긴이)들을 거리에 끌고 다니면서 조리돌릴 때 볼거리와 재미로 사람들을 더 끌어들이려고 놀이패들이 쓰던 종이나귀를 태운 것이다. 많은 원로 간부들이 문화대혁명 시절을 회고하는 회고록에서 다들 한결같이 문혁기의 중국을 히틀러의 강제수용소 시절보다 무시무시한 인간지옥이라고 피눈물나게 묘사했지만 우리 현장은 그가 문혁 초기에 겪은 이야기를 재미있고 박진감 넘치게 썼다. 종이나귀를 타고 전 현의 열여덟 개 장터를 돌며 조리돌림을 당한 덕분에 몸이 더없이 튼튼해졌고 지병이던 고혈압과 불면증도 깨끗이 나았다는 것이다. 그는 징소리 북소리만 들으면 흥분하고 발이 떨렸는데, 검정 나귀가 암나귀만 보면 발굽을 놀리고 코를 벌렁대던 꼴하고 똑같다고 했다. 그의 회고록과 그가 종이나귀를 타고 춤추던 모습을 연결해보니 그가 당시에 왜 그렇게 정신나간 듯이 웃었는지 이해할 수 있었다. 그는 징소리 북소리 장단에 맞추어 종이나귀 춤을 추었고 그럴 때면 자신이 점점 나귀로 변하는 듯하고 현에서 유일한 개인농인 남검네 검정 나귀로 변하여 마음이 아득한 하늘을 나는 듯해서 이 세상에 있으면서도 딴세상인 듯한 황홀경에 빠져드는 느낌이었다고 했다. 그는 두 다리가 나귀의 네 발로 변하고 엉덩이에서 꼬리가 나오고 가슴 위쪽이 종이나귀 머리와 하나가 되어 그리스신화에 나오는 반인반마(半人半馬)의 신이 된 듯해서, 나귀의 고통과 즐거움을 몸소 체험했다는 것이다. 문혁 기간 동안 장은 거래가 거의 없었다. 장터에 몰려나온 사람들은 다들 구경거리를 보기 위해서였다. 때는 벌써 초겨울이어서 사람들은 다들 솜옷을 입었지만 멋을 부리는 젊은이들 중에는 홑옷만 걸친 사람도 있었다. 저마다 어깨에 붉은 완장을 차고 있었다. 노란색이나 파란색 군복을 입은 젊은이들이 어깨에 붉은 완장을 차자 색깔이 튀어 썩 근사해 보였다. 하지만 기름때에 전 검은색 헌 솜옷을 걸친 노인들이 완장을 찬 모습은 꼴불견이었다. 닭 파는 할머니가 닭의 다리를 잡고 거꾸로 든 채 물품공급소 입구에 붉은 완장을 차고 서 있었다. 누군가 물었다. 할머니도 홍위병에 들으셨어요? 할머니가 입을 삐쭉이며 말했다. 다들 난린데, 안 들 수 있어? 할머니는 홍위병 중에서 어느 파세요? 정강산(井岡山) 파세요, 아니면 '투쟁하는 황금원숭이〔金猴奮起〕' 파세요? 그런 쓸데없는 건 네 어미한테나 가서 물어봐라 이놈아. 닭을 살 거야 말 거야. 안 살 거면 얼른 꺼져, 이 좆같은 놈아!

가두선전 차량이 다가왔다. 한국전쟁 때 쓰던 51년산 소련제 트럭이었다. 비바람에 시달리고 햇빛을 쏘여 원래의 녹색이 까매졌고 차머리에 철제 틀을 만들어 거기에 고성능 스피커 네 대를 달았고 뒤쪽 짐칸에는 휘발유로 돌리는 발전기를 달았다. 짐칸 양쪽에는 사제군복을 입은 홍위병들이 열을 지어 앉았는데, 한손은 차를 잡고 한손에는 『모주석 어록』을 들고 있었다. 얼굴이 온통 빨간 것이 얼어서인 듯하기도 하고 혁명적 열정이 불타올라서인 듯하기도 했다. 여자도 한명 있었는데, 눈이 약간 사시인데다 입가가 치켜올라가 늘 웃음을 띠고 있었다. 세상을 뒤흔드는 스피커 소리에 젊은 여자가 놀라 유산을 하고 놀란 돼지가 벽을 들이받아 혼절하는가 하면 둥지에서 알을 낳던 암탉들이 놀라서 날아오르고 개들은 미친 듯이 짖다가 목이 쉬었다. 먼저 「동방홍」 노래를 틀더니 노래가 그치더니, 윙윙거리는 발동기 소리와 삐삐거리는 스피커 소리가 들리고, 그러고서 낭랑한 여자 목소리가 울렸다. 그때 나는 고목에 올라가 있었다. 트럭 짐칸 가운데에 책상 하나와 의자 두 개가 있었고 책상에는 기계와 붉은 천으로 감싼 마이크가 놓여 있었다. 의자에는 머리를 짧게 딴 아가씨와 가르마를 탄 청년이 앉아 있었다. 여자는 모르는 얼굴이었는데, 남자는 우리 마을에서 4청 운동을 했던 '큰 나귀' 상형이었다. 뒤에 알게 되었는데, 현산하 극단에 배치를 받은 상천홍이 혁명에 투신하여 '투쟁하는 황금원숭이' 파의 조직원이 되어 있었다. 나는 나무에서 소리를 질렀다. 상형! 상형! '큰 나귀!' 하지만 내 소리는 스피커 소리에 묻혀버렸다.

그 여자가 마이크에 대고 구호를 외치자 소리가 스피커에서 증폭되어 귀가 찢어질 듯했고 고밀 동북향 동네방네에다 들렸다. 주자파 진광제(陳光第, 천꽝띠)는 당에 침투한 나귀 장사꾼으로서, 대약진에 반대하고 '삼면홍기'(三面紅旗, 1958년에 제정한 사회주의 건설의 총노선, 대약진, 인민공사라는 세 가지 사회주의 정책—옮긴이)에 반대하고 완강히 자본주의 길을 가는 고밀 동북향의 개인농 남검과 형제를 맺고 개인농의 보호막 노릇을 했다. 진광제는 사상이 반동인데다 도덕적으로도 타락하여 수차례 나귀하고 정을 통해 나귀를 임신시켜 사람 머리에 나귀 몸인 괴물을 낳게 했다.

와아! 사람들이 환호성을 질렀다. 차에 있던 홍위병들이 '큰 나귀'를 따라 구호를 외쳤다. 나귀 현장 진광제를 타도하라! —나귀 현장 진광제를 타도하라!! 나귀 강간범 진광제를 타도하라! —나귀 강간범 진광제를 타도하라!! '큰 나귀'의 목소리가 스피커를 타고 증폭되자 소리가 재난이 되어 때마침 하늘을 날던 큰 기러기가 돌처럼 꽈당 하고 땅으로 떨어졌다. 기러기고기는 맛도 있고 영양도 풍부해서 귀한 요리인데다 다들 영양결핍에 시달리던 시절인지라 하늘에서 기러기가 떨어진 것을 두고 하늘에서 복이 떨어진 것이라 생각했지만 실은 재난을 불러오고 말았다. 장터에 모여 있던 사람들이 흥분하여 기러기를 집으려고 밀치면서 괴성을 지르는데, 굶주린 개보다 더 무서웠다. 기러기를 집은 사람은 미친 듯이 기뻐했지만 손에 들고 있던 기러기는 곧바로 다른 수많은 사람들이 채갔다. 털이 뽑히고 솜털이 날고 날개가 뜯기고 다리가 없어졌다. 누군가 목에서 머리를 뜯어내 높이 쳐드는데 피가 뚝뚝 흘렀다. 몰려든 사람들이 앞사람 어깨나 머리를 누르면서 사냥개처럼 덤벼들었다. 넘어져 밟힌 사람, 눌린 사람, 밟혀서 배가 터진 사람, 비명 지르는 사람, 엄마, 엄마, 사람 살려…… 장터에 있던 사람들이 수십개의 새까만 덩어리가 되어 뒹굴면서 비명이 터져나오고, 스피커 소리와 뒤엉켰다. 아이고 내 머리야…… 혼란은 혼전으로 변하고 혼전은 무장투쟁으로 변했다. 나중에 보니 밟혀죽은 사람이 열일곱 명이고 부상당한 사람은 부지기수였다.

죽은 사람은 가족들이 와서 들고 가기도 하고, 도살장 앞으로 옮겨져 찾아가기를 기다리기도 했다. 부상자는 가족들이 병원이나 집으로 데려가기도 하고 길을 따라 기어가기도 하고 절룩거리며 걷기도 하고 엎드려 대성통곡하기도 했다. 문화대혁명 동안에 고밀 동북향에서 일어난 첫번째 사망사건이었다. 뒤에 치밀한 계획에 따라 빈틈없이 이루어진 진짜 무장투쟁이 일어나 벽돌과 기왓조각이 수없이 날고 칼과 총, 몽둥이가 난무했어도, 사상자 수가 그때보다 적었다.

나는 나무 위에 있어서 안전했다. 나무에서 내려다보며 사건의 모든 진행과정을 낱낱이 보았다. 기러기가 어떻게 떨어지고 사람들이 어떻게 잔인하게 갈기갈기 찢겼는지 다 보았다. 사건이 시작되면서 사람들이 보이던 탐욕스럽고 광적이고 경악스럽고 괴롭고 험악한 표정을 나는 다 보았다. 소란스럽고 처참하고 미친 듯이 기뻐하던 소리를 모두 들었고, 피비린내와 시큼한 악취도 모두 맡았다. 차가운 기류와 뜨거운 기운을 죄다 느끼면서 나는 전설 속 전쟁을 떠올렸다. 문혁 이후에 나온 우리 현의 역사책에는 기러기가 조류독감에 걸려 떨어졌다고 적었지만, 나는 스피커 고음의 강하고 날카로운 소리에 놀라 떨어진 것이라고 생각했다.

소란이 가라앉자 거리행진이 다시 계속되었다. 돌발사건을 겪은 터라 사람들은 조심스러워했고, 장터에 빼곡히 모인 사람들이 흩어지자 하얀 길이 드러났다. 핏자국 범벅이고 발에 밟혀 문드러진 기러기 조각들이 여기저기 널려 있었다. 바람이 불자 비린내가 진동하고 기러기털들이 날렸다. 닭을 팔던 노인네는 길에 쭈그려앉아 붉은 완장으로 눈물을 닦으며 울고 있었다. 아이고 내 닭, 내 닭 내놔라. 날강도 같은 놈들, 내 닭 내놔라……

트럭이 가축시장과 목재시장 경계에 멈추어섰다. 홍위병들이 차에서 내려 지친 표정으로 송진냄새 나는 목재에 흩어져 앉았다. 인민공사 식당에서 일하는, 얼굴이 곰보인 송(宋)씨 아저씨가 성에서 온 홍위병대장을 접대하려고 녹두죽 두 그릇을 들고 왔다. 김이 모락모락 피어오르는 맛좋은 녹두죽 냄새가 퍼졌다.

송곰보가 트럭으로 가 머리높이까지 녹두죽을 들어올리며 차에 있는 대장 '큰 나귀'와 방송을 담당하는 여자 홍위병에게 권했다. 하지만 대장은 상대도 않은 채 마이크를 잡고 화가 잔뜩 나서 소리쳤다. 반동들을 끌어내라!

그리하여 나귀 현장을 필두로 한 반동들이 인민공사 앞마당으로 기쁘게 튀어나왔다. 이미 이야기했듯이, 나귀 현장의 몸은 종이나귀와 하나가 되어 막 튀어나올 때는 사람 머리였지만 춤을 추자 영화와 텔레비전에서 보던 특수효과처럼 귀가 점점 자라면서 솟구치고 아열대식물의 잎이 줄기를 뚫고 나오듯이, 거대한 나방이 고치를 뚫고 나오듯이, 비단처럼 잿빛으로 빛나는 가는 솜털이 돋아난 것이, 손으로 만지면 느낌이 아주 좋을 것 같았다. 얼굴도 길어지고 두 눈도 커져서 양쪽으로 뻗고, 코도 넓어지면서 하얗게 변하고 하얗고 짧은 털이 돋아서 역시 손으로 만지면 느낌이 아주 좋을 것 같았다. 턱은 아래로 처져서 두 쪽으로 나뉘었고 입술은 두툼하게 변해 역시 손으로 만지면 느낌이 아주 좋을 것 같았다. 눈처럼 하얀 이는 원래 입술에 가려 있었지만 붉은 완장을 찬 여자 홍위병을 보자마자 윗입술이 말리면서 두 줄 하얀 이가 드러났다. 집에서 수나귀를 키워봐서 나는 나귀의 습성을 훤히 꿰고 있었다. 나는 나귀가 윗입술을 말았다 하면 소동을 일으킬 조짐이며 조금 있으면 속에 감춰진 나귀의 거대한 물건이 뻗쳐나올 것임을 알고 있었다. 하지만 다행히도 진현장은 사람의 속성이 아직 남아 있고 철저히 나귀로 변한 것이 아니어서 입술을 말아 이를 드러냈어도 물건은 아직 작았다. 그의 뒤를 바짝 따르는 이는 전에 인민공사 서기를 했던 범동이었다. 그렇다, 진현장의 비서를 했고 나귀고기를 밝히던 바로 그자다. 그자가 가장 즐겨 먹는 것이 나귀 물건이어서 홍위병들은 그에게 고밀 동북향에서 나는 가장 큰 무로 물건을 하나 만들어주었는데, 칼질할 것도 없이 무 윗부분만 칼로 쳐내고 먹물로 칠하면 끝이었다. 인민대중들은 상상력이 무척 풍부해서 그 검정 물감을 칠한 무가 무엇을 상징하는지 모르는 사람이 없었다. 그가 오만상을 찌푸렸고 몸이 뚱뚱하고 행동이 굼떠서 걸음이 흐트러져 북소리에 발을 맞추지 못해 반동들의 행렬이 혼란에 빠졌다. 손에 채찍을 든 홍위병이 그의 엉덩이를 갈기자 그가 펄쩍 뛰면서 울음을 터뜨렸다. 채찍이 다시 머리로 날아오자 당황한 나머지 손에 들고 있던 나귀 물건 닮은 무로 막는 바람에 무가 부러지며 원래 무의 모습이 드러났다. 하얗고 아삭아삭하고 물이 많은 무였다. 사람들이 하하 웃음을 터뜨렸다. 홍위병도 웃음을 참지 못하고 두 여자 홍위병에게 범동을 넘기고는 그 자리에서 두 조각 난 무를 먹으라고 다그쳤다. 범동이 먹물에 독이 있어서 먹지 못한다고 했다. 여자 홍위병의 작은 얼굴이 붉어졌다. 극도로 모욕을 당했다고 생각한 모양이었다. 이런 잡놈, 이런 더러운 잡놈! 주먹으로 때릴 것도 없이 발로 짓밟아야 해. 그녀가 몸을 돌려 그를 걷어찼다. 범동이 땅바닥을 굴렀고, 울면서 소리쳤다. 대장님, 대장님, 제발 그만 차세요. 먹을게요. 먹을게요. 그가 무를 들고 죽기살기로 한입 베어먹었다. 얼른 먹어! 다시 한입을 베어먹었다. 볼이 미어터질 것 같아서 씹을 수가 없었다. 다급하게 삼키다가 목에 걸려 눈이 뒤집혔다. 현장의 인솔 아래 십여명의 반동들이 각자의 재주를 선보이며 보는 이들의 눈을 즐겁게 해주었다. 징을 치고 북을 치고 씸벌즈를 치는 사람은 전문가 수준이었다. 원래 이들은 현 극단단원들이어서 수십가지 악기를 다룰 줄 알았고 시골악단과는 근본적으로 비교가 되지 않았다. 우리 서문촌의 악단은 그들에 비하면 헌 양철조각이나 두드리면서 참새를 쫓는 어린아이 수준이었다.

서문촌의 거리행진 행렬은 장터 동쪽 끝에서 다가왔다.

북을 멘 이는 손룡(孫龍, 쑨룽), 북을 치는 이는 손호(孫虎, 쑨후), 징을 치는 이는 손표(孫豹, 쑨빠오), 씸벌즈를 치는 이는 손표(孫彪, 쑨빠오)였다. 손가네 사형제는 빈농 출신으로 징, 북, 씸벌즈 같은 큰 소리를 내는 악기들은 당연히 이들 차지였다. 그들 앞에는 동네 반동 주자파들이었다. 홍태악은 4청 운동은 피했지만 문혁은 피하지 못했다. 그는 머리에 위가 높이 올라간 종이모자를 쓰고 등에는 대자보를 붙였다. 송체 글씨가 힘이 넘치는 것이 보나마나 서문금룡의 필체였다. 홍태악 손에 구리 고리가 박힌 소뼈가 들린 것이 지난날 그의 영광의 역사를 떠올리게 했다. 머리에 쓴 높은 모자가 잘 맞지 않아 이리 벗겨지고 저리 흔들릴 때마다 즉각 바로 세워야 했다. 모자를 제때 똑바로 세우지 않으면 짙은 눈썹에 콧대가 높은 청년이 무릎으로 그의 엉덩이를 찍었다. 그 청년이 바로 내 배다른 형인 서문금룡이었다. 그의 대외적인 이름은 여전히 남금룡이었다. 머리가 잘 돌아서 성을 바꾸려고 하지 않았다. 성을 바꾸면 자신의 출신성분이 악덕지주로 바뀔 것이고 사람들에게 멸시를 당하게 마련이었지만, 우리 아버지는 개인농이기는 해도 빈농 출신이었다. 빈농은 그 시절에 황금모자와도 같은 것이어서, 번쩍번쩍 빛나는 것이 천금을 주고도 살 수 없었다.

우리 형은 진짜 군복상의를 입었는데 그의 절친한 친구인 '큰 나귀'가 구해준 것이다. 위에는 진짜 군복을 입고, 아래는 파란 모직바지를 입고, 발에는 하얀 비닐 바닥에 카키색 천을 댄 단화를 신고, 허리에는 구리단추가 달린 세 치 넓이의 소가죽 요대를 차고 있었다. 이런 요대는 용감한 팔로군이나 신사군(新四軍, 공산혁명 당시의 군대—옮긴이) 장교들이나 차던 것인데, 지금 그 요대를 우리 형이 차고 있었다. 그는 위에까지 소매를 걷어올리고는 홍위병 완장을 팔에 헐겁게 차고 있었다. 마을 사람들이 찬 홍위병 완장은 붉은 천을 재봉질해서 만든 것이고 완장의 글씨는 두꺼운 종이에 글자를 판 뒤 페인트를 뿌려 새긴 것이었다. 하지만 형의 완장은 고급비단에다 글씨는 황금색 수를 놓은 것이었다. 이런 완장은 현 전체에서 열 개밖에 되지 않았는데 공예품공장에서 고급 여자기술자들이 밤새워 만들었다. 그 여자들은 수를 아홉 개밖에 놓지 못한 채 피를 토하고 죽어버렸다. 피가 완장에 묻어 아주 비장했다. 형의 것은 원래 '홍(紅)' 한 글자만 수놓은 것으로 피가 묻어 있었다. 남은 두 자는 우리 누나 서문보봉이 마저 수를 놓아 만들었다. 형은 '투쟁하는 황금원숭이' 홍위병 사령관이자 친구인 '큰 나귀'를 찾아가 이 보물을 얻었다. 두 '나귀'가 다시 만나 신이 나서 서로 얼싸안으며 혁명기에 유행하던 예를 주고받은 뒤, 헤어지고 나서 벌어진 상황과 현과 마을의 혁명정세에 대해 이야기를 나누었다. 나는 그 자리에 없었지만, 분명히 '큰 나귀'가 우리 누나에 대해 물었을 것이다. 분명 누나에 대한 마음이 그에게 아직 남았을 것이다.

우리 형이 현에 간 것은 혁명하는 방법을 알기 위해서였다. 문화대혁명이 일어났어도 마을 사람들은 일을 벌이고 싶은 마음만 굴뚝같았을 뿐 어떻게 혁명을 일으켜야 할지 몰랐다. 형은 영리해서 문제의 핵심을 간파했다. ‘큰 나귀’가 그에게 딱 한마디로 가르쳐준 것이다. 전에 악덕지주에게 그랬듯이 공산당간부와 투쟁하라는 것이었다. 당연히 공산당에게 타도되었던 지주, 부농, 반혁명세력 들도 가만두어서는 안된다고 했다.

우리 형은 이제 알 것 같았다. 몸속에서 피가 들끓는 듯했다. 헤어질 때 ‘큰 나귀’가 그 미완성 완장과 금색 실 한꾸러미를 형에게 주면서 네 동생이 손재주가 있으니 마저 수를 놓게 하라고 했다. 형은 누나가 ‘큰 나귀’에게 전해달라고 한 선물을 가방에서 꺼내 건넸다. 오색실로 정성껏 수놓은 신발 깔창이었다. 우리 고장에서는 여자가 신발 밑창을 선물한다는 것은 몸을 허락한다는 뜻이었다. 물놀이하는 원앙을 수놓은 밑창이었다. 붉은 실에 녹색 실로 수천번의 바느질과 반가닥 실로 만든 빼어난 그림으로 정이 넘쳐났다. 두 나귀의 얼굴이 붉어졌다. ‘큰 나귀’가 신발 밑창을 받으며 말했다. 남보봉 동지에게 전해주게. 원앙이나 나비는 지주나 자산계급의 정서이고, 무산계급의 미적 기준에 맞는 것은 청송(靑松)이나 붉은 태양, 드넓은 바다나 높은 산, 횃불이나 낫, 도끼 같은 것들이니 기왕이면 그런 것들을 수놓으라고 말이야. 형은 정중하게 고개숙여 알았다고 했다. 사령관의 말씀을 꼭 누이에게 전하겠습니다. 사령관은 군복저고리를 벗으며 엄숙하게 말했다. 이것은 우리 부대 지도원이었던 친구가 준 것이네. 단추가 네 개 달린 진짜 장교복이지. 현에 있는 오금(五金)회사에 다니는 한 녀석이 황금사슴표 새 자전거를 끌고 와서 바꾸자고 했는데도 바꾸지 않은 것이네.

우리 형은 마을에 돌아오자마자 '투쟁하는 황금원숭이' 홍위병 서문촌 지부를 세웠다. 군기가 올라가고 사람들이 몰려들었다. 마을 청년들은 평소 우리 형을 몹시 흠모하던 터였는데, 마침내 떠받들 기회가 온 것이다. 그들은 인민공사 대대를 점거하여 뺏은 노새 한 마리와 소 두 마리를 팔아 천오백원을 마련했다. 붉은 천을 사서 완장을 만들고 붉은 깃발과 붉은 술을 단 창을 사고 고성능 스피커가 달린 방송 기기를 샀다. 남은 돈으로는 붉은 페인트 열 통을 사서 대대 건물의 문과 창문, 벽에 죄다 붉은 칠을 했다. 심지어 마당에 있는 살구나무도 붉게 칠했다. 아버지가 반대하자 손호가 얼굴에 페인트칠을 해버려서 우리 아버지 얼굴이 반은 파랗고 반은 빨갛게 되어버렸다. 아버지는 욕을 해댔지만 금룡은 들은 체도 안했다. 앞뒤 가리지 않는 아버지가 나서서 금룡에게 따졌다. 나리, 세상을 뒤바꿀 작정입니까? 금룡이 두 손을 허리에 차고 가슴을 당당하게 세운 채 못을 박듯이 말했다. 맞습니다. 세상을 뒤집을 작정입니다. 아버지가 다시 물었다. 모택동이 더이상 주석이 아니라는 말씀이신가요? 금룡이 한순간 말문이 막혔다가 화를 내며 말했다. 저 사람의 저 파란 얼굴도 붉게 칠하라! 손가네 네 형제가 한꺼번에 달려들어 둘은 아버지 팔을 잡고 하나는 머리카락을 잡고 나머지 하나는 페인트 붓을 들고 아버지의 온 얼굴에 겹겹이 붉은 칠을 해버렸다. 아버지가 입을 벌리고 욕을 퍼붓는 바람에 붉은 페인트가 흘러들어가 이마저 빨개졌다. 아버지 모습은 정말 무서웠다. 두 눈은 까만 동굴 같고 눈썹 위쪽의 페인트가 계속 눈으로 흘러들어갔다. 어머니가 집에서 튀어나와 울음을 터뜨렸다. 금룡아, 이놈아, 네 아버지시다. 네가 어떻게 이럴 수 있느냐? 금룡이 차갑게 말했다. 전국이 다 붉은 마당에 한곳도 사각지대를 남겨서는 안됩니다. 문화대혁명은 이들 주자파와 지주, 부농, 반혁명분자 들을 혁명하는 것이고 개인농도 봐줄 수 없습니다. 만약 저이가 계속 개인농을 포기하지 않고 자본주의 길을 간다면 우리는 그를 붉은 페인트 속에 넣어버릴 겁니다. 아버지는 얼굴을 문지르고 또 문질렀다. 붉은 페인트가 눈으로 들어간 것 같아 얼굴을 문질렀고, 붉은 페인트가 눈에 들어갈까봐 얼굴을 문질렀지만, 문지르면 문지를수록 도리어 페인트가 더 많이 들어갔다. 페인트가 눈을 찔러 아버지는 아파서 펄쩍펄쩍 뛰며 비명을 질렀다. 뛰다 지치면 땅바닥을 굴러서 온몸이 닭똥투성이가 되었다. 어머니와 오추향이 키우는 닭들이 온통 새빨개진 마당과 얼굴이 전부 새빨간 사람에 놀라 정신착란을 일으켜서 닭장에 들어가지 않고 담장으로 날고, 살구나무로 날고, 지붕으로 날고, 붉은 물감이 묻은 발로 이리저리 돌아다니는 바람에 곳곳에 붉은 발자국이었다. 어머니의 통곡이 그치지를 않았고, 소리를 지르며 나를 불렀다. 해방아, 아들아, 얼른 가서 누나 데려와라. 아버지 눈 좀 어떻게 하라고…… 나는 홍위병에게 빼앗은 붉은 술이 달린 창으로 분노의 불길을 억누른 채 금룡의 몸에 투명한 구멍을 내서 혈육도 몰라보는 저 인간의 몸에 어떤 액체가 흐르는지 볼 참이었다. 저 인간의 피는 분명 까만색일 것이라 생각했다. 어머니가 애걸하고 아버지 모습이 하도 처참하여 나는 서문금룡의 몸에 구멍낼 생각을 잠시 미룰 수밖에 없었다. 무엇보다 아버지를 구하는 일이 급했다. 나는 붉은 술 달린 창을 들고서 거리를 달렸다. 우리 누나 보셨어요? 백발이 성성한 할머니에게 물었다. 할머니는 눈물을 흘리며 고개를 흔들었다. 내 말을 알아듣지 못하는 것 같았다. 머리가 벗어진 할아버지에게 물었다. 우리 누나 보셨어요? 허리를 구부리며 바보스럽게 웃더니 자기 귀를 가리켰다. 어라, 그 사람은 소경이었다. 전혀 알아듣지를 못했다. 우리 누나 보셨어요? 나는 수레를 밀고 가는 사내를 붙잡았다. 그 사람의 수레가 기울고 소쿠리에 담긴 달걀이 서로 부딪치면서 반들반들 빛나던 달걀이 가벼운 소리를 내며 땅바닥에 떨어졌다. 그는 쓴웃음을 지으며 고개만 저을 뿐 화를 내지 않았다. 화를 내야 당연했지만 그러지 않았다. 동네 부농 오원이었다. 퉁소를 얼마나 운치있게 부는지 옛사람 같았고 네 말대로 악덕지주 서문뇨의 절친한 친구였다. 내가 앞으로 달려가자 오원은 내 뒤쪽에서 소쿠리의 달걀을 꺼냈다. 서문 저택 마당으로 달걀을 가져가던 참이었다. '투쟁하는 황금 원숭이' 홍위병 서문촌 지부 사령관 서문금룡의 명령에 따른 것이다. 나는 앞에서 달려오던 황호조와 정면으로 부딪쳤다. 마을 여자애들이 죄다 남자처럼 가르마를 타고 머리를 짧게 깎아 파란 두피와 하얀 목이 드러났는데, 이애만 고집스럽게 머리를 길게 땋고 붉은색 끈으로 동여맸다. 봉건성과 보수적인 기질, 고집으로 치자면, 추호의 흔들림도 없이 개인농을 밀고 나가는 우리 아버지와 막상막하였다. 그런데 그녀의 그 머리가 곧 유용하게 쓸 곳을 찾았다. 당시 유행하던 혁명모범극 「홍등기(紅燈記)」에 나오는 이철매(李鐵梅, 리테메) 역에 분장할 필요도 없이 안성맞춤이었다. 이철매가 바로 그런 머리 모양이었다. 현 극단에서 이철매 역을 하는 배우는 가발을 붙였지만 우리의 이철매는 진짜 댕기머리였는데 머리카락마다 비듬이 앉아 있었다. 나중에 알았지만 그때 황호조가 죽어도 머리를 자르지 않은 이유는 머리카락에 모세혈관이 돋아 있어 자르면 피가 배어나와서였다. 머리카락이 무척 굵어서 움켜쥐면 고기를 쥐는 느낌이었다. 정말 보기드문 머리카락이었다. 가슴을 정면으로 부딪친 뒤 내가 그녀에게 물었다. 호조, 우리 누나 봤니? 그녀가 입을 열다가 닫아버렸다. 말하려다 마는 것이 더없이 싸늘했고 무시하는 투에다가 성의도 없었다. 나는 그녀의 표정에 상관없이 목청을 높였다. 우리 누나 보았느냐고 묻잖아? 그녀는 분명히 알고 있으면서도 내게 물었다. 너희 누나가 누군데? 이런 망할년 황호조, 우리 누나를 모른단 말이야? 네가 우리 누나를 모르면 네 엄마가 누군지도 모르겠네. 우리 누나 남보봉, 간호원, '맨발의 의사' 말이야. 아, 그 여자 말이야? 호조가 입을 삐쭉거렸다. 깔보는 기미가 역력한 말에 질투가 묻어났지만 아무렇지 않다는 듯이 말했다. 그 여자, 소학교에서 마량재랑 시시덕거리고 있던데. 얼른 가봐. 하나는 암캐 하나는 수캐, 두 마리 개가 서로 뒤질세라 아마 지금쯤 둘이 엉거 흘레붙어 있을걸. 그녀 말에 나는 깜짝 놀랐다. 그렇게 우아하던 호조 입에서 이런 거친 말이 나올 줄이야. ─그게 다 문화대혁명 때문이야. 대두 남천세가 차갑게 말했다. 그의 손가락에서 또 피가 흘렀다. 나는 준비해둔 약을 얼른 그에게 건넸다. 그가 손가락에 약을 바르자 피가 바로 멈추었다─그녀의 붉어진 얼굴과 터질 듯이 부풀어오른 가슴으로 미루어 짐작건대 마량재를 몰래 좋아하지는 않더라도 마량재가 우리 누나에게 집적거리는 것을 보고 속이 편치 않은 모양이었다. 내가 말했다. 지금은 그냥 놔주지만 다음에는 이 몸이 꼭 챙겨주마. 너 이것아, 우리 형을 사랑하지? ─아니, 그 자식은 이제 내 형이 아니지, 진즉 내 형이 아니지. 서문뇨가 남긴 말종이지. 그럼 네 누나도 서문뇨가 남긴 말종이겠네. 그녀가 말했다. 그녀의 한마디에 뜨거운 떡이라도 삼킨 듯 말문이 막혔다. 누나는 그놈하고 달라. 내가 말했다. 누나는 착하고 상냥하고 마음씨도 좋고, 피도 붉고 게다가 인간미도 있다고. 그 사람은 내 누나야. 하지만 그 인간미, 아마 금방 없어지고 말걸. 그 여자한테서는 개냄새가 나거든. 서문뇨가 개하고 흘레붙어서 난 잡종이라서 그래. 그래서 비오는 날이면 개냄새가 난다고. 황호조가 이를 갈며 말했다. 나는 들고 있는 창으로 그녀를 날려버리고 싶었다. 혁명시절에는 민간에서 마음대로 총살을 했다. 협산(夾山) 인민공사에서는 살인할 수 있는 권한을 마을에 주었고, 마만(麻灣, 마완)촌에서는 하루 낮과 밤 사이에 서른세 명을 죽였다. 그중에는 여든여덟살 된 노인도 있고, 열세살 된 어린아이도 있고, 몽둥이로 맞아죽은 사람도 있고, 작두로 두 동강 난 사람도 있었다. 나는 창을 들고 그녀의 가슴을 겨냥했다. 그녀가 가슴을 꼿꼿이 세우고 앞으로 내밀었다. 어디 찔러봐. 네가 자지 달린 놈이라면 날 찌를 수 있겠지. 나 벌써 살 만큼 살았어. 지긋지긋하게 살았다고. 그렇게 말하면서 그녀의 예쁜 얼굴에 눈물이 흘러내렸다. 나는 영문을 알 수 없었다. 짐작이 되지 않았다. 황호조는 어려서부터 나와 함께 자랐다. 어린시절 우리가 엉덩이를 내놓고 모래흙에서 노는데, 그녀가 갑자기 내 다리 사이 고추에 관심을 보이더니 자기 어머니인 오추향에게 울며 달려가 자기한테도 고추를 달라고, 왜 해방이는 있는데 자기한테는 없느냐고 떼를 썼다. 오추향이 살구나무 아래서 욕을 퍼부었다. 해방 너 이 잡놈, 한번만 더 호조를 욕보였다간 네놈 자지를 잘라버릴 줄 알아. 지난 일들이 눈앞에 선했다. 눈깜짝할 사이

278

에 호조가 강물 속 자라라도 된 양 도무지 그 속을 알 수 없게 변해버렸다. 나는 몸을 돌려 도망쳤다. 여자의 눈물을 견딜 수가 없었다. 여자가 울면 나는 코가 아리다. 여자가 울면 나는 머리가 어지럽다. 이런 유약한 성격이 내 일생을 망쳤다. 내가 말했다. 서문금룡이 우리 아버지 눈에 붉은 페인트를 부어버렸어. 누나를 찾아서 우리 아버지 눈을 고치라고 해야 해…… 그래도 싸다싸, 집안 꼴 하고는. 개가 개를 물었구만…… 그녀의 모진 말이 멀리 울렸다. 호조한테서 벗어난 듯싶었다. 나는 그녀가 밉기도 하고 무섭기도 하고 사랑스럽기도 했다. 나도 그녀가 나를 좋아하지 않는다는 것을 알고 있었다. 어쨌거나 그녀는 내게 누나가 어디 있는지 말해주었다.

소학교는 동네 서쪽 입구에 있었다. 담장으로 둘러져 있고 안에 운동장이 있었다. 무덤에서 빼온 벽돌로 건물을 지어서 수많은 원혼이 담장에 들러붙어 밤이면 나와서 돌아다녔다. 담 바깥쪽에 커다란 흑송숲이 있는데 거기서 밤고양이들이 어찌나 구슬프게 우는지 사람들을 오싹하게 만들었다. 철강제련운동 때 땔감으로 잘려나가지 않고 이렇게 숲이 온전한 것이 기적이었다. 그런 기적이 가능했던 이유는 숲에 있는 오래된 측백나무에 도끼질을 했다가 나무에서 피가 콸콸 쏟아졌기 때문이다. 나무가 피를 흘리는 것을 본 사람이 있을까? 호조의 머리카락을 자르기만 하면 피가 나오는 것과 같았다. 살아남은 것들은 죄다 범상치 않았다.

호조가 말한 대로, 나는 소학교 교무실에서 우리 누나를 찾았다. 하지만 누나는 마량재와 연애를 하고 있지는 않았다. 상처를 치료해주고 있었다. 누가 그랬는지는 몰라도 마량재 머리가 깨져 있었다. 누나는 그의 머리를 붕대로 친친 감았는데, 길을 보라고 한쪽 눈을, 숨을 쉬라고 두 콧구멍을, 말하고 물 마시고 뭐라도 먹으라고 입을 남겨두었다. 영화에서 본 대로, 공산당 군인에게 져서 처참한 몰골이 된 국민당 군인 꼴이었다. 누나는 영락없는 간호사였다. 무표정한 얼굴이 차갑게 반짝거리는 대리석조각 같았다. 교실 창문의 유리는 죄다 깨져 있었다. 아이들은 깨진 유리를 자기 어머니에게 가져다주었는데 감자껍질 벗기는 데 그만이었다. 큰 유릿조각은 집에 가져가 안에서도 밖을 볼 수 있고 햇볕도 들 수 있게 유리창을 내는 데 썼다. 깊은 가을저녁에 불어오는 저녁바람이 흑송숲에서 솔잎 향과 송진냄새를 실어와 사무실 탁자에 있는 종이를 바닥으로 날렸다. 누나가 갈홍색 소가죽 약가방에 들어 있던 작은 병에서 약을 꺼내더니 바닥에 떨어진 흰 종이를 집으며 그에게 말했다. 한번에 두 알씩 하루 세 번 식후에 복용하세요. 그가 쓴웃음을 지으며 말했다. 괜히 약 버릴 필요 없어요. 이제 식전 식후가 없을 거예요. 나 이제 밥 먹지 않을 겁니다. 단식할 거예요. 파씨스트들의 폭력에 항의한다는 뜻에서요. 우리집은 삼대째 빈농이에요. 뿌리도 싹도 붉은 집안이라고요. 그런데 무엇 때문에 나를 패는 거지요? 누나가 안됐다는 눈초리로 그를 보면서 낮은 목소리로 말했다. 마선생님, 흥분하지 마세요. 흥분하시면 상처에 해로워요…… 그런데 그 순간 갑자기 그가 두 손을 뻗어 누나의 손을 움켜쥐더니 두서없이 떠들었다. 보봉, 보봉, 나하고 잘 지내면 안될까. 우리 한번 잘 지내보자고. 벌써 몇년째 밥 먹을 때도 생각나고 잠잘 때도 생각나고 걸을 때도 생각나고 완전히 넋나가고, 실성한 사람이 되어 벽에다 나무에다 수십번 부딪혔어. 내가 공부를 생각하다 그런 줄 알지만 실은 당신 생각에 그런 거야…… 온통 붕대로 싸매져 있는 사람 입에서 이런 사랑고백이 흘러나왔다. 황당했지만 눈이 몹시 반짝거리는 것이 물에 적신 석탄 같았다. 누나는 애써 눈길을 외면하면서 손을 빼내려고 좌우로 흔들면서 붕대로 감싼 입을 피하려고 했다. 날 받아줘, 제발, 나를…… 마량재가 미친 듯이 중얼거렸다. 이 양반이 상사병이 나서 완전히 돌아버린 모양이었다. 내가 소리를 질렀다. 누나! 그러고는 한발로 슬쩍 닫혀 있던 문을 걷어차며 창을 들고 뛰어들어갔다. 마량재가 황급히 누나 손을 놓으며 주춤주춤 뒤로 물러서다가 세숫대야를 밟아 안에 있던 더러운 물이 쏟아졌다. 죽여버릴 거야. 내가 소리치며 벽에다 창을 꽂았다. 마량재가 헌 신문지 위에 주저앉았다. 놀라서 넋이 나간 것 같았다. 내가 창을 빼며 남보봉에게 말했다. 누나, 금룡이 아버지 눈에 붉은 페인트 칠을 해서 아버지가 아파서 구르고 있어. 어머니가 누나 찾아오라고 해서 온 동네를 뒤집고 다니다가 겨우 찾은 거야. 얼른 가서 우리 아버지 눈 좀 고쳐줘. ……보봉이 약가방을 메다가 쥐가 나서 구석에 앉아 벌벌 떨고 있는 마량재를 힐끔 보더니 나를 따라 뛰었다. 누나는 무척 잘 뛰었고, 어느새 나를 앞질렀다. 약가방이 흔들려 누나 엉덩이를 때리며 달가닥 소리를 냈다. 별들이 나와 서쪽 하늘에서 금성이 반짝거리고 눈썹 같은 달이 옆에서 벗하고 있었다.

우리 아버지는 온 마당을 굴러다니고 있었다. 몇사람이 달라붙었지만 제압할 수가 없었다. 손으로 눈을 거칠게 문지르며 비명을 지르는데 듣는 사람들 등골이 오싹했다. 형졸개들은 슬그머니 꽁무니를 뺐고 손가네 네 마리 충견(忠犬)들만 자리를 지키며 형을 호위하고 있었다. 우리 어머니와 황동 둘이서 아버지가 눈을 비비지 못하도록 어깨를 붙잡고 있었다. 아버지는 팔힘이 놀랄 정도여서 온몸이 점액질인 두 마리 메기처럼 간단히 팔을 빼버렸다. 어머니가 가쁘게 숨을 몰아쉬며 욕을 퍼부었다. 금룡, 너 이 양심없는 짐승 같은 놈아. 아무리 네 친아버지가 아니라고 해도 그렇지, 널 이렇게 키워주었는데 네가 어떻게 이런 짓을 할 수 있단 말이냐……

하늘에서 구세주가 내려오듯이 누나가 마당으로 뛰어들었다. 어머니가 말했다. 애들아버지, 얌전히 계세요. 보봉이가 왔어요. 보봉아, 네 아버지 좀 살려라. 저러다 장님 되시겠다. 성질이 쇠고집이기는 해도 나쁜 사람이 아니다. 너희 형제에게도 야박하게 대하지 않으셨다…… 날은 아직 완전히 어두워지지 않았지만 마당의 온갖 붉은 것들과 아버지 얼굴은 까맣게 변해 있었다. 마당에 페인트 냄새가 진동했다. 누나가 거친 숨을 내쉬며 말했다. 얼른 물 가져와요! 어머니가 집 안으로 뛰어가 물 한바가지를 가지고 왔다. 누나가 말했다. 그것 가지고 되겠어요? 얼른 더 가지고 와요. 많을수록 좋아요! 누나가 물바가지를 건네받아 아버지 얼굴을 겨냥하며 말했다. 아버지, 눈감으세요! 사실, 아버지는 계속 눈을 감고 있었고 뜨려고 해도 뜰 수가 없었다. 누나가 물바가지를 아버지 얼굴에 쏟아부었다. 물! 물! 물! 누나가 소리를 지르는데 이리소리가 따로 없었다. 순한 누나가 저런 소리를 내다니, 나는 깜짝 놀랐다. 어머니가 집에서 물양동이를 들고 나왔다. 걸음걸이가 뒤뚱거렸다. 황동의 마누라 추향이, 세상이 시끄럽기만을 바라고 다른 모든 사람들이 잘못되기만 바라는 이 여자가 뜻밖에도 자기 집에서 물양동이를 들고 나왔다. 마당은 더 어두워졌다. 검은 그림자 속에서 누나가 명령을 내렸다. 얼굴에 물을 부어요! 한 바가지 두 바가지, 아버지 얼굴에 물이 뿌려지면서 우렁찬 소리가 났다. 등을 가져오세요! 누나가 명령했다. 어머니가 집으로 들어가더니 석유 등잔불을 들고 나오면서 손으로 불씨를 가린 채 조심조심 걸었다. 불꽃이 흔들렸고 작은 바람이 불자 꺼져버렸다. 어머니가 발을 헛디뎌 땅에 엎어졌다. 등잔불은 분명 먼 곳으로 날아가버렸을 것이다. 나는 담장 모퉁이에서 석유냄새가 진동하는 것을 느꼈다. 서문금룡이 자기 졸개들에게 가스등을 켜라고 명령하는 소리가 들렸다.

그 당시 가스등은 태양을 빼고는 우리 서문촌에서 가장 밝은 빛을 내는 물건이었다. 손표는 열일곱살밖에 되지 않았지만 동네에서 가스등을 가장 잘 다루는 전문가였다. 다른 사람은 삼십분이 걸려서야 등을 켜는데 그는 십분이면 족했다. 다른 사람은 석면 필라멘트를 자꾸 깨뜨리는데 그는 그런 일이 없었다. 그가 눈부시게 하얀 필라멘트를 뚫어져라 보면서 가스등에서 나는 쉬익 소리를 듣고 있을 때면 뭔가에 홀린 듯 넋나간 표정이었다. 마당은 칠흑 같은데 안채는 점점 밝아졌다. 안에서 불을 붙인 모양이었다. 사람들이 놀라서 돌아보니 손표가 막대에 태양 같은 등을 매달고 서문촌 홍위병 사령부 건물에서 나오고 있었다. 마당의 붉은 담장과 붉은 나무에서 광채가 나며 눈이 부실 정도로 붉었다. 불처럼 붉었다. 마당에 있는 사람들이 한눈에 다 들어왔다. 황호조는 자기 집 대문에 기대어 봉건시대의 대갓집 규수처럼 댕기머리를 만지작거리고 있었다. 살구나무 아래 서서 이리저리 눈을 굴리고 있는 황합작은 가르마를 탄 머리가 좀 자란 모습이었고, 이 틈새로 연방 침을 찍찍 뱉고 있었다. 오추향은 마당을 바삐 오가면서 뭔가 사람들에게 할 말이 많은 눈치였지만 맞장구를 쳐주는 사람이 아무도 없었다. 서문금룡은 허리에 두 손을 괴고 마당 한가운데 서 있었다. 눈빛이 엄숙하고도 무겁고, 눈썹을 잔뜩 찌푸린 채 중요한 문제를 생각하고 있는 것 같았다. 손가네 삼형제는 서문금룡 뒤쪽에 부채 모양으로 서서 호위하고 있었다. 영락없는 충견이었다. 황동이 손에 바가지를 들고 국자로 아버지 얼굴에 물을 뿌렸다. 물이 튀어올라 빛을 받아 튀기도 하고, 아버지 얼굴을 따라 흘러내리기도 했다. 아버지는 이제 일어나 땅바닥에 앉아 있었다. 두 다리를 쭉 뻗고 두 손은 허벅지를 누르고 얼굴은 쳐든 채 물을 받아내고 있었다. 아버지는 아주 조용했고, 풀쩍풀쩍 뛰지도, 소리를 지르지도 않았다. 누나가 아버지의 마음을 안정시켜준 모양이었다. 어머니가 바닥을 기면서 입으로는 계속 중얼거렸다. 우리 등이 어디 갔냐? 우리 등…… 온몸이 흙투성이로 몰골이 처참했다. 가스 등불이 비추자 은백색 어머니의 머리가 드러났다. 아직 채 쉰이 되지 않았는데도 벌써 저렇게 머리가 센 것을 보니 내 마음이 절로 아려왔다. 아버지 얼굴에서 붉은 페인트가 조금 벗겨진 것도 같았지만 여전히 얼굴이 온통 빨갰다. 연잎에 물방울이 굴러떨어지듯이 얼굴에서 물방울이 굴러떨어졌다. 구경거리를 보러 온 사람들이 대문 앞에 새까맣게 몰려들었다. 누나는 침착하게 서 있었다. 여장군 같았다. 등불을 가져오세요. 누나가 말했다. 손표가 어슬렁거리며 등불을 가져왔다. 손가네 둘째 손호가 형의 지시를 받았는지, 아버지에게서 2미터쯤 떨어진 곳에 총알같이 의자를 가져와 등을 올려놓을 수 있게 내려놓았다. 누나가 약가방을 열고 약솜과 핀셋을 꺼냈다. 핀셋으로 약솜을 집어 물에 적신 뒤 먼저 아버지 눈 주위를 닦아내고 눈꺼풀을 닦았다.

동작이 신중하면서도 민첩했다. 그리고 누나는 큰 주사기를 꺼내 깨끗한 물을 빨아들이고는 아버지에게 눈을 뜨라고 했다. 하지만 아버지 눈이 떠지지 않았다. 누구 여기 눈 좀 뜨게 해주세요. 누나가 말했다. 어머니가 진흙과 물이 범벅인 채로 재빨리 달려왔다. 누나가 말했다. 해방아, 얼른 와서 아버지 눈 좀 벌려. 나도 모르게 뒷걸음질을 쳤다. 아버지의 붉은 얼굴이 너무 무서웠다. 얼른! 누나가 말했다. 나는 창을 땅에 꽂고서 눈밭에 닭 가듯이 진흙탕이 된 땅에 발끝을 세우고 앞으로 다가갔다. 누나가 주사기를 들고 기다리고 있었다. 내가 아버지 눈을 열려고 하자 아버지가 통곡을 했다. 그 소리가 어찌나 칼 같고 바늘 같은지, 나는 깜짝 놀라서 뒷걸음질을 쳤다. 누나가 화를 냈다. 너 지금 뭐 하는 거야? 아버지 장님 만들 거야? 그때 자기 집 문앞에 기대서 있던 황호조가 잽싸게 달려왔다. 붉은 네모 모양이 새겨진 외투에 꽃무늬 셔츠를 입었는데 셔츠의 칼라가 뒤집혀 외투 칼라와 겹쳐 있었다. 길게 땋은 머리가 허리까지 내려와 있었다. 여러 해가 지났지만 그 장면은 아직도 기억이 새롭다. 그녀의 집앞에서 우리 외양간까지 서른 걸음쯤 되는 거리였다. 세상에서 태양을 빼고는 가장 밝은 가스 등불을 받으며 그 서른 걸음을 걷는 그녀의 모습이 땅에 끌리는 그림자와 더불어 참으로 아름다웠다. 다들 입을 벌린 채 그녀를 보았고, 특히 나는 완전히 넋이 나갔다. 그도 그럴 것이 방금 전까지만 해도 우리 누나에게 악담을 퍼부으며 욕하더니 한순간 누나의 조수가 되겠다고 나섰으니 말이다. 그녀가 소리 쳤다. 내가 할게요! 붉은 가슴을 지닌 새 한마리가 날아오르 는 것 같았다. 그녀는 마당이 질퍽한 것도 마다하지 않았고 정성들여 만든 하얀 깔창 신발이 더러워지는 것도 아랑곳하 지 않았다. 호조는 손재주가 좋기로 유명했다. 우리 누나가 수를 놓아 만든 신발 깔창도 보기 좋았지만 호조가 만든 것 은 더 좋았다. 마당의 살구나무가 꽃을 피울 무렵, 나무 아래 서 살구꽃을 보면서 그녀의 손이 춤을 출 때마다 나무 위의 살구꽃들이 깔창으로 옮겨갔다. 신발 깔창의 살구꽃이 나무 위 살구꽃보다 훨씬 아름답고 고왔다. 그녀가 수놓은 저 깔 창들을 한장 한장 베개 밑에 놓아두었다가 누구에게 줄까? '큰 나귀'에게 줄까? 마량재에게 줄까? 금룡에게 줄까? 아니 면 내게 줄까?

밝은 가스 등불을 받아 그녀의 눈이 빛나고 그녀의 이가 빛났다. 물어볼 것도 없이 그녀는 미인이었다. 엉덩이가 위 로 척 올라붙고 가슴이 탱탱한 미인이었다. 아버지와 개인 농에 정신이 팔려 곁에 있는 미인을 몰라보았다. 그 짧은 시 간에, 그녀가 집앞에서 외양간 앞까지 오는 그 짧은 순간에 나는 완전히 그녀에게 빠져버렸다. 그녀가 아버지 뒤쪽에서 허리를 굽히고 섬섬옥수로 눈을 벌렸다. 아버지가 비명을 질렀다. 아버지의 눈꺼풀이 떨어지면서 나던 찢어지는 듯한 소리를 나도 들었다. 트득트득, 피라미들이 물속에서 물거 품을 토해내는 소리 같았다. 상처에서처럼 아버지 눈에서 핏물이 솟아났다. 누나가 아버지 눈을 겨냥해 주사기를 누르자, 맑은 물이 은처럼 빛나며 들어갔다. 천천히 주사기를 누르면서 누나가 힘을 조절하고 있었다. 너무 가만히 누르면 닿지 않고 너무 세게 누르면 아버지 눈동자에 구멍이 나기 때문이었다. 아버지 눈속에 들어간 물이 피로 변해 눈꺼풀을 타고 천천히 흘러내렸다. 아버지가 고통스러워 끙끙거렸다. 똑같은 정확성, 똑같은 민첩함으로 도무지 같이 일하지 못할 듯하던 두 사람, 우리 누나와 호조는 묵묵히 호흡을 맞추면서 아버지의 다른 쪽 눈을 마저 헹궈냈다. 그뒤 왼쪽 눈, 오른쪽 눈, 다시 왼쪽 눈, 오른쪽 눈을 차례로 헹구었다. 끝으로 누나는 아버지 눈에 안약을 떨어뜨리고 붕대로 감쌌다. 누나가 나에게 말했다. 해방아, 아버지를 모시고 들어가라. 나는 아버지 뒤쪽으로 뛰어가 두 손을 겨드랑이에 긴 채 들어올려 일으켜세웠다. 진흙에서 커다란 무를 뽑는 것 같았다.

그때, 우리집 외양간에서 나는 괴상한 소리가 들렸다. 우는 것도 웃는 것도 같고 한숨을 쉬는 것도 같았다. 소가 내는 소리였다. 네가 그때 낸 소리가 울음소리였느냐, 웃음소리였느냐? 아니면 한숨이었느냐?—이야기하다 보니 쉬고 싶어서 나한테 묻는 거지? 대두 남천세가 냉랭하게 말했다. 다들 깜짝 놀라 일제히 눈을 돌려 쳐다보았다. 외양간이 온통 환했다. 소의 눈이 파란빛을 내는 작은 등불 같았다. 소 몸에서 나온 불빛이 사방으로 흩어지며 황금색 페인트로 칠하는 것 같았다. 우리 아버지가 몸부림을 치며 외양간으로 가려고 했다. 소야, 소야, 가족이라곤 너밖에 없구나. 그 말을 듣고 나는 마음이 아팠다. 금룡은 배반을 했어도 나와 누나, 어머니는 여전히 당신을 사랑하는데 어떻게 가족이 소밖에 없다고 할 수 있는가. 게다가 말이 나왔으니 말이지 저 소는 몸만 소이지 마음과 영혼은 서문뇨이지 않은가. 서문뇨는 지금 마당에 모여 있는 사람들, 자기 아들과 딸, 둘째마누라와 셋째마누라, 그리고 머슴과 그 머슴의 아들인 나를 보면서 은혜와 원한, 사랑, 정 등 오만가지 감정이 복잡하게 뒤엉켜 엉망이었다.

─그렇게 복잡한 게 아니었어. 대두 남천세가 말했다. 그때 아마 목에 풀이 걸려서 그런 괴상한 소리를 냈던 것 같아. 단순한 일이었는데, 네가 지지고 볶고 초를 치고 장님 코끼리 만지듯 하니까 복잡하게 뒤엉켜 엉망이 된 것이지.

그 당시 세상은 정말 엉망이었고, 자세히 이야기하기가 힘들다. 내가 앞에서 말하던 데서부터 다시 시작하겠다. 서문촌의 시위대는 시장 동쪽 끝에서 다가왔다. 징소리 북소리가 진동하고 붉은 깃발이 나부꼈다. 금룡과 그의 홍위병들이 거리를 끌고 다니며 조리돌림을 시키는 사람들 중에는 당지부 서기이던 홍태악도 있고, 대대장 황동도 있었다. 치안대장이던 여오복, 부농 오원, 역적 장대장, 지주 마누라 서문백씨 같은 고참 반동분자들 말고도 우리 아버지 남검도 거기 있었다. 홍태악은 이를 악물고 눈을 부릅떴다. 장대장은 완전 우거지상이었다. 오원은 눈물을 주렁주렁 흘렸다. 백씨 부인은 헝클어진 머리에 때에 전 얼굴이었다. 우리 아버지 얼굴은 아직도 페인트가 다 씻기지 않은 채였고, 두 눈이 벌겋고 계속 눈물이 흘러나왔다. 아버지의 눈물은 마음이 약해서가 아니라 페인트가 각막을 손상시킨 탓이었다. 아버지 목에는 종이판이 걸려 있었는데, 형이 직접 쓴 커다란 글씨가 적혀 있었다. '더럽고 완강한 개인농.' 어깨에는 나무쟁기를 지고 있었다. 토지개혁 때 분배받은 재산이었다. 허리에는 마로 꼰 새끼줄이 매여 있었는데, 그 새끼줄은 소 고삐와 연결되어 있었고 고삐에는 소가 연결되어 있었다. 악덕지주 서문뇨가 윤회하여 변한 소, 바로 너였다. 네가 원하면 내 말을 잘라도 돼. 내 말을 받아서 다음에 일어난 일을 네가 말해도 되고. 내가 이야기하는 것은 사람이 본 세상이고, 네가 이야기하는 것은 소가 본 세상일 테니까 말이야. 네가 이야기하면 더 재미있을 거야. 어때? 하는 수 없지 뭐, 네가 안하니 내가 계속하는 수밖에. 너는 건강한 황소였다. 두 뿔은 무쇠 같고 어깨는 떡 벌어지고 근육은 잘 발달하고 두 눈은 번쩍번쩍하여 무시무시한 빛이 흘러넘쳤다. 너의 뿔에는 헌 신발 두 짝이 걸려 있었는데, 그 가스등을 잘 다루던 손가네 녀석이 제멋대로 걸어놓은 거였다. 너를 우습게 보이려고 한 것이지, 네가 바람둥이라는 표시로 그런 것은 아니었다('헌 신발'을 뜻하는 '破鞋'는 걸레, 화냥년이란 속어이다 —옮긴이). 금룡 그 개자식이 나도 시위 대열에 집어넣어 조리돌림을 시키려고 했지만, 내가 창을 치켜들고 결사적으로 버텼다. 내가 말했다. 날 시위대에 넣으려는 놈은 누구든 쏴서버릴 거야. 금룡이 순간적으로 멈칫했다. 나같이 물불 가리지 않는 인간을 만나자 그도 뒤로 물러섰다. 우리 아버지도 나처럼 강하게 나가서 작두를 떼어내 외양간 문에 걸쳐두고 가까이 오는 놈은 절단내버리겠다고 했다면 형도 마음이 약해졌을 것이다. 하지만 아버지는 고분고분 그들이 종이판을 목에 걸게 내버려두었다. 우리 소도 고집을 부렸다면 헌 신발을 뿔에 건 채 길거리를 끌려다니며 조리돌림을 당하지 않았을 것이다. 하지만 소도 순순히 따랐다.

장터 한가운데에서, 그러니까 물품공급소 식당 앞 공터에서 현의 '투쟁하는 황금원숭이' 홍위병 총사령관 '큰 나귀' 상형과 서문촌의 '투쟁하는 황금원숭이' 홍위병지부 사령관 '작은 나귀' 금룡이 합류하여 서로 악수하고 혁명가들 식의 예를 주고받았다. 눈에서는 붉은빛이 나고 마음에서는 혁명의 열정이 부글부글 끓었다. 아마도 공산혁명 시절 중국 공농홍군(工農紅軍)이 정강산에서 합류하여 아시아, 아프리카, 남미에 붉은 깃발이 휘날리게 하고 전세계 고통받는 무산계급들을 깊은 물과 뜨거운 불구덩이에서 해방시키겠노라고 하던 다짐을 떠올렸는지 모른다. 합류한 홍위병 부대는 현 홍위병과 동네 홍위병이었고, 합류한 주자파 부대는 나귀 현장 진광제와 나귀 자지 서기였던 범동, 소 엉덩이뼈를 두드리던 걸인계급 출신의 이단아이자 주자파인 홍태악, 그리고 그의 충견이자 지주의 첩을 취한 황동이었다. 이들은 서로 몰래 바라보면서 표정으로 반동사상을 나누고 있었다. 홍위병들이 그들의 머리를 더이상 누를 수 없을 때까지 눌렀고, 엉덩이는 더이상 치켜올릴 수 없을 때까지 치켜올렸고, 완력으로 땅에 엎드리게 한 뒤 머리카락을 잡고서, 목을 잡고서 고개를 들어올렸다. 아버지는 죽어도 고개를 숙이지 않았는데, 서문금룡과의 특수한 관계를 생각해서 홍위병 졸개들이 그냥 넘어가주었다. 먼저 '큰 나귀'가 식당에서 내온 탁자에 올라서서 연설을 했다. '큰 나귀'는 왼손은 허리에 괴고 오른손은 공중에서 휘저으며 변화무쌍한 동작을 연출했다. 군도로 내려치는 듯한 동작을 하는가 하면, 예리한 칼로 앞을 찌르는 듯한 동작도 하고, 주먹으로 호랑이를 때려잡는 것 같고 손으로 바위를 쪼개는 것 같은 동작을 하기도 했다. 말과 동작이 절묘하게 어울렸고 억양이 높았다 낮았다 흐름을 타면서 입가에서 거품이 흘러나오고 말은 살기등등하나 내용은 텅 비어 아무것도 없었다. 잔뜩 공기를 불어넣고 붉은색을 칠한 꼭지가 유두처럼 튀어나온 동과 모양의 콘돔이 공중을 날다가 부딪혀서 붕 하는 소리를 내다가 하나씩 펑펑 소리를 내면서 터지는 것 같았다. 고밀 동북향의 역사에 예쁜 간호사가 콘돔을 불다가 터지는 바람에 눈을 다친 일도 있어 마을의 큰 홍밋거리가 되었다. '큰 나귀'는 타고난 연설가였다. 연설을 할 때 레닌과 모택동을 최대한 흉내냈다. 특히 오른쪽 어깨를 사십오도로 내밀고 머리를 약간 뒤로 젖히고는 턱을 내밀고 눈은 먼 곳을 바라보면서 "계급의 적들을 공격하고 또 공격하자"고 외칠 때는 영락없이 「1918년의 레닌」이란 영화에 나오는 레닌이 되살아나 고밀 동북향에 온 것 같았다. 군중들도 입에 재갈이라도 문 듯 한동안 말문을 열지 못하다가 시간이 지나서야 환호성을 질렀다. 몇몇 배운 청년들이 '우라! 우라!'(러시아어로 '만세' — 옮긴이)를 외쳤고 배우지 못한 사람들은 '만세'를 외쳤다. 물론 우라와 만세 소리가 전부 '큰 나귀'를 찬양해 지르는 소리는 아니었지만, '큰 나귀'는 잔뜩 부푼 콘돔이 날아가듯이 영문을 모른 채 휩쓸려가고 있었다. 그중에는 속으로 욕하는 사람도 있었다. 저 개자식, 정말 못 봐주겠네! 그렇게 말한 사람은 옛날 서당에서 글공부를 한 노인으로 글자를 많이 알아 늘 이발관에 이발하러 오는 사람들에게 으스대면서 말했다. 모르는 글자가 있으면 나한테 물으라고. 내가 대답을 못하면 그땐 내가 이발비를 내지. 중학교 선생 몇명이 자전에서 벽자(僻字)를 찾아 시험해보았지만 골탕을 먹이는 데 성공하지는 못했다. 어떤 선생이 글자 하나를 자기가 만들어서, 동그라미를 그리고 그 안에 점을 찍고는 그에게 물었다. 이게 무슨 자입니까? 그러자 그가 코웃음을 치며 말했다. 날 골탕먹이려고? 이 자는 '펑' 자야. 돌을 우물에 던지면 나는 소리 말이야. 선생이 말했다. 틀렸어요. 이 자는 내가 만든 글자예요. 그가 말했다. 모든 글자가 처음에는 다 만들어낸 것이야. 선생은 말문이 막혔고 그의 얼굴에는 우쭐하는 표정이 넘쳤다. '큰 나귀'가 연설을 끝내자 '작은 나귀'가 탁자에 올라가 연설했다. 하지만 그의 연설은 '큰 나귀'의 졸렬한 모방이었다.

이제 네 이야기를 할 차례다. 서문소가 장날에 잊을 수 없는 쇼를 한 것 말이다.

처음에 너는 아주 순했다. 아버지 뒤를 고분고분 따랐다. 하지만 저렇게 훌륭한 외모를 가진 소가 저렇게 고분고분한 행동을 하는 것을 사람들은, 특히 내가 이상하게 생각했다. 너는 혈기왕성한 소이자 예전에 한가락하던 소였다. 네가 서문뇨의 오만한 영혼과 명성이 자자하던 그 나귀의 찬란한 기억을 가진 소라는 것을 그때 내가 알았다면 너의 행동에 더더욱 실망했을 것이다. 반항을 해야 했고 장터를 뒤집어 놓아야 했다. 스페인의 투우처럼 그 카니발의 주인공이 되어야 마땅했다. 하지만 너는 그러지 않았다. 고개를 푹 숙이고 뿔에는 다 떨어진 신발을, 그 모욕적인 징표를 걸고 아무렇지도 않게 먹은 것을 되새김질했고 배에서는 꼬륵꼬륵 소리가 났다. 새벽부터 낮까지, 추울 때부터 해가 나와 따뜻해질 때까지, 물품공급소 식당의 만두 향기가 모락모락 날 때까지 그렇게 다녔다. 낡은 솜옷을 걸치고 한쪽 다리를 저는 애꾸눈 소년이 사나워 보이는 황구 한마리를 끌고 시장을 지나갔다. 유명한 개잡이 소년이었다. 빈농집 아이로 출신이 좋고 고아여서 정부에서 무료로 학교에 넣어주었지만 학교를 워낙 질색하는 바람에 탄탄한 미래를 스스로 버리고 공부하지 않겠다면서 떠돌아다니는 아이였다. 자기가 출세하지 않겠다는 데에야 당에서도 도리가 없었다. 개를 잡아 개고기를 팔아서 재미를 보고 있었다. 그 시절 개인이 도살하는 것은 불법이었다. 돼지든, 개든 모두 국가가 권리를 가지고 있었다. 하지만 정부는 이 소년만큼은 특별히 허락해주었다. 사실 어떤 정부라도 허락해주었을 것이다. 소년은 개들에게 천적이었다. 체구도 작고 발도 재지 않은데다 시력도 좋지 않아서 개들이 마음만 먹으면 어렵지 않게 해치울 수 있을 듯했다. 하지만 양처럼 순한 개든, 호랑이나 사자처럼 사나운 개든 개라고 생긴 것들은 한결같이 그를 보기만 하면 꼬리를 사리고 몸이 오그라들며 눈에는 겁먹은 빛을 띠며 애걸하는 울음을 울면서 깨갱, 깨갱 고개를 숙인 채 반항 한번 하지 못하고 새끼줄을 목에 건 채 나뭇가지에 매달려 죽음을 맞았다. 그뒤에는 개를 돌다리 아래 그의 거처이자 작업장으로 가져가서 물을 끓여 털을 벗기고 맑은 강물에 깨끗이 씻은 뒤 고기를 토막내 솥에 집어넣었다. 장작이 타고 불꽃이 활활 타올라 김이 무럭무럭 나고 짙은 연기가 다리 밑에서 피어올라 강을 따라 흩어질 때면, 고기냄새가 강가에 가득했다. ……갑자기 요상한 바람이 불더니 붉은 깃발이 윙윙 소리를 내고 깃봉이 부러져 깃발이 소용돌이치며 공중을 날더니 소의 머리에 떨어졌고, 그래서 네가 미쳐버렸다. 내가 바라던 바였고 장에 구경하러 모인 사람들이 바라던 바였다. 한판 멋진 구경거리가 있어야 막을 내리는 굿판이었다.

너는 먼저 고개를 맹렬히 흔들면서 네 머리를 덮은 붉은 깃발을 떼어내려 했다. 나도 붉은 깃발을 머리에 쓰고 태양을 본 경험이 있다. 핏빛 바다 같았고 태양이 그 피바다에 빠져 세상종말이 온 듯싶었다. 나는 소가 아니어서 네가 붉은 깃발을 뒤집어썼을 때의 느낌을 알 수 없지만, 네가 그렇게 격렬하게 몸부림치는 것으로 미루어 네가 얼마나 공포를 느꼈을지 짐작할 수 있다. 너의 두 뿔 끝은 완전히 투우의 뿔이었고 날카로운 칼이라도 달아주었다가는 덤벼들어 대번에 쓰러뜨릴 정도였다. 수십번 계속 머리를 흔들어도 붉은 깃발이 떨어지지 않자 너는 다급해졌고 무조건 뛰기 시작했다. 너의 고삐는 우리 아버지 허리와 연결되어 있었다. 무게 오백근에 살찌지도 마르지도 않은 튼실한 몸에 바야흐로 네 살, 힘이 펄펄 나는 청춘이어서 너는 고양이 꼬리에 매달린 생쥐처럼 아버지를 끌고 다녔다. 아버지를 끌고 소가 사람들 속으로 돌진하자 비명소리가 낭자했다. 우리 형 연설이 아무리 좋은들 사람들은 신경쓸 계제가 아니었다. 말이 나왔으니 말이지만, 사람들은 구경하러 나온 것이지 누가 혁명적인지 반혁명적인지에는 관심도 없었다. 사람들이 소리를 질렀다. 소머리의 붉은 깃발을 벗겨라. 하지만 달려들어 네 머리의 붉은 깃발을 벗겨낼 만한 배포를 지닌 사람이 누구이며, 누가 그것을 바랄까? 네 머리에서 붉은 깃발을 벗겨내면 그 순간 멋진 구경거리는 끝나는 것이다. 사람들은 몸을 숨기고 소리를 지르며 자기도 모르게 한쪽으로 몰렸고 노인네들은 울고 아이들은 소리를 질렀다. 아이고 내 달걀 다 밟네. 애기 밟혀죽겠네. 내 그릇 다 깨지네. 이런 빌어먹을 놈들. 전에는 기러기가 하늘에서 떨어져 사람들이 사방에서 가운데로 몰려들었는데, 이번에는 소가 소동을 부리자 사람들이 소 앞에서 이리저리 뛰었다. 양쪽으로 흩어졌다가 한데 모이는가 하면, 담장 밑으로 달려가 밀가루 부침개 꼴을 하더니, 푸줏간으로 몰려가 귀한 돼지고기와 같이 넘어져서 생고기를 씹기도 했다. 어떤 사람은 소뿔에 갈비뼈를 들이받혔고 돼지새끼가 소 발에 밟혀죽기도 했다. 고기를 파는 이는 인민공사 도살반 사람으로, 자기가 무슨 황실 친족이라도 되는 양 거만을 떠는 주구계(朱九戒, 쥬쥬제)였는데, 고기 써는 칼을 들고 소머리 정중앙을 겨냥하여 휘둘렀다. 크게 소리를 지르더니 칼날이 소뿔 한가운데를 지났다. 칼이 하늘을 날고 반토막난 뿔이 땅에 떨어졌다. 이 틈에 깃발이 소머리에서 벗겨졌다. 뿔이 잘려나가자 소가 순간적으로 놀랐는지 걸음을 멈추었다. 가쁘게 숨을 헐떡였고 복부가 심하게 씰룩거렸다. 입에 거품을 물고 두 눈에 핏발이 섰다. 잘려나간 뿔에서는 투명한 액체가 흘러나왔는데 가는 핏줄기가 섞여 있었다. 그 액체는 소의 진액으로 '우각정(牛角精)'이라는 것이었다. 해남도(海南島)의 야자나무액보다 훨씬 좋은 것으로, 강력한 강장 효능이 있다고 알려진 것이다. 홍위병에게 붙잡혀온 자 중에 한때 성위원회 실력자이던 사람이 있었는데, 백발에도 스무살 어린 첩을 얻었는데 발기가 되지 않자 민간요법을 수소문하여 찾아낸 것이 바로 이 우각정이었다. 그래서 그자의 수하들이 각급 현과 성 소속 농장들이 모두 발벗고 나서서 거세하지 않고 교배하지 않은 건장하고 젊은 수소를 올려보내자 비밀장소로 끌고 가서 뿔을 잘라 진액을 뽑고 뼈를 부수어 골수를 뽑아 그 고관에게 바쳤다. 그러자 과연 흰머리가 다시 검어지고 주름이 펴지고 나날이 양물이 자라 기관총을 난사하듯이 수천명의 여인을 쓰러뜨렸다.

우리 아버지 이야기를 해야 할 것 같다. 아버지는 아직 다친 데가 다 낫지 않아서 물체가 온통 붉고 흐릿하게 보이는 마당에 그런 변을 당했으니 한순간 동서남북 어디에 몸을 두어야 할지 가늠을 못하고 그저 우선 뛰고 볼 일이었다. 그러다가 나중에는 아예 몸을 말고 고개를 감싸쥐어 공처럼 소 밑에서 굴렀다. 다행히 솜옷을 입고 있어서 이리저리 부딪혔지만 큰 부상을 입지는 않았다. 뿔이 잘린 소가 멈추어서자 아버지는 그참에 일어나 얼른 허리에서 고삐를 풀어, 소에게 끌려다니는 신세를 면했다. 하지만 잘려나간 소뿔과 소머리의 참혹한 모습을 보자마자 아버지는 크게 소리를 지르더니 거의 혼절했다. 아버지가 말했듯이 소는 유일한 그의 가족이었기 때문이다. 가족이 다쳤으니 어찌 마음이 다급하지 않고, 아프지 않고, 화가 나지 않겠는가? 돼지 도살꾼인 주구계의 번들번들한 얼굴이 아버지 눈에 들어왔다.

너나없이 중국 인민들 뱃속에 기름기가 부족하던 시절에 관리들하고 돼지 도살꾼만이 그렇게 얼굴이 번들번들하도록 먹을 수 있었고, 그렇게 우쭐거렸고 그렇게 재고 다니고 그렇게 행복한 생활을 누렸다. 개인농인 우리 아버지는 원래 인민공사 일에는 관심이 없었다. 그런데 인민공사의 돼지 도살꾼이라는 자가 우리 소의 뿔을 단칼에 날려버리자 아버지는 '우리 소!'라고 소리를 지르고는 정신을 잃어버렸다. 나는 알았다. 만약 그때 아버지가 정신을 잃지 않았더라면 아버지는 가장 먼저 그 무거운 큰칼을 들고서 그 돼지 도살꾼의 목을 따려고 달려들었을 것이다. 그 뒷일은 차마 상상할 수도 없었다. 아버지가 기절하기를 잘했다. 아버지는 기절했지만 소는 깨어났다. 뿔이 잘렸으니 그 고통은 짐작하고도 남았다. 소가 울었다. 그러더니 고개를 숙이고 맹렬하게 앞으로 돌진하여 그 뚱보 도살꾼에게 달려갔다. 그 순간 내 눈길을 끈 것은 소의 배꼽이었다. 거기에 난 20센티미터쯤 되는 이리털붓 같은 털이 흔들리면서 소전체(小篆體, 진시황 때 한자를 통일한 글자체 ― 옮긴이)로 한문장을 쓰는 것 같았다. 내가 그 신필에서 눈을 돌렸을 때 소는 머리를 기울인 채 잘리지 않은 뿔로 주구계의 볼록한 배를 찌른 뒤였다. 소가 연방 머리를 움직여서 뿔이 끝까지 박히지는 않았는데, 소가 갑자기 머리를 휘두르자 살덩이가 땅에 쏟아지는데, 주구계의 배에 구멍이 나고 쿨럭쿨럭 미황색 기름이 솟구쳐나오더라.

사람들이 도망치고 아버지가 깨어났다. 깨어나서 가장 먼저 한 일은 칼을 들고 외뿔 소를 지키는 일이었다. 아무 말 없었지만 그 단호한 자세가 에워싸고 있는 홍위병들에게 아버지의 뜻을 분명히 전달하고 있었다. 소와 같이 죽을 것이다. 홍위병들은 주구계의 배에서 기름이 쏟아지는 것을 보자 그동안 이자가 권력에 빌붙어 온갖 만행을 저지르던 것을 떠올리며 고소해했다.

우리 아버지는 칼을 든 채 사형장에서 도망나오는 대장부처럼 소를 끌고서 천천히 걸어서 집으로 왔다. 그때 찬란한 햇빛은 도망가고 잿빛 구름이 다가왔다. 눈꽃 한송이가 여린 북풍을 타고 춤을 추며 고밀 동북향 대지에 떨어졌다.

제**18**장

손재주가 좋아 옷을 손질하여 호조는 사랑을 보여주다
큰 눈이 내려 마을이 봉쇄되고 금룡은 왕 노릇을 하다

사흘 걸러 약한 눈이 내리고 닷새 걸러 큰 눈이 내리던 기나긴 겨울 동안 우리 서문촌과 인민공사, 현을 연결하는 전화선이 폭설로 끊겨버렸다. 당시 현의 유선방송은 전화선을 사용했는데 전화가 끊기자 방송도 먹통이 되었다. 길도 눈에 막히고 신문도 오지 않았다. 서문촌은 완전히 고립된 땅이었다.

너도 그해 겨울의 폭설을 기억할 것이다. 아버지는 매일 이른 아침에 너를 끌고 동네 밖으로 산책을 나갔다. 날이 맑고 태양이 붉은 기운을 뿜을 때면 눈덮인 대지가 찬란하게 빛났다. 아버지는 오른손에 고삐를 잡고 왼손에는 돼지 도살꾼에게서 뺏은 칼을 들었다. 둘의 입과 콧구멍에서는 분홍색 열기가 나와 네 입가의 털과 아버지 수염과 눈썹에 서리꽃이 맺혔다. 둘은 태양을 맞으며 들판으로 갔다. 땅에 쌓인 눈이 밟히며 뽀드득 소리를 냈다.

내 배다른 형제 서문금룡은 혁명에 대한 불타오르는 열정에 힘입어 상상력이 넘쳐났고 손가네 네 형제—4대 금강석—와 심심해죽는 털북숭이 어린애들—새우 졸개들과 게 장군들—을 데리고 이듬해 대지에 봄이 올 때까지 자주적으로 문화대혁명을 진행했다. 물론 어디 구경거리라도 없는지 찾아다니는 어른들도 가담했다.

그들은 살구나무에 널빤지를 걸어 단상을 만들었다. 살구나무가지에 붉은 천조각을 수천개 매달아 나무에 꽃이 핀 것 같았다. 매일 저녁 손가네 넷째 손표는 그 단상에 올라가 볼을 불룩하게 만들어 집합 나팔을 불었다. 붉은 술을 단 멋진 나팔이었다. 그 나팔이 처음 생겼을 때, 손표가 날마다 볼이 터지도록 연습했는데 영락없는 소울음소리였다. 그런데 섣달 그믐이 되자 제법 멋지게 불었다. 부드럽고 운치있게 사람들이 좋아하는 민요를 주로 불었다. 정말 천재소년이었다. 무엇이든 배웠다 하면 고수가 되었다. 형은 사람들을 지휘하여 단상에 벌겋게 녹이 슨 대포를 가져다놓더니 마당 담벼락에 수십개의 사격구멍을 뚫고 그 옆에 자갈을 쌓았다. 그러고는 화약도 없으면서 매일 붉은 술 달린 창을 든 꼬맹이들을 시켜 보초를 서게 했다. 몇시간 간격으로 단상에 기어올라가 수제 망원경으로 사방을 둘러보기도 했는데, 그 모습이 적정(賊情)을 살피는 고급장교 같았다. 날씨가 추워서 손이 완전히 얼음물에 막 씻어낸 무 꼴이었다. 볼은 완전히 빨개져서 늦가을 사과 같았다. 하지만 폼을 잡으려고 군복상의에 바지만 달랑 입고서 더구나 소매까지 높이 걷어올린 채였고, 그나마 머리에 황토색 가짜 군모를 걸친 게 전부였다. 귀가 동상으로 문드러져 고름이 나고 피가 흘렀다. 코가 시뻘게져서 계속 콧물이 흘렀다. 몸은 좋지 않았지만 정신은 극히 좋았다. 두 눈에서는 시종 뜨거운 빛이 작렬했다.

우리 어머니는 형이 이렇게 동태가 된 것을 보고서 며칠 밤을 새워 솜저고리를 만들어주었다. 사령관의 품위가 나도록 호조의 도움을 받아 군복 스타일로 만들었다. 옷깃에는 흰 실로 꽃무늬 테두리를 만들었다. 하지만 형은 솜저고리를 거부했다. 그가 엄숙하게 말했다. 어머니, 노인네처럼 그러지 마세요. 적들이 언제 공격해올지 모릅니다. 우리 전사들이 저렇게 눈밭에 엎드려 있는데 제가 어떻게 솜저고리를 입겠습니까? 어머니가 주위를 둘러보니 형의 '4대 금강석'과 그의 심복 졸개들도 황톳물을 들인 가짜 군복을 입고 하나같이 콧물을 질질 흘리고 콧등은 얼어서 완전히 산딸기였다. 하지만 그 조그만 얼굴들은 한결같이 신성하고 장엄한 표정이었다.

매일 오전, 형은 단상에 올라가 양철나팔을 손에 들고 단상 아래 집결한 졸개들을 향해, 구경하러 몰려든 동네 사람들을 향해, 눈덮인 마을을 향해 '큰 나귀'한테서 배운 높은 분들의 말투를 흉내내어 일장연설을 했다. 혁명을 위해 떨쳐나선 어린 용사들이여, 빈농들이여, 눈을 부릅뜨고 경계심을 갖고 진지를 사수합시다. 최후의 일분까지 밀고 나가 내년 꽃피는 봄이 올 때 상 총사령관이 이끄는 주력부대와 합류합시다. 심한 기침 때문에 그의 연설은 자주 끊겼고 가슴에서는 닭울음소리가 새어나오고 목구멍에서는 쿨럭쿨럭했다. 나는 가래가 끓어올라 그런다는 것을 알고 있었다. 하지만 사령관이 단상에서 아래로 가래를 뱉는 것도 그야말로 꼴불견인지라 역겹더라도 끓어오르는 가래를 그저 꾹 삼키는 수밖에 없었다. 형의 연설은 자기 기침소리에도 끊겼지만 단상 아래에서 수시로 외치는 구호 때문에도 끊겼다. 구호를 선창하는 사람은 손가네 둘째 손호였다. 목청이 탁 트인데다 배운 것도 있어서 어디서 구호를 외쳐야 효과적으로 혁명열기를 고조시킬지 훤히 꿰고 있었다.

베갯속 거위털을 일만개는 뿌린 듯이 하늘에서 큰 눈이 내리던 어느날이었다. 형이 단상에 올라가 나팔을 들고 막 소리를 외치려고 할 때 갑자기 몸이 기우뚱하더니 양철나팔을 손에서 떨어뜨리고 단상에서 눈밭 아래로 튕겨 떨어지더니 묵직한 소리를 내며 쓰러졌다. 사람들이 순간 얼어붙더니 비명을 지르며 달려가 물었다. 사령관, 괜찮으세요. 괜찮아요…… 어머니가 울음을 터뜨리며 집에서 달려나왔다. 날씨가 추워 어머니는 낡은 양가죽 저고리를 입었는데 몸집이 커서 쌀뒤주 같아 보였다.

그 가죽저고리는 문혁 전에 우리 마을에서 치안주임을
지낸 양칠이 내몽고에서 떼온 헌옷 중에 하나였다. 소똥과
양젖이 말라 눌어붙어 있고 노린내가 진동했다. 양칠이 그
것을 되팔려다 홍태악네 민병대에게 투기혐의로 붙잡혀 인
민공사 파출소로 압송되어 교육을 받았다. 가죽저고리는 대
대 창고에 처박혀 인민공사의 처분을 기다렸다. 그러다가
문혁이 터졌고 양칠이 석방되어 금룡을 따라 혁명에 가담했
고, 홍태악에 대한 비판투쟁을 전개할 때 가장 용맹스런 투
사가 되었다. 양칠은 형에게 꼬리를 치며 호시탐탐 서문촌
홍위병 지대의 부사령관을 노렸지만 거절당했다. 형은 단호
했다. 서문촌 홍위병 지대는 일원적인 지도를 해야 하기 때
문에 부사령관이 필요없다고 했다. 형은 내심 양칠을 무시
하고 있었다. 생긴 게 영락없이 생쥐 상판인데다 눈동자를
뺀질나게 굴리는 것이 못된 생각만 머리에 가득한 건달 무
산계급으로, 악영향이 커서 그저 이용할 뿐 신임하지는 않
았다. 이것은 우리 형이 그의 사령부에서 심복들하고 밀담
을 나누던 말인데 내가 직접 엿들은 것이다. 양칠은 한자리
노리던 일이 수포로 돌아가자 속이 상해서 열쇠장이 한육(韓
六, 한류)과 짜고 대대 창고의 문을 따 가죽저고리를 꺼내 길
거리에 늘어놓고 팔았다. 눈보라가 몰아치고 처마에 고드름
이 톱니처럼 매달려 있던 때로 가죽옷을 입기에 제철이었
다. 동네 사람들이 몰려들어 그 더러운 가죽옷들을 둘러보
았다. 양털이 빠지고 쥐똥이 굴러다니고 비린내가 진동하면

서 눈과 공기를 오염시켰다. 양칠이 입에 용수철을 단 듯 혀를 놀리며 그 걸레 같은 가죽옷을 황제행장이라고 뻥쳤다. 검정 산양 가죽으로 만든 짧은 저고리를 집어들더니 번들번들한 판자 하나를 타닥타닥 두드리면서 소리를 질렀다. 자, 이리 와서 귀로 들어보고, 눈으로 보고, 손으로 만져보고, 몸으로 입어봐. 귀로 들어보면 징소리 같고 눈으로 보면 비단 같고, 다시 보니 털빛이 옻빛이고 몸에 걸치니 땀이 주르륵 흐르네. 이 가죽저고리를 몸에 걸치면 얼음에 굴러도 눈밭에 누워도 추위를 몰라. 이렇게 거의 새것인 검정 산양 가죽 저고리가 단돈 십원, 완전 거저야. 장씨아저씨, 한번 입어보세요. 어이고, 우리 외삼촌 이 가죽저고리는 완전히 몽골에서 삼촌 몸에 맞춰온 것이네. 크지도 작지도 않고 완전 딱이야. 어때요, 덥지요? 안 더워요. 머리 한번 만져봐요. 땀방울이 저렇게 맺혔는데도 안 더워? 팔원이요? 팔원은 안되지. 아는 처지에 체면을 봐줘서 그렇지, 십오원에도 안 판다고요. 좋습니다. 내가 작년가을에 담배 두 대를 얻어피웠으니 신세를 진 셈이지, 신세를 지고도 갚지 않으면 두 다리 뻗고 편히 못 자는 법, 까짓것, 구원만 주구려. 밑지고 파는 겁니다. 구원에 가져가세요. 집에 가거든 얼른 수건으로 땀을 닦으셔야지, 그러지 않으면 감기 걸립니다. 팔원이라고요? 좋습니다, 그럼 팔원 오십전 합시다! 내가 깎아주면 아저씨는 더 내리고, 과연 저보다 어른이십니다. 다른 사람이었다면 이 몸이 벌써 도랑에 처넣었을 겁니다만, 좋습니다, 팔원에 하지요. 아유, 아저씨처럼 능글능글한 사람한테는 하느님도 못 당하지, 그런데 이 양칠이가 어떻게 당하겠어요. 내가 아저씨한테 좋은 피 넣어드린 셈 치지요. 내 피가 O형이에요. 닥터 노먼 베순하고 같은 혈액형이라 이겁니다. 팔원에 드리리다. 아저씨 이번에 나한테 신세진 겁니다. 그러더니 달라붙은 지폐를 세었다. 다섯, 여섯, 일곱, 여덟, 좋습니다. 가져가세요. 얼른 입고 가서 형수님께 보여주세요. 집에서 입고 한 시간만 지나면 지붕에 쌓인 눈이 녹아서 멀리서 아저씨 집을 보면 김이 모락모락 피어오르고 마당에는 눈이 녹아 강을 이루고 처마의 고드름들이 척척 소리를 내며 죄다 떨어질 겁니다. 그러지 않으면 내 손에 장을 지져요. 이 가죽저고리는 새끼양 가죽으로 만든 거라고요. 보세요. 게다가 겉에 비단천까지 댔어. 이건 내몽골에서 가장 예쁜 여자가 맨몸에 걸치던 거라고요. 맡아봐요, 향기로운 냄새가 나지 않아요? 처녀냄새라고. 남해방, 얼른 가서 개인농 아버지 지갑 들고 와서 이 옷 사다가 보봉누나 줘라. 네 누나가 이 옷을 입고 약가방을 메고 왕진을 나가면, 생각해봐라, 얼마나 멋지겠느냐. 아무리 눈이 퍼부어도 머리 위 세 자 높이에서부터 눈이 녹아버릴 것이다. 이런 새끼양 가죽은 완전히 화로야, 화로. 달걀을 싸놓으면 담배 한대 피울 참도 못돼 익는다니까. 십이원이다, 남해방. 네 누나가 우리 마누라 애를 받아준 걸 봐서 너한테 반값에 주는 거다. 다른 사람 같았으면 이십오원 줘도 털 하나 못 산다고. 어때? 안 살 거야? 하

하, 남해방, 꼬마애인 줄 알았더니 너도 제법 컸구나. 콧수염
도 나고 말이야. 아래는 어떠냐? 사내 나이 열일고여덟이면
수염 날 때 자지 털도 나지. 사내 나이 열일고여덟이면 자지
가 완전 소뿔이야. 황가네 여자애들한테 네가 맘이 있다는
거 다 안다. 하지만 어떡하냐. 신사회, 새로운 조국은 일부
일처제가 국법이어서 호조나 합작 중에 하나만 골라야 하니
말이다. 둘다 가질 수는 없어. 서문뇨가 살던 시절에는 물론
됐지. 서문뇨는 마누라가 셋이나 됐고 밖에도 하나 두었지.
얼굴 빨개질 게 뭐야? 어라, 네 어머니 얘기 했다고? 괜찮아,
네 어머니는 피해자 아니냐. 널 그만큼 키우기도 쉬운 일 아
니야. 어떠냐, 이 가죽저고리 네 어머니 사다드려 효도 한번
하는 게. 네 어머니는 착한 분이시다. 서문집안의 안주인이
었을 때 거지들이 오면 직접 나와 맞아주는데 손도 커서 한
번에 떡을 두 개나 주었지. 나이든 사람들은 다 알지. 네가
어머니한테 사준다면 내가 팍 깎아서 십원에 주마. 다른 사
람들이 들으면 큰일나니까 조용히해라. 십원이다. 얼른 집
에 달려가서 가져오너라. 내 이 옷을 꽉 잡아두고 있을 테니
까. 꼬마야, 금룡 그 개자식한테는 백원을 준다고 해도 안 판
다. 제가 무슨 지부사령관이야, 완전히 문 걸어잠그고 방에
서 저 혼자 북 치고 장구 치면서 왕 노릇이야. 이 귀한 몸이
그까짓 별볼일없는 부사령관 할 것 같아? 이 몸이 그래도 천
군만마를 거느리고 천하를 휩쓸 장군감이야! 그때 사람들이
소리쳤다. 홍위병이 온다!

우리 형 금룡이 씩씩하게 앞장을 서고 '4대 금강석'이 우쭐거리면서 호위하고 한무리의 홍위병들이 시끌벅적하게 뒤를 따랐다. 형은 허리에 찬 병기가 하나 더 늘었는데 달리기 출발신호 때 쓰는 권총으로 소학교 교사에게서 징발한 것이었다. 은도금을 한 총신이 번쩍거리는데, 총신 모양이 꼭 개의 양물 같았다. '4대 금강석'도 가죽요대를 차고 있었는데 생산대에서 얼마 전에 죽은 소의 가죽으로 만든 것이었다. 소 생가죽인데다 아직 마르지도 않은 채로 털까지 그대로 붙어 있어 비린내가 진동했다. '4대 금강석'은 각자 소가죽 요대에 마우저 권총을 차고 있었는데 동네 극단에서 공연할 때 쓰던 것들로, 솜씨좋은 목수 두노반(杜魯班, 뚜루빤)이 느릅나무를 깎아 만든 것이었다. 바깥쪽에 옻칠을 해서 진짜와 똑같은 것이 산적들 손에 들어가면 강도짓할 때 안성맞춤이었다. 손룡이 차고 있는 총은 뒤쪽에 구멍을 내고 용수철과 공이를 달고 노란 화약으로 만든 뇌관을 달아 진짜 총보다 더 쟁쟁한 소리가 났다. 우리 형의 총은 종이화약을 썼는데 한번 방아쇠를 당기면 연속 두 번 터졌다. '4대 금강석' 뒤에 서 있는 졸개들은 붉은 술을 맨 창을 들고 있었다. 창끝을 줄로 번쩍번쩍하게 갈아서 무척 날카로워 나무에 한번 박히면 어지간한 힘으로는 뽑을 수 없을 정도였다. 형이 행렬을 이끌고 신속하게 밀고 들어왔다. 하얀 눈으로 뒤덮인 곳에 붉은 술이 날리니 한폭의 멋진 그림이 되었다. 양칠이 헌 가죽옷을 팔고 있는 곳에서 약 50미터 떨어진 곳까지 이르렀을 때 형이 허리에서 화약총을 꺼내 공중에 대고 쏘았다. 팍! 팍! 두 줄기 하얀 연기가 공중에 흩어졌다. 형이 명령을 내렸다. 진격하라, 동지들! 홍위병들이 붉은 술을 단 창을 들고서 죽여라, 죽여라를 외치며 구름처럼 달려들었다. 길에 쌓인 눈이 밟혀 진흙탕이 되고 처벅처벅 소리가 나며 순식간에 눈앞까지 달려왔다. 형이 손짓하자 홍위병들이 양칠과 물건을 사려던 여남은 사람들을 에워쌌다.

금룡이 나를 노려보았고, 나도 형을 노려보았다. 사실 나는 마음이 쓸쓸했다. 나도 그의 홍위병에 끼고 싶었다. 엄숙하고 신비스러워 보이는 그들의 모습이 내 마음을 부추겼다. 특히 '4대 금강석'이 차고 있는 총은 가짜라도 참 멋있어 보여서 내 마음을 사로잡았다. 나는 누나에게 홍위병에 입사하고 싶어한다고 형에게 말 좀 넣어달라고 부탁했다. 그러자 형이 누나에게 이렇게 말했다. 개인농은 혁명의 대상이야. 홍위병 입사자격이 없어. 그 녀석이 소를 끌고 인민공사에 입사한다면 내가 바로 받아주고 소대장에도 임명하지. 형의 목소리가 워낙 커서 누나가 내게 전해줄 필요도 없이 다 들을 수 있었다. 인민공사에 입사하는 것, 그것도 소를 끌고 입사하는 것은 나 혼자 일로 끝나지 않았다. 그날 장에서 일이 터진 뒤로 아버지는 한마디도 하지 않았다. 눈을 똑바로 뜬 채 얼굴은 완전히 넋나간 표정으로 칼을 들고서 언제라도 누군가를 결딴낼 채비를 한 태세였다. 소도 뿔이 반쯤 잘려나간 뒤로 바보처럼 변했고 어두운 눈으로 사람을 볼 때면 비스듬히 보며 배가 씰룩거리고 낮은 울음을 울면서 언제라도 남은 한쪽 뿔로 배를 갈라놓을 채비를 하고 있었다. 아버지와 소가 같이 외양간에 있을 때는 누구도 감히 들어갈 엄두를 내지 못했다. 형이 홍위병을 이끌고 마당에서 날마다 소란을 피우고 징 치고 북 치고 실험용 포를 쏘고 반동들을 처단하라는 구호를 외쳐도 아버지와 소의 귀에는 아무것도 들리지 않는 듯싶었다. 하지만 누구든 외양간에 발을 들여놓기만 하면 그 자리에서 피바람이 불 것을 나는 잘 알고 있었다. 상황이 이런데 내가 소를 끌고 입사하는 것을 아버지도, 소도 응할 리 없었다. 길에서 양칠이 가죽저고리 파는 것을 구경하러 나간 것은 정말로 심심해서였다.

형이 화약총으로 양칠의 가슴을 겨냥하며 떨리는 목소리로 명령을 내렸다. 사기 폭리를 취하는 자를 체포하라! '4대 금강석'이 용감하게 앞으로 나섰다. 마우저 권총으로 네 각도에서 양칠의 머리를 겨냥하면서 일제히 소리쳤다. 손들어! 양칠이 냉소를 지으며 말했다. 형씨들, 그런 장난감총으로 나를 겁주시겠다고? 어디 재주있으면 한번 당겨보시지. 이 몸이 장렬하게 희생해줄 테니까 말이야. 손룡이 방아쇠를 당기자 커다란 소리가 나면서 노란 연기가 피어올랐다. 마우저 권총은 진동으로 두 동강이 났고 손룡의 손에서는 피가 났다. 화약냄새가 진동했다. 양칠이 놀라서 작은 얼굴이 백지장이 되었고 한참을 멍하니 있더니 턱을 덜덜 떨었고, 옷의 가슴팍이 화약에 불타서 구멍난 것을 보면서 말했

다. 형씨들, 아니 정말로 이러기요? 형이 말했다. 혁명은 파
티가 아니다. 폭력이다. 양칠이 말했다. 나도 홍위병이야.
형이 말했다. 우리는 모주석의 홍위병이고 너는 쓰레기 홍
위병이다. 양칠이 계속 따지려고 했지만 형이 손가네 네 형
제더러 비판대회를 하게 사령부로 압송하라고 했고, 이어서
홍위병에게 양칠이 길가 풀밭에 늘어놓고 판 가죽옷을 전부
몰수하라고 명령을 내렸다.

양칠에 대한 비판투쟁대회는 며칠 동안 밤늦게까지 진행
되었다. 마당에는 장작불이 피워졌다. 장작은 마을 반동분
자 집에 있던 책상이며 의자를 부순 것들이다. 진귀한 자단
(紫檀) 백단(白檀) 가구들이 그렇게 사라졌다. 마당에서 매일
저녁 모닥불을 피우고 비판대회를 여는 바람에 지붕 위의
눈들이 다 녹을 정도였다. 땅바닥도 눈이 죄다 녹아 질퍽거
렸다. 마을에서 장작을 징집하는 데 한계가 있다는 것을 안
형은 한가지 수를 생각해내고는 흐뭇한 표정을 지었다. 예
전에 관동지방을 쓸고 다니던 곰보 풍구(馮駒, 펑쥐)란 동네
사람이 소나무에는 송진이 있어 생나무에도 불이 붙는다고
이야기한 적이 있었다. 그래서 형은 홍위병들더러 동네 반
동분자들을 끌고 가 소학교 뒤쪽에 있는 소나무를 베어오라
고 시켰다. 비실비실하는 동네 말 두 마리가 소나무를 끌어
서 사령부 근처 큰길까지 가져왔다.

비판투쟁대회에서 양칠은 자본주의자이자 혁명을 모욕
하고 반동조직을 결성하려 했다고 비판받았고 주먹으로 얻

312

어맞고 발길질당한 뒤 마당에서 내쫓겼다. 가죽저고리는 밤에 보초 서는 홍위병들에게 형이 나누어주었다. 혁명의 열기가 고조된 뒤로 형은 줄곧 예전 인민공사 생산대대 사무실, 지금의 사령부에서 잠을 잤다. '4대 금강석'과 심복 졸개 여남은 명도 줄곧 그를 수행했다. 그들은 사무실 바닥에 보릿대와 돗자리 두 장을 깔고 잤다. 그러던 차에 수십벌의 가죽옷이 생겼으니 밤을 지나기가 훨씬 수월해졌다.

앞에서 그만둔 이야기를 계속하자. 우리 어머니는 가죽 저고리를 걸치고 있어서 몸집이 몹시 커 보였다. 원래 그 양가죽 저고리는 형이 누나에게 분배한 것이었다. 누나는 우선 홍위병 의사였고 그다음에 동네 의사였기 때문이다. 그런데 효녀인 누나가 추위 타지 말라고 그 옷을 어머니에게 준 것이다. 어머니가 달려가 무릎을 꿇은 채 형의 목을 안고 울부짖었다. 아이고, 내 아들, 왜 이러느냐? 형은 얼굴이 온통 시퍼렇고 입술은 갈라 터지고 귓바퀴에서는 피고름이 흘렀다. 완전 열사였다. 네 누나 어디 있느냐? 네 누나? 누나는 진대복(陳大福, 천따푸)네 마누라 애 받으러 가고 없었다. 어머니가 울부짖었다. 해방아, 착하지, 얼른 가서 누나 찾아오너라…… 나는 금룡을 바라보고, 대장을 잃고 오합지졸이 된 홍위병들을 바라보았다. 속이 편치 않았다. 어쨌거나 형과 나는 한어머니한테서 난 몸이고 그가 위풍당당 위세를 떨치자 샘나기도 했지만 우러러 보인 적이 더 많았다. 나도 그가 천재라는 것을 알았기에 그가 죽기를 원치 않았다. 나는 쏜살같이 마당을 빠져나와 서쪽 방향 길로 접어들어 200 미터를 달린 뒤 다시 북쪽으로 돌아 골목 안으로 100미터를 질주하여 강둑 근처에 있는 첫번째 집, 세 칸짜리 초가에 토담으로 둘러싸인 집, 바로 진대복의 집으로 달렸다.

뼈가 튀어나올 정도로 삐쩍 마른 진대복네 강아지 한마리가 나를 보더니 미친 듯이 짖어댔다. 나는 벽돌조각을 집어들어 날렸다. 벽돌조각이 개의 다리를 맞혔고 개가 울부짖으면서 세 다리로 집에 들어갔다. 진대복이 커다란 몽둥이를 들고 씩씩거리며 나왔다. 누가 우리 개를 때렸어? 내가 때렸소. 내가 눈을 치켜뜨며 말했다. 나를 보자마자 철탑 같은 사내의 기세가 금세 누그러졌다. 오관(五官)이 다 기운이 꺾인 채 알 듯 모를 듯한 웃는 표정을 지었다. 이 사람이 왜 이렇게 나를 두려워하는가? 내가 칼자루를 쥐고 있어서였다. 이 사람과 황동네 마누라가 강가 버드나무숲에서 그 짓을 하다가 내게 들킨 적이 있었다. 오추향은 얼굴이 벌게진 채 허리를 굽히고 도망쳤는데, 강가에 둔 빨랫바구니와 방망이도 안중에 없었다. 꽃무늬 옷 하나가 강물에 떠내려갔다. 진대복이 벨트를 매고는 나를 윽박질렀다. 너 입 놀리면 죽여버릴 거야. 내가 말했다. 아저씨가 날 죽이기 전에 황동이 먼저 아저씨를 죽일걸요. 그는 바로 기세가 꺾이면서 나를 어르고 달랬다. 자기 마누라 친정에 조카가 있는데 나한테 주겠다는 것이다. 노랑머리에 귀는 작고 입술에 누런 코를 묻히고 있는 여자아이 모습이 떠올랐다. 내가 말했다. 싫

어요. 그런 노랑머리 조카딸은 싫어요. 나는 평생 혼자 사는
한이 있어도 그렇게 못생긴 마누라를 얻기는 싫었다. 헛, 쪼
그만 게 눈만 높아가지고. 하지만 난 기어이 그 계집을 너한
테 시집보내고 말 테니 두고 봐라. 차라리 나를 돌로 쳐 죽이
라고 내가 말했다. 그가 말했다. 형씨, 우리 사나이들끼리
신사협정을 맺는 것이 어때? 네가 본 것을 다른 사람에게 말
하지 않으면 우리 마누라 조카도 네 마누라로 보내지 않을
게. 네가 약속을 지키지 않으면 나도 바로 우리 마누라한테
조카를 데리고 네 집으로 쳐들어가 너네 집 구들에 앉아서
네가 그 여자를 강간했다고 떠들게 할 거야. 그럼 너 어떡할
래? 나는 머리를 굴렸다. 그 못생기고 바보 같은 여자애가
우리집 구들을 차고 앉아 내가 자기를 강간했다고 떠들면
정말 귀찮은 노릇이었다. ‘몸이 곧으면 그림자 굽을 걱정을
할 필요 없고, 마른똥은 벽에 붙지 않는다’는 말이 있지만 그
런 일을 어떻게 명명백백 시비를 가릴 것인가. 그래서 나는
진대복과 신사협정을 맺었다. 시간이 지나면서 진대복이 나
를 대하는 태도를 보고는 이자가 사실 내게 더 겁을 먹고 있
음을 알았고, 그래서 내가 감히 벽돌로 그 집 개의 다리를 날
려버리고 그한테 막말을 한 것이었다. 내가 말했다. 우리 누
나는요? 누나 찾으러 왔어요. 형씨. 그가 말했다. 자네 누나
는 지금 우리 마누라 애 받고 있어. 나는 마당에서 놀고 있는
층층계단 모양의 코흘리개 계집아이 다섯 명을 보면서 비웃
듯이 말했다. 당신 마누라도 참 대단하네요. 암캐처럼 퍼질

러 낳았네요. 그가 이를 악물며 말했다. 형씨, 그러지 말라고. 그렇게 말하면 내가 속상하지. 자네는 아직 어려서 나중에 크면 알게 될 거네. 내가 말했다. 당신하고 이빨 쪼개고 있을 시간 없어요. 누나 불러야 해요. 내가 그 집 창문에 대고 소리쳤다. 누나, 누나, 엄마가 오래. 금룡이 죽게 생겼어. 그때 방에서 아기 울음소리가 들려왔다. 진대복이 엉덩이에 불이라도 붙은 듯 득달같이 달려가 물었다. 뭐야? 뭐야? 방에서 여자의 가는 목소리가 들렸다. 달고 나왔어요. 진대복이 두 손으로 얼굴을 가리고 창밖 눈밭을 구르면서 울었다. 엉— 엉— 하느님 이번에야 눈을 뜨셨군요. 이 진대복 이제야 제삿밥 얻어먹을 수 있게 되었습니다. 엉— 누나가 방에서 뛰어나오며 어떻게 된 일이냐고 물었다. 내가 말했다. 금룡이 다 죽게 생겼다고. 단상에서 꼬꾸라져서 쭉 뻗어버렸다니까.

누나가 사람들을 헤치고 들어가 금룡 곁에 쭈그리고 앉아 콧구멍에 손을 대보고 손을 만져보고 이마를 만져보더니, 일어서면서 위엄있게 말했다. 얼른 안으로 옮겨요. '4대 금강석'이 형을 들고 사무실로 갔다. 누나가 말했다. 집으로 가요. 따뜻한 구들로요. 그들이 바로 방향을 바꾸어 형을 어머니 집 구들로 들고 갔다. 누나가 황가네 호조와 합작을 슬쩍 보았다. 두 사람 눈에 눈물이 그렁그렁했고, 볼에는 동상으로 동창(凍瘡)이 나 있었다. 둘의 하얀 얼굴에 자줏빛 동창이 벚꽃처럼 예쁘게 올라 있었다.

누나는 형이 밤낮없이 허리에 차고 있던 소가죽 요대를 풀어서 거기에 꽂혀 있는 화약총과 함께 방구석에 처박아버렸다. 마침 구경거리를 찾아나왔던 생쥐 한마리가 얻어맞고 비명을 지르더니 코에 피를 흘리고 죽었다. 누나가 형의 바지를 다리 아래로 내리자 시퍼런 엉덩이가 드러나고 이들이 떼를 지어 고물거렸다. 누나가 이맛살을 찌푸리며 핀셋으로 앰플을 따서 주사기로 약물을 빨아들인 뒤 되는대로 형 엉덩이에 찔렀다. 누나는 형에게 주사 두 대를 놓았고 링거를 꽂아주었다. 누나는 기술이 좋았다. 단번에 정맥을 찾아 찔렀다. 그때 오추향이 생강탕을 들고 들어왔다. 형에게 떠먹여주려는 것이었다. 어머니가 눈빛으로 누나에게 의견을 물었다. 누나가 말없이 고개를 끄덕였다. 오추향이 형에게 생강탕을 먹였다. 숟가락으로 입에 떠넣었다. 그녀의 입이 형의 입을 따라 움직였다. 전형적인 어머니의 표정이었다. 나는 많은 어머니들이 아이에게 떠먹여줄 때 아이가 입을 벌리면 자기도 무의식적으로 따라 벌리고 아이가 씹으면 자기도 따라 씹는 것을 본 적이 있다. 마음에 있는 진실한 정이 밖으로 드러나는 것으로서, 꾸며서 되는 일이 아니었다. 그래서 나는 오추향이 우리 형을 당신 자식으로 여기고 있다고 생각하게 되었다. 오추향이 우리 형과 누나에 대해 복잡한 감정을 가지고 있음은 나도 알았다. 우리 두 집안은 복잡하게 얽히고설킨 관계이지만 오추향의 입이 우리 형의 입을 따라 움직인 것은 두 집안의 특수한 관계 때문이 아니었다.

그녀는 벌써 두 딸의 심사를 읽었고 형이 이번 혁명과정에서 워낙 뛰어난 활약을 보인 터라 두 딸 가운데 하나를 형에게 시집보내 사위 덕을 보기로 작정했다. 이런 생각이 내 마음에 찬물을 끼얹어버렸고 형이 죽든지 살든지 이제는 관심도 없었다. 오추향에게 호감을 가진 적은 없지만 그녀가 허리를 구부리고 버드나무숲에서 도망가는 것을 본 뒤로는 도리어 친근감이 들었고, 그녀도 나를 볼 때마다 얼굴을 붉히고 나하고는 눈도 마주치려 하지 않았다. 나긋나긋 잘 돌아가는 그녀의 허리와 하얀 귓바퀴, 귀에 난 붉은 점이 유달리 내 눈에 들어왔다. 그녀의 웃음소리는 낮으면서도 사람을 끌었다. 어느날 저녁, 내가 외양간에서 아버지를 도와 여물을 먹이고 있는데 그녀가 조용히 들어와서는 따뜻한 달걀 두 개를 쥐여주더니 내 머리를 자기 가슴에 대고 문지르면서 속삭였다. 착하지, 넌 아무것도 보지 못한 거다, 그렇지? 소가 어둠속에서 뿔로 기둥을 들이받고 눈은 횃불을 켠 것 같았다. 그녀는 깜짝 놀라 나를 밀쳐내고 빠져나갔다. 별빛속에서 그녀의 미끈한 그림자를 좇으며 마음에 뭐라 말할 수 없는 느낌이 솟구쳤다.

솔직히 말해 오추향이 내 머리를 자기 가슴에 문질렀을 때 내 자지가 딱딱해졌다. 나는 큰 죄라고 생각했고 줄곧 이 일 때문에 괴로웠다. 나는 황호조의 길게 땋아내린 머리에 푹 빠져 있었다. 그녀의 머리에 빠진 나머지 그녀를 좋아하게 된 셈이었다. 나는 오추향이 가르마를 탄 합작을 금룡에게 보내고 긴 댕기머리 호조를 내게 주었으면 하는 망상을 갖고 있었다. 하지만 그녀는 긴 댕기머리를 우리 형에게 시집보낼 것이다. 호조가 합작보다 고작 십분 빨리 나왔지만, 일분이라도 먼저 나왔으면 어쨌거나 언니이니 당연히 먼저 시집보낼 것이다. 나는 오추향의 딸 황호조를 좋아하지만, 오추향이 나를 안고 가슴에 내 얼굴을 문질러 내 자지를 꼿꼿하게 서게 한 뒤로 우리 둘은 더이상 깨끗한 사이가 아니어서 결코 딸을 내게 주지 않을 것이다. 나는 괴롭고, 걱정되고, 죄책감이 들었다. 게다가 호빈이 소에게 풀을 뜯길 때 그 늙은 건달에게서 잘못된 성지식을 너무도 많이 들은 터였다. '땀 열 방울이 피 한 방울이고, 피 열 방울이 정액 한 방울'이라는 둥 남자는 일단 정액을 쏘면 그때부터 키가 크지 않는다는 둥 온갖 잡스런 생각들이 나를 괴롭혔고 나는 앞날이 암담하게 느껴졌다. 금룡의 건장한 체구를 보고, 내 왜소한 몸을 보고 호조의 풍만하고 훤칠한 몸을 보면서 나는 절망했고, 죽고 싶은 생각까지 들었다. 차라리 내가 생각없는 소였으면 얼마나 좋을까라는 생각도 했다. 당연히 지금은 나도 알고 있다. 소도 생각이 있고 게다가 몹시 복잡하다는 것을, 세상일을 생각할 뿐 아니라 저승의 일도 생각하고 이승의 일도 전생과 내세의 일도 생각한다는 것을.

　형은 몸이 차도를 보이자 창백한 얼굴로 몸을 겨우겨우 추스르면서 혁명을 지도하러 나섰다. 그가 정신을 가누지 못하던 며칠 동안 어머니는 형이 입고 있던 옷을 벗겨 삶아이들을 죽였다. 그런데 그 훌륭하던 데이크론 군복이 쭈글쭈글해져서 소가 씹다가 뱉은 꼴이었다. 가짜 군모도 색이 빠지고 찌그러져서 불알을 까버린 소의 불알주머니 같았다. 형은 그런 군복과 군모를 보더니 펄쩍 뛰었다. 전기에 감전이라도 된 듯, 까만 피 두 줄기가 콧구멍에서 쏟아졌다. 어머니, 차라리 저를 죽이지 그러셨어요. 형이 자신의 군복과 군모를 보며 말했다. 어머니는 하도 죄스러워 얼굴이 붉어지고 귀가 달아올라 아무 말도 하지 못했다. 형이 버럭 화를 내더니 슬픔이 밀려드는지 눈물을 쏟으며 구들로 올라가 이불을 머리까지 뒤집어쓰고는 밥도 먹지 않고 물도 마시지 않고 불러도 대답도 않고 아무도 상대하지 않았다. 이틀 밤낮을 그랬다. 어머니가 방으로 왔다가 밖으로 나갔다가 종종걸음을 쳤고 애가 타서 입술이 부르텄고, 계속 '아이고, 내가 망령이 들었지, 망령이 들었어'라고 중얼거렸다. 누나가 보다 못해 이불을 걷어젖히자 꾀죄죄한 몰골에 수염은 산적같고 눈은 쑥 들어간 형이 드러났다. 누나가 씩씩거리며 말했다. 다 떨어진 군복 가지고 왜 그래? 그까짓 옷 때문에 엄마가 목을 매는 꼴을 꼭 봐야겠어? 형이 일어나 앉았다. 눈은 멍한 채 한숨을 길게 쉬었다. 채 말을 시작하기도 전에 두 줄기 눈물이 흘렀다. 동생아, 너 그 옷이 나한테 어떤 의미인지 알기나 해! '사람은 옷 힘이고 말은 안장 힘이다'라는 말도 있어. 내가 명령을 내리고 반동들을 제압할 수 있었던 것은 다 그 군복 때문이야. 누나가 말했다. 아무리 그렇다고 해도 이제 어쩔 수 없는데 그렇게 구들장만 지고 있다고 옷이 원래대로 돌아가? 형은 잠시 생각을 했다. 좋다, 일어나마. 밥을 먹겠다. 어머니는 형이 밥을 먹겠다고 하자 바쁘게 뛰어다니며 면을 뽑고 달걀을 부쳤고, 향기가 온 집안에 가득했다.

형이 게눈 감추듯 허겁지겁 밥을 먹고 있을 때, 황호조가 수줍어하며 문으로 들어섰다. 어머니가 흥분하며 말했다. 아가, 한마당을 두고 살면서도 십년 동안 큰어머니 집에 와보지 않더니 웬일이냐. 어머니가 호조를 위아래로 훑어보면서 친근감을 보였다. 호조는 우리 형을 보는 것도 우리 누나를 보는 것도 아니고 우리 어머니를 보는 것도 아니었다. 구겨진 군복에 눈길을 준 채 말했다. 큰어머니, 빨래를 하는 바람에 금룡오빠 군복을 망쳐버렸다면서요. 제가 재봉을 배우고 옷감을 좀 아니까, 이왕 죽은 말이지만 산 말처럼 한번 손이나 써본다는 심정으로 그 군복을 제게 건네주시면 옷을 수선할 수 있을지 한번 해볼게요. 아가. 어머니가 호조의 손을 부여잡았다. 눈에서 빛이 나며 말했다. 착한 애기, 금룡오빠의 군복을 원래대로 만들어주면 큰엄마가 너한테 큰절을 하마!

호조는 군복만 가져갔다. 그 가짜 군모는 호조 발길에 차여 담장 아래 쥐구멍에 처박혔다. 호조는 갔고, 희망이 왔다. 어머니는 호조가 어떤 기막힌 방법을 써서 형의 군복을 복원할지 보고 싶었지만 살구나무까지 갔다가 더이상 용기를 내지 못했다. 황동이 자기 집 문앞에서 도끼를 들고 쩍쩍 느릅나무 뿌리를 쪼개고 있어서였다. 나뭇조각이 파편처럼 튀었다. 하지만 그보다 더 무서운 것은 황동의 무표정한 얼굴이었다. 그는 동네 2호 주자파였다. 문혁 초기에 우리 형에게 당한 뒤 지금은 완전히 주변으로 밀려나 속이 완전히 불화로였고 형을 태워죽일 날만 벼르고 있었다. 하지만 그의 심정이 복잡하다는 것을 나는 알았다. 그도 사회에서 몇십년을 굴러먹은 사람으로서 형편을 살필 줄 알기에 그의 두 딸이 우리 형을 마음에 두고 있다는 것을 모를 리 없었다. 어머니가 누나더러 가서 어떻게 되어가는지 알아보라고 했지만 누나는 콧방귀를 뀌었다. 나는 우리 누나와 황가네 두 딸들의 관계를 잘 몰랐지만 황호조가 이를 갈아가며 우리 누나 험담을 늘어놓는 것을 보고서 그들 사이에 원한이 깊음을 짐작했다. 어머니는 어린애가 그래도 낯이 두꺼우니 나더러 가보고 오라고 했다. 어머니가 나를 어린아이 취급하는 것이 정말 슬펐다. 하지만 나도 속으로 황호조가 어떻게 형 옷을 복원할지 궁금하기도 해서 몰래 황가네 집에 다가갔지만, 황동이 장작을 패며 힘쓰는 모습을 보고는 그만 다리에 힘이 풀려버렸다.

이튿날 오전, 황호조가 조그만 보자기를 끼고 우리집에 왔다. 형은 흥분하여 구들에서 뛰어내려갔고 어머니는 입술을 덜덜 떨며 말을 하지 못했다. 호조는 침착한 표정을 짓고 있으면서도 우쭐해하는 기운이 입가에서 흘러나왔다. 보자기를 구들에 내려놓고 풀자 반듯하게 갠 군복과 군복 위에 놓인 새 군모가 나타났다. 군모는 노란 물을 들인 흰 천으로 만든 것이었지만 손놀림이 얼마나 꼼꼼한지 완전 진짜 같았다. 특히 눈에 들어온 것은 그녀가 앞차양 부분에 붉은 실로 수놓은 오성홍기였다. 그녀가 형에게 군모를 건네준 뒤 군복을 펼쳤다. 주름이 조금 남아 있기는 하지만 기본적으로 원래 모습이 나왔다. 그녀가 눈을 내리깔고 분홍빛 얼굴을 한 채 미안하다는 듯이 말했다. 큰어머니가 너무 오래 삶는 바람에 이렇게밖에 못했어요. 오 하느님! 이 위대한 겸손이 우리 어머니와 형의 가슴을 무겁게 때렸다. 어머니의 눈에서 눈물이 뚝뚝 떨어졌다. 형은 감정을 이기지 못하고 호조의 손을 잡았다. 호조는 한참 동안 손을 붙잡힌 채 있더니 천천히 손을 빼며 몸을 돌려 방 한쪽에 앉았다. 어머니가 상자 속에서 빙당(氷糖, 설탕 결정으로 만든 과자—옮긴이)을 꺼내 잘게 부순 뒤 호조에게 먹으라고 권했다. 호조가 먹지 않으려 하자 어머니가 억지로 입에 밀어넣었다. 그녀가 빙당을 물고 벽을 보며 말했다. 한번 입어보세요. 어색한 데 있으면 고치게요. 형이 솜옷을 벗고서, 군복을 입고 모자를 쓰고 소가죽 요대를 차고 화약총을 꽂았다. 사령관의 당당한 위세가 살아나 전보다 더 폼이 났다. 그녀가 재봉사처럼, 무엇보다 아내처럼 우리 형의 앞뒤를 돌며 옷 끝을 잡아당기거나 옷소매를 걷어주고 옷깃을 접어주었고, 다시 앞으로 와서 두 손으로 모자를 바르게 씌워주며 조금 아쉬운 듯이 말했

다. 모자가 좀 끼네요. 천이 이것밖에 없으니까 그냥 쓰세
요. 내년 봄에 현에 가서 천을 끊어다 다시 만들어드릴게요.
　나는 그때 알았다. 내게 전혀 희망이 없다는 것을.

제19장

금룡은 연극을 하면서 새해를 맞고
남검은 죽어도 그의 뜻을 접지 않다

황호조와 잘 지내고부터 우리 형의 야성이 크게 누그러
졌다. 혁명이 세상을 바꾼다면 여자는 남자를 바꾼다. 거의
한달 동안 형은 손으로 치고 발로 차는 비판투쟁대회를 열
지 않았고, 혁명적인 현대경극 공연만 십여차례 꾸렸다. 황
호조는 부끄럼 타는 모습에서 대담 발랄하게 변해 열정이
뿜어져나왔다. 그녀가 그런 좋은 목소리를 가졌는지 아무도
생각지 못했고, 그녀가 그렇게 혁명모범 경극을 많이 부를
수 있는지도 몰랐다. 그녀가 아경(阿慶, 아칭)아주머니의 부
분을 부르면 형이 곽건광(郭建光, 꿔졘꽝) 부분을 불렀다. 그
녀가 이철매의 부분을 부르면 형이 이옥화(李玉和, 리위허) 부
분을 불렀다. 두 사람은 완전 찰떡궁합이었고 한쌍의 멋진

선남선녀였다. —나는 어쩔 수 없이 인정해야 했다. 내가 황호조에게 가졌던 환상은 두꺼비가 백조고기를 먹겠다는 식이었다. 여러 해가 지난 뒤 막언녀석도 내게 속마음을 털어놓았는데 자기도 황호조에게 환상을 가지고 있었다는 것이다. 큰 두꺼비가 백조고기를 먹으려고 날뛰니 작은 두꺼비도 백조고기를 먹겠다고 날뛸 줄은 몰랐다. —그 시각 서문저택 마당에서는 호금(胡琴)과 피리가 장단을 맞추고 남자와 여자가 노래를 주고받았다. 혁명 지휘본부가 문화클럽으로 바뀌었다. 예전에는 날마다 사람을 패는 바람에 귀신 곡하는 소리가 낭자했는데, 처음에는 그래도 자극적이었지만 오래되자 마음이 스산해졌다. 그러던 차에 형이 갑자기 혁명의 형식을 바꾸어 눈과 귀를 즐겁게 해주자 사람들 얼굴에 희색이 넘쳤다.

호금을 탈 줄 아는 부농 오원도 악단에 들어갔다. 예전에 한가락하던 홍태악도 받아들여졌다. 전에 장터에서 소뼈다귀를 두드리며 구걸하던 시절 덕분에 악단의 지휘를 맡았다. 강제로 길거리 청소를 맡아 눈을 쓸던 반동분자도 마당에서 흘러나오는 음악에 흥얼거렸다.

새해 전야에 우리 형과 호조는 눈보라를 무릅쓰고 현에 들어갔다. 둘은 닭이 두 번 울 때 출발하여 이튿날 저녁에야 돌아왔다. 갈 때는 걸어서 갔는데 올 때는 낙양(洛陽)에서 만든 '동방홍' 캐터필러 트랙터를 타고 왔다. 트랙터는 마력이 워낙 좋아서 원래 쟁기를 채우고 땅을 갈거나 탈곡하는 데

쓰는 것인데 지금은 현 홍위병들의 교통수단으로 쓰이고 있었다. 이런 교통수단이 있는 이상, 아무리 큰 눈이 내려도, 아무리 길이 질퍽거려도 장애가 되지 않았다. 트랙터는 흔들흔들 금방 무너질 것 같은 돌다리를 피해 얼음이 언 강을 그대로 건너 둑을 넘어서 마을로 들어와 동네 중앙대로를 따라 곧장 우리집 마당으로 들어왔다. 거칠 것이 없었다. 기어를 높이 넣고 엑셀러레이터를 밟으며 나는 듯이 달렸다. 거대한 캐터필러가 땅을 짓누르자 눈이 사방으로 튀었고, 차가 지나간 자리에 두 줄기 도랑이 파였다. 차의 연통에서는 굵고 푸른 연기가 힘차게 뿜어져나와 씸벌즈가 나는 듯 공중을 돌다가 서로 부딪치며 메아리 소리를 내는데 참새와 까마귀 들이 놀라 어디로 날아갈지 몰랐다. 사람들이 몰려들어 형과 호조가 트랙터에서 내리는 것을 구경했다. 그뒤 얼굴이 마르고 우울한 표정의 청년이 내렸다. 짧은 스포츠머리에 코에는 까만 안경을 걸치고 볼은 끊임없이 씰룩거렸고, 귀는 얼어서 벌겋고 몸에는 색이 바랜 파란 제복 솜저고리를 입고 가슴에는 커다란 모주석 배지를 달았는데, 헐렁하게 찬 붉은 완장은 아예 흘러내려 팔 위쪽이 아니라 아래쪽에 달려 있었다. 차림새로 보아 한눈에 이 사람이 큰일을 많이 겪은 고참 홍위병임을 알 수 있었다.

우리 형이 손표에게 집합나팔을 불라고 했다. 즉각 집합나팔이 울렸다. 사실 나팔을 불 필요도 없이 동네에서 걸을 줄 아는 사람은 죄다 와 있었다. 트랙터를 둘러싸고 뚫어져라 구경을 했고, 이 힘센 괴물을 두고 이러쿵저러쿵 이야기를 하느라 입이 바빴다. 좀 안다는 사람이 손으로 가리키며 말했다. 이게 말이야, 위를 씌우고 대포를 달면 완전 탱크라고. 날은 벌써 저물어서, 서쪽 하늘에 저녁노을이 지고 구름이 붉은 것이 내일 눈이 내릴 조짐이었다. 형이 급히 명령을 내려 가스등을 켜고 모닥불을 피우라고 했다. 기쁜 소식을 발표하겠다고 했다. 명령을 내리고 형은 다시 그 고참 홍위병과 이야기를 나누었다. 황호조가 집으로 달려가 엄마더러 달걀프라이를 두 개 부치라고 하고는, 그 고참 홍위병과 계속 차 안에 앉아 있기만 하던 트랙터 운전기사더러 들라고 청했다. 하지만 그들은 손을 흔들며 사양했다. 사무실에 들어가 몸 좀 녹이라고 해도 마다했다. 앞뒤를 재지 못하는 오추향이 황합작을 데리고 김이 피어오르는 달걀프라이를 들고 나왔다. 영락없이 영화에서 미모로 사람을 호리는 나쁜 여자 같았다. 고참 홍위병이 거절했고 싫은 기색이 역력했다. 금룡이 작은 소리로 둘을 나무랐다. 얼른 가져가요. 이게 무슨 꼴이에요.

가스등에 문제가 생겼다. 노란불이 밖으로 삐져나오며 검은 연기가 났다. 모닥불이 활활 타올랐다. 막 자른 소나무에서 지지직 송진이 나오며 냄새가 코를 찔렀다. 우리 형이 단상에 올라갔다. 흔들리는 불빛 속에서 금계(金鷄)를 잡은 표범처럼 격앙되고 들떠 있었다. 형이 말했다. 우리는 현성에 가서 현 혁명위원회 부주임인 상천홍 동지의 친절한 접견을 받고 우리 마을의 혁명정세에 대해 보고를 드렸습니다. 상부주임께서는 우리의 혁명사업에 만족하셨습니다. 상부주임이 현 혁명위원회 정치공작조 부조장 나경도(羅京濤, 뤄징타오) 동지를 보내 우리 마을의 혁명사업을 지도하고, 아울러 우리 서문촌 혁명위원회 명단을 발표하라고 하셨습니다. 동지들! 형이 외쳤다. 은하인민공사에도 혁명위원회가 설치되지 않았는데, 우리 마을에 먼저 설립하는 것입니다. 이것은 상부주임의 위대한 조치이고, 우리 마을의 크나큰 영광입니다. 그럼 나부조장님의 말씀과 아울러 명단을 발표하겠습니다.

형이 단상에서 내려와 나부조장이 단상에 오르도록 부축하려 했다. 하지만 나부조장은 단상에 오르길 거절했다. 모닥불에서 약 5미터 떨어진 곳에 서서, 한쪽은 빛나고 한쪽은 어두운 얼굴로 호주머니에서 접힌 하얀 사각종이를 꺼내 떨면서, 낮고 쉰 목소리로 읽었다.

남금룡을 고밀현 은하공사 서문촌 대대 혁명위원회 주임으로 임명하며, 황동, 마량재를 부주임으로……

바람에 짙은 연기가 나부조장 쪽으로 불자, 그가 연기를 피하느라 임명 날짜도 제대도 읽지 못한 채 종이를 형에게 건네주고는 잘 있으라고 말하면서, 건성으로 형과 악수를 하고는 가버렸다. 형은 나부조장의 행동에 어안이 벙벙해져 잠시 할말을 잊고 있다가, 입을 벌린 채 뒤따라가 그가 트랙터에 올라 운전석으로 들어가는 모습을 쳐다보았다. 트랙터는 바로 굉음을 내며 시동을 걸었고 방향을 틀어서 왔던 길을 달려갔다. 그가 떠난 자리가 휑했다. 우리는 눈으로 트랙터를 좇았고 차 앞에 달린 헤드라이트에서 나오는 두 줄기 강렬한 불빛이 동네 큰길을 훤히 비추는 것을 보고 있었다. 차 뒤에 달린 작은 등은 충혈된 여우눈 같았다.

혁명위원회가 설립되고 사흘째 되는 날 저녁, 살구나무에 달린 커다란 스피커가 윙윙거리더니 갑자기 귀가 찢어질 정도로 「동방홍」 노래가 흘러나왔다. 노래가 끝난 뒤 사투리 말투의 여자 방송원이 이 고장 뉴스를 전했다. 뉴스의 첫 소식은 바로 우리 현의 첫 마을 단위 혁명위원회인 은하공사 서문촌 대대 혁명위원회가 설립된 것을 열렬히 경축한다는 내용이었다. 그녀는 서문촌 대대 혁명위원회 지도그룹은 남금룡, 황동, 마량재 동지로 '3결합'의 혁명원칙을 구현하고 있다고 말했다. 사람들은 고개를 들고 한마디 말도 없이 귀를 기울였다. 말은 안해도 속으로 다들 우리 형을 대단하게 생각하고 있었다. 나이도 어린데 주임을 맡은데다가 장차 장인어른 될 황동과, 자기 동생과 끈적끈적한 사이인 마량재까지 부주임으로 앉혔으니 더욱 그랬다.

이튿날 녹색 제복을 입은 꼬마가 신문 한무더기와 편지를 지고 씩씩거리며 우리 마당으로 들어섰다. 새로 온 집배원이었다. 얼굴에 아직 어린 티가 가득하고 호기심에 눈이 반짝거렸다. 신문과 편지를 내려놓더니 다시 우편행낭을 뒤져 등기 표시가 붙은 네모난 작은 나무상자를 꺼내 형에게

건넸다. 그리고 연필과 종이를 꺼내 형더러 서명해달라고
했다. 형이 나무상자를 들고 이름을 본 뒤 옆에 있던 호조에
게 말했다. 상부주임이 보낸 거야. 상부주임이 바로 '큰 나
귀' 상가라는 것을 나도 알았다. 이자는 혁명에 공을 세워
현 혁명위원회 부주임이 되어 선전과 문예활동을 담당하고
있었다. 그에 관한 일들은 형이 누나에게 이야기하는 것을
내가 들었다. 형이 상 이야기를 할 때 누나 얼굴에 복잡한 표
정이 스치던 것이 내 눈길을 끌었다. 누나가 상에게 속깊은
감정을 가지고 있었지만, 그가 벼락출세를 하는 바람에 연
애가 벽에 부딪혀버린 것이다. 다재다능한 예술학원 학생과
미모의 농촌 아가씨가 연애하는 것이야 물론 가능한 일이지
만, 이제 갓 스물을 넘겼는데 벌써 현급 지도간부가 된 사람
과 농촌 아가씨가 결혼할 가능성은 거의 제로였다. 그녀의
미모가 서시 같고 쎅시하기가 초선 같아도 안될 일이었다.
형도 당연히 누나의 마음을 알았다. 형이 누나를 달래는 것
을 나도 들었다. 네가 현실을 받아들여. 마량재가 처음에 잠
간 보황파(保皇派)에 가담했지만, 얼마 안돼 그저 얼쩡거리
고 노는 신세가 되었는데, 어떻게 부주임에 임명됐겠어? 상
부주임의 마음씀을 모르겠어? 누나가 집요하게 따져물었다.
그 사람이 마량재를 부주임 시켰단 말이야? 형이 말없이 고
개를 끄덕였다. 나더러 마량재에게 시집가라는 뜻이야? 형
이 대답했다. 뻔한 일 아니야? 누나가 말했다. 그 사람이 나
더러 마량재에게 시집가라고 직접 그랬어? 형이 말했다. 그

걸 꼭 말로 해야 하니? 높은 사람들의 뜻을 꼭 말로 해야 아
니? 힌트를 주면 알아차려야지. 누나가 말했다. 아냐, 내가
직접 만나봐야겠어. 나더러 마량재에게 시집가라고 직접 말
하면 그때 갈 거야. 그 말을 하는 순간 누나의 눈에는 벌써
눈물이 그렁그렁했다.

형이 녹슨 가위로 나무상자를 열었다. 헌 신문지를 걷어
내고 두 겹의 하얀 창호지와 노란 주름진 종이를 걷어내자
붉은 비단이 나왔고, 그 천을 걷어내자 크기가 찻주전자 입
구만한 자기로 만든 모주석 배지가 나왔다. 손에 배지를 들
고 형은 눈물을 글썽였다. 모주석의 자애로운 미소에 감동
했는지, 상형의 깊은 마음씀씀이에 감동했는지 모를 일이었
다. 형은 배지를 들어 그 자리에 있는 사람들에게 보여주었
다. 분위기가 장엄하고도 신성했다. 다 돌려본 뒤 내 형수가
될 황호조가 조심조심 배지를 형 가슴에 달아주었다. 배지
가 무거워서 형 군복이 아래로 처졌다.

설 전날, 우리 형 일행은 「홍등기」를 공연했다. 철매 역은
당연히 호조였다. 앞에서 이야기했듯이, 그녀의 긴 머리가
그 역에 제격이었다. 이옥화 역은 원래 형이 맡아야 했지만
목이 쉬어서, 노래할 때 고양이 울음소리가 나는 바람에 하
는 수 없이 주인공을 마량재에게 넘겼다. 양심을 걸고 말하
자면 마량재가 형보다 훨씬 이옥화 역에 어울렸다. 형은 당
연히 구산(鳩山, 쥬샨) 역은 하지 않으려 했고 왕연거(王連擧,
왕롄쥐) 역은 더더욱 맡으려 하지 않아 열차에서 뛰어내려 비

밀 전신번호를 전달하는 열차원 역을 하는 수밖에 없었다. 딱 한번 나오고 장렬하게 희생하는 역이었다. 혁명을 위해 희생하는 역은 형의 기질에 딱 들어맞았다. 나머지 배역은 젊은 사람들에게 다 돌아갔다. 그해 겨울 마을 사람들은 연극에 재미를 붙였다. 저녁마다 혁명위원회 사무실에서 가스등을 밝히고 연습했는데, 방 안에 사람들이 가득했고 대들보에까지 올라가 구경했다. 구경꾼들은 창문 틈이나 문틈으로 엿보다가 채 몇번 보지도 못하고 바로 뒷사람에게 밀려나곤 했다. 합작도 역을 하나 맡았다. 철매네 이웃 계련(桂蓮, 꾸이롄)언니 역이었다. 막언도 날마다 금룡 엉덩이에 붙어다니며 역을 달라고 징징댔다. 우리 형이 그에게 소리를 질렀다. 저리 꺼지라니까. 방해하지 말고. 막언이 불쌍한 눈빛으로 말했다. 사령관님, 배역을 하나 주세요. 저 연기에 재주가 있다니까요. 그러고는 눈밭에서 물구나무를 서고 재주를 넘어 보였다. 형이 진짜로 배역이 없다고 말했다. 막언이 말했다. 역할 하나만 늘려주세요. 형이 생각해보더니 말했다. 그럼 스파이 졸개 역이나 하나 맡아라. 이씨할머니 역은 주역 중의 하나였다. 대사도 많고 노래도 많아서 문화적 소양이 없는 여자는 맡기 힘든 역으로 왔다갔다하다가 우리 누나밖에 맡을 사람이 없다고 했지만 누나의 태도는 싸늘했다. 단번에 거절했다.

동네에 태어날 때부터 얼굴이 얽은 남자가 있었다. 성은 장(張, 쟝)이요 이름은 유재(有才, 여우짜이)였다. 목소리가 탁

트여서 자기가 이씨할머니 역을 하겠다고 나섰지만 형은 단번에 거절했다. 정말 목소리도 좋고 워낙 열정적이기도 한 터라 예술 방면에 안목이 있는 마량재 부주임이 형과 의논했다. 주임님, 대중들의 혁명적 열정은 보호해야지 타격을 줘서는 안됩니다. 저이한테 전(田, 톈)아주머니 역을 맡기지요. 그리하여 그가 전아주머니 역을 맡았다. 전아주머니 역은 노래가 네 소절뿐이었다 ― '가난해도 도와주는 사람 없고, 함께 고생하던 두 사람, 여자가 도움받아 위험에서 벗어나 앞으로 나아가네.' 그가 입을 열자 집이 들썩거리고 창호지가 흔들리며 윙윙거렸다.

그믐날이 코앞이었지만 이씨할머니 배역은 진전이 없었다. 설날에는 무대에 올려야 했다. 상부주임이 전화를 걸어 연기지도를 하러 오겠다고 했다. 우리 마을을 혁명모범극을 보급하는 기지로 만들려는 것이었다. 우리 형은 흥분했고 다급했다. 입이 부르트고 목은 더 쉬었다. 형이 다시 누나를 재촉해 상부주임이 지도하러 온다고 말했다. 누나가 눈물을 터뜨리며 말했다. 내가 맡을게.

문혁 초기에 새끼 개인농이던 나는 완전히 찬밥이었다. 동네 절름발이도 장님도 홍위병에 입사했지만, 나는 안되었다. 그들이 혁명을 한다고 야단법석이었지만, 나는 그저 바라만 보아야 했다. 그해 나는 열여섯살이었다. 하늘을 날고 땅을 파헤칠 때였고, 강과 바다를 헤집고 다닐 나이였지만 완전히 찬밥신세이다 보니 열등감과 수치심, 초조, 질투, 갈

망, 꿈 이런 감정들이 속에서 뒤엉켰다. 전에 한번, 용기를 내서 창피를 무릅쓰고 내가 원수로 여기는 서문금룡에게 부탁했다. 혁명의 물줄기를 타고자 고귀한 내 머리를 숙인 것이다. 하지만 그는 한마디로 거절했다. 다시 지금, 연극에 끼고 싶은 마음에 나는 한번 더 내 고귀한 머리를 숙이기로 했다.

금룡이 대문 서쪽에 옥수숫대로 병풍처럼 가려 만든 임시화장실에서 나왔다. 두 손으로 바지의 지퍼를 채우는 얼굴을 태양이 비추고 있었다. 하얀 구름으로 뒤덮인 지붕에서 밥 짓는 연기가 모락모락 피어올랐다. 담장 위 화려한 깃털의 수탉과 소박한 깃털의 암탉, 꼬리를 사리고 달려오는 개, 이런 모습이 더없이 순박하고도 장엄하여 형에게 말을 꺼내기가 딱 좋았다. 나는 얼른 앞으로 다가가 길을 막았다. 그가 놀라며 소리를 높였다. 뭐 하는 거야. 나는 혀가 굳고 귀가 달아올랐다. 한참을 끙끙거리다가 겨우 '형'이라는 말을 짜냈다. 내가 아버지를 따라 개인농을 한 뒤로 처음 이렇게 불러보는 것이었다. 내가 우물거리며 말했다. 형…… 나도 홍위병에 들고 싶어…… 그 역적 왕연거 역을 내가 할게…… 다들 하기 싫어한다는 거 알아. 사람들이 차라리 일본놈 역은 해도 역적 역은 하지 않으려 했다. 그가 눈을 치켜세우며 나를 머리에서 발끝까지, 다시 발끝에서 머리까지 훑어보더니 더없이 경멸하는 투로 말했다. 넌 자격 없어! 왜? 나는 다급했다. 내가 말했다. 여(呂) 대머리와 정(程) 꼬맹이

도 일본군 역을 하는데 내가 왜? 막언도 스파이 졸병을 하는
데 내가 왜 자격이 없어? 여 대머리는 머슴 아들이고, 정 꼬
맹이 아버지는 친국민당 조직에 산 채로 매장을 당했어. 막
언은 중농이지만 할머니가 팔로군을 도와주다 부상을 당했
고. 하지만 너는 개인농이야. 알아? 형이 말했다. 개인농은
지주나 부농보다도 반동이라고 했다. 지주와 부농은 성실하
게 개조를 받았는데 개인농은 공공연하게 인민공사에 맞서
고 있다는 거였다. 인민공사에 대항하는 것은 바로 사회주
의에 대항하는 것이고, 사회주의에 대항하는 것은 공산당에
대항하는 것이고, 공산당에 대항하는 것은 모주석에 대항하
는 것이고, 모주석에 대항하는 것은 죽음의 길이야! 그때 담
장에 올라 있던 수탉이 길게 울었다. 깜짝 놀라 오줌을 지릴
뻔했다. 형이 주위를 살피더니 가까이에 사람이 없는 것을
보고는 소리를 낮추어 말했다. 평남(平南)현에 사는 개인농
하나는 운동 초기에 빈농들에게 붙잡혀서 나무에 매달린 채
맞아죽고 재산을 다 빼앗겼어. 너하고 아버지는 내가 보호
해주지 않았으면 벌써 황천 갔다고. 너, 이 이야기를 아버지
한테 전해. 그 꽉 막힌 답답한 생각을 열고 얼른 소를 몰고
입사해서 집단대가족의 일원이 되라고 말이야. 다 유소기
(劉少奇, 류샤오치, 모택동의 정치적 대립자로 문혁기에 주자파 대
표로 몰렸다 ―옮긴이)에 속아서 그런 것이라고 잘못을 떠넘
기면서 혁명적인 공을 세우라고 말이야. 정신 못 차리고 끝
까지 버티는 것은 사마귀가 수레를 막아보겠다고 나서는 꼴

336

로, 자멸뿐이야. 아버지한테 말해. 길거리에서 조리돌림을 당한 것은 약과이고, 대중들이 각성하여 일어나면 다음단계는 나도 어쩔 수 없어. 혁명대중들이 둘을 목매달아 죽이려 하면 나도 대의를 위해 사사로운 정을 버릴 수밖에 없다고. 살구나무에 굵은 가지 둘 달려 있지? 높이가 3미터쯤 돼서 목매달기에 안성맞춤이야. 이런 얘기를 진즉 너한테 하고 싶었는데, 기회가 없어서 지금 이야기하니까 아버지한테 전해. 입사하면 너그럽게 용서해주고, 사람도 좋고 소도 좋고 다 좋게 되지만, 입사하지 않으면 한치도 봐주지 않을 것이고 하늘도 사람들도 용서치 않을 것이라고 말이야. 듣기 힘들겠지만, 네가 계속 아버지를 따라 개인농을 하면 장가도 못 갈 거야. 절름발이나 장님 여자라도 개인농한테는 시집오지 않을 거야.

형의 일장연설에 나는 오금이 저렸다. 당시 유행하던 표현으로 말하자면, 심각하게 나의 영혼을 울렸다. 나는 동남쪽으로 뻗은 두 줄기 굵은 살구나무가지를 쳐다보았다. 아버지와 나, 두 명의 파란 얼굴이 매달린 처참한 광경이 떠올랐다. 우리 몸은 길게 축 늘어졌다가 찬바람에 흔들리면서 물이 빠지고 무게가 줄어 비쩍 마른 오이 꼴이 될 것이다.

나는 외양간으로 아버지를 찾아갔다. 그곳은 아버지의 피난처이자 안식처였다. 지난번 고밀 동북향 역사에 한획을 그은 시장 조리돌림이 있고서 아버지는 벙어리가 되고 백치가 되었다. 이제 겨우 마흔살 남짓이었지만 머리가 벌써 허옇게 셌다. 아버지는 머릿결이 원래 뻣뻣했는데 머리가 센 뒤로는 더욱 뻣뻣해져서 고슴도치털 같았다. 소는 고개를 숙인 채 여물통 뒤에 서 있었다. 뿔이 절반이 잘려나간 뒤 기세가 크게 꺾였다. 한줄기 빛이 머리를 비추자 소의 눈이 슬픈 두 개의 수정처럼 짙은 자줏빛이 되어 마음을 더욱 아프게 했다. 예전의 그렇게 거칠던 우리 수소가 완전히 다른 소가 되었다. 수소를 거세하면 성질이 변하는 줄은, 수탉의 깃털을 뽑으면 성질이 변하는 줄은 알았지만 뿔을 잘라도 성질이 이렇게 변하는 줄은 몰랐다. 내가 외양간에 들어서는 것을 힐끔 보더니 소가 눈을 깔았다. 내 마음을 벌써 읽은 듯했다. 아버지는 짚이 들어 있는 마대자루에 기대고 두 손은 저고리 끝에 끼운 채 여물통 옆 풀더미에 앉아 있었다. 눈을 감고 생각에 잠긴 얼굴과 머리에 한줄기 빛이 들었다. 흰머리 사이에 빨간 머리가 몇가닥 있었고 보릿대가 머리에 꽂혀 있는 것이 방금 보릿대 더미에서 나온 사람 같았다. 얼굴의 검붉은 기운은 거의 다 빠져나가서 이젠 그저 작은 점으로만 남아 있었다. 얼굴 한쪽의 파란 부분이 더 도드라져 보였고, 색이 더 짙어져서 완전히 쪽빛이었다. 나는 내 얼굴에 난 파란 점을 만져보았다. 거친 가죽을 만지는 것 같았다. 내 추악함의 표식이었다. 어릴 때 사람들이 나를 작은 남검이라고 부르면 부끄러운 것이 아니라 영광으로 생각했다. 그런데 점점 커서는 누가 날 남검이라고 부르면 그 자리에서 들이받았다. 우리 얼굴이 파래서 개인농을 한다고 말하

는 사람도 있었다. 우리 부자는 낮에는 사람들 눈을 피하다
가 밤이 되면 나와서 일한다고 말하는 사람도 있었다. 사실
몇번 달빛을 받으며 일한 적은 있다. 하지만 우리 얼굴에 난
파란 점과는 상관없는 일이었다. 그 사람들은 우리가 개인
농을 하는 것을 생리적인 결함 때문에 정신이 이상해져서라
고 몰아갔다. 헛소리였다. 우리가 개인농을 하는 이유는 신
념에서, 독립성을 견지하려는 신념에서였다. 그런데 금룡의
일장연설이 나의 신념을 뒤흔들어놓았다. 사실 처음부터 나
는 신념이 그리 굳었던 것이 아니다. 그저 아버지를 따라 뭔
가 재밋거리를 만들고 싶은 마음이었다. 하지만 지금 그보
다 더 크고 더 수준높은 재밋거리가 나를 부르고 있었다. 물
론 평남현의 개인농이 비참하게 죽었다는 형의 말에 나는
겁을 먹었고, 살구나무가지, 무엇보다 여자 이야기는 완전
히 정확했다. 절름발이나 장님 여자라도 누가 개인농에게
시집올 것인가. 더구나 나는 파란 얼굴의 개인농이었다. 나
는 아버지를 따른 것이 조금 후회가 되었다. 심지어 아버지
가 밉기까지 했다. 아버지의 파란 얼굴을 사나운 눈으로 보
며, 아버지가 파란 얼굴을 내게 유전으로 물려주지 않았어
야 했다고 절실하게 한탄했다. 아버지 같은 사람은 원래 결
혼을 하지 말았어야 했다. 결혼을 해도 아이를 낳지 말거나!

　"아버지!" 내가 큰 소리로 불렀다. "아버지!"

　아버지가 천천히 눈을 뜨더니 나를 똑바로 쳐다보았다.

　"아버지, 저 입사할래요."

아버지는 진즉에 내가 온 이유를 아는 듯했다. 아버지 표정에 아무런 변화가 없었기 때문이다. 아버지는 담뱃대를 꺼내더니 담배를 쟁여넣고 입에 물었다. 부싯돌로 불꽃을 만들고, 수숫대로 만든 불쏘시개에 불씨가 튀자 후후 불면서 담배에 불을 붙이고는 흡흡 몇모금 세게 빨자 두 줄기 흰 연기가 그의 콧구멍에서 나와 곧게 올라갔다.

"저 입사할래요. 우리 소 끌고요. 같이 입사하시죠. 아버지, 더이상 못하겠어요……"

아버지가 갑자기 눈을 크게 뜨고서 또박또박 말했다.

"배신자 같은 놈! 들어가려거든 혼자 가거라. 나는 안 들어간다. 소도 안 들어가고."

"왜요, 아버지?" 내가 억울하고 속이 상해서 말했다. "천하대세가 이미 기울었어요. 평남현에 사는 개인농은 운동 초기에 벌써 혁명대중들에게 목이 매달려 죽었대요. 형이 아버지를 길거리 조리돌림시킨 것은 다 보호해주려고 그런 거래요. 형이 그랬어요. 지주, 부자, 반동, 불순분자, 주자파들과 투쟁이 끝나면 다음 차례는 개인농이라고요. 아버지, 금룡이 굵은 살구나무 가지 둘에 우리 부자 자리를 예약해 두었다고 했다니까요, 아버지!"

아버지가 담뱃재를 신발 바닥에 털더니 일어나 여물이 든 소쿠리를 들었다. 그의 굽은 등과 붉고 굵은 목을 보니 어릴 때 그의 어깨를 타고 시장에 가서 감을 사먹던 기억이 떠올랐다. 가슴이 아파서 안타깝게 말했다.

"아버지, 세상이 변했어요. 진현장도 날아갔고요. 우리한 테 '부적'을 써준 그 부장도 분명 날아갔을 거예요. 더이상 고집을 피운다는 것은 무의미해요. 금룡이 주임을 하고 있 을 때 서둘러 입사하자고요. 금룡 체면도 세워주고 우리도 빛을 보게요……"

아버지는 여물만 바라본 채 내 말에 상대하지 않았다. 나 는 점점 열이 올라 말했다.

"아버지, 그러니까 사람들이 아버지더러 똥통에 든 돌보 다 더 더럽고 고집세다고 하지요. 죄송해요, 아버지. 전 아 버지를 따라 막다른 길을 갈 수 없어요. 아버지가 제 생각을 해주지 않으니까 저 스스로 살길을 찾아야죠. 저도 컸고, 사 회에도 나가야 하고 마누라도 얻어야 하고 번듯한 길을 가 야죠. 아버지 혼자 알아서 잘하세요."

아버지가 소쿠리의 풀을 여물통에 부으며 소의 잘려나간 뿔을 만지더니, 고개를 돌려 나를 보았다. 표정이 편안했다. 부드럽게 내게 말했다. "해방아, 넌 내 친아들이다. 아비는 당연히 네가 잘되길 바란다. 지금 돌아가는 형세는 아비도 다 보고 있다. 금룡 이 자식, 마음은 돌덩이보다 단단하고 혈 관 속 피는 전갈보다도 독하다. 혁명을 위해서라면 무슨 짓 이든 할 것이다." 아버지가 고개를 들자 햇빛이 눈에 들어와 찡그리면서 말했다. "주인어른은 마음씨가 선하셨는데, 어 디서 저런 독한 아들이 나왔는지?" 아버지 눈에 눈물이 비 쳤다. "우리가 가진 땅이 3무 2푼이니 너한테 1무 6푼을 주

마. 가지고 입사해라. 저 파종기는 토지개혁 때 우리집에 ‘승리의 선물’로 나누어준 것이니, 같이 지고 가거라. 저 방도 네가 가져라. 가져갈 만한 것은 다 가져가라. 입사하고, 네 어머니하고 합치고 싶으면 합치고, 합치고 싶지 않으면 너 혼자 살아라. 아비는 아무것도 필요없다. 이 소하고 저 외양간만 있으면 된다……”

“아버지, 왜요, 무엇 때문에 그러세요?” 나는 우는 목소리로 소리쳤다. “혼자 개인농 하는 게 무슨 의미가 있어요?”

아버지가 조용히 말했다. “아무 의미 없다. 그저 조용히 살고 싶어 그런다. 내가 나의 주인이 되고 싶어 그런다. 다른 사람 간섭을 받고 싶지 않아서 그런단 말이다.”

나는 금룡을 찾아가 말했다.

“형, 아버지하고 이야기했어. 입사할래.”

그가 흥분하여 두 주먹을 쥐고 가슴을 치며 말했다.

“잘했어, 정말 잘했어. 문화대혁명의 위대한 성과다. 현에서 유일한 개인농이 마침내 사회주의 길을 가게 됐어. 일대 희소식이야. 얼른 현 혁명위원회에 소식을 알려야겠다.”

“그런데, 아버지는 입사 안하시겠대.” 내가 말했다. “나혼자야. 1무 6푼 땅하고 나무 파종기, 그리고 수레 하나하고 말이야.”

“왜?” 금룡의 얼굴이 어두워지며 차갑게 말했다. “도대체 왜 그런대?”

“아버지는 다른 뜻이 있어서가 아니라 조용히 사는 게 습관이 되어서 그렇대. 다른 사람들 지시를 받는 것도 싫고."

"이런 멍청이!" 형이 주먹으로 낡은 탁자를 내려치는 바람에 탁자 위의 잉크병이 넘어질 뻔했다.

황호조가 달래며 말했다. "금룡, 조급하게 그러지 마."

"내가 지금 조급하지 않게 생겼어?" 금룡이 낮은 목소리로 말했다. "원래 설 전에 상부주임과 현 혁명위원회에 두 가지 선물을 하려고 했거든. 하나는 우리 동네에서 준비한 「홍등기」였고, 다른 하나는 전 현에서 유일한, 아니 전 성에서, 전국에서 유일한 개인농을 소멸시키는 것이었어. 홍태악이 못한 일을 내가 해야 위아래로 위신이 서지. 그런데 네가 들어오고 그 사람은 남아 있으면 개인농이 여전히 남는 거잖아. 안되겠어. 가자, 내가 가서 이야기해야겠어."

금룡이 씩씩거리며 외양간으로 들어섰다. 몇년 동안 발길을 한 적이 없었다.

"아버지." 금룡이 말했다. "아버지라고 부를 자격도 없지만 그래도 아버지라고 할게요."

아버지가 손사래를 치며 말했다. "그러지 마라. 제발 그러지 마라. 난 그럴 사람이 못된다."

"남검." 금룡이 말했다. "한마디만 할게요. 해방이를 위해, 그리고 당신 자신을 위해 같이 입사하세요. 내가 보증할게요. 입사하면 절대 힘든 일 시키지 않을게요. 가벼운 일이라도 내키지 않으면 그냥 쉬세요. 이제 나이드셨는데 편히 쉬셔야죠."

"난 그런 복은 없다." 아버지가 싸늘하게 말했다.

"한번 단상에 올라가 주위를 돌아보세요." 금룡이 말했다. "고밀현을 보고, 산둥성을 보고, 대만만 빼고 전국 스물아홉 개 성과 시, 자치구를 보시라고요. 전국 산하가 온통 붉은데 우리 서문촌에만 흑점이 있어요. 그 흑점이 바로 당신이란 말이에요."

"제기랄, 영광이구나. 전 중국에서 유일한 흑점이라니." 아버지가 말했다.

"우린 기어이 당신이라는 흑점을 말살할 겁니다!" 금룡이 말했다.

아버지가 여물통 밑에서 소똥 묻은 새끼줄을 꺼내 금룡 앞으로 던지며 말했다. "날 살구나무에 목매단다고 안했느냐? 어서 해라."

금룡이 풀쩍 뒤로 뛰었다. 새끼줄이 아니라 독사를 피하듯 했다. 그가 이를 악물었다가 입을 벌렸고, 두 주먹을 불끈 쥐었다가 풀고, 두 손을 주머니에 넣었다가 다시 뺐다. 그가 주머니에서 담배를 꺼냈다. 주임이 되고부터 피우기 시작했다. 황금색 라이터로 불을 붙였다. 그는 눈살을 찌푸리며 생각했다. 잠시 후 담배를 땅에 던져 발로 비벼껐다. 그가 내게 말했다.

"넌 나가, 해방!"

나는 땅바닥에 떨어진 새끼줄을 보고 금룡의 마른 몸과 아버지의 건장한 체구를 보면서, 이 둘이 싸우면 누가 이길지, 두 사람이 싸우면 수수방관할지 아니면 같이 싸울지, 같이 싸운다면 누구를 도와야 할지 머리를 굴렸다.

"할말 있으면 그냥 해라. 할 테면 한번 해보고!" 아버지가 말했다. "해방아, 가지 마라. 여기서 똑똑히 보고, 똑똑히 들어라."

"좋아요." 금룡이 말했다. "내가 살구나무에 못 매달 것 같아요?"

"해봐라, 어디." 아버지가 말했다. "네가 못하는 게 어디 있냐."

"말 자르지 마세요." 금룡이 말했다. "제가 엄마 체면 봐서 봐주었어요. 입사하지 않아도 우리가 사정하지 않을 거요. 무산계급이 자산계급에게 사정한 경우는 없으니까요." 금룡이 말했다. "내일, 우리는 대회를 열어요. 남해방 입사 환영대회죠. 토지도 가져와야 하고 쟁기도, 수레도, 소도 가져와야 합니다. 남해방에게 붉은 꽃도 달아주고 소에도 붉은 꽃을 달아줄 겁니다. 그러면 이 외양간에 당신 혼자 남습니다. 밖에서는 징 치고 북 치고 폭죽을 터뜨리는데 혼자 텅 빈 외양간에 있으면 그 심정이 오죽할까요? 당신은 뭇사람들에게 버림을 받았어요. 마누라도 당신과 분가해서 나가고 친아들도 당신을 떠나고 유일하게 당신을 배신하지 않을 소도 강제로 데리고 가면 당신이 살아 있다 한들 무슨 소용이 있겠어요?" 금룡이 새끼줄을 발로 차면서 외양간의 대들보를 보며 말했다. "제가 대들보에 줄을 하나 달아드리지요.

알아서 스스로 목을 매세요!"

금룡이 휙 몸을 돌려 가버렸다.

"너, 이 천하의 개자식아 —" 아버지가 펄펄 뛰며 욕을 퍼붓다가 여물더미에 풀썩 주저앉았다.

나는 마음이 한없이 쓰라렸다. 금룡이 얼마나 악독한지, 내 마음을 뒤흔들었다. 갑자기 아버지가 불쌍해졌고 내가 등을 돌린 것이 참으로 부끄러웠다. 앞잡이가 되어 나쁜 짓을 하고 있는 심정이었다. 아버지에게 달려가 손을 잡고 울며 말했다.

"아버지, 저 입사 안할래요. 몽둥이를 맞아도 같이 있을게요. 끝까지 개인농을……"

아버지가 내 머리를 감싸안고 오열했다. 그러더니 나를 밀어냈다. 아버지는 눈물을 닦고 허리를 곧추세우더니 말했다. "해방아, 넌 이제 사내대장부다. 한번 말한 것을 다시 주워담아서는 안된다. 가서 입사해라. 파종기도 메고 수레도 끌고, 소도……" 아버지가 소를 바라보았다. 소도 아버지를 바라보았다. "너도 가거라!"

"아버지." 내가 놀라며 소리쳤다. "정말로 그가 말한 그 길을 가려고요?"

"안심해라, 아들아." 아버지가 갑자기 짚더미에서 일어나더니 말했다. "누가 뭐라든 아비는 그 길은 안 간다. 아비는 아비의 길을 간다."

"아버지, 제발 목을 매면 안돼요……"

"어찌 그러겠느냐." 아버지가 말했다. "금룡이 그래도 양심이 있다. 평남에서는 사람들을 동원해 개인농을 죽이는 짓을 할 수도 있지만, 그애는 마음이 모질지 못해서 못한다. 내가 알아서 죽기를 바랄 것이다. 내가 죽어야 전 현에서, 전 성에서, 전국에서 유일한 흑점이 사라질 테니까 말이다. 하지만 나는 죽지 않는다. 저들이 나를 죽이려 한다면 버틸 방법이 없다만, 나 스스로 죽길 바란다면 어리석은 짓이다. 난 잘살 것이다. 전 중국에 이 흑점을 남길 것이다!"

제20장

남해방은 아비를 배반하고 입사하다
서문소는 몸을 바쳐 살신성인하다

나는 1무 6푼의 땅과 쟁기, 파종기, 소를 끌고 인민공사에 입사했다. 내가 너를 외양간에서 끌어낼 때 마당에서는 폭죽이 터지고 북소리 징소리가 요란했다. 폭죽연기와 종이가루가 난무한 가운데 회색 가짜 군모를 쓴 아이들이 심지 떨어져나간 폭죽을 주우려고 달려들었다. 막언은 심지가 있는 폭죽을 잘못 집었다가 뻥 터져 손가락이 찢어지는 바람에 흉악한 몰골이 되었다. 자식, 쌤통이었다. 나도 어린시절 폭죽이 터지는 바람에 손가락을 다쳐 아버지가 풀로 치료해주던 생각이 났다. 고개를 돌려 아버지를 보았다. 마음이 아팠다. 아버지는 작두질한 여물 짚더미에 앉아 있었다. 앞에 꾸불꾸불 새끼줄이 놓여 있었다. 나는 걱정이 되어 말했다.

"아버지, 제발 빨리 생각을 고쳐 잡수세요……"

아버지가 나를 바라보며 귀찮다는 듯이 두어 번 손을 저었다. 나는 아버지를 어둠속에 남겨둔 채 밝은 빛속으로 걸어들어갔다. 호조가 종이로 만든 붉은 꽃을 내 가슴에 채워주면서 미소를 지어 보였다. 그녀 얼굴에서 해바라기표 크림 향기가 났다. 합작은 같은 크기의 종이꽃을 잘려나간 소의 뿔에 걸어주었다. 소가 고개를 흔들자 종이꽃이 땅에 떨어졌다. 합작이 엄살을 떨며 비명을 질렀다.

"소가 들이받으려고 해요!"

그녀가 뒤돌아 뛰어가 형 품에 안겼다. 형이 차가운 얼굴로 밀쳐내면서 곧장 소에게 걸어가 머리를 토닥토닥 두드려주고 제대로 붙어 있는 뿔을 만져주고는 잘려나간 뿔도 쓰다듬어주었다.

"소야, 이제 정정당당한 밝은 길을 가는 것이다. 알겠느냐?" 형이 말했다. "널 환영한다!"

소 눈에서 빛이 이는 것이 보였다. 불꽃 같았지만 실은 눈물꽃이었다. 우리 아버지의 소는 수염 뽑힌 호랑이처럼 당당하던 위풍을 잃고 순한 고양이가 되어버린 것이다.

나는 꿈에 그리던 우리 형의 홍위병 조직에 입사했고, 「홍등기」의 왕연거 역도 맡았다. 이옥화가 정의로운 말로 엄숙하게 나를 꾸짖으며, "너 이 배신자!"라고 할 때는 아버지가 나를 꾸짖는 것만 같아 뜨끔했다. 내가 입사한 것이 아버지에 대한 배반이라는 사실이 갈수록 더욱 절실하게 다가

왔다. 아버지가 허튼 생각을 하면 어쩌나 걱정이 태산 같았
지만 아버지는 대들보에 목을 매지도 강에 뛰어들지도 않았
다. 방에서 나와 외양간에서 잠을 잤다. 외양간 모퉁이에 부
뚜막을 만들고는 철모를 솥으로 썼다. 훗날 기나긴 세월 동
안 아버지는 쟁기질할 소도 없이 곡괭이로 땅을 팠다. 혼자
외바퀴수레로 밭에 똥을 낼 수 없어 멜대에 통을 지고서 운
반했다. 파종기가 없으니 작은 곡괭이로 고랑을 파서 갈대
줄기를 파종기 삼아 씨를 뿌렸다. 1967년부터 1981년까지
아버지의 1무 6푼의 땅은 눈엣가시처럼 고기에 박힌 가시처
럼 드넓은 인민공사 토지 한가운데 꽂혀 있었다. 아버지의
존재는 엽기적이면서도 장엄했다. 사람들은 가여워하면서
도 존경했다. 70년대에 다시 지부 서기가 된 홍태악이 한동
안 거듭 최후의 개인농을 말살하려 했지만 그때마다 아버지
의 저항에 부딪혔다. 아버지는 그때마다 새끼줄을 그 앞에
던지면서 말했다.

"나를 저 살구나무에 매다시오!"

금룡은 내가 입사하고 혁명모범극을 성공적으로 무대에
올리면 이것으로 서문촌을 현에서 제일가는 모범마을로 만
들고, 그렇게 되면 자신도 순행에 돛을 달아 출세할 것으로
생각했다. 하지만 일이 그의 생각대로 되지는 않았다. 우선
그와 우리 누나는 상형이 트랙터를 타고 나타나 연극을 지
도해주기를 밤낮없이 눈빠지게 기다렸지만, 얼마 있지 않아
상형이 여자문제 때문에 자리를 박탈당했다는 소식이 날아

왔다. 상형이 무너지자 우리 형의 버팀목도 무너졌다.

청명절이 지나자, 차차 동풍이 불고 볕이 따뜻해지고 양기가 높아져 응달에 쌓인 눈이 말끔히 녹아 길이 떡이 되어 질퍽였다. 강가의 버들도 푸르러지고 마당의 살구나무에도 꽃기운이 돌기 시작했다. 그즈음 우리 형은 초조하고 불안했다. 우리에 갇힌 표범처럼 마당을 이리저리 뛰어다녔다. 살구나무 밑에 마련된 단상에서 가장 많은 시간을 보냈다. 거기서 까만 나뭇가지에 기댄 채 뻐끔뻐끔 담배를 피웠다. 담배를 너무 많이 피워 기관지염에 걸려서 연방 기침을 했고, 목을 깨끗하게 하려고 교양이라곤 털끝만큼도 없이 나무 아래로 가래침을 뱉었다. 새똥이 하늘에서 떨어지는 것 같았다. 형의 눈길은 멍하고 아득했고 표정은 쓸쓸하고 서글펐으며, 형의 처지는 외롭고 불쌍했다.

날씨가 따뜻해질수록 형의 처지는 점점 더 어려워졌다. 혁명연극을 계속하려고 했지만 사람들이 이제 명령을 따르지 않았다. 빈농 출신의 늙은 농부 몇명이 살구나무에 기대어 담배를 피우고 있는 형에게 말했다.

"금룡사령관, 농사일을 지도해야 하는 것 아닌가? 때를 놓치면 일년 농사를 망치는 법이야. 노동자야 혁명을 해도 국가에서 월급을 받지만 농민들이야 입에 풀칠하려면 땅을 파는 수밖에 더 있어!"

말을 하는 사이 우리 아버지가 소똥 두 통을 메고 대문으로 나가는 게 보였다. 초봄의 날씨 속에 신선한 똥냄새가 농민들 정신을 번쩍 들게 했다.

“땅을 갈더라도 혁명의 땅을 갈아야 합니다. 죽어라 생산만 하느라 혁명노선을 외면해서는 안됩니다!” 형이 물고 있던 담배꽁초를 뱉으며 살구나무에서 홀쩍 뛰어내리다 제대로 착지를 못해 세게 넘어졌다. 나이든 농부들이 달려가 부축해 일으켰다. 그의 얼굴이 일그러졌고 노인들 손을 뿌리치며 말했다. “내가 곧장 인민공사 혁명위원회에 가서 지시를 받을 겁니다. 잠자코 기다리세요. 경거망동하지 말고.”

형은 장화를 신고 진흙탕 길을 헤쳐 인민공사로 갈 채비를 했다. 출발하기 전에 형은 마당 담장 밑에 만든 임시화장실에 소변을 보러 갔다가 뜻하지 않게 양칠을 만났다. 양가죽 옷을 팔던 일 때문에 양칠과 형은 원수가 되었지만 양칠은 겉으로는 웃고 있었다.

“서문사령관, 어디 가십니까? 차림새가 홍위병이 아니라 일본 헌병 같은데요.” 양칠이 헤헤거리며 이죽댔다.

형이 성기를 잡고 몸을 떨면서 콧구멍으로 흥— 소리를 내며 양칠을 몹시 멸시하는 태도를 보였다. 양칠은 그래도 헤헤거리며 말했다.

“어이, 자네 뒤를 봐주던 버팀목이 무너졌으니, 자네도 이제 며칠 못 갈걸. 눈치 좀 차리고 자리를 넘기라고. 생산을 잘 아는 사람한테 말이야. 백날 노래를 해본들 밥이 나오남.”

형이 차갑게 웃으며 말했다. “이 주임이라는 자리는 현

혁명위원회가 직접 임명한 것이오. 박탈을 해도 현 혁명위원회가 하지, 인민공사 혁명위원회는 권한이 없소."

그런데 공교롭게도 일이 터지고 말았다. 형이 한창 기세 등등하게 양칠과 이야기하고 있는데 가슴에 달고 있던 커다란 모주석 자기 배지의 바늘이 떨어지면서 똥통으로 빠져버린 것이다. 형은 정신이 나갔다. 양칠도 멍해졌다. 형이 정신을 차리고 얼른 똥통에 들어가 모주석 배지를 건지려고 할 때 양칠도 정신이 들었다. 그는 형 가슴의 옷을 움켜쥐고서 소리쳤다.

"반혁명분자 잡아라! 반혁명 현행범을 잡아라!"

우리 형은 동네 지주, 부농, 반동, 불순분자 그리고 주자파 홍태악 같은 사람들하고 같이 노동 관리대상이 되었다.

나는 인민공사에 입사하여 생산대대 가축을 사육하는 일을 배정받았다. 원래 사육사이던 방육(方六, 팡류)아저씨하고 형기를 마치고 석방된 호빈이 내 사부였다. 축사에서는 생산대대의 모든 가축을 다 모아서 사육했는데 검정 말 한 필은 원래 군마였는데 눈이 멀어 퇴역했다. 엉덩이에 찍힌 낙인이 군인 신분임을 증명하고 있었다. 회색 노새 한마리는 성질이 사나워 걸핏하면 사람을 물고 다른 것들과 싸움질하는 바람에 한시도 눈을 뗄 수가 없었다. 이 말과 노새는 동네 고무바퀴 수레를 끌었다. 나머지는 전부 소였다. 합쳐서 스물여덟 마리였다. 우리집 소도 처음 왔을 때는 여물통이 없어서 말 여물통하고 소 여물통 사이에다 반을 자른 기름통을 놓고 임시여물통으로 쓰는 수밖에 없었다.

사육사가 된 뒤로 나는 집에서 이불을 가지고 나와 축사에 있는 구들에서 잤다. 마침내 사랑과 증오가 뒤엉켜 있는 그 마당을 떠난 것이다. 축사로 잠자리를 옮긴 것은 아버지에게 자리를 비워주려는 뜻도 있었다. 내가 입사를 선언한 뒤로 아버지 혼자 외양간에서 잤다. 외양간이 아무리 좋은들 어차피 외양간이고 방이 아무리 나쁜들 그래도 방이었다. 내가 아버지에게 말했다. 방에 들어가서 주무세요. 그리고 덧붙였다. 걱정 마세요. 제가 소를 잘 돌볼게요.

축사에는 남아도는 허드레 풀들이 많아서 축사 구들은 늘 떡 굽는 석쇠처럼 뜨거웠다. 방육아저씨네 다섯 아들도 같이 잠잤다. 아저씨네 집이 가난하여 이불도 없는데다 다섯 아들은 입을 옷마저 없어 발가벗은 채로 구들을 굴러다녔다. 날이 밝을 무렵에는 두 녀석이 내 이불 속으로 파고들어와 있곤 했다.

구들장이 너무 뜨거워 살이 익을 정도여서 떡 굽듯이 이리 뒤집고 저리 뒤집었다. 깨진 창문으로 달빛이 들어와 구들을 꽉 채운 채 잠든 아이들을 비추었고 아이들은 데굴데굴 구르면서 코를 고는데 그 소리가 천둥소리였다. 방육아저씨는 코고는 소리가 어찌나 이상한지 완전히 풍구 돌아가는 것처럼 삐걱거렸다. 호빈은 구들 맨 끝에서 잤는데, 방씨 아저씨네 아이들이 들어오지 못하게 이불을 둘둘 말고 잤

354

다. 이 양반도 이상해서, 썬글라스를 끼고 잤는데 달빛이 얼굴을 비추면 번쩍번쩍한 것이 꼭 독사 같았다.

한밤중에 말과 노새가 계속 발길질을 하고 코를 흥흥거리고, 노새 목에 달린 구리방울에서 맑은 소리가 울렸다. 방육아저씨의 코고는 소리가 멈추더니 허둥지둥 일어나 머리를 툭툭 치면서 소리쳤다.

"기상, 여물 줘야지!"

세번째 여물을 줄 시간이었다. 밤에 여물을 먹지 않으면 말은 살이 오르지 않고 소는 약골이 되는 법이다. 나는 방육아저씨를 따라 옷을 걸치고 구들을 내려섰다. 등잔불 밝히는 것을 보면서 축사 안쪽으로 따라들어갔다. 노새와 말이 흥분하여 고개를 휘둘렀고 자기 자리에 누워 있던 소들이 하나씩 일어섰다.

방육아저씨가 내게 시범을 보였다. 사실, 시범은 필요없었다. 아버지가 우리집 나귀와 소에게 밤 여물을 주던 것을 여러 번 봤기 때문이다. 나는 소쿠리를 들고 먼저 노새와 말에게 여물을 주었다. 노새와 말이 풀을 뒤적이기만 하며 입에 대지 않았다. 사료와 물을 기다리는 것이다. 방육아저씨는 내가 소쿠리로 풀 쏟는 것을 보더니 아무 말도 하지 않았다. 만족해하고 있는 것이다. 그가 사료통에서 콩깻묵 한바가지를 떠서 여물통에 쏟았다. 입이 까다로운 노새가 깻묵을 차지하려고 하자 방육아저씨가 고무래로 노새 입을 때렸고 노새가 아파서 고개를 쳐들었다. 아저씨가 그 틈에 얼른 여물을 비볐고 풀냄새와 깻묵냄새가 어우러졌다. 노새와 말이 여물을 게걸스럽게 입에 넣으면서 차르차르 소리를 냈다. 노새의 눈에 등잔불이 비치면서 파랗게 빛났다. 하지만 노새 눈은 소 눈의 깊이에 비길 바가 아니다. 우리집 소는 외로웠다. 다른 학교에서 전학온 학생 같았다. 소들이 다들 내 쪽으로 고개를 돌리고 풀을 기다렸다. 우리집 소는 자리가 좋아서 맨처음 새 풀을 받았다. 그날의 여물은 작두로 썬 콩대에 잘게 썬 고구마를 섞은 것으로 일등이었다. 영양도 풍부하고 향기도 좋은데다 간혹 미처 털리지 않은 콩알들이 콩대에 달려 있기도 했다. 우리 형이 인민공사 사원들을 이끌고 혁명을 할 때도 축사 일은 정상대로 진행되었다. 이것만 봐도 방육아저씨가 착실한 농사꾼이라는 것을 알 수 있었다. 안경 쓴 뱀 같은 호빈이 뻔질나게 서문저택 앞마당에 발길하는 것과 달리 그는 한번도 얼굴을 내밀지 않았다. 마당 담장에는 형의 비리를 폭로하는 대자보가 자주 붙었다. 공들인 글씨로 쓴 대자보였다. 형은 보자마자 호빈의 필적이라는 것을 알았다. 내가 소쿠리에 담은 여물을 소 여물통에 나누어주자 소들이 고개를 박고 먹었다. 소리가 한데 어우러졌다. 나는 우리집 소 앞에 머뭇거리다가 방육아저씨가 보지 않는 틈을 타서 반소쿠리쯤 되는 풀을 여물통에 더 넣어주었다. 내가 소의 이마를 쓰다듬고 코를 쓰다듬자 소가 까끌까끌한 혀를 꺼내 내 손을 핥았다. 동네 스물여덟 마리 소 가운데 유일하게 코뚜레를 차지 않았는데, 과연 코가 뚫리는 화를 면할 수 있을지 모를 일이었다.

너는 결국 그 화를 피하지 못했다. 살구나무가 꽃을 머금고 피기를 기다리던 날들이 이어지는 가운데 봄갈이가 시작되었다. 방육아저씨가 나와 호빈을 데리고 아침 일찍부터 마당으로 소를 끌어냈다. 솔로 소 몸에 묻은 흙하고 빠진 털들을 털어내면서 사람들에게 기나긴 겨울 동안의 노동성과를 전시했다.

양칠이 우리 형의 죄행을 폭로하여 형이 주임직을 박탈당하고 반혁명 현행범이라는 죄명을 뒤집어썼지만 주임 자리는 양칠에게 돌아가지 않았다. 인민공사 혁명위원회는 황동을 우리 동네 혁명위원회 주임으로 임명했다. 황동은 다년간 생산대대 대장을 맡았고 생산을 지도하는 데 전문가였다. 그가 탈곡장 한쪽에 서서 병사들을 배치하는 장수처럼 사원들에게 일을 분배했다. 가정 배경이 좋은 사원들은 쉬운 일이 배정되었고 나쁜 부류는 밭가는 일이 배정되었다. 우리 형하고 마을 경찰을 사칭했던 여오복, 매국노 장대장, 부농 오원, 양조장 주인 전귀, 주자파 홍태악 등이 그들이었다. 형은 잔뜩 화가 난 얼굴이었다. 홍태악이 실실 웃으며 비웃었다. 벌써 몇년째 개조를 당하고 있는 불순분자들은 그저 묵묵히 있었다. 봄에 밭을 가는 것은 그들이 진즉부터 해오던 일이고, 누가 어떤 쟁기를 쓰고 누가 어떤 소 두 마리씩을 부릴지 다 정해져 있었다. 그들은 창고에서 쟁기를 메고 나와 마구를 들고 각자 자기 소를 끌었다. 소도 그들을 알아봤다. 방육아저씨가 당부했다. 겨우내 소가 쉬어서 삭신이 늘어져 있으니까 첫날은 살살 하라고. 마구나 제대로 차고 있으면 된다고. 방육아저씨가 홍태악에게 소를 배정했다. 거세한 까만 소와 서부 산동지방의 소를 발해산으로 배정했다. 홍태악이 익숙하게 소를 다루며 마구를 채웠다. 몇 년 동안 서기를 했지만 그래도 농민 출신이어서 동작이 전문가 수준이었다. 형은 다른 사람들에게 배우면서 쟁기를 똑바로 세우고 마구를 정리하고는 울컥하는 심정에 입을 내밀면서 방육아저씨에게 말했다.

"난 어떤 두 마리로 하는 거요?"

방육아저씨가 우리 형을 재보면서 혼잣말하듯 했지만 실은 들으라고 말했다. "젊은 사람이, 일 좀 배워야겠구먼." 그가 기둥에 묶여 있던 몽골산 어미소를 끌고 왔다. 이 소는 형도 잘 알았다. 몇년 전 초봄에 우리가 강가에서 방목을 할 때 눈동자에 물구나무선 형의 모습이 자주 비쳤던 소이다. 어미소가 고분고분 형 옆에 섰다. 한창 되새김질을 하고 있어서 되씹던 풀덩어리가 목구멍을 따라 꿀럭꿀럭 소리를 내며 굴러다녔다. 형이 마구를 소 등에 채웠고, 어미소도 나서서 그가 하는 대로 따랐다. 방육아저씨가 소가 묶여 있는 기둥을 슬쩍 보더니 우리 소에게 눈길을 주었다. 이제야 우리 소가 좋다는 것을 처음으로 발견한 사람처럼 두 눈이 빛나고 입에서 딸깍 소리를 내면서 말했다. "해방아, 네 집 소를 끌고 와서 그놈 어미하고 같이 채워라."

358

"이놈은 혼자 쟁기를 매도 되는데." 방육아저씨가 옆을 돌아보며 말했다. "보라고. 머리가 넓고 이마는 평평하고 입이 큰데다 눈이 밝고 앞쪽 어깨가 한뼘은 높아서 쟁기질을 하면 쏜살같이 앞발이 움직이고, 힘이 좋아서 뒷발이 활처럼 굽어 바람처럼 걸을 수 있다고. 뿔만 반토막나지 않았으면 정말 흠잡을 데 없는데 말이야. 금룡, 이 소는 네가 부려라. 네 아버지 명줄이니 조심해서 잘 다루어라."

금룡이 소줄을 넘겨받아 명령을 내렸다. 소를 움직여 마구를 가장 좋은 위치에 걸려고 했지만 소는 고개를 숙인 채 되새김질만 하고 있었다. 금룡이 채찍을 들고 앞으로 가 협박해도 소는 미동도 하지 않았다. 우리집 소는 코뚜레를 차고 있지 않아서 금룡이 아무리 끌어도 꿈쩍도 하지 않았다. 이런 쇠고집 때문에 코를 뚫는 형을 받게 되었다. 서문소야, 그런 형벌을 피할 수 있었는데, 네가 우리 아버지한테 있을 때처럼 사람 마음을 헤아리고 말을 잘 들었으면 고밀 동북향 역사상 처음으로 코뚜레를 차지 않은 소가 될 수 있었는데 말이다. 하지만 너는 말을 듣지 않았고, 여러 사람이 달라붙어도 꿈쩍하지 않았다. 그러자 방육아저씨가 말했다.

"소에 코를 안 뚫었으니 어떻게 부려먹어? 남검은 소를 부리는 주문이라도 있었나?"

서문소야, 내 친구야, 그 사람들이 너의 네 발을 줄로 단단히 묶고는 줄 중간에 막대를 꽂아 비틀면 줄이 네 몸을 옥죄어서, 네가 똑바로 서 있을 수가 없으니 결국 땅바닥에 누웠다. 방육아저씨 말에 따르면 보통 소라면 코를 뚫을 때 이렇게 힘들일 필요가 없다고 했다. 그들은 너를 겁냈다. 너의 용맹스러운 역사를 알고 있었고, 네가 야성을 발휘하면 수습할 길이 없다는 것을 알고 겁을 먹었다. 네가 바닥에 쓰러지자 방육아저씨가 사람을 시켜 쇠꼬챙이 하나를 시뻘겋게 불에 달궈서 집게로 집어오라고 했다. 장정 여럿이 달라붙어 네 머리를 누르고 네 머리의 하나 남은 뿔을 땅바닥에 짓눌렀다. 방육아저씨가 손으로 너의 콧구멍을 붙잡고서 네 코뼈에서 가장 약한 곳을 찾았다. 그러고는 벌겋게 달군 쇠꼬챙이를 찌르게 했다. 신속하게 찌른 뒤 흔들어서 구멍을 크게 했다. 살이 타면서 연기가 피어오르고 살타는 냄새가 진동했다. 네가 음매음매 무거운 울음을 울었다. 네 목을 누르고 있는 사내들이 젖먹던 힘까지 쓰며 옴짝달싹 못하게 했다. 그때 달궈진 쇠꼬챙이로 너의 코를 뚫은 사람이 누구던가? 바로 우리 형 금룡이었다. 그때 나는 네가 서문뇨가 환생했다는 것을 몰랐고, 그래서 당시 네 심정이 어떠했는지 전혀 알 수 없었다. 달궈진 쇠꼬챙이로 너의 코뼈를 뚫어 구멍을 내고 볼록〔凸〕 모양의 구리 코뚜레를 너의 코에 건 사람이 다름아닌 너의 친아들이었으니, 당시 네 심정이 어떠했을까?

코뚜레를 건 뒤 너를 밭으로 끌고 갔다. 봄날의 대지는 만물이 소생하고 곳곳마다 생명의 기운이 흘러넘쳤다. 서문소야, 내 친구야, 그 아름다운 계절에 네가 비장한 연극을 연출했다. 너의 강인하고 육신의 고통을 참아내는 인내력, 죽어도 굽히지 않는 불굴의 정신을 당시 사람들이 다들 기적이라고 했고, 네 이야기는 지금까지도 서문촌 사람들 입에서 전해지고 있다. 우리 같은 사람들에게는 당시에도 불가사의했지만, 지금까지도 너는 전설이다. 너의 독특한 환생을 알고 있는 나한테도 너의 행동은 내가 이해할 수 있는 수준을 넘어선 것이었다. 너는 분명 대들 수도 있었고 네 훌륭한 몸으로, 네 온몸에 들어 있는 뼈와 근육의 힘으로 예전에 서문 저택 마당에서 입사기념식 때 그랬듯이, 강가에서 화가 나 호빈을 들이받았듯이, 장터 비판대회 때 그랬듯이, 너를 멋대로 부려먹으려는 사람들과 인민공사 사원들을 들이받아 하늘을 날게 한 뒤 땅에 쿵 하고 떨어뜨려 아지랑이가 피어오르는 봄날의 대지에 깊은 구멍을 낼 수도 있었다. 그 흉악하고 잔인한 인간들을 뼈를 분질러놓고 내장을 짓이겨놓고 입에서 청개구리 울음이 나게 할 수도 있었다. 물론 금룡이 네 아들이기는 하지만, 그것은 어디까지나 네가 나귀가 되기 전의, 소가 되기 전의 일이다. 육도윤회하는 동안 얼마나 많은 사람들이 아버지를 잡아먹고, 얼마나 많은 사람들이 자기 어머니를 강간하는데, 네가 굳이 그렇게 신경쓸 필요가 무엇이겠느냐? 더구나 금룡 같은 변태이자 흉악한 놈이 자기가 정치적으로 좌절을 당하고 노동감시를 받는 원한을 너한테 이자를 붙여 쏟아내는데 말이다. 그자가 네가 자기 친아버지라는 것을 몰랐으니 죄를 탓할 수 없다고 할지 모르지만, 상대가 소라고 해도 그렇게 악독한 짓을 할 수는 없다. 서문소야, 나는 그날 그가 너를 폭행하던 끔찍한 짓을 차마 입에 올리지 못하겠다. 너는 이미 소로 환생한 뒤에도 다시 네 차례나 윤회하면서 음양계를 휘젓고 다니느라 세세한 일들은 벌써 잊었을 것이다. 하지만 나는 그날의 일을 똑똑히 기억하고 있다. 그날 일어난 일이 잎과 가지가 무성한 나무라면 나는 그 나무의 굵은 가지와 가는 줄기, 잎 하나하나까지 기억하고 있다. 서문소야, 내 이야기를 들어보아라. 나는 기어이 그 이야기를 해야겠다. 그것은 분명 일어난 일이고, 일어난 일이 바로 역사이니, 자세한 것을 잊은 당사자들에게 역사를 이야기해주는 것은 나의 책임이다.

그날 너는 밭에까지 와서 땅바닥에 누워버렸다. 쟁기질을 맡은 이들은 다들 동네에서 경험 많은 사람들이었고, 다들 옛날에 너 혼자서 쟁기를 끌고 나는 듯이 달리면 쟁기 보습이 지나가며 흙이 파도처럼 뒤집히던 것을 직접 눈으로 똑똑히 본 사람들이었다. 그런데 네가 땅에 벌렁 누워 파업을 하니, 다들 이상하고 의아해했다. 이 소가 왜 이러지? 그날 우리 아버지도 밭에 나와 일을 하고 있었다. 아버지는 소가 없어서 큰 곡괭이로 가늘고 긴 1무 6푼의 땅을 파고 있었다. 아버지는 허리를 굽힌 채 한번도 한눈을 팔지 않고 온 정신을 쏟아 차근차근 곡괭이질을 하고 있었다. 누가 말했다. "저 소가 옛날 생각을 하는가 보군. 남검하고 개인농을 하던 때 말이야."

금룡이 뒤로 몇걸음 물러나더니 어깨에 걸치고 있던 채찍으로 소를 내려쳤다. 채찍이 원을 그리며 소의 등짝을 사납게 후려쳤다. 네 등에 하얀 채찍 자국이 났다. 너는 그때 한창때로, 가죽이 말할 수 없이 튼튼하고 탄력이 있어서 매를 견뎠다. 늙어 몸이 약한 소나 골격이 채 발달하지 않은 어린 소였다면 금룡의 채찍질에 살갗이 진즉 떨어져나갔을 것이다.

금룡은 능력있는 인물이어서 무슨 일을 해도 남보다 잘했다. 4미터나 되는 채찍을 능숙하게 다룰 수 있는 사람은 동네에서도 손꼽을 정도였는데, 금룡은 손에 쥐자마자 익숙하게 다루었다. 채찍이 너의 몸을 후려칠 때 무거운 소리가 주위 들판에 울려퍼졌다. 나는 우리 아버지가 분명 금룡이 너를 채찍질하는 소리를 들었을 것이라고 생각했다. 하지만 아버지는 허리를 굽히고 고개를 숙인 채 계속 곡괭이질만 했다. 나는 아버지가 너를 얼마나 끔찍이 생각하는지 안다. 네가 이렇게 채찍질당하는 것이 속으로 더없이 견디기 힘들었을 터이지만 그저 곡괭이질만 할 뿐, 달려와서 너를 지켜주지 않았다. 우리 아버지도 그 잔인한 채찍질을 당하고 있었으리라.

금룡이 연달아 스무 번이나 채찍을 내려쳤다. 지쳐서 숨을 헉헉거리고 이마에 땀이 맺혔다. 그런데도 너는 여전히 땅바닥에 누워 턱은 땅에 대고 두 눈은 감은 채 굵은 눈물을 뚝뚝 떨구었다. 눈물 때문에 얼굴의 털색깔이 더 짙어 보였다. 너는 미동도 않고 한마디 소리도 지르지 않았다. 피부의 경련으로 네가 아직 살아 있다는 것을 알았지, 그러지 않으면 네가 죽었다는 것을 아무도 의심하지 않았을 것이다. 형이 욕을 뱉으며 네 앞으로 와서는 네 볼에 발길질을 하며 말했다.

"얼른 안 일어나! 얼른!"

너는 눈을 꼭 감은 채 꿈쩍도 하지 않았다. 금룡이 사납게 소리를 지르면서 두 발로 번갈아가며 네 머리와 얼굴, 입과 배를 걷어찼다. 멀리서 보니 신상 앞에서 덩실덩실 춤을 추는 박수무당 같았다. 너는 그가 발길질을 하도록 내버려둔 채, 조금도 꿈쩍하지 않았다. 그가 미친 듯이 너를 차는 동안 네 곁에서 몽골산 어미소, 그러니까 너의 어머니가 온몸을 덜덜 떨었고 굽은 꼬리가 딱딱해져서 얼어붙은 뱀 같았다. 우리 아버지는 자기 땅에서 힘을 쓰면서 더 속도를 내 두꺼운 대지의 흙을 팠다.

소꾼들이 한바퀴 쟁기질을 하고 돌아왔다. 금룡의 소가 아직도 바닥에 누워 있는 것을 보고는 다들 이상한 생각이 들어 주위에 모여들었다. 마음씨 착한 부농 오원이 말했다.

"이 소, 무슨 병난 것 아니야?"

시종 진보적인 인물인 척 행세를 해온 전귀가 말했다. "이렇게 살이 찐데다 윤기도 자르르 흐르고 작년에는 남검하고 쟁기질만 잘하더니, 올해는 죽은 시늉을 하네. 이 소, 이거 인민공사에 반대하는 거라고."

홍태악이 땅만 파고 있는 우리 아버지를 바라보고는 차갑게 말했다. "완전히 그 주인에 그 소구먼. 주인을 꼭 빼닮았어!"

"패라고, 계속 패도 이러는지 한번 보자고." 배신자 장대장이 제안을 하자 사람들이 다들 찬성했다.

그래서 일고여덟 명의 일꾼이 둥그렇게 원을 그리고 서서 다들 어깨에서 채찍을 내렸다. 채찍이 그들 뒤에 길게 놓였고 손잡이를 꽉 쥐었다. 막 채찍질을 하려고 할 때 몽골산 어미소가 담장 무너지듯이 풀썩 주저앉아버렸다. 하지만 이내 다시 네 발로 땅을 차면서 일어섰다. 온몸을 덜덜 떨었고 눈빛은 주눅들고 굽은 꼬리를 두 다리 사이에 단단히 사렸다. 사람들이 웃음을 터뜨렸고, 누군가가 말했다.

"보라고, 아직 때리지도 않았는데 저놈이 놀라 자빠졌구먼."

우리 형 금룡이 몽골산 어미소를 풀어 한쪽으로 끌고 갔다. 그 어미소는 대사면이라도 받은 듯했다. 한쪽에 서서 계속 떨긴 했지만 눈빛은 한결 편안해졌다.

서문소야, 너는 그래도 조용히 누워 있었다. 모래톱처럼. 소꾼들이 위치를 잡고 한사람 한사람씩 시합하듯이, 재주를 겨루듯이, 긴 채찍을 휘두르며 너를 때렸다. 채찍질이 꼬리를 물고 채찍소리가 꼬리를 물었다. 소의 몸에 채찍 자국이 이리저리 뒤엉키고 핏자국이 나기 시작했다. 채찍 끝에 피가 묻고, 때리는 소리는 갈수록 가벼워지고, 때리는 힘은 갈수록 사나워졌다. 너의 등줄기와 복부는 도마에서 살을 도려내듯이 피와 살로 범벅이 되었다.

그들이 너를 때리자 내 눈에서도 눈물이 났다. 나는 울부짖고 애걸했다. 달려들어 너를 구하고 싶고 너의 등에 엎드려 고통을 나누고 싶었지만, 구경하러 나온 사람들이 내 양 어깨를 꼭 붙잡고 있었고, 내가 발로 차고 이로 물어뜯어도 나를 놓아주지 않았다. 유혈이 낭자한 비극을 구경하려는 것이었다. 그토록 선량한 아저씨들과 할아버지들, 형들과 아주머니들, 저 아이들의 마음이 왜 그토록 돌덩이로 변했는지, 나는 도무지 알 수가 없었다.

그들은 때리다 지쳐서 얼얼해진 손목을 비비면서 소에게 다가가 살폈다. 죽었어? 안 죽었어. 너는 눈을 꼭 감은 채였고, 채찍으로 찢겨 터진 볼에서 피가 흘러나와 흙을 적셨다. 네가 씩씩거리며 숨을 쉬었고 입을 흙 속에 파묻었다. 너의 복부가 심하게 떨렸다. 해산을 앞둔 어미소 같았다.

너를 때리던 그들도 이렇게 강인한 소는 본 적이 없어 내심 탄복하고 있었다. 그들 표정이 다소 부자연스러웠고 부끄러운 기색도 보였다. 차라리 격렬하게 반항하는 소였더라면 마음이 편했을 것이다. 하지만 그들은 소가 고분고분하자 속으로 이상한 생각이 들었다. 이거 소 맞아? 신이나 부처님 아니야? 이렇게 고통을 참는 게 잘못을 저지르는 사람들을 깨우치려는 것 아냐. 다른 사람들에게 폭행을 가하지 말라고, 하물며 소에게도 그러지 말라고, 자기가 하고 싶지 않은 일을 남에게 강요하지 말라고, 소에게도 그러지 말라고 깨우쳐주려고 말이야.

소를 때리던 사람들이 측은한 마음이 들었는지 그만하라고 금룡을 말렸다. 하지만 금룡은 포기하지 않았다. 성격이 소와 비슷한 면이 있어서 독한 불길이 가슴에서 타올라 그의 눈을 불태우고 오장육부를 뒤틀리게 했다. 입이 일그러지고 독한 냄새를 내뿜으며 몸을 바르르 떨고, 걸음은 비틀거리는 것이 술취한 사람 같았다. 그는 술취한 사람이 아니라 이성을 상실한 사람이었고 사악한 마귀가 그를 지배하고 있었다. 소가 죽어도 일어나지 않는 것으로 자기의 의지를 증명하고 자기의 존엄을 지키려고 하듯이, 금룡은 모든 대가를 치르고 모든 수단을 써서라도 소를 움직이게 만들어서 자기 의지를 증명하고 자기의 존엄을 지키려고 했다. 이것은 원수가 외나무다리에서 만난 것이 아니라 고집불통이 더 센 고집불통을 만난 것이었다. 금룡형은 몽골산 어미소를 서문소 앞으로 끌고 와 막 뚫은 서문소 코뚜레의 끈을 몽골소의 마구에 묶었다. 맙소사, 형은 소의 힘으로 서문소의 코를 끌어당기려는 것이었다. 소의 몸에서 가장 약한 부분이 코이고 사람들이 소를 부릴 수 있는 것도 코를 뚫어 채운 코뚜레 때문이라는 것은 누구나 아는 사실이다. 아무리 사나운 소라도 일단 코를 제압당하면 순식간에 고분고분해지게 마련이다. 서문소야, 어서 일어나라. 다른 소라면 어림도 없을 만큼 충분히 견디었으니, 이제 그만 일어나라. 그래도 너의 빛나는 이름에 누가 되지 않을 것이다. 하지만 그래도 너는 일어나지 않았다. 나도 네가 일어나지 않으리라는 것을 알았다. 네가 일어났다면 너는 서문소가 아니다.

우리 형이 온몸을 파르르 떨고 있는 몽골소의 엉덩이를 발로 걷어차자 소가 허리를 비틀며 앞으로 튕겨나갔다. 줄이 팽팽해지고 당연히 코뚜레도 조여졌다. 헛, 너의 코를 어쩔거나. 서문소야! 금룡, 너 이 천리를 배반한 악마야, 어서 우리 소를 풀어주어라. 나는 몸부림을 쳤다. 하지만 나를 붙잡고 있는 사람들이 다들 차가운 돌덩이 인간이 된 것 같았다. 서문소의 코가 길게 늘어나서 마치 회백색의 고무 같았다. 나의 촉촉한, 옅은 보라색의 거여목 꽃잎 같은 서문소의 코여, 곧 찢어지겠구나. 몽골 소야, 너 뒤로 물러나라. 대들어라. 땅에 누워 있는 서문소가 네 친아들이라는 것을 모른단 말이냐? 금룡의 패악질을 그만 도와줘라, 대들어라, 너의 날카로운 두 뿔로 금룡의 가슴을 들이받으면 이 만행을 멈추게 할 수 있느니라. 하지만 그 몽골산 어미소는, 그 속없는 축생은 금룡이 때리자 온힘을 다해 앞으로 치고 나갔다. 서문소의 머리가 들렸지만 그의 몸은 여전히 그대로였다. 그의 두 앞발이 굽혀지는 것이 보였다. 하지만 그것은 내 착각이었다. 너는 일어날 생각이 없었다. 너의 코에서 애기울음 같은 소리가 났다. 그 소리가 내 가슴을 찢어지게 했다. 오호라, 서문소야. 조금 뒤 퍽 소리와 함께 서문소의 코 가운데에 구멍이 뻥 뚫렸다. 들려 있던 소머리가 무겁게 땅에 처

368

박혔다. 몽골 소가 앞으로 튕겨나가 넘어졌지만 바로 일어났다.

서문금룡아, 너 이제 그만해라! 하지만 그는 포기하지 않았다. 완전히 미쳐 있었다. 부상을 입은 이리 같은 울음소리를 내며 도랑을 건너 옥수숫대 몇더미를 지고 와서는 소의 엉덩이 쪽에 쌓았다. 이 독종아, 소를 태우려는 것이냐? 그랬다. 그는 소를 태우려고 했다. 그가 불을 붙이자 흰 연기가 솟아오르며 맑은 냄새가 났다. 옥수숫대가 타는 특유의 냄새였다. 사람들이 숨을 멈추고 눈을 크게 떴다. 하지만 아무도 그 악독한 짓을 말리는 사람이 없었다. 오호라, 서문소야. 오호라, 불에 타죽을지언정 인민공사를 위해 쟁기질을 하지 않겠다고 일어서지 않는 서문소야. 나는 보았다. 우리 아버지가 곡괭이를 버리고 땅에 엎드린 채 두 손을 땅에 깊숙이 묻고 얼굴마저 진흙에 파묻은 채 학질 걸린 것처럼 온몸을 부들부들 떨고 있었다. 나는 알았다. 우리 아버지가 소와 함께 똑같은 극형을 견디고 있다는 것을.

소가죽이 불에 타면서 역한 냄새가 사방에 진동하여 역겨웠지만 토하는 사람은 없었다. 서문소야, 너는 흙에 입을 박고 등을 못 박힌 뱀처럼 비튼 채, 탁탁 소리를 냈다. 소에 채워져 있던 굴레의 끈에 불이 붙었다. 공동재산으로 훼손하면 안되는 것이라 누군가 뛰어가 홰나무로 만든 굴레를 소 어깨에서 풀어 한쪽으로 던지고는 발로 밟아서 불을 껐다. 불꽃이 점점 사그라졌지만 하얀 연기는 계속 피어올라

역한 냄새가 사방에 가득하고 하늘의 새들도 멀리 도망을 갔다. 오호라 서문소야, 네 몸의 뒷부분은 이미 차마 눈뜨고 보지 못할 지경으로 타버렸다.

“내 기어이 태워죽이고 말 것이다……” 금룡이 소리를 치며 다시 옥수숫대를 가지러 뛰어갔다. 여전히 아무도 말리지 않았다. 사람들은 금룡이 철저히 악마가 되길 바라고 있었다. 심지어 정치적 각성이 높고 공동재산을 아끼라고 늘 가르쳐오던 홍태악도 수수방관했다. 사실 인민공사에 입사했으니 서문소도 공동의 재산이고, 소는 모두의 가축으로서 중요한 생산수단이니, 소를 죽이는 것은 엄중한 죄행이거늘, 사람들아 왜 그런 죄행을 보기만 하고 막지 않는가?

금룡이 옥수숫대 몇더미를 들고서 넘어지면서 달려왔다. 나의 배다른 형은 벌써 반미치광이였다. 금룡아, 그 소가 네 아버지가 환생한 것임을 알았다면 어떠했을까? 서문소야, 친아들이 그런 잔혹한 방법으로 너를 대할 때, 너는 어떠했느냐? 하아, 망망한 인생대해에서 쌓이고 쌓인 원한과 은혜가 얼마더냐? 그런데 그때 사람들을 놀라게 하는 일이 일어났다. 서문소가 부들부들 떨며 일어선 것이다. 네 어깨에는 굴레도 없었고 코에는 코뚜레도 없었다. 목에는 소줄도 없었다. 너는 인류가 노역시키기 위한 모든 굴레를 완전히 벗어버린 자유의 소로서 우뚝 섰다. 너는 힘겹게 앞으로 걸었다. 사지에 힘이 빠져 몸을 가누지 못한 채 기우뚱거렸다. 찢어진 코에서는 파란 피, 검은 피가 너의 가죽을 타고 땅바닥에 뚝뚝 떨어졌다. 너는 살갗 어디 한곳 성한 데가 없었고, 그렇게 성한 데 하나 없는 소의 몸으로 일어서서 걷는다는 것은 기적이었다. 위대한 신념이 너를 지탱하고 있었다. 네가 걸어가는 것은 정신이 걷는 것이었고 이념이 걷는 것이었다. 구경꾼들은 눈이 똥그래지고 입을 쩍 벌린 채 아무 소리가 없었다. 구름 속에서 날카롭게 우는 종달새 소리가 구슬프고 처량했다. 소가 한걸음 한걸음 아버지에게로 갔다. 소가 인민공사 땅을 벗어나 전 중국 유일의 개인농인 남검의 그 1무 6푼의 땅으로 들어섰다. 그런 뒤 낡은 담장이 무너지듯 쓰러졌다.

서문소는 우리 아버지의 땅에서 죽었다. 그 모습은 문화대혁명의 물결 속에서 정신이 나갔던 사람들의 정신을 번쩍 들게 만들었다. 서문소야, 너의 행동은 전설이 되고 신화가 되었다. 네가 죽은 뒤 몇사람이 네 고기를 먹으려고 했다. 하지만 그들이 칼을 들고 다가서다가 두 눈에서 피눈물이 흘러내리고 입이 온통 흙투성이인 우리 아버지를 보고는 슬그머니 꽁무니를 뺐다.

우리 아버지는 너를 자기 땅 한가운데에 묻고 커다랗게 봉분을 만들었다. 이것이 바로 오늘날 고밀 동북향에서 제일가는 구경거리인 '의로운 소의 무덤〔義牛之塚〕'이다.

소로서 너는 백세에 길이길이 이름을 날릴 것이다.

제3부

돼지가 즐겁게 뛰놀다

제21장

다시 억울해 소리치며 염라대왕전에 오르고
다시 속아서 돼지로 우리에 떨어지다

소의 껍질을 벗어던진 내 불굴의 영혼은 남검의 그 1무 6푼의 땅 허공을 맴돌았다. 소로 산 한평생도 그렇게 더없이 비장했다. 나귀로 환생하여 살고 나면, 원래는 염라대왕이 사람으로 환생시켜주겠다고 하더니만 결국은 뱀꼬리 몽골 암소의 산도에서 소로 태어난 것이었다. 그래서 내가 염라대왕을 찾아가 나를 가지고 장난하는 거냐고 따지기도 했다. 나는 오랫동안 남검의 땅 상공을 배회하면서 차마 떠나지 못했다. 내 피와 살이 뒤범벅된 소의 몸이 보이고, 소의 머리에 엎드려 통곡하는 남검의 머리가 보이고, 건장한 체격의 아들 금룡의 넋놓은 표정이 보이고, 나의 첩 영춘이 낳은 꼬마 남검이 보이고, 그의 친구인 막언의 콧물 눈물투성이인 꼬질꼬질한 얼굴이 보이고, 예전에 알고 지냈던 많은 사람들의 얼굴이 보였다. 소의 몸에서 영혼이 떨어져나가자 소의 기억이 점점 사라지고 서문뇨의 기억이 다시 살아났다. 나는 원래 착한 사람이었는데 억울하게 총살을 당했다. 염라대왕도 내가 좋은 사람인데 총살당했다는 것을 마지못해 인정했지만, 그 착오는 돌이킬 수 없다고 했다. 염라대왕이 내게 차갑게 물었다.

"그래, 잘못되었다. 말해보아라. 어떻게 하면 좋겠느냐? 난 너를 다시 서문뇨로 살려줄 권한이 없다. 너도 두 번 윤회를 해보았으니 잘 알 것이다. 서문뇨의 시대는 이미 끝났다. 서문뇨의 자식들도 벌써 커서 어른이 되었고, 서문뇨의 시체는 진즉 썩어서 흙이 되었고, 서문뇨의 조서도 진즉 불에 타 재가 되었고, 묵은 빚은 다 청산되었다. 그런데도 너는 왜 그렇게 불쾌한 과거의 일에 집착한 채 행복한 삶을 누리지 못하느냐?"

"대왕마마." 나는 염라대왕전의 차가운 대리석 바닥에 무릎을 꿇고 괴로워하며 말했다. "전하, 저도 과거를 잊고 싶지만 잊을 수가 없습니다. 그 침통한 기억이 뼈에 사무쳐 고질병처럼 저를 죽도록 괴롭혀 제가 나귀가 되어서도 서문뇨의 한이 떠오르고 소가 되어서도 서문뇨의 억울함을 잊을 수가 없었습니다. 그 해묵은 기억이 저를 괴롭혀 힘듭니다, 전하."

"몽한약(蒙汗藥)보다 효과가 천배는 강한 맹파(孟婆)의 망혼탕(忘魂湯, 지옥에서 전생의 기억을 잊기 위해 맹파정에서 마시는 탕—옮긴이)도 너한테는 효과가 없었다는 거냐?" 염라대왕이 궁금한 듯 물었다. "너 그 탕을 마시지 않고 망향대에 그냥 버린 것 아니냐?"

"전하, 솔직히 말해, 나귀가 될 때는 그 노파의 탕을 마시지 않았습니다. 하지만 소가 될 때는 그 두 저승사자가 제 코를 막고 억지로 먹이고는 토할까봐 헝겊으로 입을 틀어막았습니다."

"거참 이상하도다." 염라대왕이 옆에 서 있는 명관에게 말했다. "맹파도 가짜를 만든단 말이냐?"

명관이 고개를 흔들며 염라대왕의 짐작을 부정했다.

"서문뇨, 너 분명히 알아라. 내 너한테 참을 만큼 참았다. 모든 귀신들이 다 너처럼 귀찮게 굴면 이 염라대왕전이 엉망이 되고 말 것이다. 네가 전생에 선행을 많이 하고 나귀와 소가 되었을 때 고생을 많이 해서, 이 염라전이 특별히 법에도 없는 은전을 베풀어 너를 머나먼 나라에 가서 태어나게 할 것이다. 그곳은 사회적으로 안정되고 백성들도 풍족하고 산수도 수려한데다 사시사철이 봄 같다. 네 부친은 서른여섯살로, 그 나라에서 가장 젊은 시장이고 네 모친은 상냥하고 아름다운 가수로 여러 차례 국제적인 상을 타기도 했다. 네가 그들의 독자로 태어나 보배 대접을 받을 것이다. 너의 부친은 관운이 형통하니 마흔여덟살에는 성장(省長)이 될 것이다. 네 모친은 중년 후에 예술을 그만두고 사업에 나서 유명한 화장품회사의 사장이 될 것이다. 네 부친의 차는 아우디이고 네 어머니의 차는 BMW이고, 네 차는 벤츠다. 넌 평생을 누려도 끝이 없는 부귀영화와 멋진 사랑을 누리면서 지난 몇차례 윤회에서 당한 고통과 억울함을 씻을 수 있을 것이다." 염라대왕이 손으로 탁자를 치다가 잠시 멈추고는 대전의 까만 천장을 아득히 바라보더니 의미심장하게 말했다. "그리하면, 너도 만족하겠지?"

하지만 염라대왕은 또다시 나를 가지고 놀았다.

이번에는 대청을 나서자마자 그들이 까만 천으로 내 눈을 가렸다. 망향대에 서니 지옥의 비린내가 진동하는 음산한 바람이 곁에서 서늘하게 불었다. 그 노파가 쉰 목소리로 자기의 교활한 모습을 내가 염라대왕에게 일러바쳤다고 욕을 퍼부었다. 그 여자가 딱딱한 까만 국자로 내 머리를 툭툭 치더니, 내 귀를 잡고서 입에다 한국자씩 탕을 떠넣었다. 그 탕 맛이 괴이해서 박쥐똥에 후추를 넣어 달인 것 같았다. "이 멍청한 돼지새끼야, 먹고 죽어라. 감히 내 탕을 가짜라고 해! 먹고 뒈져라, 이것 마시고 네놈 기억이 뒈지고, 네놈 전생도 뒈지고, 시궁창 물맛하고 똥물 맛만 기억해라, 이 썩을놈아!" 이 쭈그렁 노파가 나를 괴롭히고 있을 때, 나를 압송하러 온 저승사자들은 내 어깨를 꼭 누른 채 고소하다는 듯이 그저 비웃고만 있었다.

넘어지고 엎어지면서 그 누각을 내려오자 저승사자들이 내 옆구리를 끼고 땅에 발도 닿지 않을 정도로 빠르게 달렸다. 하늘로 솟구쳐서 나는 것 같았다. 뭔가 보드라운 것이 발에 밟혔는데 구름을 밟는 것 같았다. 몇번이나 입을 열어 물어보려고 했지만 그때마다 털이 수북한 발톱처럼 생긴 손이 역겨운 냄새가 나는 환약을 내 입에 틀어넣었다. 갑자기 시큼한 냄새가 훅 끼쳐왔다. 오래 묵은 술지게미 같기도 하고 발효한 콩깻묵 같기도 했다. 바로 서문촌 인민공사 대대 양돈장에서 나는 냄새였다. 맙소사! 소였을 때의 기억이 아직 남아 있는데, 설마 또 소란 말인가. 앞서 염라대왕전에서 일어난 일들이 다 꿈이란 말인가? 나는 악몽에서 벗어나려고 죽어라 몸부림쳤고 입에서는 쭛쭛 소리를 냈다. 내가 내 목소리에 깜짝 놀라 눈을 비비고 보니, 주위에 십여개 고깃덩어리들이 꾸물거리는 게 눈에 들어왔다. 고깃덩어리 중에는 까만 것도 있고 하얀 것도 있고 누런 것도 있고 흑백으로 얼룩진 것도 있었다. 고깃덩어리 앞에는 하얀 어미돼지가 누워 있었다. 너무도 귀에 익은 여자 목소리가 기뻐 소리치는 것이 들렸다.

"열여섯번째야, 세상에, 우리 늙은 암퇘지가 한꺼번에 열여섯 마리나 낳다니!"

나는 애써 눈을 껌뻑이면서 눈속의 끈적거리는 액체를 밀어내려 했다. 그때 나는 아직 내 모습을 보지 못했지만 내가 돼지로 환생했고 내 앞에서 덜덜 떨고 꿈틀거리면서 찌찌 소리를 지르는 녀석들이 내 형제자매들이라는 것을 알았고 그들 모습으로써 내 모습을 짐작했다. 속에서 분노의 불길이 솟구쳤다. 교활한 염라대왕 늙은이가 또다시 나를 속인 것에 분통이 터졌다. 나는 돼지가, 이 더러운 축생이 질색이었다. 차라리 나귀나 소로 다시 태어날지언정, 똥에서 나뒹구는 돼지는 질색이었다. 나는 단식을 해서 굶어죽을 작정이었다. 한시라도 빨리 명부로 염라대왕을 찾아가 결판을 내고 말리라.

찌는 듯한 날이었다. 양돈장 주위의 나뭇잎들이 토실토실 살이 오르고 해바라기는 아직 꽃이 피지 않은 걸로 봐서 음력 6월의 어느날인 듯싶었다. 양돈장에 파리가 들끓고 축사 위에는 왕잠자리떼가 맴돌았다. 내 사지에 빠르게 힘이 돌고 눈의 시력이 빠른 속도로 좋아지는 것이 느껴졌다. 새끼를 받고 있는 두 사람이 눈에 들어왔다. 하나는 황동의 큰딸 호조였고, 하나는 내 아들 서문금룡이었다. 눈에 익은 아들 얼굴을 보자 온몸의 살가죽이 당기고 머릿가죽이 부풀어오르며 아팠다. 거대한 사람의 몸이, 날뛰는 영혼이 이 작은 돼지 몸에 갇혀 있는 느낌이었다. 분해 죽을 지경이었다. 고통스러워 죽을 지경이었다. 나를 좀 석방해줘라, 나를 좀 풀어줘라, 이 더럽고 짜증나는 돼지 몸을 찢고 부수고 내 원래 서문뇨의 당당한 사나이의 모습으로 회복시켜줘라. 하지만 죄다 불가능했다. 나는 죽을힘을 다해 몸부림쳤지만 황호조가 나를 한손으로 쓱 들어올려버렸다. 그녀는 손으로 내 귀를 어루만지며 말했다.

"금룡, 이 새끼돼지는 안되겠는데."

"그냥 내버려둬. 어미돼지 젖도 모자라는데 몇마리 죽으면 차라리 잘됐지 뭐." 금룡이 쌀쌀맞게 말했다.

"안돼, 하나도 죽이면 안돼." 황호조가 나를 땅에 내려놓더니 부드러운 붉은 천으로 몸을 닦았다. 그녀의 손놀림이 부드러워 편안했다. 그 바람에 나도 모르게 쿵쿵거리면서, 빌어먹을 돼지소리를 냈다.

"낳았어? 몇마리야?" 쩌렁쩌렁한 목소리가 돈사 밖에서 울렸다. 이 귀에 익은 소리에 나는 절망적으로 눈을 감았다. 홍태악의 소리였다. 게다가 그의 목소리에서 이자가 원래의 자기 자리를 되찾았다는 것을 알 수 있었다. 염라대왕이시여, 염라대왕이시여, 현란한 입으로 이국땅 관리집안 귀공자로 태어나게 해준다더니 나를 서문촌의 돼지우리에 처넣어 돼지새끼 노릇을 하게 하다니요! 이것은 100퍼센트 사기고 음모고 파렴치하고 사악한 짓이옵니다! 나는 힘을 다해 몸부림치면서 황호조 손에서 벗어나 땅에 떨어졌다. 내 비명소리를 들으며 나는 정신을 잃었다.

정신이 돌아왔을 때, 나는 널찍한 조롱박잎에 누워 있었다. 내 위로 살구나무의 무성한 잎이 강렬한 햇볕을 가리고 있었다. 알코올 냄새가 나고, 주위에 투명한 앰플이 널려 있었다. 귀도 아프고 엉덩이도 아팠다. 그들이 나를 구해주었다는 것을 알았다. 나를 죽지 못하게 한 것이다. 머리에 갑자기 예쁜 얼굴이 떠올랐다. 내게 주사를 놓아준 것도 분명 그녀다. 그렇다, 내 딸 서문보봉이었다. 원래는 인술을 배웠지만 자주 가축을 치료하곤 했다. 엷은 파란색 격자무늬가 새겨진 반소매셔츠를 입고 얼굴은 창백하고 눈길이 우울한 것이 생각이 복잡한 듯 보였는데, 그녀의 표정은 늘 이러했다. 그녀가 차가운 손가락을 펴서 내 귀를 만지면서 곁에 있는 사람에게 말했다.

"괜찮아요, 우리에 넣고 젖을 먹여도 돼요."

그때, 홍태악이 다가왔다. 우락부락한 손으로 내 비단 같은 부드러운 털을 만지면서 말했다.

"보봉, 돼지나 보고 있다고 자존심 상해하지 마라."

"서기님, 전 그렇게 생각한 적 없습니다." 보봉이 약상자를 챙기며 무심히 말했다. "저한테는 가축이나 사람이나 다 같아요."

"그렇게 생각한다니 다행이군." 홍태악이 말했다. "모주석이 돼지를 잘 사육하라고 하셨으니 돼지사육을 잘하는 것이 곧 정치이고 돼지를 잘 기르는 것이 모주석에게 충성하는 것이야. 금룡, 호조, 알아들었어?"

황호조는 연방 '네, 네' 대답을 하고 금룡은 감나무가지에 어깨를 기대고 고개를 갸웃한 채 한갑에 9푼 하는 싸구려 담배를 물고 있었다.

"금룡, 지금 너한테 묻고 있는 거야!" 홍태악이 불쾌한 듯이 말했다.

"지금 듣고 있잖아요?" 금룡이 고개를 돌린 채 말했다. "제가 돼지사육에 관한 모주석의 최고 지시를 하나하나 외워드려야 시원하시겠어요?"

"금룡." 홍태악이 내 등줄기를 쓰다듬으며 말했다. "나도 알아. 네 속이 편치 않다는 것을 말이야. 하지만 알아둘게 있어. 태평(太平)촌에 사는 이인순(李仁順, 리런슌)은 모주석 사진이 있는 신문지로 생선을 쌌다가 팔년 형을 받아서 지금도 농장에서 노동개조를 받고 있어. 네가 저지른 짓은 그 사람보다 훨씬 심해."

"난 일부러 그런 게 아니라고요. 그와는 성격이 다르다니까요."

"일부러 그랬으면 넌 총살감이야!" 홍태악이 화를 내며 말했다. "내가 왜 너를 감싸주는지 알아?" 홍태악이 황호조를 한번 보더니 말했다. "호조 때문이고, 네 어머니 때문이야. 내 앞에 무릎을 꿇고 간청했어! 물론 가장 중요한 것은 내가 너를 어떻게 보느냐는 거지. 넌 혈통은 좋지 않아도 어려서부터 붉은 깃발 아래 자랐고 문혁 전부터 우리가 육성하려는 대상이었어. 네가 중학생인데다 배운 것도 있고, 우리가 혁명을 밀고 나가려면 배운 사람들이 필요하거든. 그러니 돼지 키우는 것을 자존심 상해하지 말라고. 지금 정세에 돼지사육은 가장 영광스럽고 가장 힘든 자리이고, 너에게 이 일을 맡긴 것은 당이 너를 검증하는 것이자 모주석의 혁명노선이 너를 검증하는 것이니까 말이야."

금룡이 담배꽁초를 버리고 몸을 똑바로 세우더니 고개를 숙인 채 홍태악의 훈시를 들었다.

"너희는 운이 정말 좋아. 참, 무산계급은 운을 이야기하는 것이 아니라 정세를 말하지." 홍태악이 내 배를 잡고 들어올리며 말했다. "우리 마을의 돼지가 한번에 새끼를 열여섯 마리나 낳았으니 말이야. 전체 현과 성을 통틀어도 드문 일이라고. 현에서 지금 양돈 모범마을을 찾는 중이야." 홍태악이 목소리를 낮추더니 은밀하게 말했다. "모범마을 말이야, 알겠어? 모범이 뭔 줄 알아? 대채(大寨)는 계단식밭을 만들어 모범마을이 되었고, 대경(大慶)은 석유로 모범마을이 되었고, 하정(下丁)은 과수재배로 모범마을이 되었고, 서가채(徐家寨)는 노인들 춤으로 모범마을이 되었어. 우리 서문촌이 양돈으로 모범마을이 되지 말란 법이 없다고. 남금룡네가 몇년 전에 혁명모범극을 공연하고 강제로 해방이하고 네 아버지를 인민공사에 넣으려 한 것도 다 모범마을을 만들고 싶어서 아니었어?"

금룡이 고개를 들었다. 눈에서 흥분의 광채가 나고 있었다. 나는 이애의 성격을 안다. 그 잘 돌아가는 머리가 돌기 시작하면 기기묘묘한 아이디어들이 꼬리에 꼬리를 물어 지금 보기에는 황당무계하지만 당시에는 갈채를 받을 것들을 쏟아낸다는 것을 알고 있었다.

"난 이제 늙었어." 홍태악이 말했다. "이번에 내가 다시 자리를 맡은 것은 그저 마을 일을 수습하기 위해서이고, 혁명대중들과 상급의 신임을 저버릴 수 없어서야. 하지만 너희는 달라. 젊고 앞길도 창창해. 열심히하라고. 좋은 실적을 내면 그 결과는 다 너희 것이고, 문제가 생기면 내가 책임질 테니까.” 홍태악이 살구나무숲 쪽에서 땅을 파고 담을 쌓고 있는 사원들을 가리키며 말했다. “한 달 안에 이백 칸짜리 별장식 돼지우리를 지을 거야. 일인당 다섯 마리라는 목표를 기어이 달성할 거라고. 돼지가 늘면 거름이 늘고 거름이 늘면 양식이 늘어 마음에 여유가 생기고, 그렇게 되면 모주석 말대로 동굴을 깊이 파 양식을 비축해두면서도 패권주의로 나아가지 않고 세계혁명을 지원하는 거야. 돼지 한마리 한마리가 모두 제국주의자들과 수정주의자들을 날려버릴 포탄이고, 저 늙은 암돼지는 실제로 제국주의와 수정주의에 반격을 가하는 항공모함이야. 이제 너희 젊은 사람들을 이 일에 배치한 깊은 뜻을 잘 알겠지?”

나는 홍태악의 호언장담을 들으면서 눈으로는 금룡을 주시하고 있었다. 몇차례 환생을 겪자 나와 그 사이의 부자관계는 점점 엷어져서 이제는 그저 기억에 불과했고, 족보에나 남은 희미한 흔적일 뿐이었다. 홍태악의 준엄한 일장연설이 금룡의 머리를 자극하고 뜨거운 피를 끓게 하고 주먹을 불끈 쥐게 했다. 그가 손을 비비며 홍태악에게 걸어갔다. 볼 근육이 습관적으로 씰룩거리고 얇고 큰 두 귓불이 떨리고 있었다. 나는 이것이 그가 큰일을 벌이려는 징조임을 알고 있었다. 하지만 이번에는 큰일을 벌이지 않았다 —인생의 쓴맛을 본 뒤 성숙해진 것이리라— 그가 홍태악의 손에서 나를 건네받아 품에 꼭 안았다. 그의 심장이 미친 듯이 쿵쾅거리는 것이 바로 느껴졌다. 그가 고개를 숙이더니 내 귀에 입을 맞추었다—이 입맞춤은 훗날 금룡이 돼지사육 영웅이 된 뒤 영웅의 행적을 다룬 기록에서 중요하게 부각된다. 막 태어나 숨이 끊어진 새끼돼지를 남금룡이 입으로 인공호흡을 해서 꿀꿀거리며 다시 살아났고, 남금룡은 인공호흡을 하느라 힘이 빠져 돈사에 쓰러졌다는 것이다—금룡이 강철 같은 어조로 말했다.

"홍서기님, 이제부터 수돼지는 제 아버지이고, 암돼지는 제 어머니입니다!"

"암, 그래야지!" 홍태악이 기뻐하며 말했다. "우리한테 지금 필요한 것은 바로 집단농장의 돼지를 어머니 아버지처럼 받드는 청년이야!"

제22장

열여섯번째 돼지는 어미돼지의 젖을 독차지하고
백행이는 영광스러운 돼지사육사가 되다

열광에 빠져 있는 인간들이 돼지에게 제아무리 찬란한
의미를 부여해도 돼지는 어쨌거나 돼지다. 그들이 내게 아
무리 넘치는 사랑을 베풀어도 나는 기어이 단식으로 돼지로
서의 이번 생을 끝낼 것이다. 염라대왕을 만나 대전을 뒤집
어버리고 기어이 사람이 될 권리를 쟁취할 것이고 번듯하게
다시 태어날 것이다.

그들이 나를 안아 우리로 돌려보낼 때, 늙은 어미돼지는
풀에 사지를 쭉 뻗고 누워 있었고 배에는 새끼들이 빽빽이
달라붙어 있었다. 새끼들이 젖꼭지를 물고 미친 듯이 빨아
대며 쪽쪽 소리를 내고 있었다. 어미 젖꼭지를 차지하지 못
한 새끼들은 다급하게 소리를 지르며 죽을힘을 다해 돼지들

틈을 파고들었다. 성공한 녀석이 있는가 하면 어떤 녀석은 밀려나고 어떤 녀석은 어미 배에 올라가 발을 구르며 소리를 질렀다. 눈을 감고 끙끙거리는 어미돼지가 불쌍하기도 하고 밉기도 했다.

금룡이 나를 호조 손에 넘겨주고는 허리를 굽혀 젖을 먹고 있는 새끼 한마리를 끌어냈다. 그 녀석이 어미 젖꼭지를 고무줄처럼 물고늘어졌다. 젖꼭지 하나가 비자 다른 녀석이 얼른 자기 입에 물었다.

금룡이 젖꼭지를 물고 놓지 않는 녀석들을 하나하나 떼어내서 우리 바깥으로 내보냈다—녀석들은 밖에서 울고불고하면서 아직 말문이 제대로 트이지 않은 채 사람에게 욕을 해댔다—어미돼지의 배에는 이제 열 마리만 남았고, 젖꼭지 둘이 비었다. 얼마나 빨아댔는지 빨갛게 부어올라서 그 모습이 역겨웠다. 금룡이 나를 호조 품에서 건네받아 어미돼지 배 앞에 내려놓았다. 나는 눈을 꼭 감았다. 나를 부끄럽게 만드는 내 형제자매들이 지르는 소리가 내 위장을 자극하여 토할 것 같았지만, 나올 것이 없었다. 내가 말하지 않았나. 죽을 것이라고. 나는 저 더러운 돼지젖을 절대로 입에 넣지 않을 것이다. 나는 안다. 저 축생의 젖꼭지를 무는 순간 사람의 속성을 잃어버릴 것이고 돌이킬 수 없는 축생의 심연으로 빠져들어갈 것이다. 어미돼지의 젖꼭지를 무는 순간, 나는 축생의 습성에 사로잡혀 돼지의 품성과 돼지의 기호, 돼지의 욕망이 내 혈액을 타고 흘러들어와 사람의 기억을 희미하게 가진 돼지가 되고, 이 더럽고 치욕스러운 윤회를 완성하게 될 것이다.

"먹어, 어서 먹어!" 금룡이 내 몸을 밀며 내 입술에 커다란 젖꼭지를 대주었고, 내 부끄러운 형제자매들이 젖을 먹으며 흘린 점액질이 입술에 닿아 속을 뒤집었다. 나는 입을 꼭 다물고, 이를 꼭 깨물고, 젖꼭지의 유혹에 저항했다.

"이런 멍청한 돼지 같으니라고. 젖꼭지가 입가에 있는데도 입을 열 줄 모르네." 금룡이 욕을 하며 내 엉덩이를 손바닥으로 톡톡 때렸다.

"그렇게 막 다루지 마!" 호조가 말했다. 금룡을 한쪽으로 밀어내며 나를 넘겨받아 가볍게 내 배를 긁어주었다. 얼마나 편한지, 나는 끙끙 소리를 냈다. 소리를 내지 않으려고 했지만 절로 나왔다. 돼지소리가 났지만 그리 귀에 거슬리지 않았다. 호조가 속닥속닥 내게 말했다. "아가, 새끼가 열여섯 마리나 된단다. 바보야, 엄마젖이 얼마나 맛있는지 모르지. 한번 먹어봐, 어서, 먹어봐. 젖을 안 먹으면 어떻게 크려고 그래." 그녀가 속삭이는 소리를 듣고서야 내가 태어난 돼지 가운데 열여섯번째라는 것을 알았다. 내가 어미 뱃속에서 마지막으로 나온 것이다. 범상치 않은 일들을 겪었고 이승과 저승을 꿰뚫고 사람과 축생의 세계를 넘나드는 지혜를 지녔지만, 사람들 눈에 나는 그저 한마리 돼지일 뿐이었다. 이 얼마나 서글픈 일인가. 하지만 더 서글픈 일은 뒤에 일어났다.

호조가 어미돼지의 젖꼭지를 내 입술과 콧구멍에 문질렀다. 나는 콧구멍이 간지러워 갑자기 재채기를 했다. 그녀의 손이 움직이는 것을 보고서 그녀가 깜짝 놀란 것을 알았고 이어 깔깔 웃는 소리가 들렸다. "돼지도 재채기를 하네?" 그녀가 말했다. "열여섯번째야, 열여섯번째 돼지야, 재채기를 하면 젖도 먹을 수 있어야지?" 그녀는 어미돼지의 젖꼭지를 끌어다가 내 입에 맞춰주며 몇방울 젖을 짰다. 따뜻한 액체가 내 입술에 흘러들었고, 나도 모르게 혀끝으로 맛을 보았다. 그런데 어이쿠, 하느님. 돼지젖이 이렇게 맛있을 줄이야. 내 어미돼지의 젖이 이렇게 달고 향기로울 줄이야. 비단 같고 사랑 같았다. 나는 순식간에 부끄러움을 잊어버렸고 내 주위 상황에 대한 생각이 한순간에 바뀌고 순식간에 우리 형제자매들에게 젖을 주려고 풀 위에 누워 있는 저 어미돼지가 한없이 고상하고 성스럽고 장엄하고 아름다워 보였다. 나는 달려들어 젖꼭지를 입에 물었다. 자칫 호조의 손가락조차 깨물 뻔했다. 젖이 한모금 한모금 내 입을 적시며 위장으로 들어가면서, 나는 힘이 솟구치고, 어미돼지에 대한 뜨거운 사랑이 일초마다 늘어나는 느낌이었다. 호조와 금룡이 손뼉을 치며 웃는 소리가 들려왔다. 잘 보이지 않는 내 눈에 저 젊은 아이들 마음이 맨드라미처럼 활짝 피어나는 것이 흐릿하게 보이고, 그들 둘이 손을 꼭 잡고 있는 것이 보였다. 내 머리에 전광석화처럼 스쳐가는 파편 같은 역사의 기억들은 잠시 잊은 채, 나는 그저 눈을 감은 채 돼지새끼로서 젖을 먹는 기쁨을 느끼고 싶을 뿐이었다.

이어지는 날들 동안, 나는 열여섯 마리 돼지새끼들 중에서 가장 거친 녀석이 되었다. 내 식욕은 금룡과 호조도 놀랄 정도로 대단했고 먹는 데 천부적인 재능을 보였다. 나는 언제나 가장 빠르고 가장 정확한 동작으로 어미돼지의 배 한가운데 있는 젖이 가장 잘 나오는 젖꼭지를 차지했다. 내 아둔한 형제자매들은 어미의 젖꼭지를 물었다 하면 눈을 감았지만 나는 끝까지 두 눈을 부릅떴다. 나는 가장 큰 젖꼭지를 미친 듯이 빨면서 몸으로 옆의 다른 젖꼭지를 가렸다. 나는 경계의 눈초리를 양쪽으로 날리며 내 먹이를 채가려고 감히 다가오는 별볼일없는 가련한 녀석들에게 엉덩이를 흔들어 한쪽으로 밀쳐냈다. 나는 언제나 최대한 빠른 속도로 부풀어오른 젖꼭지를 쪽쪽 빤 뒤 다른 젖꼭지를 빼앗았다. 나는 뿌듯했다. 물론 조금 부끄럽기도 했다. 그 시절 내가 먹은 젖은 다른 돼지 세 마리가 먹은 것보다 많았다. 물론 내가 젖을 헛먹은 것은 아니었다. 나는 빠르게 늘어나는 몸으로 인류에게 보답했다. 내게 지혜와 용기가 생겨나고 몸이 건장해지면서 사람들이 나를 보는 눈이 달라졌다. 돼지로서 미친 듯이 먹고 미친 듯이 살찌는 것, 사람들이 좋아하는 것은 이것뿐임을 알게 되었다. 물론 나를 낳은 어미돼지는 참 재수가 없었다. 젖꼭지에 대한 나의 미련이 멈출 줄을 몰라 어미돼지는 나를 귀찮아 견딜 수 없어했다. 어미돼지가 서서 음식을 먹을 때도 나는 배 밑으로 파고들어가 고개를 쳐들고 젖꼭지를 물었다. 아들아. 나의 돼지어미가 말했다. 어미도 밥 좀 먹자. 어미가 밥을 먹지 않으면 어떻게 너희한테 젖을 먹이겠니! 네 눈에는 어미가 이렇게 마른 것이 보이지도 않느냐. 이 어미는 뒷다리로 버티고 서 있지도 못할 지경이란다.

태어난 지 이레 뒤에 금룡과 호조가 내 형제자매 여덟 마리를 잡아다가 옆 우리에 집어넣고 좁쌀죽을 먹였다. 내 형과 누이 여덟 마리의 사육책임을 맡은 사람은 여자였는데, 흙으로 된 담장이 막고 있어서 보이지 않았지만 목소리는 들을 수 있었다. 그녀의 목소리가 무척 귀에 익고 내 귀를 즐겁게 했지만 이름과 얼굴은 떠오르지 않았다. 내가 정신을 집중하여 기억의 통로를 열려고 할 때마다 심한 졸음이 밀려들곤 했다. 잘 먹고 잘 자고 살찌는 것이 좋은 돼지의 삼대 요건인데, 나는 그것을 다 갖추고 있었다. 간혹 옆에 있는 그 여인이 모성애가 가득 담긴 목소리로 하는 말조차 내 귀에는 나를 재우는 자장가로 들렸다. 그녀는 하루에 여섯 차례 여덟 마리 돼지새끼에게 먹이를 주었는데, 향기로운 옥수수죽이나 좁쌀죽 냄새가 담을 넘어왔다. 나는 그 형과 누이 들이 즐겁게 소리지르며 먹는 소리를 들으면서 그 여자가 "조심해라, 어이구 내 새끼들" 하며 주절주절 이야기하는 것으로 보아, 분명 마음씨가 좋을 뿐만 아니라 돼지새끼들을 자기 아이들처럼 생각한다는 것을 알 수 있었다.

태어나 한 달이 지나자 내 몸은 형이나 누이 들보다 배는 더 커졌다. 어미돼지는 젖꼭지가 열두 개인데 거의 다 내 차지였다. 배가 고파 돌아버린 녀석들이 어쩌다 죽기살기로 달려들어 젖꼭지 하나를 차지하면 나는 입으로 그 녀석 배를 가볍게 들어올려서는 어미돼지 뒤쪽 담벼락으로 굴려버렸다. 어미돼지가 힘없이 신음하며 말했다. 열여섯번째야, 열여섯번째야, 그애들도 좀 먹으라고 해라. 똑같이 내 몸에서 나온 것들인데 하나라도 배를 곯으면 내 마음이 아프단다! 나는 어미의 말에 반발심이 일어, 들은 체도 하지 않고 미친 듯이 젖을 빨아 어미의 눈이 뒤집히게 만들었다. 나중에 나는 내 두 뒷다리를 가지고 나귀처럼 힘차고도 자유스럽게 발길질할 수 있다는 것을 알았다. 그리하여 나는 젖꼭지를 뱉어낼 필요도 입술을 치켜들고 먹이를 빼앗아가는 녀석들을 상대할 필요도 없었다. 녀석들이 달려들면서 눈을 부라리고 소리지르면 나는 활처럼 몸을 굽히고는 가끔은 한쪽 발을, 가끔은 양쪽 발을 날리면 기왓조각 같은 내 발굽이 녀석들 머리에 꽂혔다. 이렇게 얻어터진 녀석들은 시기와 한을 품은 채 우리를 뱅뱅 돌며 소리지르고 욕하다가 배가 고파 거의 죽을 지경이 되면 어미돼지 밥통 가에 떨어진 음식 찌꺼기나 핥아먹었다.

이런 상황이 금룡과 호조에게 바로 발견되었고, 둘은 홍태악과 황동을 불러와 흙담 밖에 서서 관찰했다. 내 눈에 띄지 않으려고 소리를 죽이는 것을 보고는 나도 그들을 못 본 척했다. 나는 일부러 과장된 동작으로 젖을 먹었고 어미돼지의 신음소리가 끊이지 않았다. 내 교묘한 한발차기와 공포의 두발차기에 가련한 형과 누이 들은 비명을 지르며 데굴데굴 바닥을 굴렀다. 홍태악이 기뻐하며 지르는 소리가 들렸다.

"저 자식, 저게 어딜 봐서 돼지야! 완전히 나귀새끼잖아!"

"맞아, 발길질하는 것 좀 봐!" 황동이 맞장구를 치며 말했다.

나는 젖이 더이상 나오지 않는 젖꼭지를 뱉어버리고는, 일어나 흔들흔들 거들먹거리며 우리 안을 산보했다. 고개를 쳐들고 그들을 향해 소리를 질렀다. 나는 목청을 가다듬고 '꿀꿀' 소리를 내며 그들을 놀라게 만들었다.

"저 일곱 마리 새끼들을 꺼내자고." 홍태악이 말했다. "저 녀석을 종돈으로 삼도록 어미젖을 모두 저놈에게 먹이자고. 좋은 씨를 받게 말이야."

금룡이 돼지우리를 넘어들어와 입으로 돌돌돌 소리를 내면서 허리를 굽혀 그 녀석들에게 다가갔다. 어미돼지가 고개를 들고 금룡에게 시위를 했다. 금룡은 손이 빨라서 순식간에 두 마리를 잡아 거꾸로 들었다. 어미돼지가 달려들다가 금룡에게 발길질을 당하고는 뒤로 물러섰다. 두 녀석이 금룡 손에 거꾸로 매달린 채 입을 벌리고 날카로운 소리를 질렀다. 호조가 힘들게 한마리를 넘겨받았고 다른 한마리는 황동이 건네받았다. 그 녀석들은 옆방 축사에 넣어졌고 전에 분사된 여덟 마리의 어리석은 물건들과 합방했다는 것을 소리를 듣고서야 알았다. 그 여덟 마리 물건짝들이 두 마리 바보들을 물려는 소리를 듣고 있는 내 마음은 그저 즐거울 뿐, 조금도 동정심이 들지 않았다. 금룡은 홍태악이 담배 한 대 피울 동안에 멍청한 일곱 마리를 모두 잡아 끄집어냈다. 옆방 축사에서는 일대 난장판이 벌어져서 먼저 온 여덟 마리와 나중에 온 일곱 마리가 서로 물고 뜯으며 난리를 쳤다. 나는 이쪽에서 혼자 유유히 그 소리를 들었다. 나는 어미돼지를 슬쩍 쳐다보았다. 슬퍼하고 있었지만 짐을 벗어버린 듯 홀가분한 것도 같았다. 어미돼지는 그저 평범한 돼지에 불과했다. 사람 같은 감정이 있을 리 없다. 보라, 자식들이 힘들어하는 것을 완전히 잊은 채 밥통 앞에서 먹는 데에만 정신이 팔려 있지 않은가.

멀리서 음식물 냄새가 날아오는가 싶더니 어느새 코앞에서 났다. 호조가 사료 한통을 들고 우리 문을 열었다. 하얀 앞치마를 둘렀는데 앞치마에는 '서문 대대 행원(杏園) 양돈장'이라고 붉은 글씨가 선명하게 박혀 있었다. 두 팔에 하얀 토시를 하고 하얀 모자를 썼는데 그 모습이 영락없이 빵집 요리사 같았다. 그녀는 쇠국자로 사료를 떠서 밥통에 부어주었다. 어미돼지가 고개를 쳐든 채 앞발을 밥통에 집어넣었다. 사료가 어미돼지 얼굴에 떨어졌다. 노란 똥 같았다. 사료에서 시큼하게 썩은 냄새가 나서 나는 딱 질색이었다. 서문촌 대대의 고위 지식인인 남금룡과 황호조가 공동으로 연구개발한 당화(糖化) 사료로, 닭똥과 소똥, 녹색식물에 갖가지 곡물씨앗을 섞어 항아리에서 발효시켜 만든 것이었다. 금룡이 통을 쳐들고 안에 든 사료를 죄다 밥통에 쏟았다. 어미돼지가 하는 수 없이 먹었다.

"이 사료만 먹이나?" 홍태악이 물었다.

"며칠 전부터 매번 콩깻묵 두 국자씩 줬는데, 어제부터 금룡이 콩깻묵을 넣지 말라고 했어요." 호조가 말했다.

홍태악이 몸을 앞으로 내밀며 우리로 들어가 어미돼지를 관찰한 뒤 말했다. "이 새끼종돈이 잘 발육하도록 어미돼지를 특별 대우 해서 충분히 먹이라고."

"하지만 대대창고에 사료가 얼마 남지 않았습니다." 황동이 말했다.

"옥수수가 아직 있지 않나?" 홍태악이 물었다.

"그건 전시 비축식량입니다." 황동이 말했다. "전시 비축식량을 동원하려면 인민공사 혁명위원회 승인을 받아야 합니다."

"우리가 지금 키우는 것은 전시용 돼지야!" 홍태악이 말했다. "전쟁을 하려면 해방군들이 고기를 먹지 않고서 어떻게 싸움에 이길 수 있겠어?" 황동이 망설이는 것을 보고 홍태악이 단호하게 말했다. "창고를 열라고. 문제가 생기면 내가 책임질 테니까 말이야. 오후에 내가 공사에 가서 보고를 하고 지시를 받을 거니까 걱정 말라고. 돼지를 잘 키우는 것이 어떤 정치임무보다 우선이니 그 사람들도 막지 못할 거야. 중요한 것은." 홍태악이 비밀스럽게 말했다. "우리가 돼지사육장을 확대하고 돼지사육 수를 늘려야 한다는 점이야.
때가 되면 현 양식창고의 양식들도 다 우리 양돈장의 양식
이 될 거야.”

황동과 금룡의 얼굴에 회심의 미소가 스쳤다. 그때, 좁쌀
죽 향기가 멀리서 밀려와서는 옆 돼지우리 문앞에서 멈추었
다. 홍태악이 말했다.

“서문백씨, 내일부터 이 어미돼지도 당신이 키우세요.”

“예, 홍서기님.”

“우선 그 좁쌀죽 절반을 어미돼지 밥통에 부으세요.”

“예, 홍서기님.”

서문백씨라, 서문백씨, 얼마나 귀에 익은 이름인가. 나는
애써 생각을 굴리며 이 이름과 나의 관계를 기억해냈다. 친
근한 얼굴이 돼지우리 앞에 나타났다. 세월의 흔적이 스쳐
간 그 얼굴을 보며 내 온몸에 전기가 흐르는 것처럼 끊임없
이 떨렸고, 기억의 갑문이 일시에 열리면서 지난 일들이 물
밀듯이 솟구쳤다. 나는 소리를 질렀다. “행아, 당신 아직 살
아 있구려!” 하지만 내 이런 말이 목을 통과하는 순간 길고
날카로운 돼지울음으로 변해버렸다. 그 소리에 우리 앞에
있던 사람들이 깜짝 놀랐고 나 자신도 크게 놀랐다. 그리하
여 나는 한없는 슬픔 속에서 다시 현실로, 지금의 시간으로
돌아왔다. 지금 나는 더이상 서문뇨가 아니라 그저 한마리
돼지일 뿐이다. 우리 속 흰 어미돼지의 새끼일 뿐이다.

나는 그녀의 나이를 계산해보려고 애썼다. 하지만 해바

라기 향기가 나를 어지럽게 했다. 해바라기가 한창일 때여서 기둥줄기가 나무처럼 굵게 자라고 잎은 까맣게 살이 오르고 꽃은 세숫대야 같고 꽃술은 금으로 도금한 것 같고, 잎과 줄기의 하얀 가시들은 족히 1센티미터는 될 정도여서 사납고 거친 모습이었다. 그녀의 정확한 나이를 계산할 수는 없었지만 벌써 반백이 넘었다는 것은 알았다. 양쪽 귀밑털이 하얗게 세고 가늘고 긴 두 눈 주위에 주름이 가득하고 하얗고 가지런하던 이가 누렇게 변한데다 심하게 상해 있었기 때문이다. 나는 문득 지난 여러 해 동안 이 여인이 풀로 연명하며 살아왔다는 생각이 들었다. 말린 곡초와 딱딱한 콩대를 먹고 씹을 때 타닥타닥 소리가 났을 것이다.

그녀가 나무국자로 좁쌀죽을 떠서 천천히 밥통에 쏟았다. 늙은 어미돼지는 앞발을 우리 문에 대고 서서 그 맛있는 음식을 영접했다. 옆방 멍청이 녀석들이 냄새에 애간장이 타는지 귀가 아프도록 소리를 질렀다.

어미돼지와 옆방 새끼돼지들이 헐떡대며 먹고 있을 때 홍태악이 진지하게 서문백씨에게 훈화를 했다. 그의 말은 차갑고 무정하지만 눈길에서는 알 듯 모를 듯한 온정이 흘러나왔다. 서문백씨는 햇볕을 받으며 손을 내리고 서 있었다. 그녀의 흰머리가 은처럼 반짝거렸다. 돼지우리 문짝의 성긴 틈으로 약하게 떨리고 있는 그녀의 두 발이 보였다.

"내 말 알아들었어요?" 홍태악이 엄하게 물었다.

"걱정 마십시오, 홍서기님." 서문백씨가 낮지만 단호한 목소리로 말했다. "나는 평생 아이를 낳아보지 못한 몸입니다. 이 새끼돼지들이 바로 제 친아들딸들입니다!"

"그래야지요." 홍태악이 만족스럽다는 듯이 말했다. "우리에게 지금 필요한 것은 집단의 돼지새끼를 친아들딸로 삼아 키우는 여자요."

제23장

열여섯 번째 돼지는 편안한 곳으로 이사하고
조소삼은 술을 넣은 만두를 잘못 먹다

형씨들, 혹은 아저씨들, 지겨워들 하는 것 같습니다그려.
두꺼워진 눈꺼풀이 벌써 눈을 덮고 코에서는 드르렁드르렁
소리가 나는 것 같으니 말입니다 — 대두 남천세가 야박한
말투로 내게 이렇게 말했다 — 돼지로 살던 시절 이야기에
사람들이 재미없어하면 그냥 개로 살던 때 이야기를 하겠
소. 아냐, 아냐, 아냐. 그렇지 않아요. 아주 재미있어요. 당신
도 알다시피 당신이 돼지였을 때 내가 계속 당신 곁에 있던
게 아니잖아요. 처음에 양돈장에서 일하기는 했어도 당신은
내 담당이 아니었고 나중에 나와 황합작은 면화가공공장으
로 파견되어 당신이 빛나는 이름을 떨치기까지 그동안의 이
야기는 죄다 그저 주워들은 것뿐이거든요. 당신 이야기를

정말 듣고 싶어요. 당신이 겪은 모든 일들을 작은 것 하나 빼지 않고 다 알고 싶다니까요. 내 눈꺼풀은 상관 마세요. 내 눈꺼풀이 눈동자를 가리는 것은 내가 온 정신을 집중하여 당신 이야기를 듣고 있다는 증거니까요.

이어 일어난 일들은 지극히 복잡해서, 핵심만 간추려서 큰일만 이야기하겠다. 대두 남천세가 말했다. 서문백씨가 내 어미돼지에게 정성을 쏟으며 키웠지만 내가 워낙 미친 듯이 젖을 빨아대는 바람에—사실 거의 쥐어짜는 수준이었다—뒷다리를 쓰지 못했다. 뒷다리 둘이 비쩍 말라붙은 수세미 꼴이 되어 몸 뒤에 처져 있었고, 앞발로 몸의 앞부분을 겨우 가누며 축사를 기어다녔다. 그때 내 몸은 어미의 몸과 거의 차이가 없었다. 내 털은 양초를 칠한 것처럼 윤이 났고, 피부는 선홍빛으로 향기가 났다. 불쌍한 어미돼지는 털은 더럽고 뒷부분은 똥과 오줌에 절어 악취가 진동했다. 내가 젖꼭지를 물 때마다 자지러지듯이 소리를 지르고 삼각형 모양의 두 눈에서는 눈물이 흘러내렸다. 만신창이가 된 몸을 이끌고 기어다니며 나를 피하고 내게 간청했다. 아들아, 착한 아들아, 제발 이 어미를 봐다오. 네가 어미 골수까지 다 빨아먹어버렸단다. 내 처참한 몰골이 보이지 않느냐? 너도 이제 컸으니 스스로 먹고살 수 있잖니? 하지만 나는 이런 간청을 들은 척도 않은 채 입으로 그를 쓰러뜨리고는 한꺼번에 두 개의 젖꼭지를 입에 물었다. 어미돼지는 칼질을 당하기라도 한 듯이 비명을 질렀다. 한때 감미로운 젖이 나오던 유방은 이제 헌 고무처럼 아무런 맛도 없었고, 나오는 것이라고는 고작 비리고 짜디짠 점액뿐이었다. 더이상 젖이 아니라 독약이었다. 나는 싫다는 듯이 들이받아 넘어뜨려버렸다. 어미돼지가 죽는 소리를 하며 욕을 퍼부었다. 열여섯번째야, 너 이놈 양심이라곤 털끝만큼도 없는 축생아, 넌 악마다. 네 아비는 돼지가 아니라 이리였을 것이다……

어미돼지가 뒷다리를 쓰지 못하게 되자 서문백씨가 홍태악에게 혼이 났다. 그녀가 눈물을 글썽이며 변명했다. "서기님, 제가 마음을 쓰지 않은 것이 아니라 저 새끼돼지가 정말 대단합니다. 젖 먹는 것을 보지 못하셔서 그렇지, 정말 이리나 범 같아요. 암돼지는 그만두고 암소라도 저렇게 젖을 빨리면 견디지 못할 겁니다……"

홍태악이 우리에 손을 짚고 안을 들여다보았다. 나는 피가 끓어올라 앞발을 들고 똑바로 일어섰다. 직립하여 뒷다리로만 몸을 지탱하는 것은 곡마단에서 오랫동안 훈련받은 돼지나 할 수 있는 동작인데, 내가 해보니 이렇게 쉽고 편할 줄 미처 몰랐다. 나는 앞발을 우리 위에 걸쳤는데 머리가 거의 홍태악의 아래턱에 닿을 정도였다. 그가 깜짝 놀라 뒷걸음질치더니 주위에 아무도 없자 서문백씨에게 가만히 말했다.

"괜히 당신 탓을 했소. 내 바로 사람을 보내 이 돼지를 따로 키우게 하리다."

"제가 진즉 황부주임에게 얘기했는데 서기께서 오시면 생각해보자고 하셔서……"

"이런 멍청한 놈." 홍태악이 말했다. "이런 작은 일조차 알아서 처리 못하다니!"

"다들 서기님을 존경하고 있어요." 백씨가 고개를 들어 홍태악을 슬쩍 보더니 얼른 고개를 숙이며 중얼거렸다. "혁명원로이신데다가 인품도 좋으시고 일도 잘 처리하셔서……"

"됐어요, 그런 말은 다신 하지 마시오." 홍태악이 손을 저으며 얼굴이 빨개진 백씨의 얼굴을 보면서 말했다. "아직도 두 칸짜리 그 초막집에 사십니까? 양돈장으로 옮기지 그러세요. 황호조네하고 같이 살게 말이에요."

"아닙니다!" 백씨가 말했다. "전 출신성분이 좋지 않은데다 더럽고 늙은 몸이어서 젊은 사람들한테 괜히 폐만 끼칩니다……"

홍태악이 백씨를 몇번 뚫어져라 쳐다보더니 고개를 돌려 살이 오른 해바라기잎에 눈길을 주며 목소리를 낮춰 말했다.

"백씨, 백씨, 당신이 지주만 아니었다면 얼마나 좋을꼬……"

나는 꿀꿀 소리를 지르면서 내 복잡한 심정을 드러냈다. 솔직히 말해, 그때 나한테 질투심이 강하게 든 것은 아니지만, 홍태악과 백씨 두 사람 사이가 갈수록 묘하게 돌아가는 것이 본능적으로 불쾌했다. 그 일은 물론 그게 끝이 아니었고, 나중에 어떻게 비극적으로 결말이 나는지, 물론 너는 알지만, 그래도 자세한 이야기를 해주겠다.

그들은 나를 아주 넓은 축사로 옮겼다. 태어난 곳을 떠나면서 마지막으로 바보처럼 담자락에 기대고 있는 어미돼지를 바라보았다. 불쌍하다는 생각은 전혀 들지 않았다. 그래도 어쨌거나 나는 어미돼지의 산도를 타고 이승에 나왔고 그이의 젖을 먹으며 몸을 불렸으니 키워준 은혜에 보답을 해야 했지만 어떻게 보답할지 생각이 나지 않았다. 결국 나는 그의 먹이통에 오줌을 갈겼다. 어린 수퇘지 오줌에는 다량의 호르몬이 들어 있어서 너무 젖을 빨려 다리를 못 쓰는 어미돼지에게 특효라는 이야기를 들어서였다.

내 새집은 독립축사 중에서도 가장 넓은 칸이었는데, 새로 지은 이백여 칸짜리 축사에서 100미터가량 떨어져 있었다. 내 방 뒤에는 큰 살구나무가 있었는데 줄기가 축사를 덮고 있었다. 축사가 툭 트인데다 뒤쪽 처마는 길지만 앞쪽 처마는 짧아서 볕이 막히지 않고 제대로 들었다. 축사 바닥은 전부 벽돌이 깔려 있었는데 구석에는 구멍을 뚫고 구멍 위에 철제 살판을 놓아 똥이 잘 빠져나가게 했다. 내 침실 담장 구석에는 황금색 보릿대가 쌓여 있어 신선한 향기를 뿜었다. 나는 새집을 이리저리 돌아다니며 새 벽돌냄새와 새 흙냄새, 신선한 오동나무냄새, 신선한 수숫대냄새를 들이마셨다. 아주 만족스러웠다. 늙은 어미돼지와 같이 살던 낮고 더러운 축사에 비하면 새집은 그야말로 호화주택이었다. 통풍, 통기는 물론이고 채광이 그만이었고, 모든 건축재료가 친환경적이어서 유해기체가 전혀 나오지 않았다. 대들보를 보니 새로 잘라낸 오동나무를 말린 것으로 밑부분이 허연 것으로 보아 아직도 쌉싸래한 수액을 머금고 있었다. 수숫대로 엮은 울타리도 새로이 만든 것이어서 달콤쌉싸래한 냄새를 풍기는 것이 씹으면 분명 맛이 좋을 성싶었다. 하지만 기껏해야 뱃속 욕구를 채우자고 내 집을 내가 망칠 수는 없는 노릇이었다. 물론 몇입 맛이야 볼 수 있을 것이다. 나는 힘들이지 않고 몸을 똑바로 세우고 두 뒷다리로 몸을 지탱하고서 사람처럼 걸었다. 하지만 이 묘기는 최대한 비밀을 지켜야 했다. 나는 내가 인류역사상 일찍이 없던 돼지의 전성시대에 태어났다는 것을 예감할 수 있었다. 돼지의 지위가 이토록 높고 돼지의 의미가 이처럼 막중하고 돼지의 영향력이 이렇게 큰 적은 일찍이 없었다. 수천만, 수억 명의 사람들이 지도자의 지도 아래 돼지를 떠받들었다. 돼지의 전성시대를 맞아 많은 사람들이 내세에 돼지로 태어나길 원할 것이고, 많은 사람들이 돼지로 태어났으면 좋았으리라며 한탄할 것이다. 나는 그런 절정의 시기에 태어났음을 예감했고 그렇게 보자면 염라대왕이 나를 박대한 것은 아니었다. 나는 돼지의 시대에 기적을 연출하고 싶었지만 지금은 때가 아니었다. 어리석은 척하면서 어둠속에 빛을 숨기고 때를 기다리며, 뼈와 근육을 키우고, 몸을 불리고, 신체를 단련하고, 의지를 갈고닦아 빛나는 시절이 도래하기를 기다려야 했다. 그래서 나는 걸을 수 있는 묘기를 사람들에게 쉽게 보여주어서는 절대 안되었다. 그 기술을 크게 쓸 날이 분명 있

을 것이라고 예상한 가운데, 대사를 그르치지 않기 위해서
나는 밤이 깊어 인적이 없을 때 꾸준히 연습했다.

내가 단단한 주둥이로 들이받자 담벼락에 구멍이 났다.
내가 뒷발굽으로 바닥을 구르자 벽돌이 두 조각 났다. 내가
일어서자 울타리가 입에 닿았다. 입으로 슬쩍 물었더니 수
숫대가 입 속으로 떨어졌다. 흔적을 들키지 않으려고 찌꺼
기 하나 남기지 않고 수숫대를 모두 삼켜버렸다. 나는 마당
에―돼지우리를 마당이라 치자―서서 앞발을 호미자루
굵기의 살구나무가지에 올려놓았다. 이렇게 정찰활동을 하
다 보니 좋은 생각이 떠올랐다. 이 집이 보통 돼지들에게는
더없이 튼튼한 호화축사지만 나한테는 그저 종이장난감에
지나지 않았다. 무너뜨리자면 삼십분도 필요없었다. 하지만
나는 그렇게 어리석지 않았다. 기회가 도래하기 전에 스스
로 집을 무너뜨리는 일은 결코 하지 않을 것이다. 손 하나 까
딱하지 않을 뿐만 아니라 잘 모실 것이다. 나는 위생적이고
청결한 상태를 유지하려고 대소변도 정해진 곳에서 보았고
코가 근질근질하여 죄다 뒤엎고 싶은 마음이 간절한 것도 꾹
참으면서 사람들에게 가장 좋은 인상을 남기려 했다. 대왕
이 되려면 먼저 훌륭한 백성이 되어야 한다. 나는 고금을 통
달한 돼지로서 한(漢)나라 때의 왕망(王莽)이 내 모델이었다.

내가 무엇보다 기뻤던 것은 새집에 전기가 들어와 100와
트짜리 전구가 가장 높은 시렁에 걸린 것이었다. 나중에 알
았지만 새로 지은 이백여 칸의 축사에 모두 전기를 넣었지

만 나머지 전구는 겨우 25와트짜리였다. 전원스위치에 연결된 전선은 담벼락을 따라 늘어져 있었다. 내가 한쪽 발굽을 들어 그 선을 발톱 사이에 끼우고 슬쩍 당기자 타닥 소리가 나면서 불이 켜지는 것이 정말 재미있었다. 현대화의 춘풍이, 문화대혁명의 동풍에 이어 마침내 서문촌에도 불어온 것이다. 다른 사람들에게 내가 불을 켤 줄 안다는 것을 들키지 않으려고 얼른 불을 껐다. 저들이 우리 행동을 감시하려고 축사에 전등을 달았다는 것을, 나는 알았다. 당시 나는 방 안에 편히 앉아서도 우리 움직임을 남김없이 들여다볼 수 있는 설비를 축사에 다는 것을 상상했는데, 나중에 과연 그런 설비가 세상에 나왔다. 지금 큰 공장이나 차, 교실, 은행, 심지어 공중화장실에까지 달려 있는 감시카메라가 바로 그것이다. 내가 너한테 말하지만, 그때 내 집에 카메라를 달았으면 내가 거기다 돼지똥을 칠해 똥만 들여다보게 했을 것이다.

내가 새집으로 이사오고 벌써 늦가을로 접어들고 있었다. 태양의 붉은빛이 많아지고 흰색이 줄어들었다. 붉은 태양이 은행나무잎을 온통 붉게 물들여서 그 유명한 향산(香山) 단풍에 비겨도 손색없었다—나는 당연히 향산이 어디에 있는지 알았다. 단풍이 사랑을 상징한다는 것도 알았고 단풍을 가지고 시를 지을 수도 있었다—매일 해질 무렵과 새벽 무렵, 해가 떨어지고 해가 떠오를 무렵, 이는 곧 돼지를 기르는 사람들이 아침 먹을 때와 저녁 먹을 때인데 이때 축사가 더없이 조용해지면 나는 다리를 들고 똑바로 서서 앞발을 가슴에 모으고 단풍 든 살구나무잎을 따서 입에 넣고 씹었다. 살구나무잎은 쌉쌀하면서도 섬유질이 풍부하여 혈압을 낮추고 이를 깨끗하게 해준다. 내가 살구나무잎을 씹을 때면 영락없이 요새 껌을 씹는 현대적인 젊은이들 같았다. 서남쪽 모퉁이를 바라보자 축사가 일렬로 가지런히 늘어서 있는 것이 꼭 군대막사 같았다. 수백 그루의 살구나무가 돼지축사를 가리고 온통 붉은 저녁놀과 아침놀이 비치면 살구나무잎이 찬란하게 빛나는 것이, 불 같고 노을 같아 더없이 아름다웠다. 당시는 사람들이 먹고 입는 것에 허덕이다 보니 아름다운 자연경관에 둔감해서 그렇지, 그 살구나무와 돼지축사가 오늘날까지 남아 있다면 도시사람들이 죄다 단풍 구경하러 몰려올 것이다. 봄에는 살구꽃축제를 하고 가을에는 단풍축제를 열어 사람들이 돼지우리에서 밥먹고 잠자게 하여 진정한 야생과 자연의 정취를 느껴보게 할 수 있을 것이다. 이야기가 샛길로 빠졌다. 미안하다. 나는 상상력이 몹시 풍부한 돼지여서 머리에 기기묘묘한 환상이 가득 차 있어, 나 혼자 한 환상에 방귀가 나오고 오줌을 쌀 정도로 깜짝 놀라는가 하면 혼자서 하하 큰 소리로 웃곤 한다. 방귀를 뀌고 오줌을 싸는 돼지는 흔하지만 큰 소리로 하하 웃는 돼지는 오직 나뿐이었다. 이 일은 나중에 다시 이야기하기로 하고, 일단 여기서 접어둔다.

살구꽃잎이 단풍으로 붉게 물든 어느날, 아마도 음력 10

월 초열흘이었을 것이다. 맞다. 틀림없이 10월 초열흘이었다. 나는 내 기억을 믿는다. 10월 초열흘 새벽. 막 떠오른 태양이 더없이 크고 붉고 부드러울 때, 오랫동안 얼굴이 보이지 않던 남금룡이 돌아왔다. 이 녀석은 전에 자신을 졸졸 따라다니며 떠받들던 손가네 네 형제와 인민공사 생산대대 회계를 맡고 있는 주홍심(朱紅心, 쥬훙신)을 데리고 단돈 오천원에 기몽(沂蒙, 이멍)산 지구대에서 돼지 1,057마리를 사왔다. 한마리당 평균 오원도 안되니 놀랄 만큼 싸게 산 것이다. 당시 나는 내 고급주택에서 수련을 하던 참이었다. 두 앞발로 내 우리 안으로 뻗친 살구나무가지에 올라 몸을 들어올리는 훈련을 하고 있었다. 살구나무가지는 튼튼한데다 탄력이 좋아 그에 힘입어 내 몸이 지면에서 떨어져 공중으로 올라가면서 서리에 젖은 단풍잎이 우수수 떨어졌다. 내 행동은 일거삼득이었다. 첫째는 몸을 단련할 수 있었고, 둘째는 몸이 일시적으로 지구 중력을 벗어나는 즐거움을 체험할 수 있었고, 셋째는 땅에 떨어진 단풍잎을 발로 끌어모아 잠자리를 만들 수 있었다. 푹신하고 따뜻한 잠자리를 만드는 것이다. 나는 추운 겨울이 곧 닥쳐올 것임을 알았고 따뜻하게 월동할 채비를 했다. 내가 나뭇가지에 매달려 즐거워하고 있을 때 모터 굉음이 들렸고 눈을 들어보니 살구나무숲 너머 신작로에 트레일러를 단 자동차 세 대가 달려오고 있었다. 차는 방금 사막을 지나온 것처럼 먼지투성이였다. 앞부분에 흙먼지가 수북이 쌓여서 원래 색깔이 무엇이었는지조차 가늘되지 않았다. 차가 뒤뚱뒤뚱거리며 살구나무 마당으로 들어와 새 축사 뒤쪽 공터에 섰다. 공터에는 벽돌조각, 기왓조각과 흙 묻은 밀짚이 널려 있었다. 꼬리 없는 괴물 같은 차량 세 대가 한참을 씨름하더니 겨우 멈추어섰다. 그때 첫번째 차량 운전석에서 헝클어진 머리에 때에 전 얼굴을 한 금룡이 빠져나오고 뒤따라온 차에서 회계담당 주홍신과 손가네 큰아들인 손룡이 내리는 게 보였다. 그 뒤 세번째 차량 짐칸에서 손가네 세 형제와 꼬맹이 막언이 일어섰다. 네 녀석은 얼굴에 온통 흙먼지를 뒤집어써서 영락없이 진시황 무덤 속 병마용 몰골이었다. 그때 내 귀에 짐칸과 트레일러에서 돼지들이 꿀꿀거리는 소리가 들렸고, 그 소리는 점점 커지고 날카로워졌다. 나는 무척 흥분했다. 돼지의 전성시대가 바야흐로 시작되고 있음을 알았다. 그때 나는 아직 기몽산 돼지들을 보지 못했고 그저 울음소리만 듣고 괴상한 똥오줌 냄새를 맡았을 뿐이었다. 하지만 나는 이 녀석들이 추한 족속들이라는 느낌을 받았다.

홍태악이 금방 산 '황금사슴'표 자전거를 타고 날아왔다. 그때만 해도 자전거는 매우 귀해서 구매 쿠폰을 가진 생산 대대의 지부 서기만이 살 수 있었다. 홍태악은 자전거를 공터 한편에 있는 가지를 쳐낸 살구나무에 기대놓고는 자물쇠도 채우지 않았다. 그만큼 흥분해 있었다. 그는 원정에서 귀환한 전사를 맞이하듯이 두 팔을 활짝 벌리고 금룡에게 달려갔다. 금룡을 안으려 한 것이라고 생각지 마라. 그것은 외

국의 예법이다. 돼지사육에 정진하던 그 시절 중국인들에게
는 아직 그런 것은 없었다. 홍태악은 활짝 펴고 있던 두 팔을
금룡 앞에서 갑자기 내리더니 한손을 뻗어 금룡의 어깨를
두드리며 말했다.

"사왔나?"

"천오십칠 마리입니다. 임무를 초과달성했습니다!" 말하
는 금룡의 몸이 휘청했다. 홍태악이 부축할 틈도 없이 그는
그대로 땅바닥에 쓰러져버렸다.

금룡이 정신을 잃자 손가네 네 형제와 검은색 인조가죽
가방을 끼고 있던 회계담당 주홍심도 정신을 잃었다. 막언
만 정신이 말짱했다. 그는 팔을 휘두르며 소리를 질렀다.

"우리 끝내주고 왔습니다! 우리 승리했어요!"

붉은 태양이 그들을 비추고 있어 분위기는 더욱 비장했
다. 홍태악이 인민공사 생산대대에 있던 간부들과 민병들을
불러 돼지를 사오느라 고생하면서 큰공을 세운 이들과 기사
세 명을 부축하여 사육사들이 묵는 방으로 들어가게 했다.
홍태악이 큰 소리로 명령을 내렸다.

"호조, 합작, 얼른 여자들을 찾아서 면을 밀고 달걀을 삶
아 저 사람들을 보살피도록! 그리고 나머지 사람들은 전부
가서 돼지를 내리고!"

트레일러 뒤쪽 문이 열리자 나는 차마 눈뜨고 못 볼 것을
보고 말았다. 저게 어찌 돼지란 말인가! 저들을 어찌 돼지라
고 할 수 있는가? 크기가 제각각인데다 털색깔은 뒤섞여 있

고 몸에 죄다 더러운 똥을 묻히고 있어서 코를 찌르는 악취가 났다. 나는 황급히 살구나무잎을 집어 콧구멍을 막았다. 원래 이 녀석들 중에서 예쁘장한 어린 암퇘지를 골라 내 짝으로 삼아 미래의 돼지왕으로서 복을 누릴 생각이었는데 이리와 멧돼지를 교배시킨 것 같은 괴물을 데려왔을 줄은 몰랐다! 나는 두번 다시 보고 싶지 않았지만 그 녀석들이 쓰는 이상한 어투의 타지방 말투가 호기심을 자극했다. 남형, 내가 사람의 혼을 가지고 있기는 했지만 그래봤자 빼도 박도 못하는 돼지였으니 나한테 너무 큰 기대를 하지 말게. 사람들 다 갖는 호기심이 어찌 돼지라고 없을 것인가?

그 녀석들의 찢어지는 목소리가 내 고막을 찌르는 것을 피해보려고 나는 살구나무잎 두 장을 공처럼 돌돌 말아 귀를 막았다. 뒷발에 힘을 주고 앞발을 들어 살구나무가지 둘을 잡았다. 시야가 훤히 트이면서 새 축사 옆 공터의 모습이 한눈에 들어왔다. 내 임무가 막중하다는 것을 알았다. 70년대 고밀 동북향의 역사에 남을 중요한 역할을 해야 했다. 내 행적은 막언녀석이 글로 써서 고전으로 남길 것이다. 나는 내 몸을 아껴야 하고 내 시력과 후각, 청력을 보호해야 한다. 내가 신화를 창조하는 데 꼭 필요한 것들이다.

나는 앞발과 아래턱을 나뭇가지에 올려서 뒷발이 받는 힘을 줄였다. 나뭇가지가 내 무게를 견디느라 아래로 처지면서 약하게 흔들렸다. 딱따구리 한마리가 나무껍데기에 붙어 고개를 갸우뚱하면서, 까맣고 호기심어린 작은 눈으로 나를 보고 있었다. 나는 새의 말은 알아듣지 못해서 소통을 할 수는 없었지만 딱따구리가 내 모습을 보고 신기하게 생각한다는 것은 느낄 수 있었다. 산뜻한 살구나무잎 사이로 차에서 내리는 그 녀석들이 눈에 들어왔다. 다들 정신은 혼미하고 눈은 침침하고 다리는 힘이 빠진 가련한 몰골들이었다. 입은 기둥 같고 두 귀는 뾰족한 어미돼지는 나이가 들어 체력이 달리는지, 지친 여행길을 견디지 못하고 차에서 내리자마자 그만 너부러져버렸다. 바닥에 옆으로 누운 채 눈이 뒤집히고 입에 거품을 물었다. 같은 어미돼지가 낳았는지, 제법 번듯하게 생긴 젊은 암돼지 두 마리가 활처럼 등이 휜 채 토하고 있었다. 두 녀석이 토하자 독감이 돌듯이 절반가량 되는 돼지들도 토할 듯한 자세로 등을 굽혔다. 나머지는 옆으로 너부러진 녀석들도 있고 엎드린 녀석들도 있고 살구나무껍데기에 가려운 데를 비벼대면서 꽥꽥 소리를 지르는 녀석들도 있었다. 맙소사! 어떻게 피부가 저렇게 거칠 수 있단 말인가! 그랬다. 몸에는 이가 득실득실하고 부스럼이 피어 있어, 조심해야 했다. 저 녀석들과 거리를 두어야 한다. 그런데 까만 수돼지 하나가 눈길을 끌었다. 이 녀석은 말랐지만 탄탄했고, 주둥이가 길고 꼬리도 땅에 끌렸으며 털은 숱이 많고 튼튼했고 어깨는 떡 벌어지고 엉덩이는 날렵하고 사지가 실하고 눈은 작지만 눈빛이 살아 있고 누런 이빨 둘이 입술 사이로 삐져나와 있었다. 아직 길이 들지 않은 멧돼지였다. 그래서 다른 돼지들이 장시간 차를 타고 오느라 체력이 소진되어 갖가지 추한 몰골을 드러내고 있을 때 유유히 산책을 하며 구경하는 폼이 영락없이 팔짱낀 채 휘파람을 부는 건달이었다. 며칠 뒤 금룡이 이 녀석에게 멋진 이름을 붙여주었다. 조소삼(刁小三, 땨오샤오싼), 당시 유행하던 혁명모범극 「사가빈(沙家浜)」에 나오는 나쁜 놈이었다. 여자를 보쌈하고 사람을 해코지하는 인간말종으로, 나와 조소삼 사이에 펼쳐진 멋진 한바탕 연극 이야기는 잠시 접어두자.

홍태악의 지휘를 받아 인민공사 사원들이 다섯 열로 늘어선 이백여 칸의 돈사에 돼지를 잡아넣었다. 돼지를 잡는 과정에서 소동이 벌어지고 소란스러웠다. 머리가 덜떨어진 녀석들은 기몽산에서 하던 방목에 길이 들어 축사에 들어가면 편히 대접받는 행복한 날들이 펼쳐진다는 것을 몰랐다. 축사에 들어가는 것을 도살장에 들어간다고 생각하고는 대성통곡을 하고 비명을 지르며 이리저리 들이받고 사방으로 도망다니며 최후의 발악을 했다. 내가 소였을 때 온갖 나쁜 짓을 하던 호빈이 열받은 하얀 돼지에게 아랫배를 들이받혀 벌렁 넘어졌다. 겨우 일어나 앉는데 얼굴이 창백하고 이마에 식은땀이 흐르면서 뱃가죽을 쓸어내리며 씩씩거렸다. 속이 시커멓고 콧대가 높아 무슨 일이든지 촐랑대고 나서길 좋아하지만 늘 손해보는 것은 자신이었다. 가증스러우면서도 불쌍했다. 너도 아마 기억할 것이다. 내가 소였을 때, 운량강 넓은 모래밭에서 이 늙은이를 혼내주던 일 말이다. 몇년 보지 못한 사이에 많이 늙었다. 앞니가 빠져서 말할 때 바람이 샜다. 그에 비하면 나는 돼지로 태어나 겨우 반살이니, 바야흐로 청춘의 꽃 같은 시절이고 황금기였다. 윤회가 괴롭다고 말하지 마라, 윤회에도 좋은 점이 있다. 그런데 귀가 절반은 째지고 코에도 쇠고리를 차고 있는 거세한 수퇘지가 성질을 부리며 진대복의 손가락을 물어버렸다. 전에 추향과 바람을 피운 그 물건인데, 손가락만이 아니라 손을 통째로 물린 것처럼 엄살을 부리며 고래고래 소리를 질렀다. 아무 짝에도 쓸모없는 사내들과는 대조적인 것이 동작이 굼뜬 부인네들이었다. 영춘도 있었고 추향도 있었고, 백련도, 조란(趙蘭, 쟈오란)도 있었다. 부인네들은 허리를 굽혀 손을 뻗으며 입으로는 '돌돌돌' 소리를 냈고, 얼굴에는 선량한 미소를 머금고 구석에 몰려 있는 돼지들에게 다가갔다. 기몽산 돼지들한테서 지독한 악취가 났지만 이 부인네들은 싫은 기색이라곤 전혀 없었다. 여자들의 미소가 그렇게 진실할 수가 없었다. 돼지들도 두려움에 떨며 '꿀꿀'거리면서도 도망가지 않았다. 여자들은 돼지의 더러운 몸에 손을 대는 것을 전혀 꺼리지 않았고 가려운 곳을 긁어주기까지 했다. 돼지들은 가려운 것을 못 배기고 사람들은 비행기 태워주는 것을 못 배기는 법이다. 저들의 투지가 순식간에 꺾였다. 하나씩 실눈을 하며 흐물흐물 땅바닥에 무너졌다. 여자들이 그때를 놓치지 않고 온정으로 사로잡은 돼지들을 안고서 계속 다리를 긁어주면서 녀석들을 축사에 집어넣었다.

홍태악이 여자들을 크게 칭찬하면서 무식하게 거칠기만 한 남자들을 비웃었다. 땅바닥에 주저앉아 아직도 씩씩거리는 호빈에게 말했다. "왜 그래, 돼지한테 자지라도 물렸는감? 아이고 이런 무서워 벌벌 떠는 꼬락서니하고는. 가서 쥐구멍에라도 숨어. 웃음거리나 되지 말고!" 그는 또 아직도 신음소리를 내고 있는 진대복에게 말했다. "자네도 있었구면. 사내자식이 돼가지고, 두 손가락을 물려도 그렇게 곡을 하지는 않겠다!" 진대복이 손가락을 움켜쥐고 말했다. "서기님, 이건 공무를 수행하다 다친 거니까, 나라에서 치료비와 요양비를 대주어야 합니다." 홍태악이 말했다. "집에 가서 한번 기다려보시게. 국무원과 중앙군사위원회에서 헬리콥터를 보내 자네를 북경으로 데려가 치료해줄 테니까 말이야. 아마 주석께서 친히 나오셔서 자네를 영접할지도 몰라." 진대복이 말했다. "서기님, 절 놀리실 필요는 없지 않습니까? 제가 멍청하긴 해도 욕인지 칭찬인지는 분간할 줄은 압니다!" 홍태악이 진대복 얼굴에 침을 뱉더니 다시 엉덩이를 뻥 차면서 욕을 퍼부었다. "이런 개새끼, 네놈이 멍청하다고, 오냐, 그런데 왜 여자들이랑 놀아날 때는 멍청한 짓을 안하냐? 노동점수 계산할 때는 왜 멍청한 짓을 안하는데?" 그렇게 말하면서 다시 걷어찼다. 진대복이 몸을 피하면서 소리를 질렀다. "공산당이 사람을 팹니까?" 홍태악이 말했다. "공산당은 좋은 사람은 패지 않아도 너같이 패지 않으면 약이 없는 한심한 놈들은 두들겨팬다. 좋은 말 할 때, 내 눈에

띠지 않는 곳으로 숨는 게 좋을 거다. 네놈만 보면 속이 뒤집혀서 말이다! 2소대 노동점수 기록원 왔나? 오늘아침 돼지 잡는 데 참가한 사람들은 반나절 노동으로 점수를 잡아주고, 호빈과 진대복은 점수를 올리지 말라고!” “아니, 왜요?” 진대복이 목소리를 높이며 소리쳤다. “왜 그래요?” 호빈이 목소리를 높이며 소리쳤다. “왜냐고? 네놈들이 보기 싫어 그렇다, 왜?” “노동점수는 공사사원들의 목숨줄이라고.” 진대복이 손을 다친 것도 잊은 채 주먹을 말아쥐고 홍태악 눈앞에 휘저으며 소리쳤다. “내 노동점수를 까버리면 우리 마누라하고 새끼들을 굶겨죽일 셈이야? 이따 저녁에 처자식 데리고 당신 집으로 쳐들어갈 거니까 그리 알라고.” 홍태악이 같잖다는 듯이 말했다. “이 홍가가 밥이 아니라 겁을 먹고 이 나이가 된 줄 아나? 이 몸이 이래 보여도 수십년 동안 혁명을 했어. 갖은 고생에 온갖 잡놈들을 다 겪어본 몸이라고. 너같이 구역질나는 놈은 다른 사람에게는 통할지 몰라도 나한테는 어림 반푼어치도 없어!” 호빈이 진대복을 계속 걸고 넘어지려고 했지만 그의 아내 백련이 돼지똥 범벅이 된 통통한 손으로 뺨을 한대 올려붙이고는 웃음을 지으며 홍태악에게 말했다. “서기님, 저런 사람과 상대하지 마세요.” 호빈이 입을 옴죽거리며 울고 싶어도 울 수가 없어 분통이 터진다는 표정이었다. 홍태악이 말했다. “그만 일어나. 가마가 와서 태워다주기라도 할까봐 이러는 거야?” 호빈이 억울해하며 일어나더니 키가 말만한 백련 꽁무니를 따라 자라목을

416

한 채 집으로 돌아갔다.

시끌벅적 한차례 소동 끝에 기몽산에서 온 돼지 1,057마리 대부분은 붙잡혀 들어갔고 세 마리만 남았다. 노란 어미 돼지 한마리가 죽었고 까만 바탕에 흰 얼룩이 있는 새끼돼지도 죽었다. 나머지 한마리가 바로 검은 멧돼지 조소삼으로 차 밑에 들어가서는 죽어도 나오지 않았다. 민병대 간부인 왕신(王臣, 왕천)이 돈사에서 오동나무 장대를 가져와 그를 몰아내려고 했지만 장대가 들어가자마자 조소삼이 물어버렸다. 돼지와 사람이 대치하는 가운데 줄다리기가 계속되었다. 나는 차 밑에 들어가 있는 조소삼을 보지는 못했어도 어떻게 생겼을지 짐작하고도 남았다. 오동나무 장대를 물고 털을 빳빳하게 세운 채 그의 눈에서는 파란 불빛이 터져나오고 있을 터였다. 가축이 아니라 차라리 들짐승이었다. 이 들짐승이 훗날 나에게 많은 것을 가르쳐주었다. 처음에는 내 적이었지만 나중에는 나의 책사(策士)가 되었다. 앞에서 말했듯이 나와 조소삼 사이에 일어난 이야기는 뒤에서 감칠맛나게 따로 하겠다.

그 덩치 좋은 민병과 차 밑에 박힌 조소삼 간의 힘겨루기는 호각지세였고, 장대가 들어갔다 나왔다 하는 것이 순식간이었다. 사람들이 다들 넋을 잃고 보고 있었다. 홍태악이 몸을 누이고서 차 밑을 들여다보았다. 그러자 다른 사람들도 홍태악을 따라 몸을 누이고 차 밑을 들여다보았다. 나는 그들의 괴상한 행동을 보며 차 밑에 있는 돼지가 길들지 않은 영웅이며, 건달기가 짙은 장부일 것이라고 상상했다. 안 되겠다 싶었는지 다른 사람들이 나서서 왕신에게 힘을 보탰다. 나는 이 인간들이 영 마음에 들지 않았다. 공평하게 힘을 겨루고 있고, 일대일 아닌가. 여러 명이 돼지 한마리하고 상대하다니 무슨 사람들이 저렇단 말인가? 나는 차 밑에 들어가 있는 돼지가 진흙에서 무 뽑히듯 장대에 달려나올까봐 조바심이 났다. 그런데 그때 '꽈당' 소리가 나더니 장대를 잡고 있는 남자들이 뒤로 벌렁 누우며 서로 뒤엉켰다. 장대는 한쪽이 부러지고 하얀 속이 드러났다. 조소삼이 입으로 작살낸 것이다.

사람들에게서 자기도 모르게 갈채가 터져나왔다. 세상만물이 원래 그런 법이다. 잔챙이 악당이나 나쁜 놈들은 비난을 받지만 크게 나쁜 짓을 하거나 이상한 짓을 하는 놈은 오히려 추앙을 받는다. 조소삼의 행동이 크나크게 나쁜 짓이거나 이상한 짓은 못되더라도 잔챙이 수준은 분명 넘었다. 다시 한사람이 나서 장대를 휘저으며 쑤셔넣었다. 그런데 차 밑에서 '꿱꿱' 하는 소리가 나자 그는 놀란 나머지 장대를 던지고 도망가버렸다. 다들 의견이 분분했다. 엽총으로 쏘자는 자도 있었고 창으로 찌르자는 자도 있었고 불로 태워버리자는 자도 있었다. 이런 야만적인 제안들을 홍태악은 죄다 물리쳤다. 홍서기가 낯빛이 어두워져서 말했다. "죄다 똥보다도 구린 생각들이나 하고 있으니. 우리는 지금 돼지사육운동을 하는 것이지 돼지죽이기운동을 하고 있는 게 아

니란 말이야!" 그러자 누군가 제안을 했다. 담이 큰 여자를
차 밑으로 들여보내 돼지를 살살 긁어주면 제아무리 사나운
수퇘지라도 여성을 존중할 줄 알겠죠? 제아무리 사나운 수
퇘지라도 여자가 살살 긁어주면 야성이 사라지지 않을까요?
생각은 그럴싸했다. 그런데 누가 들어갈 것인가. 이것이 문
제였다. 이때 혁명위원회 부주임을 맡고 있지만 실권이라곤
하나도 없는 황동이 말했다. "상금을 걸면 분명 용감한 여자
가 나설 것입니다. 들어가서 돼지를 제압하면 사흘치 노동
을 한 것으로 노동점수를 쳐주는 상을 내리는 겁니다." 홍태
악이 차갑게 말했다. "그럼, 네 마누라한테 들어가라고 해
라!" 오추향이 사람들 뒤로 숨으며 황동에게 욕을 퍼부었다.
"저런 주둥이하고는! 사흘 노동이 아니라 삼백일 노동으로
쳐주어도 난 안 들어가!" 이렇게 난감한 순간에 서문금룡이
살구나무숲 입구에 지어진 양돈인들이 묵는 다섯 칸짜리 숙
소 겸 사료보관소에서 나오는 것이 눈에 들어왔다. 막 문을
나설 때는 황가네 두 딸이 양쪽에서 부축을 했지만 몇발짝
떼자 두 여자를 밀쳐냈다. 두 여자가 그의 뒤를 바짝 따르는
모습이 꼭 미녀 보디가드 같았다. 약상자를 든 서문보봉과
남해방, 백행아, 막언 등도 그들 뒤를 따랐다. 온갖 풍상을
다 겪은 듯한 서문금룡의 심각한 얼굴이 보였고, 남해방과
백행아 등 수십명이 사료통을 들고 가는 게 보였다. 살구잎
으로 콧구멍을 막고 있었지만 내 코에도 사료냄새가 났다.
목화씨 깻묵과 말린 고구마, 그리고 검은콩 대와 고구마줄

기를 섞어 이긴 것이다. 황금빛 태양이 비추는 가운데 나무통에서는 하얀 김이 피어오르고, 그 하얀 김을 따라 냄새가 퍼졌다. 숙소에서도 구름처럼 김이 모락모락 피어오르다 흩어지는 것이 보였다. 뒤죽박죽이긴 해도 그 사람들이 그날 아침의 분위기를 장엄하게 하는 데 일조하고 있었고, 흡사 전선으로 가는 전사에게 식사를 보급하는 부대 같았다. 배가 진즉 등가죽에 달라붙어 있는 기몽산 돼지들은 즐거워 입이 벌어질 것이다. 저들의 행복한 생활은 사실 벌써 시작된 것이다. 내가 출신이 좋은 귀하신 몸이라 네놈들과 차마 같이 놀지는 못하지만 이왕 돼지로 환생한 마당에 돼지의 법도를 따르지 않을 수도 없는 노릇이니, 네 너희를 동족과 형제자매로 여기나니, 너희들 축복받아라, 건강하게 잘 먹고 잘 살아라! 어서 이곳 생활에 적응하여 사회주의를 위해 똥 잘 싸고 오줌 잘 누고 피둥피둥 살쪄라! 사실, 저들 말대로 돼지 한마리는 소형 비료공장 하나이고 돼지는 몸 전체가 보배이다. 고기로는 맛있는 요리를 만들고 껍질로는 가죽을 만들고 뼈는 삶아 아교를 만들고 털로는 빗을 만들고 쓸개조차 약으로 쓰인다.

금룡이 오는 것을 보고는 다들 소리쳤다. 됐어, 이젠 됐다고! 방울을 맨 사람이니 방울을 풀 수 있을 것이야. 금룡이 저 멧돼지를 기몽산에서 끌고 왔으니 당연히 차 밑에서 끌어낼 방법도 있을 것이다. 홍태악이 금룡에게 담배를 건네고는 친히 불을 붙여주었다. 서기가 담배를 건네는 것은 최고대우로, 흔치 않은 일이다. 금룡의 입술이 하얗게 타들어가고 눈두덩이 파랗고 머리가 온통 헝클어진 것이 피곤한 기색이 역력했다. 이번에 기몽산에서 돼지를 사오는 큰공을 세워서 인민공사 사원들에게도 위신이 섰고, 다시 홍서기의 신임도 얻었다. 서기가 담배를 건넨 것은 그를 얼마나 총애하는지 보여주는 것이다. 그가 담배를 반쯤 피우더니 바닥에 던졌다—그 담배를 막언이 얼른 주워 입에 물었다—그러고는 색이 바래 하얗게 변색되고 어깨와 소매도 기운 낡은 군복을 벗자 붉은 운동셔츠가 나왔다. 가슴에는 흰색으로 '정강산(井岡山)'이라는 세 글자가 모택동 필체로 쓰여 있었다. 그가 소매를 걷어올리고는 허리를 굽혀 차 밑으로 들어가려고 했다. 홍태악이 그를 붙들며 말했다.

"금룡, 함부로 그러지 말게. 이 돼지 미쳤어. 난 자네가 돼지를 다치게 하는 걸 원하지 않아. 돼지가 자네를 다치게 하는 것은 더 그렇고. 자네와 돼지 둘다 우리 서문촌 대대의 소중한 재산이야."

금룡이 쪼그려앉아 차 밑을 들여다보았다. 그는 하얗게 서리 앉은 기왓조각을 안으로 던졌다. 조소삼이 그 기왓조각을 한입에 넣어버리는지 아작아작 씹는 소리가 났고, 작은 눈에서 사나운 빛이 나와 사방으로 퍼지며 사람들을 오싹하게 했다. 금룡이 일어섰다. 입술을 슬쩍 훔치더니 볼을 씰룩거리며 미소를 지었다. 나는 이 녀석이 이런 표정을 짓는 의미를 잘 안다. 그것은 뭔가 생각이 떠올랐다는 것, 그것도 대개 기발한 생각이 떠올랐다는 뜻이었다. 그가 홍태악 귀에 대고 말했다. 차 밑에 있는 조소삼이 엿들을까봐 그런 모양이다. 사실 그는 괜한 걱정을 하는 것이다. 자신하건대 나 말고 지구상의 돼지 가운데 사람 말을 알아들을 수 있는 돼지는 없다. 내가 사람 말을 알아듣는 것은 지극히 예외적인 경우이다. 맹파정에서 건네준 맹파의 망혼탕이 나한테 효과가 없었던 것이다. 그렇지 않았다면 나도 윤회를 하는 모든 중생들이 다 그렇듯이 탕을 마시고서 전생과 내세의 모든 일을 깨끗이 잊었을 것이다. 홍태악 얼굴에 웃음이 번졌다. 그가 금룡의 어깨를 두드리며 웃으면서 말했다.

"녀석, 그런 방법을 생각해내다니!"

담배 반대를 피울 시간이 지났을까, 서문보봉이 눈처럼 하얀 커다란 만두(속에 아무것도 들어 있지 않은 중국식 만두—옮긴이) 두 개를 들고 뛰어왔다. 물에 불은 만두에서 진한 술 냄새가 훅 풍겼다. 나는 단번에 이것이 금룡의 속임수 계책이라는 것을 눈치챘다. 조소삼이 술에 취해 떨어져 저항할 힘을 잃게 만들려는 것이다. 내가 조소삼이라면 결코 속아 넘어가지 않을 것이다. 하지만 조소삼은 그저 돼지였고, 야성의 기질은 넘쳐도 머리는 떨어졌다. 금룡이 술에 불린 만두를 차 밑으로 던졌다. 나는 속으로 중얼거렸다. 형제여, 제발 먹지 마라. 먹으면 저들에게 넘어가는 거다! 하지만 조소삼은 술에 불린 만두를 먹은 것 같았다. 금룡과 홍태악, 그리고 다른 사람들 얼굴에 희색이 도는 것을 보니 그랬다. 이어 금룡이 손뼉을 치며 말했다. "쓰러져라, 쓰러져!" 이건 고전소설에서 배운 것이다. 고전소설에서 나쁜 녀석들이 술에 몽한약을 몰래 타서 마시게 하고는 손뼉을 치며 하는 말이었다. "쓰러져라, 쓰러져." 그러면 약을 마신 사람이 쓰러진다. 금룡이 차 밑으로 들어가 취해서 고개를 가누지 못하는 조소삼을 끌어냈다. 조소삼은 꿀꿀거리면서 저항할 힘을 잃은 채 사람들이 자기를 들어서 내 옆방 돈사에 넣도록 몸을 맡겼다. 원래 그 돈사 두 채는 독립건물로 종돈용 수퇘지를 위해 마련한 것이어서, 조소삼을 거기에 집어넣었다는 것은 그 녀석을 종돈으로 키우겠다는 뜻이 분명했다. 내가 보기에 이것은 황당하기 짝이 없는 결정이었다. 나같이 사지가 건장하고 몸이 늘씬하고 분홍빛 피부에 털이 하얗고 입은 짧고 귀는 통통한, 돼지 가운데 가장 출중한 돼지소년을 종돈으로 삼는 것이 백번 지당하지, 조소삼 같은—그 녀석 꼬락서니가 말이 아닌 건 다들 아는데—별볼일없는 종족에게 어떻게 후대를 맡긴단 말인가? 물론 몇년이 지난 뒤에야 나는 금룡과 홍태악의 결정이 옳았다는 것을 알았다. 과거 70년대, 물자가 부족하고 돼지고기 공급도 턱없이 부족하던 그 시절, 사람들이 가장 먹고 싶어한 것은 입에 살살 녹는 돼지비계였다. 하지만 지금은 생활수준이 높아지고 입도 비싸져서 집에서 키운 것보다는 좀더 야생적인 맛을 좋아하게 되는 바람에, 조소삼이 교배해 낳은 후손들이 천연 멧돼지로 팔려나가고 있다. 이런 일들은 나중에 이야기하고, 여기서는 잠시 접어두겠다.

당연히, 나는 다른 돼지들보다 총명해서 나 자신을 지키는 것을 잊지 않았다. 저들이 조소삼을 이쪽으로 옮기려고 할 때 나는 저들이 무엇을 하려는지 벌써 알아챘다. 나는 살구나무가지에 걸치고 있던 발을 얼른 내리고는 마른풀과 잎이 깔린 구석에 엎드려서 자는 시늉을 했다. 저들이 조소삼을 옆방에 내려놓는 둔탁한 소리가 들리고 조소삼이 꿀꿀대는 소리가 들렸다. 홍태악과 금룡을 필두로 한 사람들이 나를 칭찬하는 소리가 들렸다. 나는 실눈을 뜨고서 돈사 밖에 있는 사람들을 보았다. 태양은 벌써 중천에 걸려 있어서 사람들 얼굴이 금칠을 한 듯 번쩍거렸다.

제24장

희소식에 인민공사 사원들은 횃불을 밝히고
돼지왕은 몰래 학문을 닦고 명문장을 듣다

아저씨들, 그리고 형님들, 대두 남천세가 북경 건달 말투로 내게 이야기했다. 이어지는 찬란한 늦가을 이야기는 우리 둘이 같이 추억하도록 하지. 그 찬란하던 늦가을에 일어난 최고로 찬란하던 날들의 이야기 말이야. 그날 살구나무 숲에 단풍이 붉게 물들고 하늘에 구름 한점 없던 날, 고밀현 최초이자 마지막으로 '양돈운동' 현장대회가 우리 서문촌 대대 살구나무 농장에서 열렸다. 그 대회는 창조적 사업이라는 평가를 받으며 성에서 발행하는 신문에 장문의 기사가 실렸고, 이 회의를 담당하는 현과 인민공사의 간부들도 한 등급 높은 관직으로 발탁되었다. 이 회의는 고밀현 역사에도 기록될 정도로 우리 서문촌 역사에서 빛나는 한 페이지가 되었다.

이 회의를 준비하느라 서문촌 인민공사 대대의 사원들은 홍태악의 영도와 금룡의 지휘를 받고, 대대 주재 간부들과 공사 혁명위원회 부주임 곽보호(郭寶虎, 꿔빠오후)의 지도를 받아 밤낮없이 일주일을 일했다. 다행히 농한기라 거둘 농작물도 없어 온 동네가 나서서 회의를 준비해도 농사를 망칠 염려가 없었다. 하긴 아무리 바쁜 농번기라고 해도 상관없었을 것이다. 그 시절에는 정치가 첫째였고 생산은 둘째였다. 돼지사육은 정치임무였다. 정치가 전부였고, 모든 일보다 정치가 우선이었다.

마을에서 돼지사육 현장대회가 열린다는 소식이 전해지던 순간, 온 마을이 명절 분위기에 휩싸였다. 대대 지부서기 홍태악이 마이크를 들고 흥분한 목소리로 낭보를 알리자 온 동네 사람들이 자발적으로 거리로 몰려나왔다. 때는 벌써 저녁 아홉시가 훨씬 넘은 시각이었고 스피커에서 흘러나오던 「인터내셔널」 노래도 진즉 끊긴 시각이었다. 여느때 같으면 사원들은 구들에 올라가 잠을 청하고, 마을 서쪽 입구에 사는 한창 신혼이던 왕가는 막 성관계를 나누려던 참일 터이지만, 희소식이 사람들을 흥분시켰고 생활을 바꾸어버렸다. 그런데 너는 왜 나한테는 묻지 않는 거야? 돼지로서 살구나무숲 깊숙한 돈사에 있던 내가 어떻게 마을 상황을 알았는지 말이다. 사실 말인데, 그때 나는 진즉부터 밤이면 돈사를 나와 시찰하고 기몽산 암퇘지와 시시덕거리기도 하고 동네를 어슬렁거리는 모험을 즐기고 있어서 동네의 모든 기밀이 다 내 손에 있었다.

사원들이 횃불을 들고 거리로 쏟아져나왔다. 다들 얼굴에 웃음을 짓고 있었다. 그런데 사람들이 왜 이렇게 좋아하는 것일까? 그것은 그 시절 마을이 시범부락으로 뽑히면 막대한 이익이 굴러들어왔기 때문이다. 대대 앞마당에 모인 사람들은 지부 서기와 대대 간부 들이 나오기를 기다리고 있었다. 홍태악이 저고리를 걸치고 환하게 밝힌 전깃불을 받고 서 있는데, 기쁨이 넘쳐 얼굴에서 광채가 나며 번쩍거리는 것이 사포질을 해 광택을 낸 구리거울 같았다. 그가 말했다. 사원동지 여러분, 양돈운동 현장대회가 우리 마을에서 열리는 것은 당이 우리에게 관심을 가지고 있음을 말해주는 것이자 당이 우리를 검증하는 것이기도 합니다. 우리는 최선의 노력을 다해 이번 대회를 철저히 준비해야 합니다. 아울러 이번 기회를 빌려 돼지사육사업에 더욱 박차를 가해 우리가 지금 일천마리를 사육하지만 앞으로 오천 마리, 일만 마리를 키우고, 이만 마리가 되었을 때 북경으로 가서 모주석에게 그 기쁜 소식을 알립시다!

서기의 연설이 끝났지만 모인 사람들은 흩어지지 않았다. 특히 꽃다운 청춘기를 맞았지만 정력을 발산할 곳이 없던 청춘남녀들은 나무에라도 오르고 우물에라도 뛰어들든지, 살인을 하든지, 방화를 하든지, 제국주의와 수정주의자들과 목숨을 걸고 싸우든지 여하튼 무슨 짓이든 해야 했다.

이러한 밤에 어찌 잠자리에 들 수 있겠는가?! 손가네 네 형제가 서기의 말이 끝나기도 전에 사무실로 들어가 오랫동안 처박아두었던 징과 북 등속을 상자에서 꺼냈다. 심심한 것을 참지 못하는 막언은 사람들이 다들 그를 싫어했지만, 얼굴이 워낙 두꺼워 전혀 아랑곳하지 않고 사사건건 끼어들었는데 이번에도 앞장서서 북을 걸쳤다. 다른 청년들은 상자 바닥을 뒤져 '문혁' 깃발을 찾아냈고, 그리하여 징과 북을 울리고 깃발을 든 행렬이 거리로 나서 마을 동쪽 끝에서 서쪽 끝까지, 다시 서쪽 끝에서 동쪽 끝을 오가며 행진을 하는데, 홰나무에 있던 까마귀들이 놀라 짖어대며 날아갔다. 마지막으로 시위대는 살구나무 농장 한가운데 모였다. 내 돈사의 서쪽이자 이백 칸짜리 기몽산 돼지들 돈사의 북쪽이었고, 기몽 멧돼지 조소삼이 술에 취해 떨어졌던 공터였다. 돈사를 짓느라 잘라낸 살구나무가지를 모아 막언이 배포좋게 모닥불을 피웠다. 불씨가 튀고 바람에 타닥타닥 소리를 내며 타면서 나무 특유의 향이 났다. 홍태악이 막언을 혼낼까 하다가 청년들이 불을 둘러싸고 노래부르고 춤을 추는 열정적인 모습을 보고는, 자기도 모르게 끼어들어 춤을 추었다. 사람들은 기뻐하고 우리의 돼지들은 가슴을 졸였다. 막언이 계속 나뭇가지를 불에 집어넣었다. 불길이 그의 얼굴을 환하게 비추었다. 그 모습이 꼭 새로 색을 입힌 사당의 저승사자 같았다. 내가 아직 돼지왕으로 정식 등극한 것은 아니었지만, 돼지들 무리에서 제법 신임을 얻고 있던 때였다. 나는

428

줄지어 늘어선 돈사들 가운데 가장 앞에 있는 돈사에 신속하게 소식을 전했다. 첫째 열 첫째 칸 돈사에 있는 다섯 마리 돼지 가운데 가장 머리가 좋은 어미돼지 남채화(藍菜花, 란차이화)에게 말했다.

"전달해, 겁먹지 말라고. 우리의 호시절이 왔다고 말이야!"

나는 두번째 열 첫째 칸 돈사에 있는 여섯 마리 돼지 가운데 가장 음흉한, 거세당한 돼지 야랑호(夜狼嗥, 예랑하오)에게 말했다.

"전달해, 겁먹지 말라고. 우리의 호시절이 왔다고 말이야!"

나는 세번째 열 첫째 칸 돈사에 있는 다섯 마리 돼지 가운데 가장 예쁜 암돼지 호접미(胡蝶迷, 후뎨미)에게 말했다.

"전달해, 겁먹지 말라고. 우리의 호시절이 왔다고 말이야!"

잠에 취해 졸린 눈을 한 호접미가 어찌나 귀여운지, 나도 모르게 그의 볼에 입을 맞추었더니 자지러지는 소리를 질렀다. 나는 행복해서 쿵쾅거리는 마음을 억누른 채 네번째 열 첫째 칸 돈사에 있는 '4대 금강석'이라 불리는 네 마리 거세한 수돼지들에게 달려가 말했다.

"전달해, 겁먹지 말라고. 우리의 호시절이 왔다고 말이야!"

'4대 금강석' 녀석들이 어안이 벙벙한 채 내게 물었다.

"그게 무슨 소리야?"

"양돈운동 현장대회가 여기서 열린대. 우리의 호시절이 올 거라고!" 나는 큰 소리를 지르며 달려서 내 돈사로 돌아왔다. 대왕의 자리에 오르기 전에 내가 밤에 돌아다니는 비밀을 사람들에게 들키고 싶지 않았다. 저들이 알아도 나를 막지 못하겠지만—나는 돈사를 맘대로 드나들 수 있는 최소한 세 가지 묘책을 세워놓고 있었다—그래도 어수룩한 척하는 것이 제일이다. 나는 질주하면서 최대한 모닥불빛을 피할 셈이었지만 몸을 숨길 방법이 없었다. 불이 하늘까지 치솟아 살구나무숲을 온통 환하게 비추고 있었다. 나는 달리는 내 모습, 미래 돼지왕의 모습을 보았다. 온몸이 환하게 빛나고 있었다. 비단옷을 입은 것 같았고, 돼지왕의 숙소가 가까워지자 나는 한줄기 번개처럼 뛰어올라 몸을 날렸다. 위조한 관인(官印)이나 위조 달러를 만들 수 있을 만큼 정교한 내 두 앞발로 늘어진 살구나무가지를 붙잡고 몸이 추처럼 늘어지며 가지의 탄성과 내 몸의 관성을 빌려 담장을 넘어 내 우리에 떨어졌다.

그런데 자지러지는 소리가 들리고 발에 뭔가 물컹한 것이 밟히는 느낌이 들었다. 자세히 보고는 화가 치밀어올랐다. 알고 보니 내가 없는 틈에 옆방에 사는 잡종 기똥 멧돼지 조소삼이 건너와 내 금침에서 잠을 자고 있었다. 순간 몸이 근질근질해지고 눈에서 사나운 불이 일었다. 그 못생기고 더럽고 추잡한 몸이 내가 정성들여 만든 침소에 누워 있는 것이다. 가련해라, 저 황금 같은 밀짚이여! 안타까워라, 저 붉고 향기로운 살구나무잎이여! 이 잡놈이 내 침소를 더럽히고 더러운 이와 종기 부스러기를 내 침대에 떨어뜨린 것이다. 보아하니 이번이 결코 처음이 아니었다. 속에서 분노의 불길이 치솟아오르고 온힘이 이마에 모아졌다. 이가 서로 부딪치면서 나는 소리가 귀를 찔렀다. 그런데 그 자식은 후안무치하게도 웃으면서 내게 고개를 숙이며 인사하더니 무슨 일 있었느냐는 듯이 살구나무 아래로 가서 오줌을 누었다. 교양있고 위생을 중시하는 돼지인 나는 오줌을 꼭 돈사 서남쪽 구석에 쌌다. 거기에 밖으로 통하는 구멍이 있었고 나는 매번 정확히 조준하였기에 오줌이 그 구멍을 타고 흘러나가 돈사에는 흔적이 거의 남지 않았다. 더구나 살구나무 밑은 내가 신체를 단련하려고 운동을 하는 헬스장으로서, 바닥이 대리석처럼 반질반질한 곳이었다. 내가 나뭇가지를 잡고 몸을 들어올리는 운동을 하면서 발톱이 땅에 닿을 때면 맑은 소리가 나는 절묘한 곳을 이런 잡놈이 오줌을 싸 망쳐놓은 것이다! 다른 무엇보다도 어찌 이것을 참을 수 있단 말인가? 이 말은 당시 유행하던 옛날 말이다. 지금은 이런 옛날 말을 거의 쓰지 않는다. 시대마다 그 시대의 유행어가 있게 마련이다. 나는 온몸의 기를 모아 기공 고수가 비석을 깨뜨리듯이 그 잡놈의 엉덩이를, 정확히 말하면 그 잡놈의 주먹만한 불알을 조준하여 냅다 들이받았다. 거대한 반발력에 나는 뒤로 두 걸음 밀려났고 뒷다리에 힘이 빠지면서 바닥에 주저앉았다. 그와 동시에 그 잡놈의 엉덩이가 높이 치솟고 엉덩이에서는 멀건 똥이 찍 흘러나왔고, 그놈 몸이 포탄처럼 씽 날아가 벽에 부딪히면서 튕겨져나왔다. 이 모든 일이 순식간에 일어났다. 반은 꿈같고 반은 진짜 같았다. 가장 진짜인 광경은 이 잡종이 시체처럼 바닥에 쭉 뻗어버린 것이고, 그곳은 내가 똥을 누던 곳이어서 이번에야말로 구린내나는 이놈이 제대로 자리를 찾은 것이다. 온몸을 덜덜 떨며 사지를 쪼그린 채, 들고양이가 위협을 가할 때처럼 등은 활처럼 굽고 눈은 뒤집혀 흰자가 보이지 않는 것이 영락없이 노동인민을 극도로 경멸하는 부르주아 지식인의 눈이었다. 약간 머리가 아찔하고 코가 아리고 눈물이 핑 돌았다. 젖먹던 힘까지 쥐어짠 탓에 이 녀석 몸에 부딪혔으니 그나마 다행이지, 그렇지 않았다면 나는 벽을 뚫고 나가 둥그런 구멍이 났을 것이다. 냉정을 되찾고 나자 겁이 났다. 이 잡놈이 허락도 없이 내 침소를 더럽힌 것은 분명 저주받아 마땅한 못된 짓이지만 그렇다고 죽음을 당할 죄는 아니었다. 그저 한번 혼내주면 될 일이지, 죽게 한다면 분명 지나친 일이었다. 물론 서문금룡이나 홍태악 같은 이들이 내가 조소삼을 죽였다고 판단하더라도 나를 어쩌지는 않을 것이다. 내 물건이 그들이 바라는 새끼를 낳아주기를 기대하기 때문이다. 더구나 조소삼이 내 방에서 죽었으니, 상해 사람들이 하는 말로 남의 땅을 넘봤으니 죽음을 자초한 것이다. 사람에게만 영토가 신성하여 피와 목숨으로 그것을 지켜야 하고, 돼지의 영토는 신성하지 않단 말인가? 동물도 자기 영역이 있는 법이다. 호랑이, 사자, 개도 예외가 아니다. 내가 저놈 집에 넘어가 물어죽였다면 내 잘못이지만 저놈이 내 침대를 엉망으로 만들어놓고 내 헬스장에 오줌을 싸놓았으니 제놈이 죽기를 자초한 것이다. 이렇게 곰곰이 생각을 굴리다 보니 마음이 좀 편해졌다. 한가지 마음에 찔린 것은 그 녀석이 소변을 볼 때 내가 뒤에서 갑자기 습격을 한 것이다. 일부러 그때를 택한 것은 아니었지만 어쨌거나 그리 떳떳한 일은 아니었다. 이 일이 알려지면 내 명예에 영향을 줄 것이다. 이 잡놈이 분명 죽었을 것이라 단정하면서도 솔직히 속으로는 죽지 않았으면 했다. 이 잡놈이 펄펄 뛰는 야생성을 가졌다고 생각해서였다. 이 녀석이 지닌 야생 기질은 산림, 대지에서 얻은 것이고, 옛날 고대벽화와 입에서 입으로 전해진 영웅서사시처럼 원시적인 예술정취가 있고, 이 모든 것은 그것을 무시하던 당시에는 찾아볼 수 없었다. 물론 지금처럼 자연의 맛이라고는 하나도 없으면서 약해빠진 것을 쿨하다고 하는 시대에도 보기드문 가치들이었다. 나는 안타까운 마음에 눈물이 돌았다. 다가가 발을 들어 녀석의 거친 피부를 긁적거렸다. 이 녀석 뱃가죽이 가볍게 떨리더니 콧구멍에서 꿀꿀 소리가 났다. 아직 죽지 않았구나! 기뻤다. 다시 긁적이자 녀석이 다시 꿀꿀 소리를 냈다. 그러면서 까만 눈동자가 돌아왔다. 하지만 몸은 아직도 축 늘어진 채 꿈쩍을 하지 않았다. 이 녀석 불알이 치명적인 공격을 받은 것으로 보였다. 그곳은 수컷들에게는 치명적인 급소다. 동네에서 경험 많은 한가락하는 여자들이 남자와 싸울 때면 언제나 거기를 틀어쥐려고 했고, 일단 잡혔다 하면 남자는 여자 손에 든 진흙처럼 여자 맘대로 주물럭거릴 수 있었다. 이 잡놈이 살아나더라도 병신이 될 것 같았다. 깨져버린 불알 두 쪽을 어떻게 원래대로 돌려놓을 수 있겠는가?

나는 일전에 『참고소식(參考消息)』이라는 신문을 통해 교배 경험이 없는 수컷동물의 오줌에 기사회생의 효능이 있는데 중국 고대 의학자인 이시진(李時珍, 리스전)의 『본초강목(本草綱目)』에도 이 내용이 실렸지만 그리 깊이 다루어지지는 않았다는 사실을 들었다. 그 시절 『참고소식』은 유일하게 진실을 말하는 신문이었고, 나머지 신문 방송 들은 다 거짓말과 헛소리뿐이었다. 나는 그때부터 『참고소식』에 빠져 있었다. 사실 말이지, 그때 내가 밤마다 출행을 한 중요한 이유 중 하나가 대대에서 막언이 소리내어 읽던 『참고소식』을 엿듣기 위해서였다. 막언녀석은 이 신문을 무척 즐겨 보았다. 녀석은 그때 머리가 누렇게 뜨고 두 귀는 동창이 나고 발에는 해진 짚신을 신고 눈은 째진 채 몰골이 추악했지만, 그래도 그 물건이 가슴에는 조국을 품고 눈은 세계를 향한 채 『참고소식』을 낭독할 수 있는 권리를 얻으려고 제 발로 홍태악에게 간청하여 밤에 대대 숙직을 서는 일을 얻어냈다.

대대 사무실은 서문저택 마당 안채에 있었는데 손으로 돌리는 구식 수동전화기 한대가 있었고 벽에는 커다란 축전

434

지가 두 대 걸려 있었다. 방에는 서문뇨가 주인이던 시절에 쓰던 탁자가 놓여 있었고, 벽 모퉁이에는 다리가 하나 부러진 침대가 놓여 있었다. 책상에는 유리로 덮인 등잔불이 있었는데 당시에 보기드문 것이었다. 막언녀석은 이 책상 앞에 앉아 여름에는 모기를 무릅쓰고 겨울에는 추위를 무릅쓴 채 『참고소식』을 읽었다.

서문집안의 마당 대문은 대약진운동 당시 철강제련운동을 할 때 떼어내어 장작으로 태워버려서 그때부터 이빨 빠진 노인네 입처럼 볼썽사납게 늘 열려 있었다. 내가 밤에 잠행하기에는 더없이 편했다.

세 차례 환생을 겪은 탓에 서문뇨로 살던 때의 기억은 점점 흐릿해졌지만 달빛을 받고 일을 하러 나서는 남검의 그 곰처럼 우둔한 그림자를 볼 때나 영춘이 뼈가 부러져 죽는 소리를 지를 때, 추향이 황동과 싸우며 욕하는 것을 볼 때면 마음이 여전히 심란했다.

나는 글자를 많이 알았지만 직접 읽을 기회를 잡기는 힘들었다. 막언녀석은 밤새 『참고소식』을 들고서 이리 넘기고 저리 넘기면서 소리내어 읽기도 하고 눈을 감고 암송하기도 했다. 그 녀석은 정말 정력이 남아도는데다 무료한 나머지 『참고소식』을 다 외웠다. 작은 눈이 빨갛게 충혈되고 이마가 등불 연기에 까맣게 그을려도 돈이 들지 않는 공공기관의 등불이니 결사적으로 견뎠다. 그의 입 덕분에 나는 70년대 지구상에서 가장 높은 문화적 소양을 갖추고, 가장 박학

다식한 돼지가 되었다. 나는 미국 대통령 닉슨이 대규모 수행원들을 데리고 은색과 파랑, 흰색이 칠해진 '76 스피릿' 대통령 전용기를 타고 북경공항에 내린 것도 알고 있었다. 모택동 주석이 실로 장정을 꾸민 책들이 가득 찬 서재에서 닉슨을 접견했고, 그 자리에는 통역관 외에도 국무원 총리 주은래(周恩來, 져우언라이)와 미 국무부 장관 헨리 키씬저가 배석했다는 것도 알고 있었다. 모택동이 닉슨에게 지난번 선거 때 나도 당신에게 한표 던졌어요!라고 농담하자, 닉슨도 둘다 마음에 들지 않지만 그래도 그중 나은 것을 택하신 거겠지요!라고 농담을 한 것도 알고 있었다. 물론 미국 우주인이 아폴로 17호를 타고 달에 간 것도, 달에서 과학실험을 하고 많은 암석을 채취하고 미국 국기를 꽂은 뒤 냅다 오줌을 갈긴 것도, 달은 인력이 약해서 그 오줌이 노란 벚꽃처럼 튀어오른 것도 알고 있었다. 그뿐만 아니라 미국 비행기가 베트남에 폭격을 퍼부어 하룻밤에 베트남을 석기시대로 되돌려놓은 것도 알고 있었다. 중국이 영국에 보낸 판다 지지가 병이 나서 치료에도 불구하고 1972년 5월 4일에 런던동물원에서 불행히 죽었는데, 향년 열다섯이었다는 것도 알고 있었다. 일본 고위지식인들 사이에서 오줌 먹는 치료법이 유행하면서 결혼을 하지 않은 어린 남자의 오줌 가격이 치솟아 고급술보다도 비싸다는 것도 알고 있었다. ……나는 너무 많은 것을 알고 있었고, 일일이 셀 수 없을 정도였다. 그런데 중요한 것은 나는 결코 배움 그 자체만 좇는 바보가 아니라 배운 것을 바로 현실에 적용하고 과감히 실천하는 모범을 보였다는 점이다. 이 점은 금룡 그 녀석이 나를 조금 닮았다고 할 것이다. 몇십년 전의 일이기는 해도 나는 어쨌거나 그의 친아버지였다.

나는 내 오줌을 조소삼의 벌어진 큰 입을 조준하여 쏟아부었다. 입밖으로 나온 누런 이빨을 보며 생각했다. 이 잡놈아, 이 어르신이 네놈을 위해 이를 닦아주는 거야! 내 오줌은 양이 아주 많아서 조절을 해도 그 녀석 눈에까지 튀었다. 이 잡놈아, 이건 내가 안약을 발라주는 거다. 오줌 살균소독의 효과가 소독약 못지않단다. 조소삼 이 잡놈이 쿨럭거리며 내 오줌을 삼키더니 꿀꿀 소리를 내며 눈을 떴다. 과연 신기한 기사회생의 액체였다. 내가 오줌을 다 쌌을 때 벌써 앉기 시작하더니 일어나 걸음을 떼기도 했다. 몸 뒤쪽이 좌우로 흔들거렸다. 물이 얕아 헤엄치느라 애쓰는 물고기꼬리 같았다. 몸을 벽에 기대더니 꿈에서 깨기라도 하려는 듯 머리를 털었다. 그리고 욕을 퍼부었다.

"서문돼지, 이런 개새끼!"

이 잡놈이 내가 서문돼지라는 것을 알고 있었다. 나는 깜짝 놀랐다. 여러 번 환생하면서 사실 나조차도 벌써 오래전 일인 그 재수없는 서문뇨와 잘 연결짓지 않았고, 동네 사람들 중에도 내 출신과 내력을 아는 사람이 없었다. 그런데 이 기몽산 잡놈이 나를 서문돼지라고 부르니 정말 알 수 없는 노릇이었다. 내 장점은 아무리 생각해도 모르겠으면 아예

그것을 생각지 않고 잊어버리는 것이다! 서문돼지면 서문돼
지지, 나 서문돼지는 승리자이고 너 조소삼은 패배자이다.
내가 말했다.

"조가야, 내가 오늘은 가볍게 맛보기만 보여준 것이다.
내 오줌을 마셨다고 자존심 상해하지 마라. 내 오줌에 감사
해라. 내 오줌이 아니었으면 넌 벌써 숨이 끊겼다. 지금 네
놈 숨이 끊기면 곧 다가올 축제를 볼 수도 없다. 돼지로 태어
나 다가올 축제를 보지 못한다면 헛산 것이다! 그러니 내게
감사해라. 오줌요법을 만들어낸 일본 지식인에게 감사해야
하고 이시진에게 감사해야 하고 밤마다 고생하며 『참고소
식』을 읽어준 막언에게 감사해야 한다. 그 사람들 아니었으
면 넌 벌써 사지가 굳고 혈액이 응고되어 네 몸에 사는 이들
은 빨아먹을 피가 없어 다른 데로 가느라 바빴을 것이다. 이
는 보기에는 멍청하지만 사실 행동이 빠르며 옛말에 날 수
도 있다고 했다. 이가 날개가 있는 것도 아니어서 어떻게 날
까마는, 바람을 타고 빠른 속도로 이동한다는 것은 사실이
었다. 네놈이 죽었으면 그 이들이 죄다 나한테 날아왔을 것
이다. 재수 옴붙을 뻔했다. 온통 이투성이인 몸으로 어떻게
돼지왕 노릇을 하겠느냐. 네놈이 죽기를 바라지 않은 것은
이런 차원이기도 했다. 내가 너를 살렸으니 네 이를 데리고
네 집으로 꺼져라. 원래 있던 곳으로 돌아가란 말이다."

"꼬마야." 조소삼이 이를 갈며 말했다. "이걸로 우리 둘
사이에 계산이 끝났다고 생각하지 마라. 분명 언젠가 네놈

에게 기몽산 돼지의 뜨거운 맛을 보여줄 날이 있을 게다. 호랑이도 왜 이 몸 고기에 입을 대지 않는지 알게 해줄 것이고, 토지신의 자지가 돌로 만들어졌다는 것을 보여줄 날이 있을 것이다."

토지신의 자지 이야기는 막언녀석의 소설 「신 석두기(新石頭記)」에 그 답이 나와 있다. 그 소설에 슬하에 자식이 없는 한 석수장이 이야기가 나오는데, 이 사람이 덕을 쌓고 선행을 베풀려고 단단한 응회암으로 토지신 신상을 새겨 토지신을 모시는 마을의 사당에 세웠다. 다 돌로 조각을 했기에 자지도 몸의 기관인 이상 자연히 돌로 되어 있었다. 이듬해 석수장이의 처가 귀가 엄청 큰 사내아이를 낳았다. 그러자 마을 사람들이 다들 석수장이가 적선한 것이 보답을 받았다고 말했다. 훗날 석수장이 아들이 커서 사나운 도적떼가 되었는데 그 아비와 어미를 욕하고 패는 꼴이 완전히 짐승이었다. 석수장이가 몽둥이로 두들겨맞아 부러진 다리를 질질 끌고 길을 갈 때마다 사람들 마음이 한없이 짠했다. 세상일이라는 게 알 수 없어서 선한 일을 하고서 저런 악한 보답을 받으니 그 복잡한 세상사를 어찌 몇마디로 다 할까.

조소삼이 협박을 해도 나는 웃어넘겼다. 내가 말했다. 난 언제든 준비가 되었으니 하시라도 도전을 받아주겠다. 산 하나에 두 마리 호랑이가 살 수 없는 법이고 구유 하나에 나귀 두 마리를 맬 수 없는 법이다. 토지신 할아버지 자지가 돌이라고 해도 토지신 할머니 물건도 그저 진흙은 아니란다.

한 돈사에는 오직 하나의 돼지왕만 있어야 한다. 우리 둘이 조만간 생사를 걸고 끝장을 보자. 오늘 이것은 아무것도 아니다. 오늘은 둘다 치사했고, 하수 대 하수로 싸웠다. 하지만 다음번에는 정정당당하게 한판 붙자. 공정하고 투명하게 말이다. 네놈이 깨끗이 승복할 수 있도록 공정하고 규칙도 잘 알고 성격도 고상한 나이든 돼지에게 심판을 봐달라고 하자. 이제 내 집에서 그만 나가라. 나는 앞발을 들어 공손하게 예를 갖추었다. 발톱뼈가 모닥불빛에 번들거려 옥으로 조각한 것 같았다.

나는 이 잡놈이 내가 놀랄 만한 방법으로 내 집에서 나갈 줄 알았는데, 정말 실망이었다. 몸을 쭈그러뜨려 돈사 문의 쇠창살 틈으로 빠져나갔다. 녀석의 머리가 겨우 빠져나가고 철문이 흔들리면서 콰당 소리가 났다. 머리가 빠지자 몸이 쉽게 빠져나갔다. 볼 필요도 없이 녀석은 같은 방법으로 자기 집 쇠창살을 비집고 들어갔을 것이다. 그렇게 개구멍을 내는 것은 개나 고양이 들이나 하는 짓이었다. 당당하고 스스로 남들과 다르다고 생각하는 돼지라면 절대 그런 방법은 쓰지 않는다. 돼지라면 먹으면 자고, 자고 나면 또 먹고 주인을 위해 살을 찌우고 주인을 위해 고기를 불리는 것을 일삼다가 주인 손에 도축장으로 끌려가든지 아니면 나같이 재주를 좀 부릴 줄 아는 돼지가 되어 그들을 놀라게 하든지 둘 중 하나다. 그래서 나는 조소삼이 버짐 핀 개마냥 쇠창살 사이로 빠져나가는 것을 본 뒤로, 그 녀석을 얕잡아보기 시작했다.

제25장

현장대회에 참석한 고관이 일장연설을 하고
살구나무가지를 잡고 돼지는 묘기를 부리다

미안하다. 성황리에 열린 양돈운동 현장대회 이야기를 아직까지 하지 않았으니 말이다. 그 대회를 위해 온 마을 인민공사 사원들이 일주일을 준비했다. 그 성대했던 잔치 이야기를 하려면 꼬박 한 장(章)이 필요할 것이다.

먼저 돈사 담장 이야기부터 하자. 돈사의 담장은 새로 석회칠을 했다. 석회에 소독효과가 있다고 했다. 하얀 담벼락이 대문짝만한 붉은 표어로 가득 찼다. 표어의 내용은 양돈과 관련된 것이자 세계혁명과 관련된 것이었다. 그만한 표어를 쓸 사람은 금룡 말고 또 누가 있단 말인가? 우리 동네에서 가장 재주있는 청년 둘을 꼽자면 서문금룡과 막언이었다. 홍태악은 이 둘을 이렇게 평가했다. 금룡이 정정당당한 인재고 막언은 비뚤어진 인재다. 막언은 금룡보다 일곱살 아래이다. 금룡이 한창 날릴 때 막언은 통통한 죽순처럼 땅 밑에서 힘을 쌓고 있었다. 그때는 이 녀석을 아무도 거들떠 보지 않았다. 못생긴데다 행동도 괴상하고 사람들이 알아들을 수 없는 이상한 이야기들을 떠벌리고 다녀서 다들 싫어하고 멀리했다. 자기 집 사람들조차 녀석을 바보라고 여길 정도였다. 언젠가는 자기 누나가 그의 얼굴을 가리키며 어머니에게 물었다. 엄마, 엄마, 저애 엄마가 낳은 것 맞아? 아버지가 아침 일찍 일어나서 똥 주울 때 뽕나무 뒤에서 버려진 아이를 주워온 거 아니야? 막언의 형과 누나 들은 몸매도 빼어난데다 얼굴도 잘생겼고 소질도 금룡이나 보봉, 호조, 합작에 견주어도 손색이 없었다. 어머니가 한숨을 쉬며 말했다. 그 녀석을 낳을 때 네 아버지 꿈에 큰 붓을 끌고 가는 귀신이 우리집 대청으로 들어서더란다. 그래서 어디서 왔느냐고 물었더니 자기는 저승에서 왔는데 염라대왕의 서기 노릇을 하던 사람이라고 하더란다. 아버지가 한참 답답해하던 차에 방에서 아기 울음소리가 들리고 산파가 소리치며 “주인어른, 경사예요. 마님께서 도련님을 낳으셨어요” 하더란다. 이 이야기는 내가 보기에는 막언의 어머니가 막언이 마을에서 좋은 대접을 받게 하려고 지어낸 것이다. 비슷한 이야기는 중국 민속극에 단골로 등장한다. 하지만 지금 서문촌 — 서문촌은 지금은 봉황성의 경제개발구로 변한 지 오래다. 옛날 논밭 자리에 중국식도 아니고 서양식도 아닌 건물들이 빽빽이 들어서 있다 — 에 가보면 막언이 염라대왕 서기가 환생했다는 이야기가 쫙 퍼져 있다. 그런데 70년대는 서문금룡의 시대였고 막언이 두각을 나타내려면 십년을 더 기다려야 했다. 지금 내 눈앞에는 양돈운동대회를 준비하느라 서문금룡이 붓을 들고 하얀 벽에 표어를 쓰는 장면이 펼쳐지고 있다. 금룡은 파란 토시에 흰 장갑을 꼈고, 황호조는 붉은 페인트통을 들고 거들고 황합작은 노란 페인트통을 들고 거들었다. 진한 페인트 냄새가 진동했다. 동네 표어는 분필로 써왔는데 이번에 페인트로 쓰게 된 것은 현에서 넉넉하게 경비 지원을 해준 덕분이었다. 금룡의 필체는 아주 개성이 강했다. 큰 붓에 붉은 페인트로 표어를 쓰고 작은 붓에 노란 페인트로 글씨 테두리를 입혔다. 금테를 두른 붉은 글씨가 선명하게 눈길을 끌었다. 화장한 미녀의 붉은 립스틱이 눈길을 끄는 것과 흡사했다. 글씨를 쓰는 금룡 뒤로 사람들이 모여 감탄을 연발했다. 오추향의 친한 친구로 오추향보다 행실이 더 요란하기로 소문난 마육(馬六, 마류)아줌마가 애교를 떨며 말했다.

"금룡총각, 이 아줌마가 스무살만 젊었어도 기어이 내가 마누라가 됐을 텐데 말이야. 큰마누라가 안되면 작은마누라 자리라도 상관없지."

옆에 있던 사람이 끼어들었다. "첩 자리도 자네한텐 어림없어."

마육아줌마가 눈물이 그렁그렁해진 채 호조와 합작에게

말했다.

"그래, 선녀 같은 아가씨들아, 난 첩도 어림없지만, 금룡 총각, 이 두 꽃송이를 어서 따가라고. 어물어물하다가 다른 사람들이 따가버리면 어쩌려고 그래!"

황가네 자매의 얼굴이 붉어졌고 금룡도 조금 수줍어했다. 그가 붓을 들고 위협하며 말했다.

"이런 바람둥이 아줌마가, 닥쳐요. 입에 페인트칠을 해버릴 테니 조심하세요!"

황가네 두 딸과 금룡 이야기를 꺼내면 남해방 자네 속이 편치 않다는 것을 잘 아네. 하지만 지난 역사를 이야기하려니 꺼내지 않을 수가 없네. 그리고 내가 이야기하지 않더라도 막언녀석이 분명 쓰게 될 거야. 악명높은 그 녀석 책에 서문촌 동네 사람들이 다 나오지 않던가. 그래, 다시 원래 이야기로 돌아가자. 표어를 다 쓴 뒤 살구나무가지에도 회칠을 하고는 원숭이 같은 소학교 아이들이 가지마다 색색의 테이프를 매달았다.

무슨 운동이든 학생들이 없으면 썰렁하게 마련이고, 학생들이 나서야 달아오르는 법이다. 배에서 꼬르륵 소리가 나긴 해도 명절 분위기는 갈수록 더해졌다. 마량재와 새로 전근온 긴 댕기머리에 표준말을 쓰는 젊은 여교사가 인솔해온 일백명쯤 되는 서문촌 소학교 학생들이 회의하러 모인 다람쥐들처럼 살구나무를 오르내렸다. 내 돈사의 정남향에서 약 50미터 떨어진 곳에 약 5미터 거리를 두고 큰 살구나무 두

444

그루가 서 있었는데 가지가 우거져 서로 맞닿아 있었다. 개구쟁이 아이들 몇명이 낡은 솜저고리를 벗어던지고, 신강지방 양꼬리처럼 때에 전 솜이 삐져나온 낡은 솜바지만 걸친 채 신이 나서 원숭이 그네타기 놀이를 했다. 아이들은 낭창낭창하면서도 질긴 가지 끝부분을 잡고서 왔다갔다 흔들리다가 관성을 이용해 손을 놓으면서 원숭이새끼들마냥 이 나무에서 저 나무로 옮겨다녔다. 이 아이들을 따라 살구나무에 올라갔던 아이들도 덩달아 살구나무 사이를 날아다녔다.

그래, 이제 현장대회 이야기를 계속하자. 살구나무가지마다 색색의 종이테이프가 정령처럼 매달리고 돈사 한가운데 남북으로 난 도로 양쪽에는 5미터마다 붉은 깃발이 꽂혀 있었다. 마을 공터에는 흙을 쌓아 단상을 만들었고, 단상 옆은 갈대로 엮은 자리를 가져다 둘러치고 단상 양쪽에는 붉은 천을 걸고 중앙에는 글이 적힌 현수막이 걸렸다. 이런 대회장은 중국인이라면 모르는 사람이 없을 것이니 자세히 말할 필요가 없으리라.

들려주고 싶은 이야기가 있다. 이번 대회를 준비하느라 황동은 나귀가 끄는 이륜마차를 타고 인민공사 소재지에 있는 물품공급소 잡화점에 가서 큰 항아리 둘하고 자기로 유명한 당산(唐山)에서 자기그릇 삼백개에다 쇠국자 열 개, 검은설탕 열 근, 흰설탕 열 근을 사왔다. 대회 기간 동안 살구나무 농장에서 공짜로 설탕물을 마실 수 있다는 이야기였다. 이런 물품을 구입하면서 황동이 중간에서 돈을 떼어먹은 것을 나는 알고 있었다. 그가 대대 물품관리인과 회계에게 물건을 건네면서 당황하는 것이 내 눈에 보였기 때문이다. 게다가 이 인간이 오면서 설탕을 적잖이 훔쳐먹은 게 틀림없었다. 설탕이 원래 양보다 적은 책임을 공급소에 떠넘겼지만 이 인간이 살구나무 뒤에 숨어서 고개를 처박고 신물을 토하는 꼴이 설탕을 너무 많이 먹어 뱃속이 부글부글 끓어오르고 있다는 것을 말해주었다.

한가지 다른 이야기는 서문금룡이 대담하기 짝이 없는 망상을 한 것이다. 양돈 현장대회의 주인공은 뭐니뭐니해도 돼지이고, 그래서 돼지의 외모에 대회의 성패가 달려 있었다. 금룡이 홍태악에게 말해서 살구나무 농장을 꽃단장했지만 돼지들이 꼴불견이면 사람들 마음을 사로잡을 수 없었다. 이번 대회의 핵심은 회의에 참여한 대표들이 돈사를 참관하는 것이기 때문에 돈사의 돼지들이 꼴불견이면 대회는 자연 실패로 돌아가고 서문촌을 전 현에서 전 성에서, 아니 전국에서 돼지사육 모범마을로 만들려는 계획도 수포로 돌아가는 것이다. 홍태악이 다시 권력을 잡은 뒤로, 금룡을 후계자로 키워왔고, 특히 기몽산 돼지를 사온 뒤로 그의 말에 더욱 힘이 실렸다. 금룡이 건의하면 홍서기가 적극 지지해주곤 했다.

금룡의 생각은 이러했다. 더러운 기몽산 돼지들을 소다수로 세 번 목욕을 시키고 이발기계로 긴 털을 가지런히 밀어주자는 것이었다. 그래서 황동과 대대 물품보관 담당자를 보내 커다란 솥 다섯 개와 식염수 이백근, 이발도구 쉰 세트, 그리고 당시에 가장 비싸고 향기가 가장 좋았던 나과(羅鍋, 뤄꿔)표 세숫비누를 백개 사오라고 했다. 하지만 이 계획을 실현하기에는 금룡이 원래 생각한 것보다 난관이 많았다. 생각해보라. 기몽산 돼지들이 그렇게 뺀질뺀질 잘 빠져나가는데 그놈들을 잡아 목욕과 이발을 시킨다는 것은 녀석들을 죽이기 전에는 도저히 불가능한 일이었다. 현장대회를 사흘 앞두고 이 계획을 실행하려고 오전 내내 씨름했지만 한마리도 성공하지 못했고, 대대 물품보관 담당자는 살을 물리기까지 했다.

계획이 뜻대로 되지 않자 금룡은 속병이 났다. 대회 개최 이틀 전, 그가 갑자기 이마를 치며 꿈에서라도 깨어난 것처럼 말했다. "참 나, 내가 왜 이리 멍청하지?" 금룡은 얼마 전에 술에 절인 만두로 이리처럼 날뛰던 조소삼을 쓰러뜨린 일을 떠올렸다. 바로 홍서기에게 보고를 했고 홍서기도 바로 그거라는 생각이 들었다. 그길로 물품공급소에 가서 술을 사왔다. 돼지를 취하게 하는 데 굳이 좋은 술이 필요치 않았고 한 근(500밀리리터 —옮긴이)에 오전 하는 고구마술이면 족했다. 만두는 각자 집에서 쪄오도록 했다가 그 명령을 철회했다. 돌조각도 능히 씹어삼킬 수 있는 돼지들인데 굳이 밀가루 만두를 쓸 필요가 없었고, 옥수수빵이면 족했다! 아니, 옥수수빵도 필요없이 돼지들이 날마다 먹는 사료에 술을 직접 섞어서 주면 될 일이었다. 그래서 사료통 옆에 커다란 술통을 두고 사료통에다 술 세 바가지를 붓고 먹이에 섞은 뒤 부지깽이로 저어 이겼고, 그것을 너 남해방 등이 돈사까지 지고 가서 밥통에 부었다. 그날 살구나무 농장에는 술냄새가 진동했고 술에 약한 돼지들은 냄새만 맡고도 취해 떨어졌다.

나는 종돈이었다. 머지않은 장래에 특수노동을 해야 했고, 그런 일을 하자면 몸이 좋아야 했다. 이런 이치를 양돈장의 우두머리를 맡고 있는 금룡이 모를 리 없었다. 그래서 나는 애초부터 특별대접을 받으며 특별식의 혜택을 누리고 있었다. 내 사료에는 목화씨 깻묵을 넣지 않았다. 목화씨에 수컷의 정자를 죽이는 성분이 들어 있어서였다. 내 사료는 콩깻묵에 고구마줄기, 밀기울, 그리고 질좋은 나뭇잎을 섞어 만들었는데, 향기가 고소하고 영양도 만점이었다. 이런 사료라면 돼지가 아니라 사람에게 먹여도 될 정도였다. 시대가 발전하고 생각도 바뀌어 이제는 사람들이 그때 내가 먹었던 사료가 진짜 건강식품이고, 그 영양가치와 안전성이 닭고기 오리고기나 현미보다 훨씬 좋다는 것을 안다.

그들은 내 사료에도 술을 섞었다. 보통때 같으면 내 주량이 괜찮은 편이다. 천 잔을 먹어도 끄떡없을 정도는 아니지만 한 근으로는 내 명석한 머리와 민첩한 행동에 아무런 지장이 없었다. 나는 옆방의 조소삼처럼 고작 술에 절인 만두 두 개에 꺼꾸러지지는 않는다. 그런데 술 한바가지는 족히 두 근은 되었고, 이것을 내 맛좋은 식사 반통에 섞어 먹은 뒤

십분쯤 지나자 효과가 나타나기 시작했다.

빌어먹을! 머리는 어질어질하고 네 다리는 풀리고 온몸은 붕 뜨고 발은 솜을 밟는 것 같고 땅은 가라앉고 몸은 날아오르고 집은 기우뚱거리고 살구나무는 좌우로 흔들리고 평소 듣기 싫던 기몽산 돼지 울음소리가 민요처럼 귓가에 맴돌았다. 너무 많이 먹었다는 것을 직감했다. 이웃인 조소삼도 많이 먹어서 눈이 뒤집힌 채 잠에 떨어졌고 코고는 소리가 천둥소리 같고 방귀소리가 북소리였다. 하지만 나는 술에 취하자 춤을 추고 노래를 부르고 싶어졌다. 나는 그래도 돼지왕이었고 술에 취했어도 우아한 품위를 지켜야 했다. 내 장기를 숨겨야 한다는 것도 잊어버리고는 사람들이 다 보는 가운데 훌쩍 몸을 숫구쳤다. 지구인이 달에 착륙할 때처럼 탄력이 더 높아졌다. 나는 몸을 숫구쳐 벌써 제법 거대한 몸을 살구나무가지에 올려놓았고, 두 개의 가지 끝에 네 다리를 올려놓자 몸이 위아래로 흔들거렸다. 살구나무는 낭창낭창하면서도 질겨서 탄성이 아주 좋았다. 버드나무가지였다면 벌써 부러졌을 것이다. 나는 이렇게 바다에서 파도타기를 하듯이 나뭇가지를 타고 엎드려 있었다. 너 남해방등이 돼지밥통을 들고 이리저리 쉴새없이 뛰어다니는 것이 눈에 들어왔고 돈사 밖에 임시로 건 솥에서는 뜨거운 분홍색 김이 피어오르는 것도 보였다. 옆방 조소삼은 술에 취해 네 발을 쳐들고 완전히 뒤집어져 배를 갈라도 찍소리하지 않을 성싶었다. 황가네 예쁜 처자들과 막언의 누이도 가슴에 '살구나무 농장'이라고 붉은 글씨가 새겨진 하얀 작업복을 입고 손에는 이발도구를 들고서 인민공사 소재지에서 특별히 모셔온 공사간부 전담 이발사인 임(林, 린)사부에게 훈련을 받고 있었다. 임사부는 머리칼이 돼지털처럼 억세고 얼굴은 삐쩍 마르고 손의 뼈마디가 몹시 큰 사람으로, 남방 사투리를 무척 심하게 써서 그에게 기술을 배우는 아가씨들이 난감한 표정이었다. 갈대로 엮은 자리를 둘러친 단상에서는 긴 댕기머리에 표준말을 쓰는 여선생이 줄기차게 공연 예행연습을 하는 모습도 눈에 들어왔다. 이들이 준비한 것은 「새끼돼지 훙훙(紅紅), 북경에 가다」로 당시에 유행하던 노래인데, 민요인 「님을 기다리며」란 곡에 노래와 춤을 새로 입힌 것이었다. 꼬마돼지 훙훙 역은 마을에서 가장 예쁜 여자아이가 맡았고, 나머지는 모두 사내들로 얼굴에는 귀여운 새끼돼지 가면을 쓰고 있었다. 아이들이 춤추고 노래하는 것을 보고 있자니 내 예술적인 기질이 발동하여 근질근질 몸이 떨려왔다. 살구나무가지의 윙윙거리는 소리와 함께 나는 목을 열고 노래를 불렀다. 돼지소리가 나오리라고는 생각지도 못했다. 그 소리에 내가 깜짝 놀랐다. 완전히 사람소리로 노래를 부를 수 있다고 생각했고, 돼지소리가 날 줄은 꿈에도 생각을 못해서, 몹시 기분이 상했다. 하지만 완전히 자신감을 잃은 것은 아니었다. 사람말을 하는 구관조를 본 적이 있고, 사람말을 할 줄 아는 개와 고양이 이야기도 들었고, 그리고 애써 기억을 더듬어보니 내가 전에 나귀와 소였을 때 어떤 결정적인 순간에는 커다란 목소리로 귀청이 떨어질 정도로 사람소리를 내기도 했다.

내 울음소리가 한창 이발도구 사용법을 익히고 있던 여자들의 관심을 끌었다. 우선 막언의 누이가 놀라서 소리를 질렀다. "저것 봐, 돼지가 나무에 올라갔어!" 그 혼잡한 사람들 틈에서 양돈장에 들어와 일하고 싶어 안달이 났지만 아직껏 홍태악의 허락을 얻지 못한 막언이 실눈을 뜨고 쳐다보며 말했다. "미국인들이 달나라에 간 게 언제인데, 돼지가 나무에 올라간 게 뭐 대수라고 놀라고 그래!" 하지만 그의 말은 여자들이 놀라서 지르는 소리에 묻혀 아무도 듣지 못했다. 그가 다시 말했다. "남미 열대밀림에 사는 야생돼지는 나무 위에다 둥지도 만들고 포유동물이면서도 몸에 깃털이 나고 알도 낳아서 알을 품은 지 이레면 새끼가 껍질을 깨고 나온다니까!" 이번에도 그의 말은 여자들이 놀라서 지르는 소리에 묻혀 아무도 듣지 못했다. 문득 이 녀석과 친한 친구가 되고 싶다는 생각이 들어 그에게 소리를 지르려고 했다. "형씨, 날 알아주는 사람은 자네뿐이군. 언제 내가 술 한잔 사지!" 하지만 내 소리도 여자들이 놀라서 지르는 소리에 묻혀 아무도 듣지 못했다.

여자들이 서문금룡의 인솔을 받으면서 기쁜 표정을 지으며 다가왔다. 내가 왼쪽 앞발톱을 들어 여자들에게 흔들며 말했다. "안녕!" 여자들은 내 말을 알아듣지는 못해도 내가 자기들에게 친근감을 표시한다는 것은 알았는지 다들 배꼽을 잡고 웃음을 터뜨렸다. 내가 차갑게 말했다. "웃긴 뭘 웃어? 좀 진지하라고!" 내 말을 못 알아들은 여자들은 그래도 희희낙락거렸다. 서문금룡이 이마를 찌푸리며 말했다. "저 자식, 정말 도가 튼 놈이야, 모레 현장대회 때 지금처럼 나무를 타는 재주를 보여줘라!" 그가 돈사의 철제문을 열고 뒤에 있는 사람에게 말했다. "자, 이 녀석부터 시작하자고!" 그가 살구나무 아래로 와서 아주 교양있게 내 뱃가죽을 긁어주는데 신선계의 경계인지 죽음의 경계인지 모를 정도로 편안했다. 그가 말했다. "열여섯번째 돼지야, 우리가 목욕을 시켜주고, 이발을 시켜줄 테다. 널 세상에서 가장 멋진 돼지로 만들어줄 거야. 네가 우리와 호흡을 맞추어 나머지 돼지들에게 시범을 보여줘라." 그가 뒤에 있는 사람에게 손짓을 하자 민병 넷이 한꺼번에 다가와 말이 필요없이 각자 내 다리를 하나씩 잡고서 나무에서 끌어내렸다. 동작이 거칠고 손힘이 우악스러워서 내 뼈와 살이 아파도 벗어날 수가 없었다. 나는 화가 나서 욕을 퍼부었다. "이런 개자식들, 네놈들은 절에 가서 향불도 피우지 않느냐. 네놈들은 지금 신을 능멸하고 있는 거야, 이놈들아!" 이놈들이 내 욕을 마이동풍으로 흘려버렸는지 나를 대자로 반듯이 쳐들더니 식염수 솥으로 끌고 갔다. 그러더니 나를 들어 솥에다 던져버렸다. 영혼 깊숙한 곳에서 두려움이 일면서 내게서 신기한 힘이 솟구치게 만들어 음식과 함께 먹은 술 두 바가지가 순식간에 식은땀으로 변했다. 갑자기 정신이 돌아왔다. 새로운 도살법이 시

행되기 전, 돼지껍질을 돼지고기와 함께 먹던 시절, 당시에
는 죽인 돼지를 이렇게 솥에 넣고 도륙하여 털을 뽑고 칼로
깨끗이 밀어낸 뒤 머리와 발을 떼어내고 배를 갈라 시렁에
내걸고 고기를 팔던 게 퍼뜩 떠올랐다. 나는 네 발로 솥을 박
차고 뛰쳐나왔다. 내 동작이 얼마나 빨랐는지 그들이 깜짝
놀랐다. 하지만 안타깝게도 이 솥에서 뛰쳐나와 입구가 더
큰 다른 솥으로 떨어지고 말았다. 솥의 따뜻한 물이 순식간
에 내 몸을 덮쳤다. 이루 표현할 수 없을 정도로 편안했고,
편안함이 내 의지를 무너뜨렸다. 솥에서 뛰쳐나갈 힘이 더
이상 없었다. 여자들이 에워쌌고 서문금룡의 지휘 아래 거
친 솔로 내 피부를 박박 문질렀다. 편안한 나머지 꿀꿀거렸
고 눈은 절반쯤 감긴 채 거의 잠들어 있었다. 나중에 민병들
이 나를 솥에서 꺼냈고 시원한 바람이 스치자 몸에서 힘이
빠져나가고 신선이 된 듯한 기분이었다. 여자들이 내 몸에
가위질을 하며 머리를 널빤지처럼 만들어놓고 갈기를 칫솔
처럼 만들어놓았다. 금룡의 구상에 따라 여자들이 내 복부
양쪽에 매화무늬를 그렸지만, 그려놓고 보니 동전이었다.
금룡도 어쩔 수 없었다. 붉은 페인트로 내 몸에 표어 둘을 썼
다. 왼쪽 배에는 '혁명을 위한 교배'라고 쓰고, 오른쪽 배에
는 '인민에게 복을'이라고 썼다. 두 표어를 장식하기 위해 붉
은 페인트와 노란 페인트로 매화와 해바라기를 그려 내 몸
은 선전벽보판이 되었다. 금룡은 나에게 그림을 다 그린 뒤
두 걸음 물러서서 자기 작품을 감상했다. 얼굴에 장난질을

한 웃음기가 가득했다. 물론 만족해하는 표정이 더했다. 주위에 둘러선 사람들이 갈채를 보내고 내가 예쁜 돼지가 되었다고 치켜세웠다.

살구나무 농장의 돼지들 모두가 나처럼 끌려가서, 나처럼 단장을 하면 돼지들이 다들 생생한 예술작품으로 변할 수 있었다. 하지만 번거롭기 짝이 없는 일이었다. 돼지를 식염수에 목욕시키는 것조차 제대로 할 수 없었다. 하지만 현장대회는 코앞에 닥쳤고 어쩔 수 없이 금룡은 계획을 수정했다. 그는 쉽게 그려서 간단하면서도 예술효과를 극대화할 수 있는 분장을 하기로 하고, 손이 잰 스무 명의 남녀 젊은이들에게 가르친 뒤 저마다 페인트 한통과 붓 두 자루를 들려 돼지가 술에 취해 떨어졌을 때 얼굴 분장을 시켰다. 하얀 돼지에게는 붉은 페인트로, 검은 돼지에게는 하얀 페인트로, 나머지 색깔 돼지에게는 노란 페인트를 썼다. 처음에는 청년들이 열심히 그렸으나 몇마리 그린 뒤부터는 건성건성 대충하기 시작했다. 늦가을 하늘의 공기는 더없이 맑았지만 돈사는 악취가 코를 찔렀다. 이런 환경에서 일하는데 누구인들 마음이 즐거울까. 그래도 젊은 여성들은 원래 일하는 게 진지해서 기분좋지 않아도 그리 법석을 떨지 않았다. 하지만 남자들은 달랐다. 붓에 페인트를 묻혀 돼지 몸에 멋대로 칠해서 흰 돼지 몸에는 붉은 반점이 더덕더덕하여 총알을 맞은 것 같았다. 검은 돼지에게 하얀 얼굴 분장을 했는데 교활하고 늙은 간신 같았다. 막언녀석도 청년들 틈에 끼어

하얀 페인트로 흙손 같은 얼굴을 한 돼지 네 마리에게 커다란 안경을 그렸고, 흰 어미돼지의 발톱에 붉은 페인트칠을 했다.

양돈운동 현장대회가 마침내 시작되었다. 나무에 올라가는 묘기가 들통난 마당에 내가 더이상 주저할 필요가 없었다. 돼지들이 대회 기간 동안 얌전히 있게 하여 대표들에게 좋은 인상을 주려고 사료에 타는 술의 비율을 배나 높인데다 횟수도 배를 늘렸다. 그래서 대회가 시작되었을 때 돼지들은 죄다 시체처럼 취해 떨어졌다. 살구나무 농장이 온통 술냄새로 진동했다. 금룡은 뻔뻔하게도 자기가 실험에 성공한 당화 사료 냄새라고 말하고는, 이 사료는 원료가 적게 들면서도 영양가치가 높아 돼지가 먹으면 말썽을 피우지도 않고 날뛰지도 않고 그저 잠만 잔다고 했다. 다년간 돼지생산에 영향을 미친 가장 중요한 문제가 먹일 양식이 부족하다는 점이었는데, 당화 사료의 발명으로 이 문제를 근본적으로 해결했고 인민공사가 양돈운동사업을 대대적으로 발전시키는 데 새 길을 개척했다고 말했다.

금룡이 단상에서 잡담을 나누면서 말했다. "지도자 여러분, 동지들, 우리는 엄숙히 선언할 수 있습니다. 우리가 시험 제작한 당화 사료는 국제적으로도 없는 일인데다가 나뭇잎과 잡초, 농가의 짚으로 만드는데 사실 이는 곧 질좋은 돼지고기로 전환해서 인민대중들에게 영양을 공급하고 제국주의와 수정주의자들의 무덤을 파는 데……"

나는 살구나무가지에 올라가 누워 있었고 미풍이 내 뱃가죽을 쓸고 지나갔다. 간이 부은 참새들이 내 머리에 내려와 내가 큰 입으로 음식을 먹을 때 귀에 튀었던 사료를 딱딱한 입으로 쪼아먹었다. 혈관이 밀집해 있고 신경이 집중되어 더없이 감각이 예민한 귀를 녀석들의 작은 입이 톡톡 건드릴 때마다 살짝 아픈 느낌이 귀에 침을 맞는 듯 시원하여 잠이 밀려들고 눈꺼풀이 풀칠을 한 듯 자꾸 엉겨붙었다. 금룡녀석이 내가 나뭇가지에서 곤히 잠들기만을 고대하고 있다는 것을 알았다. 내가 잠들면 죽은 돼지도 살려내는 그 입으로 헛소리를 늘어놓을 것이 뻔했다. 나는 잠을 자고 싶지 않았다. 인류의 유구한 역사상 돼지를 위해 이런 성대한 회의를 여는 것은 아마도 처음일 것이고 이후에도 다시는 없을 것이기에 이런 역사적인 대회가 열리는 마당에 잠을 자버리면 천추의 한이 될 것이다. 지존의 자리에 있는 돼지로서 이후에도 잠잘 기회는 널려 있으니, 지금은 자서는 안되었다. 나는 귀를 씰룩거려 내 얼굴을 때렸고 타닥 소리가 났다. 내가 이렇게 말하면 다들 내 귀가 전형적인 돼지귀로, 기몽산 돼지들처럼 머리에 쫑긋 솟은 개의 귀가 아니라고 말할 것이다. 물론 지금 도시에 사는 개들은 대부분 귀가 헌 양말처럼 축 늘어져 있다. 할일없는 현대인들이 전혀 아무 관계가 없는 동물들을 한데 섞어 교배를 시켜 기기묘묘한 괴물을 만들어내고 있으니, 이것은 하느님을 공공연히 모독하는 짓이고 언젠가 필시 천벌을 받을 날이 올 것이다. 나는 귀

를 벌름거려 참새들을 쫓아내고 발을 펴서 피처럼 붉은 살
구잎을 하나 따서 입에 넣고 오물거렸다. 쓴 살구잎이 담배
같은 작용을 하며 잠을 쫓아냈고, 나는 정신이 맑아져 높은
곳에서 모든 모습을 다 보고 모든 소리를 다 들으며 이 모든
것을 내 머리에 입력했다. 당시 내 머리에 입력한 것이 지금
성능이 가장 좋은 기계와 비교해도 더 나을 수밖에 없는 것
이, 기계는 소리와 그림만 기록하지만 나는 그것은 물론이
고 냄새와 내 심리적 느낌마저 기록했기 때문이다.

　괜히 나한테 시비걸려고 하지 마시라. 방호네 딸에게 마
음을 빼앗긴 뒤로 네 머리는 글렀다. 네 나이 지금 오십대 초
반이지만 눈은 침침하고 반응이 둔한 것이 분명 치매의 전
조이니 고집피우지 말고 나와 논쟁할 생각 하지 마라. 내 장
담하건대 양돈운동대회가 서문촌에서 열릴 때 서문촌에는
아직 전기가 들어오지 않았다. 맞다, 네 말대로 그때 마을 앞
밭에 분명 전봇대가 세워져 있기는 했다. 하지만 그건 국영
농장으로 가는 고압선로였다. 그때 국영농장은 제남(濟南)
군사구역에 속해 있었는데, 관할부대는 생산건설 사단의 독
립부대로 대대 간부는 현역군인이었지만 나머지는 청도(靑
島)와 제남에서 하방(下放, 농촌이나 산골로 학생과 지식인 들을
보내는 것—옮긴이)되어온 지식청년들이었다. 이곳이야말로
당연히 전기가 필요했지만 우리 서문촌에 전기가 들어온 것
은 그보다 십년 뒤였다. 그러니까 양돈운동 현장대회가 소
집되던 매일 저녁 서문촌 대대는 양돈장 말고는 완전히 칠

흑 같은 어둠이었던 것이다.

맞다, 내가 앞에서 내 돈사에 100볼트 전구가 달려 있었고 내가 발톱으로 전기스위치 켜는 것을 배웠다고 말했다. 하지만 그건 우리 살구나무 농장에서 자가발전한 전기였다. 당시에는 이것을 '자마전(自磨電)'이라 불렀는데 12마력짜리 중유발동기로 발전기를 돌려 전기를 만들었다. 서문금룡의 발명이었다. 믿기지 않으면 막언에게 물어보라. 이 녀석이 당시에 워낙 기상천외해서 유명한 나쁜 짓을 하나 저질렀는데, 이 일도 바로 이야기해줄 것이다.

대회장 무대 양쪽에 세운 기둥 둘에는 거대한 스피커를 매달아 서문금룡이 하는 말을 적어도 오백배는 증폭시켰다. 내 짐작에 고밀 동북향 어디에서나 이 녀석의 허풍을 들을 수 있었을 것이다. 무대 안쪽의 주빈석에는 소학교에서 가져온 책상 여섯 개를 이어 긴 탁자를 만들고 위에는 붉은 천을 덮었다. 탁자 뒤에 놓은 여섯 줄 의자도 학교에서 가져온 것이었고, 여기에 파란색이나 회색 제복을 입은 현과 인민공사의 관리들이 앉았다. 왼쪽에서 다섯번째로 앉아 있는 사람은 색이 바랠 정도로 깨끗이 세탁한 군복을 입고 있었다. 이 사람은 막 부대에서 전근해온 사람으로, 사단급 간부이자 현 혁명위원회 생산지도 소조 책임자였다. 오른쪽 첫번째 사람은 서문촌 대대지부의 서기 홍태악으로, 새로 면도를 하고 이발을 하고 대머리를 감추려고 군모 스타일의 회색 모자를 쓰고 있었다. 얼굴에서 번쩍번쩍 빛이 나는 것이 어두운 밤에 빛나는 등잔불 같았다. 지금 한창 승진할 꿈에 젖어 있는 듯싶었다. 대채지방의 진영귀(陳永貴, 천융꾸이)처럼 되는 것이 그의 꿈이었다. 국무원에 양돈운동사업 추진 지휘부가 설치된다면 그가 가서 부총지휘관이 될 수 있으리라. 관리들 중에는 살찐 사람도 있고 마른 사람도 있었는데, 한결같이 동쪽을 향해 붉은 태양을 마주하고 있어서 얼굴이 시뻘건 채 눈을 찌푸렸다. 그 가운데 까무잡잡한 뚱보가 있었는데, 당시로서는 보기드문 썬글라스를 끼고 담배를 문 꼴이 영락없이 강도였다. 서문금룡은 무대 앞쪽에 역시 붉은 천을 씌운 탁자 앞에 앉아 연설을 하고 있었다. 탁자에는 붉은 비단으로 싼 마이크가 놓여 있었다. 그 당시에 이 물건은 고급 과학기술을 상징하는 것으로 사람들이 다들 신기하게 우러러보았다. 태생적으로 호기심이 많은 막언이 기회가 생기자 쪼르르 무대에 올라가 마이크를 잡고 개울음소리를 질렀고, 그 바람에 그 개울음소리가 스피커를 타고 흘러나가 살구나무 농장을 뒤흔들었고 까마득한 들판에까지 퍼졌다. 그러자 사람들이 너도나도 한번 해보고 싶어 안달이 났다. 막언녀석은 이 일을 그의 산문에 쓴 적이 있다. 양돈운동 현장대회에서 마이크와 스피커를 움직이는 전류는 국가의 고압전선에서 온 것이 아니라 우리 살구나무 농장의 중유발동기가 돌리는 발전기에서 나왔다는 것이다. 5미터 길이에 폭이 20센티미터였던 벨트가 중유발동기와 발전기를 연결하여 발동기가 돌면 발전기도 따라 돌면서 전류가 끝없이 생산되었다는 것이다. 이 물건들은 신기하기 짝이 없어서 지력이 떨어지는 동네 사람들만 놀란 것이 아니라 나같이 머리가 비상한 돼지도 도무지 이해가 되지 않았다. 저렇게 눈에 보이지도 않는 전류라는 것이 도대체 무엇일까? 어떻게 생겨나서 어떻게 사라지는 것일까? 장작불에 태우면 재가 남을까? 음식을 먹어 소화시키면 똥이 되어 나온다. 전기는? 전기는 무엇으로 바뀌는 거지? 이 이야기를 하다 보니 서문금룡이 양돈장 동남쪽 모퉁이 큰 살구나무에 기대 붉은 벽돌로 지은 두 칸짜리 기계실에서 기계를 설치하던 모습이 생각난다. 그는 낮에도 일하고 밤에도 등불을 켜고 야간근무를 했는데, 그 일이 신기하여 호기심 많은 마을 사람들, 내가 앞에서 든 그런 사람들이 다 보러 왔다. 밥맛인 막언녀석도 언제나 가장 앞쪽에 자리를 꿰차고 앉아서 그저 보기만 하는 게 아니라 입까지 놀리는 통에 금룡이 질색하자, 황동이 몇번이나 귀를 붙잡고 밖으로 끌어냈지만 삼십분도 못돼서 다시 맨 앞쪽으로 비집고 들어와 머리를 들이밀고 쳐다보았는데 하마터면 침이 기계에 기름을 치고 있는 금룡의 손등에 떨어질 뻔했다.

나는 차마 방으로 들어가 구경하지 못하고 큰 살구나무에 올라갈 수도 없었다. 그 빌어먹을 살구나무의 높이가 2미터인데다 미끄럽기까지 했고 가지마다 서북지방의 백양나무처럼 횃불을 든 듯 위로 치솟아 있었기 때문이다. 하지만 하늘이 나를 불쌍히 여기셨는지, 그 방 뒤쪽에 커다란 무덤이 하나 있었다. 자기 몸을 바쳐 아이를 구한 충견이 묻힌 무덤이었다. 까만 수컷이었는데 운량강에 빠져 거친 물살에 휩쓸려가는 여자아이를 구하고 자기는 힘이 달려 죽은 충견이었다.

나는 검정개의 무덤에 서서 기계실 창문 안을 들여다보았다. 부랴부랴 들인 방인지라 아직 창문을 달지 않아 방이 다 보였다. 실내 가스등이 눈처럼 밝았고 실외는 칠흑이었다. 당시 유행하던 계급투쟁 말투를 흉내내자면, 적들은 밝은 곳에 있고 우리는 어두운 곳에 있었다. 모든 것을 다 볼 수 있었고, 나는 저들을 볼 수 있어도 저들은 나를 볼 수 없었다. 금룡은 기름때에 전 기계수첩을 뒤적거리며 때로는 이마를 찌푸리며 연필로 헌 신문지의 빈 곳에 계산을 했다. 홍태악이 담배를 꺼내 한모금 빤 뒤 금룡의 입에 물려주었다. 홍서기는 지식을 존중하고 인재를 존중하는 사람으로, 그 당시 보기드문 깬 간부였다. 황가네 딸들은 수건으로 수시로 금룡의 땀을 닦아주었다. 황합작이 금룡의 땀을 닦아줄 때는 네가 아무렇지도 않더니 황호조가 금룡의 땀을 닦아주자 네 얼굴에 질투심이 가득해 보였다. 그때 너는 주제넘은 녀석이었지만 하고 싶은 일은 기어이 하고 마는 녀석이기도 했다. 훗날의 일이 증명하듯이, 네 얼굴에 난 파란 점은 네가 여자를 호리는 데 전혀 지장을 주지 않았고 오히려 여자를 호리는 더없이 좋은 무기가 되기도 했다. 90년대 후반 현 소재지에 이런 민요가 유행했다.

반쪽이 파란 얼굴 귀신 얼굴로 보지 마라
연인의 눈에는 하늘의 신선처럼 보인다네
마누라와 아이까지 다 버리고
여자와 눈이 맞은 현장, 장안(長安)으로 도망갔다네.

　내가 이렇게 말하는 것은 너를 놀리려는 것이 아니다. 나는 너를 존경한다. 어엿한 부현장이 과감히 연인과 도망하여 고생고생하며 힘들게 산 사는 사람은 천하에 너밖에 없을 것이다!
　쓸데없는 이야기는 그만하고 기계 설치가 끝나고 시험 발전도 성공했다. 금룡은 서문촌에서 사실상 두번째로 실권을 지닌 인물이었다. 네가 아비 다른 형이라고 선입견을 심하게 갖고 있으면서도 그를 따라다니며 덕을 보았으니 그가 아니었으면 네가 양돈반 반장을 어떻게 할 수 있었겠느냐? 그가 없었던들 네가 이듬해 가을에 면화가공공장에 계약제 노동자로 갈 기회를 잡을 수 있었겠느냐? 면화가공공장에 갈 기회를 잡지 못했던들 훗날의 관운(官運)을 잡을 수 있었겠느냐? 네가 지금 이 지경에 떨어진 것은 남을 원망할 일이 아니라 너 자신을 원망하고 네가 네 자지를 잘 간수하지 못한 것을 원망해야 한다. 어휴, 내가 이런 이야기를 해서 뭣한담? 이런 얘기는 막언더러 소설에나 쓰라고 하면 되는데 말이야.

대회는 순서에 따라 진행되었다. 모든 것이 순조로웠다. 금룡이 먼저 선진 사례를 소개한 뒤 낡은 군복을 입은 생산지휘부 관리가 마무리 발언을 했다. 이 사람은 씩씩하게 단상 앞으로 가더니 우뚝 서서 연설을 하는데, 원고도 없는 즉석연설인데도 재주가 넘치고 기백이 범상치 않았다. 비서 같은 이가 허리를 굽히고 뒤에서 단상으로 뛰어나와 마이크 목을 최대한 높이 뽑았지만 그래도 관리의 높이에 맞추질 못했다. 그래서 비서가 경황중에 지혜를 발휘하여 탁자 뒤편에 있던 의자를 가져다 탁자에 얹은 뒤 그 위에 마이크를 놓았다. 머리가 정말 잘 돌아가던 이 녀석이 십년 후에 현위원회 사무실 주임으로 발탁된 것도 이날 일로 직접적으로 덕을 본 것이었다. 순식간에 생산지휘부의 군관의 뇌성 같은 우렁찬 목소리가 사방팔방으로 퍼져나갔다.

"돼지를 한마리 한마리 낳는 것은 제국주의와 수정주의 반동분자들의 보루에 포탄을 날리는 것입니다……" 그 관리가 주먹을 휘두르며 힘이 넘치도록 소리를 질렀다. 그의 목소리와 동작에 나처럼 식견이 넓은 돼지는 유명한 영화 속 한장면을 떠올렸다. 물론 내가 저 포신에 들어가 발사된다면 공중을 날아가는 느낌이 어지러울지, 떨릴지 하는 생각도 들었다. 그리고 돼지 한마리가 제국주의와 수정주의 반동들 아지트에 갑자기 떨어지면 그 나쁜 놈들이 웃겨주지 않을까 하는 생각도 들었다.

때는 벌써 오전 열시가 넘었는데, 이 책임자의 연설은 끝날 기미가 전혀 보이지 않았다. 회의장 모퉁이에 서 있는 두 대의 초록색 지프차 옆에 하얀 장갑을 낀 기사 둘이 차에 기댄 채 한사람은 한가롭게 담배를 피우고 다른 사람은 무료하다는 듯이 손목시계를 보고 있었다. 당시 지프차는 지금의 벤츠나 BMW보다 훨씬 귀했고, 손목시계는 지금의 다이아몬드 반지보다 훨씬 귀했다. 지프차 두 대 뒤쪽으로 자전거 수백대가 나란히 세워져 있는데, 그 당시 자전거는 현이나 인민공사, 마을의 기층 간부들이나 타는 것으로 신분과 지위의 상징이어서, 십여명의 소총을 든 기간민병들이 반원 형태로 방어선을 치고 이 귀한 재산들을 지키고 있었다.

"우리는 문화대혁명의 거센 바람을 타고 위대한 수령 모 주석의 양돈운동에 관한 최고 지시를 차질없이 관철하고 서 문촌 대대의 선진 경험을 배워 양돈사업을 정치 수준으로까지 제고시켜……" 생산지휘부의 지도자는 팔을 휘두르며 힘 있는 자세로 흥분하여 연설을 했다. 그의 입가에 반짝반짝 거품이 일어 짚으로 게를 묶어놓은 것 같았다.

"무슨 일이야?" 옆방 조소삼이 자기 오줌통에서 멍청하게 일어서면서 술기운에 충혈된 가슴츠레한 눈으로 길고 사나운 주둥이를 쳐들고서 내게 물었다. 나는 이 멍청이를 상대할 마음이 나지 않았다. 이 멍청한 녀석도 앞발을 들고 아래턱을 우리 위에 얹고서 바깥 풍경을 보려고 시도했지만 술 때문에 균형을 잡지 못했다. 그는 일어난 지 얼마 되지 않은 탓에 뒷발에 힘이 풀려 똥오줌 속으로 넘어져버렸다. 위생관념이라고는 없는 이 녀석은 자기 똥을 돈사 모퉁이마다 퍼질러놓고 사니, 이런 더러운 돼지를 이웃하고 있는 내가 정말 불행했다. 녀석의 머리는 하얗게 칠해지고 입술 밖으로 삐져나온 두 이빨은 노랗게 칠해져서 졸부가 금니를 한 것처럼 보였다.

대회를 보러 온 사람들 무리—대회를 보러 온 사람은 꽤 많았다. '만인대회'라고 한 것은 과장이지만 삼천 내지 오천 정도는 되었다—에서 검은 그림자가 미끄러져나오는 것이 내 눈에 들어왔다. 그 사람은 먼저 큰 항아리가 있는 곳으로 가더니 항아리 속에 머리를 집어넣고 들여다보았다. 설탕물을 먹으려는 것이 틀림없었다. 하지만 항아리 속의 설탕물은 양돈대회에 온 사람들이 진즉 다 마셔버렸다. 목이 말라서 마신 것이 아니라 설탕을 먹으려고 마신 것이다. 설탕, 그 달콤한 물자는 당시에 구하기 힘든 귀한 상품이어서 표가 있어야 살 수 있었고, 설탕을 한입 먹는 것이 요즘 세상에 여자와 관계를 하는 것보다 더 행복했다. 서문촌 대대 지도자들은 온 현에 좋은 이미지를 심어주려고 인민공사 전체사원 대회를 소집하여 현 대회 기간중에 주의사항을 전달했는데, 그중 하나가 마을 사원들은 어른이건 아이건 항아리에서 설탕물을 마셔서는 안된다는 것이었고, 간덩이가 부어 감히 이를 어길 시에는 노동점수를 일백점 감할 것이라고 했다. 타지사람들이 서로 설탕물을 먹으려고 다투는 추태를 보고 있자니 내가 부끄러웠다. 그래서 서문촌 사람들이 먹지 않으려고 작심을 하고 있는 것이, 혹은 극도의 자제력을 발휘하는 것이 자랑스러웠다. 타지 사람들이 설탕물을 마시는 것을 그저 바라보고만 있던 서문촌 사람들의 복잡한 눈길과 복잡한 심정을 알았지만, 나는 그들이 존경스러웠다. 그렇게 참는 것은 쉽지 않은 일이었다.

그런데 지금 한 녀석이 결국 참지 못하는 일이 벌어진 것인데, 내가 굳이 이름을 대지 않아도 그자가 누구인지, 너는 충분히 짐작할 것이다. 그는 바로 서문촌이 생긴 이래 백오십년 역사상 가장 걸신들린 녀석, 그렇다, 바로 막언, 지금은 원숭이가 중절모자 쓴 꼴로 신사인 척하고 있는 막언녀석이었다. 이 녀석이 상반신을 항아리에 집어넣고 갈증이 난 말처럼 허겁지겁 물을 들이켰다. 하지만 목은 짧고 항아리는 너무 깊었다. 그래서 쇠국자를 가져와 한쪽 팔로 기를 쓰고 항아리를 기울여 설탕물을 한쪽으로 몰아 국자로 뜨려고 애썼다. 그가 손을 풀자 항아리는 다시 원래대로 돌아갔고 그가 조심조심하며 국자를 들고 있는 모습으로 봐서 수확이 있었다. 그 녀석이 국자를 입에 가져갔든 아니면 입을 국자에 가져갔든, 어쨌든 그뒤에 천천히 목을 세웠다. 설탕맛을 보고 나서 일순간 달콤한 삶에 푹 빠진 표정이었다. 그가 국자로 항아리에 남은 마지막 한방울 설탕물까지 싹싹 긁었다. 차르르차르르 국자로 거친 항아리 밑바닥 긁는 소리에 소름이 끼쳤고, 스피커의 고음보다 더 귀에 거슬리며 신경을 긁었다. 서문촌 사람들을 창피하게 만드는 이런 짓을 누

466

가 좀 말려주었으면 싶었지만, 이 녀석은 몇분 동안 계속 이 짓을 했다. 나는 나뭇가지에서 내려가려고 했다. 그때 돼지들이 이 소리에 놀라 술에 취해 어눌하게 소리를 질렀다. "그만해, 제발 그만하라고. 소름끼쳐 죽겠어." 그 녀석은 항아리 둘을 땅에 누이더니 아예 그 안으로 들어갔다. 혀로 항아리 밑바닥을 핥는 모양이었다. 인간이 이 정도 걸신들리기도 기적이다. 마침내 이 녀석이 항아리에서 나왔다. 헌옷이 번들거리고 몸에서 단내가 나는 것이 봄이었으면 꿀벌이 날아들거나 나비가 날아와 에워싸고 춤을 추었을 것이지만, 그때는 초겨울이어서 꿀벌도 나비도 보이지 않고 십여 마리의 통통한 파리만 에워싸고 춤을 추면서 웅웅거리고, 두 마리는 녀석의 추잡하고 문드러진 담요처럼 뒤엉킨 머리에 올라앉았다.

"……우리는 열 배의 열정과 백배의 노력으로 서문촌의 선진 경험을 확산시키고 각 인민공사와 각 대대는 무엇보다 친히 노동자, 청년, 부녀자, 대중조직을 장악하여 전력을 다해 그들과 결합해야 합니다. 계급투쟁의 벼릿줄을 틀어쥐고 지주와 부자, 반동, 악질, 우파분자 들에 대한 통제와 관리를 강화해야 하고, 특히 숨어 있는 계급의 적들의 파괴활동을 경계해야 합니다……"

막언이 행복한 표정을 지은 채 휘파람을 불면서 건들거리며 기계실로 걸어갔다. 내 온 신경이 녀석에게 쓰이고 눈길이 따라갔다. 녀석이 기계실에 들어갔다. 발동기가 빠르게 돌고 동력을 전달하는 동력벨트 연결지점의 핀과 휠이 부딪치면서 캬륵캬륵 소리가 리드미컬하게 났다. 전기가 여기서 만들어져 스피커가 역량을 발휘하도록 힘을 불어넣는 것이다.

"각 대대의 관리원들은 농약의 관리와 사용을 엄격하게 통제하고 계급의 적들이 농약을 훔쳐 돼지사료에 넣는 것을 막아야 합니다……"

기계를 지키는 당직인 초이(焦二, 쟈오얼)가 담에 기대 볕을 쬐며 잠들어 있어 막언이 장난치기에 안성맞춤이었다. 그가 벨트를 풀고 낡아빠진 바지를 배꼽 밑으로 내리더니 두 손으로 고추를 잡고서—그때까지 나는 이 녀석이 무슨 짓을 하려는지 짐작하지 못했다—바삐 돌아가는 동력벨트를 조준하더니 하얀 오줌줄기를 발사했다. 굉음이 울리더니 벨트가 벗겨져 땅에 떨어졌다. 거대한 이무기 시체 같았다. 윙윙대던 스피커가 벙어리가 되었다. 발동기가 헛돌면서 날카로운 울음소리를 냈다. 대회장에 있던 수천명의 청중들이 한꺼번에 물밑으로 가라앉은 것 같았다. 관리들의 연설소리가 가냘프고 단조롭게 변하여 물밑에서 붕어가 뻐끔거리는 것 같았다. 이 엄청난 상황에서 홍태악이 일어나는 것이 보였고, 서문금룡도 사람들 틈에서 일어나 한달음에 기계실로 달려가는 게 보였다. 막언녀석이 크게 사고를 쳤다는 것을 직감했다. 이 녀석, 어디 제대로 맛 좀 봐라!

막언은 사고를 치고서도 도망갈 생각은 않고 바보처럼

벨트 앞에 그대로 선 채 뭔지 모르겠다는 표정을 하고 있었다. 내 짐작에 이 녀석은 오줌 좀 쌌다고 왜 벨트가 갑자기 벗겨지지? 하고 생각하고 있을 것이다. 서문금룡이 기계실에 들어가 먼저 막언에게 뺨을 한대 올려붙이더니 엉덩이를 걷어찼고, 그런 다음 허리를 굽혀 벨트를 집어들고 먼저 발동기 휠에 건 뒤 잡아당겨, 벨트의 다른 쪽을 발전기 휠에 걸었다. 벨트가 걸린 것을 보고 손을 떼자마자 다시 벗겨져버렸다. 막언이 퍼질러 싼 오줌 때문에 벨트가 제대로 걸리지 않았다. 금룡이 쇠막대로 벨트를 밀어넣어 고정해 떨어지지 않게 하고는 허리를 굽혀 까만 가죽에 바르는 왁스를 벨트에 발랐다. 벨트가 돌아가면서 왁스로 인해 마찰력이 생기자 더이상 벗겨지지 않았다. 금룡이 막언에게 호통을 쳤다.

"누가 너한테 이런 짓 하라고 했어?"

"그냥 나 혼자……"

"왜 그랬어?"

"벨트 가죽을 식히려고……"

생산지휘부의 지도자가 스피커가 꺼지자 충격을 받아 부랴부랴 연설을 끝냈다. 한차례 소란 끝에 서문촌 소학교의 미녀 여선생 김미려(金美麗, 진메이리)가 무대에 올라 막을 열었다. 그녀가 그리 표준말은 아니지만 듣기에 신선하고 즐거운 말로 무대 아래 관중들에게, 특히 무대 양측으로 옮겨 앉은 십여명의 관리들에게 선포했다. "서문촌 소학교 모택동 사상 선전대의 공연을 시작하겠습니다!" 전기는 벌써 다시 들어오고 있었고 찍찍 스피커 소리가 송곳처럼 날카롭게 퍼져나갔다. 날카로운 소리가 올라가 하늘을 나는 작은 새들을 찔러죽일 것 같았다. 오늘 공연을 위해 김미려 선생은 긴 댕기머리를 자르고 당시 크게 유행하던 단발머리를 하여 전보다 훨씬 씩씩하고 야무지고 총명하고 예뻐 보였다. 무대 양쪽의 관리들을 보니, 눈길이 죄다 김미려를 향하고 있었다. 김미려의 머리를 뚫어져라 보는 사람이 있는가 하면 김미려의 허리를 뚫어져라 보는 사람도 있었고 은하인민공사 제1서기 정정남(程正南, 션정난)은 줄곧 김미려의 엉덩이를 뚫어져라 쳐다보았는데, 십년 후 갖은 고생 끝에 김미려는 결국 당시 정법(政法)위원회 서기를 맡고 있던 정정남의 처가 되었는데, 둘의 나이차는 스물여섯이어서 비난이 쏟아졌다. 물론 지금 같았으면 아무도 시비를 걸지 않았을 것이다.

김선생은 공연 시작을 알리고는 무대 한쪽으로 물러났다. 그곳에는 그녀의 의자가 놓여 있었고 의자에는 예쁜 아코디언이 있었다. 아코디언 건반의 에나멜에 햇빛이 반사되어 반짝거렸다. 의자 옆에는 마량재가 서 있었다. 마량재는 손에 대나무피리를 들고 있었는데 얼굴이 자못 진지했다. 김선생이 아코디언을 어깨에 걸고 자리를 잡고 앉아 연주를 시작하자 아름다운 음악이 흘러나왔고, 이와 동시에 마량재의 피리에서도 맑고 경쾌한, 구름을 열고 돌을 깨고 나온 듯한 아름다운 소리가 흘러나왔다. 연주가 시작되고 조금 지

나 혁명 돼지새끼들이 노란 '충(忠)' 자가 적힌 붉은 천을 가
슴에 달고서 통통하고 조그만 다리를 구르기도 하고 기기도
하면서 무대로 올라왔다. 이들은 모두 새끼 수돼지로, 바보
스럽고 멍청하게 꽥꽥거리며 아무런 생각도 없고 깊이도 없
어서 지도자의 지휘가 필요했다. 이때, 홍홍이라는 꼬마 암
돼지가 붉은 신발을 신고 구르면서 무대에 올랐다. 이 역을
맡은 아이의 엄마는 뛰어난 예술적 재능을 지닌 청도 출신
의 지식인이었는데, 유전자가 좋아서인지 뭐든 빨리 배웠
다. 꼬마 암돼지가 올라오자 박수가 터져나왔지만 꼬마 수
돼지가 올라오자 웃음이 터져나왔다. 이 꼬마돼지들은 더없
이 기뻐 보였다. 옛날이나 지금이나 돼지가 사람들의 무대
에 오른 적은 한번도 없었다. 이것은 역사적인 기록이었고
우리 돼지들의 영광이자 자랑이었다. 그래서 나는 살구나무
위에서 앞발을 들고 이번 무용극을 연출한 김미려 선생에게
혁명적인 경례를 표했다! 마량재에게도 인사를 보내고 싶었
다. 그의 피리소리는 참으로 멋졌다. 나는 또 아기돼지 홍홍
역을 한 아이의 어머니에게도 인사를 보냈다. 이 지식인 여
자가 농민과 결합하여 훌륭한 후대를 낳았으니 존경을 받아
야 하고, 자신의 무용 유전자를 딸에게 전해주었으니 존경
을 받아야 하고, 무대 뒤에 서서 여자아이들에 맞추어 노래
를 했으니 더더욱 존경을 받아야 했다. 탁 트이면서도 매끄
러운 메조쏘프라노였는데—막언녀석은 훗날 한 소설에서
그녀가 알토였다고 썼다가 여러 음악인들에게 비웃음을 샀

다—그녀의 목소리가 울려퍼지면서 꽃비단처럼 허공에서 춤을 추었다. 우리는 혁명의 붉은 꼬마돼지들, 고밀에서 천안문까지 왔다네—이런 가사들은 지금 보면 어울리지 않지만 당시에는 아주 자연스러웠다. 우리 서문촌 소학교의 공연은 현 경연대회에도 참가했고 최우수 연기상을 타기도 했다. 우리 꼬마돼지 공연단은 창탄(昌灘)지구 최고지도자인 육(陸, 루)서기를 접견하기도 했는데 육서기가 꼬마돼지 홍홍을 안고 있는 사진이 성에서 발행되는 신문에 실리기도 했다. 그것은 역사였다. 역사는 멋대로 쓸 수 없다—그 꼬마 암돼지는 무대에서 물구나무를 서서 걸으며 조막만한 붉은 신발을 신은 두 발을 높이 들고서 계속 박자를 맞추었다. 단상에 있는 사람이나 아래에 있는 사람이나 다들 열렬히 박수를 치며 환호했다.

공연이 성공적으로 끝나고 다음은 참관이었다. 아이들의 공연이 끝나고 어른들의 차례가 된 것이다. 사실 말이지, 돼지로 환생하고 나서 금룡은 내게 섭섭지 않게 대해주었다. 오래전 부모와 자식이라는 특별한 관계를 맺은 적이 있긴 하지만 설령 그런 관계가 아니더라도 나도 멋지게 공연을 하여 지도자들을 즐겁게 해주고 금룡의 체면도 세워주고 싶었다.

몸을 조금 움직였더니 머리가 어질어질하고 눈이 돌고 귀가 먹먹했다. 십여년 뒤 개로 다시 태어나서 현에 있던 내 형제 누이 개들하고 천화(天花, 톈화)광장의 달빛 아래서 성

대한 대규모 파티를 열 때 사천(四川)성의 오량액(五糧液, 우
량예)과 프랑스 브랜디, 영국의 위스키를 마시고서야 양돈운
동 현장대회 날 골치가 아프고 눈이 돌고 귀가 울린 원인을
알았다. 내 주량 탓이 아니라 질나쁜 고구마백주(白酒, 빠이
주, 중국 고량주—옮긴이) 탓이었다! 물론 나도 그 당시 사람
들이 도덕수준은 떨어져도 공업용 알코올을 백주로 둔갑시
켜 몸을 망치는 정도는 아니었다는 것을 인정한다. 나중에
내가 개로 환생했을 때, 시청에서 운영하는 호텔에서 출입
문을 지키던, 아는 것도 많고 입을 열면 그대로 명문장이 되
던 내 친구 독일산 검정 셰퍼드가 내린 결론처럼, 50년대 사
람들은 비교적 순수했고, 60년대 사람들은 열광적이었고,
70년대 사람들은 겁이 많았고, 80년대 사람들은 남의 눈치
를 보고, 90년대 사람들은 지극히 사악했다. 내가 서둘러 뒤
에 일어난 일을 당겨서 이야기하는 점을 양해해주기 바란
다. 막언녀석이 즐겨쓰는 방법인데 나도 모르게 그 녀석 영
향을 받은 모양이다.

큰 잘못을 저질렀다는 것을 안 막언은 기계실에 얌전히
서서 금룡의 처벌을 기다리고 있었다. 기계를 지키는 초이
가 잠에서 깨어 거기에 서 있는 막언을 보고는 욕을 퍼부었
다. "이런 개새끼, 거기서 뭐 하고 있어? 사고치려고?" "금
룡형이 여기 서 있으라고 했어요!" 막언이 기가 살아 말했
다. "뭐 금룡형? 내 좆만도 못한 놈이 무슨 형이야!" 초이가
교만에 가득 차 말했다. "좋아요." 막언이 말했다. "내가 가

서 금룡한테 말할게요.” “너 이리 오지 못해!” 초이가 막언의 옷깃을 잡으며 끌어당겼다. 이 과정에서 막언의 겉저고리 단추 세 개가 떨어져 날아가 옷깃이 벌어져서 항아리 같은 뱃가죽이 드러났다. “금룡한테 일렀다가는 넌 죽는 줄 알아!” 초이가 주먹을 쥐고 막언 얼굴 앞에서 흔들었다. “입막음을 하려면 날 죽여야 할걸요!” 막언이 조금도 지지 않고 말했다.

빌어먹을 물건들, 초이와 막언은 둘다 우리 서문촌의 말종들이니 둘이서 기계실에서 싸우라고 내버려두자. 장대한 위용을 갖춘 참관 대열이 금룡의 인도를 받으며 내 돈사 앞으로 왔다. 금룡이 소개할 필요도 없이 참관인사들에게서 웃음이 터져나왔다. 바닥에 누운 돼지는 실컷 보았어도 나뭇가지에 올라가 있는 돼지는 본 적이 없었고, 담벼락에 적힌 붉은 표어는 많이 보았어도 돼지 배에 적힌 붉은 표어는 본 적이 없었다. 현과 인민공사의 간부들이 하하아 웃음을 터뜨렸고, 뒤따르던 생산대대 간부들도 바보처럼 따라 웃었다. 낡은 군복을 입은 생산지휘부 책임자가 눈으로는 나를 보며 입으로는 금룡에게 물었다.

“저 혼자 나무에 올라간 건가?”

“예, 혼자서 올라간 겁니다.”

“한번 보여줄 수 있나?” 책임자가 말했다. “내 말뜻은 나무에서 내려왔다가 다시 올라가게 할 수 있는가 말이야.”

“어렵기는 하지만 제가 최대한 한번 해보겠습니다.” 금룡이 말했다. "이 돼지는 머리가 좋고 다리는 튼튼하지만 고집불통입니다. 자기 하고 싶은 대로 하지 남의 말을 듣지 않습니다."

금룡이 나뭇가지로 가볍게 내 머리를 건드리며 부드럽게 한번 잘해보자는 투로 말했다.

"열여섯번째 돼지, 그만 일어나시지, 그만 자. 내려가서 오줌이나 싸!"

나더러 나무에 올라가는 묘기를 관리들에게 보여주라는 말을 내려가 오줌 싸라고 한 것이다. 이런 뻔한 거짓말에 불쾌했지만 나도 금룡의 속마음을 이해했다. 그의 요구를 들어줄 수는 있지만 내가 비굴하게 굽실거릴 수는 없었고 시킨다고 곧이곧대로 할 수도 없는 일이었다. 그러면 나는 더 이상 개성있는 돼지가 아니라 주인을 즐겁게 하려고 땅을 구르는 발바리였다. 나는 몇번 혀를 차고는 늘어지게 하품을 한 뒤 눈을 까뒤집고 허리를 한번 쭉 펴서 사람들을 웃게 하고 수군거리게 했다. "헛, 저게 돼지야? 완전 사람이야. 뭐든 다 해." 이 멍청이들아 내가 네놈들 말을 못 알아들을 줄 아느냐? 이 몸은 고밀 말도 알고 기몽산 말도 알고 청도 말도 알아듣는다. 게다가 외국물을 먹은 청도 지식인 청년한테 스페인어까지 몇마디 배운 듯한 착각까지 하는 몸이시다. 나는 스페인어로 크게 소리쳤다. 이 멍청이들이 넋이 나가 멍하더니 한참 만에야 하하 웃었다. 내 너희를 웃겨주리라, 웃다 죽게 만들어주리라. 인민들에게 좁쌀이 돌아가도록 말이다. 나더러 내려가서 오줌을 갈기라고 하지 않았는가. 오줌을 갈기는데 나무에서 내려갈 필요가 있는가. 높은 데서 싸면 오줌이 더 멀리 나간다. 악취미가 발동하여 나는 정해진 곳에 오줌을 싸는 훌륭한 위생습관을 바꾸어 그냥 편안하게 나무에 엎드린 채로 한참 동안 참고 있던 오줌을, 조였다 풀었다가 가늘게 싸다 굵게 싸다 하면서 아래로 쌌다. 멍청이들의 웃음이 그칠 줄 몰랐다. 내가 눈을 부릅뜨며 정중하게 말했다. "뭘 웃어? 진지하게 굴라고! 난 지금 제국주의자들과 수정주의자, 반동분자 들의 반동 진지를 날려버릴 포탄이야. 포탄이 오줌을 싼다는 것은 포탄에 든 화약이 젖었다는 뜻인데, 그래도 그렇게 웃음이 나와?" 이 멍청이들은 내 말을 알아들었는지 참던 웃음이 실실 터져나왔다. 헌 군복을 입은 높으신 간부도 늘 무표정하던 얼굴에서 웃음이 새어나와 얼굴에 금빛 밀기울을 뿌린 것 같았다. 그가 나를 가리키며 말했다.

"정말 훌륭한 돼지군. 금상을 줘야겠어!"

나는 원래 명예나 이익에는 초연한 몸이지만, 지체 높은 고관 입에서 나온 아부를 받고 보니 제정신을 잃고 우쭐하여 무대에서 물구나무서는 연기를 보여주던 꼬마돼지 홍홍을 따라하고 싶어졌다. 이렇게 흔들거리는 살구나무가지 위에서 거꾸로 서는 것은 지극히 어려운 동작이지만, 일단 성공하면 분명 다들 뒤집어질 것이다. 나는 두 앞발로 나뭇가지를 꼭 붙잡고 두 뒷발을 들고 엉덩이는 높이 쳐들고 머리는 아래로 숙여 나뭇가지 사이에 끼었다. 힘이 부치고, 아침에 너무 많이 먹어 배가 무거웠다. 내가 나뭇가지를 힘껏 붙잡자 가지가 움직이면서 떨렸다. 그 힘을 빌려 이 고난도의 동작을 완성할 생각이었다. 그래, 일어서자! 땅이 보였다. 두 앞발이 거대한 압력을 견디고 있었고 온몸의 피가 머리로 몰리고 눈알이 아프고 금방이라도 튀어나올 것 같았다. 버티자, 이렇게 십초만 버티면 이긴다. 박수소리가 들렸다. 성공이었다. 그런데 불행히도 내 왼발이 미끄러지는 바람에 몸이 균형을 잃었다. 눈앞이 깜깜해지고 뭔가 단단한 물체가 머리에 부딪히면서 펑 하는 소리가 나는가 싶더니 정신을 잃었다.

빌어먹을! 이게 다 질나쁜 싸구려 백주 탓이다!

제26장

조소삼은 질투심에 불타서 돈사를 부수고
남금룡은 절묘한 계책으로 엄동을 넘기다

1972년 겨울, 살구나무 농장의 돼지들에게는 정말 생사가 걸린 시련의 계절이었다. 양돈운동 현장대회가 끝나고 서문촌 대대에 현에서 이만근의 사료를 상으로 주었지만, 현에서 내려보낸 것은 그저 숫자에 불과했다. 최종적으로 인민공사 혁명위원회의 감독을 받아야 하는데, 그 실무담당자가 쥐고기라면 사족을 쓰지 못해 별명이 쥐새끼인 인민공사 양식담당 소장 김씨였다. 이 쥐새끼 소장이 창고 모퉁이에 몇년 동안 처박혀 있던 곰팡이 핀 고구마줄기와 수수를 우리 양돈장에 보냈고 수량도 훨씬 적었다. 이 곰팡이 핀 먹을거리에 섞인 쥐똥만도 족히 1톤은 되어서 우리 살구나무 농장은 그해 겨우내 괴이한 악취에 뒤덮였다. 그렇다. 양돈운동 현장대회를 전후하여 우리는 맛있는 것을 먹고 마시면서 지주계급, 부르주아계급처럼 부패한 나날을 보냈다. 하지만 현장대회가 끝나고 채 한 달이 못되어서 대대 양식 창고가 비상상황에 접어들었다. 날도 점점 추워지고, 낭만적인 하얀 눈이 내리며 뼈에 사무치는 추위가 몰려올 조짐이 보이면서 우리는 추위와 굶주림의 고통 속으로 빠져들어 갔다.

그해 겨울, 눈이 무시무시하게 많이 내렸다. 내가 허풍을 치는 것이 아니라 정말 그랬다. 현 기상국에도 기록이 있고 현 역사에도 적혀 있고, 막언의 소설 「양돈기」에도 언급되어 있다.

막언은 어려서부터 요망한 말로 사람을 홀리길 잘했다. 그가 소설에서 하는 말들은 사실도 있고 거짓말도 있어서 믿을 수밖에 없기도 하지만 전혀 믿을 수 없기도 하다. 「양돈기」에 나오는 시간과 장소는 다 맞고 설경(雪景) 묘사도 맞지만 돼지 숫자와 출신은 바꾼 것이다. 분명 기몽산에서 왔는데 오련산이라고 바꾸었고, 분명 천오십칠 마리인데 구백여 마리라고 바꾸었다. 하지만 그런 것들은 다 지엽적인 것이고, 소설쓰는 사람이 소설에서 하는 말을 두고 우리가 사실인지를 따질 필요는 없다.

내가 기몽산 돼지들을 철저히 무시했고 그들과 같은 무리에 속한다는 것이 부끄러웠지만 어쨌든 나도 그들과 같은 돼지였다. "토끼가 죽으면 여우가 슬퍼하고 같은 무리가 슬품을 당하면 같이 슬퍼한다"고, 기몽산 돼지들이 계속 죽어 나가자 살구나무 농장은 비극적 분위기에 무겁게 휩싸였다. 체력을 유지하기 위해 열량 소모를 줄여야 했기에 그즈음 나는 야간순시 횟수를 줄였다. 오랫동안 사용하여 부서진 나뭇잎과 가루가 된 마른풀을 발톱으로 구석에 모으느라 바닥에 발자국이 새겨졌다. 마음을 써서 만든 컴퓨터디자인 같았다. 나는 풀과 나뭇잎을 모아놓은 한가운데 누워 두 앞발로 뺨을 괴고 펑펑 내리는 큰 눈을 보고 있었다. 눈이 내릴 때 특유의 차가운 기운이 맡아지면서 마음에 한가락 처량한 기분이 일었다. 사실 말이지, 나는 감성이 풍부한 돼지는 아니었다. 나는 미친 듯이 날뛰는 기질이 더 많았고 저항의식이 넘치지만 기본적으로는 쎈티멘털한 자산계급 기질은 없었다.

북풍이 윙윙거리고 강에 얼어 있던 거대한 얼음덩이가 깨지면서 천지가 진동하는 소리가 났다. 쩍쩍, 마치 한밤중에 운명이 문을 두드리는 것 같았다. 돈사 앞에 눈이 쌓여, 눈 무게 때문에 휘어진 살구나무가지에 닿을 정도였다. 쌓인 눈의 무게를 이기지 못하고 나뭇가지 부러지는 소리가 살구나무 농장에 수시로 울려퍼졌고 그 소리에 이어 가지에 쌓였던 눈이 쏟아지는 둔탁한 소리가 울려퍼졌다. 그런 밤이면 내 눈이 미치는 아득한 곳까지 온통 하얀 세계였다. 중유가 부족하여 자가발전 전기는 진즉 멈추어버려 내가 아무리 전깃줄을 잡아당겨도 불이 들어오지 않았다. 이렇게 세상천지가 온통 눈에 덮인 밤은 동화의 세계를 만들어내고, 꿈을 만들어내는 시간이어야 했지만, 추위와 배고픔이 그런 동화와 꿈을 부수어버렸다. 내가 양심을 걸고 말하건대, 사료가 가장 심각하게 부족했을 때, 기몽산 돼지들이 푹 썩은 나뭇잎과 면화가공공장에서 사온 목화씨 깻묵으로 구차하게 연명하던 시절에도, 서문금룡은 내 사료의 사분의 일은 꼭 좋은 사료를 넣어주었다. 물론 그런 사료 중에도 곰팡이 핀 말린 고구마줄기가 들어 있었지만 콩잎이나 목화씨 깻묵보다야 나았다.

나는 누워서 기나긴 밤을 힘겹게 버티었다. 어떤 때는 꿈속에 있었고, 어떤 때는 현실에 있었다. 하늘에 어쩌다 별 몇 개가 나와 빛을 낼 때면 여왕 가슴에 달린 다이아몬드 같았다. 편히 잠을 이룰 수가 없었다. 왜냐하면 생사의 기로에 선 기몽산 돼지들의 몸부림치는 소리가 나를 한없이 서글프게 했기 때문이다. 지난 일들을 돌이켜보니 눈물이 앞을 가렸다. 볼을 타고 흐르는 눈물이 눈깜짝할 사이에 얼어붙어 진주가 되었다. 옆방의 조소삼도 울부짖었다. 위생에 신경 쓰지 않은 자업자득의 업보를 당하고 있었다. 그 녀석 우리에는 마른 곳이 한군데도 없었다. 똥과 오줌이 얼어붙어 얼음덩어리가 되었다. 녀석은 우리를 뛰어다니면서 고래고래 이리울음 같은 소리를 질렀고, 그러면 들에 사는 진짜 이리들이 멀리서 소리를 받았다. 녀석은 큰 소리로 세상이 불공평하다고 욕했다. 밥을 줄 때마다 녀석의 욕이 들려왔다. 홍태악에게 욕을 하고 서문금룡에게 욕을 하고 남해방에게 욕을 했다. 우리에게 밥 주는 일을 전담하고 있는, 벌써 흙이 된 악덕지주 서문뇨의 미망인인 백행아에게는 더 심한 욕을 퍼부었다. 백씨는 사료통 두 개를 어깨에 메고 와서 우리에게 먹이를 주었다. 눈이 쌓여 얼음판인 좁은 길에서 그녀의 작은 발이 비틀거렸고 낡은 솜옷을 입은 그녀의 몸이 흔들거렸다. 머리에 파란 수건을 쓰고 있었는데, 입과 코에서 김이 나오고 눈썹과 머리에 하얀 서리가 맺혔다. 그녀의 두 손은 거칠고 피부는 갈라져서 불에 탄 고목 같았다. 밥통을 어깨에 짊어지고 걸을 때 손에 든 긴 국자를 지팡이로 삼았다. 밥통이 그리 뜨겁지 않아 김이 피어오르지 않았다. 하지만 냄새는 훅 끼쳐왔다. 냄새만 맡아도 사료의 질이 어떤지 정확히 가릴 수 있었다. 항상 앞쪽에 들린 통이 내 먹이였고 뒤쪽 통은 조소삼의 먹이였다.

백씨가 어깨에 메고 온 밥통을 내려놓고는 국자로 돼지우리 담장에 두껍게 쌓인 눈을 걷어내고 안으로 들어와 국자로 내 구유를 깨끗하게 정리했다. 그뒤 두 손으로 힘겹게 밥통을 들어 흙담에 올려놓고는 시커먼 사료를 내 구유에 쏟아부었다. 그럴 때마다 나는 그새를 참지 못하고 허겁지겁 먹다가 끈적끈적한 음식물이 귀와 머리에까지 튀었다. 그러면 그녀가 국자로 내 귀와 머리에 붙은 음식물을 훑어주었다. 음식은 전혀 맛이 없었고 여러 번 씹을 수조차 없었다. 여러 번 씹으면 부패한 냄새가 입 안과 목에 가득 찼기 때문이다. 내가 큰 입으로 음식을 삼키며 쿨럭쿨럭 소리를 낼 때면 백씨는 항상 감개무량하게도 나를 칭찬하며 말했다.

"열여섯번째 돼지야, 열여섯번째 돼지야, 넌 정말 음식투정을 하지 않는 착한 돼지다."

백씨는 내 밥을 주고서야 조소삼에게 갔다. 내가 거침없이 잘 먹는 모습을 보면 행복한 모양이었다. 조소삼이 미칠 듯이 소리를 지르지 않았으면 그녀는 녀석에게 먹이 주는 것도 잊어먹었을 것이다. 백씨가 나에게 먹이를 주며 바라보던 따뜻한 눈길을 잊을 수가 없다. 그녀가 내게 잘해준다는 것을 알고 있었지만 속으로 깊이 생각하고 싶지는 않았다. 어쨌든 이미 오래전 일이고, 사람과 가축은 갈길이 다르지 않나.

조소삼이 그녀의 주걱을 무는 소리가 들렸다. 조소삼이 흙담에 앞발을 올리고 일어나 담장 너머로 흉악한 얼굴을 들이밀었다. 이를 드러낸 채 눈에 핏발이 서 있었다. 백씨가 길게 나온 그의 주둥이를 때렸다. 나무 캐스터네츠를 두드리는 것 같았다. 먹이를 녀석의 구유에 쏟았다. 그녀가 조용히 욕을 했다.

"이런 더러운 돼지녀석, 우리 안에서 먹어야지, 넌 어째 얼어죽지도 않나, 이 귀신아!"

조소삼이 한입 먹더니 욕을 퍼붓기 시작했다.

"서문백씨, 이런 편애할 줄만 아는 교활한 여편네 같으니라고! 좋은 먹이는 열여섯번째 돼지에게 전부 다 주고 내 밥통에는 썩은 나뭇잎이나 주고! 이런 개자식들을 내 가만두지 않을 것이다!"

욕을 퍼붓고 또 퍼붓다가 조소삼이 잉잉거리며 울기 시작했다. 서문백씨는 그가 욕을 해도 들은 체도 않은 채 빈 통과 주걱을 들고 뒤뚱거리며 가버렸다.

조소삼이 벽을 붙잡고 쳐다보며 내게 불만을 터뜨렸다. 더러운 침이 내 우리에 떨어졌다. 나는 질투심에 가득 찬 녀석의 눈을 못 본 척하면서 그저 고개를 숙이고 서둘러 먹기만 했다. 조소삼이 말했다.

"어이, 열여섯번째 돼지, 세상에 이런 법이 어디 있냐? 다 같은 돼지인데 왜 이렇게 대우가 다르냔 말이다? 너는 이곳 출신이고 나는 외지 돼지여서 그런 거냐? 너는 잘생기고 나는 못생겨서 그런 거냐? 그리고 네깟 놈이 나보다 잘생겼으면 얼마나 잘생겼냐?"

이런 멍청한 물건에게 내가 뭐라고 대꾸를 할 것인가? 세상은 원래 공평하지 않은 법이다. 장교가 말을 탄다고 사병도 말을 탄단 말인가? 그래, 소련 볼셰비끼 군대의 세미온 미하일로비치 부돈니 기병부대에서는 장교나 사병이나 말을 탔다고 하지만, 그래도 장관이 타는 말은 준마였고 사병들이 타는 말은 형편없었다. 대우가 달랐던 것이다.

"언젠가 내 그놈들을 죄다 물어뜯어 죽여버릴 것이다. 그놈들 배를 가르고 창자를 꺼내서……" 조소삼이 우리를 막고 있는 흙담에 앞발을 올린 채 이를 갈며 말했다. "억압이 있으면 반항이 있다는 걸, 믿느냐? 네놈은 믿지 않아도 나는 확실히 믿는다!"

"그래, 네 말이 맞다." 더이상 성질을 건드리고 싶지 않아서 그냥 대꾸해주었다. "네가 그럴 만한 용기와 능력이 있다고 믿는다. 세상을 발칵 뒤집어놓을 그날을 기다리마."

"그럼." 녀석이 침을 흘리며 말했다. "네 구유에 남은 밥을 나한테 상으로 주지그래?"

녀석의 탐욕스러운 눈길과 더러운 입술을 보고 있자니 속에서 극도로 혐오감이 일었다. 내게 이 녀석의 이미지는 바닥이었는데 이제는 완전히 구렁텅이에 처박혔다. 속으로 주판을 굴렸다. 저 더러운 주둥이로 내 구유를 더럽히는 것은 정말 질색이었다. 그렇다고 면전에서 저렇게 굴욕적으로 내놓은 요구를 거절하는 말을 떼기가 쉽지 않은 노릇이었다. 내가 머뭇거리며 말했다.

"소삼아, 사실 내 밥도 네 것이나 차이가 없어. 네가 어린 애들처럼 남의 떡이 커 보이는 거라고……"

"이런 씹새끼, 누굴 바보 멍청이로 알아?" 조소삼이 씩씩거리며 말했다. "내 눈은 속여도 내 코는 못 속인다고! 내 눈 속이는 것도 물론 어림없고." 조소삼이 자기 구유에서 사료를 파내서는 발톱으로 내 구유 쪽에 뿌리는데, 내 구유에 남은 사료와 선명한 대조를 이루었다. "너도 좀 봐라, 네가 먹는 게 어떤 것이고 내가 먹는 게 어떤 것인지. 빌어먹을, 똑같은 수돼지인데 뭣 때문에 대우가 다른 거야. 넌 혁명을 위해 교배를 하고 난 반혁명을 위해 교배라도 한단 말이냐? 저놈들이 사람을 혁명, 반혁명으로 나누더니 돼지도 계급을 나눈단 말이냐? 완전히 사심이 끼어들어 장난을 치고 있는 것이다. 서문백씨가 너를 보는 눈길을 내가 다 봤다. 완전히 자기 남편을 바라보는 눈길이더라! 그 여자가 네 씨를 받고 싶어하는 것 아니야? 네가 그 여자에게 씨를 뿌리면 내년 봄이면 사람 머리에 돼지 몸을 하거나 돼지 머리에 사람 몸을 한 괴물이 나오겠구나. 정말 끝내주겠다!" 조소삼이 독을 품고 입을 놀렸다. 악의적인 비방으로 답답한 속이 좀 풀렸는지 간사한 웃음을 흘렸다.

나는 앞발로 내 구유에 담긴 사료를 우리 바깥으로 힘껏 걷어냈다. 내가 경멸하듯이 말했다. "내가 원래 네놈 요구를 들어주려고 했다만 네가 이렇게 나를 욕되게 하니 미안하다, 형씨, 남은 음식을 똥더미에 버리는 한이 있어도 너한테는 못 주겠다." 나는 발톱으로 구유에 담긴 음식을 파서 내가 정해놓고 대변을 보는 곳에 던졌다. 그러고 나서 우리의 마른 곳으로 가 엎드려 느긋하게 말했다. "각하, 드시고 싶으시면 어서 드시옵소서!"

조소삼이 눈에 시퍼런 불을 켜고 이를 바득바득 갈면서 말했다. "열여섯번째 돼지야, 옛말에 물에서 나온 뒤에야 두 발이 진흙구덩이에 빠진 줄 안다더니, 어디 두고 보자, 강물이 삼십년 동쪽으로 흐르면 그다음 삼십년은 서쪽으로 흐르는 법이다! 태양은 돌고도는 법, 영원히 네놈 우리만 비출 성

싶으냐?" 말을 마치더니 녀석이 험악한 얼굴을 남기고 담장에서 사라졌다. 옆집에서 성마르게 우리를 빙빙 돌면서 수시로 철문을 머리로 들이받고 발로 담벼락을 파헤치는 소리가 들렸다. 나중에는 괴상한 소리가 들려왔는데 한참 생각해보고서야 그 연유를 알았다. 이 녀석이 반은 따뜻하게 지내려고, 반은 화풀이를 하려고 일어서서 입으로 돈사 꼭대기의 수숫대를 뜯어내고 있었고, 내 돈사 꼭대기마저 같이 흔들거렸다.

내가 앞발을 담에 걸치고 머리를 내밀어 녀석의 난동에 항의했다. "조소삼, 그만두지 못해!"

그가 수숫대를 입에 물고 힘껏 끌어당겨 빼서는 송곳니로 마디마디 끊었다. "빌어먹을." 그가 말했다. "죽으려면 같이 죽자고! 불공평한 이 세상, 이 몸이 뒤집어주지!" 그가 꼿꼿이 서서 수숫대 하나를 입에 물고서 중력을 이용하여 땅바닥에 쿵 떨어지자, 돈사 꼭대기에 바로 구멍이 뚫리고 붉은 기와가 바닥에 떨어져 산산조각나고 눈이 우수수 녀석 머리 위로 떨어졌다. 녀석이 대가리를 흔들자 눈의 시퍼런 불빛이 벽에 부딪히는 것이 유리파편 같았다. 이 녀석이 완전히 돌아버렸다. 녀석의 난동은 계속되었고, 나는 내 돈사의 천장을 보며 마음이 다급해져 우리를 뱅뱅 돌면서 담장을 넘어가 난동을 부리지 못하게 하고 싶은 마음이 간절했지만 이렇게 미쳐 날뛰는 돼지하고 싸웠다가는 둘다 다칠 것이 뻔했다. 다급한 마음에 날카로운 소리를 질렀다. 흡사

방공경보 같았다. 혁명가요를 배울 때 목소리를 비틀던 것을 흉내냈지만 영 아니었다. 마음이 다급해 소리를 지른 나머지 영락없는 방공경보였다. 내 어린시절 기억에 제국주의자들과 수정주의자들, 반동세력들의 기습에 대비하기 위해 현 단위로 방공훈련을 했다. 현의 모든 마을 스피커에서 가장 먼저 낮고 묵직한 소리가 요란스럽게 울렸다. ─이것은 적들의 중형폭격기가 고공비행할 때 나는 소리입니다. 아직 젖냄새가 나는 어린 방송원이 말했다. 이어 씽 하고 고막을 찢는 날카로운 소리가 울렸다. ─이것은 적의 비행기가 급강하하는 소리입니다. 이어서 귀신이 곡을 하고 이리가 울부짖는 소리가 울렸다. ─전 현의 혁명간부 여러분, 적빈농과 중농 여러분 잘 듣고 구분해보십시오. 이것이 바로 국제적으로 통용되는 방공경보입니다. 일단 이 소리가 들리면 다들 즉시 일손을 놓고 방공호에 숨고, 숨을 방공호가 없으면 두 손으로 머리를 감싸고 바닥에 엎드리십시오. 나는 연극을 배워보겠다는 일념으로 몇년 동안 입장권이나 받으면서 견딘 끝에 마침내 제대로 된 배역을 받은 아이처럼 기뻤다. 나는 뛰어다니며 소리를 질렀다. 경보가 더 먼 곳까지 퍼지도록 맹렬하게 살구나무가지에 올라갔다. 나무 위에 밀가루처럼 솜처럼 쌓여 있던 눈이 무더기로, 혹은 듬성듬성, 부드럽게 혹은 무겁게 땅바닥에 떨어졌다. 눈에 묻혀 있던 살구나무가지가 자줏빛을 드러냈다. 반질거리는 것이 전설 속 해저 산호 같았다. 나는 나뭇가지를 붙잡고 살구나무 꼭

대기까지 올라갔다. 살구나무 농장의 모습과 온 마을이 다 눈에 들어왔다. 밥 짓는 연기가 모락모락 피어올랐고 수많은 나무들이 커다란 만두 같았다. 사람들이 쌓인 눈 무게 때문에 금방이라도 무너질 것 같은 오두막집에서 뛰어나왔다. 눈은 하얗고 사람들은 까맸다. 눈이 무릎까지 쌓여서 힘들게 걸음을 떼면서 뒤뚱거리며 몸이 휘청거렸다. 내가 울린 공습경보에 놀란 것이다. 서문금룡과 남해방 등이 가장 먼저 뜨거운 김이 모락모락 피어오르는 다섯 칸 집에서 뛰쳐나왔다. 그들은 먼저 한바퀴 쓱 돌아보더니 고개를 쳐들고 하늘을 살폈다 — 제국주의자와 수정주의자, 반동 들의 폭격기를 찾는 것이었다 — 그런 뒤 땅에 엎드려 두 손으로 머리를 감쌌다 — 까마귀떼가 까악까악거리며 그들 머리 위로 날아갔다. 이들 까마귀들은 운량강 버드나무숲에 둥지를 틀고 있었는데 눈이 세상을 덮자 먹이 찾기가 힘들어 날마다 살구나무 농장에 날아와서 우리 먹이를 빼앗아먹었다 — 나중에 사람들이 기어서 일어나더니 고개를 들어 눈이 내린 뒤 맑게 갠 하늘을 쳐다보았고, 이어 고개를 숙여 꽁꽁 언 땅을 내려다보았다. 그러고는 마침내 경보의 진원지를 찾아냈다.

남해방, 이제 네 이야기를 할 때가 되었다. 너는 마부가 쓰는 대나무 채찍을 휘두르며 달려왔다. 숲속 오솔길에 돼지먹이 찌꺼기들이 떨어진 뒤 얼어붙어 연속 두 번이나 넘어졌다. 한번은 앞으로 넘어져서 사나운 개가 똥을 채가는 꼴이었고, 한번은 뒤로 넘어져서 거북이가 배를 드러내고 누운 꼴이었다. 햇볕이 좋아 설경이 한결 더 아름다웠고, 까마귀 날개에 금가루라도 뿌린 듯했다. 네 얼굴의 파란 얼룩이 밝게 빛났다. 서문촌의 그 많은 인물들 틈에서 너는 주역이 된 적이 없었다. 막언이 너랑 떠들고 다닐 때 말고는 아무도 너한테 신경을 쓰지 않았다. 나 같은 돼지도 사육반장이라는 네가 안중에 없었다. 하지만 네가 긴 채찍을 들고 달려오는 것을 보면서, 네가 이제 몸은 말랐지만 어엿한 청년이 되었다는 것을 문득 발견했다. 내가 나중에 발톱을 꼽아 셈해보니 너는 벌써 스물두살, 확실한 성인이었다.

나는 나뭇가지를 안고서 붉은 구름 사이의 태양을 마주보며 입을 쩍 벌리고 다시 한번 리드미컬하게 방공경보를 날렸다. 살구나무 아래로 몰려든 사람들이 숨을 헐떡거리면서 웃을 수도 없고 울 수도 없는 난감한 표정을 짓고 있었다. 왕씨 성의 노인이 걱정스럽다는 듯이 말했다.

"나라가 망하려고 요괴가 나온 것이야."

금룡이 바로 노인의 말을 잘랐다.

"왕어르신, 함부로 혀를 놀리지 마세요!"

왕노인이 실언한 것을 알고는 자기 뺨을 때리며 말했다. "이런 망발을 하다니. 망발을! 남서기님, 높은 분이 무식한 아랫것들 말을 개의치 말구려. 이 늙은이가 처음 그런 것이니 한번 봐주구려!"

금룡은 이때 공산당원이 되어 있었고 게다가 당지부 위원과 공산주의청년단 서문촌 대대 지부 서기까지 맡고 있어서. 기고만장할 때였다. 그가 왕노인에게 손을 흔들면서 말했다.

"『삼국지』 같은 좋지 않은 책을 보서서 그런 생각이 들고, 폼을 잡으려 한다는 것을 압니다. 그렇지 않으면 현행범으로 다스렸을 것입니다!"

분위기가 순식간에 숙연해졌다. 금룡이 기회를 놓치지 않고 일장연설을 했다. 날씨가 사나워질수록 제국주의자와 수정주의자, 반동 들이 기습공격하기에 더없이 좋은 시기이고 아울러 마을에서 숨어지내는 계급의 적들이 파괴활동을 하기에 더없이 좋은 시기라고 했다. 금룡은 이어 내가 돼지로서 정치의식이 뛰어나다고 칭찬했다. "비록 돼지지만 다른 많은 사람들보다도 훨씬 깨어 있습니다!"

나는 우쭐해져서 경보를 발동한 이유조차 잊어먹었다. 유명가수가 관중들이 치켜세워주는 바람에 흥분한 꼴이었다. 나는 다시 한번 목을 가다듬고 소리를 질렀다. 그런데 채 소리가 끝나기도 전에 남해방이 채찍을 들고 나무 밑으로 쫓아오는 게 보였다. 눈앞에서 채찍이 번쩍하더니 귀끝이 찢어질 듯 아파왔고 머리가 무겁고 다리가 가벼운 나는 그대로 나무 밑에 머리를 처박고 떨어져서 몸이 절반가량 눈 속에 파묻혀버렸다.

눈에서 빠져나오려고 몸부림을 치는데 눈에 핏자국이 나 있는 게 보였다. 내 오른쪽 귀가 족히 3센티미터는 터져버린 것이다. 이렇게 터진 상처는 나와 내 인생 후반기의 찬란한 세월을 함께했고, 너 남해방은 평생 내 가슴에 응어리가 되었다. 나중에 그때 네가 왜 그렇게 독하게 손을 놀렸는지 알게 되어 이성적으로는 용서했지만 감정적으로는 여전히 응어리가 풀리지 않았다.

내가 채찍을 맞아 평생 남을 상처를 입었지만 내 이웃 조소삼은 나보다 더 재수가 없었다. 내가 나무에 올라가 방공경보를 흉내낸 것은 그래도 귀여운 데가 있는 짓이었지만 조소삼은 사회를 비방하고 집을 훼손했으니 완전히 파괴행위 그 자체였다. 남해방이 나를 때릴 때는 여러 사람이 나서서 말렸지만 남해방이 가죽채찍으로 조소삼을 피가 튀도록 때릴 때는 다들 잘한다고 칭찬했다. "패버리라고. 저 잡종은 맞아죽어도 싸!" 사람들이 이구동성으로 이렇게 말했다. 조소삼이 처음에는 길길이 날뛰면서 철제문의 손가락 굵기만한 철근을 두 개나 부러뜨렸지만 이내 지치고 힘이 달렸다. 몇사람이 철문을 밀고 들어가 녀석의 두 뒷다리를 잡고서 돈사 바깥 눈밭으로 끌어냈다. 해방이 분이 채 식지 않아서 두 발을 버티고 선 채 허리를 약간 구부리고 머리를 살짝 기울여 채찍질을 하는데 채찍을 따라 핏자국이 섰다. 갸름하고 파란 얼굴이 실룩거렸고, 이를 악물어서 볼에 난 종기자국이 더욱 도드라져 보였고, 채찍질을 할 때마다 욕을 퍼부었다. "이런 씹새끼! 개새끼!" 왼손이 지치자 오른손으로 바꾸었다. 이 녀석은 양손잡이였다. 처음에는 조소삼이 데굴데굴 구르더니 수십번 채찍질이 계속되자 뻣뻣하게 뻗어버려 죽은 고기나 진배없었다. 해방은 그래도 그만두지 않았다. 이 녀석이 돼지를 두들겨패면서 가슴속에 쌓인 울분을 풀려 한다는 것을 다들 알면서도 차마 나서서 말리질 못했다. 이러다간 조소삼의 목숨이 얼마 못 가지 싶었다. 금룡이 나서 그의 손목을 붙잡으며 차갑게 말했다. "됐어, 그만해!" 조소삼의 피가 성스러운 눈밭을 더럽혔다. 내 피는 붉었지만 녀석의 피는 검었다. 내 피는 신성하지만 녀석의 피는 더러웠다. 녀석의 죄를 다스리려고 사람들은 녀석의 코에 쇠고리를 두 개 묶고 두 앞발 사이에 묵직한 쇠고랑을 채웠다. 그후 녀석은 우리에서 차르르 소리를 내면서 쇠고랑을 질질 끌고 다녔다. 마을 스피커에서 당시 유행하던 혁명모범극 「홍등기」에서 이옥화가 부르는 "족쇄와 수갑으로 내 두 발과 두 손을 묶어도 내 불타오르는 뜻은 묶지 못하리—"라는 유명한 노래가 흘러나올 때면, 이웃의 내 숙적에게 알 수 없는 존경심이 솟아났고, 녀석은 영웅이고 나는 영웅을 판 배신자 같았다.

맞다. 막언 그 작자가 「복수기」에 썼듯이, 설날이 다가올 무렵 살구나무 농장도 가장 긴박한 순간을 맞고 있었다. 사료는 완전히 바닥났고 썩은 콩잎더미조차 하나도 남지 않았고, 남은 사료는 고작 쌓인 눈과 섞여 곰팡이 핀 목화씨 깻묵뿐이었다. 상황이 긴박했다. 마침 홍태악도 중병이 들어 자리에 누워 일을 처리할 수 없게 되자 이 막중한 책임이 금룡에게 떨어졌다. 금룡은 그때 한창 심경이 복잡하던 참이었다. 그가 사랑하는 사람은 황호조였다. 이런 감정은 그녀가 그의 망가진 군복을 원래대로 손질해주었을 때 생긴 것이고, 두 사람은 진즉 부부관계도 맺었다. 그런데 이번에는 황합작이 번번이 대시를 해오자 그녀와도 운우지정을 맺어버린 것이다. 나이가 들어가자 황가네 두 딸은 금룡에게 결혼을 요구하기 시작했다. 이런 비밀을 알고 있는 사람은 모르는 일이 없던 나와 남해방 둘이었다. 나는 초탈했지만 남해방은 달랐다. 자기는 황호조에 푹 빠져 있지만 그녀가 거들떠보지도 않아서 괴롭고 질투하고 있었다. 남해방이 나에게 채찍을 휘둘러 나무에서 떨어뜨리고 다시 잔인한 망나니처럼 잔혹하게 조소삼에게 매타작을 한 근본 이유도 여기 있었다. 이제 와 지난 일을 되돌아보면 너도 느낄 것이다. 당시에는 너를 더없이 고통스럽게 했던 그런 일들이 훗날 일어난 일들에 비하면 아무것도 아니라는 것을 말이다. 그리고 세상일이라는 게 정말 알 수 없고 인연은 하늘이 정하는 법이어서 운명이 정한 너의 사람이 결국 너의 사람이 되었다. 그렇지 않아? 황호조가 결국 너하고 자지 않았는가?

그 시절 아침마다 얼어죽은 돼지들이 돈사에서 끌려나왔다. 밤마다 같은 돈사에 사는 돼지들이 죽어가고 기몽산 돼지들이 울부짖는 소리에 잠을 깼다. 나는 날마다 아침이면 철책 틈으로 남해방이나 돼지먹이를 주는 다른 사람들이 돼지 사체를 관리동으로 끌고 들어가는 것을 보았다. 죽은 돼지들은 말라서 뼈만 남고 다리는 하나같이 쭉 뻗었다. 길길

494

이 날뛰던 다혈질의 야랑호도 죽어나갔고 음탕하던 남채화도 죽어나갔다. 처음에는 하루에 세 마리에서 다섯 마리가량 죽어나가더니 섣달 하순 무렵이 되자 하루에 다섯 마리에서 일곱 마리로 늘었다. 섣달 스무사흗날에는 열여섯 마리가 끌려나갔다. 내가 얼추 계산해보니 섣달 그믐날까지 이백여 마리가 황천으로 간 셈이었다. 죽어서 혼이 천당으로 갔는지 지옥으로 갔는지는 알 길이 없지만 그들의 사체는 집 안 응달진 곳에 쟁여졌다가 끊임없이 서문금룡 무리들의 배를 채워준 일을 지금까지도 내 기억 속에서 잊지 않고 있다.

사람들이 등불 아래서 불길이 타오르는 부뚜막을 둘러싼 채 솥에서 부글거리는 조각조각 잘린 돼지 사체를 보고 있는 광경은 막언이 「양돈기」에서 절절하게 묘사했다. 과일나무가 불에 타면서 나는 향기에 대해서도 썼고, 돼지고깃덩이들이 부글부글 끓어오를 때 나던 역겨운 냄새도 썼고, 배를 주린 사람들이 입을 쩍 벌리고 죽은 돼지고기를 입에 넣는, 지금 사람들 같으면 토할 것 같은 모습도 묘사했다. 막언 녀석은 그 지옥 같던 모습을 직접 겪은 사람으로, 희미한 등불과 강렬한 부뚜막 불빛의 명암이 대비를 이루는 가운데 사람들 얼굴에 일던 미묘하고 복잡한 표정을 한폭의 그림처럼 입체적으로 그렸다. 그는 감각을 모두 동원하여 그 장면을 묘사했는데 타닥타닥 불꽃 튀는 소리와 부글부글 끓는 소리, 사람들의 숨소리가 들리는 듯하고 죽은 돼지의 썩은 냄새가 나는 듯하고 문틈으로 들어오는 눈 내린 밤의 차가

운 공기와 사람들이 나누던 아련한 이야기들이 느껴지는 듯
했다.

나는 그저 막언녀석이 빠뜨린 부분만 조금 보충할까 한
다. 살구나무 농장 돼지들이 전부 굶어죽어갈 무렵, 섣달 그
믐날 저녁이었다. 송구영신을 위한 폭죽이 드문드문 터지는
가운데 금룡이 손으로 자기 이마를 치며 말했다.

"그래, 됐어, 살구나무 농장을 살릴 방도를 찾았어!"

죽은 돼지의 고기는 어쩌다 한번 먹으면 그래도 넘어가
지만, 두번째부터는 냄새만 맡아도 토해버린다. 금룡이 명
령을 내려 돼지 사체를 가지고 돼지식량을 만들라고 명령했
다. 나는 처음에는 그저 밥에서 이상한 냄새가 난다고만 생
각했는데, 나중에 한밤중 몰래 돈사를 빠져나가 사료 만드
는 곳을 훔쳐보고서 그 비밀을 알고 말았다. 나도 안다. 돼
지 같은 아둔한 동물에게는 자기 동족을 먹는 일이 뭐 그리
놀랄 만큼 충격적인 일이 아니다. 하지만 나 같은 독특한 영
혼을 가진 자에게는 고통스런 생각이 꼬리를 물었다. 하지
만 살아야 한다는 본능이 정신적 고통을 사라지게 만들었
다. 사실 내가 고민을 자초한 셈이기도 했다. 내가 사람이었
다면 사람이 돼지고기를 먹는 것은 당연한 일이고, 돼지라
고 해도 다른 돼지들이 다들 자기 동족을 맛있게 먹는데 내
가 무슨 통뼈라고 폼을 잡는단 말인가? 먹자, 눈 딱 감고 먹
자. 방공경보 날리는 것을 배운 뒤로 내 음식도 다른 돼지와
똑같아졌다. 물론 나를 벌주려고 그런 것이 아니라 양돈장

에 좋은 재료가 완전히 바닥나서 그렇다는 것을 알고 있었
다. 내 지방은 갈수록 줄어들었고 변비가 생기고 오줌은 불
그스름해졌다. 그래도 다른 돼지들보다 사정이 나았는데,
밤에 몰래 빠져나와 동네에서 썩은 시래기라도 주워먹었기
때문인데, 썩은 시래기도 늘 있는 게 아니었다. 그러니까 금
룡이 우리를 위해 제조해준 특별한 음식을 먹지 않았던들
다른 돼지들보다 영리한 나 같은 돼지도 기나긴 겨울을 견
디고 따뜻한 봄을 맞이하지 못했을 것이다.

금룡이 돼지 사체와 말똥, 소똥, 잘게 썬 고구마줄기를 섞
어 만든 특수사료가 돼지들의 목숨을 구했는데 거기에는 조
소삼도 포함되고, 나도 포함되었다.

1973년 봄, 많은 사료가 다시 배급으로 내려오면서 살구
나무 농장이 생기를 되찾았다. 그때까지 육백여 마리의 기
몽산 돼지가 단백질이 되고 비타민이 되고, 다른 생명유지
에 필수적인 물질이 되어 사백 마리 돼지의 생명을 지켜주
었다. 우리 모두 일제히 삼분간 소리를 질러 그렇게 비장하
게 희생된 영웅들에게 경의를 표하자! 우리가 내지르는 소
리에 살구꽃들이 후드득 떨어졌다. 살구나무 농장에 달빛이
물처럼 흐르고 꽃향기가 코에 스치는 것이 바야흐로 낭만적
인 계절의 막이 서서히 오르고 있었다.

제27장

질투심이 부글부글 끓어올라서 형제가 싸우고
조잘조잘 입을 나불대던 막언은 외면을 당하다

그날 밤, 해가 아직 떨어지지도 않았는데 달이 기다리지
를 못하고 다급하게 떠올랐다. 붉은 노을이 비추자 살구나
무 농장의 분위기가 한결 부드럽고 따뜻해졌다. 나는 이런
밤이면 큰일이 일어난다는 것을 예감하고 있었다. 나는 발
을 들어 나뭇가지를 타고 살구꽃 향기를 맡다가 우연히 고
개를 들었는데 차바퀴처럼 커다랗고 납도금을 한 것 같은
달이 살구나무가지 틈으로 떠오른 것이 보였다. 처음에는
그것이 달인지 몰랐는데 차츰 빛이 나오는 것을 보고서야
진짜 달이라고 믿게 되었다.

당시에 나는 아직 치기가 넘치던 돼지여서 신기한 것을
보면 흥분을 주체하지 못했고, 신기한 것을 다른 돼지들과

같이 나누고 싶은 마음이 굴뚝같았다. 이런 것은 막언도 비슷했다. 그가 쓴 「살구꽃 흐드러질 때」라는 산문에 이런 이야기가 있다. 어느날 낮에 그는 서문금룡과 황호조가 꽃이 활짝 핀 살구나무에 올라가 꽃잎이 눈처럼 떨어지는 것을 보았다. 그는 다른 사람도 와서 나무 위에서 벌어지는 낭만적인 일을 감상하도록 하고 싶은 마음에 얼른 사료가공소로 달려가 한창 달게 낮잠을 자고 있던 남해방을 흔들어 깨웠다. 그는 이렇게 적고 있다.

……남해방이 펄쩍 일어나 붉게 충혈된 눈을 비비면서 물었다. "왜 그래?" 구들에 깔려 있던 갈대자리 때문에 얼굴에 또렷이 자국이 남았다. 내가 비밀스럽게 말했다. "형씨, 나를 따라오시게." 남해방을 데리고 수퇘지 두 마리가 사는 독립된 돈사를 돌아 살구나무 정원 깊숙이 들어갔다. 늦봄의 날씨에 만물이 나른해져서 돼지들도 달게 잠을 자고 잔머리 돌리는 데 일가견 있는 그 수퇘지도 마찬가지였다. 벌들이 떼를 지어 윙윙거리고 날아다니면서 개화시기를 놓치지 않으려고 힘든 줄도 모르고 열심히 일했다. 그림 같은 새들이 나뭇가지 사이로 어여쁜 몸을 번쩍이며 수시로 갈라진 목소리로 처연한 울음을 울었다. 남해방이 짜증난다는 듯이 중얼거렸다. "너 이 개자식, 뭘 보라고 이러는 거야?" 나는 식지를 입술에 갖다대며 조용히하라는 시늉을 했다. 내가 목소리를 낮추며

그에게 말했다. "엎드리고 날 따라와." 우리는 허리를 숙인 채 천천히 앞으로 이동했다. 우리는 두 마리 황토색 토끼가 살구나무 사이에서 서로를 쫓아다니는 것을 보았다. 길게 꼬리를 늘어뜨린 예쁜 꿩 한마리가 날개를 치며 콕콕콕 울면서 풀숲 뒤편의 관목숲으로 날아갔다. 우리는 예전에 발전기가 있던 방을 돌아서 살구나무가 가장 무성하게 우거진 곳으로 갔다. 수십 그루의 커다란 살구나무들은 두 사람이 손을 합쳐야 겨우 안을 수 있을 정도로 어찌나 나뭇가지가 우거졌는지 하늘이 거의 보이지 않을 정도였다. 가지에 온통 꽃송이들인데 짙은 붉은색도 있고, 분홍색도 있고 눈처럼 하얀색도 있어서 멀리서 보면 그대로 조각조각 구름이었다. 나무들이 매우 크고 뿌리가 발달한데다 마을 사람들이 큰 나무를 숭배하는 심리까지 더해져서 이곳 나무들은 1958년 제련운동과 1972년 양돈운동 때에도 사라지지 않고 무사히 넘겼다. 내 두 눈으로 직접 서문금룡하고 황호조가 다람쥐처럼 나뭇가지가 기울어진 늙은 살구나무를 타고 올라가는 것을 보았는데 지금은 두 사람의 그림자도 보이지 않았다. 여린 바람이 살짝 불자 나뭇가지가 흔들리고 투명한 꽃잎들이 눈처럼 내려 바닥에 옥구슬처럼 쌓였다. "도대체 뭘 보여주려는 거야?" 남해방이 목소리를 높이며 주먹을 쥐었다. 남검 부자의 고집과 성질은 우리 서문촌, 아니 고밀 동북향에서 유명했고 나는 감히 성질을 건드릴 수 없었다. 내가 말했다. "내가 분명히 둘이 나무에 올라가는 것을 봤는데……" "누구 말이야?" "금룡이하고 호조였다니까!" 남해방의 목이 갑자기 위쪽을 향했다. 투명인간이 그의 심장을 한대 가격한 것 같았다. 이어 그의 눈이 파르르 떨리고 한쪽이 파란 얼굴이 햇빛에 비춰처럼 빛났다. 망설이는 것도 같고 갈등하는 것 같기도 했다. 하지만 한가닥 악마 같은 힘이 일어 그는 큰 살구나무 앞까지 걸어갔다. 그가 고개를 쳐들었다. 파란 한쪽 얼굴이 비춰처럼 파랬다. 그가 울음을 터뜨리더니 갑자기 땅바닥에 쓰러졌다. 꽃잎이 펄펄 떨어졌다. 그를 덮기라도 할 것처럼. 우리 서문촌의 살구꽃은 소문이 자자해서 90년대 이후부터 해마다 봄이면 시내 사람들이 차를 끌고 아이들을 데리고 살구꽃을 구경하러 왔다……

그 글의 끝에서 막언은 이렇게 썼다.

그 일로 남해방이 그렇게 괴로워하리라고는 생각지도 못했다. 사람들이 들어서 구들에 누이고는 젓가락으로 꼭 다문 입을 벌리고 생강 달인 물을 떠넣자 그가 깨어났다. 사람들이 나한테 도대체 나무 위에서 뭘 보았기에 저런 꼴이 되었느냐고 물었다. 내가 말했다. 수퇘지 한마리가 호접미라 불리는 어린 암퇘지를 데리고 올라가 정분을 나누더라고. 사람들이 믿지 않으면서 말했다. 설마 그랬으려고? 해방은 정신이 돌아오자 사료실의 구들에서 새끼나귀처럼 데굴데굴 굴렀다. 울음소리가 그 돼지가 방공경보음을 내던 것과 같았다. 그가 가슴을 치고 머리를 쥐어뜯고 눈을 틀어쥐고 볼을 꼬집었다. 자해를 못하게 하려고 선량한 사람들이 어쩔 수 없이 끈으로 그의 두 손을 묶었다……

원래 해와 달이 함께 나온 아름다운 하늘의 모습을 여러분에게 이야기해주려고 했는데 양돈장에서 갑자기 정신이 나가버린 남해방 때문에 혼란이 생겨버렸다. 중병이 조금 차도를 보이던 홍서기가 소식을 듣고 달려왔다. 버드나무 지팡이를 들고 있었는데 얼굴이 누렇게 뜨고 눈이 푹 패고 아래턱의 수염은 하얗게 뒤엉킨 것이 중병 때문에 예전에 강철 같던 공산당원이 완전히 노인이 되어 있었다. 그가 구들 앞에 서서 손에 든 지팡이로 바닥을 찍었다. 바닥에서 물을 파내는 모양새였다. 눈을 찌르는 전등불빛에 그의 얼굴이 더욱 창백해 보였고 방구들에 누워 훌쩍이는 남해방의 얼굴은 더욱 험악해 보였다.

"금룡은?" 홍태악이 버럭 소리를 지르며 물었다.

방 안 사람들이 서로 얼굴만 바라보는 것이 다들 그의 행방을 모르는 눈치였다. 결국 막언이 잔뜩 겁에 질린 채 말했다.

"아마 발전실에 있을 거예요……"

사람들은 그제야 작년겨울 발전을 멈춘 뒤로 오늘이 처음 발전을 시작한 날이라는 것을 떠올렸다. 금룡의 속셈은 사람들을 참으로 곤혹스럽게 만들었다.

"가서 내가 오란다고 해!"

막언이 뺀질뺀질 생쥐마냥 빠져나갔다.

그때, 나는 동네 길에서 들려오는 한 여인의 울음소리를 듣고 있었다. 그 울음소리는 내 마음을 움츠러들게 하고 머리가 하얗게 텅 비게 만들더니 조금 지나자 지난 일들이 밀물처럼 밀려들었다. 나는 사육실 앞에 수북이 쌓인 살구나무 장작과 나뭇가지 더미에 웅크리고 앉아 가물가물 아련한 지난 일들을 생각하면서 복잡하고 어지럽게 뒤엉킨 현세를 살피고 있었다. 작년겨울에 죽은 기몽산 돼지들의 백골이 사육실 앞 광주리에 쌓인 채 달빛에 빛나면서 점점이 푸른 빛을 내며 옅은 냄새를 풍기고 있었다. 춤을 추듯이 한사람이 수은처럼 빛나는 달빛을 받으며 살구나무 농장의 오솔길을 돌아가고 있는 것이 눈에 들어왔다. 그녀는 고개를 들고 있었는데 얼굴에는 오래된 물바가지가 반짝이듯이 노란빛이 나고 있었고 입은 울음을 우느라 까만 쥐구멍처럼 벌린 채였다. 여자의 두 어깨가 가슴께까지 축 처지고 두 다리는 바퀴처럼 벌어진 것이 개 한마리는 지나갈 듯했다. 팔자걸음에 몸이 좌우로 흔들리는 것이 앞으로 걸음을 뗄 때보다 더했다. 여자는 이런 꼴불견의 자세로 달리고 있었다. 이런 모습은 내가 소로 환생했던 시절의 영춘과 전혀 닮지 않았지만, 나는 그래도 한눈에 이 여자가 그녀라는 것을 알아보았다. 영춘의 나이를 생각해보려고 애썼지만 사람의 의식이 돼지의 의식에 단단히 둘러싸이더니 마침내 뒤섞여서, 한편으로는 흥분되고 한편으로는 슬픈 마음이 들었다.

"내 아들아, 어쩌다 이리 되었느냐……" 구들로 달려가 울면서 남해방의 몸을 흔드는 영춘이 깨진 창문으로 보였다.

남해방은 두 손이 묶여 움직일 수가 없자 두 발로 거칠게 벽을 차 그러지 않아도 약한 담장이 흔들거리면서 잿빛 담벼락의 흙이 떡처럼 한쪽씩 바닥에 떨어졌다. 방 안에 있던 사람들은 당황했다. 그러자 홍태악이 명령을 내렸다.

"새끼줄을 가져와서 저놈 다리를 묶어!"

양돈장에서 일하는 여편두(呂扁頭, 루뻰터우)란 나이든 사내가 새끼줄을 가져와 굼뜨게 구들로 올라갔다. 남해방이 두 다리로 미친 말처럼 이리저리 발길질을 하자 여편두가 어떻게 손을 쓰지 못했다.

"묶어!" 홍태악이 버럭 소리를 질렀다.

여편두가 몸을 숙여 해방의 두 다리를 짓눌렀다. 영춘이 여편두의 옷을 붙잡고 울부짖었다. 내 아들 풀어줘. 어서 도와! 홍태악이 소리쳤다. 해방이 욕을 질러댔다. 개새끼들, 너 이 개새끼들! 너희는 돼지새끼들이야! 줄을 던져! 손가네 셋째 손표가 달려들어왔다. 얼른 올라가 거들어! 새끼줄로 해방의 두 다리를 묶었다. 여편두가 꽉 묶은 해방의 두 다리와 두 팔을 함께 묶어 줄을 조였다. 풀어줘. 팔을 빼달라고.

해방이 발버둥치자 새끼줄이 미친 뱀처럼 춤을 추었다. 아이고, 어머니…… 여편두가 뒤로 기우뚱하더니 방구들에 나가떨어졌고, 넘어가면서 홍태악을 들이받아 쓰러뜨렸다. 손가네 셋째가 그래도 젊고 힘이 좋아 해방의 배를 깔고 앉아 영춘이 꼬집고 욕을 해도 순식간에 힘을 쓰며 줄을 조이자 해방의 두 다리가 반항능력을 잃었다. 구들 아래에서는 여편두가 코를 만졌다. 검은 피가 손가락 사이로 뚝뚝 떨어졌다.

형씨들, 나도 네가 이런 일들을 못미더워한다는 것을 안다. 하지만 나는 털끝만큼도 거짓말을 하지 않는다는 것을 믿어다오. 사람이 미치면 초인적인 힘이 나오고 신기한 행동을 하게 마련이다. 그 늙은 살구나무에 지금도 남아 있는 달걀만한 자국은 다 그해 네가 거의 발광상태에서 머리로 받은 흔적이다. 보통때라면 머리가 아무리 단단해도 살구나무껍데기에 비할 바가 아니지만 정신이 일단 돌면 머리도 단단해진다—그게 바로 신화에서 공공(共工)이 머리로 불주산(不周山)을 들이받아 하늘을 받치고 있던 천주(天柱)를 부러뜨릴 수 있었던 이유다—네가 살구나무를 들이받자 나무가 심하게 흔들리면서 살구꽃이 솜털눈처럼 풀풀 떨어졌다. 불쌍한 살구나무만 껍데기가 벗겨져 하얀 속살이 드러나더라.

손발이 묶인 남해방의 몸이 꿈틀거렸다. 몸에서 거대한 에너지가 용솟음치는 듯했다. 무협소설에 나오듯이 남의 초강력 내공을 흡수했으나 무공이 낮아 그것을 받아들일 수 없어 한없이 고통스러워하는 모습이었고 벌어진 입에서 나오는 울부짖는 소리가 유일한 배출통로인 셈이었다. 누군가 나서서 그의 입에 찬물을 부어 그의 마음속 사나운 불길을 끄려 했지만 목에 걸려 심하게 기침을 해댔다. 피가 안개처럼 그의 입과 콧구멍에서 뿜어져나왔다.

"내 아들아……" 영춘이 통곡하다가 쓰러졌다.

여인들은 어떤 때는 아무렇지도 않게 피를 마시기도 하지만, 어떤 때는 피만 보면 바로 쓰러지기도 한다.

바로 그때 서문보봉이 약상자를 메고 서둘러 들어섰다. 그녀는 훌륭한 의료종사자 기질이 있었다. 구들에 누워 혼절한 어머니를 위해서가 아니라 구들에 누워 피를 뿜어내고 있는 동생 때문에 어쩔 줄 몰랐다. 그녀는 어엿하게 경험 많은 '맨발의 의사'(간단한 의술교육을 받고 농촌에서 의료를 행하던 의료종사자—옮긴이)가 되어 있었다. 그녀의 얼굴은 창백했고 눈빛은 우울했다. 손은 겨울이나 여름이나 얼음처럼 차가웠다. 그녀가 속으로 애정문제 때문에 괴로워하고 있다는 것을 나는 알았다. 그녀의 마음이 괴로운 것은 '큰 나귀' 상천홍 때문이었다. 이것은 역사적 사실이다. 내가 직접 보았고 막언 소설에서도 그 근거를 찾을 수 있다. 그녀가 상자를 열더니 납작한 쇠통 안에서 반짝이는 은빛 바늘을 꺼내 영춘의 인중혈을 조준했다. 그리고는 정확하고도 매섭게 찌르자 영춘이 신음소리를 내며 눈을 떴다. 보봉이 사람들에게 나무처럼 묶여 있는 해방을 구들 한쪽으로 끌라고 눈짓

했다. 그녀는 그의 맥도 짚어보지 않고 심장소리도 들어보지 않았다. 체온도 재지 않고 혈압도 재지 않았다. 마치 모든 것을 다 예상했다는 표정이었다. 치료하려는 상대가 남해방이 아니라 그녀 자신인 것 같았다. 약상자에서 앰플 둘을 꺼내 손가락 사이에 끼우고는 핀셋으로 끝을 깨뜨린 뒤 주사관에 약을 주입하고는 관을 들어 밝은 전등에 비추면서 관을 밀자 맑은 물방울이 주삿바늘에서 뿜어져나왔다. 이런 장면은 신성하고 장엄하면서도 아주 전형적인 모습이고 늘 보던 것이다. 선전용 그림이나 텔레비전, 영화에서 흔히 나오고, 이런 일을 하는 사람을 백의의 천사라 부르며 하얀 모자에 하얀 가운을 입고 하얀 마스크를 하고 큰 눈에 긴 속눈썹을 하고 있다. 우리 서문촌의 서문보봉은 하얀 모자나 하얀 마스크도 쓰지 않았고 하얀 가운도 입지 않았다. 그저 깃이 큰 파란 상의를 입고 속에 입은 하얀 셔츠의 깃이 파란 상의의 깃에 겹쳐 드러나 있었다. 당시 이런 차림이 유행이었다. 젊은 남녀들이 항상 칼라를 층층이 겹쳐입었는데 집안이 가난해서 여러 겹의 내의를 살 형편이 못되면 싸구려 칼라만 사서 가짜 칼라를 달기도 했다. 그날 밤 보봉이 칼라가 밖으로 나오게 겹쳐입은 것은 진짜 내의였고, 가짜 칼라가 아니었다. 창백한 안색에 우울한 눈길이 영락없이 소설의 주인공 같았다. 남해방 팔에서 근육이 가장 발달한 곳을 알코올 솜으로 가볍게 문지르더니 주사를 놓았고 일분이 못되어 바늘을 뽑았다. 흔히 그렇듯이 주사를 엉덩이에 놓지 않고 팔에 놓는 것은 남해방이 묶여 있는 특수한 사정 때문이었다. 남해방처럼 강한 정신적 충격을 받아 속으로 큰 고통을 느끼는 사람에게는 팔에 주사만 한방 놓는 것이 아니라 아예 팔을 하나 잡아빼내도 끙 하는 소리 한번 지르지 않을 것이다.

물론, 이건 과장된 표현이다. 하지만 당시 상황에서는 과장 축에도 들지 못했다. 당시 사람들은 너 남해방을 포함하여 걸핏하면 호언장담을 늘어놓았다. '태산이 눌러도 허리를 굽히지 않을 것이다'라는 둥, '머리통이 날아가도 모자가 바람에 날아간 셈 친다'는 둥, '몸이 으스러지고 뼈가 부서져도 기꺼이 하겠다'는 둥 이런 말들을 입에 달고 살지 않았는가? 막언녀석도 허풍떠는 전문가 대열에 끼인 것은 말할 필요도 없다. 나중에 그가 작가가 되고서 이런 언어현상을 돌이켜보며 한마디했다. "극도로 과장된 언어는 극도로 허위에 사로잡힌 사회의 반영이다. 폭력적 언어는 사회적 폭력의 선구자이다."

보봉이 정신을 진정시키는 약을 주사한 뒤 너는 점차 안정을 찾았다. 네 눈은 멀뚱멀뚱 허공을 쳐다보고 있었지만 콧구멍과 목구멍에서는 코고는 소리가 났다. 다들 긴장한 표정이 풀렸다. 물에 젖은 북이나 잣나무판을 댄 거문고 소리 같았다. 나도 안도의 한숨이 절로 나왔다. 남해방 네가 내 아들도 아닌 마당에 네가 죽든 미치든 멍청이가 되든 무슨 상관일까만 그래도 안도의 한숨이 나왔다. 어쨌거나 너는 영춘의 배에서 나온 아이고 영춘의 배는 예전 내 아득한 전생이던 서문뇨의 재산이었다는 생각이 들었다. 그러자 내가 진정으로 관심을 가져야 할 사람은 서문금룡이라는 생각이 들었다. 그야말로 내 친아들이었다. 이런 생각을 하면서 나는 짙푸른 달빛을 받으며 발전기실로 뛰어갔다. 살구꽃이 풀풀 떨어지는 것이 달빛이 부서지는 듯했다. 발전기가 미친 듯이 소리를 지르자 온 살구나무 농장이 흔들거렸다. 점점 원기를 회복해가는 기몽산 돼지들이 뭐라는지 알아들을 수 없는 잠꼬대를 하고 사랑을 속삭이는 말을 주고받는 것이 내 귀에 들렸다. 조소삼이 파랗고 상쾌한 달빛 외투를 입은 채 돼지 중 꽃인 '호접미'의 우리 문앞에 앉아 있는 게 보였다. 앞발에 타원형의 붉은 플라스틱 테두리가 있는 거울을 끼운 채 돈사 안으로 달빛을 반사하고 있었다. 분명 호접미의 분가루 같은 볼을 비추고 있는 것이리라. 녀석은 긴 송곳니를 드러낸 채 얼굴에는 바보 같은 웃음을 짓고 있었고 음탕한 침이 투명한 누에실처럼 턱에서 흘러내렸다. 나는 질투가 나서 분노의 불길이 치솟았다. 귓불의 혈관이 콩볶듯이 튀어오르고 달려들어 한판 붙고 싶은 마음이 절로 일었다. 하지만 이성의 빛이 화가 난 내 마음을 비추었다. 그렇다, 동물계의 습관대로라면 교배권 투쟁은 죽기살기 싸움이다. 승자는 사랑을 나누고 패자는 옆에서 지켜볼 뿐이다. 하지만 나는 그런 일반적 돼지가 아니었고, 조소삼도 아둔한 축생이 아니었다. 우리 둘 사이에 언젠가 결국 일전이 벌어지겠지만, 지금은 아직 때가 아니었다. 살구나무 농장에는 벌써 발정한 냄새를 풍기는 암퇘지들이 생겼지만 냄새가 진하지는 않았다. 교배의 계절이 아직 도래하지 않은 것이다. 그래서 조소삼 녀석더러 먼저 회포를 풀라고 한 것이다.

발전기실에는 200와트짜리 백열등이 걸려 있었다. 눈이 부셔 차마 바라볼 수 없었다. 서문금룡 그 녀석이 붉은 벽돌이 깔린 바닥에 엉덩이를 붙이고 앉아서 등을 벽에 기대고 긴 두 다리를 쭉 뻗은 채 맨발로 엄지발가락을 치켜세우고 있는 것이 눈에 들어왔다. 번개라도 맞은 듯 요동치는 원동기에서 기름방울이 떨어져 그의 발톱과 발등에 튀었다. 기름이 개의 피처럼 끈적거렸다. 그가 가슴을 풀어헤치자 붉은 러닝셔츠가 드러났다. 머리는 헝클어지고 눈은 충혈된 것이 실성한 것 같기도 하고 멋있기도 했다. 곁에는 비취색 술병이 놓여 있었다. 술병의 상표로 보아 그 당시 고밀 동북향 사람들이 마실 수 있던 술 중에서 가장 고급인 경지(景芝, 징쯔) 고량주였다. 경지 고량주는 수수로 만들었는데 향이 진하고 62도였다. 술이 힘이 좋기가 붉은 갈기의 준마 같아서 보통 사람들은 반근만 마셔도 나가떨어졌다. 보통 사람들은 이런 좋은 술은 아까워서도 그렇고, 사기가 어려워서도 쉽게 마시지 못한다. 금룡이 이런 고급술을 마신다는 것은 그의 마음이 더할 수 없이 고통스러움을 말해준다. 아마도 술에 취해 세상을 그만두고 싶은 모양이었다. 내가 보니 녀석의 발 옆에 다 마신 빈병이 쓰러져 있고 손에 든 병에도 술이 반밖에 남아 있지 않았다. 두 근이나 되는 훨훨 타오르는 경지의 불길이 배를 타고 내려갔으니 이 녀석은 죽지 않더라도 병신이 될 것이다.

막언녀석이 서문금룡의 곁에 똑바로 서서 작은 눈을 치켜뜨며 말했다. "서문형님, 그만 마셔요. 홍서기께서 혼낸다고 불러오라고 했어요!"

"홍서기?" 금룡이 게슴츠레한 눈으로 말했다. "홍서기가 무슨 개뼈다귀야? 지가 날 혼내, 차라리 내가 불러 혼을 내겠다!"

"금룡형." 막언이 심술궂게 말했다. "형이 호조누나하고 살구나무에서 그 짓을 하는 것을 해방형이 보고는 바로 미쳐버렸어. 열 명이 넘는 장정들이 달려들었지만 제압하지 못했고, 끝이 뭉툭한 쇠막대조차 한입에 부러뜨렸다니까. 그래도 한번 가서 봐봐. 어쨌든 형이랑 같은 배에서 태어난 형제잖아."

"같은 배에서 태어났다고? 누가 같은 배에서 태어났다는 거야? 네놈이나 그 녀석하고 같은 배에서 태어난 형제지!"

"금룡형." 막언이 말했다. "가고 안 가고는 형 마음대로고, 난 어쨌든 말을 전했어!"

막언은 말을 끝냈지만 갈 뜻이 없어 보였다. 그가 한발을 뻗어 바닥에 쓰러진 술병을 앞으로 당긴 뒤 아주 재빠른 동작으로 허리를 굽혀 병을 집어들고는 눈을 찌푸린 채 병을 들여다보았다 ─ 그의 눈이 분명 녹색이었을 것이다 ─ 그가 병에 남은 술을 입에 떨어넣고는 입맛을 다시며 쩝쩝 소리를 내면서 연방 과찬을 했다. "역시 경지 고량주야, 과연 명불허전의 명주라니까!"

금룡이 병을 집어들고 목을 세우더니 병에 든 술을 꼬륵꼬륵 목구멍으로 넘겼다 — 방 안에 술냄새가 진동했다 — 그가 손에 든 술병을 막언을 향해 던졌다. 막언이 술병을 들어 막았다. 술병 둘이 부딪치면서 쨍그랑 소리를 내며 깨진 조각들이 땅에 떨어졌다. 방에서는 술냄새가 더욱 진동했다. "꺼져!" 금룡이 소리를 질렀다. "개새끼, 얼른 꺼지라고!" 막언이 계속 뒷걸음질을 쳤다. 금룡이 곁에 있는 신발짝과 나사, 스패너 같은 것들을 집어들고 막언에게 던지면서 말했다. "너 이 간사한 새끼! 얼른 꺼져, 내 눈앞에서 꺼지라고!" 막언이 계속 피하면서 입으로 중얼거렸다. "미쳤어, 저쪽에 있는 놈이 다 낫기도 전에 이쪽에 있는 놈이 또 미쳤네!"

금룡이 휘청거리며 일어섰다. 몸이 앞뒤로 흔들거리는 것이 한대 얻어맞은 오뚝이 같았다. 막언이 문밖으로 뛰어가자 달빛이 그의 머리에 내려앉아 머리가 파란 수박 같았다. 나는 살구나무 뒤에 숨어서 그들 두 괴상한 물건짝들을 관찰하고 있었다. 나는 금룡이 빠르게 돌아가는 발전기의 벨트에 몸을 던질까 걱정이었지만 그런 일은 일어나지 않았다. 벨트를 넘어갔다가 다시 넘어오면서 외치고 있었다. "미쳤어 — 미쳐 — 빌어먹을, 다들 미쳤어 —" 그가 벽 구석에 있는 빗자루를 집어들어 던졌다. 그러고는 중유를 넣은 양철통을 던졌다. 진한 기름냄새가 달빛 속에 퍼지면서 살구꽃 향기와 섞였다. 금룡이 비틀거리며 원동기 옆으로 가더니 고개를 숙였다. 고속으로 회전하는 기계와 대화라도 하는 것 같았다. 조심해라, 아들아! 내가 속으로 소리쳤다. 온몸의 근육이 긴장하고 언제라도 뛰어나가 그를 구할 준비를 했다. 그가 고개를 숙여 콧구멍이 거의 고속회전하는 벨트에 닿을 정도였다. 아들아, 조심해라, 1센티미터만 더 다가가면 네 코는 그대로 날아간다. 하지만 그런 비참한 일은 일어나지 않았다. 금룡이 손을 뻗어 원동기의 기름주입구를 눌렀다. 기름주입구를 끝까지 눌렀다. 원동기가 불알을 붙잡힌 사내처럼 미친 듯이 소리를 지르고 몸체가 격렬하게 흔들리더니 기름방울이 사방으로 튀고 연통에서 시커먼 연기가 솟구치고 나무받침대에 원동기를 고정하는 나사들이 덜덜 떨며 금방이라도 떨어져나갈 것만 같았다. 그와 동시에 발전량을 표시하는 계기판의 바늘이 빠르게 상승하더니 단번에 한계를 넘어 대부분의 등불에서 눈이 부시도록 빛을 뿜어냈다. 그러더니 뻥 하는 소리가 나면서 뜨거운 유리가 사방으로 튀어 날았다. 벽에도 떨어지고 대들보에도 부딪혔다. 나중에야 알았지만 발전실의 큰 전구가 폭발했을 때, 양돈장의 전구도 동시에 죄다 터져버렸다. 발전실이 동시에 어둠에 빠졌을 때, 양돈장의 전깃불로 빛나던 방들도 죄다 어둠에 빠져버렸다. 나중에 보니 폭발소리에 놀란 나머지 호접미의 문앞에서 연애작업을 하고 있던 건달 조소삼도 거울을 삼키고는 잽싸게 그의 집으로 들어갔다. 녀석이 얼마나 잽싸게 도망쳤는지, 기름칠을 한 살쾡이 같았다. 원동기는 몇번의 맹렬한 소리를 내더니 멈추었다. 원동기에서 벨트가 벗겨지면서 벽을 때리는 거대한 소리가 났고, 금룡이 지르는 서글픈 비명소리도 들렸다. 내 마음은 무겁게 가라앉았다. ─끝장이다! 내 생각엔 말이다. 서문금룡, 내 아들아, 십중팔구 네 목숨은 죽은 거나 다름없다!

어둠이 점점 사라지고 달빛이 방으로 스며들어왔다. 폭발음에 놀란 나머지 땅바닥에 고개는 처박았지만 엉덩이는 그대로 다 내놓고 있어서, 그 자세가 꼭 타조 같던 막언이 땅에서 몸을 일으키는 것이 보였다. 이 녀석은 호기심도 많았지만 겁도 많았고 무능하면서도 집요했고 어리석으면서도 교활했으며 대대로 훌륭한 일은 못하면서도 세상을 놀라게 할 나쁜 짓도 못하는, 그저 말썽이나 피우고 원망이나 듣는 위인이었다. 나는 녀석의 모든 추악한 면을 다 알고 있었고 녀석의 속마음을 속속들이 꿰고 있었다. 이 녀석이 일어나더니 잔뜩 겁먹어 벌벌 떠는 이리 꼴을 하고서, 달빛이 흐르는 전기실로 들어갔다. 서문금룡이 바닥에 옆으로 가로 누워 있었다. 창틀 때문에 잘린 달빛이 그를 잘라놓아 포탄에 허리가 두 동강 난 시체 같았다. 한줄기 달빛이 그의 얼굴을 비추었다. 당연히 그의 헝클어진 머리카락도 비추고 파랗게 빛나는 몇가닥 피가 머리끝에서 그의 얼굴로 지네처럼 흘러

내리는 것도 비추었다. 막언녀석이 허리를 숙이더니 입을 벌리고 돼지 꼬리처럼 시꺼먼 두 손가락을 펴고는 피를 묻혀 먼저 눈으로 보고 코로 냄새를 맡더니 이번에는 혀를 내밀어 맛을 보았다. 이 녀석이 도대체 뭘 하려는 것일까? 워낙 이상하고 알 수 없는 짓만 골라 하는 녀석이라 나처럼 사람보다 더 영리한 돼지도 녀석의 심사를 가늠할 수 없었다. 서문금룡의 피를 보고 냄새를 맡고 맛을 보면 서문금룡이 죽었는지 살았는지 알 수 있다는 것인가? 이렇게 복잡한 방법으로 그의 손가락에 묻은 것이 진짜 피인지 붉은 물감인지 알아낼 수 있을까? 그의 괴이한 행동 때문에 이런저런 억측을 하고 있을 때, 이 녀석이 꿈에서 막 깨어난 것처럼 소리를 지르며 뺑하니 나가떨어지더니 찢어지는 비명을 지르며 발전실로 뛰어들어갔다. 기뻐서 소리를 지르는 것 같았다.

"얼른 와보세요. 얼른이요. 서문금룡이 죽었어요……"

살구나무 뒤에서 머리만 감추고 꼬리는 다 내놓고 있는 나를 녀석이 보았을 수도 있고, 보지 못했을 수도 있다. 달빛을 받은 살구나무와 알록달록한 살구꽃들이 어울려 눈부신 아름다움을 연출하고 있었다. 서문금룡이 급사했다는 것은 이 녀석이 태어나서 처음으로 다른 사람보다 가장 먼저 발견하고 다른 사람에게 가장 먼저 알릴 만한 소식이었을 것이다. 녀석은 살구나무들한테는 소식을 알리지 않았다. 그가 소리를 지르며 뛰어가다가 돼지똥을 밟는 바람에 넘어져 입에 흙이 들어갔다. 나도 그를 따라갔다. 녀석의 보잘것없

는 걸음 속도에 비하면 나는 풀밭 위를 나는 훈련을 한 무협
의 고수였다.

　방에 있던 사람들이 소리를 듣고서 밖으로 나왔다. 달빛
을 받아 사람들 얼굴이 아름다웠다. 방 안에서 해방이 소리
를 지르지 않는 걸로 보아 이제 약물에 마취가 된 듯싶었다.
보봉이 알코올 솜으로 볼을 닦고 있었다. 방금 전에 전구가
터지면서 파편이 날아와 생긴 상처였다. 이 상처는 훗날까
지 희미하게 하얀 흉터로 남았는데 그 혼란하기 짝이 없던
그날 밤의 기록인 셈이다.

　막언을 따라서 누군가는 넘어지고 엎어지면서 누군가는
쓰러지고 비틀거리면서 누군가는 놀라고 당황하면서 기계
실로 어지럽게 달려갔다. 막언은 앞에서 길을 안내하면서도
몸을 돌려 뒤에 따라오는 사람들에게 현란하게 자기가 본
광경을 과장되게 묘사하는 데 여념이 없었다. 서문금룡의
가족이건 서문금룡과 아무런 혈연관계가 없는 사람들이건
다들 이 경박한 수다쟁이 녀석에게 넌더리를 내는 것이 충
분히 느껴졌다. 그 너절한 입 좀 닥쳐라! 나는 앞으로 몇걸음
급히 뛰어간 뒤 나무에 몸을 숨기고는 입으로 흙속에서 기
왓조각을 파냈다 ― 너무 커서 입으로 두 조각을 냈다 ― 그
러고 나서 오른쪽 앞발가락 사이에 끼우고는 뒷발에 힘을
주어 사람처럼 일어난 뒤 오동나무 기름칠을 한 듯 번쩍번
쩍하는 막언의 얼굴을 신중하게 겨냥하고는 몸을 앞으로 던
지면서 앞발의 관성에 힘입어 기왓조각을 던졌다. 하지만

516

먼저 한번 계산해보는 것을 깜빡하는 바람에 내가 던진 기
왓조각은 막언의 얼굴이 아니라 영춘의 이마를 정통으로 맞
히고 말았다.

이는 속담들과 딱 맞아떨어진다. '지붕도 새는데 날마다
비가 온다. 한마리뿐인 병든 오리를 족제비가 잡아간다'더
니 딱 그짝이었다. 영춘의 머리에 기왓조각이 닿을 때 나던
소리가 나를 오싹하게 하면서 옛 기억이 순간적으로 되살아
났다. 영춘, 내 어진 마누라여! 오늘밤, 세상에서 당신이 가
장 불행하구려. 아들이 둘인데 하나는 미치고 하나는 죽은
데다 딸도 얼굴을 다치고 당신조차 내가 작심하고 던진 돌
에 맞았으니 말이오!

나는 너무도 고통스러워 길게 소리를 질렀다. 땅에 입을
묻고서 후회와 한을 뒤섞어 제대로 던지지 못한 그 기왓조
각을 깨물어 조각조각 부쉈다. 영화에서 흔히 나오는 고속
촬영 화면처럼 영춘의 입에서 나온 비명소리가 은빛 뱀처럼
달빛 속에서 춤을 추며 날아가고, 영춘의 몸이 사람 모양의
솜처럼 뒤로 폭 떨어지는 것이 눈에 들어왔다. 내가 고속촬
영도 모를 것이라고 생각지 마라. 쳇, 그 시절, 누군들 영화
감독을 못했으랴! 필터가 딸린 고속촬영기를 밀고 당기고
롱컷과 클로즈업을 하고 천지의 변화와 기왓조각과 영춘의
이마가 부딪치던 순간에 쪼개지던 조각들이 사방으로 튀고,
이어 핏방울이 난다. 흔들흔들 사람들의 벌어진 입과 놀란
눈을 보여주고…… 영춘이 쓰러졌다. 엄마! 서문보봉이 소

리쳤다. 자기 얼굴 상처는 젖혀둔 채 얼굴에 대고 있던 납작한 약솜을 땅에 떨어뜨렸다. 영춘 곁에 무릎을 꿇고서 약상자를 옆에 내려놓았다. 오른쪽 어깨에 영춘의 목을 기대게 하고는 이마의 상처를 보면서 말했다. 엄마, 어떻게 된 거야? ……누가 이런 거야? 홍태악이 화가 나 소리를 지르며 기왓조각이 날아온 쪽으로 쫓아왔다. 나는 숨지 않았다. 마음만 먹으면 순식간에 그림자도 남기지 않고 사라질 수 있었다. 하지만 내가 멍청해서 저지른 일이었고, 좋은 뜻으로 하다가 일어난 사고이지만 그래도 기꺼이 벌을 받기로 했다. 홍태악이 가장 먼저 나서서 몰래 기왓조각을 던져 사람을 다치게 한 나쁜 놈을 잡아내려고 했지만, 가장 먼저 살구나무 뒤로 달려와 나를 발견한 것은 그가 아니었다. 그는 이제 늙어서 뼈마디에 녹이 슬다 보니 민첩하지도 신속하지도 않았다. 가장 먼저 나무 뒤를 덮쳐 나를 찾아낸 것은 역시 그 밥맛인 막언이었다. 들고양이마냥 날렵한 그의 몸과 거의 병적 수준인 호기심이 아주 딱 들어맞은 것이다. 저 녀석이 그랬어요! 그가 기뻐하면서 벌떼처럼 자기 뒤를 따라오는 사람들에게 자신이 발견했다고 알렸다. 나는 뻣뻣하게 주저앉은 채 목으로 낮은 울음소리를 냈다. 회개와 후회의 뜻으로 사람들이 내리는 벌을 받아들이겠다는 표시였다. 달빛에 비친 사람들의 곤혹스러워하는 표정이 보였다. 확실해요, 분명 저놈이 한 거라니까요! 막언이 사람들에게 말했다. 전에 저 녀석이 발가락에 나뭇가지를 끼워서 땅바닥에 글자를 쓰는 것도 내 눈으로 직접 보았다니까요! 홍태악이 막언의 어깨를 두드리며 조롱하듯 말했다.

"형씨들, 저 녀석이 발가락에 칼을 끼워서 자기 아비에게 도장을 파주었는데 전서체로 판 것 봤어?"

막언이 분위기 파악을 못한 채 혀를 놀리며 해명을 늘어놓는데 손가네 셋째가 권력을 등에 업고 나서서 녀석의 귀를 비틀고 무릎으로 엉덩이를 걷어차며 한쪽으로 끌어내면서 목소리를 낮추어 말했다.

"어이 친구, 그 재수없는 입 좀 닥치지그래!"

"돼지가 어떻게 밖으로 나온 거야?" 홍태악이 불만스럽게 질책했다. "책임자가 누구야? 이렇게 책임감이 없어가지고서야. 노동점수를 까버려야겠어!"

서문백씨가 작은 발로 종종거리면서 앙가무(秧歌舞, 중국 민속춤의 하나로 일종의 모내기춤 ─ 옮긴이)를 추듯이 달빛이 깔린 길을 달려왔다. 길에 깔린 살구나무 꽃잎이 그녀의 작은 발에 밟히는 것이 가벼운 눈 같았다. 의식 깊숙이 가라앉아 있던 기억이 물밑의 모래처럼 탁하게 다시 일어났다. 가슴을 쥐어뜯는 고통이 느껴졌다.

"돼지를 우리에 몰아넣어! 이게 무슨 꼴이야! 무슨 꼴이냐고!" 홍태악이 소리를 치고는 탁한 기침을 하며 발전실로 걸어갔다.

내 생각에는 아들 걱정 때문에 정신을 놓은 영춘이 빠르게 깨어난 것 같았다. 그녀가 애쓰며 몸을 일으켰다. "엄마……" 보봉이 소리쳤다. 한손으로 영춘의 목을 붙잡고 다른 손으로 약상자를 열었다. 황가네 호조가 알았다는 듯이 싸늘한 표정으로 알코올 솜을 핀셋으로 집어 그녀에게 건넸다. "우리 금룡아……" 영춘이 팔로 보봉을 밀어내고 손으로 땅을 짚으며 일어서려고 했다. 동작이 거칠고 몸이 휘청하면서 머리가 핑 도는 게 한눈에 보였으나 그녀는 울며 금룡을 부르면서 비틀비틀 기계실로 달려갔다.

가장 먼저 발전실에 뛰어들어온 사람은 홍태악도 아니고 영춘도 아니라 황호조였다. 두번째로 발전실에 뛰어들어온 사람 역시 홍태악도 아니고 영춘도 아니고 막언이었다. 손가네 셋째에게 끌려가 당하고 홍태악에게 조롱을 당하고서도 전혀 아무렇지 않은 듯 손가네 셋째의 집게 같은 손에서 빠져나와서는 연기처럼 다시 기계실로 미끌어져 들어왔다. 황호조가 뒷발을 방에 막 들여놓자마자 막언이 앞발을 문지방 너머로 들여놓았다. 나도 안다. 사실 그날 밤 가장 억울한 사람은 합작이었고 처지가 가장 난감한 사람은 호조였다. 그녀가 금룡과 뒤틀린 살구나무에 올라가 낭만적인 일을 벌이려고 해서 해방이 미쳐버리지 않았는가. 꽃들이 솜처럼 날리는 살구나무에서 사랑을 나누는 것은 분명 상상력 넘치는 아름다운 일이 틀림없지만, 막언 그 빌어먹을 녀석 때문에 완전히 망쳐버린 것이다. 그 녀석은 고밀 동북향에서 행실이 나빠 사람들이 다들 싫어했지만 스스로는 다들 자기를 좋아하는 착한 아이인 줄 알고 있었다. 사람들이 달

빛으로 가득 찬 기계실에 뛰어들자 고요한 연못에 청개구리
가 뛰어들어 옥구슬처럼 물이 튀는 것 같았다. 황호조가 달
빛 속에 누운 채 이마에 피를 흘리는 금룡을 보고는 감정이
북받쳐오르고 슬픔이 솟구쳐서 부끄러움도, 자존심도 잊은
채 새끼를 보호하는 어미표범처럼 금룡의 몸으로 달려들었
다……

　“경지 고량주를 두 병이나 마셨어요.” 막언이 바닥의 술
병 조각을 가리키며 말했다. “그러고는 기름 주입구 버튼을
최대로 올리니까 퍽 소리가 나면서 전구가 터져버렸어요.”
술냄새 기름냄새가 진동하는 가운데 말하는 것이나 손짓하
는 것이나 막언의 모양새가 우스꽝스러워 춤을 추는 삐에로
같았다. “저 녀석 끌어내!” 홍태악이 소리쳤다. 목소리가 깨
진 징소리 같았다. 손표가 그의 목을 잡고 다리가 땅에 닿지
않을 정도로 들고서는 기계실에서 내쫓아버렸다. 그렇게 쫓
겨나가면서도 막언은 계속 상황을 설명했고, 자기가 본 것
을 말하지 않으면 답답해죽을 것 같은 모양이었다. 여러분
은 영웅을 배출하는 영험한 땅인 고밀 동북향에서 어쩌다
이런 괴상한 놈이 나왔을까 생각할지 모르겠다. “그런데 퍽
소리가 나더니 발동기 벨트가 끊어져버렸어요.” 막언이 손
표에게 목을 잡혀가면서도 구체적인 상황을 보충설명하는
것을 잊지 않았다. “동력벨트 연결부분이 끊어진 거예요. 내
생각에는 연결부분의 나사가 빠지면서 그의 얼굴을 때린 것
같아요. 그때 기계가 완전히 미쳐서 일초에 팔천 바퀴는 돌

았을 거예요. 엄청난 힘이었을 텐데 그의 대갈통이 터지지 않은 것만도 불행 중 다행이지요!" 듣고 있자니 말에 문어체와 구어체가 뒤섞인 것이 시와 문장을 꽤나 한 시골선비 같았다. "다행 좋아하시네." 팔힘이 남다른 손표가 막언을 들어서 앞쪽으로 던져버렸다. 짧은 순간 허공을 날면서도 그의 주둥이는 여전히 쉬지 않고 나불거렸다.

막언이 내 앞에 떨어졌다. 나는 그 녀석이 박살날 줄 알았지, 한바퀴 구르고는 일어나 앉으리라고는 생각도 못했다. 녀석이 내 앞에 냄새나는 긴 엉덩이를 대고 있으니 내가 고민이 많아졌다. 그가 손표의 등뒤에다 대고 소리를 질렀다. "손가네 셋째형님, 내가 거짓말하는 게 아니에요. 내 눈으로 똑똑히 본 것이라니까요. 물론 조금 과장하긴 했지만 팔구십 퍼센트는 사실이라니까요." 손가네 셋째가 전혀 상대해주지 않자 막언은 내게로 고개를 돌려 말했다. "열여섯번째 돼지야, 내가 말한 게 맞지? 아무것도 모르는 척하지 마. 네가 영리한 돼지이고, 사람 말만 빼고 다른 것은 다 할 줄 안다는 것, 내가 다 알아. 홍서기가 네가 도장 팔 줄 안다고 말했지만—그가 나를 놀리려고 그랬다는 걸 안다—사실, 너한테는 도장 새기는 것쯤은 아무것도 아니라는 것을 나는 알고 있어. 내 보기에 너는 연장만 주면 시계도 고칠걸. 난 진즉부터 너를 알아봤어. 내가 생산대대에서 숙직할 때 너의 재주를 알아봤지. 내가 밤마다 『참고소식』을 소리내 읽은 것은 너 들으라고 한 거야. 우리 둘은 마음이 통하는 친구

522

야. 난 네가 전에 사람이었다는 것도, 너와 서문촌 사람들 사이에 천갈래 만갈래 깊은 인연이 있다는 것도 알아. 내 말이 맞지? 내 말이 맞으면 고개를 끄덕여봐." 나는 그의 때묻은 작은 얼굴에서 모든 것을 꿰뚫어보는 교활한 표정을 보면서 마음이 무거워졌다. 그 녀석이 멋대로 지껄이게 내버려둘 수가 없었다. 화장실 이야기도 밖에서 듣는 사람이 있는 법이다. 마을 사람들이 내 전생과 비밀을 알게 되면 모든 것이 끝장이었다. 나는 꿀꿀거리면서 그가 방심한 틈을 타 그의 배를 한입 물어버렸다―나는 여지를 남겨두었고 그의 목숨을 망치고 싶지는 않았다―나는 그 녀석이 고밀 동북향의 중요한 인물이 되리라는 것을 예감했고, 녀석을 물어죽이면 염라대왕이 나를 용서하지 않을 것 같았다―내가 힘껏 물어버렸다면 녀석의 내장이 끊어졌을 것이다―나는 30퍼센트의 힘만 써서 그 땀냄새 나는 속옷 위를 물었고, 그의 배에 피가 비치는 이빨 자국이 네 개 났다. 이 녀석이 비명을 지르면서 놀라 다급한 나머지 내 눈을 손톱으로 할퀴면서 빠져나갔다. 실은 내가 일부러 풀어준 것이다. 그러지 않았다면 어떻게 녀석이 벗어날 수 있었겠나? 녀석이 내 눈을 할퀴는 바람에 눈물이 쏟아졌다. 나는 반은 뜨고 반은 흐릿한 눈으로 녀석이 정신없이 내게서 10여 미터 떨어진 곳까지 도망친 뒤 옷을 걷어올려 배에 난 상처를 살피는 것을 보았다. 그가 웅얼거리며 내게 욕을 퍼부었다. "열여섯번째 돼지, 이런 독종 같으니라고. 네놈이 감히 이 어르신을 물어? 내가 얼마나 대단한지 언젠가 기어이 맛을 보여줄 테다.” 나는 속으로 웃었다. 이 녀석은 땅에서 살구꽃잎이 든 흙을 버무려 배에 난 상처에 발랐다. 그뒤 입으로 주문을 외웠다. “흙은 테라 마이신이고, 꽃은 꽃봉오리다, 염증아 없어져라, 독아 빠져라, 얍, 이제 됐다.” 그러고 나서 옷을 내리고는 아무 일도 없었다는 듯이 발전실로 쪼르르 들어갔다. 그때, 백씨가 거의 기고 구르다시피 하면서 내게로 왔다. 땀이 난 얼굴에 가쁜 숨을 내쉬면서 말했다.

“열여섯번째 돼지야, 어떻게 밖으로 나온 거냐?”

그녀가 내 머리를 토닥거리며 말했다. “내 말 듣고, 어서 집으로 들어가라. 네가 이렇게 나오면 홍서기가 나한테 뭐라고 한단다. 너도 알다시피, 내가 지주의 마누라여서 출신성분이 좋지 않단다. 그래도 홍서기가 너를 키우라고 나를 잘 봐주고 있는데, 네가 이렇게 사고를 치면 안된다, 제발……”

심란했다. 눈물이 땅에 떨어지며 뚝뚝 소리가 났다.

“열여섯번째 돼지야, 너 우는 거냐?” 그녀가 놀라기도 했지만, 그보다는 슬퍼했다. 내 귀를 어루만지더니 고개를 들고 달에게 말하듯이 말했다. “주인양반, 금룡이 죽으면 우리 서문집안은 그날로 완전 끝장입니다……”

당연히, 금룡은 죽지 않았다. 금룡이 죽어버리면 이 연극도 끝이 나버린다. 그는 보봉의 치료를 받고 깨어나서는 대성통곡을 하면서 난리를 피웠다. 펄쩍펄쩍 뛰면서 눈이 시뻘게진 채 자기 가족도 알아보지 못했다. “죽을 거야, 죽을 거야, 나 죽어버릴 거야…… 자기 가슴을 쥐어뜯었다. "힘들어, 힘들다고, 어머니……" 홍태악이 다가가 금룡의 어깨를 붙잡고 흔들면서 화를 내며 소리쳤다. "금룡! 이게 무슨 짓이야?! 네가 무슨 공산당원이야?! 네가 청년단 지부서기 맞아?! 너, 정말 실망했다. 너 때문에 얼굴을 못 들겠다." 영춘이 달려나가 홍태악의 손을 떼어내고 금룡의 앞을 가로막고 서서 소리쳤다. "우리 아들한테 그러지 마요!" 그러고는 돌아서서 자기보다 머리 하나는 더 큰 금룡을 안고서 얼굴을 어루만지며 말했다. "아들아, 착하지, 무서워 마라, 엄마가 여기 있어. 엄마가 지켜줄게……" 황동이 고개를 설레설레 젓더니 사람들 눈을 피해 담을 따라 기계실을 빠져나와서는 담장에 기댄 채 흰 종이로 익숙하게 담배를 말았다. 불을 붙이는 순간 키작은 이 사내의 아래턱에 뒤엉킨 수염이 내 눈에 들어왔다. 금룡이 영춘을 밀쳐내고 자신을 가로막고 있는 사람들도 밀쳐내면서 어깨를 옆으로 틀어 빠져나가려 했다. 달빛이 푸른 커튼처럼 그의 어깨에 드리워져 옆으로 돌아선 그의 모습이 한결 더 연약해 보였다. 그가 바닥에 누운 채 일을 끝내고 난 나귀마냥 뒹굴었다. "어머니, 힘들어죽겠어요. 두 병만 더 주세요. 두 병이요, 두 병……" "제가 미친 거야, 취한 거야?" 홍태악이 보봉에게 진지하게 물었다. 보봉이 입을 삐쭉이더니 얼굴에 냉소를 띠며 말했다. "취한 거겠죠." 홍태악이 영춘, 황동, 추향, 합작, 호조를 돌아다보더니…… 어쩔 수 없다는 듯이 고개를 저었다. 힘없고 약한 아버지처럼 길게 한숨을 내쉬면서 말했다. "못난 놈 같으니라고……" 그러고는 비틀비틀 가버렸다. 그는 바로 마을로 통하는 지름길로 가지 않고 에돌아서 살구나무숲으로 오는 바람에 살구꽃잎으로 덮인 길에 줄줄이 파란 발자국을 남겼다.

금룡은 계속 나귀가 바닥을 구르는 놀이를 하고 있었다. 오추향이 쯧쯧 혀를 차더니 말했다. "어서 가서 식초나 가져와 먹여. 합작, 합작아, 집에 가서 식초 가져와라." 합작이 살구나무를 안은 채 얼굴을 대고 있는 모습이 나무와 하나 된 듯했다. "호조야, 네가 가라!" 하지만 호조는 벌써 저만치 멀리 떨어진 곳에서 달빛과 하나가 되어 있었다. 홍태악이 간 뒤 사람들도 다들 흩어졌고 보봉조차 약가방을 메고 가버렸다. 영춘이 소리쳤다. "보봉, 오빠에게 주사를 놔줘야지? 네 오빠 오장육부가 술에 다 타버렸겠다……"

"식초 가져왔어요, 식초!" 막언이 식초를 들고 달려왔다. 녀석의 발은 정말 빨랐고, 녀석의 심장은 정말 뜨거웠다. 바람소리를 듣자마자 비를 뿌리는 녀석이었다. 그가 사람들에게 자기가 세운 공로를 자랑하듯이 말했다. "내가 매점 문을 두드렸더니 류중광(劉中光, 류중꽝)이 현찰을 내라는 거예요. 그래서 홍서기가 식초를 가져오라고 했다고, 장부에 적어두라고 했지요. 그랬더니 두말 않고 한 병을 따라주었어요……"

손가네 셋째가 바닥에서 뒹구는 금룡을 간신히 제압했다.

금룡이 발로 차고, 물어뜯고, 정말 미친 사람 같은 힘을 쓰는데 해방이 못지않았다. 추향이 식초병을 그의 입에 대고 부었다. 그의 입에서 괴성이 터져나왔다. 해충을 잘못 삼킨 수탉처럼 눈이 돌아가고 흰자만 남은 것이 달빛에 더욱 또렷하게 보였다. "너 이 독한 년, 내 아들을 죽일 작정이야……" 영춘이 울며 소리쳤다. 황동이 금룡의 등을 두드렸다. 코를 찌르는 신냄새가 금룡의 입과 코에서 뿜어져나왔다.

(2권에 계속)

인생은 고달파 1

초판 1쇄 발행/2008년 10월 6일
초판 2쇄 발행/2012년 10월 16일

지은이/모옌
옮긴이/이욱연
펴낸이/강일우
책임편집/황혜숙
펴낸곳/(주)창비
등록/1986년 8월 5일 제85호
주소/413-120 경기도 파주시 회동길 184
전화/031-955-3333
팩시밀리/영업 031-955-3399 · 편집 031-955-3400
홈페이지/www.changbi.com
전자우편/lit@changbi.com
인쇄/한교원색

한국어판 ⓒ (주)창비 2008
ISBN 978-89-364-7151-4 03820
ISBN 978-89-364-7980-0 (전2권)